Die unheimliche Wahrsagung

Erzählungen
der russischen Romantik

Die unheimliche Wahrsagung

Erzählungen
der russischen Romantik

Rütten & Loening · Berlin

Ausgewählt und mit Kommentaren versehen
von Klaus Städtke

Aus dem Russischen übersetzt
von Werner Creutziger, Michael Pfeiffer, Georg Schwarz,
Klaus Städtke und Günther Stein

A. K. Tolstois Erzählung
„Die Familie des Wurdalak" wurde von Werner Creutziger
aus dem Französischen übersetzt

Die Verse auf den Seiten 36, 47, 48, 106 und 110
wurden von Wilhelm Tkaczyk übertragen

Mit Federzeichnungen
von Gerhard Kurt Müller

ISBN 3-352-00131-6

Wassili Shukowski

Der Marienhain

Ein stiller und kühler Abend war nach dem glutheißen Tag angebrochen, als der junge Sänger Uslad die Ufer der Moskwa erreichte, wo er einst die glückliche Zeit seiner Jugend verbracht hatte. Ein rötlicher Schein bedeckte vom Westen her die glatte Wasserfläche, die nur ein leiser Windhauch zart berührte. Auf der einen Seite spiegelten sich in ihr dichter Wald und das Schloß des finsteren Rogdai, auf der anderen grüne Uferwiesen und zwischen Büschen verstreut die niedrigen Hütten der Ackerbauern. Das Schloß, das ein hoher Zaun aus Eichenpfählen umgab, stand auf einer steilen Anhöhe, dort, wo sich heute die gezackten Mauern des Kreml erheben, die Prunkgemächer der ehrwürdigen russischen Zaren und die goldhäuptigen Kathedralen mit dem Glockenturm, dem Großen Iwan. Ringsum herrschte Stille. Die Luft war vom Duft blühender Linden erfüllt. Bisweilen ertönte in der Tiefe des Waldes die Stimme einer Nachtigall oder das klagende Lied einer Goldamsel, bewegte ein unstetes Lüftchen die Wipfel der Bäume, und ein ängstlicher Hase flüchtete, von ihrem Raunen erschreckt, ins Gesträuch, daß die trockenen Zweige knackten. Uslad schritt auf einem Pfad, der sich zwischen den Bäumen schlängelte, und war tief in Erinnerungen versunken. Die Vergangenheit, die Zeit, da er glücklich war, tauchte mit ihrem längst entschwundenen Zauber in seinen Gedanken auf.

„Wo bist du, meine Freude?" rief er betrübt aus. „Wo bist du, vergangene Zeit? Ich kehre an den Ort zurück, wo ich einst mein Leben voll Frohsinn betrachtete. O schattiger Hain, du klarer Fluß und ihr grünen Wiesen, ihr habt euch nicht verändert; aber dich, mein Glück, finde ich nicht mehr. Wie einst verströmt die wohlriechende Linde ihren Duft, wie einst singen die muntere Nachtigall und die traurige Goldamsel in der Tiefe des dichten Waldes; doch er, der sich damals am Wohlgeruch der blühenden Linden erquickte oder versonnen beim Gesang der munteren Nachtigall und beim Seufzer der traurigen Goldamsel von seinem Glück träumte, gleicht sich selbst nicht mehr. Ach, fremd bin ich euch geworden, ihr anmutigen Plätze; meine Augen hat das Leid getrübt, meine Wangen sind bleich geworden, mein Angesicht ist verzagt."

Uslad gelangte an den Rand eines klaren Bächleins*, das unter grünem Gesträuch hurtig und funkelnd durch den goldenen Sand plätscherte, um sich mit der Moskwa zu vereinen. Auf der steilen Anhöhe erblickte er das einsame Schloß des finsteren Rogdai. Ein letzter Abglanz des Abends spielte auf dem Holzdach der oberen Gemächer und auf den Pfahlspitzen des hohen Zauns. Die Wipfel der alten Eichen, Birken und Linden, die sich übereinandertürmten und den ganzen Berg bedeckten, wurden langsam dunkler, bis sie völlig in der Finsternis versanken. Nur an dem Schloß, das sich gleich einem Riesen über dem Wald erhob, zeigte sich noch ein schwacher Schimmer, der schließlich auch erlosch. Überall hatte sich nun die Dämmerung ausgebreitet. Als Uslad das Schloß des Rogdai vor sich sah, erbebte er, blieb stehen und schaute lange, die Arme gekreuzt, schweigend und unbeweglich hinüber. Dann stürzten Tränen aus seinen Augen. „Ach, Marija!" rief er, seufzte aus tiefstem Herzen und ließ den Kopf auf die Brust sinken.

Der junge Uslad war am Ufer der Moskwa in einer ärmlichen Hütte als Sohn ehrenhafter Eltern zur Welt gekommen. Die Natur hatte ihn mit einer edlen Seele und einem schönen Gesicht ausgestattet und ihm die Gabe verliehen, wundersame Lieder zu

* Heute die trübe Neglinnaja.

verfassen. Oft lag er ausgestreckt an der klaren Moskwa, blickte auf ihre silbernen Wellen und ließ im Abendrot sein helles Horn erschallen. Die lieblichen Töne erklangen an den Ufern und wurden vom schützenden Dickicht des Waldes zurückgeworfen. Die jungen Dorfmädchen hörten ihm gern zu, wenn er in schlichten Versen den Frühling und den Frieden der Bauernhütten, den freien Flug der Schwalben unter dem Himmel und die Zärtlichkeit der Turteltauben besang oder den milden Duft der Märzveilchen rühmte und mit der Seele einer liebenden Mutter verglich. An den gemeinsamen Abenden der Dorfjugend war Uslad unentbehrlich. Niemand konnte wie er die schauerlichsten Märchen erzählen, bei denen die ängstlichen Mädchen erbebten und sich an die Mutter schmiegten, den jungen Männern aber sich die Haare sträubten. Mit niemandem spielte und tanzte man so gern wie mit dem liebenswerten, fröhlichen und gutherzigen Uslad. Im Dorf nannte man ihn Nachtigall. Die Frauen wurden fröhlich und hörten auf, mit den Töchtern zu zanken, wenn Uslad zu ihnen trat, die Männer wurden in seiner Gegenwart gesprächig und fühlten sich wieder jung. Die Dorfmädchen konnten sich an ihm nicht satt sehen; er hatte ein anmutiges Gesicht, und seine sanften schwarzen Augen mit den langen, dunklen Wimpern leuchteten unter den dichten Brauen. Die blonden Haare wellten sich über der edlen Stirn, umspielten den schlanken, schneeweißen Hals und unterstrichen noch das frische Rot der Wangen. Am häufigsten und zärtlichsten aber betrachtete ihn die schöne Marija. Ihre Hütte stand eben an jenem Ort, wo sich das hurtige Bächlein mit den klaren Wassern der Moskwa vereinte. Marija war mit ihren fünfzehn Jahren noch ein Kind. Sie hatte ein gutes Herz. Alles erheiterte, alles rührte und fesselte sie. Sie liebte ihre alte Mutter mehr als sich selbst, schaute ihr oft in die Augen und sagte unter Tränen: „Liebes Mütterchen, für dich würde ich meine Seele hingeben." Marija weinte, wenn die alte Frau krank oder traurig war. Doch zur gleichen Zeit vermochte eine unbedeutende Kleinigkeit ihre ganze Aufmerksamkeit zu erregen: sie verfolgte einen bunten Schmetterling oder lachte aus vollem Herzen, wenn sie ein lustiges Wort hörte oder ein komisches Gesicht sah. Marija war sehr empfindsam; jedes zärtliche Gefühl prägte sich ihrem Herzen ein. Aber es war ebenso rasch vergessen — jedoch nur für kurze Zeit —, und ein neuer, wenn auch noch so schwacher Eindruck trat an seine Stelle.

Im Schutze der elterlichen Hütte wuchs Marija, umhegt von der mütterlichen Liebe, wie ein wildes Veilchen heran. Seit einiger Zeit brannte in ihrer Seele ein heimliches Feuer, das alle übrigen Gefühle in ihr erwachen ließ: die Liebe zu dem schönen Uslad. Doch das hinderte sie nicht, fröhlich zu sein wie bisher, ihre Blumen zu gießen, ihr Rotkehlchen zu füttern, muntere Lieder zu singen, wenn sie mit der Mutter vor der Hütte am Spinnrad saß, und von ganzem Herzen zu lachen, wenn ihr die Freundinnen lustige Geschichten erzählten. Uslad empfand sehnsüchtige Zärtlichkeit in seiner Brust, wenn er Marija in die Augen sah: Er liebte sie glühend. Ihr anmutiges Bild stand vor ihm, wenn er einschlief, es erschien ihm im Traum, und er sah es beim ersten Schein des anbrechenden Tages. Uslad war versonnen, wenn sie nicht bei ihm war, und nachdenklich, wenn sie lebhaft, ausgelassen und fröhlich vor ihm stand. Marija seufzte, und auf ihrem Gesicht spiegelte sich ein tiefes, inniges Gefühl, wenn sich ihre Blicke trafen. Sie freute sich, wenn ihr Uslad seine zärtliche Liebe gestand, küßte ihn auf die roten Wangen und sagte: „Mein lieber Uslad, du bist mein ganzes Glück."

Eines Tages, es war gegen Abend, lag der Sänger am Ufer des Baches unweit der Hütte Marijas und spielte auf seinem Horn. Als Marija die vertrauten Weisen hörte, nahm sie einen Krug, um am durchsichtigen Quell Wasser zu schöpfen. Neben Uslad stellte sie den Krug ins grüne Gras, setzte sich zu ihrem Herzensfreund und küßte ihn auf die flammende Wange. Dann umfing ihn ihr weißer Arm, und sie lehnte ihren lieblichen Kopf an seine Schulter. Beide schwiegen versonnen. Der Abend war still und klar. Der Frühling hatte den Hain zu neuem Leben erweckt. Es duftete nach Faulbeeren, Maiglöckchen, Märzveilchen und würzigen Gräsern. Ein Windhauch spielte in den Zweigen, die Nachtigallen flöteten in der Ferne, und in der Luft hörte man das Summen der Insekten. Die untergehende Sonne schimmerte durch die spärlichen Bäume und vergoldete des Baches sanfte Strömung. Sein zartes Plätschern verschmolz mit dem Zittern des Rohrs und dem Rauschen der wilden Rosenbüsche, die sich schützend über die flachen Ufer breiteten. Alle diese Töne vereinten sich zu einer zauberhaften Harmonie, die die Seele rührte und sie in träumerische Versonnenheit tauchte. Uslad und Marija schwiegen lange, trunken vor Liebe.

„Ach, Marija", sagte schließlich Uslad, „ich liebe dich mehr als mein Leben. Erinnerst du dich jenes Augenblicks, als wir uns am Ufer des klaren Baches begegneten? Du warst gekommen, um frisches Wasser zu schöpfen, lauschtest der Nachtigall und verharrtest nachdenklich unter jener Birke mit den herabhängenden Zweigen. Ich kehrte gerade aus Nowgorod zurück und war vom weiten Weg und der Hitze ermattet. Als du meinen Durst gestillt hattest, umfing mich dein zärtlicher Blick, und mein Herz wurde von einer unerklärlichen Süße erfüllt. Seit jenem Tage bin ich nicht mehr Herr meiner Seele: mein einziges Glück ist es, bei dir zu sein oder an dich zu denken. Durch dich ist Gottes wunderschöne Welt für mich noch schöner geworden. In allem, was meine Seele erfreut, finde ich dein holdes Bild. Deine Stimme ist für mich süßer als das Gurren der Goldamsel, dem ich beim Glanz der untergehenden Sonne lausche. Dein Gang ist leichter als der verspielte Frühlingswind, wenn er über das Wasser der stillen Moskwa hinwegeilt oder das zarte Gras sanft bewegt. Spüre ich im Wald den Duft der Märzveilchen, so denke ich an den ebenso süßen Atem meiner Marija. Leuchtet der Vollmond durch das Dickicht, überkommt mich ein tiefes Sehnen. In seinem hellen Licht vermeine ich deine Gestalt über mir zu erkennen und glaube, daß du mich unsichtbar umgibst. Oft verweile ich in der hereinbrechenden Dämmerung stundenlang in der Nähe deiner Hütte. In den Rosenbüschen versteckt, schaue ich dir zu, wenn du im rötlichen Abendschein mit deiner Mutter vor der Tür sitzt. Sie flicht dir dein langes blondes Haar, küßt dich und nennt dich ihre Augenweide, während du wie eine Nachtigall singst oder den zärtlichen unschuldigen Blick versonnen der Mutter zuwendest. Dann ... doch kann ich mit Worten sagen, was ich empfinde, meine liebe, schöne, herzensgute Marija? Ach, in so einem Augenblick bin ich nicht Herr meiner Seele, sie strebt zu dir und ist erfüllt von einer überaus reinen und keuschen Liebe."

So sprach Uslad. Marija schwieg. Doch sie seufzte, umfing ihn noch fester mit ihrem weißen Arm und drückte ihren lieblichen Kopf noch zärtlicher an seine Brust.

„Wir werden vereint sein", fuhr Uslad fort, „sobald du sechzehn Jahre alt bist. Noch sechsmal muß der Vollmond durch die Baumwipfel scheinen, bevor du mein wirst. Dann zieht deine liebe Mutter in unsere Hütte, und ihr Lebensabend wird friedlich sein wie der Abend eines klaren Tages. Jetzt, meine liebe Marija", fuhr er nach kurzem Schweigen fort, „muß ich dich für eine Weile verlassen. Der alte Pereswet, mein Wohltäter und Lehrmeister, kehrt in seine Heimat, zu Freunden und Verwandten zurück, und ich muß ihn begleiten; wahrscheinlich wird es ein Abschied fürs Leben sein. Meine Reise wird drei Monde dauern. Vergiß mich unterdessen nicht, Marija. Wenn der Mond aufgeht" — in diesem Augenblick tauchte über dem Dach des Schlosses von Rogdai die goldene Sichel des Mondes aus einer Wolke auf —, „wenn sich die schimmernden Wellen vergolden, dann eile an das Ufer des Baches und denke an Uslad. Seine Seele wird bei dir sein. Bei jedem lieblichen Klang, mit dem sich eine süße Schwermut in deine Seele ergießt, lausche der zarten Stimme seines Herzens."

Marija weinte. Uslad war verstummt, und sie erhoben sich. Der Sänger wandte den Blick nach dem hohen Schloß des Rogdai — eine schwarze Wolke eilte darüber hinweg. Uslad wurde traurig. Die Wolke erschien ihm als das Abbild seines Schicksals. Was bringst du mir, Zukunft, so fern und so unbekannt? dachte er. Ein plötzlicher Blitz spaltete die Wolke und zog eine flammende Furche. Der bedeckte Himmel loderte auf und erlosch sogleich wieder. Uslad wurde es bange ums Herz. Er warf einen nachdenklichen Blick auf Marija. Ihr liebliches Gesicht hatte einen furchtsamen Ausdruck angenommen. Sie schaute unverwandt auf die Wolke, als suche sie Spuren, die der überraschende

Blitz dort hinterlassen hatte. Marija seufzte, küßte Uslad und ging langsam nach Hause. Der Sänger setzte sich in seinen Kahn, ruderte ans andere Ufer der Moskwa, wo seine Hütte stand, streckte sich ins Gras und stützte den Kopf traurig in die Hand. Dann schaute er lange hinüber zu Marijas Fenster, wo ein schwaches Licht schimmerte, das bisweilen von einem leichten Schatten getrübt wurde und schließlich ganz verschwand. Uslad bedeckte das Gesicht mit den Händen und weinte. Ihm war, als sei in diesem Augenblick das Glück seines Lebens erloschen, als sei Marija für ihn verloren.

Das Morgenrot fand Uslad nicht mehr an den Ufern der klaren Moskwa. Die ersten zwei Tage hörte Marija nicht auf zu weinen und sich zu grämen. Mit gesenktem Kopf saß sie auf der Schwelle der Hütte, bedeckte die kummervollen, tränenfeuchten Augen mit der Schürze und verschloß sich den tröstenden Worten ihrer liebevollen Mutter. Am dritten Tag lief sie zum Bach. Plötzlich erblickte sie vor sich einen unbekannten Ritter. Er trug eine glänzende Rüstung, sein Haupt bedeckte ein schimmernder Helm, und über den Schultern lag ein Bärenfell. Das Antlitz des Unbekannten war majestätisch und finster. Die tiefliegenden Augen blitzten unter dichten Brauen, und ein zerzauster schwarzer Bart bedeckte seine braunen Wangen bis zur Hälfte.

Marija war verwirrt. Der Unbekannte betrachtete sie aufmerksam. „Wer bist du, schönes Mädchen?" fragte er. Marija erschrak beim Klang seiner Donnerstimme. Sie wagte nicht, den Blick zu heben, und lief eilends in die Hütte zurück. Der Ritter folgte ihr. Es war Rogdai, der berühmte und mächtige Recke. Ihm gehörten die ausgedehnten Felder, zwischen denen sich die durchsichtige Moskwa schlängelte, ihm gehörte das hohe Schloß, umgeben von einem Zaun aus Eichenpfählen. Lange Zeit hatte sein starker Arm dem mächtigen Nowgorod gedient. Seine Gefährten nannten ihn Rogdai die stählerne Hand, im Volke aber hieß er Rogdai das grausame Herz. Denn fremd war ihm jedes menschliche Gefühl. Niemals glätteten sich die Falten auf seiner Stirn. Weder Wehklagen noch das Lächeln eines unschuldigen Kindes rührten sein stolzes Herz, wenn er schrecklich und unbezähmbar Rache übte.

Nachdem er auf einer Volksversammlung ein berühmtes Stadtoberhaupt von Nowgorod getötet hatte und mit der Schar seiner Getreuen aus der Stadt fliehen mußte, zog er nun in das berühmte Kiew zum Großfürsten Wladimir, um ihm gemeinsam mit den Recken Ilja, Tschurilo und Dobrynja zu dienen. Auf dem Wege dorthin wollte er sein Erbe und das väterliche Schloß besuchen, wo er seine Kindheit verbracht hatte. So erschien er zwei Tage nach der Abreise des Sängers Uslad an den Ufern der Moskwa.

Als Rogdai an dem Quell Marija begegnete, regte sich in seinem Herzen ein neues Gefühl. Tag für Tag kam er in die Hütte ihrer Mutter. Während er sich mit der alten Frau unterhielt, schaute er verstohlen auf ihre liebreizende Tochter, die mit gesenktem Kopf errötend und bebend am Spinnrad saß und jedesmal die Spindel fallen ließ, wenn ihre scheuen Blicke zufällig den versonnenen Augen Rogdais begegneten, in denen ein düsteres Feuer glühte. Eine unstillbare Leidenschaft, verbunden mit einem quälenden Verlangen und einer ruhelosen, heimlichen Eifersucht, tobte im Herzen des grimmigen Ritters. Zum erstenmal verspürte er den Wunsch, geliebt zu werden, zum erstenmal klang seine Donnerstimme sanft, und bisweilen huschte ein Lächeln über seine Lippen. Überall und immer dachte er nur an Marija, suchte er sie an den Ufern des Baches und in der Tiefe des Waldes; er folgte ihr ins Dorf, und um sie zu erfreuen, nahm er am fröhlichen Spiel der Dorfjugend teil. Jeden Tag schickte er Marija teure Geschenke, bald einen glänzenden Perlenschmuck oder einen seidenen Sarafan mit wertvollen Tressen, bald ein Band mit silbernen Fransen, Ohrringe oder einen goldenen Fingerring. „Marija“, sagte der furchtgebietende Ritter, „schenke mir dein Herz, und ich will dich glücklich machen. Meine Schätze, mein Schloß, meine Felder und Haine werden dir gehören. Du wirst Gold und Silber im Überfluß besitzen. Ich führe dich in die herrliche Stadt Kiew zum Großfürsten Wladimir. Du wirst als die schönste unter den Kiewer Damen am Fürstenhof den Ritterspielen zuschauen, zur Zierde der fürstlichen Gemächer und zur Freude der ganzen Stadt.“

Was ging in deinem Herzen vor, woran dachtest du, Marija? Zuerst war sie traurig und weinte. „Uslad, mein lieber Uslad, warum bist du nicht bei mir?“ rief sie und schaute in den vorbeieilenden Bach, an dem sie sich getrennt hatten. Doch sie fühlte bereits, daß die Anwesenheit von Uslad unentbehrlich war, damit in ihrem Herzen die einstige Zuneigung erhalten blieb. Mit der Erinnerung an Uslad verband sie das Glück ihres Lebens. Dachte sie aber an Rogdai, so sah sie seine unermeßlichen Reichtümer vor sich, die prächtige Stadt Kiew, die sie nur aus Erzählungen kannte, die berühmten Recken und den Glanz des prunkvollen Fürstenhofes. Rogdai selbst kam ihr dabei nicht in den Sinn; denn niemals konnte ihr Herz in Zweifel geraten bei der Wahl zwischen dem schönen Uslad und dem finsteren Ritter, dessen düstere Gestalt sie erbeben ließ. Aber o weh! Die geblendete Vernunft blendete auch Marijas zärtliches Herz. Im ersten Monat lief sie noch täglich zum Bach, um sich an Uslad zu erinnern, und jedesmal traf sie am Ufer den Ritter Rogdai. Als der zweite Monat herankam, begann sie Rogdais Anträgen schon aufmerksamer zu lauschen. In ihrer einst so unschuldigen Seele reiften stolze Träume von Glanz und Reichtum, von dem Triumph ihrer Schönheit. Der dritte Monat brach an, und sie versprach Rogdai ihre Hand. Ach, wer hätte das gedacht, meine liebe Marija? Doch weshalb sollte man ihr gutes Herz anklagen? Sie ist Uslad niemals untreu geworden. Du hast dich selbst betrogen, Marija, als du dir einzureden suchtest, die Liebe zu deinem Herzensfreund sei erloschen. Bald wird deine Verblendung weichen, bald wird in deinem Herzen das einstige Gefühl wiedererwachen, das dein Glück bedeutete. Was wird dann aus dir werden, unschuldige, betrogene, unglückliche Marija?

Uslad näherte sich den heimatlichen Gefilden. Schon erblickte er in der Ferne das hohe Schloß des Rogdai, sah den vom Morgenrot vergoldeten Rauch über den Dächern der Bauernhäuser sich kräuseln. Seine Seele war erfüllt von den verwirrenden Gefühlen der Freude, Liebe und Ungeduld. Da begegnete ihm ein Hirte, der seine Herde auf die Weide trieb und sein Morgenlied sang. Sie erkannten einander.

„Armer Uslad, warum bist du in deine Heimat zurückgekehrt?“ rief der Hirte.

Uslad erbleichte. „Was ist geschehen?“ fragte er mit veränderter Stimme.

„Viel Wasser ist den Berg hinabgeflossen, seit du unser Dorf verlassen hast“, antwortete der Hirte. „Deine Marija ist ein Zugvögelchen. Sie hat ihr heimatliches Nest verlassen und möchte in fremde Länder fliegen. Sie liebt dich nicht mehr. Sie hat ihr Herz dem reichen und mächtigen Ritter Rogdai geschenkt! Armer Uslad, warum bist du in deine Heimat zurückgekehrt?“

Der Hirte blickte ihn mitleidig an, seufzte, trieb seine Herde weiter und sang dazu sein Morgenlied. Uslad vermochte nichts zu antworten. Er stand wie vom Donner gerührt und starrte lange auf die Wellen, in denen sich der klare Himmel spiegelte. Eine Lerche stieg empor und tirilierte in den Lüften. Der Morgenwind blies ihm ins Gesicht. Die Felder dufteten nach Blumen und Gräsern. Uslad spürte von alledem nichts. Die Sonne ging auf. Ihre ersten Strahlen spielten auf dem Dach des hohen Schlosses. Unwillkürlich richtete Uslad seine Blicke dorthin. Seine Seele geriet in Erregung. Er warf sich ins Gras, brach in Tränen aus und lag den ganzen Tag unbeweglich an der gleichen Stelle, seufzte und verging vor Qual.

Es wurde Abend. Die Bauern und Hirten kamen von den Feldern. Ihre fröhlichen Stimmen weckten Uslad. Er erhob sich, schaute lange zum Schloß hinüber und zog aus der Brusttasche ein Sträußchen vertrockneter Maiglöckchen, ein Abschiedsgeschenk Marijas, das mit einer Haarlocke von ihr zusammengebunden war; er warf es in den Fluß und schaute, wie es die Wellen davontrugen. Dann unterdrückte er die Seufzer in seiner Brust und ging mit gesenktem Kopf zurück, um niemals, niemals mehr an den Ort zurückzukehren, wo er alle Freuden des Lebens für immer verloren hatte.

Es verging der Herbst, der Winter — doch Uslad wanderte ruhelos durch Städte und Dörfer. Vergebens suchte er die Vergangenheit und sein entschwundenes Glück zu vergessen. Die Lieder, mit denen er die Menschen in Stadt und Land unterhielt, um nicht Hungers zu sterben, brachten die teuren Gefühle zum Ausdruck, die einst sein Herz erquickt hatten, rühmten das glückliche Land, wo er einst jeden Morgen fröhlich begrüßt und jedem Abend hoffnungsvoll das Geleit gegeben hatte. Der Frühling nahte, und seine Liebe, die er schon fast erloschen glaubte, entbrannte in seiner Seele aufs neue.

„Nein", rief Uslad, „ich kann fern von ihr nicht leben. Wohin ich mich auch wende, überall bleibt es mein Schicksal, in der Liebe zu verlöschen, im Leid zu vergehen. Hier in fremden Landen ist mir alles fremd, aber dort in meiner Heimat kennt mich ein jeder. Wer einst Zeuge meines Glückes war, soll nun mein Vertrauter im Leide werden. Marija wird mich nicht bemerken, aber ich werde in ihrer Nähe sein, an ihrem Haus vorübergehen, ihr ungesehen in die Tiefe des Waldes folgen, ihre Stimme hören, den Windhauch atmen, der ihren Busen erfrischt und in ihren hellen Locken spielt. Mit Tränen werde ich die Spuren benetzen, die ihre Füße im frischen Gras hinterlassen. Verborgen in der nächtlichen Finsternis, werde ich entzückt in das Licht ihrer Lampe schauen, die vor dem Heiligenbild brennt und durch das Fenster ihres Gemaches nach draußen scheint. Mit ihr gemeinsam werde ich die Gottesmutter um ihr Lebensglück anflehen. Ihr, meine vertrauten Wälder und blühenden Ufer der Moskwa, so seht ihr Uslad wieder, der zurückgekehrt ist, um in eurem Schoß zu vergehen, hinzuwelken, wo einst seine Freude erblüht und verwelkt ist. Wenn ich sehe, wie ein anderer mein Glück genießt, werde ich vor Kummer sterben. Der Morgen wird anbrechen, eine erste Schwalbe zu den Wolken emporfliegen, der Wind wird durch die Baumwipfel streichen, die Herbstblätter werden raschelnd zur Erde fallen. Dann wirst du, Marija, aus dem Fenster deines hohen Gemaches schauen und fragen: ‚Morgenschwälbchen, warum hast du dich so früh aufgemacht? Herbstwind, warum verstreust du die Blätterpracht des Eichenwaldes? Warum ist meine Brust von einer unbekannten Sehnsucht erfüllt?' Dann wirst du hinausgehen und deinen Kummer auf den Feldern zu vergessen suchen. Dort, an dem verschlungenen Pfad am Rande des Friedhofs, im Schatten alter Birken, wirst du ein frisches Grab sehen und deinen sinnenden Blick darauf richten. ‚Hier liegt der Sänger Uslad begraben', werden dir die Dorfmädchen sagen, die traurig um den Hügel versammelt sind. Du wirst zurückdenken an unsere einstigen Freuden und an den Sänger Uslad. Traurig kehrst du in dein Schloß zurück, und ein Seufzer entringt sich deinem Herzen: ‚Er hat mich geliebt, doch er ist nicht mehr.'"

Die Sonne war fast untergegangen, als Uslad unweit vom Schloß des Rogdai das Ufer des Baches erreichte. Lange schaute er wehmütig hinüber. Seine Augen suchten vergeblich den Schein einer Lampe am Fenster von Marijas einsamem Gemach. Tiefste Dunkelheit herrschte im Schloß des Ritters Rogdai. Schon verschwanden im Westen die letzten Streifen des Abendrots, und im Osten zeigte sich der Vollmond gleich dem Widerschein einer entfernten Feuersbrunst. Das ganze Schloß war von seinem Glanz übergossen. Uslad konnte deutlich erkennen, daß die Schiebefenster alle offenstanden und daß sich die mächtigen Holztore unverriegelt in den eisernen Angeln bewegten. Sein Herz wurde von Furcht ergriffen. Was hat das zu bedeuten, dachte er, warum ist es so finster im Schloß des Rogdai? Was ist mit dir geschehen, Marija? — Uslad durchwatete den Bach und stieg zwischen den Büschen den gewundenen Pfad bergauf. Oft blieb er stehen und lauschte, doch es war nichts zu hören. Nur die sanften Wellen des Baches plätscherten schillernd durch den Sand, eine Libelle zirpte, und ein welkes Blatt löste sich vom Ast und fiel zitternd zu Boden.

„Was kündest du mir, grauenvolle Stille?" fragte Uslad zaghaft; nichts als traurige Einöde ringsum. Plötzlich glaubte er, ganz nahe ein Rascheln zu vernehmen. Es kam jemand. Trockenes Laub knisterte. Das Rascheln näherte sich. Uslad versteckte sich im Gesträuch. Da erblickte er eine Frau. Der Mond schien ihr ins Gesicht. Der junge Sänger erkannte die herzensgute Olga, Marijas beste Freundin, und eilte ihr entgegen. Olga stieß einen Schrei aus und bedeckte das Gesicht mit beiden Händen. „Beschützt mich, himmlische Mächte", rief sie, „ein Gespenst, die Seele des Uslad!" Die Knie wankten ihr, und sie wäre ins Gras gefallen, hätte sie Uslad nicht in seinen Armen aufgefangen.

„Was ist mit dir, Olga? Weshalb fürchtest du dich vor Uslad?"

Olga zitterte wie Espenlaub und wagte nicht, die Augen zu öffnen. Sie bekreuzigte sich und sprach heimlich ein Gebet.

„Besinne dich, Olga, und schau mich an. Ich bin nicht der Geist eines Toten. Ich bin Uslad, der lebendige Uslad, der in seine Heimat zurückgekehrt ist, um Marija wiederzusehen."

Der Klang der bekannten Stimme ermutigte das furchtsame Mädchen ein wenig, das vor Schreck wie von Sinnen gewesen war. Schließlich wagte sie, die Augen zu öffnen. „Sehe ich wirklich Uslad vor mir? Wahrhaftig, ich erkenne sein Gesicht, seine freundlichen Augen, seine vertraute Stimme. Ach, mein lieber Uslad, warum bist du hier? Doch verlassen wir diesen Ort, denn mir ist bange. Bald ist Mitternacht. Niemand aus unserem Dorf kommt um diese Stunde hierher. Ich selbst habe mich zufällig im Wald verspätet. Verlassen wir diesen entsetzlichen Ort, denn ich fürchte mich, Uslad."

Olga lief voraus und zog Uslad hinter sich her. Nach wenigen Augenblicken schon waren sie am Ufer des klaren Baches. „Olga", sagte Uslad, „ich rühre mich nicht von der Stelle und lasse auch dich nicht fort. Ich will wissen, warum du dich vor dem Schloß des Rogdai fürchtest und was mit Marija geschehen ist."

„Ach, mein lieber Uslad, wonach fragst du mich?"

„Sprich, Olga, ich bitte dich in Gottes Namen. Die Ungewißheit ist qualvoller als der Tod."

„So höre denn, Uslad. Setz dich näher zu mir. Hier ist mir nicht so bange. Am anderen Ufer des Baches sehe ich unsere Hütte."

Sie setzten sich. Uslad erbebte. Im Herzen ahnte er etwas Furchtbares.

„Viel, sehr viel hat sich verändert, seit du unser Dorf verlassen hast, Uslad", begann Olga ihre Geschichte. „Meine arme Freundin hat ihren Leichtsinn teuer bezahlen müssen. Ach, du barmherziger Himmel, warum nur hat sie den arglistigen Versprechungen des Verführers Glauben geschenkt, ohne ihr Herz zu befragen? Uslad, deine Marija hat dich keinen Augenblick lang vergessen. Doch wie ein Kind ließ sie sich durch goldgewirkte Seidenstoffe, Perlen und Bänder, die ihr der grausame Rogdai schenkte, verlocken und gab sich der eitlen Hoffnung hin, in der prunkvollen Stadt Kiew mit ihrer Schönheit zu glänzen. Sie betrog sich selbst, als sie ihre einstige Liebe für erloschen hielt und glaubte, ihre hoffärtigen Pläne seien Ausdruck einer Zuneigung für den finsteren Rogdai. Nein, Uslad, kränke sie nicht durch dein Mißtrauen: Niemals war Marijas Herz wankelmütig. Mein Freund, kann man denn jene süßen Gefühle vergessen, durch die unsere Seele in den schönsten Jahren des Daseins zum Leben erwacht, mit denen all unsere Hoffnung auf das Glück verbunden ist, die uns die Erde zum Himmelreich machen? Nicht eine fröhliche Minute hat sie erlebt, seit sie die elterliche Hütte verließ. Hör zu: Ich besuchte meine Freundin am Vorabend jenes Tages, da sie den Brautschleier anlegen und sich vor dem heiligen Altar für immer mit Rogdai vermählen sollte, nachdem sie sich heimlich geschworen hatte, Uslad für immer zu vergessen. Wo aber fand ich Marija? Hier, am Ufer des klaren Baches, an der gleichen Stelle, wo du, Uslad, das letzte Mal von ihr Abschied nahmst. Dort saß sie verzagt, ihren liebreizenden Kopf auf die Brust gesenkt, mit glanzlosen Augen und bleichen Wangen, wie zum Tode verurteilt. Ach, Uslad, noch hatte sie das Schloß des Rogdai nicht betreten, aber schon waren die Träume von einem vergnüglichen Leben, das sie darin zu finden gehofft hatte, für sie zerronnen. Nur der Gedanke daran, was sie aufzugeben bereit war, die vergangene Zeit, die verlorenen Freuden, erfüllte ihre betrübte Seele. Als sie mich erblickte, stand sie auf, bedeutete mir, ihr zu folgen, und ging schweigend in ihre Hütte. Ihre Mutter war nicht daheim. Vor dem Bild der Gottesmutter brannte eine Kerze. ‚Bete mit mir‘, sagte Marija unter Tränen und kniete nieder. ‚Heilige Trösterin‘, rief sie, ‚ich bitte nicht für mich. Für mich gibt es kein Glück mehr. Ich begehre es nicht und werde es nicht suchen. Ich selbst habe darauf verzichtet. Aber schenke deine Gnade meinem lieben, verlassenen und verwaisten Freund. Behüte ihn, Trösterin der Unglücklichen.‘ Am anderen Morgen brachte man ihr reiche Geschenke von Rogdai, die sie mit gleichgültigen Blicken betrachtete. Vor ihrer Hütte sangen die Dorfmädchen lustige Lieder. Marija schien es gar nicht zu hören. Die Mutter schmückte sie für den Brautgang und überschüttete sie mit zärtlichen Worten und Blicken. Marija wandte ihr die sanften Augen zu, küßte ihr seufzend die Hände, trocknete die Tränen und sagte kein Wort. Der finstere Rogdai war verwundert, als sie die Kirche betrat. Traurig und bleich wie ein Leichentuch reichte sie ihm bebend die Hand. Während der ganzen Trauungszeremonie blieb das Gesicht des schrecklichen Ritters verdüstert: Mit finsterem Argwohn betrachtete er seine Braut, die vor dem Altar stand wie ein Opfer, bereit zur Hinrichtung. Sie wurden getraut. Ich sage es dir noch einmal, Uslad, nicht eine einzige Freude hat deine Marija empfunden, seit sie die elterliche Hütte verließ. Wir sahen einander jeden Tag. Immer war sie in Gedanken versunken. Manchmal saß sie des Abends am Berghang und sang deine wunderschönen Lieder; manchmal verweilte sie betrübt am Ufer des Baches. Doch am häufigsten ging sie an den Fluß, um nach deiner fernen Hütte hinüberzuschauen. Die Strenge des Ritters ließ sie erbeben. Er liebte sie mit einer leidenschaftlichen Liebe, doch selbst seine Zärtlichkeit hatte etwas Grausames an sich. Marija, deren Worte und Blicke stets den geheimsten Regungen ihres Herzens entsprachen, beantwortete seine Liebe allein mit stillem Gehorsam. Sie näherte sich ihm nur dann, wenn er es befahl. Sie wagte nicht, zärtlich zu ihm zu sein, sondern nahm seine hochmütigen Liebkosungen nur demutsvoll hin. Die arme, unglückliche Marija, die einst so fröhlich und ausgelassen gewesen war, die vergnügt im Kreis ihrer lustigen Freundinnen umhergetollt war, sie lächelte fast niemals mehr, und selbst in ihrem Lächeln spiegelte sich Leid. Rogdai bemerkte ihre Wehmut. Oft richtete er seine Blicke mit grimmigem Argwohn auf Marijas bleiches Gesicht. Dann schauderte sie und schlug die Augen nieder. Oft wollte er sie nach dem Grund ihrer anhaltenden Traurigkeit fragen. Er begann zu sprechen, brach mitten im Satz ab und ging fort. Und was hätte ihm Marija auch antworten sollen? Es vergingen drei Wochen. Eines Morgens saßen Marija und ich beisammen und reihten Perlen auf eine

Schnur für eine Halskette, ein Geschenk für ihre Mutter. Da trat Rogdai in ihr Gemach. ‚Marija', sagte er, ‚übermorgen reisen wir nach Kiew. Halte dich bereit.' Marija erbleichte. Sie ließ die Arme sinken, wollte antworten, doch Tränen stürzten ihr aus den Augen. ‚Was bedeutet das?' schrie der Ritter mit schrecklicher Donnerstimme. Mit ungewohnter Kühnheit faßte Marija seine Hand. ‚Um Gottes willen', rief sie aus und warf ihm einen bittenden Blick zu, ‚bleibe noch einen Monat hier, nur einen Monat, und laß mich an den traurigen Gedanken gewöhnen, daß ich mich von meiner Heimat trennen und meine Mutter, meine Freundinnen, unsere Felder und Haine für immer verlassen muß.' Sie schmiegte ihr liebliches Gesicht an die Hand des schrecklichen Ritters und benetzte sie mit Tränen. Welches Herz wäre nicht gerührt gewesen von Marijas flehenden Seufzern? Einige Minuten schwieg der finstere Rogdai. In seinen düsteren Blicken blitzte ein Gefühl auf. ‚Ich kann dir deinen Wunsch nicht abschlagen, Marija', antwortete er mit milderer Stimme, ‚es ist mir angenehm, dir eine Freude zu bereiten. Ich bin einverstanden und bleibe noch einen Monat hier.' Er sah sie argwöhnisch an und fuhr fort: ‚Doch du erwiderst meine leidenschaftliche Liebe schlecht. Wehe dir, wenn dich nicht allein die Liebe zur Mutter, zu den Freundinnen und zur Heimat an diesem Ort festhält.' Marija schaute mich an und sagte kein Wort. Wir seufzten beide.

Weitere zwei Wochen vergingen. Es waren die bittersten für die arme Marija. Sie versuchte, die Erinnerung an Uslad in sich zu ersticken, doch gegen ihren Willen beherrschte sie nur der eine Gedanke: Er wird bald zurückkehren. Er wird kommen und mir sein Herz schenken, erfüllt von süßer Hoffnung, erfüllt von der einstigen Liebe, und ich ...

Sie verging vor Sehnsucht, weinte und konnte weder ihre Sehnsucht noch ihre Tränen vor Rogdai verbergen. Er sah ihren Kummer, doch er schwieg, und seine drohenden Blicke wurden von Stunde zu Stunde finsterer. Eine furchtbare Eifersucht tobte in seinem Herzen. ‚Marija', sagte er manchmal und blickte ihr durchdringend in die Augen, ‚deine Seele ist unruhig, das Gewissen verrät dich. Meine Blicke sind dir unerträglich.' Oder er rief mit drohender Stimme, vor der die Unglückliche erstarrte: ‚Marija, ich liebe dich leidenschaftlich, doch wehe, wenn du mich betrogen hast.' Schließlich kam die Zeit deiner Rückkehr, und die arme Marija verlor gänzlich den Kopf. Sie fürchtete den schrecklichen Rogdai, fürchtete deine ersehnte Ankunft, fürchtete ihr eigenes Herz. Das kleinste Geräusch brachte sie zum Erbeben. Obwohl sie dir aus Angst vor dem Wiedersehen nicht begegnen wollte, wich sie doch nicht vom Fenster ihres Gemaches, als erwarte sie dich, und saß stundenlang am Ufer der Moskwa, den Blick starr auf die gegenüberliegende Seite gerichtet, dorthin, wo das Strohdach deiner Hütte zu sehen ist. Eines Morgens, am Tage nach deiner Begegnung mit dem Hirten aus unserem Dorf, wollte ich sie besuchen und fand sie allein und traurig wie immer am Ufer der Moskwa, an der Stelle, wohin sie jeden Tag zu kommen pflegte. Ich erzählte ihr, daß man dich am Vortage gesehen habe, daß du jedoch, von ihrer Heirat unterrichtet, nicht ins Dorf kommen wolltest und wieder fortgegangen seist, niemand wisse wohin. ‚Heiliger Schutzengel, begleite ihn', sagte sie, den Blick zum Himmel gewandt, ‚möge er glücklich werden, möge er Marija vergessen, wenn er kann.' Wir standen damals an dem Ort, wo der Fluß eine kleine Bucht bildet. Über die hellen Kiesel plätscherte eine Welle, rollte bis dicht an Marijas Füße und ließ beim Zurückfließen etwas auf dem Sand zurück. Ich beugte mich nieder und erblickte ein Sträußchen verwelkter Maiglöckchen, die mit einer Haarlocke zusammengebunden waren. Ich hob es auf und zeigte es Marija. Mein Gott, welches Entsetzen packte sie! Es war, als erblicke sie ein Gespenst. Ihr sträubten sich die Haare, sie begann zu zittern und erbleichte. ‚Das ist meine Haarlocke', rief sie, ‚Uslad weilt nicht mehr unter den Lebenden. Er hat sich in den Fluß gestürzt.' Sie fiel zu meinen Füßen besinnungslos zu Boden.

In diesem Augenblick erschien Rogdai, sah die Ohnmächtige und hob sie auf. Er schaute ihr verwundert ins Gesicht, nahm den Helm ab und gebot mir, darin Wasser zu schöpfen, um Marijas Kopf damit zu benetzen, der wie eine welke Rose auf die rechte Schulter gesunken war. Nun versuchten wir, sie ins Bewußtsein zurückzurufen. Schließlich öffnete Marija die Augen, doch sie waren trübe. Sie schaute auf Rogdai und erkannte ihn nicht. ‚Ach, Uslad', sagte sie mit ersterbender Stimme, ‚ich habe dich mehr geliebt als mein Leben. Letzte Freuden, letzte Hoffnungen, lebt wohl!'

Wie soll man die Wirkung beschreiben, die ihre Worte in der Seele des finsteren Rogdai hervorriefen? Sein Gesicht wurde purpurrot vor Zorn, die Augen funkelten wie glühende Kohlen, und er begann furchtbar mit den Zähnen zu knirschen. ‚Uslad?' rief er atemlos vor Wut. ‚Wer ist Uslad? Was hast du gesagt, Unglückliche?'

Aber Marija war wie von Sinnen. Sie begriff nicht, daß Rogdai vor ihr stand. Mit einer krampfhaften Bewegung preßte sie seine Hand an ihr Herz und sagte: ‚Was bleibt mir auf dieser Welt? Ich habe ihn mehr geliebt als mein Leben. Alles ist zu Ende!'

Rogdai erbebte. Außer sich vor Wut, packte er sie mit einem Arm um den Leib und schleppte sie, wie der Wolf seine Beute, den Berg hinauf zu seinem furchtbaren Schloß.

Ich wollte ihnen folgen. ‚Fort!' schrie er mit heiserer Stimme und funkelte mich aus Raubtieraugen an. Da versagten mir die Füße den Dienst. Seither, Uslad, habe ich unsere Marija kein einziges Mal mehr gesehen. Gegen Abend kam ich wieder in die Nähe des Berges und schaute zu dem hohen Schloß hinüber. Alles war still wie in einem Grab. Marijas Gemach schien leer zu sein. Ich lauschte lange, doch ringsum war Schweigen. Nichts drang an mein Ohr als das Beben der Wellen und das Rascheln der Eichenblätter. Das Blut erstarrte in meinen Adern. Mein Gott, dachte ich, was hat man mit dir gemacht, unglückliche Marija?

Drei Tage hintereinander ging ich zum Schloß hinüber: immer das gleiche Schweigen, die gleiche Öde. ‚Wohin ist Marija verschwunden? Wo ist der Ritter Rogdai?' fragten die Bauern aus unserem Dorf. Einer von ihnen wagte sich bis in das Schloß hinein. Aber er fand weder den Ritter noch Marija, noch die Dienerschaft. Überall öde Leere, kahle Wände, keinerlei Hausrat. Es schien, als hätte nie der Fuß eines Menschen diese Stätte des Schweigens betreten.

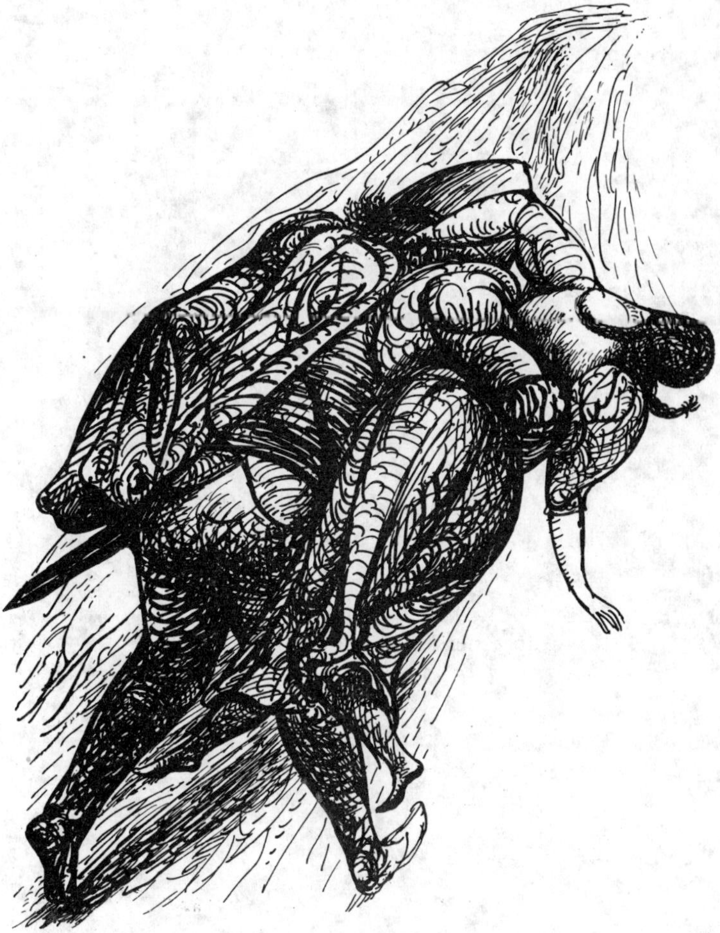

Seit jener Zeit, Uslad, wissen wir nichts über das Schicksal deiner Marija. Von den Unsrigen wagt es niemand, sich dem Schloß des Rogdai zu nähern. Wehe dem verirrten Wanderer, der den Mut hat, um Mitternacht dort einzutreten. Der Fluch des Allmächtigen hat diese Höhle des Frevels getroffen, sagt unser Dorfprediger. Wenn wir über den Fluß dort hinüberschauen, packt uns ein Grauen, und wir beten zum himmlischen Vater, er möge Marijas Seele Frieden schenken. Ihre arme Mutter ist vor Kummer gestorben. Mir war es von Gott bestimmt, wie eine Tochter für sie zu sorgen. Ich habe auf ihrem Grab wilde Rosen und eine junge Linde gepflanzt. Wer weiß, Uslad? Vielleicht ist sie jetzt schon in jener Welt mit ihrer Marija vereint?"

Olga brach ihre Erzählung ab. Uslad fand keine Antwort. Der Unglückliche saß mit gesenktem Kopf und bedeckte das Gesicht mit den Händen. Seine Seele war in einem furchtbaren Zustand. Das traurige Schweigen dauerte einige Minuten. Uslad sah Marijas Freundin an. Sie weinte, und er küßte sie auf die Wange. „Liebe Olga", sagte er, „kehre zu deiner Mutter zurück. Sicher ist sie durch deine lange Abwesenheit beunruhigt. Laß mich allein. Ich werde auf diesem Berg bleiben, er soll mein Grab werden. Gott mit dir, liebe Olga, möge dir Glück beschieden sein. Berichte im Dorf, daß der arme Uslad lebt, daß er zurückgekehrt ist und an der gleichen Stelle sterben wird, wo seine unglückliche Marija gelitten hat und gestorben ist."

Sie küßten sich noch einmal. Olga ging hinüber ans andere Ufer des Baches. Uslad schritt auf dem gewundenen Pfad bergauf zu dem grauenhaften Schloß. Es war kurz vor Mitternacht. Der Vollmond stand hoch am Himmel, fast unmittelbar über dem Kopf von Uslad. Er näherte sich dem Schloß und schritt durch das Tor, dessen weitgeöffnete Flügel sich knarrend bewegten. Er betrat den Hof: alles war still und leer. Der Weg vom Tor bis zur Eingangstür war von einem hohen Geländer eingefaßt und mit Brennesseln, Wermut und Klettenbüschen bewachsen. Uslad kam mühevoll voran, erreichte schließlich den Vorbau und ging zur Tür. Ein Fuchs, erschreckt durch die ungewohnte Nähe eines Menschen, stürzte in das hohe Gras und funkelte ihn an. Ein

Uhu, von dem Geräusch aufgewacht, zuckte zusammen, begann mit den Flügeln zu schlagen und flog auf das Dach, wo er ein langgezogenes Heulen vernehmen ließ. Ängstlich schaute sich Uslad um. Beim Licht des Mondes fand er sich inmitten eines geräumigen Zimmers. An der Wand lehnte ein langer Tisch, und auf dem Fußboden lagen zwei oder drei Bänke. Außerdem bemerkte Uslad einen niedrigen Schrein, in dem sich einst die Heiligenbilder befunden hatten, und auf dem Boden verstreut die Scherben von Tonkrügen. Hier hatte der finstere Rogdai manchmal die Bewohner seines Dorfes bewirtet. Uslad durchschritt noch zwei oder drei Zimmer. Überall bot sich ihm der Anblick kahler Wände, überall herrschte Stille, die nur unterbrochen wurde, wenn Fledermäuse über ihn hinwegflatterten. Schließlich erblickte er eine kleine Tür und eine schmale Wendeltreppe, die sich um eine Säule schlang. Sein Herz erbebte heftig, denn diese Treppe führte in das Gemach von Marija. Uslad stieg die Stufen empor und betrat den vom Mondlicht hell erleuchteten Raum. Die Seele des Sängers wurde von einer unerklärlichen Wehmut ergriffen, als er den Ort vor sich sah, wo die arme Marija die letzten Tage ihres Lebens verbracht, den Morgen mit Seufzern begrüßt und den Abend in Trübsal verabschiedet hatte. Er empfand Schmerz und Freude zugleich, die Luft zu atmen, die sie einst geatmet hatte; ihm schien, als umfange ihn in der kühlen mitternächtlichen Stille ihre Anwesenheit. Alles war von ihr erfüllt. Alles betrachtete er mit unbeschreiblicher Erregung, denn überall bemerkte er wie im Traum Spuren des teuren Daseins seiner entschwundenen Marija. In einer Ecke lag ihr Stickrahmen mit einer angefangenen, inzwischen fast gänzlich verfaulten Stickerei. In der anderen Ecke glänzte etwas. Uslad trat hinzu, und was erblickte er? Das gleiche Bildchen der Gottesmutter mit silbernem Rahmen, das er Marija aus Kiew mitgebracht hatte. Sie hatte es bis zur Trennung von Uslad am Halse getragen. Er fiel davor nieder und begann zu weinen. Dann nahm er das Bildchen von der Wand, küßte es und preßte es an die Brust.

Uslad setzte sich ans Fenster und blickte zur Moskwa hinüber, die sich leise am Fuß des Berges dahinschlängelte und in ihren Wellen die bewaldeten Ufer und den blauen, mit zarten Silberwölkchen bedeckten Himmel widerspiegelte. Die Natur war in einen durchsichtigen Schleier lichter Dämmerung gehüllt und verharrte regungslos. Alles schwieg — die Luft, das Wasser und die Wälder. Uslad überließ sich seinen Erinnerungen. Die Vergangenheit erstand vor ihm wie ein Traumgesicht. Er sah Marija, wie sie erblühte und dann in der Blüte ihrer Jahre dahingewelkt war. Hier saß sie traurig am Fenster, dachte er, blickte in die nebelverhangene Ferne und sandte mir ihre Seufzer, hier vergoß sie ihre Tränen und betete vor dem Heiligenbild, hier, o barmherziger Gott, vielleicht gerade an dieser Stelle, hat der Mörder ... Er schauderte. Das Grauen fuhr ihm durch alle Glieder. Halb im Traum glaubte er ein Stöhnen zu hören, das aus dem Grabe zu kommen schien. Ihm war, als irrte eine traurige, wehmütige Erscheinung durch die Zimmer des verlassenen Schlosses. Das Blut pochte ihm in den Adern, strömte zu Kopf und erzeugte in seinen Ohren Laute, die einem unirdischen Stöhnen gleichkamen. Die mitternächtliche Stille, das Schweigen ringsum, die Dunkelheit und öde Leere des schrecklichen Schlosses — alles bereitete seine Seele auf etwas Ungewöhnliches vor. Sie war von einer geheimnisvollen Erwartung erfüllt. Uslad saß unbeweglich und lauschte. Kein Laut, kein Rascheln war zu hören. Plötzlich erhob sich über dem Eichenhain ein leises Lüftchen. Die Blätter der umstehenden Bäume bewegten sich, den hellen Mond überzog ein Nebelschleier, die ganze Umgebung wurde in Dämmerung getaucht. Ein leichter, fast unmerklicher Hauch berührte die flammenden Wangen des Sängers und spielte in seinen wirren Locken. Es war, als breite sich in der Luft der duftige Hauch des Frühlings aus, als ertöne eine angenehme, kaum wahrnehmbare Weise gleich den Klängen einer entfernten Harfe. Uslad hob die Augen: O Schrecken, o Freude! Er sah vor sich ... Marija — eine helle, luftige Erscheinung, strahlend in rötlichem Glanz. Ihre Gewänder, durchsichtig wie eine Wolke, die dem Morgenrot voraneilt, wallten durch den Raum, ihr Gesicht, bleich wie eine reine Lilie, war von Gram getrübt. Die anmutigen Lippen umspielte ein wehmütiges Lächeln. Ihr versonnener Blick ruhte auf Uslad. Ein heiliger Schauder faßte sein Herz. „Bist du es, Seele meiner Marija?“ rief er aus und streckte dem Traumbild die bebenden Hände entgegen. „O sprich, warum hast du die himmlischen Gefilde verlassen? Befiehlst du mir, mich vom Leben zu trennen? Möchtest du mich an deiner Seligkeit teilhaben lassen?“ Er verstummte. Die Antwort blieb aus. Es war jedoch, als fordere die Gestalt den Sänger auf, ihr zu folgen. Mit einer Hand zeigte sie auf den dunklen Wald, mit der anderen winkte sie Uslad zu sich. Er wagte einige Schritte, und die Erscheinung entschwebte. Er hielt inne, und auch die Gestalt blieb stehen und warf ihm erneut flehende Blicke zu. Uslad schwankte. Sollte er ihr gehorchen oder nicht? Schließlich faßte er Mut, und geleitet von dem geheimnisvollen Führer, trat er hinaus in den leeren Hof, vor das Tor und schließlich in den dunklen Wald, der sich hinter dem Schloß des Rogdai weit ausdehnte. Stille und Finsternis umgaben ihn in der Tiefe des Waldes. Kein lebendes Wesen zeigte sich seinem Blick. Die wilden Tiere unter den Bäumen wichen ängstlich vor ihm zurück, als spürten sie die Nähe des körperlosen Geistes, der ihn begleitete. In tiefem Schweigen folgte er dem bleichen, vorauseilenden Schein. Seine einsame Wanderung dauerte einige Stunden. Plötzlich sah er einen Fluß, der sich im Schutze alter Eichen, breiter, tief herabhängender Birkenzweige und düsterer Tannen dahinschlängelte, und richtete den Blick auf seine helle Begleiterin. Sie stand unbeweglich. Die Trauer, die sich in ihren Augen gespiegelt hatte, war verschwunden, sie strahlten jetzt in seliger Freude. Die Erscheinung zeigte lächelnd zum Himmel, streckte ihm die Arme entgegen und verschwand plötzlich in den Lüften wie ein leichter Morgentraum.

Ringsum wurde es dunkel. Uslad war allein im Dickicht des finsteren Waldes, in einer schrecklichen und wilden Gegend. Er schaute sich um und erblickte in der Nähe einen Lichtschein, dem er folgte. Vor ihm tauchte eine niedrige strohgedeckte Hütte auf. Er öffnete die Tür. Beim schwachen Licht eines Lämpchens betete ein gebrechlicher Greis vor dem Kruzifix. Das Knarren der

Tür ließ ihn aufblicken. Er sah Uslad aufmerksam ins Gesicht, lächelte und gab ihm die Hand. „Ich segne deine Ankunft“, sagte der Einsiedler. „Vor langer Zeit ist sie mir von einer prophetischen Erscheinung feierlich angekündigt worden. An deinem Gesicht erkenne ich den Jüngling, der mir zu mitternächtlicher Stunde mehrmals im Traum erschien, als ich nach der Arbeit und den Gebeten friedlich ausruhte.“

„Wer bist du, Alter?“ fragte Uslad und wurde von Rührung und einer geheimen Furcht ergriffen.

„Der demütige Einsiedler Arkadi“, antwortete der Greis. „Zwei Jahre ist es nun her, daß ich mich am Ufer der klaren Jausa, in dieser abgeschiedenen Hütte niedergelassen habe. Hier verbringe ich meine Tage im Gebet, beklage die einstigen Verirrungen und suche Erlösung. Komm in meine Klause, unglücklicher Wanderer, hier erlangst du die verlorene Ruhe wieder und kannst endlich die Vergangenheit vergessen. Sage mir, wer hat dir den Weg zu meiner unbekannten Hütte gewiesen?“

Uslad berichtete ihm das Unglück seines Lebens.

„Hier am Ufer der Jausa“, rief der Alte, nachdem er Uslads Geschichte vernommen hatte, „ruht deine unglückliche Marija. Mir hat die göttliche Vorsehung bestimmt, ihren letzten Blicken zu begegnen und ihre entschwindende Seele mit dem Himmel zu versöhnen. Hör zu: Eines Morgens sammelte ich Heilkräuter am Ufer der Jausa. Plötzlich drang ein klagendes Stöhnen an mein Ohr. Ich ging ihm nach und fand etwa fünfzig Schritt entfernt eine schöne junge Frau in ihrem Blute liegend. Es war deine Marija. In der Ferne ertönte Pferdegetrappel. Ein eisengepanzerter Krieger entschwand im Dickicht des Waldes. Es war der Mörder Rogdai. Ich nahm die sterbende Marija in die Arme. Doch ihr letztes Stündlein war schon angebrochen; ihre Wangen und ihr Mund erbleichten, die Augen waren geschlossen. Langsam hob sie den verlöschenden Blick zu mir. ‚Empfange meine Seele und segne mich‘, sagte sie und führte mit Mühe meine Hand an ihr Herz. Ich schlug das Kreuz über ihr, und die Sterbende schaute mich dankbar an. ‚Tröstender Engel‘, sagte sie und streckte die Arme nach mir aus, ‚bete für meine Seele, bete für

Uslad.‘ Ihr Blick erlosch, der Kopf sank auf die Schulter; sie verschied. Ihr Grab ist nicht weit von hier. Du wirst es bald sehen, Uslad. Das Morgenrot zieht schon herauf.“

„Ach, die Unglückliche!“ rief Uslad aus. „Welch ein Schicksal ward ihr beschieden! Und der Mörder lebt! Nein, du Knecht Gottes, ich schwöre zu deinen Füßen ...“

„Uslad, schwöre nicht vergebens“, antwortete der Greis, „das himmlische Gericht hat Rogdai gestraft. Er ist in der Jausa ertrunken, wohin ihn sein Pferd trug, von einem wilden Wolf erschreckt. Bezähme dein Herz und sprich mit mir: Die ewige Gnade verzeihe dem Mörder Marijas!“

Uslad beruhigte sich. „Meine Augen sind sehend geworden“, rief er und warf sich dem Greis zu Füßen. „Sie hat ihre Liebe zu mir auch nach dem Tode bewahrt. Dir, mein Vater, der Erinnerung und dem Dienst an Gott wird von heute an der Rest meines Lebens gewidmet sein.“

Das Morgenrot erstrahlte am Himmel, und der Wald belebte sich durch den frühen Gesang der Vögel. Der Greis führte Uslad ans Ufer der Jausa und zeigte ihm ein Holzkreuz. „Hier ruht deine Marija.“

Uslad fiel auf die Knie und preßte sein tränennasses Gesicht gegen den frischen Rasen. „Meine liebe Marija“, rief er aus, „Gott hat uns nicht beschieden, das Leben miteinander zu teilen. Du mußtest vor mir die Welt verlassen, aber du hast mir ein teures Pfand deines Hierseins geschenkt — dein allzu frühes Grab. Hat deine gerechte Seele nicht den Himmel verlassen, um mir meine Zuflucht zu zeigen und mein freudloses Wanderleben auf der Erde zu beenden? Ich beuge mich vor dir, heilige, tröstende Stimme meiner verlorenen Freundin. Für mich wird das Leben, das dem Grab meiner Marija gewidmet ist, ohne Kummer sein. Es wird sich in eine süße Erwartung verwandeln, in eine trostreiche Hoffnung auf das nahe Ende unserer Trennung.“

Uslad blieb in der Klause des Arkadi. An Marijas Grab bauten sie eine Kapelle zu Ehren der Gottesmutter. Es verging ein Jahr, da schloß Uslad dem gottgefälligen Einsiedler die Augen. Noch einige Jahre wartete Uslad in dem unbewohnten Wald auf sein

Ende. Er starb, den Kopf an jenen Stein gelehnt, mit dem er Marijas Grab verschönt hatte.

Die Hütte des Einsiedlers Arkadi, die bescheidene Kapelle und der Stein, der einst Marijas Grab bedeckte – alles ist verschwunden. Nur die Bezeichnung „Marienhain“ ist uns in zuverlässiger Überlieferung erhalten. Wenn man auf der Troizker Straße nach Mytistschi fährt, erstreckt sich rechts ein blauschimmernder Wald. Wo die klare Jausa in einer Biegung den Hain umfließt und in den stillen Wellen die alten schattigen Eichen und die armseligen, am Ufer verstreuten Bauernhütten spiegelt, dort hat einst die unglückliche Marija den Tod gefunden. An ihrem Grab wurde zu Ehren der Gottesmutter eine Kapelle erbaut, wo Uslad die letzten Tage seines traurigen Daseins verbrachte.

Alexander Bestushew-Marlinski

Die unheimliche Wahrsagung

P. S. Lutkowski gewidmet

Einen Geist der Finsternis in unsrer Mitten,
Diese Möglichkeit hat spröder Kopf bestritten,
Aber, Freunde, hat er sich nicht oft gezeigt,
Jenen, die dem Wunderbaren zugeneigt?

Ich war damals verliebt, verliebt bis zum Wahnsinn! Oh, wie täuschten sich diejenigen, die mich für gleichgültig und kaltblütig hielten, wenn sie mein spöttisches Lächeln, meine zerstreuten Blicke und meine geringschätzigen Reden in der Gesellschaft schöner Frauen wahrnahmen. Sie wußten nicht, daß sich ein tiefes Gefühl gerade deshalb selten offenbart, weil es in der Tiefe des Herzens wohnt. Hätten sie aber, um meine Seele zu begreifen, für einen Augenblick hineinsehen können, wie wären sie entsetzt gewesen! Alles, worüber die Dichter so gern schwatzen, womit die Frauen so leichtsinnig spielen und was die Liebhaber vorzugaukeln bemüht sind, kochte in mir wie geschmolzenes Kupfer, dessen Dämpfe sich zur Flamme entzünden, wenn sie keinen Ausweg finden. Die süßlichen Frauenanbeter mit ihren Zuckerherzen erschienen mir stets so lächerlich, daß ich fast Mitleid mit ihnen empfand. Bis zur Verachtung bedauerte ich die notorischen Schürzenjäger mit ihrer winterlich kühlen Begeisterung und ihren einstudierten Liebeserklärungen.

In ihren Kreis zu geraten, fürchtete ich mehr als alles auf der Welt.

Nein, ich war anders. Meine Liebe hatte etwas Seltsames, Wunderbares und sogar Wildes an sich. Ich konnte unverstanden oder unverständlich sein, aber lächerlich war ich niemals. Eine brennende, mächtige Leidenschaft strömt dahin wie Lava. Sie packt und verbrennt alles. Sich selbst zerstörend, verwandelt sie alle Hindernisse in Asche und sogar das kalte Meer, wenn auch nur für einen Augenblick, in einen siedenden Kessel.

So liebte ich. Nennen wir sie einfach Polina. Alles, was eine Frau zu erwecken vermag, alles, was ein Mann zu fühlen imstande ist, war erweckt und gefühlt. Sie gehörte einem anderen, aber das erhöhte nur den Preis ihrer Gegenliebe und reizte um so mehr meine blinde Leidenschaft, die sich in Hoffnungen wiegte. Mein Herz wäre zersprungen, hätte ich es durch Schweigen verschlossen. Wie ein übervolles Gefäß schüttete ich es vor der geliebten Frau aus, und meine flammende Rede fand Widerhall in ihrem Herzen. Wenn ich mich an die Versicherung ihrer Liebe zu mir erinnere, erbebt bis heute jede Fiber in mir wie eine Saite, und wenn man die Wonnen irdischer Seligkeit in Tönen ausdrücken kann, dann nur in Tönen dieser Art. Als ich zum ersten Mal meinen Mund an ihre Hand preßte, verging meine Seele in dieser Berührung. Es war mir, als verwandelte ich mich in einen Blitz, so rasch, so leicht und so heftig war dieses Gefühl, wenn man es ein Gefühl nennen darf.

Doch kurz war meine Seligkeit. Polina war ebenso streng wie anmutig. Sie liebte mich, wie ich bis dahin nie geliebt worden bin und in Zukunft nie mehr geliebt werde — zärtlich, leidenschaftlich und ohne Makel. Was ich heimlich ersehnte, kostete sie mehr Tränen als mich selbst Qualen. Sie vertraute sich so bedenkenlos dem Schutz meiner Großmut an und flehte so hochherzig, uns selbst vor Vorwürfen zu bewahren, daß es unehrenhaft gewesen wäre, dieses Vertrauen zu täuschen. „Liebster“, sagte sie, „das Laster liegt uns fern, aber könnten wir nicht schwach werden? Wer seine Kraft oft auf die Probe stellt, wird eines Tages unterliegen. Wir dürfen uns nur so selten wie möglich sehen!“

Mit blutendem Herzen gab ich mein Wort, jede Begegnung mit ihr zu meiden. Jetzt sind schon drei Wochen vergangen, seit ich Polina zum letzten Mal gesehen habe.

Ich muß erwähnen, daß ich noch im Sewersker Jägerregiment Dienst tat und wir uns damals im Gouvernement Orjol befanden. Es sei mir erlaubt, den Bezirk zu verschweigen. Meine Schwadron hatte in der Nähe der Besitzungen Quartier bezogen, die Polinas Ehegatten gehörten. Nach den Weihnachtsfeiertagen erhielt unser Regiment den Befehl, in das Gouvernement Tula auszurücken, und ich besaß genügend Standhaftigkeit, ohne Abschied fortzugehen. Ich gestehe, daß ich mich nicht aus Bescheidenheit zurückhielt, sondern aus Furcht, das Geheimnis in Gegenwart anderer zu verraten. Um ihre Achtung zu erringen, mußte ich der Liebe entsagen, und ich habe diese Prüfung bestanden. Umsonst luden mich die umliegenden Gutsbesitzer zu den Abschiedsfeierlichkeiten ein, umsonst versuchten mich die Kameraden, von denen fast jeder eine Herzensbindung eingegangen war, zu überreden, nach einem Tagesmarsch zum Ball zu gehen. Ich blieb fest.

Am Vorabend des neuen Jahres hatten wir den dritten Tagesmarsch hinter uns und legten einen Rasttag ein. Allein in einer Hütte ohne Rauchfang, lag ich auf meinem Feldbett, finstere Gedanken im Sinn und schweren Kummer im Herzen. Lange schon hatte ich sogar im Kreis der Freunde nicht mehr herzhaft gelacht. Ihre Unterhaltung war mir unerträglich geworden, ihre Fröhlichkeit erregte meinen Zorn, und zeigten sie sich besorgt, war ich verärgert über ihre Zudringlichkeit. Um so ungestörter konnte ich mich meiner Trübsal hingeben, als alle Kameraden zu Besuch gefahren waren. In meiner Seele war es finster. Nicht der Schimmer einer äußeren Fröhlichkeit und keine zufällige Ablenkung vermochten damals in sie einzudringen.

Da kam ein Bote zu mir geritten. Ein Freund übersandte mir die Einladung zu einem Fest bei seinem ehemaligen Quartierwirt, dem Fürsten Lwinski. Man bat mich, unbedingt zu kommen. Mich erwarteten ein üppiges Gastmahl, schöne Damen, ein Stern neben dem anderen, Schwärme von jungen Männern und ein ganzes Meer von Champagner. In einer Nachschrift teilte der Freund wie beiläufig mit, daß auch Polina dort sein werde. Ich sprang auf. Meine Beine wankten, und das Herz drohte zu bersten. Lange lief ich in der Hütte auf und ab oder lag halb bewußtlos wie im Fieber. Aber das heftig pulsierende Blut beruhigte sich nicht. Die Wangen glühten in purpurnem Feuerschein, dem Abglanz des Seelenbrandes. Laut schlug das Herz in der Brust. Sollte ich zu diesem Fest fahren oder nicht? Polina noch einmal sehen, die gleiche Luft mit ihr atmen, mich an ihrer Stimme ergötzen, das letzte Lebewohl sagen! Wer hätte solchen Versuchungen zu widerstehen vermocht? Ich warf mich in einen Bauernschlitten und jagte zurück zu dem Dorf des Fürsten Lwinski. Es war zwei Uhr nachmittags, als ich den Ort verließ. Nachdem ich zwanzig Werst mit eigenen Pferden gefahren war, nahm ich mir auf einer Poststation eine Troika und legte noch zweiundzwanzig Werst wohlbehalten zurück. An dieser Station mußte ich schon von der Hauptstraße abbiegen. Ein stattlicher junger Mann bot sich an, mich auf flinken Pferden in einer Stunde über achtzehn Werst in das Dorf des Fürsten zu bringen.

Ich sprang in den Schlitten. „Fahr los!“

Es dunkelte bereits, als wir vom Hof fuhren, doch auf der Straße wimmelte es von Menschen. In Samtmützen und blauen Kaftanen stolzierten junge Burschen umher, wobei sie sich bei den Kameraden am Gürtel festhielten. Die Mädchen, über dem Hasenpelz eine grellbunte Baumwolljacke, tanzten den Reigen. Überall erklangen Festtagslieder. Licht schimmerte aus allen Fenstern, und an vielen Toren brannten Kienspäne. Der junge Bursche, mein Kutscher, stand am Kopfende des Schlittens und schrie immerzu: „Platz da!“ Erkannte ihn jemand, so grüßte er, warf sich in die Brust und war sehr zufrieden, wenn er hinter sich hörte: „Da saust unser Aljoscha! Wohin des Weges, du Falke?“ und ähnliches.

Nachdem wir aus der Menge herausgelangt waren, wandte er sich zu mir mit der Ankündigung: „Nun, Herr, halte dich fest!“ Er klemmte den rechten Handschuh unter die linke Achsel, machte mit der bloßen Hand eine rasche Bewegung über die Troika hin, stieß einen Schrei aus, und die Pferde wirbelten davon wie der Wind. Es verschlug mir den Atem bei dem Tempo. Wir jagten vorwärts wie im Fluge.

Gleich einem wendigen Schifflein auf den Wellen hüpfte und schwankte der Schlitten nach beiden Seiten. Mein Fuhrmann stemmte sich mit dem Fuß gegen das Strangholz und zog kräftig an den Zügeln. Lange kämpfte er mit der aufbegehrenden Kraft der Pferde, die in letzter Zeit wenig Bewegung gehabt hatten. Der straffgezogene Zaum reizte jedoch nur ihre Wildheit. Sie schüttelten die Köpfe, streckten ihre dampfenden Nüstern dem Wind entgegen und entfesselten durch ihren ungestümen Galopp einen Schneesturm unter dem Schlitten. Derartige Begebenheiten sind für jeden von uns so alltäglich, daß ich seelenruhig im Innern des Schlittens lag, mich am Kutschbock festhielt und die schnelle Fahrt genoß. Kein Ausländer vermag zu begreifen, welch wildes Vergnügen es bereitet, in einer rasenden Troika dahinzueilen gleich dem Gedanken und dabei im Wirbel des Fluges die Wonne der Selbstvergessenheit zu empfinden.

Die Phantasie trug mich schon auf den Ball. Mein Gott, wie werde ich Polina durch mein unerwartetes Erscheinen in Schrekken und Freude versetzen. Man schilt mich aus, man liebkost mich, der Friede ist geschlossen, und schon wiege ich mich mit ihr im Tanz. Das Pfeifen der Luft erschien mir als Musik, die vorbeihuschenden Bäume und Zaunpfähle aber als die bunte Menge der Gäste in einem tollen Walzer. Ein Hilfeschrei des Kutschers weckte mich aus der Verzauberung. Ich ergriff zwei Zügel und riß den Kopf des Mittelpferdes so heftig zurück, daß es bei dem plötzlichen Ruck fast aus dem Kummet gesprungen wäre. Stampfend und schnaubend standen schließlich die abgekämpften Tiere still. Eine Wolke von Rauhreif fiel hernieder, und der leichte Wind trieb den Dampf, der von den Pferden aufstieg, auseinander; ich fragte den Kutscher: „Wo sind wir?“

Er zog gerade einen zerrissenen Sattelriemen nach und rückte das Geschirr zurecht. Zaghaft schaute er in die Runde. „Laß mich nachdenken, Herr“, antwortete er. „Wir sind längst von der

Hauptstraße abgebogen, um den Weg quer durch die Schneewehen einzuschlagen, aber ich kann die Gegend aus irgendeinem Grunde nicht erkennen. Ist das nicht Proschkins Dorf Repistsche oder Andronows Dorf Pereshoga?"

Diese topographischen Mutmaßungen brachten mich nicht einen halben Zoll voran. Die Ungeduld, ans Ziel zu gelangen, übermannte mich. Ich schlug ärgerlich ein Bein gegen das andere, indessen mein Kutscher umherlief, den Weg zu suchen.

„Nun, was ist?"

„Es steht schlecht, Herr!" antwortete er. „Zu rechter Stunde reden, zu schlechter Stunde schweigen. Wir sind wahrscheinlich am Schwarzen See gelandet!"

„Um so besser, Freundchen! Solange es einen Orientierungspunkt gibt, kann es nicht schwer sein, den Weg zu finden. Sitz auf und treibe die Pferde an."

„Was heißt besser, Herr, dieser Orientierungspunkt führt uns wer weiß wohin", entgegnete der Kutscher. „Hier hat mein Onkel eine Russalka gesehen, hörst du? Sie saß auf einem Ast, schaukelte und kämmte sich dabei ihr Haar. Einen Zopf hatte sie, daß einem bange werden konnte. Sonst aber war sie wunderschön, die reinste Augenweide, und dabei splitternackt, wie meine Hand."

„Na und, hat er die Schöne geküßt?" fragte ich.

„Christus steh dir bei, Herr, was scherzt du da! Wenn sie es hört, verpaßt sie dir ein Andenken, das du bis zur nächsten Ernte nicht vergißt. Der Onkel bekam vor Schreck nicht einen Mucks heraus, geschweige, daß er sie hätte bannen können. Als sie ihn erblickte, lachte sie schallend, klatschte in die Hände, na, und plumps ins Wasser. Von ihr behext, Herr, irrte er einen ganzen Tag umher wie die Katze um den heißen Brei. Zu Hause konnte man dann kaum etwas aus ihm herausbringen. Er brüllte nur immerfort wie ein Tier, weiter nichts. Der Gevatter Timoschka Kulak ist hier neulich einem Geist begegnet, der sich, stell dir vor, in ein Schwein verwandelte und dem Gevatter ständig zwischen den Beinen herumlief. Gut, daß sich Timoschka selbst in dem Teufelsspuk auskennt. Er springt von hinten auf das Schwein los und packt es bei den Ohren. Das Schwein zerrt ihn mit sich und quiekt dabei aus Leibeskräften. Es schleift ihn herum bis zum ersten Hahnenschrei. Als der Morgen graute, fand man ihn an der Ausfahrt bei Gawruschka, der so eine schöne Tochter hat. Was hier nicht so alles spukt. Wenn der schielende Serjoga zu erzählen anfängt . . ."

„Spar dir deine Geschichten für eine andere Gelegenheit", entgegnete ich, „ich habe wahrhaftig keine Zeit und auch keine Lust, mir Angst einjagen zu lassen. Wenn du nicht willst, daß dich die Russalka zu Tode kitzelt, und nicht die Absicht hast, mit den Karauschen unter der Eisdecke zu übernachten, dann mache dich schnell auf die Beine, den Weg zu finden."

Wir suchten die ganze Gegend ab und versanken bis über die Knie in den Schneewehen. Zu allem Unglück bezog sich der Himmel mit einem Wolkenschleier, durch den leise ein dichter Rauhreif rieselte. Der Mond war nicht zu sehen, und wir konnten nicht erkennen, wo Osten oder Westen war. Ein trügerischer Widerschein zwischen den Waldstücken lockte uns bald nach rechts, bald nach links. Jeden Augenblick glaubten wir, den Weg gefunden zu haben, erkannten aber aus der Nähe nur den Abhang einer Schlucht oder den Schatten eines Baumes. Die Spuren der Hasen und Vögel bildeten im Schnee geheimnisvolle Kreise. Traurig bimmelte das Glöckchen am Krummholz und zerteilte jeden schweren Schritt. Die Pferde gingen mit gesenkten Köpfen. Der Kutscher, bleich wie ein Leichentuch, murmelte Gebete und behauptete, daß uns ein Waldgeist umkreist hätte. Wir sollten deshalb unsere Pelze umwenden und mit der Kehrseite, das Fell nach außen, wieder anziehen. Ich versank im Schnee, war außer mir vor Wut und haderte mit der ganzen Welt. Dabei verstrich die Zeit, und wann würde diese verfluchte Wanderung ein Ende haben?

Man muß sich in einer ähnlichen Lage befunden haben, man muß verliebt gewesen und zu einem Ball geeilt sein, um sich meinen ganzen Zorn in diesem Augenblick vorstellen zu können. Ohne die Gefahr, in der wir schwebten, wäre die Situation lächerlich gewesen.

Der Ärger führte uns jedoch nicht auf den alten Weg und

bahnte uns keinen neuen. Das Bild Polinas, das vor meinen Augen tanzte, und das Gefühl der Eifersucht, daß sie sich jetzt mit irgendeinem Glückspilz drehte, seine Schmeicheleien anhörte und vielleicht sogar erwiderte, halfen mir bei der Suche überhaupt nicht.

Ich war mit einem schweren Bärenpelz bekleidet, den ich beim Gehen aufknöpfen mußte. Deshalb blies mir der Wind durch die Kleidung und ließ die Schweißtropfen am Körper zu Eis werden. Meine Füße steckten in leichten Tanzstiefeln und waren durchnäßt und starr vor Kälte bis zu den Knien. Es war so weit gekommen, daß ich mich weniger um den Ball als um mein Leben zu sorgen hatte, damit ich es nicht in dieser Einöde beendete. Wir spitzten vergeblich die Ohren. Nirgendwo ein tröstliches Lichtlein, nirgends eine menschliche Stimme, nicht einmal der Flug eines Vogels oder das Rascheln eines Tieres. Nur das Schnauben unserer Pferde und ihr ungeduldiger Hufschlag oder das Gebimmel des Glöckchens, wenn die Zügel es berührten, unterbrachen das allgemeine Schweigen. Finster standen die dichten Tannen ringsum und streckten wie Verstorbene, in Leichentücher aus Schnee gehüllt, ihre vereisten Arme nach uns aus. Mit Rauhreiffetzen verbrämt, warfen die Sträucher ihre verschlungenen Schatten über das bleiche Feld. Geborstene, verkohlte Baumstümpfe winkten mit grauen Zottelsplittern wie Traumgestalten. Nirgends die geringste Spur eines Menschen. Allenthalben nur Stille und Einöde.

Mein junger Kutscher war gar nicht reisemäßig angezogen. Als ihn die Kälte kräftig durchschüttelte, begann er zu weinen. „Sicherlich habe ich mich vor Gott versündigt“, sagte er, „daß ich zur Strafe einen solchen Tod erleiden muß. Da stirbt man ohne Beichte, wie ein Tatar. Es ist nicht leicht, sich von der schönen weiten Welt zu trennen, wenn man gerade erst vom schäumenden Becher der Jugend gekostet hat. Und wenn noch Fastenzeit wäre, aber ausgerechnet zu den Feiertagen! Meine alte Mutter wird losheulen wie ein Schloßhund, und wieviel Tränen wird meine Tanja vergießen.“

Ich war gerührt von der schlichten Klage des braven Burschen. Viel hätte ich darum gegeben, wäre mir mein Leben ebenso verlockend und liebenswert erschienen, hätte ich genauso fest an Liebe und Treue glauben können. Um den Schlaf zu verscheuchen, der ihn zu überwältigen drohte, ließ ich ihn die Suche aufs Geratewohl fortsetzen, damit er sich durch die Bewegung warm hielt. So liefen wir wohl eine halbe Stunde, als der Bursche plötzlich freudig ausrief: „Da ist sie, da ist sie!“

„Wer ist sie?“ fragte ich und watete durch den hohen Schnee.

Der Kutscher antwortete mir nicht. Er betrachtete entzückt eine Pferdespur. Ich bin überzeugt, kein armer Schlucker hätte sich bei der Entdeckung eines Beutels voller Gold so gefreut wie mein junger Begleiter über dieses sichere Zeichen und Unterpfand des Lebens.

In der Tat gelangten wir bald auf eine befahrene Holzfuhrstraße. Als spürten sie das Nachtlager, spitzten die Pferde freudig die Ohren und begannen zu wiehern. Wir glitten rasch auf der Straße dahin, immer der Nase nach. Nach einer Viertelstunde waren wir schon in einem Dorf. Da mein Kutscher sich hier auskannte, brachte er uns direkt vor das Haus eines ihm befreundeten, wohlhabenden Bauern.

Mit der Zuversicht hatte der durchgefrorene Bursche auch Mut und Kraft wiedergewonnen. Er lief erst ein wenig auf und ab, um die erstarrten Glieder zu lockern, klopfte sich den Schnee von den Ärmeln und vom Gesicht und spannte die Pferde aus, bevor er das Haus betrat. Ich rieb auf dem Flur die abgestorbenen Beine mit einem Tuchlappen, bis sie rot anliefen. Nach fünf Minuten saß ich schon unter den Heiligenbildern an einem gedeckten Tisch und wurde von dem herzensguten Hausherrn eifrig bewirtet. Anstatt auf den Ball war ich in eine fröhliche Bauerngesellschaft geraten.

Bei meinem Eintreten hatten sich alle Gäste erhoben, um mich gebührend zu begrüßen. Dann setzten sie sich nieder und brachten nur hin und wieder, flüsternd und Blicke tauschend, anscheinend das Gespräch auf den unerwarteten Gast. Die jungen Frauen in perlenbesticktem Kopfputz und die schönen Mädchen, die in ihren langen Zöpfen bunte golddurchwirkte Bänder oder dreieckige Zopfspangen mit Anhängern befestigt hatten, saßen dicht gedrängt auf den Bänken, um dem bösen — Geist natürlich, und nicht Menschen — keinen Platz zwischen sich zu lassen, denn viele Burschen hatten ein Mittel gefunden, sich dazwischenzuzwängen. Daneben standen einzeln oder in Gruppen die jungen Männer in bunten Kattunhemden mit abgeschrägten tressenbesetzten Kragen und darüber einen Kaftan aus gutem Tuch; sie lachten sich zu und knackten Nüsse. Einer von ihnen, der besonders freundlich aussah, hatte die Mütze schief aufs Ohr gesetzt und klimperte auf der Balalaika: „Unter Eichen, unter Ulmen." Der graubärtige Vater des Gastgebers lag auf dem Ofen, wandte uns sein Gesicht zu und schaute kopfschüttelnd auf die Spiele der Jugend. Wie zur Umrahmung des Bildes lugten vom Hängeboden zwei oder drei malerische Kinderköpfe hervor. Gähnend, den Arm aufgestützt, sahen sie hin und wieder zu uns herunter.

Das Wahrsagen zum neuen Jahr verlief in der üblichen Weise. Man schüttete in einen Kreis kleine Häufchen von Gerste oder Hafer, in denen sich Ringe befanden. Dann setzte man einen Hahn in den Kreis. Würdigte er ein Häufchen dadurch, daß er davon pickte, verhieß das dem männlichen oder weiblichen Befrager unwiderruflich die Heirat. Eine Tasse, in der sich besprochene Brotbrocken und Kohlestückchen, deren Bedeutung ich in keiner Weise zu deuten wußte, sowie verschiedene Ringe der Mädchen befanden, wurde mit einer Untertasse zugedeckt. Zu dieser Befragung des Schicksals und seiner Urteilssprüche gehörte das Absingen von Wahrsageliedern. Traurig lauschte ich den klangvollen Weisen, zu denen die Pfänder in der Tasse im Takt geschüttelt wurden.

„Ruhm dem Herrn der Himmelsscharen,
Hier auf Erden Ruhm dem Zaren!
Daß die Wahrheit uns wie eine
Sonne und noch heller scheine;
Seine Schatzgewölbe mögen
Gold bewahr'n bis zu den Bögen;
Seine Pferde, nie erlahmend, munter treiben,
Seine Kleider immer bunt und prächtig bleiben,

Seine Räte klug, langlebig wie die Eiben.
Schon besingen wir und preisen
Brot, die Ehr ihm zu erweisen.
Ströme fließen drängend zu den Meeren,
Bäche zu den Mühlen, zu den Wehren,
Alte Menschen zu erfreuen,
Junge Menschen zu belehren.

Hoch am Himmel blühn zwei Regenbogen,
Glück kommt einer Jungfrau zugeflogen.
Guter Freunde Worte führen
Uns und öffnen uns die Türen.

Kam ein Hecht aus Nowgorod einher,
Zog den schönen Schwanz durchs weiße Meer.
Hatte einen Kopf, aus Silbererz gegossen,
Perlen sah man schimmern in den Flossen.
Statt der Augen brannten — hell zwei Diamanten!

Goldenes Gewand liegt vor uns, lang und breit ...
Jemand macht sich auf die Reise, es ist Zeit."

Jedem weissagte man Reichtum und Ruhm. Ich aber hatte mich inzwischen aufgewärmt und dachte nicht daran, diese endlosen schicksalhaften Orakelsprüche aus der Tasse bis zum Schluß anzuhören. Mein Herz war fern von hier, und ich wäre ihm gern im Fluge nachgeeilt. Ich versuchte die Burschen zu überreden, mich zum Fürsten zu bringen. Zu ihrer Ehre, jedoch zu meinem Ärger sei gesagt, daß ich sie um keinen Preis von ihrer Herzensunterhaltung fortzulocken vermochte. Alle beteuerten, daß ihre Pferde nichts taugten oder zu erschöpft seien. Der eine hatte keinen Schlitten, bei dem anderen waren die Pferde nicht scharf beschlagen, und dem dritten tat der Arm weh. Der Hausherr versicherte, daß er seinen Sohn auch ohne Fahrgeld losgeschickt hätte, nur sei ein Paar guter Pferde gerade mit dem Gerichtsbeisitzer in die Stadt unterwegs. Sicherlich feierte er nun schon den dritten Tag in der Umgebung und würde vom vielen Trinken den klaren Kopf verloren haben. „Ihr müßt wissen, Euer Gnaden", sagte ein Maulheld und schüttelte seine Lockenpracht, „jetzt ist es schon Nacht, und noch dazu zwischen Weihnachten und dem Fest der Heiligen Drei Könige. Die Mädchen bei uns sind ein mutiges Völkchen. Wenn es darum geht, in die Zukunft zu schauen, laufen sie ohne Furcht hinter die Getreidedarren, um draußen auf dem Feld den Klang der Hochzeitsglocke zu hören, oder in das alte Badehaus, damit der Hausgeist sie mit seiner zottigen Pfote streichelt, auf daß sie reich werden. Aber sogar sie sind heute ganz sittsam; denn der Silvesterabend ist für die Teufel die Zeit der Ernte."

„Hör auf mit solchen Gruselgeschichten, Wanka", riefen ein paar feine Stimmchen.

„Warum aufhören?" fuhr Wanka fort. „Frag mal Arischka, wie schön der Hochzeitszug der Teufel war, den sie hinter den Getreidedarren bei Mondschein im Spiegel erblickte. Bei lebendigem Leibe konnte man sie sehen, als sie mit Pfeifen und Schreien vorüberfuhren. Arischka hat erzählt, daß sich ein Teufelchen in den Starostensohn Afonka verwandelt und in einem fort gebeten habe, sie möge sich in seinen Schlitten setzen, nur um sie aus dem Bannkreis herauszulocken. Ein Glück, daß ihr Verstand ebenso lang ist wie ihr Zopf und sie sich losmachen konnte."

„Nein, Herr", fügte ein anderer hinzu, „und wenn du mit Silbergeld um dich wirfst, es wird sich kaum jemand finden, der dich begleitet. Um den See herum muß man etwa zwanzig Werst Umweg in Kauf nehmen, und über das Eis zu fahren ist ohnehin schwierig genug. Es gibt da eine Unmenge von Spalten und Löchern. Wenn es dem Teufel einfällt, läßt er dich mit den Hosentaschen Krebse fangen."

„Und jeder weiß", sagte ein dritter, „daß bei den Teufeln bald der letzte Tag vor der Fastenzeit ist. Sie reißen einander geradezu die Beute aus den Krallen."

„Hör auf mit dem Unsinn", entgegnete der Maulheld. „Was heißt hier letzter Tag vor der Fastenzeit? Ein schwarzer Engel, oder, wie es im Buche heißt, ein Äthiopier, steht neben jedem Menschen und schaut ihm links über die Schulter. Ohne Unterlaß versucht er, den Menschen zur Sünde zu verleiten. Habt ihr denn nicht gehört, was im vorigen Jahr zu Weihnachten an der Praskewija-Ikone geschehen ist?"

„Ja, was denn?" fragten die Neugierigen. „Erzähl doch, Wanka. Nur erschrick uns nicht zu Tode."

Der Erzähler sah zur Tür, zum Fenster und in die Gesichter der Zuhörer. Dann räusperte er sich umständlich, strich sich mit der Hand die Locken zurecht und begann: „Es war wie bei uns an einem geselligen Winterabend. Die jungen Burschen banden sich Larven vors Gesicht, solche Schnauzen, daß man sich bei ihrem Anblick selbst am Tage am liebsten hinter dem Ofen verkrochen hätte, geschweige denn nachts mit ihnen tanzen mochte. Sie hatten die Pelzmäntel verkehrtherum angezogen, trugen riesige Pappnasen, sieben Fuß lang, und Hörner wie Isidors Ziege. Zwischen den Zähnen hielten sie ein Stück Kohle, daß der Mund weit auseinanderklaffte. Sie brachten es fertig, einen Hahn auf einem Krebs oder den Tod mit der Sense auf einem Pferd reiten zu lassen. Von Petruschka, dem Schuhmacher, der den Rücken des Pferdes darstellte, habe ich die ganze Geschichte erfahren. Aufgeführt haben sie sich wie die Schwalben vor dem Unwetter. Einem Burschen hatte der Teufel etwas eingegeben. ‚Paßt auf, ich werde dem Toten, der in der Kapelle liegt, Leichenhemd und Kranz stehlen. In dieser Kleidung, das Gesicht mit Kreide bemalt, werde ich als Leiche auf dem Fest erscheinen.' Wenn's etwas Unrechtes gilt, sind wir nicht faul. Bevor er sich die Sache noch überlegt hatte, eilte er in die Kapelle. Woher aber, sagt doch, nahm er den Mut dazu? Fast zu Tode hat er sie alle erschreckt, daß sich einer hinter dem Rücken des anderen versteckte. Als er aber dann mit der eigenen Stimme loslachte, ein Kreuz schlug und bei Gott schwor, daß er ein lebendiger Mensch sei, setzte ein Gelächter ein, toller als die Angst zuvor. Das Geplauder und die fröhliche Unterhaltung dauerte an, bis es draußen Mitternacht schlug. Der junge Mann mußte die neuen Sachen aus dem Sarg zurückbringen. Aber niemand folgte seiner Bitte, ihn zu begleiten. Als der Rausch aus seinem Kopf gewichen war, ließ auch er die Falkenflügel hängen. Allein zu gehen, fürchtete er sich, und die Freunde wiesen ihn ab. Der Verstorbene galt längst als ein Zauberer, und niemand wollte sich vom Teufel den Hals umdrehen lassen. ‚Du hast dir das Leichenhemd sozusagen ausgeborgt, also mußt du es auch zurückbringen. Wir haben keine Lust, für fremde Sünden einzustehen.‘ Plötzlich, es waren kaum zwei Minuten vergangen, hörte man jemanden durch den knirschenden Schnee geradewegs auf das Fenster zugehen: tapp — tapp ...“

„Gott steh uns bei!“ rief die Hausfrau und richtete den erschrockenen Blick auf das Fenster. „Dies ist ein frommes Haus“, fuhr sie fort und vermochte die Augen nicht von dem Gegenstand loszureißen, der sie so in Schrecken versetzt hatte.

Die Mädchen drückten sich unter Geschrei aneinander. Die Burschen stürzten zum Fenster, und die zaghafteren unter ihnen schauten sich mit hervorquellenden Augen und offenem Mund mehrmals nach beiden Seiten um, weil sie nicht wußten, was sie tun sollten. In der Tat schien es, als tauchte hinter den vereisten Fenstern ein Gesicht auf. Als man aber die Flügel öffnete, war auf der Straße niemand zu sehen. Nebelschwaden wälzten sich in den Raum und verdunkelten zeitweilig das Licht des Kienspans. Alle beruhigten sich ein wenig.

„Das habt ihr geträumt“, sagte der Erzähler und versuchte den eigenen Schrecken abzuschütteln. Seine Stimme war stockend und ungleichmäßig. „Nun hört das Ende der Geschichte. Sie ist nicht mehr lang: Als die bestürzten Leute in der Hütte den Mut fanden und fragten: ‚Wer klopft da?‘, antwortete der Fremde: ‚Ein Toter möchte sein Leichenhemd abholen.‘ Als der Bursche, der sich darin eingehüllt hatte, dies vernahm, legte er das Tuch und den Kranz ab und warf sie zum Fenster hinaus. ‚Nehme ich nicht an!‘ schrie der Hexenmeister und knirschte mit den Zähnen. ‚Dort, wo er's genommen hat, soll er's mir wiedergeben‘ — und das Leichenhemd befand sich plötzlich wieder mitten in der Hütte. ‚Um dich lustig zu machen, hast du mich zu diesem Abend eingeladen‘, sagte der Tote mit schrecklicher Stimme, ‚da bin ich! Erweise dem Gast die Ehre und geleite ihn nach Hause, zu jenem Haus, das für dich und für mich das letzte ist!‘ Alle beteten zitternd zu den Heiligen, und der arme Sünder saß mehr tot als lebendig und erwartete ein böses Ende. Unterdessen lief der Tote um das Haus und schrie dabei: ‚Gebt ihn mir heraus, oder es wird euch allen schlecht ergehen.' Er wollte sich schon durchs Fenster zwängen. Aber zum Glück waren die Fensterbalken mit Weihwasser besprengt worden. So überkam es ihn wie ein Feuer. Er heulte auf und stürzte zurück. Dann schlug er ans Tor, und der Eichenriegel zersprang wie Glas. Schon stieg er die Außentreppe empor. Laut knarrten die Balken unter den Füßen des Totengeistes. Der Hund im Flur kroch winselnd unter einen Trog. Alle sahen, wie eine Hand die Klinke niederdrückte. Vergeblich sprach man, zur Tür gewandt, Gebete gegen Gespenster und Teufelsspuk. Nichts vermochte ihn zu bannen. Die Tür drehte sich kreischend in den Angeln, und der Tote stand unversehens in der Hütte."

Genau bei diesem Wort öffnete sich die Tür, als hätte jemand gelauscht, um im selben Moment einzutreten. Es läßt sich nicht beschreiben, wie die Gäste vor Entsetzen aufschrien, von den Bänken sprangen und sich unter den Heiligenbildern zusammendrängten. Viele Mädchen bedeckten das Gesicht mit den Händen und verbargen sich hinter dem Rücken der Nachbarinnen, als sei eine Gefahr gebannt, wenn man sie nicht sieht. Aller Augen waren auf die Schwelle gerichtet und erwarteten dort ein Gerippe, in ein Sargtuch eingehüllt, wenn nicht gar den gehörnten Teufel selbst. In der Tat konnte man die neblige Frostluft, die sich in der Tür ballte, für höllischen Schwefeldampf halten.

Schließlich teilte sich der Nebel, und alle stellten fest, daß der eingetretene Gast ein durchaus menschliches Äußeres hatte. Er begrüßte leutselig die ganze Runde, bekreuzigte sich jedoch nicht vor den Ikonen. Es war ein Mann von ebenmäßiger Gestalt in einem offenen faltenreichen Kaftan, unter dem er eine Samtweste trug. Pluderhosen aus dem gleichen Stoff fielen über die Lackstiefel. Ein buntes persisches Tuch hatte er zweimal um den Hals geschlungen, und in der Hand hielt er eine Mütze aus Biberfell mit einem besonders geschnittenen Schirmrand. Kurzum, seine Kleidung bewies, daß er entweder ein Gutsverwalter oder ein Steuerpächter war. Sein Gesicht hatte regelmäßige Züge, war aber leichenblaß, und die schwarzen glanzlosen Augen starrten unbeweglich.

„Gott mit euch!“ sagte er und verneigte sich. „Ich bitte die Runde, sich durch meine Anwesenheit nicht stören zu lassen, und dich, Hausherr, meinetwegen keine Umstände zu machen. Ich bin nur für kurze Zeit in eurem Dorf eingekehrt, um mein Pferd für die Weiterreise zu füttern und in der Nähe etwas zu erledigen.“

Als er meine Uniform sah, verneigte er sich sehr ungezwungen, für seine Stellung sogar zu ungezwungen, und fragte mich bescheiden, ob er mir nicht irgendwie dienlich sein könne. Dann setzte er sich mit meiner Erlaubnis zu mir, sprach über dies und jenes und kam vom Hundertsten ins Tausendste. Seine Anekdoten waren sehr lustig, seine Bemerkungen bissig und die Scherze boshaft. Man spürte, daß er lange Zeit in vornehmer Gesellschaft verkehrt hatte, entweder als Vermittler verbotener Freuden oder als ihr Verfolger und vielleicht, wer weiß, als der verlorene Kaufmannssohn, der seinen Namen für eine traurige Erfahrung verkauft und Gesundheit und gute Sitten für Geld eingetauscht hat. Er spottete über alles, was die Menschen gewöhnlich wenigstens äußerlich zu achten gewohnt sind. Er erzählte von seinen lasterhaften Neigungen und Handlungen weder aus falscher, unaufrichtiger Prahlerei noch aus geheuchelter Bescheidenheit. Nein, dies war schon verstockte, gefühllose Verkommenheit. Ein böses Lächeln der Verachtung für die gesamte Umgebung spielte ständig auf seinem Gesicht, und als er seine durchdringenden Augen auf mich richtete, überlief mich unwillkürlich eine Gänsehaut.

„Nicht wahr, mein Herr“, sagte er nach kurzem Schweigen zu mir, „Ihr findet Gefallen an der Unschuld und der Fröhlichkeit dieser Einfaltspinsel, wenn Ihr die Langeweile der städtischen Bälle mit den geselligen Abenden der Bauern vergleicht. Doch fürwahr, das ist ganz vergeblich. Die Unschuld gibt es schon nirgendwo mehr. Die Stadtbewohner sagen, sie sei eine Feldblume, die Bauern zeigen auf den Spiegel, als säße sie dahinter in einem goldenen Käfig, wo sie doch längst in den Büchern der Alten begraben worden ist, denen man nur deshalb Glauben schenkt, um unsere Zeit zu tadeln. Und die Fröhlichkeit, mein Herr? Ich werde Euch zum Spaß diesen Affen zum Leben erwecken, den Ihr Fröhlichkeit nennt. Ein Maß süßen Branntweins für die Burschen, ein Dutzend Lebkuchen für die jungen Frauen und etwa drei Arschin bunte Bänder für die Mädchen — und fertig ist das Bauernparadies, doch für wie lange?"

Er ging hinaus und holte aus dem Schlitten alles herein, worüber er gesprochen hatte. Wie einer, der es gewohnt ist, setzte er sich mitten in die Runde und bewirtete alle, in ländlicher Mundart sprechend und scherzhafte Redensarten einflechtend, mit Lebkuchenhähnchen, schenkte den schönsten Mädchen bunte Bänder, Knöpfe für den Sarafan, Glasohrringe und ähnliche Kleinigkeiten, goß den Burschen Branntwein ein und überredete sogar einige der jungen Frauen, von dem süßen Fruchtlikör zu kosten. Die Runde begann zu summen wie ein Bienenstock. Die Augen der jungen Burschen blitzten, dreiste Worte kamen über ihre Lippen, und die schönen Mädchen lachten und schauten schon viel zärtlicher, wenn auch verstohlen, zu ihren Nachbarn hinüber, wobei sie den Geschichten des Fremden lauschten, die er ihnen ins Ohr flüsterte.

Um das Durcheinander vollkommen zu machen, ging der Unbekannte zu dem Lichthalter, aus dem die Asche von dem dort befestigten Kienspan in eine alte Bratpfanne fiel, rückte ihn zurecht und löschte scheinbar unabsichtlich die Flamme aus. Zehn Minuten etwa hantierte er in der Dunkelheit und versuchte das Feuer wieder anzublasen. Währenddessen ertönten unter allgemeinem Gelächter ringsum viele schamlose Küsse. Als der Kienspan wieder aufloderte, saßen alle bescheiden auf ihren Plätzen. Doch der Fremde deutete verschmitzt auf die geröteten Wangen der Mädchen. Bald zeigten sich die unheilvollen Folgen seiner Anwesenheit. Die bezechten Bauern begannen Streit miteinander. Die Frauen warfen ihren Freundinnen, die bessere Geschenke bekommen hatten, neidische Blicke zu. In einem Anfall von Eifersucht hielten viele Burschen ihren Mädchen vor, sie seien allzu zärtlich zu dem unbekannten Gast gewesen. Einige Ehemänner drohten ihren besseren Hälften, sie würden ihnen ihre Liebe mit der Faust beweisen, wenn sie weiterhin einem anderen zublinzelten. Sogar die Kinder auf dem Hängeboden prügelten sich um die Nüsse.

Die Arme auf der Brust verschränkt, lehnte der seltsame Unbekannte an der Wand und schaute mit einem zufriedenen, ironischen Lächeln auf die Spuren seiner mutwilligen Streiche. „So sind die Menschen“, sagte er leise zu mir. In diesen wenigen Worten aber lag vieles. Ich begriff, was er ausdrücken wollte: In Städten und Dörfern, in allen Ständen und Altersstufen gleichen sich die menschlichen Laster. Die Dummheit verwischt den Unterschied zwischen arm und reich. Nur das Spielzeug, dem die Menschen nachjagen, ist verschiedenartig, das kindische Benehmen aber ist das gleiche. Nicht weniger als das besagten der spöttische Blick und der Ton seiner Rede. So schien es mir jedenfalls.

Doch bald wurde ich der Unterhaltung mit diesem sittenlosen Geschöpf überdrüssig, die Lieder und Spiele der Bauern langweilten mich, und die Gedanken bewegten sich wieder in den gewohnten Bahnen. Einen Arm auf den Tisch gestützt, beantwortete ich die Fragen und blickte finster und zerstreut auf meine Umgebung. Wie von Wermut übersättigt, ließ das Herz ein unwillkürliches Murren vernehmen.

Der Unbekannte schaute auf seine Uhr und sagte zu mir: „Es ist gleich zehn.“

Ich freute mich sehr darüber. Mich dürstete nach Stille und Einsamkeit.

In diesem Augenblick trat einer der jungen Männer, mit einem rötlichen Schnurrbart und offenen Gesicht, auf mich zu und verneigte sich. „Was ich dich fragen wollte, Herr“, sagte er, wahrscheinlich ermuntert durch den unentgeltlichen Kräuterschnaps. „Spürst du jugendliche Kraft in dir?“

Ich lächelte und sah ihn an. Die Frage überraschte mich. „Hätte ein Klügerer als du mir eine solche Frage gestellt“, antwortete ich, „würde er die Antwort auf dem Buckel davontragen.“

„Aber Väterchen, Herr“, entgegnete er, „als ob ich daran zweifelte, daß du mit deinen breiten Schultern es mit einem Dutzend aufnimmst, ohne die Ärmel hochzukrempeln. So eine Verwegenheit ist für einen russischen Burschen nichts Besonderes. Es handelt sich aber nicht um Menschen, Herr. Ich wollte wissen, ob du Hexen und Teufelsspuk fürchtest."

Es wäre lächerlich gewesen, ihn von seiner Meinung abbringen zu wollen, umsonst, ihm meinen Unglauben daran zu erklären.

„Den Teufel fürchte ich noch weniger als die Menschen", war meine Antwort.

„Ruhm sei dir und Ehre, Herr!" sagte der Bursche. „Endlich habe ich mit Mühe und Not einen Kameraden gefunden. Und du würdest beim Anblick des Teufels vor deiner Nase nicht erschrecken?"

„Ich würde ihn sogar bei der Nase packen, wenn du ihn aus diesem Waschbecken hervorzaubern könntest."

„Nun, Herr", fügte er hinzu, senkte die Stimme und neigte sich zu meinem Ohr. „Wenn du in irgendeiner Angelegenheit die Zukunft erfragen möchtest oder wenn du so wie ich ein Liebchen hast, dann laß uns meinetwegen sogleich aufbrechen. Wir werden dann alles erfahren, was mit ihnen und mit uns noch geschehen wird. Doch nur ja keine Angst, Herr. Für so eine Wahrsagung braucht man ein dreifaches Herz. Also, ja oder nein?"

Ich wollte gerade diesem langschößigen Wahrsager antworten, daß er entweder ein Tor oder ein Angeber sei und daß ich ihm zum Spaß oder wegen seiner Einfalt durchaus keine Dummheit zu machen gedenke. In diesem Augenblick bemerkte ich aber einen spöttischen Blick des Unbekannten, der soviel bedeuten konnte wie: Freundchen, du möchtest mit klugen Worten die dumme Angst verbergen! Man kennt eure Sorte, die Herren adligen Freidenker! Diesem Blick fügte er noch eine Ermahnung hinzu, obwohl er gar nicht gehört haben konnte, daß man mich zu einer Wahrsagung eingeladen hatte. „Sie werden sicher nicht mitgehen", sagte er zweideutig, „was kann man von solchen Leuten Gescheites oder gar Unterhaltsames erwarten!"

„Im Gegenteil, ich gehe", antwortete ich unwirsch. Ich verspürte Lust, dem Fremden die Stirn zu bieten. „Schon längst möchte ich mein künftiges Schicksal aufbeißen wie eine Nuß und etwas näher mit dem Teufel bekannt werden“, sagte ich zu dem Wahrsager. „Doch mit welcher Zauberei wollen wir ihn aus der Hölle hervorlocken?“

„Jetzt streift er auf der Erde herum“, antwortete jener, „und ist uns näher, als manch einer denkt. Man muß ihn zwingen, nach unserem Willen zu handeln.“

„Seht nur zu, daß er euch nicht zwingt, so zu handeln, wie er es will“, sagte der Fremde gewichtig.

„Wir werden die ‚unheimliche Wahrsagung‘ versuchen“, flüsterte mir der Bursche ins Ohr, „und den Teufel auf einer Ochsenhaut beschwören. Mich hat er schon einmal darauf durch die Luft getragen, und was ich dort gesehen und gehört habe“, fügte er erbleichend hinzu, „das ... Aber, Herr, du wirst selbst alles in Erfahrung bringen.“

Ich erinnerte mich daran, daß Walter Scott in den Anmerkungen zu „The Lady of the Lake“ den Brief eines schottischen Offiziers zitiert, der genau auf die gleiche Weise in die Zukunft schauen wollte und mit Entsetzen davon berichtet, daß die menschliche Sprache nicht die Ängste auszudrücken vermag, von denen er gepackt wurde. Ich war neugierig zu erleben, ob sich das Ritual dieser Wahrsagung, eines Überrestes aus der Heidenzeit, der sich an so verschiedenen Stellen Europas erhalten hatte, auf die gleiche Weise vollziehen würde.

„Gehen wir doch gleich los“, sagte ich, band meinen Säbel um und zog die Stiefel an, die inzwischen getrocknet waren. „Es ist offensichtlich heute mein Schicksal, mich mit Pferden und Teufeln herumzuschlagen. Wollen sehen, wer von beiden mich ans Ziel bringt!“

Ich trat gerade über die Schwelle, als der Fremde mit scheinbarer Anteilnahme sagte: „Ihr bemüht Euch umsonst, mein Herr! Die Phantasie ist ein böser Zauberer und kann Euch Gott weiß was vorgaukeln!“

Ich dankte ihm für seinen Rat und fügte hinzu, daß ich nur zu meinem Vergnügen mitginge; ich hätte Verstand genug, einen

Betrug zu bemerken, und einen zu kühlen Kopf und ein zu hartes Herz, um ihm nachzugeben.

„So soll sich denn erfüllen, was vorherbestimmt ist!“ rief mir der Fremde feierlich nach.

Mein Begleiter trat in ein Nachbarhaus. „Gestern abend haben wir einen Ochsen bekommen, so schwarz wie Teer und ohne die kleinste Schramme“, sagte er und zog von dort eine frische Haut hervor. „Die wird nun unser fliegender Teppich.“

Unter dem Arm trug er einen roten Hahn, drei Messer blinkten im Gürtel, und aus dem Wams schaute der Kopf einer Weinflasche, in der sich nach seinen Worten ein Trank aus Kräutern befand, die man in der Johannisnacht gesammelt hatte.

Der zunehmende Mond hatte schon den halben Himmel durchmessen. Wir gingen schnell die Straße entlang, und mein Begleiter machte mich darauf aufmerksam, daß uns nicht ein einziger Hund angebellt habe. Selbst die uns begegneten, stürzten Hals über Kopf in die Torbögen und schauten von dort nur knurrend hervor. Nach etwa anderthalb Werst war das Dorf durch einen Hügel unseren Blicken entzogen, und wir bogen zu einem Friedhof ab. Hinter einer halb eingestürzten Mauer tauchte eine baufällige, vom Schnee niedergedrückte Holzkirche auf, deren Schatten sich in der Ferne verlor wie der Weg ins Jenseits. Die Reihen der Kreuze und verwitterten Gedenksteine für die darunter verwesenden Dorfbewohner neigten sich demütig über die Grabhügel, und ein paar Tannen bewegten ihre schwarzen Zweige im Wind auf und ab.

„Hier ist es“, sagte mein Begleiter und warf die Haut ab, mit dem Fell nach oben. Sein Gesicht war völlig verändert. Statt der glühenden Röte zeigte es eine tödliche Blässe. An die Stelle der bisherigen Schwatzhaftigkeit war ein geheimnisvolles und bedeutsames Schweigen getreten. „Hier ist es“, wiederholte er. „Für ihn, den wir herbeirufen wollen, ist dies ein teurer Platz. Hier wurden zu verschiedenen Zeiten drei Lieblinge der Hölle begraben. Ich warne dich zum letzten Mal, Herr, wenn du willst, kannst du umkehren. Doch wenn die Beschwörung begonnen hat, sieh dich nicht um, was immer dir erscheinen mag, wie man dich auch rufen wird, schlage kein Kreuz und sprich kein Gebet. Trägst du kein Amulett am Hals?“

Ich antwortete, daß ich auf der Brust den elterlichen Segen bei mir trage, ein kleines Kreuz und ein Heiligenbildchen.

„Leg es ab, Herr, und hänge es meinetwegen an diesen kleinen Grabstein. Einzig unser Mut kann uns jetzt schützen.“

Ich gehorchte fast widerwillig. Es war seltsam: Als ich meine Penaten, die mich seit der Kindheit begleitet hatten, vom Hals löste, wurde mir bänglich zumute. Mir schien es, als sei ich jetzt ganz allein, ohne Schutz und Schirm.

Inzwischen begann mein Wahrsager, unverständliche Laute vor sich hin murmelnd, einen Kreis um die Haut zu ziehen. Nachdem er mit dem Messer einen Pfad markiert hatte, besprengte er ihn mit dem Naß aus der Flasche. Dann erwürgte er den Hahn, damit er nicht schrie, hieb ihm den Kopf ab und begoß das dritte Mal den Zauberkreis mit Blut.

Ich schaute ihm zu und fragte: „Sollten wir nicht eine schwarze Katze in einem Kessel kochen, damit seine Verwandten, die Hexen, Lösegeld zahlen?“

„Nein“, sagte der Beschwörer und bohrte die Messer in den Boden, daß sie ein Dreieck bildeten. „Eine schwarze Katze kocht man, wenn man sich die Mädchen geneigt machen will. Die Kunst besteht darin, aus den Knochen den richtigen auszuwählen. Berührst du ihn, dann wird diejenige sich nach dir verzehren, an die du gerade denkst.“

In den Hauptstädten würde so mancher ein solches Knöchelchen teuer bezahlen, dachte ich. Dann würden Geist und Liebenswürdigkeit, Schönheit und selbst das Glück der Dummköpfe vor ihm die Segel streichen.

„Eigentlich ist es gleich“, fuhr er fort, „man kann sich ähnliche Kräfte auch am Johannistag verschaffen. Setze einen Frosch in ein löchriges Birkenkörbchen, das du besprochen hast, und stelle es in einen Ameisenhaufen. Dann beginnt er mit menschlicher Stimme zu schreien, und wenn er am Morgen aufgefressen ist, bleibt in dem Körbchen nur ein Gäbelchen und ein hakenförmiges Knöchelchen. Dieser Haken ist eine nie versagende Herzensangel. Und wenn du genug hast, berühre damit das gabelförmige Schulterknöchelchen. Es nimmt die frühere Liebe fort, wie wenn du einen Handschuh abstreifst.“

Was das Vergessen anbelangt, dachte ich, bedarf es bei unseren Damen keiner Zauberei.

„Es ist Zeit“, sagte der Wahrsager. „Paß auf, Herr! Wenn dir deine Seele lieb ist, schau dich nicht um. Ergötze dich am Anblick des Mondes und warte auf das, was kommt.“

Eingehüllt in den Bärenpelz, legte ich mich auf die verhängnisvolle Ochsenhaut und ließ meinen Begleiter zaubern, soviel er wollte. Unwillkürlich jedoch wiederholte mir das Rad der Gedanken immer wieder die Frage: Woher nimmt dieser Mensch eine solche Sicherheit? Er konnte klar erkennen, daß ich durchaus nicht leichtgläubig war. Folglich, wenn er meinte, mich zum Narren halten zu können, mußte er wissen, daß ich seinen Schwindel spätestens in zwei Stunden aufdecken würde. Mich zu überfallen und auszurauben, wird niemand wagen. Im übrigen kommt es vor, daß bisweilen die einfältigsten Menschen über geheime Naturkräfte verfügen. Sollte er . . .? Ich schämte mich, daß in meinem Kopf die Saat des Zweifels aufging. Doch wenn sich der Mensch über irgendeinen Gegenstand eine Frage erlaubt, heißt das, sein Glaube ist erschüttert, und wer weiß, wie weit die Schwingungsweite dieses Pendels reicht?

Um mich von dem Gedanken an die Welt der Geister, die uns vielleicht unsichtbar umkreisen und unser Tun unbemerkt beeinflussen, zu befreien, sah ich zum Mond hinauf. Stilles Land der Träume, dachte ich, bist du wirklich nur von unseren Träumen bewohnt? Warum fliegen dir die Blicke und Gedanken der Menschen so liebevoll zu? Warum erquickt dein Leuchten das Herz wie der Gruß eines Freundes oder die Zärtlichkeit einer Mutter? Bist du ein der Erde verwandtes Gestirn? Bist du nicht ihr Begleiter auf der Wanderschaft durch den Äther, und nimmst du nicht Anteil am Schicksal ihrer Bewohner? Du bist schön, Stern des Friedens, aber unsere Erde, das Reich der Stürme, ist noch schöner. Deshalb glaube ich nicht an die Behauptung der Dichter, daß es unseren Schatten bestimmt ist, dorthin zu enteilen, und daß sich dir darum unsere Herzen und Sinne zuwenden. Nein, du könntest die Wiege, das Vaterland unseres Geistes sein. Dort erblühte vielleicht seine Kindheit, und er liebt es, aus der neuen Wohnstätte in deine bekannte, aber vergessene Welt zu fliegen. Es ist dir jedoch nicht bestimmt, du stilles Land, Obdach für die ungestüme Jugend der menschlichen Seele zu werden. Auf dem Weg zur Vollkommenheit stehen ihr noch schönere Welten und noch schwerere Prüfungen bevor, weil lichte Gedanken und zarte Gefühle nur zu einem hohen Preis erkauft werden.

Meine Seele entzündete sich an der Berührung dieses Funkens. Die Gestalt Polinas, mit allen Reizen, die die Phantasie ausmalt, schwebte vor mir. Oh, warum leben wir nicht im Zeitalter des Märchens, dachte ich; könnte ich um den Preis des Blutes, den Preis der Seele eine zeitweilige Allmacht erkaufen — du wärest mein, Polina, mein!

Unterdessen lag mein Begleiter hinter mir auf den Knien und betete unverständliche Zauberformeln vor sich hin. Doch seine Stimme wurde allmählich leiser. Schon murmelte er gleich einem Bächlein, das unter der Schneedecke dahinfließt.

„Er kommt, er kommt!" rief er plötzlich und fiel zu Boden. Auf seine Worte antwortete in der Ferne ein Lärmen und ein Stampfen, als jage ein Sturmwirbel über die verharschte Schneedecke, als donnerten Hammerschläge gegen einen Stein. Der Beschwörer war verstummt, aber der Lärm verstärkte sich und kam näher. Die angstvolle Erwartung verschlug mir unwillkürlich den Atem, und ich bekam eine Gänsehaut. Die Erde dröhnte und bebte.

Ich hielt es nicht aus und blickte mich um. Und was sah ich? Die Flasche war leer, und daneben schnarchte mein betrunkener Geisterseher, das Gesicht in den Schnee vergraben. Ich lachte schallend auf, und das um so lieber, als ich vor mir den Fremden, der im Schlitten vorüberfuhr, sein Pferd zügeln sah. Er lachte ebenfalls über diese Begegnung.

„Habe ich Euch nicht gesagt, Herr, daß Ihr diesem Dummkopf umsonst Glauben schenkt? Nur gut, daß er Euch nicht lange zur Last gefallen ist und sich zuerst einmal Mut angetrunken hat. Es ist sonnenklar, daß solchen Wahrsagern vom übermäßigen Trinken Wunderdinge erscheinen!"

Indessen drangen seine bösen Blicke mir eisig ins Herz. Mit einem tückischen Lächeln zeigte er seine Freude über meine Verwirrung. Ich stand vor ihm wie ein verschüchtertes Kind, das man im Dunkeln ertappt hat.

„Wo kommst du so plötzlich her, mein Lieber?" fragte ich den überall gegenwärtigen Fremden, nicht sehr zufrieden mit seiner Belehrung.

„Es lohnt sich nicht, über mich nachzudenken, Herr. Ich bin wie ein loses Blatt im Wind", antwortete er verschmitzt. „Ich habe vom Hausherrn in Erfahrung gebracht, daß Ihr zum Ball des Fürsten Lwinski fahren wolltet und daß die Bauernflegel es ablehnten, Euch hinzubringen. Da ich selbst zu einem geheimen Stelldichein mit einer herrschaftlichen Dame dorthin unterwegs bin, freue ich mich, Euch behilflich sein zu können. Ich kann mich rühmen, mein Pferd läuft wie der Teufel vor dem Weihwasser, und quer über den See sind es nicht mehr als acht Werst!"

Ein solcher Vorschlag konnte von mir nicht übel aufgenommen werden. Ich sprang freudig auf und wollte den Fremden umarmen. Wenigstens um Mitternacht dort sein, für einen Augenblick ... Das war wunderbar und aufregend.

„Du hast mir einen großen Dienst erwiesen, mein Freund! Ich bin bereit, dir mein ganzes Bargeld zu geben!" rief ich und setzte mich in den kleinen Schlitten.

„Behaltet es nur für Euch", antwortete der Unbekannte und setzte sich neben mich. „Wenn Ihr bessere Verwendung dafür habt als ich, wäre es unvernünftig, das Geld fortzugeben. Verwendet Ihr es aber genauso unsinnig wie ich, dann ist es sowieso umsonst!"

Die Zügel strafften sich, und wie ein Pfeil, von einem stählernen Bogen geschnellt, flog das Pferd über den zugefrorenen See. Zu hören war nur das Knirschen der Kufen und das Pfeifen der Luft, die durch den schnellen Galopp zerschnitten wurde. Mir verschlug es den Atem, und das Herz erstarb mir, als ich sah, wie unser Schlitten über die Spalten hüpfte und sich am Rand der eisfreien Stellen drehte und wendete. Indessen erzählte mir der Unbekannte alle heimlichen Abenteuer des hiesigen Adels: Jener stellte der Frau des Adelsmarschalls nach, diese war inkognito bei unserem Major zu Gast; ein anderer stieß mit seinen Hunden statt auf einen Wolf auf die Spur des Nachbarn und hätte das Tierchen beinahe im Schlafzimmer seiner Frau gestellt; unser Oberst teilte sich mit dem Gouverneur einige Tausender aus der Kasse für Quartiergelder; der Staatsanwalt bekam unlängst eine Pirogge mit goldener Füllung geschenkt, damit er den Prozeß des Gutsbesitzers Remnizyn unterdrücke, der seinen Leibeigenen zu Tode geprügelt hatte, und so weiter und so fort.

„Ich wundere mich, wieviel hier geklatscht wird", sagte ich, „noch mehr aber wundere ich mich, wie du davon Kenntnis haben kannst."

„Glaubt Ihr wirklich, Herr, daß Silbergeld hier schlechter im Kurs steht oder daß das richterliche Gewissen teurer zu kaufen ist als in den Hauptstädten? Glaubt Ihr wirklich, daß das Feuer der Leidenschaft hier nicht brennt, die Frauen weniger leichtsinnig sind und die Ehemänner keine Hörner tragen? Gott sei Dank wird diese Mode, so hoffe ich, bis ans Ende der Welt nicht veralten. Da spricht man allerdings jetzt mehr von der Ehrlichkeit der Gerichte und zeigt mehr Bescheidenheit in der Gesellschaft, aber nur, um den Preis in die Höhe zu treiben. In den Großstädten ist es leichter, alle mutwilligen Streiche geheimzuhalten. Hier dagegen gibt es keine Modeläden, keine Logen mit Gitterfensterchen, keine Leihkutschen und keine Armenbesuche; dafür aber eine zahllose und findige Dienerschaft und kleine Kinder auf Schritt und Tritt. Es ist nicht mehr Mode, auf Pilzsuche zu gehen, und Ausflüge zu Pferd sind noch nicht eingeführt. So müssen die armen zärtlichen Herzen, um zueinander zu gelangen, auf eine Landpartie oder auf einen Kirchenfeiertag bei den Nachbarn zu Ehren eines Schutzheiligen oder auf eine stürmische Nacht warten, in der Regen und Wind die Spuren des mutigen Verehrers verwischen, der weder die Zähne der Hunde noch die Zungen der Nachbarinnen fürchtet. Und im übrigen, Herr, wißt Ihr das so gut wie ich. Auf dem Ball ist der Stern unter den hiesigen Damen zugegen, Polina Pawlowna."

„Das ist mir gleich", antwortete ich kaltblütig.

„Tatsächlich?" sagte der Unbekannte und schaute mich spöttisch und durchdringend an. „Und ich würde meine Bibermütze und als Zugabe meinen Kopf verpfänden, daß ihr ihretwegen dorthin fahrt. Wirklich, es ist für Euch längst an der Zeit, ihre Tränen mit Küssen zu trocknen, wie vor drei Wochen um fünf Uhr nachmittags, als Ihr vor ihr auf den Knien lagt!"

„Bist du ein Teufel oder ein Mensch?" rief ich wütend und packte den Unbekannten am Kragen. „Ich werde dich zwingen, mir zu sagen, von wem du diese Verleumdung hast, und dich lehren, für immer zu verschweigen, was du weißt."

Seine Worte hatten mich verblüfft und erregt. Wer konnte ihm die Einzelheiten meines Geheimnisses verraten haben? Ich hatte es keinem Menschen offenbart. Niemals hatte der Wein mir eine Indiskretion entlockt. Sogar mein Kopfkissen hatte nie einen verräterischen Laut gehört, und plötzlich war eine Angelegenheit, die sich innerhalb der vier Wände meines Zimmers in der zweiten Etage abgespielt hatte, wo uns selbstverständlich niemand zuschauen konnte, einem solchen Taugenichts zu Ohren gekommen. Mein Zorn kannte keine Grenzen. Ich war stark, ich war gereizt, und der Fremde zitterte wie der Stock in meiner Hand. Ich zog ihn vom Sitz hoch. Doch er riß meine Hand los wie eine Blüte vom Stengel und stieß mich fort wie ein siebenjähriges Kind.

„Ihr werdet dieses Spiel mit mir verlieren", sagte er kaltblütig und entschlossen. „Drohungen sind für mich eine Münze, deren Wert ich nicht schätze. Und warum das alles? Eine knarrende Tür bringt man nicht mit dem Hammer, sondern mit Öl zum Schweigen. Dabei liegt doch mein eigener Vorteil in der Verschwiegenheit. Doch da sind wir schon am Tor des fürstlichen Hauses. Denkt daran, daß ich für Euch, trotz Eures Argwohns, eine sichere Lanze für jeden verwegenen Dienst bin. Ich erwarte Euch zur Rückfahrt hinter dieser Ecke. Wünsche Erfolg!"

Und bevor ich mich gefaßt hatte, hielt der Schlitten knirschend vor der Auffahrt. Der Unbekannte setzte mich ab und entschwand meinen Blicken.

Ich betrat das Haus. Alles lärmte und glänzte. Das ländliche Fest war, wie man so sagt, in vollem Gange. Die Tänzer drehten sich wie auf Verabredung, und die Damen waren trotz der mitternächtlichen Stunde sehr munter. Fast ein wenig neidisch umdrängten mich die Neugierigen und überschütteten mich mit Fragen und Zurufen. Ich erzählte rasch meine Erlebnisse, entschuldigte mich bei den Gastgebern, neigte mich über den Handschuh ehrenwerter alter Damen, drückte den Freunden die Hand, warf im Vorbeigehen den Mädchen schmeichelhafte Worte zu und lief hastig durch alle Zimmer, auf der Suche nach Polina.

Ich fand sie abseits von der Menge, einsam und bleich, den Kopf gesenkt, als drücke sie der Blumenkranz nieder wie Blei. Bei meinem Anblick schrie sie freudig auf. Eine feurige Röte schoß ihr ins Gesicht. Sie wollte sich erheben, aber ihre Kräfte versagten. Sie sank wieder in den Sessel zurück und verbarg die Augen hinter einem großen Fächer, wie von einem plötzlichen Glanz geblendet. Ich zügelte meine Erregung, so gut ich konnte, und setzte mich neben sie. Ohne Umschweife bat ich sie um Verzeihung, daß ich die schwere Prüfung nicht bestanden hatte und, da ich mich vielleicht für immer von ihr trennen mußte, meine Seele noch einmal an ihrem Blick erwärmen wollte, bevor ich mich in die dumpfe kalte Wüste des weltlichen Treibens stürzte; oder nein, nicht um der Liebe willen, sondern um meine Liebe zu ihr zu vergessen, war ich gekommen: mich verlangte, irgendeinen Mangel an ihr zu entdecken, mit ihr zu streiten, mich verdrießen zu lassen durch ihre Vorwürfe und ihre Herzenskälte oder, um uns die Trennung zu erleichtern, ihr einen wie auch immer gearteten Anlaß zu geben, mich zu beschuldigen, wenn sie die Grausamkeit besäße, den unüberwindlichen Drang der Liebe Schuld zu nennen, nur auf Grund der Vorhaltungen einer falsch verstandenen Vernunft, ohne der Stimme des Herzens Gehör zu schenken ... Sie unterbrach mich.

„Ich müßte dir Vorwürfe machen", sagte sie, „aber ich bin so froh, so glücklich, dich zu sehen, daß ich bereit bin, dir für das nicht eingehaltene Versprechen zu danken. Ich rechtfertige und tröste mich damit, daß auch du, ein starker Mann, der Schwäche zugänglich bist. Und wenn ich sogar einsichtsvoll wäre, dir zu zürnen, glaubst du wirklich, ich würde die letzten Minuten unseres Zusammenseins mit Vorwürfen vergiften? Mein Freund, du vertraust meiner Liebe immer noch weniger als meiner Besonnenheit, die ich jetzt gebrauchen könnte. Mögen dich diese Freudentränen vom Gegenteil überzeugen!"

Wäre es möglich gewesen, so wäre ich niedergesunken, hätte den Boden unter ihren Füßen geküßt und hätte ... Ich war außer mir vor Entzücken. Ich weiß nicht mehr, was ich sagte und was ich hörte, aber ich war so heiter, so glücklich! Arm in Arm mischten wir uns in den Kreis der Tanzenden. Ich vermag nicht zu beschreiben, was ich empfand, als ich ihre schlanke Gestalt mit wonnebebender Hand umfing und mit der anderen ihr liebreizendes Händchen drückte. Mir schien, als sei das Handschuhleder lebendig und übertrage das Schlagen des heftig pulsierenden Blutes. Es war, als sprühe Polinas ganzes Wesen Funken! Wir wirbelten davon in einem ungestümen Walzer, und ihre wehenden duftigen Locken berührten bisweilen meine Lippen. Ich sog die aromatische Flamme ihres Atems ein. Meine Blicke irrten wie durch einen Dunstschleier. Ich sah, wie sich die schneeweißen Halbkugeln, erregt durch meine Seufzer, stürmisch hoben und senkten, sah, wie ihre Wangen von meinem Feuer erglühten, sah — nein, ich sah nichts. Der Boden verschwand unter meinen Füßen. Ich flog, so schien es, flog, flog mit einem vor süßer Wonne ersterbenden Herzen durch die Luft. Zum ersten Mal vergaß ich den gesellschaftlichen Anstand und mich selbst. Als ich während eines Kotillons neben Polina saß, träumte ich, daß nur wir beide im leeren Raume existierten. Alles übrige nahm ich nur verschwommen wahr, wie Wolken, die der Wind auseinanderbläst. Mein Verstand kreiste in einem flammenden Wirbel.

Die Sprache, diese teure Gabe des Himmels, war das letzte Mittel, unsere Gefühle auszutauschen. Jede Fiber sprach von unserer Liebe. Ich war gleichermaßen glücklich und unglücklich. Das übervolle Herz drohte zu bersten. Doch mir fehlte noch

etwas. Ich flehte sie an, mir ein letztes Mal zu gestatten, ihr ohne Zeugen zu sagen: „Ich liebe dich“, und die ewige Trennung mit einem Kuß zu besiegeln. Diese Worte brachten ihre Standhaftigkeit ins Wanken. Wer keine Schwäche kennt, hat nie geliebt! Ihren Lippen entrang sich die verhängnisvolle Zusage.

Erst gegen Ende des Tanzes bemerkte ich den Gatten Polinas, der an der gegenüberliegenden Wand lehnte und eifersüchtig unserem Gespräch zu folgen schien. Er war ein böser Mensch von niederem Charakter. Ich hatte ihn nie gemocht, doch jetzt, als den Gatten Polinas, war ich bereit, ihn zu hassen, ihn zu vernichten. Der geringste Streit mit ihm konnte für uns beide verhängnisvoll werden, das fühlte ich, und daher entfernte ich mich. Die halbe Stunde, die zwischen dem Versprechen und seiner Verwirklichung lag, erschien mir endlos. Hinter einer langen Galerie befand sich das kleine Haustheater des Fürsten, wo er abends Vorstellungen zu geben pflegte. Dort war das Stelldichein verabredet. Ich ging langsam durch den leeren Zuschauerraum zwischen umgekippten Bänken hindurch. Durch die Fenster fiel das Mondlicht und malte an die Wände verschwommene Blumen und Bäume, die die Eiskristalle am Fensterglas spiegelten. Die Bühne war dunkel wie der Kasten eines Puppenspiels. In wahllosem Durcheinander standen die Kulissen herum wie versteckte Riesen. All das beschäftigte mich jedoch nur für einen Augenblick. Hätte ich mich tatsächlich vor diesen körperlosen Wesen gefürchtet, so wäre dies nicht der Zeitpunkt gewesen, um der Angst auch nur den kleinsten Winkel in meiner Brust einzuräumen. Ich verharrte in flammender Erwartung. Es schlug zwei Uhr, und der schwankende Ton der Glocke verstummte, murrend, wie ein unsanft geweckter Wächter. Der Klang erschütterte mich bis auf den Grund der Seele. Ich zitterte wie im Fieber, der Kopf glühte, und ich verging, ich verschmachtete. Jedes Knarren, jedes Klappern brachte mich in Schweiß oder ließ mich frösteln.

Endlich brach der ersehnte Augenblick an: Mit einem leisen Geräusch öffnete sich die Tür. Wie ein luftiger Schatten tauchte Polina dort auf. Noch ein Schritt, und sie lag an meiner Brust.

Das Schweigen, das den langen Abschiedskuß begleitete, wurde von ihr gebrochen.

„Vergiß, daß es mich gibt“, sagte sie, „vergiß, daß ich dich liebte und liebe. Vergiß alles und lebe wohl!“

„Dich vergessen?“ rief ich. „Du möchtest, daß ich das letzte Glied des Trostes in der eisernen Kette des Lebens zerschlage, die ich von nun an tragen muß wie ein Gefangener? Ich sollte mir den Gedanken an dich aus dem Herzen reißen und aus dem Gedächtnis streichen? Nein, das wird niemals geschehen! Die Liebe war mir das Leben und wird nur mit dem Leben enden!“

Ich preßte sie an mich, und ein Höllenfeuer lief durch meine Adern. Umsonst versuchte sie, sich loszureißen, bat mich, flehte mich an.

Ich rief: „Nur noch eine Sekunde des Glücks, und ich werfe mich in das Grab der Zukunft!“

„Noch einmal, lebe wohl“, sagte sie schließlich entschlossen, „deinetwegen habe ich meine Pflicht vergessen, dir habe ich den häuslichen Frieden geopfert, deinetwegen habe ich die zweideutigen Blicke der Freundinnen, die boshaften Bemerkungen der Männer und die Drohungen des Gatten ertragen. Willst du mir wirklich das letzte, was ich nach außen hin besitze, den ehrlichen Namen, rauben? Ich weiß nicht, warum mir das Herz erstarrt und mich ein unwillkürliches Beben erfaßt wie eine furchtbare Vorahnung. Doch lebe wohl, es ist höchste Zeit!“

„Es ist schon zu spät!“ ertönte eine Stimme von der Tür, die rasch geöffnet wurde. Ich erschrak für Polina, warf mich dem Ankömmling entgegen, und meine Hand stieß gegen seine Brust. Es war der Fremde. „Flieht!“ rief er außer Atem. „Flieht! Man sucht euch. Ach, meine Gnädigste, welch ein Aufsehen haben Sie durch Ihre Unvorsichtigkeit verursacht!“ sagte er, als er Polina bemerkte. „Ihr Mann ist rasend vor Eifersucht, speit Gift und Galle auf der Suche nach Ihnen. Er ist ganz in der Nähe.“

„Er wird mich töten“, rief Polina und fiel mir in den Arm.

„Töten vielleicht nicht, meine Gnädigste, aber vermutlich durchprügeln. Von ihm kann man alles erwarten. Daß er dies in alle Welt ausposaunen wird, daran besteht kein Zweifel. Obendrein haben die Gäste schon bemerkt, daß ihr zusammen verschwunden seid. Als ich davon erfuhr, machte ich mich sogleich auf, um ein Zusammentreffen zu verhindern."

„Was soll ich tun?" fragte Polina und rang die Hände. Ihre Stimme drang mir in die Seele. Vorwurf, Reue und Verzweiflung sprachen daraus.

Ich faßte einen Entschluß.

„Polina", antwortete ich, „die Würfel sind gefallen. Die Gesellschaft wird dich verstoßen. Von nun an muß ich für dich alles sein, wie du es für mich warst und bist. Jetzt kennt deine Liebe keine Teilung mehr. Du wirst nicht mehr zweien und dadurch niemandem gehören. Unter fremdem Himmel werden wir eine Zuflucht vor den Verfolgungen und Vorurteilen der Menschen finden. Ein mustergültiges Leben wird das Verbrechen sühnen, Polina, der Augenblick ist teuer!"

„Die Ewigkeit ist teurer", entgegnete sie und senkte den Kopf auf die zusammengepreßten Hände.

„Sie kommen, sie kommen!" schrie der Unbekannte und trat von der Tür zurück. „Mein Schlitten steht an der hinteren Auffahrt. Wenn ihr nicht sinnlos zugrunde gehen wollt, dann folgt mir!"

Er ergriff uns beide an der Hand. Auf dem Korridor ertönten die Schritte mehrerer Personen, und aus dem leeren Saal hörte man Lärm. „Ich bin dein", flüsterte mir Polina zu, und wir liefen rasch über die Bühne, dann eine schmale Treppe hinunter bis zu einer kleinen Pforte. Der Unbekannte führte uns, als sei er hier zu Hause. Sein Pferd wieherte, als es die Fahrgäste erblickte. Ich hüllte die kaum atmende Polina in meinen Pelz, den ich im Schlitten gelassen hatte, und sprang auf. Als aus dem Theater das Krachen der aufgebrochenen Türen drang, rasten wir schon in vollem Galopp durch das Dorf, vorbei an Flechtzäunen, zuerst nach rechts, dann nach links, am Fuß eines Berges vorbei — und schon knirschte laut das Eis auf dem See unter dem Hufschlag und den Schlittenkufen. Es herrschte starker Frost, doch mein Blut kreiste wie ein feuriger Strom. Der Himmel klarte auf, aber in meiner Seele war es finster. Polina lag unbeweglich und schwieg. Umsonst versuchte ich, ihre Zweifel zu zerstreuen, umsonst tröstete ich sie damit, daß uns das Schicksal selbst zusammengeführt habe und daß sie von ihrem Mann, falls sie bei ihm geblieben wäre, das ganze Leben hindurch Vorwürfe und Beleidigungen erfahren hätte.

„Ich hätte alles ertragen“, entgegnete sie, „und geduldig ertragen, weil ich noch unschuldig war, wenn nicht vor der Welt, so doch vor Gott. Jetzt aber bin ich eine durchgebrannte Ehefrau. Ich habe meine Schande verdient. Dieses Gefühl kann ich vor mir selbst nicht verbergen, auch nicht fern von hier, wenn ich in einem neuen Bekanntenkreis wieder in die Gesellschaft zurückkehre. Du kannst mir alles ersetzen, nur nicht das sündige Herz!“

Wir jagten dahin. Kummer bedrückte meine Seele. Das also ist das heißersehnte Glück, das ich in den verwegensten Träumen nicht für möglich gehalten hätte, dachte ich. Das also sind die bezaubernden Worte: Ich bin dein, bei deren Klang ich die Stimme des Himmels zu hören glaubte. Ich habe sie gehört, ich besitze Polina, und ich bin tief unglücklich, unglücklicher denn je zuvor.

Während unsere Gesichter seelisches Leid widerspiegelten, zeigte das Gesicht des Unbekannten, der auf dem Kutschbock saß, eine ungewöhnliche Fröhlichkeit. Er lächelte hinterhältig, als freue ihn das fremde Unglück. Furchtbar war der Blick seiner glanzlosen Augen. Ich empfand ein Gefühl des Widerwillens gegen diesen Menschen, der mir so unverhofft seine verhängnisvollen Dienste aufgedrängt hatte. Wäre ich abergläubisch, dann würde ich sagen, daß in seinen Blicken eine unerklärliche Verlokkung lag und daß es der Teufel selber war, eine so böse Freude über den Fall seines Nächsten, ein so kalter, gefühlloser Spott spiegelte sich in den bleichen Zügen seines Gesichts.

Es war nicht weit bis zum anderen Ufer. Alle schwiegen. Der Mond hatte sich in einen regenbogenfarbenen Schleier gehüllt. Plötzlich drehte sich der Wind, und wir hörten hinter uns Pferdegetrappel.

„Schneller, um Gottes willen, schneller!“ schrie ich dem Kutscher zu, der den Lauf seines Pferdes zügelte.

Er fuhr zusammen und antwortete mir entrüstet: „Diesen Namen solltet Ihr jetzt nicht erwähnen, zumal, da er Euch früher nicht eingefallen ist."

„Fahr zu", entgegnete ich, „und spare dir deine Belehrungen."

„Einen guten Rat muß man selbst vom Teufel annehmen", antwortete er und hielt dabei wie absichtlich sein Pferd zurück. „Übrigens, Herr, heißt es in der Schrift: Selig ist, wer sich auch des Viehs erbarmt! Man muß mit diesem Tierchen ebenfalls Mitleid haben. Ich werde meinen Lohn für das Vermieten bekommen, Ihr werdet eine schöne Dame besitzen. Doch was erhält das Pferdchen für seinen Schweiß? Die gewöhnliche Ration Hafer? Es trinkt doch keinen Champagner und schätzt keine teuren Speisen, wofür die Zweibeiner weder die Seele noch den Leib schonen. Sagt also, wofür soll es sich zerfetzen?"

„Vorwärts, wenn du nicht willst, daß ich dich selbst zerfetze", schrie ich und griff zum Säbel. „Ich werde den Schlitten gleich von einer überflüssigen Last und die Welt von einem Taugenichts wie dir befreien!"

„Ereifert Euch nicht, Herr", entgegnete mir der Fremde kaltblütig. „Die Leidenschaft macht Euch blind, und Ihr werdet ungerecht, weil Ihr ungeduldig seid. Ich versichere Euch ohne Scherz, das Pferd ist erschöpft. Seht nur, wie ihm der Schweiß in Strömen herunterläuft und wie der Schaum sich ballt, wie es schnaubt und schwankt. Niemals hat es so eine Last gezogen. Haltet Ihr etwa die drei Passagiere und eine schwere Sünde obendrein für nichts?" fügte er hinzu und entblößte die Zähne zu einem bösen, spöttischen Lächeln.

Was sollte ich tun? Ich fühlte, daß ich mich in der Gewalt dieses lasterhaften Bösewichts befand. Unterdessen bewegten wir uns in leichtem Trab voran. Polina erwachte nicht aus ihrer Bewußtlosigkeit. Weder meine Liebkosungen noch die nahe Gefahr konnten sie aus ihrer verzweifelten Ohnmacht reißen. Schließlich erblickten wir beim trüben Licht des Mondes einen Reiter, der mit verhängten Zügeln hinter uns hergaloppierte. Mit Rufen und Schlägen trieb er sein Pferd an. Ein Zusammentreffen war unvermeidlich. Er umritt ein nur leicht überfrorenes Eisloch und erreichte uns, als wir gerade die steile Uferböschung hinauffuhren.

Schon war er ganz in der Nähe und hatte uns beinahe eingeholt, da galoppierte sein schnaufendes Pferd den Berg hinauf, stolperte, fiel und begrub den Reiter unter sich. Lange mühte er sich ab freizukommen, sprang schließlich unter dem toten Pferd hervor und stürzte sich wutentbrannt auf uns. Es war Polinas Gatte.

Ich habe erwähnt, daß ich diesen Menschen, der seine Frau unglücklich gemacht hatte, bereits haßte. Aber ich bezwang mich und antwortete höflich, wenn auch unerbittlich auf seine Vorwürfe; ruhig und beherzt sagte ich ihm als Erwiderung auf seine Beschimpfungen, daß er, was immer geschehen möge, Polina nicht mehr besitzen werde, daß ein Skandal diese unglückselige Angelegenheit nur in aller Munde bringen und er dabei viel verlieren würde, ohne etwas zu gewinnen, und daß ich, falls er eine ehrenhafte Genugtuung verlange, bereit sei, mich morgen mit ihm zu duellieren.

„Da hast du meine Genugtuung, gemeiner Verführer!" schrie Polinas Gatte und erhob frech die Hand gegen mich.

Die Erinnerung an diesen schicksalhaften Augenblick läßt selbst heute mein Blut wie Schießpulver aufflammen. Wer von uns ist nicht von Kindheit genährt worden mit den Begriffen der Unverletzlichkeit eines Adligen, der Ehre eines hochgeborenen Mannes und der Würde des Menschen? Eine lange Zeit ist seitdem über mich hinweggeeilt. Sie hat mich abgekühlt, und das Herz schlägt ruhiger. Aber bei allen philosophischen Grundsätzen, bei all meiner Erfahrung kann ich bis heute nicht für mich bürgen, und eine tätliche Berührung würde mich und den Beleidiger in die Luft sprengen. Man kann sich demnach vorstellen, was damals mit mir, einem anmaßenden und aufbrausenden Jüngling, geschah! Mir wurde schwarz vor Augen, obwohl der Schlag mein Gesicht verfehlte. Meine Ehre aber hatte er nicht verfehlt. Wie ein wildes Tier stürzte ich mich mit dem Säbel auf den wehrlosen Feind, und meine Klinge tauchte dreimal in seinen Schädel, bevor er niedersauste. Ein schreckliches Aufstöhnen, ein kurzer, aber durchdringender Schrei, das Blut, das aus den Wunden sprudelte — das war alles, was in diesem Augenblick noch von seinem Leben zeugte. Der entseelte Leichnam fiel auf

das schräge Ufer und rollte auf das Eis hinunter. Mein Rachedurst war noch nicht gestillt, und ich lief der blutigen Spur nach bis auf den See, neigte mich, auf den Säbel gestützt, über den Leib des Toten und lauschte gierig dem Gurgeln des Blutes, das mir wie ein Lebenszeichen vorkam.

Haben Sie je das Gefühl des Blutrausches kennengelernt? Gebe Gott, daß er nie Ihr Herz berührt. Aber ich habe ihn zum Unglück bei vielen und an mir selbst bemerkt. Die Natur hat mich mit maßlosen Leidenschaften gestraft, die weder Erziehung noch Erfahrung zu zähmen vermochten. Ein feuriges Blut wallte in meinen Adern. Lange, unerhört lange konnte ich bei einer Beleidigung kalte Zurückhaltung in Reden und Taten bewahren. Plötzlich aber war sie verschwunden, und dann packte mich eine grenzenlose Wut. Besonders der Anblick vergossenen Blutes wirkte, statt den Zorn zu besänftigen, wie Öl auf Feuer, und ich war bereit, es den Gegner Tropfen für Tropfen verströmen zu lassen gleich dem Tiger, der von diesem abscheulichen Trank gekostet hat. Dieser Durst war durch den Mord auf furchtbare Weise gestillt worden. Ich überzeugte mich, daß mein Gegner nicht mehr atmete.

„Tot!" hörte ich eine Stimme an meinem Ohr. Ich hob den Kopf. Es war der unvermeidliche Fremde mit seinem stets spöttischen Lächeln im Gesicht. „Tot!" wiederholte er. „Die Toten sollen die Lebenden nicht stören." Er stieß die blutige Leiche mit dem Fuß in das Eisloch. Klirrend zersprang die dünne Eisdecke. Das Wasser spritzte über den Rand, und der Tote sank lautlos auf den Grund. „Das nennt man Spuren verwischen", sagte mein Begleiter und lachte. Ich fuhr unwillkürlich zusammen. Sein höllisches Lachen klingt mir noch heute in den Ohren. Meine Augen richteten sich jedoch auf die spiegelglatte Oberfläche des Eisloches, wo mir das bleiche Mondlicht noch das Gesicht meines Feindes vorgaukelte, und lange stand ich unbeweglich. Unterdessen schüttete der Fremde mit den Händen Schnee über den blutigen Pfad, auf dem die Leiche von der Böschung herabgerollt war, und zerrte das zu Tode gehetzte Pferd an den Platz des Zusammenstoßes.

„Was tust du?“ fragte ich ihn, als ich aus der Erstarrung erwachte.

„Ich begrabe meinen Schatz“, antwortete er bedeutungsvoll. „Soll man denken, was man will, Herr. Aber Euch zu überführen wird schwer sein. Dieser Mann kann vom Pferd gefallen sein, sich beim Sturz verletzt haben und in dem Loch ertrunken sein. Wenn der Frühling kommt und der Schnee wegtaut ...“

„... wird das Blut des Toten dampfend zum Himmel emporsteigen!“ entgegnete ich finster. „Fahren wir!“

„Gott ist hoch und der Zar ist weit“, sagte der Fremde, als wollte er das irdische und das himmlische Gericht herausfordern. „Doch fürwahr, es ist Zeit zur Weiterreise. Ihr müßt vor dem Durcheinander ins Dorf gelangen, von dort mit der jetzt ausgeruhten Troika nach Hause jagen und dann ins Ausland zu fliehen versuchen. Die Welt ist groß genug!“

Ich erinnerte mich an Polina und stürzte zum Schlitten. Sie lag daneben auf den Knien, rang die Hände und betete, wie es schien. Sie war bleich und kalt wie Marmor. Ihre Augen blickten starr und seltsam. Auf alle meine Fragen antwortete sie leise: „Blut! An dir klebt Blut!“

Mir zerriß es das Herz, doch ein Zögern konnte uns zum Verhängnis werden. Ich hüllte sie erneut in meinen Pelz wie ein verschlafenes Kind, und der Schlitten fuhr davon.

Allein hätte ich das Unglück, das mich betroffen hatte, ertragen können. Durchdrungen von der Moral oder, besser gesagt, der Unmoral der Gesellschaft, noch erhitzt von Gefühlen der Rache und erfüllt von stürmischen Leidenschaften, war ich damals einer echten Reue nicht zugänglich. Einen Menschen getötet zu haben, der mich so tief beleidigt hatte, hielt ich nur deshalb für sträflich, weil er unbewaffnet gewesen war. Die Entführung der Frau eines anderen war für mich nur ein loser Streich. Ich fühlte aber, wie ernst sie ihr Vergehen nahm, und der Anblick dieser Frau, die ich mehr liebte als das Leben, die ich mit meiner Liebe ins Verderben stürzte, da sie meinetwegen alles geopfert hatte, alles, was dem Herzen teuer und der Seele heilig ist: die Beziehungen zu Bekannten und Verwandten, die Heimat, den guten Ruf,

das ruhige Gewissen, ja selbst den Verstand ... Und wodurch konnte ich ihr in Zukunft das Verlorene ersetzen? Konnte sie vergessen, was sie angerichtet hatte? Konnte sie ruhig in einem Arm schlafen, der gemordet hatte, die Süße eines Kusses empfinden, der auf den Lippen eine Spur vom Blute jenes Mannes hinterließ, mit dem sie einst durch die heiligen Bande der Ehe verbunden war? Unter welchem mildtätigen Himmel und in welchem gastfreundlichen Lande würde das Herz unter der Last des Verbrechens Frieden finden? Vielleicht hätte ich in unserer gegenseitigen tiefen Liebe alles vergessen. Konnte aber eine schwache Frau das Gewissen verleugnen oder zum Schweigen bringen? Nein und nochmals nein! Mein Glück war für immer dahin, und selbst die Liebe zu Polina glich von nun an einem Höllenfeuer.

Die Luft pfiff in den Ohren.

„Wohin bringst du mich?“ fragte ich unseren Führer.

„Auf den Friedhof, wo ich dich aufgelesen habe!“ entgegnete er böse.

Der Schlitten flog durch die Umzäunung. Wir jagten über die Gräber, streiften bisweilen die Kreuze und hielten plötzlich an der Ochsenhaut, auf der ich die Wahrsagung versucht hatte. Nur mein Begleiter war schon verschwunden. Ringsum war alles öde und tot. Ich zuckte unwillkürlich zusammen.

„Was bedeutet das?“ rief ich zornig. „Deine Scherze sind fehl am Platz. Da hast du Geld für deine verfluchten Dienste. Doch fahre mich ins Dorf bis zu einem Haus.“

„Ich habe meinen Lohn schon bekommen“, antwortete er boshaft. „Mein Haus ist hier, und hier ist auch dein Brautbett!“ Bei diesen Worten zog er die Ochsenhaut fort. Darunter gähnte ein frisch ausgehobenes Grab, an dessen Rand der Schlitten hielt.

„Um eines solchen Liebchens willen ist es um die Seele nicht leid“, sagte er und stieß gegen den schwankenden Schlitten.

Wir sausten Hals über Kopf in die Tiefe. Ich schlug mit dem Schädel an den Rand des Grabes und verlor das Bewußtsein. Wie in einem unklaren Traum hatte ich nur die Vorstellung, daß ich tiefer und tiefer sank. Ein furchtbares Gelächter antwortete dem

Stöhnen Polinas, die sich im Fallen fest an mich klammerte und rief: „Laß uns wenigstens in der Hölle beisammen bleiben!"

Schließlich landete ich auf dem Boden. Schneeklumpen und Erde fielen auf mich und drohten mich zu ersticken. Mein Herz war wie gelähmt. In den Ohren dröhnte und hallte es. Ich hörte ein fürchterliches Pfeifen und Heulen. Etwas Schweres und Zottiges drückte auf die Brust und drang zwischen die Lippen. Ich konnte die zerschlagenen Glieder nicht bewegen und bekam den Arm nicht frei, um mich zu bekreuzigen. Ich starb unter unerklärlichen Qualen der Seele und des Leibes. Mit einer letzten krampfhaften Bewegung warf ich die drückende Last von mir. Es war mein Bärenpelz ...

Wo war ich? Was war mit mir geschehen? Kalter Schweiß lief mir übers Gesicht, jede Fiber bebte vor Schrecken und Anstrengung. Ich schaute mich um und rief mir das Vergangene ins Gedächtnis zurück. Langsam kehrten mir die Sinne wieder. Ich war also auf dem Friedhof! Ringsum neigten sich die Kreuze. Über mir erlosch der Mond. Unter mir befand sich die verhängnisvolle Ochsenhaut. Mein Wahrsager lag auf dem Bauch und schlief fest. Allmählich gelangte ich zu der Überzeugung, daß alles, was ich erlebt hatte, nur ein Traum, ein furchtbarer, unheilschwerer Traum gewesen ist!

„So war alles nur ein Traum?" höre ich eine fast unzufriedene Stimme fragen.

Freunde, liebe Freunde! Seid ihr wirklich so verderbt und könnt bedauern, daß sich all dies nicht in Wirklichkeit zugetragen hat? Dankt lieber Gott, so wie ich ihm gedankt habe, daß er mich vor einem Verbrechen bewahrt hat. Ein Traum? Was ist denn unsere Vergangenheit anderes als ein verworrener Traum? Und wenn ihr diese Nacht nicht mit mir erlebt habt, wenn ihr nicht fühltet, was ich so lebendig gefühlt habe, wenn euch mein Traumerlebnis nicht gepackt hat, dann trage ich als Erzähler die Schuld. Für mich hat sich alles in furchtbarer Wahrhaftigkeit abgespielt, als wäre ich bei vollem Bewußtsein gewesen. Diese Wahrsagung hat mir die von der Leidenschaft geblendeten Augen geöffnet: ein betrogener Ehemann, eine verführte Gattin, eine zerrissene, geschändete Ehe und vielleicht eine blutige Rache an mir oder von mir verübt — das wären die Folgen meiner törichten Liebe gewesen!

Ich hatte Polina mein Wort gegeben, sie nicht wiederzusehen, und ich habe mein Wort gehalten.

Alexander Bestushew-Marlinski

Der Seefahrer Nikitin

Eine wahre Begebenheit

> A sail, a sail — a promised price to hope!
> Her nation, flag? What speaks the telescope?
> She walks the waters like a thing of life
> And seems to dare the elements to strife,
> Who would not brave the battle fire, the wreck,
> To move the monarch of her peopled deck?
>
> Byron

Im Juli des Jahres 1811 stach aus der Mündung der Nördlichen Dwina ein kleiner Karbaß in See. Man muß anmerken, daß die gute alte Nördliche Dwina im Juli 1811 genau wie im gegenwärtigen Jahr 1834, das wir dank der Gnade Gottes und der Versicherung des Kalenders der Akademie erreicht haben, ihren riesigen Wasserschwall in das Weiße Meer ergoß und dabei zweimal am Tage gegen die Flut ankämpfte, die sich auf gewissenloseste Weise in ihre verborgensten Tiefen drängte und ihre süßen, edlen Gewässer in eine simple Salzlake verwandelte, in der sich nur der Kabeljau wohl fühlt.

Mein literarisches Gewissen verpflichtet mich auch, Ihnen zu erklären, daß man zu jener Zeit ebenso wie heute mit dem Wort Karbaß ein Schiff von achtzehn Fuß in der Länge und sechs Fuß in der Breite bezeichnete. Es hat zwei Stämme als Masten und ist teils aus Wurzelfasern zusammengehalten, teils mit Nägeln zusammengefügt, von denen kaum der fünfte Teil aus Eisen ist. Ein Deck gibt es gewöhnlich auf einem Karbaß nicht. An Heck und Bug bilden kleine Verschläge einen winzigen Raum, wo zwischen den Ladeballen nur ein russischer Rücken, und zwar nur *ein* Rücken Unterschlupf findet, wenn er sich völlig zusammenkrümmt. Infolgedessen kann, wie Sie selbst sehen, das Tageslicht und das farblose Wasser mittschiffs von oben und unten, von rechts und links eindringen und sich dort ungeniert und zollfrei breitmachen. So eine Nußschale war es also oder, höflicher gesagt, so ein Schiff. Das Wort Schiff – ich bitte das zu beachten – leite ich ab von Schaff und Schaff von schaufeln, was mit schuften und Schuft zusammenhängt. Ich hoffe, das ist einleuchtend. Irgendwelche vermeintlichen Etymologen leiten Schiff von einem griechischen oder gotischen Wort her, das ich nicht kenne und auch nicht kennen will, aber das ist Geschwätz, das ist Lüge und Verleumdung, ausgedacht von irgendeinem griechischen Nußverkäufer. Ich bin, wie Sie zu sehen belieben, ein echter Russe, entstamme einer russischen Wurzel und bin aufgewachsen, von russischen Wurzeln genährt, ausgenommen Quadratwurzeln, die für meine Zähne zu hart waren. Deshalb mag ich, im Vertrauen gesagt, nichts Fremdländisches leiden und glaube an nichts, was aus dem Ausland kommt.

Also dieses Schiff, das heißt dieser Karbaß, ähnelte völlig einem Bottich oder Boot der alten Normannen oder vielleicht auch der Argonauten und war ein Beweis für die lobenswerte Beständigkeit der Russen im Schiffsbau und zugleich auch für die Tatsache, daß wir mit den klobigen Karbassen von unseren slaworussischen Vorfahren eine Kühnheit geerbt haben, die jedem mit Gewalt angeworbenen, hot pressed, Seemann, der nach der Pfeife eines man of war auf dem blitzblanken Deck eines englischen Linienschiffes tanzt, oder einem aufgeblasenen Yankee, der an der Rahe eines amerikanischen Schoners einen Bolzen befestigt, Ehre gemacht hätte. Ja, wenn man bedenkt, daß ein russischer Bauer als Händler und Seefahrer auf einem Span, auf einem Kahn oder in einem ledernen Faltboot, ohne Karte und Kompaß, mit einem einzigen Kanten Brot in der Tasche nach Grumant –

so nennen sie Nowaja Semlja — hinüber- und herüberfährt, von Ochotsk nach Kamtschatka und von Kamtschatka nach Amerika, da lacht einem das Herz, obwohl es einem doch kalt über den Rücken läuft. Die Welt umsegeln? Kleinigkeit! Hören Sie nur, wie er von seinen Fahrten redet, während sich Engländer und Franzosen an seiner Stelle in Liedern und unter Glockengeläut nicht genug würden brüsten können, und Sie werden sich davon überzeugen, daß Mühen und Gefahren für ihn ein Kinderspiel sind.

„Da segelten wir also zu den Hebriden und von dort geradewegs nach Brasilien, schwenkten ins Goldene Land ab und stakten nach Kamtschatka hinüber. Nach Sitka ist es nun ein Katzensprung!"

Gebt mir so einen Draufgänger — mit ihm hole ich euch sogar das Wasser des Lebens! Ein Ozean kommt in die Quere? Wir schöpfen ihn mit den Mützen aus! Ein Sandmeer? Wir schnupfen es leer wie eine Tabakdose! Eisberge? Knabbern wir wie Kandis! Wohin hat sich denn die Dame Unmöglichkeit verkrochen? Komm hervor, wenn du dich mit uns messen willst! Wer unter sich ein braves Pferd verspürt, dem ist kein Wald zu dicht, kein Fluß zu breit. Wo er reitet, da ist ein Weg, wohin er sich wendet, da ist freier Raum. Auf Walfang? Bitte sehr, was ist dabei! Wir spießen den Wal auf einen Zahnstocher! Auf Eisbärenjagd? Wir erledigen den Eisbären mit einem Nußknacker! Und zu günstiger Stunde darf uns nicht einmal der Teufel in die Finger geraten. Es wäre nicht das erste Mal, daß wir ihm Nägel zwischen die Zähne schlagen oder einen Ring durch die Nase ziehen.

Um die Wahrheit zu sagen, der Russe ist schwer aufzurütteln. Es macht Mühe, ihn in Schwung zu bringen. Zieht er dann aber los, holt man ihn nicht einmal mit einem Dampfroß mehr ein. Zuerst heißt es bei ihm: „He?" Doch wenn er sich nach vielen „Was soll mir das?", „Was habe ich davon?", „Ich komme auch so aus!", „Irgendwie wird es schon gehen!" durchringt zu einem: „Na, versuchen wir's mal!" und: „Vielleicht schaffen wir's!" — dann macht Platz. Er stapft davon, und — hast du nicht gesehen — weg ist er. Er überlistet jeden deutschen Professor am Katheder, schlägt den Franzosen im Felde und ist in der Fabrik schlauer als jeder Engländer. Sie glauben mir nicht? Vertiefen Sie sich nur in unsere Literatur, entschließen Sie sich, die flammenden Aufsätze über die unsterbliche Kuckucksuhr, über den Einfluß der einheimischen Nudeln auf die Sittlichkeit oder über den Anbau von Virginia-Tabak von der ersten bis zur letzten Zeile durchzulesen — so flammende Aufsätze, daß man sich nicht ohne eine feuerfeste Asbestjacke an die Lektüre wagen kann —, und Sie werden sich überzeugen, daß die literarischen Genies in Rußland genauso alltäglich sind wie getrocknete Pilze zur Fastenzeit, daß wir klüger sind als die Gelehrten, da wir zu der Erkenntnis gelangten, daß die Wissenschaft Unsinn ist, daß wir gesitteter schreiben als ganz Europa, denn in unseren literarischen Werken wird außer dem gesunden Menschenverstand niemand getötet.

Aber zur Sache. Im Jahre 1811 hatte noch kein Dampfschiff mit seinen lärmenden Rädern das Volk der Fische in den russischen Flüssen aufgeschreckt. Deshalb steckten die Fischlein der Dwina ihre Köpfe furchtlos aus dem Wasser, um sich am Anblick des pechrabenschwarzen Karbaß und seiner Lenker zu ergötzen. Hier sind einige physiologische Einzelheiten, die ich von einem der Augenzeugen, einem Hecht, erhalten habe. Ungeachtet des Archangelsker Salzes und der für ihn ungewöhnlichen Reise in einem Packschlitten ist der Stil dieses Hechtes so farbig, als hätte er die Verfasser aller schwarzen, bunten und blauen Märchen verspeist. Man muß bedenken, daß die in den tausend Facetten der Fischaugen sich spiegelnden Gegenstände eine ungewöhnliche Vielfalt an Eindrücken im Fischgehirn hervorrufen.

Die Erzählung wird im Original beigefügt.

Der Fluß — Fische beginnen ihre Rede immer mit dem Vaterland, ihrem Lebenselement; sehr vernünftig, diese Fische; darin folgen sie nicht den Verfassern aus dem Bereich der Säugetiere, die am liebsten davon sprechen, wovon sie am wenigsten wissen — der Fluß also schlug kaum Wellen. Das Schiff bewegte sich rasch vorwärts, getragen von Strömung und Wind. Die sanft abfallenden Ufer zogen unmerklich an ihm vorüber, und wenn nicht bisweilen vor Anker liegende Segler den Lauf des Karbaß wie Werstpfähle angezeigt hätten, dann hätten die Männer im Boot denken können, sie bewegten sich nicht von der Stelle: so eintönig und öde, so stumm und ohne Leben lag die angrenzende Tundra. Damals waren an den Ufern der Dwina noch keine Zucker- und Seilfabriken zu sehen, und keine einzige Werft bereitete sich darauf vor, die frischen Schiffsskelette, noch ohne Kleid aus Eichenbohlen, ins Wasser gleiten zu lassen. In dem ganzen Gebiet von Solombola bis zur Mündung begegnete man keiner Menschenseele, obwohl das schillernde Moos bedeckt war mit orangeroten Sumpfbrombeeren ...

„Ein ausgezeichnetes Mittel gegen Skorbut!“ bemerkt mein Freund, der Medikus. „Die Natur setzt neben das Gift immer ein Gegengift. Mir ist bekannt, daß Sumpfbrombeeren jetzt im Dwinagebiet gehandelt werden. Man verkauft davon an die englische Flotte Tausende von Vierzigeimerfässern.“

... Sumpfbrombeeren, die weithin verstreut sind in bizarren Mustern, wie der Spitzenschleier einer nördlichen Schönen ...

„Besser gesagt, wie der russische Kattun“, unterbricht ein verheirateter Gutsbesitzer, „denn der russische Kattun sieht genau wie Brombeeren im Sumpf aus.“

Der Fisch schneuzt sich und fährt fort:

Nur ein einsamer Kranich, der König der Weite, stelzte dort umher wie ein Gelehrter der Zoologie ...

Er, das heißt der Kranich, nicht der Gelehrte, stieß mit dem Schnabel in das trübe Wasser, in den flüssigen Schlamm, zog einen Wurm oder einen Gründling daraus hervor und hob stolz den Kopf. Mit einem Blick auf den Karbaß berechnete er nach Augenmaß die Entfernung. Nachdem er sich überzeugt hatte, daß er sich außer Schußweite befand, jagte er einem munteren Fröschlein nach, das sorglos mit dem Hinterteil wackelte. Er fand den Frosch viel interessanter als die Menschen. Und mit Recht: Der Baron Brambeus sieht gewiß keinem Kranich ähnlich, ist aber fast der gleichen Meinung. „Frösche hin, Frösche her“, sagt er, „Austern aber ziehe ich noch immer den Menschen vor! Erstens sind sie älter als jede Chronik, jedenfalls als die Nestorchronik, so daß selbst der Baron Cuvier keinen Flecken in ihrer vorsintflutlichen Genealogie entdeckt hat. Zweitens sind sie beständiger in ihren Ansichten als die Chinesen. An dem Felsen, an dem sie angewachsen sind, verbringen sie von der Geburt bis zum Tode ihr ganzes Leben und unternehmen aus freien Stücken keine phantastischen Reisen. Und drittens schaffen sie im alten Meer keine junge Literatur."

Nach der Kaltblütigkeit oder, besser gesagt, nach der Sorglosigkeit zu urteilen, mit der die vier Seeleute, welche die Mannschaft des Karbaß bildeten, in die tosende Brandung steuerten, die aus dem Kampf des Flußwassers mit dem Ansturm der beginnenden Flut entstand, hätte man sie, ohne mit Rekrutenmaß zu messen, zu einer warägischen Kriegerschar zählen können.

Am Steuer saß ein gesunder junger Bursche von etwa siebenundzwanzig Jahren, die Haare rund geschnitten, den Schnurrbart gestutzt, mit einem leicht gekräuselten Backenbart; auf den Wangen eine Röte, die bis zum sechzigsten Lebensjahr nicht zu verbleichen versprach, auf dem Gesicht ein Lächeln, das weder vor der neunten Woge noch vor dem Teufel selbst gewichen wäre. Seine Miene war gleichzeitig pfiffig und gutmütig, sorglos und entschlossen, ein echtes nordrussisches Gesicht. Seine Kleidung war ein buntes Gemisch: Auf dem Kopf trug er eine englische Pelzmütze, auf dem Leib eine Tuchweste mit silbernen Knöpfen. Dafür fiel ihm das rote Russenhemd lose über die Nanking-Pluderhosen. Die Stiefel waren mit ihren scharfen Spitzen nach oben gebogen, eine Mode, die sich bei uns seit der Schlacht auf dem Kulikowo-Feld erhalten hat. Nach den selbstgefälligen Blicken, die unser Steuermann nach dem eigens von ihm erfundenen Toppsegel warf, das oberhalb des Rahsegels gespannt war, gehörte er zur Schule der Neuerer. Am Hauptmast saß ein Mann von über fünfzig Jahren, in einer Segeltuchjacke und ebensolchen Hosen, die bis zur Undurchdringlichkeit mit Teer durchtränkt waren. Sein riesiger, märchenhafter Bart stand in krassem Widerspruch zu der kurzen Matrosenjoppe. Eine so merkwürdige Erscheinung trifft man auch heute nicht selten an. Er fuhr seit langem auf Schiffen der Firma Brandt & Co. zur See. Vergeblich hatten seine Prinzipale ihn zu überreden versucht, er solle sich den Bart scheren lassen. Mochten ihn die Stürme zerzausen, mochte das Meer seine Muscheln darin befestigen oder Salzkristalle hineinspritzen, mochte ihn der Zufall in einen Knoten oder in eine Tauschlinge verklemmen — sein Besitzer blieb standhaft, sowohl gegenüber den Spottreden der Schiffsjungen als auch gegen die Schicksalsschläge. Er duldete auch nicht, daß der Bart gestutzt wurde, so daß dieser in seiner natürlichen Schönheit und ganzen Größe über Brust und Schultern des Dickschädels wallte. Onkel Jakow, so hieß der Sonderling, saß auf einem Fäßchen russischen Elixiers, das heißt Kwaß, und spliß einen Strick, das heißt, er flocht dessen Enden zusammen.

Fast zu seinen Füßen lag ein junger Mann von vielleicht zwanzig Jahren, stützte das Bein gegen die Bordwand und hielt mit den Händen die Schot, das heißt die äußere Leine des Segels, fest. Sein frisches rundes Gesicht, dessen Züge die Lebenserfahrung noch nicht gezeichnet hatte, die Neugier, mit der er seine Augen umherwandern ließ, und selbst seine Unbeholfenheit bestärkten — mehr noch als der Schnitt seines Kaftans — den Eindruck, daß er kein ausgekochter Seemann, sondern ein Neuling war, der eben erst aus dem Dorfe kam.

Am Bugspriet lag bäuchlings, den Kopf über Bord, ein stämmiger Matrose, mit einem Gesicht, wie sie die Natur zu Tausenden für den täglichen Bedarf prägt: Daran konnte sich kein Gefühl festhaken, und ein Gedanke, wäre er auch an allen vieren mit Eisen beschlagen gewesen, hätte auf seiner glatten Stirn keinen Halt gefunden. Er spuckte von Zeit zu Zeit ins Wasser und beobachtete vergnügt, wie die Strömung dieses Abbild seines Lebens davontrug. Dann sang er: „Ach, nicht eine, nicht eine alleine!" und spuckte wieder. Er gehörte zu den zahllosen praktischen Philosophen, die das Problem des Daseins auf die friedfertigste Weise lösen: arbeiten, wenn man muß, schlafen, wenn man kann.

Der junge Mann am Steuer war der alleinige und rechtmäßige Besitzer des Karbaß und seiner Ladung, zur Zeit Kommandeur,

Kapitän oder Anführer von Onkel Jakow, Alexej, dem dieser als seinem Neffen herzlich zugetan war, und dem unvermeidlichen Iwan, den jedermann von Herzen gern hatte. Im Alter von zwölf Jahren verwaist, nahm er, wie ein großer Teil der verwegenen Burschen aus der Gegend von Archangelsk, Dienst auf einem englischen Handelsschiff, ließ sich bis zu seinem zweiundzwanzigsten Lebensjahr von Stürmen und Wellen peitschen und genoß das Vergnügen, Nasenstüber von Schiffsleuten aller Nationen einzustecken und Flüche aller Zungen zu hören. Als er das heimatlose Matrosenleben satt hatte, trat er der wahrhaft ehrenwerten Innung der Handelsagenten bei. Das waren Männer von erprobter Ehrlichkeit, nüchtern, tatkräftig und gescheit. Er fand Anstellung und guten Lohn im Kontor eines der reichsten ausländischen Kaufleute in Archangelsk. Nach sechs Jahren war er bereits in der Lage, das fremde Nest zu verlassen. Es verlangte ihn, sein Glück zu versuchen und unter eigenem Namen Handel zu treiben. So kaufte er also den Karbaß, rüstete ihn aus und stach nun schon das fünfte Mal innerhalb von zwei Jahren in See.

Übrigens hatte sich Saweli Nikititsch — so war sein Name — nie zuvor mit einem solchen Vorrat an Fröhlichkeit auf die Reise begeben wie diesmal. Den Grund dafür weiß ich — ja, was weiß ich eigentlich nicht? Ich will ihn auch nicht für mich behalten. Zu rechter Stunde reden, zu schlechter Stunde schweigen: Er gedachte zu heiraten. Die Tochter seines Nachbarn, eines Bürgers aus Archangelsk wie er selbst, Katerina Petrowna, entzückend wie alle Katerinas zusammen und anmutig wie keine Katerina außer ihr, hatte sich unserem Seefahrer ins Herz gelächelt. Seine Phantasie, geschärft von der Seeluft, konnte sich nichts Frischeres, Klügeres und Erstrebenswerteres erträumen als diese russische Schönheit. Am meisten gefiel ihm, daß sie sich die jungen Flottenoffiziere, die außer ihren dienstlichen Verpflichtungen in allen Häfen der fünf Erdteile die Bildung der jungen Mädchen zu übernehmen pflegen, nach Kräften vom Leibe zu halten wußte. Als er sich schließlich die Sache nach allen Seiten reiflich überlegt hatte, überschlug er den Inhalt seiner Geldbörse, strich sich die Haare mit Kwaß glatt, bekreuzigte sich und hielt um seine Herzallerliebste bei ihrem Vater an. Mit Katerina Petrowna selbst war er, versteht sich, längst einig, und obgleich ich nicht dabei war, sage ich Ihnen auf eigene Gefahr hin, daß mein junges Paar mehr als einen Schwur der Liebe und Treue mit darauffolgenden gegenseitigen Küssen ausgetauscht hatte. Was soll man dazu sagen, verehrte Herrschaften? Im Handel gibt es immer Schmuggelware und bei einer Brautwerbung heimliche Übereinkünfte.

Saweli ließ seinen Gefühlen freien Lauf, fiel vor dem Vater auf die Knie und bat um seinen Segen.

Der alte Vater strich ihm über den Scheitel und richtete ihn auf. Dann fuhr er sich über den Bart und sagte: „Hör zu, Saweli Nikititsch! Du bist ein guter Mensch, ein gescheiter und ehrlicher Bursche. Hab Dank, daß du gleich zu mir gekommen bist ohne Brautwerberin, und ich sage dir geradezu und ohne Umschweife: Du bist nach meinem Herzen, und ich habe nichts dagegen, dich in meine Familie aufzunehmen, indessen ..."

Oh, dieses „indessen" steht mir bis zum Halse, seit mir der Lehrer, wie er behauptete, schon einen Streich verzeihen wollte, mich indessen zum Exempel verprügelte, und seit mein aufrichtiger Freund und meine gar so treue Geliebte mich ihrer Verbundenheit versicherten und mich indessen hinter dem Rücken nasführten ... Aber lassen wir dieses „indessen".

Saweli wagte kaum zu atmen. Er stand vor dem Alten und versuchte mit den Augen des Rätsels Lösung aus seinem Gesicht zu saugen, aber das Wort „indessen", so gedehnt ausgesprochen, daß zwischen jeder Silbe an die zwanzig Zweifel Platz finden konnten, sägte sein Herz in der Mitte durch, und die Späne flogen nach allen Seiten.

„In-des-sen" (nach „sen" drei Pünktchen), sagte der Alte und kratzte sich am Hinterkopf, denn er ist die Bodenkammer des menschlichen Verstandes, wo man das ganze Gerümpel von Vorurteilen ablädt, den ganzen Trödel von moralischen Belehrungen, die längst an den Schuhsohlen abgetretenen Meinungen und Glaubenssätze, die zerbrochenen Flaschen der Phantasie — oder, besser gesagt, er ist das dunkle Zimmer hinter dem Kaufhof, wohin man einen guten Kunden führt, um eine ausgeblichene, altmodische Ware loszuwerden.

„Indessen, Saweli Nikititsch! Nicht ich soll ja mit dir leben, sondern meine Tochter, und ihre Mitgift ist dürftig. Ich selbst lebe von der Hand in den Mund. Von Herzen froh wäre ich, doch der Bissen ist zu klein, denn ich habe heranwachsende Söhne. Aber auch meine Tochter möchte ich wiederum nicht in Armut wissen, lieber ließe ich mich lebendig begraben. Und schließlich weißt du ja selbst, wie sich die Freier an Katja klammern wie die Hopfenranken."

Ich bin verloren! dachte Saweli.

„Dein verstorbener Vater — die Erinnerung daran soll kein Vorwurf sein — besaß einen eigenen Laden und verließ ihn am Bettelstab. Im Handel mit den Midshipmännern hat er Bankrott gemacht, seine Einfalt mit einem Vermögen bezahlt, und dich hat er als Vollwaise wie einen Kupfergroschen durch die Welt rollen lassen. Nimm's mir nicht übel, Bruder Saweli! Deinen Namen kenne ich, deinen Vatersnamen ebenfalls, aber deine Einkünfte kenne ich nicht. Sage mir deshalb auf Ehre und Gewissen: Hast du genug, um einen Hausstand zu gründen, daß es für dich zum Leben reicht und auch die Kinder etwas zu beißen haben?"

Saweli zog die Brieftasche hervor, zeigte ihm seine Zeugnisse, legte tausend blanke Rubel auf den Tisch und noch etwa anderthalbtausend in Quittungen für gekaufte Waren. Das war für einen Kleinbürger kein Pappenstiel. „Dazu besitze ich noch ein Schiffchen und Kredit", sagte er, „trage einen Kopf zwischen den Schultern, bin dank dem Schöpfer nicht ohne Grips und habe gesunde Fäuste. Im Vorjahr habe ich meine Waren günstig in Solowki verkauft. Ich war auch im Frühjahr dort, und wenn wir uns einig werden, kann ich zur Fastenzeit im August als glücklicher Ehemann wieder auf Reisen gehen. Wie ist es, Mironytsch? Oder sind die anderen vielleicht besser als ich? Erlaube mal!"

„Nun, Saweli, meine Hand darauf! Nur soll die Hochzeit erst nach Christi Verklärung stattfinden. Du fährst vorerst nach Solowki und verdienst dir das Geld für die Hauswirtschaft, sonst kommst du mit deiner jungen Frau aus den Schulden nicht heraus. Stell dich nicht quer, Saweli, mein Wort gilt."

„Das ist sehr gut!" sagte Saweli. Das ist sehr schlecht! dachte Saweli.

Doch da war nichts zu machen. Er mußte sich mit dem Aufschub abfinden. Vor den Heiligenbildern bekamen sie den Verlobungssegen. In der Zwischenzeit, als die lieben Freundinnen für Katja die Aussteuer nähten und dabei Lieder sangen, als Vater und Mutter tranken und weinten, wurde Nikitins Schiff ausgerüstet und beladen. Der Augenblick der Trennung schwebte schon über ihnen, ließ sich auf ihre Schultern nieder, breitete die Flügel aus, um davonzufliegen, aber unsere lieben, oder wie man in Archangelsk sagt, seligen Verlobten, dachten nicht einmal daran, Abschied zu nehmen. Onkel Jakow mußte den Bräutigam mit Gewalt von der Braut fortzerren. Der günstige Wind erschien Saweli als das widrigste Wetter. Doch der Wind war stärker als die Liebe. Saweli trank den letzten Tropfen Likör und raubte den letzten Kuß von den Lippen der Braut. Süß schmeckte ihm der Tropfen, süßer noch der Kuß. Für alle Ewigkeiten hätte man sich davon nicht trennen mögen, doch er trennte sich. Er mußte sich mit der Abreise beeilen, um desto eher heimzukehren. Er sprang in den Karbaß, die Kette glitt rasselnd vom Ankerpfahl, und das Schiff legte ab.

Lange stand Katja am Ufer, begleitete den Bräutigam mit den Augen und winkte mit der weißen Hand. Ihr Herz kündete nichts Gutes. Auf dem Heimweg brach sie in Tränen aus, die sie mit dem Ärmel ihrer Wollbluse abwischte. Saweli erging es nicht besser. Solange Katja zu sehen war, schaute er sich um, bis er sich fast den Hals verrenkte. Dann bohrte er den Blick ins Wasser, als sei dort sein Herz versunken, als wolle er vor Ärger die trennende Strömung mit den Augen anzünden. Schließlich lief das von Leid randvolle Gefäß über. Tränen entströmten seinen Augen in drei Bächlein, von denen sich zwei an der Nase vereinten und wie ein Fluß weiterrollten, genauso wie Jug und Suchona gemeinsam die Nördliche Dwina bilden.

Doch das Weinen brachte Saweli Erleichterung. Er erholte sich. Die gute Sonne schaute ihm so fröhlich in die Augen, daß er lächelte. Der Wind verwehte die Tränen und trocknete sogar ihre Spuren. Da begann auch schon die flinke Hoffnung mit seiner Seele zu spielen. Und wahrhaftig, weshalb sollte dieser tüchtige Bursche traurig sein? Vor sich hatte er das Gold und hinter sich die Liebe. Freilich, zwischen diesen beiden Polen lag der Abgrund zweier Meere, auf denen gefahrdrohend Stürme und Kaperschiffe lauerten — es war damals gerade Krieg mit den Engländern —, doch Gott ist nicht ohne Gnade und der Kosak nicht ohne Glück. Es war nicht das erste Mal, daß er sich mit dem Meer einließ. Nach fünf Stunden Fahrt hatten sich sechzig Werst vorbeigeschlichen wie Flüchtlinge. Deshalb ließ sich unser Saweli so sorglos, so fröhlich von der schäumenden Brandung tragen, die das Salzwasser vom Süßwasser trennte. In voller Fahrt tauchte der scharfbrüstige Karbaß in die tosende, zischende Barre, so rasch, daß die Wassertropfen aufspritzten und der zerstiebende Schaum die Seeleute von Kopf bis Fuß bedeckte. In den Karbaß drang Wasser ein. Erschrocken ließ der pudelnasse Alexej die Leine aus den Händen gleiten. Das Segel begann zu flattern. Der Karbaß stieß empor, eilte einen Wellenberg hinauf und schoß im Nu Hals über Kopf durch den Wasserschwall. Nach fünf Minuten schwamm er schon wie eine Ente auf dem freien Meer, das grollend an die Ufer schlug.

„Na, Alexej", fragte Saweli lachend den Neuling, „dir gefällt wohl die Seewassertaufe nicht?"

„Doch, doch", antwortete Alexej und wischte sich das Gesicht ab, „nur ohne Grützbrei ist eine Taufe keine Taufe."

„Wart's nur ab, Bruder Aljoscha, wir baden dich in einem Taufbecken aus Salz. Dann setzen wir dich mit einem Ruder vor den Grützbrei. Rühr ihn gut um und schieb ihn in den Mund, iß und lobe ihn! Willst du Bier dazu — unser Bier schäumt wie Sekt. Von dem grünen Schaumwein haben wir im Überfluß. Trink, soviel du magst. Es kostet nichts."

„Danke für die Bewirtung! Biete davon zuerst den Älteren an, Onkelchen", antwortete Alexej listig.

„Du bist Gast auf dem Meer, wir sind hier die Hausherren“, sagte Saweli, „und bei Gästen zählt das Alter nicht.“

„Aber“, sagte Onkel Jakow, der aufmerksam den Horizont betrachtete, „sollten wir nicht gegen Abend Kurs auf das Ufer nehmen? Es ist so dunstig, als wenn sich Staub über der Tundra ballt. Wenn sich der Zarewitsch Wirbelsturm zur Unzeit erhebt, wird es uns auf offenem Meer übel ergehen.“

„Wer den Wolf fürchtet, soll nicht in den Wald gehen, Onkel Jakow!“ entgegnete Saweli. „Der Wind ist wie eine Geliebte und wird uns nicht zu jeder Zeit beschert. Nutzen wir ihn nicht aus, dann wird es später schwer sein, ihn zu fassen. Wenn wir jedoch jetzt Kurs auf Nordwest halten, kommen wir vor dem Wind wie geschmiert bis Solowki, ehe wir's uns versehen. Der Himmel ist klar.“

„Meinetwegen“, sagte Onkel Jakow und machte sich daran, einen Knoten in der Leine zu schürzen.

„Genau so ist es!“ sagte Alexej, als hätte er etwas begriffen, und begann sorglos zu gähnen. Iwan stellte keine Überlegungen an und redete nicht. Er spuckte nur von Zeit zu Zeit ins Meer. Nach dem Vorrecht, das allen Leuten gewährt wird, bei denen etwas im Kopf oder in der Tasche klingt, baute Saweli Luftschlösser. Der Karbaß, fünfter Akteur in unserem Drama, schaukelte hin und her und nahm sich die Freiheit, ins grenzenlose Meer hinauszuschwimmen.

Der Tag ging beim Abend zu Gast. Das Ufergelände versank. Die kleine Insel Mudjug, die vor der Dwinamündung Wache hält, tauchte unter, schaute noch einmal hervor und sank wieder ins Wasser. Bald schmolz das Land zu einem dunklen Streifen, zu einer kaum noch sichtbaren Linie zusammen. Eine Woge schluckte auch sie. Lebe wohl, mein Heimatland! Ein abgrundtiefer Himmel und ein uferloses Meer umfingen jetzt das zerbrechliche Schiff. Nur der freie Wind und die raschen Wogen sangen ihm im Takt ihr ewiges, unverständliches Lied und weckten unklare Gedanken darüber, was war und was sein wird, und darüber, was niemals war und was niemals sein wird.

Ich weiß nicht, ob Sie jemals das Gefühl der Trennung vom

heimatlichen Ufer verspürt haben, wenn man sich dem unsicheren Element anvertraut. Ich aber habe es an mir selbst erfahren. Ich habe es an geistig hochentwickelten und an ungebildeten, von der Gewohnheit abgestumpften Menschen beobachtet. Wenn man sieht, wie der Anker gelichtet wird, scheint es, als löse sich der Knoten, der das Herz fest mit der Erde verbindet, als zerreiße eine Saite dieses Herzens. In der Brust wird einem weh und doch unsagbar leicht zumute! Das Schiff kommt in Fahrt. Über dem Kopf kreisen Meeresvögel. Im Kopf schwirren die Erinnerungen; sie allein, die unermüdlichen Boten, bringen dem Schiff Kunde vom Land, das es verlassen hat, der Seele Kunde von der unwiederbringlichen Vergangenheit. Aber auch die letzte Alkyone versinkt im endlosen Abgrund und die letzte Erinnerung in der Seele. Eine neue Welt tut sich auf und verschlingt sie. Dann erfaßt den Menschen eine unerklärliche Traurigkeit, nicht mehr irdischer, erdhafter Natur, aber auch noch nicht ganz dem Himmel zugewandt, wie ein Widerhall zweier Welten, zweier Existenzen, die Entwicklung des Unendlichen aus den Keimen des Begrenzten, ein Gefühl, welches das Herz nicht zusammenpreßt, sondern es weitet, ein Gefühl der Trennung von der Menschheit und der Vereinigung mit der Natur. Ich bin überzeugt, dies ist ein Vorgeschmack unseres Übergangs aus der Zeit in die Ewigkeit, die Diësis aus der Oktave des Finale.

Unmerklich streicht die Natur mit ihrer lindernden Hand die tiefen, schmerzenden Narben der Verbitterung vom Herzen, entfernt die Splitter der Reue und weht die verwirrenden Gedanken fort. Das Herz wird klar wie ein Kristall, als teilten ihm die Sonnenstrahlen, die sich an der Oberfläche des Ozeans spiegeln und die Gefühle nach allen Richtungen durchdringen, ihre Durchsichtigkeit und ihren Glanz mit, als verwandelten sie es in einen Morgenstern. Dann beginnt man an die Wahrscheinlichkeit der Ansicht zu glauben, daß die Materie Licht ist, das von der Erdschwere verschlungen wurde, und daß der Gedanke, die moralische Sonne, das geistige Auge des Menschen, welches die Welt in sich konzentriert, Materie ist, die sich mit Hilfe des Wortes wieder in Licht zu verwandeln sucht. Dann trinkt die befreite Seele aus der vollen Schale des Himmels, badet in der Weite des Ozeans, und der Mensch vergißt in einem reinen, friedfertigen und heiligen Gefühl sich und die Welt. Er gleicht einem Kind, das, soeben aus dem Taufbecken gehoben, nun an der Brust der Mutter schlummert, gewärmt von ihrem Atem, eingewiegt von ihrem Lied. Oh, könnte ich vom Schicksal nur wenige solcher Augenblicke erflehen oder im Gedächtnis zum Leben erwecken: Ich würde ...

„Ich würde dann Ihre Erzählungen überhaupt nicht lesen", sagt mir ärgerlich einer von den Lesern, die unbedingt verlangen, daß der Held der Erzählung ständig und ohne Unterbrechung vor ihnen auf dem Seil tanzt. Wenn er sich auch nur für einen Augenblick entfernt, dann schauen sie gleich hinter die Kulissen und überschlagen ein Kapitel: „Ja, wo ist er denn? Was ist mit ihm geschehen? Ist er abgestürzt, ist er tot, vielleicht spurlos verschwunden?", oder sie fragen, was noch schlimmer ist: „Hat er wirklich bis jetzt nichts vollbracht? Ist wirklich mit ihm nichts passiert?"

„Ich würde dann Ihre Erzählungen überhaupt nicht lesen, Herr Marlinski, weil ich — verzeihen Sie meine Offenheit — schon des öfteren bei Ihren häufigen und weit hergeholten Abweichungen laut gegähnt habe. Hätten Sie doch zum Dank für unsere Geduld diesen verfluchten Karbaß wenigstens umkippen lassen! So geht das nicht, mein Herr: er kriecht dahin wie eine Schildkröte über die Steine und taucht immer wieder an der Oberfläche auf. Man denkt, jetzt wird Saweli beim Passieren des Feuerschiffs am Schopf gepackt und als ein napoleonischer Betrüger oder Seeräuber entlarvt. Aber nichts dergleichen! Statt Vorkommnissen gibt es bei Ihnen nur die chemische Analyse des Meerwassers, statt Menschen Seifenblasen und, was am ärgerlichsten ist, statt der versprochenen Abenteuer nur Ihre eigenen Träumereien."

„Ich habe Ihnen nichts versprochen, verehrter Herr", sage ich so kaltblütig wie möglich, um meine Eigenliebe als Autor zu wahren, eine durchbohrte Eigenliebe, aus der noch das Blut auf die Klinge des Spottes tropft. „Es steht Ihnen frei, mich zu lesen oder nicht, und es steht mir frei, zu schreiben, wie es mir beliebt.“

„Aber, lieber Herr, ich habe Ihre Erzählung gekauft.“

„Dazu habe ich Sie nicht ermuntert. Ich habe Sie nicht höflich am Kragen genommen, wie das in der guten Gesellschaft bei der Verteilung von Lotterielosen oder Eintrittskarten für Wohltätigkeitskonzerte geschieht. Sie haben meine Erzählung gekauft und können sie als Fidibus verbrennen, zu Schnurrbartwickeln zerreißen oder zur Verpackung von Stiefelwichse verwenden. Sie haben damit das Recht gekauft, mich zu beschimpfen oder zu loben, doch ich mache Sie darauf aufmerksam, mich selbst haben Sie nicht gekauft und werden Sie nicht kaufen. Meine Feder ist ein eigenwilliger Violinbogen, ein Hexenbesen, ein Reitpferd. Ja, rittlings auf der Feder bin ich ein freier Kosak und kann ohne Vorschrift über das Papier galoppieren, so weit das Auge reicht. Und das tue ich auch: ich lasse die Zügel los und schaue nicht zurück. Ich berechne nicht, was vor mir liegt, und will nicht wissen, ob der Wind meine Spur verweht, ob meine Spur glatt oder gemustert verläuft. Nehme ich eine Hürde, durchschwimme ich einen Fluß — gut; gelingt es nicht — auch gut. Ich bin schon zufrieden, wenn ich mit Leib und Seele dahinjagen kann, bis ich müde werde. Ich habe eure glattgewalzten literarischen Theorienchaussées satt, eure ewiglangen Straßen aus Kiefernstämmen, eure Eisenträger und Hängebrücken, eure Schaukelei auf einem Holzpferd oder einem müden Gaul, eure Sprungfedern, Schlichziegel und spanischen Reiter. Her mit einem wilden, feurigen Roß! Auf in Steppe und Stürme! Auf leichten Träumen schwinge ich mich in den Himmel, mit schweren Gedanken tauche ich in die Tiefe des Meeres ...“

„... und Sie fischen vom Grund eine kleine Muschel heraus.“

„Und sei es eine Handvoll Dreck, verehrter Herr. Sie wird wenigstens bezeugen, daß ich bis zum tiefsten Grund vorgestoßen bin. Für den Kaufmann hat die Perle einen Wert. Ein Naturforscher opfert seinen kostbaren Ring für eine Wasserpflanze. Was trägt die Perle schließlich zum Bestand des menschlichen Glückes bei? Die Pflanze aber verwandelt sich vielleicht in eine lichte

Idee, bildet ein Glied in der Kette nützlichen Wissens. Ich möchte erfahren, ob Sie Kaufmann oder Forscher sind."

Mein Leser ist von Adel, nicht nur, was die Personen betrifft, sondern vielleicht sogar durch Vererbung. Er möchte auf keinen Fall, daß man ihn einen Kaufmann heißt. Andererseits kann er Forscher jeglicher Art nicht leiden, die die Natur aufschlitzen und ausweiden oder Gehirn, Herz und Taschen der Menschen, und wären sie auch Angehörige der fünften Rangklasse, bei lebendigem Leibe sezieren und dort Insekten-Gedanken und Reptilien-Gefühle einfangen. Nicht genug damit, daß sie all das auf ihre scharfsinnige Feder spießen und dem verehrten Publikum zur wohlgefälligen Betrachtung feilbieten; sie horchen an den Kabinettüren, kriechen unter die ehelichen Kopfkissen, drängen sich auf den Fluren der Paläste, graben sich unter Särge; überall finden sie Einlaß wie das Gold, saugen sich in die Seele wie Schmeichelei, und dann — ich bitte Sie! — werden alle unsere Geheimnisse auf den Trödelmarkt getragen.

„Nein, ich bin kein Kaufmann und kein Forscher", sagt er, „ich bin ein einfacher Leser. Ich hinterlege meine Bemerkungen in ihrem Verstand, wie mein Geld im Pfandhaus — auf den Namen eines Unbekannten!"

„Das ist wenigstens klar und unbestreitbar. Hoffen Sie aber nicht — und das sage ich Ihnen unter uns —, mehr als die gesetzlichen vier Prozent zu bekommen. Es ist wahr, ich spreche von dem Kleinbürger Saweli Nikitin aus Archangelsk und verbürge mich, daß diese Geschichte schon deshalb für einen Russen interessant sein wird, weil sie nicht erfunden ist. Doch wer sagt Ihnen, daß ich weniger interessant bin als Saweli Nikitin? Wissen Sie denn, wieviel Leidenschaften in meinem Herzen gebrannt haben? Welche wunderbaren Muster die Welt in meine Phantasie eingeprägt hat? Und wenn ich mich dazu bequemte, meine Erfahrungen, Träume und Gedanken aus der Seele in eine gängige Sprache zu übersetzen, würden Sie selbst, mein Herr, diese Aufzeichnungen nicht weniger interessant finden als die Aufzeichnungen von Trelawny oder die ‚Letzte Indiskretion einer Zeitgenossin'."

„Um Smirdins willen, tun Sie es so schnell wie möglich, Verehrtester! Drucken Sie in großem Oktavformat, Titel in Fraktur und mit einer Vignette von Johannot. Ich habe Vignetten und Memoiren schrecklich gern, besonders in der Art von Vidocq. Sie geben mir Ihr Wort? Sagen Sie doch ja! Weigern Sie sich nicht länger, werfen Sie Ihre Faulheit ab!“

„Bei uns sieht die im Druck veröffentlichte Seite eines Menschen immer wie die Rückseite eines Plakats des Komödianten Zapato im ‚Gil Blas‘ aus. Und deshalb, lieber Herr: wenn Sie mich kennenlernen wollen, so tun Sie das stückchenweise, erraten Sie mich aus Spänen, Schnitzeln und Klümpchen. Stören Sie mich aber nicht in meinen Erzählungen über andere: Es wird für Sie bestimmt nicht zum Nachteil sein.“

Ich nehme den verlorenen Faden der Erzählung wieder auf.

Saweli saß nachdenklich am Steuer. Sein Herz blähte sich bald auf wie ein Segel, bald fiel es in die Tiefe wie eine Woge. Ein Gefühl der Unendlichkeit überkam ihn, und auf die Frage: „Woran denkst du?“ hätte er der Wahrheit gemäß antworten können: „An nichts!“, weil alle Gedanken und Empfindungen in solchen Augenblicken wie Tropfen sind, die sich plötzlich als unsichtbarer Dampf verflüchtigen und im Raum zerfließen. Sawelis Kameraden waren mehr oder weniger in eine ebenso unerklärliche, stumme Betrachtung und Wahrnehmung der Natur in sich selbst und ihrer selbst in der Natur versunken, in ein Gefühl des Bewußtwerdens im Geschehen, das, wie ich glaube, allen Kreaturen zugänglich ist.

Schließlich brach Onkel Jakows Neffe als erster das allgemeine Schweigen. Er hatte sich aller Wahrscheinlichkeit nach ungern von seiner Hütte und seiner Sense getrennt, dem Zopf seines Liebchens, dem Branntwein und den Fangspielen entsagt.

„Eine schöne Geschichte ist das, meine ich! Da ist der Mensch so schlau und fährt mit einem Backtrog übers Meer, Gott zu versuchen. Ist die Erde denn zu klein geworden? Oder gibt es auf der Welt nicht genug Ackerland?“

„Du solltest lieber schweigen“, entgegnete ärgerlich Onkel Jakow, „wer unter die Seeleute geht, sollte nicht dem Land nachtrauern. Land — was ist das schon Besonderes? Da hast du dir ja was ausgedacht!“

„Wirklich, Onkel Jakow, nicht ich habe es ausgedacht.“

„Wie kannst du das Land ausdenken, wenn du nicht einmal richtig darüber nachzudenken imstande bist! Land gibt's bei uns viel, aber es wirft wenig ab. Ob wir wollten oder nicht, wir mußten mit dem Ruder das Meer pflügen gehen. Sicherlich möchtest du Graupen essen, einen blauen Kaftan tragen und auch mal gemütlich Tee trinken. Wachsen denn aber feines Tuch und Zucker bei uns auf den Birken? He? Deshalb segeln ja kühne Köpfe übers Meer und holen schöne Waren. Wer nicht ins Holz fährt, erfriert auch auf der Ofenbank.“

Bei den Narren sieht es im Kopf ebenso aus wie in einer asiatischen Karawanserei — nackte Wände und kein Hausherr. Die Gedanken gelangen hinein, unbekannt woher, und sie gehen hinaus, unbekannt wohin.

Das Wort „Meer“ flog an Iwans Ohr vorbei und löste die Feder zu einem Lied aus. Er begann zu singen:

„Eine kleine Meise lebte im Revier,
Lebte still und leise, braute sich ihr Bier.
Hatte große Sorgen, mußte Hopfen borgen.“

Das Wort „Bier“ seinerseits weckte in Alexej durch eine wunderliche Gedankenverbindung die Erinnerung an Bier. Er wischte sich verträumt den Speichel von den Lippen und sagte: „Weißt du was, Onkel Jakow? Zu anderer Zeit wäre es mir gar nicht in den Sinn gekommen, Heimweh zu haben. Heute aber ist in unserem Dorf ein Feiertag, und wenn man eine Kerze am Altar aufstellen könnte, wäre einem leichter auf See.“

„Jung bist du, Freundchen, jung, Aljoscha, und doch durchtrieben. Nicht eine Kerzenflamme, sondern einen warmen Ofen hast du im Sinn. Nicht beten, sondern tafeln möchtest du gern. Die Alten haben nicht umsonst das Sprichwort geprägt: ‚Wer nicht auf dem Meer war, hat sich nicht satt gebetet.‘ Na, wenn du hier zu wenig Platz hast, so kannst du in Solowki genug beten. Vom Ende der Welt kommen fromme Leute zu Fuß dorthin zum Gottesdienst, und dir ist durch Zufall, ohne eigene Mühe, so eine Gnade in den Schoß gefallen — du darfst dich vor den Wundertätern Sossima und Sawwati verneigen, die Reliquien berühren und ihre Wunder bestaunen. Das Maul wirst du aufsperren, Freundchen, wenn du siehst, aus was für Quadern die Klostermauern zusammengefügt sind. Wenn du in die Höhe schaust, fällt dir die Mütze vom Kopf. Und dick sind sie, daß zehn Kaleschen nebeneinander Platz finden würden, und jeder Stein ist größer als ein Bauernhaus. Den heiligen Gottesknechten müssen die Engel geholfen haben, denn Menschen können so etwas weder ersinnen noch erraten, geschweige solche Lasten mit den Händen aufheben."

„Ist denn die Solowezkiinsel aus Felsen, Onkel Jakow?"

„Das ist ja das Erstaunliche, sie ist nicht aus Felsen. Ein Ufer wie an der Dwina: Sand, hier und da Kieselsteine unter Wasser. Und Vögel, Vögel gibt es dort in Scharen. Das ist ein Seufzen in der Morgendämmerung! Gänse und Schwäne wie weißer Schaum. Im Schatten Gottes ist es für sie das Paradies. Niemand erschlägt oder erschreckt sie, die guten. Dicht am Tor stehen Kraniche auf einem Bein, wilde Enten putzen sich, und schnurrbärtige Wale spielen und warten auf Futterbrocken, die von den Mauern herabgeworfen werden."

„Sag mal, Onkel Jakow, ist dieser Fisch, der Wal, nur als Beispiel, so groß und dick wie ein Zarenschiff?"

„Ein Wal ist nicht wie der andere", antwortete Onkel Jakow gewichtig. „Es gibt welche von zehn und welche von zwanzig Klafter Länge. Dabei sind sie in unserem Jahrhundert so klein geworden. Ja, früher, da war das anders! Vor etwa achtzig Jahren schwamm in einem schrecklichen Sturm bei Solowki ein Wal vorbei, der nahm kein Ende. Spielerisch schlug er mit dem Schwanz um sich, und plötzlich blähte sich der Schwanz im Wind auf wie ein Segel. Der Wal durfte nicht mit ihm das Meer peitschen. Hätte er es getan, wäre die niedrig gelegene Insel überschwemmt worden, und Kloster samt Glockentürmen hätten unter Wasser gestanden. Der Vater Archimandrit betete mit allen Starzen unter Tränen die ganze Nacht ohne Pause: ‚Herr, laß den Wal vorüberziehen! Laß ihn nicht aus Versehen mit dem Schwanz auf das Meer schlagen!‘ Und sie wendeten durch Gebete das scheinbar unvermeidliche Unglück ab. Gegen Morgen war der Wal verschwunden, das Gewitter hatte sich gelegt. Sogar in Archangelsk war es zu hören, als man in Solowki vor Freude die gewaltigen tönernen Glocken läutete. ‚Na, Gott sei Dank‘, hieß es, ‚das Kloster des heiligen Sawwati und Sossima hat es überstanden!‘ “

„Sind diese tönernen Glocken eigentlich aus gebranntem oder ungebranntem Lehm?“ fragte Alexej mißtrauisch.

„Das selbst zu sehen hat mir Gott nicht vergönnt. Nur ein Kirchendiener hat mir erzählt, daß sie bis heute in einem geheimen Versteck hängen. Wenn man sie zum Gottesdienst läutet, vermeinst du, die Vögel im Paradies singen zu hören. Aber du kannst das alles selbst erfragen. Bei Sonnenaufgang kommen wir schon in Solowki an.“

„Wenn wir überhaupt ankommen“, sagte Alexej.

„Aber weshalb denn nicht? Die hundertzwanzig Werst schaffen wir ohne Mühe.“

„Prahle nicht so, Onkel Jakow“, sagte Saweli, „laß uns lieber gutes Wetter herbeipfeifen. Siehst du, es ist still geworden, der Wind hat sich gelegt.“

Einem verbreiteten Aberglauben der Seeleute folgend, begann Onkel Jakow zu pfeifen, wie man die Pferde zur Tränke pfeift. Tatsächlich kam Wind auf, als hätte er auf eine Einladung gewartet, belebte sich und nahm rasch an Stärke zu. Die See rollte sich zu Streifen, die Streifen ballten sich zu hohen Wellen, und schließlich begann das Meer zu tosen wie das Wasser vor dem Kochen in einem riesigen Kessel. Die Sonne versank in flammenden Wolken, der ganze Westen war ein blutrotes Brodeln — das sichere Anzeichen für ein Unwetter. Als aber die horizontalen Strahlen das durchsichtige Blau durchstießen und sich im schillernden Grün einer Woge brachen, wurde diese durchsichtig wie Glas, bäumte sich auf wie eine Wetterwolke, erlosch blitzschnell, wurde dunkel und fiel zusammen, niedergedrückt von den nachdrängenden.

Saweli mußte sich am Wind halten, um nicht zu weit in den Ozean hinausgetrieben zu werden, und drückte mit aller Gewalt auf die Ruderpinne. Onkel Jakow und Iwan hielten die Schot des gerefften Großsegels mit den Händen. Alexej saß bleich wie ein Leichentuch, klammerte sich an der Bordwand fest und schaute entsetzt auf die Wellen, die von der Seite gegen das Schiff peitschten. Sie kamen ihm wie Ungeheuer vor, die in den Karbaß hineinschauten, um ihn zu packen und zu verschlingen.

„Sieh nur, sieh, Onkel Jakow", sagte er, „die Wellen jagen uns um die Wette nach. Wie schrecklich!"

„Da staunst du wohl, daß die alten Wellen noch tanzen. Ja, Freundchen, sie selbst werden schnell grau und lassen auch unsereinen schnell grau werden. Schau nicht hin, wenn sie tanzen, sonst dreht sich dir der Kopf."

„Genau so ist es", fügte Saweli hinzu, „statt auf die Wellen zu schauen, Aljoscha, nimm lieber die Schöpfkelle und schöpf das Wasser aus, sieh mal, wie die Wellen in einem fort hereinschlagen. Na, Onkel Jakow, ich hätte auf dich hören und am Ufer entlangfahren sollen. Kaum wage ich mich mit dem Karbaß aufs Meer, geben mich die Bekannten schon bei gutem Wetter verloren. Aber in eine solche Rauferei hätte ich mich, wäre sie vorauszusehen gewesen, selbst in nüchternem Zustand nicht eingelassen. Schau dir die Wolken an: Wie Unholde wandern sie umher und bereden untereinander, wo sie jemanden überfallen könnten."

„Es wäre wohl möglich", sagte Onkel Jakow, „daß sie auch uns einholen, und bei uns stehen die Türen weit offen. Die Nacht wird uns lang werden!"

Die Nacht überzog den Himmel mit schweren Wolken. Die Wolken spritzten auf wie Wellen, und das Meer tobte wie der Himmel. Der Wirbelsturm jagte, schleuderte und zerstäubte Dunst und Wellen. Bald sperrten schwarze Wolken ihren vom Stachel des Blitzes erleuchteten Feuerrachen auf, bald schluckten weißkämmige Wellen brüllend das zerbrechliche Schiff, um es aus tiefem Schlund wieder auszuspeien. Es gelang kaum, das Wasser aus dem Karbaß zu schöpfen. Die Segel waren schon gerefft, doch die Brecher peitschten das Fahrzeug so stark, daß die kahlen Masten krachten. Der Karbaß flog dahin wie ein rasendes Pferd, und jede Minute erwarteten unsere Seeleute, daß er im Wasser begraben würde. Plötzlich ertönte über ihnen ein Donnerschlag. Ein Feuerstrom ergoß sich über den ganzen gespaltenen Himmel, und im gleichen Augenblick schlug eine aufgepeitschte Woge gegen das Heck. Der Karbaß trank den Tod. Es war ein entsetzlicher Moment. Den Schiffern schien es, als stürze sich ein feuriger Wasserfall von oben und unten auf sie. Sie schlossen die geblendeten Augen, um sie nie wieder zu öffnen. Mit dem Ruf: „Herr, empfange meine Seele!“ ließ Saweli die Ruderpinne fahren. Alexej fiel die Schöpfkelle aus der Hand.

„Jetzt bete!“ sagte Onkel Jakow zu ihm.

Nur Iwan hörte nicht auf zu arbeiten; durch das Tosen des Sturmes und der Wellen hörte man ihn singen:

„Auf dem Fluß im Siebe kommt sie aus der Fremde,
Rudert mit der Spindel, segelt mit dem Hemde.“

Saweli wollte nicht sterben, weil er gerade in das Leben eintrat, Alexej, weil er zum Leben noch keine Zeit gefunden hatte, und Onkel Jakow, weil er nicht vorbereitet war zu sterben. Was aber bedeutete Tod, was Vergangenheit und Zukunft für Iwan? Er besaß nichts, woran er diese rätselhaften Gedanken hätte messen können. Er würde die Welt genauso verlassen, wie er in sie eingetreten war, ohne im geringsten aufzubegehren oder zu klagen. Glücklicher Iwan! Dein Leben wäre für mich nicht erstrebenswert, aber um deinen Tod könnte ich dich beneiden. Wer blickt sich nicht um mit einem Seufzer, schaut nicht vorwärts voller Zweifel oder gar mit Schrecken, wenn er in einem Sarg vom Leben in die Ewigkeit befördert wird? Er aber ging unter und sang dabei!

Und ob Sie es glauben werden? Als das Dröhnen des Donnerschlags in den Herzen der Seeleute verklungen war, brachen sie über Iwans Gesang in Gelächter aus, lachten, lachten, einer toller als der andere, wie in einem Fieberanfall. Versuchen Sie jetzt, des Menschen Herz zu deuten! In Minuten des furchtbarsten Leidens und Schreckens ist er am ehesten zum Lachen bereit. Ich habe das gesehen und erlebt.

Der Sturm war nach dem letzten wütenden Schlag vorbei. Der Wind legte sich ganz plötzlich. Die Natur ist wie der Mensch, oder, besser gesagt, der Mensch ist wie die Natur in ihrer Blüte — aufbrausend und stürmisch für einen kurzen Augenblick. Die Wolken waren durch den Blitz gleichsam in Regen aufgelöst worden, und der Mond, der sich in einer Wolke gebadet hatte, strahlte fröhlich am dunklen Himmel. Nur am Rand des Horizonts drängten sich flüchtige Wolken zuhauf. Grollend und um sich beißend, flogen sie davon, und bisweilen schoß ein Wetterleuchten aus ihnen hervor. Die Wellen schwemmten müde eine die andere fort. Sie liefen noch umher und stießen drohend aneinander wie die Krieger mancher Völker, wenn sie nach einem Kampf mit den Feinden im eigenen Vaterland ihre Zwistigkeiten austragen, um ihren Blutdurst wenigstens aus den Adern der Brüder zu löschen und das von der Gewohnheit entfachte Kampffeuer gegen sie zu verausgaben. Aber bald zerflossen die Wogen in einer breiten Dünung, auf der sich dicke Schaumstreifen schlängelten, die eben noch die Wellenkämme gekrönt hatten. Sie zogen dahin wie Zeilen auf der finsteren, endlosen Seite des Meeres, gleich den Spuren von Generationen auf dem Ozean des Lebens. Auch der Schaum verschwand, und blau und reglos erstreckte sich das Meer. Es atmete schwer und stoßweise wie ein Sterbender, und gegen Morgen schließlich entwich seine Seele in einem Nebel, als wollte es damit kundtun, daß alles Große auf Erden in Stürmen atmet und das Ende aller Größe in ein nebliges Leichentuch gehüllt ist, das für den Handelnden wie für den Betrachter gleichermaßen undurchsichtig ist.

Der Morgen dämmerte.

Unsere Argonauten gerieten aus einem unzweifelhaften Tod in einen tödlichen Zweifel, und obgleich sie sich bei dieser sicheren Gelegenheit davon überzeugt hatten, daß die Ansicht von

Liebenden und von Angeklagten, der Zweifel sei schlimmer als der Tod, nicht ganz richtig ist, war ihre Lage doch in keiner Weise beneidenswert. Sie besaßen weder Karten noch Kompaß. Und weshalb, zum Teufel, hätten sie vor sich eine Karte ausbreiten sollen, wenn keiner von ihnen sie lesen konnte. Als man einmal einen russischen Seefahrer fragte: „Habt ihr denn keine Karten?", gab dieser treuherzig zur Antwort: „Wir hatten welche, sogar mit Goldrand, aber die Kinder haben sie beim Kartenspiel zerrissen." Mit dem Kompaß war es anders. Saweli wußte, wie man damit umging, aber zu allem Unglück hatte er ihn bei dem Hochzeitstrubel zu Hause vergessen. Was sollte man also tun? Seit gestern jagte sie der Wind bald nach rechts, bald nach links, drehte sich wie der Teufel vor der Frühmesse und hatte alle Windstriche und die Gedanken unserer Seeleute so durcheinandergemischt, daß selbst Buffon mit seiner Theorie der Winde in diesem Spiel seine Beredsamkeit verloren hätte.

Saweli hatte keine Ahnung, ob er Norden vor der Nase oder im Rücken vermuten sollte. Die Sonne schien ihm nach seiner Meinung bald auf das linke Ohr und ging am rechten unter, bald auf das rechte und ging am linken unter. Wohin sollte er sich wenden? Wo Solowki suchen? Der Morgen entfaltete sich wie eine Blüte, aber dafür ballte sich der Nebel, daß man ihn aufs Brot hätte schmieren können. Jetzt erhob sich ein leichter Wind von links, doch er war so wenig zuverlässig wie eine Dame von Welt, schwenkte bald hierhin, bald dorthin wie die heutige Literatur. Er bewegte das Meer kaum, als liefe er auf Zehenspitzen um das Schiff herum, damit er die Seeleute nicht aufweckte. Saweli beriet sich mit Onkel Jakow.

„Solowki ist dicht vor uns", sagte Alexej, „der Sturm blies uns in den Rücken, und wir flüchteten wie der Hase vor dem Adler."

„Solowki liegt weit rechter Hand", behauptete Onkel Jakow, „die See kam von rechts und trug den Karbaß wie einen Falken nach Westen."

„Das kann schon wahr sein", sagte Saweli, „aber woher weht der Wind jetzt?"

„Offensichtlich von Norden! Tagsüber ist es heiß, da weht der

Wind vom Ufer. Nachts wird es kühl, da kehrt er nach Hause zurück."

„Aber jetzt ist schon Tag, und wie dir zum Schabernack blies der Wind die vergangene Nacht vom Ufer her, als hätte er sich im Gefängnis von der Kette gerissen."

„Mit dem Sturm hat es eine besondere Bewandtnis, Saweli Nikititsch! Auf dem Festland hat die ganze Woche über eine Hitze gebrütet wie in einem Backofen, so daß es auch nachts nicht so war wie sonst. Da hat sich die Wärme ausnahmsweise auf das Meer gewälzt, und jetzt hat sich das Land gebadet und abgekühlt. Nun zieht die Kälte bestimmt ans Ufer, weil sie stärker als die Wärme geworden ist."

Onkel Jakow hatte recht. Er hatte niemals darüber gelesen, woher die Winde in der Atmosphäre kommen, hatte keine Ahnung von der Luftverdünnung durch die Elektrizität der Stürme oder vom unterschiedlichen Gewicht der Gase, aber er besaß Erfahrung und einen gesunden Menschenverstand. Saweli ließ sich überzeugen. Man beschloß, beim Wind zu fahren, wie unsere einheimischen Matrosen sagen, das heißt, die Segel zu fieren und Ostkurs zu halten. Die Gischt schäumte hinter dem Ruder. Der Karbaß fuhr mit halbem Wind. Das eintönige Plätschern der Wellen und die Übermüdung nach den Anstrengungen der vergangenen Nacht schläferten die Seefahrer ein. Nur Saweli wagte nicht, sich dem süßen Morgenschlummer zu überlassen. Er war der Herr des Fahrzeugs, der König in diesem Reich, das mit Holznägeln zusammengehalten wurde. Um seines eigenen Wohlergehens willen und zum Schutz der anderen schlief er nicht. Dafür träumte er mit offenen Augen. Am Segeltuch und an der Nebelwand liefen, huschten und tanzten helle Gestalten vorbei wie beim Licht einer Zauberlampe. Er sah, wie sich der blonde Zopf Katerina Petrownas in zwei Flechten teilte, zweimal ihre Stirn umwand und unter dem buntbestickten Tüchlein mit dem Goldsaum verschwand. Er sah auch die auseinandergezogenen Kattunvorhänge des Hochzeitsbettes und das zerknitterte Daunenkissen unter der rosigen Wange der Braut. Ihm war, als schmausten seine Freunde und Bekannten schon bei der Kindtaufe. Es wollte überlegt sein, wie der erste Sohn heißen und wen man bei der ersten Enkelin zum Gevatter bitten sollte. Kurz, um ihn tummelte sich schon die ganze Schar seiner Nachkommen, und er betrachtete sie so zärtlich und liebevoll wie mancher Autor seine literarische, in Kalbsleder gebundene und mit Goldrand verzierte Hinterlassenschaft, die, so träumt er, kommende Jahrhunderte hegen und pflegen werden.

Saweli träumte schon von Enkeln, sagte ich, und vergaß dabei, daß unter ihm ein gieriger Abgrund gähnte, vergaß, daß das Schiff nicht größer war als ein Baumstamm, die Matrosen auch nur Menschen waren und daß es „Landratten und Wasserratten gibt", wie der Jude Shylock bei Shakespeare sagt. Die Ratten haben den polnischen König Popiel verspeist, werden sie da einen Nichtadligen laufenlassen?

Schlaf und Träume der Insassen des Karbaß wurden urplötzlich unterbrochen. In etwa fünfzig Klafter Entfernung gegen den Wind flammte im Nebel ein Blitz auf, und nach dem Donner eines Schusses flog eine Kugel pfeifend über ihre Köpfe hinweg. Alle sprangen von ihren Plätzen auf: Iwan mit dem Ausdruck sichtlicher Verwunderung und einem Gähnen in den Mundwinkeln, Alexej leckte sich die Lippen von dem im Traum nicht ausgetrunkenen Hirsebier, Onkel Jakow mit zerzaustem Bart und der Kapitän Saweli im Vorgefühl des endgültigen Untergangs. Allen wuchsen die Ohren um einen halben Zoll, und allen entfuhr der einstimmige Schrei des Entsetzens: „Was ist das?"

„Hat es gedonnert?" fragte Saweli und schlug ein Kreuz.

„Ist das der Klang der tönernen Glocken von Solowki?" sagte Alexej verschmitzt.

„Ich werde dir einen Segen mit Glockengeläut verabreichen, daß es dir bis zum Kassianstag in den Ohren klingt!" schrie Onkel Jakow. „Nikititsch, nach Backbord! Paß auf, das sind die Engländer."

Ein ganzer Schwarm goddams schwirrte durch die schmale Gasse, die die Kugel durch den Nebel aufgerissen hatte, und überzeugte die Unsrigen von der Richtigkeit der Worte Jakows. Aber der Wunsch, dem unsichtbaren Kaperschiff unter Ausnutzung des Nebels zu entkommen, beflügelte sie mit Hoffnung. Der Karbaß stürzte sich vor den Wind wie eine vom Gewehr des Jägers aufgescheuchte Ente. Aber nach wenigen Augenblicken entschwand jede Wahrscheinlichkeit einer Rettung. Der Nebel verdampfte, wurde durchsichtig und gab den Verfolger am Heck frei. Wellen und Dunstschwaden zerteilend, fuhr ein englischer Kutter den Fliehenden hinterher. Ein riesiges, in den Wind gestelltes Gicksegel tauchte aus dem Nebel auf und schien nach ihnen zu greifen. Es war, als bohrte sich der Schatten des dreieckkigen Segels in das Heck. Das Herz der Russen erstarrte. Durch ein blechernes Sprachrohr kam der Ruf: „Boat ahoo! Strike your colour! — Boot, ergib dich!"

Die Unglücklichen ließen die Arme sinken. Es gab keine Möglichkeit mehr, sich davonzuschleichen. An Waffen besaßen sie nur eine Schrotbüchse und zwei Beile. Inzwischen kam der Kutter immer näher und nahm ihnen den Wind.

„Down with your rags! — Herunter mit euren Lappen!" kam es abermals aus der Röhre. „Put the helm up, damn! — Ruder an Bord, zum Teufel!" — „Strike, or I'll run over and sink you! — Ergib dich, oder ich ramme und versenke dich!" Mit diesen Worten begann der Kutter beizudrehen, um die Geschütze in Aktion treten zu lassen. Saweli wußte sehr wohl, worum es ging. Ihm war klar, daß der Engländer ihn mit Kugeln oder einem Rammstoß auf Grund schicken konnte, aber er war betäubt von dem Gedanken an die Unfreiheit und an den Bankrott. Und das zu welchem Zeitpunkt? Auf dem Gipfel der Hoffnungen, in der schönsten Blüte des Glücks! Er kam in Wut bei der Vorstellung, daß sein ganzes Hab und Gut, seine ganze Hinterlassenschaft in Tüten, Bündeln, Ballen und Stoffsäcken im Bauch eines Seeräuberschiffs begraben werden sollte, daß ihn statt der Umarmungen Katerina Petrownas das Tauende eines Bootsmannes, statt Mütterchen Rußland ein abgetakeltes Schiff erwartete, das in einem englischen Hafen als Gefängnis diente. Zorn ergriff sein Herz. Er nahm die rostige Schrotflinte und schoß — batz! — direkt gegen die Bordwand des Kutters.

„Fire! — Feuer!" ertönte es von dort. Die Flamme aus einer

Karronade schoß über die Köpfe der Russen hinweg, und eine Eisenkette, die an der Kugel befestigt war, riß beide Masten um. Die fallenden Segel bedeckten den Karbaß, und bevor sich die Unsrigen aus diesem Netz befreien konnten, sprangen sechs bewaffnete Matrosen an Bord des Schiffes und fesselten sie. Widerstand wäre sinnlos gewesen. Das Schicksal war besiegelt. Saweli war mit seiner Mannschaft in Kriegsgefangenschaft geraten, sein Karbaß und dessen Ladung war die Beute eines englischen Kaperschiffes, in dieser ehrenwerten Bezeichnung von der Regierung anerkannt und mit einem lettre de marque und eisernen Kanonenkugeln ausgestattet für legale Raubzüge gegen die Feinde Großbritanniens.

Schon seit langem haben die Herren Publizisten viel und wunderschön gegen Korsarentum und Freibeuterei, Piratentum und Kaperunwesen oder ganz einfach gegen die Seeräuberei, die von einer Flagge gedeckt wird, geschrieben. Aber da ein solches Lied immer diejenigen anstimmten, die selbst nicht rauben konnten, und nicht jene, die den Mut zu derartigen Raubzügen aufbrachten, endeten alle Kongresse der Gelehrten und Beleidigten gewöhnlich wie der Rat der Mäuse: Man fand keinen Mutigen, der der Katze England die Schelle umgehängt hätte.

Komisch war vor allem, daß Napoleon, der keinerlei Rechte anerkannte — ausgenommen solche, die wie eine Kordel am Degen baumeln —, der, wo er konnte, sich mit der Dialektik eines vierundzwanzigpfündigen Kalibers verständlich zu machen pflegte —, daß er sich zu bescheidener Prosa herabließ, wenn er von Kaperschiffen sprach. Sehr ernsthaft und scharfsinnig wies er nach, daß das Völkerrecht auf See in Wirklichkeit gar keine Gültigkeit habe; denn es sei weder mit den europäischen Rechtsbegriffen noch mit den Vorstellungen des Jahrhunderts vereinbar, schutzlose Kaufleute einer feindlichen Nation auf See gefangenzunehmen und auszuplündern, ebensowenig wie friedliche Bürger zu Lande ihres privaten Eigentums zu berauben. Wenn man dem Landmann die Nahrungsvorräte bezahlt und das Leben, die Freiheit und das Eigentum selbst einer im Kampf eroberten Stadt verschont, ist es da nicht unmenschlich und erniedrigend, das eine wie das andere wegzunehmen, sobald es sich auf einem Schiff befindet? Ändert etwa das Salzwasser die Farbe der Begriffe dermaßen, daß das, was auf dem Festland als verächtlich und gesetzlos gilt, auf dem Meer lobenswert und legal wird? Kaperschiffe und Kreuzer, so meinte er, sollten sich ausschließlich auf die Kontrolle von Handelsschiffen und die Beschlagnahme von Kriegsmaterial beschränken. Die Engländer antworteten, daß das völlig richtig sei, und hörten doch nicht auf, alle französischen und mit Frankreich verbündeten Schiffe aufzubringen und auszuplündern.

Nach dem Frieden von Tilsit kam die Reihe auch an uns arme Sünder. Wir fingen an, Rüben zu lutschen, und redeten uns ein, es sei Zucker, kleideten uns für den dreifachen Preis in minderwertiges Tuch, ein Produkt des Kontinentalsystems. Dafür schliffen wir damals unsere ungekauften und unkäuflichen Bajonette und schlürften statt Kaffee die Hoffnung auf eine nahe Rache. Sie entlud sich im Jahre 1812.

Aber wie dem auch sei, Saweli Nikititsch war ein Gefangener. Wie allgemein bekannt, sind die Engländer ein zartfühlendes und höfliches Volk, und das in einem Maße, daß sie auf dem Rücken Sawelis und seiner Kameraden mehr als genug Paragraphen des Seerechts abdruckten, nach welchem auf dem Deck Seiner großbritannischen Majestät, dieser schwimmenden Basis der Habeaskorpusakte, jeder Ausländer, sobald er es betreten hat, die uneingeschränkte Freiheit genießt, seine Nase alltags und sonntags ungehindert zu tragen, wie es ihm paßt.

Wir haben erlebt, wie sie mit Napoleon verfuhren, der die Einfalt besaß, sich freiwillig ihrer Gastfreundschaft und Großmut anzuvertrauen. Danach kann man sich vorstellen, wie sie die russischen Seeleute empfingen, die es gewagt hatten, vor ihrer Gerechtigkeit zu fliehen und sogar einen Eichenkutter unter der Flagge Georgs III. am Bug mit Schrot anzukratzen. Le cas etait pendable – das war ein Fall für den Galgen, wie die Franzosen sagen, und Saweli hätte sicherlich, an einer Rahe baumelnd, einen wilden Tanz aufführen müssen, wenn er der englischen Mannschaft nach dem Mittagessen in die Hände gefallen wäre.

Zum Glück aber fand die Gefangennahme des Karbaß bei der ersten Flasche des Tages statt*, und deshalb begnügte sich der Kaperkapitän in seinem Zorn damit, jedem von ihnen ein Dutzend mustergültiger Flüche, standart jurements, zu verabreichen: „God damn your eyes!", gewürzt mit Bemerkungen wie: „You scroundels, ruffians, barbed dogs — ihr Gauner, Tagediebe, bärtige Hunde". Saweli und Onkel Jakow, denen die englischen Begrüßungsreden wie trockener Zwieback schmeckten, fanden es in der Ordnung der Dinge. Nur Alexej versuchte einige Male, seine Rechte aus den Fesseln zu befreien, um sich mit der Antwort direkt an die Person des Kapitäns zu wenden. Iwan spuckte doppelt soviel wie sonst.

Aber im Grunde sind die Engländer kein böses Volk, und wenn man von ihrem Mißtrauen, der Grobheit, dem unleidlichen Stolz und der stolzen Unleidlichkeit gegenüber allem Fremden absieht, wird man finden, daß sie die liebenswürdigsten Menschen auf der Welt sind. Das Herz eines Engländers ist wie eine Kokosnuß: Man muß sie mit dem Beil aufschlagen, um zum Kern zu gelangen, aber dafür ist sein Herz im Innern nicht wurmstichig wie bei den Franzosen, sondern enthält einen erfrischenden Saft. Nach außen handelt der Engländer gemäß seinen ausbeuterischen, habsüchtigen Kolonialgesetzen — zu Hause handelt er nach den Geboten des Herzens.

So war auch der rotbäckige, dickbäuchige Kapitän Turnip, der Kommandeur des Kutters, grob von Angesicht, doch von empfindsamem Gemüt. Verärgert durch den Widerstand der armseligen russischen Muschelschale, bereitete er seinen Gästen einen rauhen Empfang. Als die Sache aber erfolgreich abgeschlossen war, als alle Ballen und Fäßchen über Bord in seinen Lagerraum gewandert waren, als der obere Teil des Karbaß zu Kleinholz gemacht und der Rumpf versenkt war, da überprüfte er Sawelis Papiere, die er samt und sonders an sich genommen hatte — er ver-

* In Romanen über die Seefahrt haben Sie sicher des öfteren gelesen „vier Glas", „acht Glas". Das ist eine Mystifizierung und heißt ganz einfach, daß die Matrosen drei Flaschen geleert haben oder schon die achte trinken. Dieses Zeitmaß, das sich von selbst bewegt und klingt, ist sehr bequem und gesund. Zu Mittag wirft man alle Flaschen zugleich um und nennt dies die Überprüfung des Chronometers. — Wissenschaftlicher Hinweis.

fuhr damit wie ein Richter, und ich schätze an dem Burschen, daß er die Form wahrte —, erklärte, daß der Karbaß eine gesetzliche Prise sei, und ein Lächeln glättete sein Saffiangesicht. Die zusammengezogenen Brauen traten auseinander, er schlug Saweli freundlich auf die Schulter und warf ihm die deftigste Begrüßungsformel zu, die an Deck üblich ist: „Heave a head, boy, and never fear — Kopf hoch, Junge, und keine Angst!"

Saweli hatte im Englischen, wie man volkstümlich sagt, rasch den Bogen rausbekommen. Er war wütend und stieß deshalb die Antwort auf diese Ermunterung englischer Machart, ohne zu überlegen, durch die Zähne: „Gott verfluche dich, du Seewolf, und möge der Teufel dein Flaggmann sein! Keine Angst? Ja, wovor sollte ich jetzt Angst haben, nachdem du mich bis auf die Seele ausgeplündert hast?"

„Never mind — vergiß es", entgegnete Turnip mit einem Lächeln. Der Gedanke an die Beute vertrieb ihm den Ärger über die Beschimpfung.

„Eher wird der Teufel vergessen, deine Seele zu holen, als daß ich das Glück vergesse, das du mir gestohlen hast!"

„Ach, du undankbares Zweibein! Habe ich euch denn nicht das Leben und ein Fäßchen mit Kwaß geschenkt, diesem unchristlichen Getränk, ohne das kein Russe existieren kann? Habe ich das etwa nicht getan, watch boy, did I not?"

„Du hast mir das Leben und den Kwaß saurer als Essig gemacht. Bewirte mich nicht mit so einem abgenagten Leben. Ich bin kein Hund, der an der Kette hüpft und deine Peitsche leckt. Du hast meinen Karbaß versenkt, nun schick auch mich auf Grund."

„Wenn ich dich im Meer ersäufe, macht es aus dir Nahrung für die Fische. Schade um dich! Wenn ich dich in Wodka ertränke, verwandelt er sich in einen Aufguß der Dummheit. Schade um den Wodka! Mein Freund, du bist ein tüchtiger Matrose, wenn du dich in einer Tabakdose auf See wagst. Ich kann mir nicht versagen, so eine Kühnheit zu loben. Nun sag mal, warum ärgerst du dich? Wärst du stärker als ich gewesen, hättest du das gleiche mit mir getan wie ich mit dir! Solltest du deine

Hitzigkeit nicht lieber abkühlen und dir einen Eimer Wasser über den Kopf gießen und deinen Kummer ertränken, indem du dir zwei Glas Rum einflößt?"

Der Rausch ist eine Wundersalbe für das Vergnügen wie für den Kummer. Er leimt dir die buntbemalte Kachel des ersten genauso fest ans Herz wie den schartigen Kieselstein des zweiten. Saweli weigerte sich lange zu trinken und stieß das einladend vor seinen Lippen schwebende Glas mit flüssigem Vergessen von sich. Doch schließlich nahm er stirnrunzelnd einen Schluck, dann noch einen und noch einen, und siehe da, mit jedem Schluck schmolz sein Leid wie Zucker im Punsch. Und er dachte: Solange ich selbst lebe, ist mein Glück nicht gestorben. Er schaute wieder fröhlich auf Gottes Welt, als überlegte er, von welcher Seite er sie wieder betreten sollte. Für jeden seiner Kameraden schnitt er ein Scheibchen des eigenen Mutes ab und streckte dem Kapitän die Hand entgegen.

„Das hättest du längst tun sollen!" sagte dieser. „Seid brav und arbeitet, dann werdet ihr bei uns keinen Grund zur Klage finden. Geb's Gott, daß sich die Russen bald gemeinsam mit uns gegen diesen Räuber, den Bonaparte, erheben. Dann werdet ihr euer Vaterland wiedersehen. Es ist zwar aus Eis, wird aber bis dahin bestimmt nicht auftauen!"

Und Katerina Petrowna? dachte Saweli und seufzte. Frauen tauen schneller auf als der Schnee.

Der Kapitän steckte die Hände in die Taschen und ging an Deck auf und ab. Vielleicht dachte auch er an seine Fanny.

Dieser Kapitän hatte zuerst auf den Ost-Indien-Schiffen, den Indianen, wie sie die Engländer nennen, Dienst getan. Dann arbeitete er auf halbem Sold, und schließlich entzog man ihm auch diesen, weil er sich lange nicht blicken ließ. Er war, wie Sie zu sehen belieben, zu der Überzeugung gelangt, daß es besser sei, die Pfefferkuchen und Süßigkeiten zu verspeisen, als sie von den Ufern des Ganges heranzuschaffen, und hatte geheiratet. Dabei machte er jedoch die Erfahrung, daß die ganze Süße des Ehestandes in Kartoffeln und einem Stück Rindfleisch besteht. Das rührte ihn so, daß er vor Kummer dick wurde und zur Zerstreuung und aus Gewinnsucht Handel zu treiben begann. Das heimtückische Element — ich meine das Meer und nicht seine Ehefrau — hätte ihn jedoch nicht vom Ufer fortzulocken vermocht, wenn nicht durch einen unglücklichen Zufall ein Teil seines in Waren angelegten Vermögens einem französischen Kaperschiff in die Hände gefallen wäre. Nun erklärte er Napoleon auf eigene Faust den Krieg, und getrieben von der Liebe zu seinem Vaterland und seinem Geldbeutel, beschloß er, den Verlust auf die gleiche Weise wettzumachen, wie er ihn erlitten hatte. Er rüstete einen kleinen Einmaster aus, heuerte eine Mannschaft an und kaufte sich vier Kanönchen — in England werden sie nämlich auf dem Trödelmarkt verkauft, und mitunter kann man bei einem Hausierer eine ganze Batterie erstehen. Dann erbat er sich von der Regierung eine Genehmigung zur Kriegführung en miniature und brauste los. Ihm gelang es, im Kanal ein Boot mit Schmuggelware und ein paar unglückliche Fischerboote aufzubringen. Das beförderte ihn in der eigenen Meinung zum Helden der Kaperflagge, und als er hörte, daß ein kleines Geschwader ins Eismeer fuhr, um Schweden und Russen zu kapern, beschloß er, ihm zu folgen wie der Schakal dem Tiger. Er rechnete sich aus, daß die schwedischen Walfänger und die russischen Händler eher seinen Kräften entsprachen als die französischen Korsaren und daß man durch einen Überraschungsangriff schneller fette Beute machen konnte. So lichtete er die Anker und umschiffte Norwegen, zusammen mit der königlichen Flotte.

Der Bruch Rußlands mit England zugunsten Napoleons war zwar von beiden Seiten nicht ehrlich gemeint, alle Meere jedoch, die die Engländer als ihre Haupt- und Nebenstraßen, highways and byways, ansahen, waren für uns mit einer beweglichen Kette von Schiffen verriegelt. Ihre Kreuzer strichen in der Ostsee umher und erschienen 1811 auch im Weißen Meer in der frommen Absicht, das Solowki-Kloster zu plündern. Als sie jedoch erfuhren, daß dort die Garnison und die Artillerie verstärkt worden waren, wagten sie keinen Angriff und kehrten um. Nur eine Brigg drang bis nach Kola vor, beeilte sich aber, einsichtig genug, von dort mit geringer Beute wieder fortzukommen. Als sie der

Sturm überraschte, wurde sie vom Flaggschiff getrennt und stieß auf den Karbaß des Saweli. Jetzt verfolgte sie einen eigenen Kurs, und seit der Gefangennahme des Karbaß waren schon drei Tage vergangen.

In diesen drei Tagen hatte sich Kapitän Turnip an seine neuen Passagiere gewöhnt. Er war, was die Kenntnis des Meeres anbelangt, kein schlechter Seemann, ein sehr schlechter dagegen, was seine Faulheit betraf. Das Eheleben hatte ihn verweichlicht. Ungern nur trennte er sich von Tisch und Bett. Ein steifer Pudding und ein weiches Kissen, versteht sich mit einem Schuß Madeira und Rum, waren für ihn die größte Seligkeit auf dieser Welt. Er konnte sich ein Idol nicht anders vorstellen als in Gestalt einer Sauciere, einer Flasche oder eines Daunenkissens. So verbrachte er denn seine Zeit weitaus lieber in seiner gemütlichen Kajüte als an Deck. Was tun, verehrte Herrschaften! Er war an ein häusliches, ordentliches Leben gewöhnt, denn er war verheiratet.

Übrigens ist unser junggeselliges neunzehntes Jahrhundert ebenso launenhaft wie ein verheirateter Minister: Komfort hat es auf seinen Schild geschrieben. Es hat zwar für die Feinde Dampfkanonen und für die Freunde Mietdroschken ersonnen, dafür hat es aber auch den Dienersitz hinter der Droschke, Trottoirs für Fußgänger, elastische Hundehalsbänder, Gummikorsetts für die schönen Damen, regendichte Mäntel für Militärs, Knochenbrühe für die Armen und für die Reichen konservierte Suppen, die eine Sintflut überstehen würden, ohne ihren Geschmack zu verlieren, einen Bratapparat, worauf man ein Beefsteak in der Tasche braten kann, und Wasserklosetts für die Schlafzimmer erfunden. Es erfand ... Ja, was hat es nicht erfunden? Alles — von einer Maschine, die Steine zermahlt, bis zum französischen Rasiermesser, der Guillotine, die Ihnen den Kopf so leicht und schnell abnimmt, daß Sie keine Zeit zum Niesen finden, bis zu Erleichterungen anderer Art. Sagen Sie, kann man vorsorglicher und vorausschauender sein als unser Jahrhundert? Sie wollen mir etwas erzählen von der guten alten Sonne, von der ewig jungen Natur, von den Genüssen des Biwaklebens, von der Bekömmlichkeit verfaulten Zwiebacks und den Vorzügen schmutziger Wäsche?

Unsinn, mein Herr! Ich liebe die Kunst und die Industrie. Ich möchte leben und sterben beim Licht der Gaslampen, auf einer parfümierten Matratze, in Handschuhen mit Druckknöpfen, mit einem Gummirücken und einem Herzen, das auch gegen Tränen dicht hält. Ich bin ein Russe meines Jahrhunderts, verehrter Herr! Ich liebe Zeitungen und Omnibusse, ich liebe Komfort. Ihr Ergebenster.

Kapitän Turnip, der wie ein echter Engländer eher damit einverstanden gewesen wäre, die Hälfte seiner Mitbürger an den Bettelstab zu bringen und die andere Hälfte der Pest zu überantworten, als daß er seine wohleingerichteten Gefängnisse und Krankenhäuser hätte leerstehen lassen, liebte den Komfort nicht weniger als ich und legte sich am dritten Abend nach seiner Gewohnheit auf die Seite. Er ließ an seiner Stelle den Steuermann wachen und die russischen Gefangenen auf kahlen Planken unter einem Segel statt unter einer Decke schlafen.

Die Nacht war prächtig ohne jedwede Metapher. In der Tat, die Nächte des Nordens sind zauberhaft wie ein Tag bei Mondlicht, wie der Übergang vom Abendrot zum Morgenschein. Kaum sichtbar funkeln die Sterne am opalfarbenen Himmel. Wenn sie ihr Licht in die blauen Wogen tauchen, fangen es die mutwilligen Wellen auf, reichen es weiter, teilen und zerkleinern seine Funken, möchten es in ihrem wallenden Kristall verbergen und lassen es dann spielerisch aufspritzen. Unser Blick durchdringt weithin den reinen Himmel, als wolle er darin die hohen, göttlichen Gedanken lesen, die sich über ihn ergießen, oder er versenkt sich in das abgrundtiefe Meer, um das wundersame Geheimnis zu enträtseln, das dort begraben liegt. Sie werden sagen, daß der vor dem Auge davoneilende Himmel mit seinen Diamantenblüten, mit einem Regenbogen um den Mond und den bizarren Wolkengebilden der Phantasie entspringe und das Meer mit seinem grollenden Schlund, mit den Trümmern von Schiffswracks, mit Leichen, Ungeheuern und versteinerten Pflanzen auf dem Grund und einem phosphoreszierenden Glanz an der Oberfläche nur in der menschlichen Erinnerung lebe?

Saweli enträtselte weder die Gedanken noch die Geheimnisse

der Schöpfung, doch sie vollzogen sich in ihm ohne sein Wissen. Das Heimweh nagte an seinem Herzen — eine Sehnsucht, die stärker ist als der Abschied vom Leben. Zieh einen Fisch aus dem Wasser, setze einen Vogel in einen luftleeren Raum und sage ihm: „Lebe!“ Du entreißt einen Menschen seinem Vaterland, und dann wunderst du dich, daß er dahinsiecht vor Sehnsucht.

Saweli fand in der neuen Behausung keinen Schlaf. Leise hob er den Kopf. Der Wind wehte frisch, aber gleichmäßig. Die festgezurrten Segel blähten sich. Zur Seite geneigt, durchschnitt der Kutter hurtig die Wellen, und sie überschütteten seine Brust wie silberne Ähren. Eintönig klang ihr Plätschern, und das Wasser, das an den Seiten vorüberglitt und am Heck spiralenförmig zusammenfloß, flüsterte und sang alles Lebendige in den Schlaf. Dieser Aufforderung gehorchend, schlummerte der Steuermann über der Ruderpinne ein und murmelte nur hin und wieder gewohnheitsgemäß: „Steady, steady! — Flinker, flinker!“ Die drei wachhabenden Matrosen lehnten zusammengekrümmt an den Enternetzen und schnarchten. Die übrigen schliefen in den Hängematten, unten in ihrer Kajüte.

Sawelis Kopf durchzuckte plötzlich ein feuriger Gedanke und brachte sein Gemüt in Aufruhr. Es war ihm, als riefe jemand an seinem Ohr: „Bemächtige dich des Kutters!“ Er stieß Onkel Jakow an. Dieser erwachte.

„Siehst du?“ flüsterte er und zeigte auf die schlafenden Engländer.

„Ich sehe“, sagte Jakow und blickte sich um.

„Willst du die Freiheit?“ fragte Saweli.

„Willst du den Tod?“ erwiderte Jakow.

„Der Tod bedeutet auch Freiheit. Lieber in einem Pelz sterben als in Nacktheit leben. Lieber seine Knochen Gottes Meer überantworten, als sie durch ein fremdes Land schleppen. Machst du mit, Onkel Jakow? Sonst führe ich den Streich allein aus, aber in Fesseln lasse ich mich nicht legen.“

„Hör zu, du Tollkopf, ich liebe Mütterchen Rußland nicht weniger als du. Ich werde dich nicht im Stich lassen. Überleg nur, wo und wie viele wir sind.“

Saweli zeigte ihm zwei Luken, die beiden Öffnungen, die unter Deck führten, dann eine Reihe von Enterwerkzeugen, die an den Netzen hingen, und flüsterte ihm ganz leise etwas ins Ohr.

„Mit Gott!" sagte Onkel Jakow.

Die beiden anderen Burschen brauchte man nicht um Rat zu fragen. Ihnen mußte man nur befehlen, und sie gingen durch dick und dünn. Saweli schlich unbemerkt zur Bordwand, hakte ein Beil ab und ging direkt auf den Steuermann zu. Der schaute ihn aus halbgeschlossenen Augen an, zog an der Steuertrosse und murmelte sein „Steady, steady!". Es war das letzte Mal. Saweli spaltete ihm den Schädel bis zur Schulter. Der Unglückliche fiel lautlos über die Ruderpinne, und ein Blutstrom ergoß sich über das Deck. Die drei Russen packten einen weiteren Engländer und warfen ihn über Bord. Die beiden übrigen erwachten von dem Lärm und begannen zu kämpfen. Verwundet, wichen sie erst der Gewalt. Der gierige Schlund nahm sie geräuschvoll auf, ohne sie jedoch gleich zu verschlingen. Ein kläglicher, durchdringender Schrei hallte über die Wellen, wurde leiser, und schließlich verschmolz alles in dem Schweigen des Grabes und ging unter im leisen Geraune des Meeres.

Indessen hatte der Todesschrei die acht unter Deck schlafenden Matrosen entsetzt auffahren lassen. Aber den Russen war es schon gelungen, die Gitterdeckel über die Luken zu ziehen und mit Bolzen zu befestigen. Sowie es die Engländer wagten, den Deckel ihrer Falle anzuheben, wurden sie von drei geladenen Musketen verscheucht. Die Luke zur Kajüte des Kapitäns wurde ebenfalls vernagelt, bevor er sich noch den vom Madeira verdreifachten Schlaf aus den Augen gewischt hatte.

„Boy!" schrie er drohend, als er das ungewöhnliche Durcheinander an Deck bemerkte. „Boy!" wiederholte er und fügte einige Hundert Flüche hinzu. Aber der Boy erschien nicht, obwohl die Beschwörungen des Kapitäns alle Teufel aus der Hölle hätten herbeirufen können. Der Ärmste, ein zwölfjähriger Junge, die Ordonnanz des Kapitäns, blieb diesmal von dem unvermeidlichen Fußtritt verschont, der dem Vokativ „Boy!" als Ausrufungszeichen beigefügt wurde und ihm eine unwahrscheinliche Beweglichkeit verlieh. „Boy, bring eine Flasche. Boy, rufe den Bootsmann!" — dazu ein Tritt in den Hintern, und der Junge flog die Treppe hinauf wie ein Falke. Ja, ein Fußtritt ist der erste Buchstabe in der englischen Disziplin, die Schlinge am Ende der Rahe ist der letzte.

Als der Kapitän sah, daß sich der Boy zum Empfang seiner Ration nicht einfand, sprang er wütend vom Bett auf und stürzte zur Tür. Sie war verschlossen.

„Was bedeutet das?" schrie er und rüttelte am Riegel.

„Das bedeutet, daß du mein Gefangener bist", antwortete Saweli durch die Luke. „Die Hälfte deiner Leute schwimmt im Meer, die andere Hälfte ist unter Deck eingeschlossen. Ergib dich!"

„Ich, Leutnant in königlichen Diensten, soll mich einem Bärtigen ergeben? Niemals! Um keinen Preis! Eher bohre ich ein Loch durch den Schiffsboden und ersäufe dich!" schrie Turnip.

„Ich werde das Schiff anzünden und in die Luft sprengen", entgegnete Saweli.

Aber das Schiff wurde weder versenkt noch verbrannt. Es ging nur auf Gegenkurs und hielt bei dem gleichen halben Wind auf Rußland zu.

Saweli stand am Steuerrad und behielt die Kapitänsluke im Auge. Zwei andere standen Wache an der Luke zur Matrosenkajüte, einer durfte schlafen. Alle waren sie mit Waffen behängt. Es wäre ihnen schwergefallen, mit den Segeln fertig zu werden, wenn sich der Wind gedreht oder verstärkt hätte. Aber er wehte gleichmäßig und beständig, und Alexej, der fröhlich nach vorn schaute, warf sich in die Brust und sagte: „Ihr sollt uns kennenlernen!" Die Stille wurde nur ab und an durch das Fluchen der in ihrem Käfig eingesperrten Engländer und die Verwünschungen des Kapitäns unterbrochen. Schließlich verstummte auch er. Wie ein echter Philosoph war er nach einer dreifachen Ladung Rum eingeschlafen, niedergeschmettert, doch unbesiegt.

Am folgenden Tag machten die Russen die traurige Entdekkung, daß sie nicht einen Krümel Zwieback besaßen. Alles Eßbare wurde unter Deck aufbewahrt. Die Sieger konnten vor Hun-

ger sterben, bevor sie das Ufer erreicht hatten. Die Engländer ergaben sich nicht und rückten auch nichts heraus. Zum Glück glich ein Zufall die Not der beiden Krieg führenden Nationen aus. Die Engländer hatten nämlich zuvor alle Fässer mit Wasser an Deck gerollt, um im Laderaum Platz für die reiche Beute zu schaffen. Nun begann man zu verhandeln.

„Gebt uns Brot!“ sagten die Russen.

„Gebt uns Wasser!“ sagten die Engländer.

„Wir geben euch nichts“, antworteten die Engländer, „solange ihr uns nicht herauslaßt.“

„Wir geben euch nichts“, antworteten die Russen, „ergebt euch!“

Und die Parlamentäre traten von der Luke zurück. Doch Hunger und Durst brachten eine Waffenruhe zustande. Vor dem knurrenden Magen verstummte der nationale Ehrgeiz. Ein Austausch wurde vereinbart. Für jedes knapp bemessene Stück Zwieback mit Pökelfleisch gab es einen Becher Wasser, der jedoch nur den halben Durst löschte.

„Mögest du an diesem Bissen ersticken!“ sagte der Kapitän und steckte eine Hirschzunge durch die Luke.

„Mögest du dein Leben lang nur Wasser zu trinken bekommen!“ sagte Saweli und reichte ihm ein Maß mit der unschuldigen Flüssigkeit hinunter. „Vielleicht würdest du bei solcher Enthaltsamkeit klüger!“

„Räuber!“ knurrte Turnip.

„Ich bin dein Schüler“, entgegnete Saweli, „tröste dich, ich habe mit dir das gleiche getan, was du mit mir getan hättest, wärest du stärker gewesen. Sind das nicht deine Worte?“

Der Kapitän antwortete, daß es nichts Dümmeres auf der Welt gebe als solche Tröstungen. Und der Kutter schwamm weiter auf Rußland zu. Dieser Kutter war eine komische und nie dagewesene Erscheinung in der Politik. Das war kein status in statu mehr, sondern ein status super statum, ein Staat über dem Staat, Sieger ohne Besiegte und Besiegte, die die Sieger nicht anerkannten. Das waren zwei Stockwerke des Turms von Babel, die auf dem Wasser schwammen. Unten grölte man: „Ewig lebe Georg III.", oben schrie man: „Hurra für Väterchen Zar Alexander Pawlowitsch!" Englische goddams und russische im Druck nicht wiederzugebende Flüche prallten aufeinander. Das hinderte den Kutter jedoch nicht, zehn Knoten in der Stunde zu fahren. Schon sichteten die Unsrigen das flache Ufer der Heimat, schon lief der Kutter bei voller Flut und mit vollem Wind in die Dwinamündung ein, ohne die Fragen des Feuerschiffs zu beantworten und ohne den Widerstand der Flutbrandung zu beachten.

Saweli wollte keinen Augenblick verlieren, und da er wußte, daß man ihm alle Formalitäten verzeihen würde, fuhr er ohne Flagge flußaufwärts. Die Zoll- und Feuerschiffe wurden von der Barre aufgehalten und rackerten sich bei der Verfolgung vergeblich ab. Der Zoll und die Feuerwache gerieten aus dem Häuschen: Was passiert, wenn dieser Narr ein Engländer ist? Was ist, wenn es ihm einfällt, Solombola zu bombardieren, die Schiffe in Brand zu setzen und die Stadt einzuäschern? Berittene Strandwächter galoppierten Hals über Kopf nach Archangelsk. Das ganze Ufer war in Alarm versetzt, noch bevor der Prisenkutter auftauchte. Eine bewaffnete Schaluppe empfing ihn auf halbem Wege, stellte Fragen, gratulierte, und das ängstliche Durcheinander verwandelte sich in einen freudigen Tumult. Bevor der Schneeball nach Archangelsk gerollt war, wuchs er zu einem Berg an. Alle Gevatterinnen warfen sich einen Mantel über die Schultern und liefen von Tor zu Tor, ohne sich die Zeit zu nehmen, auf den Hof zu schauen; sie erzählten, daß ihr Verwandter — plötzlich waren alle mit ihm verwandt —, Saweli Nikititsch, ein englisches Schiff mit hundert Kanonen angegriffen habe, es mit seinem Karbaß eingekreist, den Engländern das Steuer eigenhändig entrissen und sie gottsjämmerlich verprügelt habe, bis die bösen Widersacher gezwungen gewesen seien, sich zu ergeben. Und jetzt führt er das Schiff zur Besichtigung vor! Alle sperrten Mund und Nase auf, alle fragten und redeten Unsinn. Niemand wußte die Wahrheit.

Ein lautes Hurra begrüßte am Kai den einlaufenden Kutter. Mützen flogen in die Luft, Schuhe ins Wasser, und in einer Aufwallung des Nationalstolzes stießen sich die Leute mit Knien und

Ellbogen. Jeder drängte sich vor, alle wollten den kühnen Landsmann zuerst sehen. Saweli war ganz außer sich. Er lief über das Deck und umarmte seine Gefährten. Dann klopfte er an Turnips Tür.

„Ergib dich", rief er, „wir sind schon in Archangelsk."

„Ich ergebe mich keinem Vollbart!" antwortete jener.

Als man angelegt und den Laufsteg ausgeworfen hatte, begrüßte der Gouverneur als erster Saweli, drückte ihn an die Brust und nannte ihn einen Mordskerl. Das Herz hüpfte Saweli vor Freude, Tränen stürzten ihm aus den Augen. „Euer Exzellenz!" antwortete er. „Euer Exzellenz, ich bin ein Russe."

Kapitän Turnip begab sich in würdiger Haltung ans Ufer, reichte dem Gouverneur seinen Dolch und schritt unter Bewachung in die Stadt. Dabei sang er: „Rule Britannia the waves!" Alle lachten.

Muß man noch viel erzählen? Saweli fuhr nicht nach Solowki. Er führte seine geliebte Katerina Petrowna zum Traualtar. Als der Zar von Nikitins Heldentat erfuhr, die an die Taten Dolgorukis unter Peter erinnerte, schickte er dem Helden von Archangelsk einen Kriegsorden und befahl, die Ladung des erbeuteten Kaperschiffes zu verkaufen und den Erlös Saweli und seinen Kameraden zu geben.

Dies ist keine erfundene Geschichte. Saweli Nikitin lebt bis auf den heutigen Tag, geehrt und geachtet. Und wenn Ihr in Archangelsk einem rüstigen Mann im Alter von fünfzig Jahren begegnet, der auf seinem russischen Kaftan das Georgskreuz trägt, verneigt Euch vor ihm, es ist Saweli Nikitin.

Antoni Pogorelski

Die Mohnkuchenfrau von Lafertowo

Ungefähr fünfzehn Jahre vor dem Brand Moskaus stand am Stadtrand, unweit des Schlagbaums, der Prolomnaja Sastawa heißt, ein Holzhäuschen mit fünf kleinen Fenstern an der Hauptfassade; über den mittleren Fenstern befand sich ein weiteres, das zu einer kleinen guten Stube gehörte. Inmitten des engen, von einem windschiefen Zaun umgebenen Hofes sah man einen Brunnen. Zwei Ecken wurden jeweils von einem Schuppen eingenommen; einer von ihnen diente als Unterschlupf für ein paar Truthühner und gewöhnliche Hühner, die in stiller Eintracht die quer durch den Schuppen angebrachte Stange teilten. Vor dem Hause reckten sich außerhalb eines niedrigen Staketenzauns zwei oder drei Ebereschen; sie schienen verächtlich auf die Ahlbeer- und Himbeersträucher herabzublicken, die zu ihren Füßen wuchsen. Dicht neben den Stufen, die zur Tür hinaufführten, war eine kleine Kellergrube für Lebensmittelvorräte ausgehoben.

In ebendieses bescheidene Häuschen zog eine Familie, bestehend aus dem Briefträger im Ruhestand Onufritsch, dessen Frau Iwanowna und der Tochter Marja. Als junger Mensch hatte Onufritsch zwanzig Jahre im Felde gedient und es zum Gefreiten gebracht; dann hatte er ebensoviel Jahre treu und gewissenhaft seinen Dienst im Moskauer Postamt fortgesetzt; niemals, wenigstens nicht mit irgendwelchem Verschulden von seiner Seite, war er von seinen Vorgesetzten gestraft worden, und nun war er in einen ehrenhaften Ruhestand getreten und lebte von der Invalidenrente. Das Haus gehörte ihm selbst; er hatte es von seiner kürzlich verstorbenen uralten Tante geerbt. Ebendiese alte Frau war zu ihren Lebzeiten im ganzen Moskauer Stadtteil Lafertowo als die *Mohnkuchenfrau von Lafertowo* bekannt gewesen; denn es war ihr Gewerbe, Honigküchlein mit Mohn zu verkaufen, die sie mit besonderer Kunst zu backen verstand. Tag für Tag, was auch für Wetter sein mochte, ging die alte Frau früh am Morgen aus ihrem Häuschen und schlug den Weg zur Prolomnaja Sastawa ein; auf dem Kopf trug sie einen mit Mohnküchlein gefüllten Korb. An ihrem Ziel angelangt, breitete sie dann ein sauberes Handtuch aus, stülpte den Inhalt des Korbes darauf und legte ihre Küchlein hübsch und ordentlich zurecht. Bis zum Abend saß sie vor ihrer Ware, die sie in tiefem Schweigen verkaufte, ohne sie jemandem anzubieten. Sobald es zu dämmern begann, packte die alte Frau ihre Kuchen in den Korb und begab sich langsamen Schrittes nach Hause. Die Soldaten, die am Schlagbaum Dienst taten, mochten sie gern, denn sie bewirtete sie dann und wann kostenlos mit süßen Kuchen.

Dieser Beruf diente der alten Frau jedoch nur als Deckmantel, der ein ganz anderes Gewerbe verhüllte. Wenn sich das abendliche Dunkel verdichtete, wenn man in anderen Stadtteilen die Laternen anzündete und rings um ihr Haus die Finsternis zu herrschen begann, näherten sich Menschen unterschiedlichen Ranges und Standes zaghaft der Hütte und klopften vorsichtig an die Pforte. Ein großer Kettenhund, Sultan geheißen, meldete mit lautem Bellen die Fremden. Die alte Frau öffnete dann die Tür, ergriff mit langen, knochigen Fingern die Hand des Besuchers und führte ihn in die niedrige Behausung. Dort lag im flackernden Licht des Lämpchens auf einem wackligen Eichentisch ein Spiel Karten, bei dem man wegen des häufigen Gebrauchs kaum noch Herz von Karo unterscheiden konnte; auf der steinernen Ofenbank stand ein Kaffeekessel aus Kupfer, und an der Wand hing ein Sieb. Nachdem die alte Frau von dem Gast im voraus eine freiwillige Gabe empfangen hatte, nahm sie — je nach den Umständen — die Karten auf, oder sie griff zu Kaffeekanne und Sieb. Aus ihrem redebeflissenen Mund ergoß sich ein Strom von Prophezeiungen künftigen Glücks, und die Besucher, in süßer Hoffnung sich wiegend, belohnten sie beim Verlassen des Hauses nicht selten mit der doppelten Summe dessen, was sie beim Eintritt gegeben hatten.

Mit derlei friedlichen Beschäftigungen ging denn ihr Leben seinen ruhigen Gang. Neidische Nachbarn freilich nannten sie hinter ihrem Rücken eine Zauberin und Hexe; doch ins Angesicht hinein verbeugten sie sich vor ihr, lächelten liebedienerisch und nannten sie ehrerbietig „Großmütterchen". Solche Achtung hatte ihren Grund zum Teil darin, daß es früher einmal einem ihrer Nachbarn in den Sinn gekommen war, der Polizei anzuzeigen, die Mohnkuchenfrau von Lafertowo befasse sich mit unerlaubter Wahrsagerei aus den Karten und aus dem Kaffeesatz und pflege sogar Bekanntschaft mit verdächtigen Leuten!

Am Tag darauf erschien ein Polizist, trat ins Haus, brachte lange Zeit mit einer strengen Untersuchung zu, und schließlich, als er wieder herauskam, erklärte er, er habe nichts gefunden. Man weiß nicht, welche Mittel die ehrbare alte Frau zum Beweis ihrer Unschuld angewandt hatte — darum geht es auch nicht! Es genügte, daß die Anzeige für grundlos befunden wurde.

Ja, das Schicksal selber schien für die arme Mohnkuchenfrau einzutreten; denn bald darauf fiel der Sohn des Zuträgers, ein flinker Junge, als er über den Hof rannte, auf einen Nagel und stach sich ein Auge aus. Später einmal kam seine Frau unversehens ins Rutschen und verrenkte sich den Fuß. Um das Maß der Übel vollzumachen, verendete plötzlich ihre beste Kuh, ohne vorher im geringsten krank gewesen zu sein. Mit Mühe und Not nur, mit Tränen und Geschenken gelang es dem verzweifelten Nachbarn, die alte Frau wieder gnädig zu stimmen. Und von dieser Zeit an bezeigte ihr die ganze Nachbarschaft die schuldige Achtung. Einzig die Leute, die ihre Wohnung wechselten und sich weit entfernt vom Stadtteil Lafertowo niederließen, zum Beispiel an den Presnjaer Teichen, in Chamowniki oder in der Pjatnizkaja — einzig sie faßten den Mut, die Mohnkuchenfrau laut eine Hexe zu nennen. Sie versicherten, sie hätten selber gesehen, wie in dunklen Nächten auf das Haus der Alten ein großer Rabe geflogen sei — mit Augen, die glühten wie Kohlen. Andere schwuren sogar, der schwarze Kater, den die alte Frau so liebte und der sie jeden Morgen zur Tür begleitete und jeden Abend dort empfing, sei kein anderer als der böse Geist leibhaftig.

All die Gerüchte kamen schließlich auch Onufritsch zu Ohren, der ja von Berufs wegen ungehinderten Zugang zu den Vorzimmern vieler Häuser hatte. Onufritsch war ein frommer Mann, und der Gedanke, daß seine leibliche Tante vertraute Bekanntschaft mit dem bösen Geist pflege, brachte seine Seele in argen Aufruhr. Lange überlegte er sich, was er tun solle.

„Iwanowna!" sagte er schließlich eines Abends, im Begriff, das sanfte Lager zu besteigen. „Iwanowna, es ist beschlossene Sache! Morgen früh gehe ich zur Tante und rede ihr gut zu, daß sie von ihrem verfluchten Gewerbe lassen soll. Sie geht nun, Gott sei gelobt, schon auf die Achtzig zu, und in solchem Alter ist es Zeit, an Reue zu denken und ans Heil der Seele."

Diese Absicht Onufritschs mißfiel seiner Frau aufs äußerste. Die Mohnkuchenfrau von Lafertowo galt als reich, und Onufritsch war ihr einziger Erbe.

„Mein Täubchen!" erwiderte sie und strich ihm mit der Hand über die gerunzelte Stirn. „Tu mir den Gefallen, misch dich nicht in fremde Angelegenheiten. Wir haben an eigenen Sorgen genug. Bedenk doch, Mascha wächst heran; es kommt die Zeit, sie zu verheiraten — wo aber sollen wir Freier hernehmen, wenn sie keine Mitgift kriegt? Du weißt, deine Tante hängt an unserer Tochter; sie ist ihre Taufmutter, und wenn es zur Hochzeit kommt, haben wir von niemandem als ihr Wohltaten zu erwarten. Darum sag ich, wenn dir Maschas Schicksal am Herzen liegt, wenn du mich wenigstens ein bißchen liebhast, so laß die gute Alte in Ruhe. Du weißt, mein Herzchen . . ."

Die Iwanowna wollte weitersprechen, da bemerkte sie, daß Onufritsch schnarchte. Sie betrachtete ihn traurig und dachte daran, daß er in früheren Jahren ihre Worte nicht so kalt aufgenommen hatte. Sie drehte sich auf die andere Seite und schnarchte bald selbst.

Am nächsten Morgen, als die Iwanowna noch von tiefem Schlaf umfangen ruhte, erhob sich Onufritsch ganz leise vom Bett, sprach ein stilles Gebet vor der Ikone Nikolais des Wundertäters, rieb mit einem Tuchlappen den Adler an seiner Mütze und sein Briefträgerzeichen blank und zog die Uniform an, worauf er sich noch mit einem großen Glas Kräuterschnaps den nötigen Mut antrank und auf den Flur hinaustrat. Dort schnallte er seinen schweren Säbel um, bekreuzigte sich ein weiteres Mal und machte sich auf den Weg zur Prolomnaja Sastawa.

Die alte Frau empfing ihn freundlich.

„Ei, da kommt ja mein lieber Neffe!" sagte sie zu ihm. „Was für eine Not hat dich denn so früh aus dem Haus getrieben? Noch dazu auf so weiten Weg? Na, sei willkommen! Bitte, Platz zu nehmen."

Onufritsch setzte sich neben ihr auf die Bank, räusperte sich und wußte nicht, wie er beginnen solle. In diesem Augenblick erschien ihm die gebrechliche alte Frau schrecklicher als vor dreißig Jahren eine türkische Batterie. Endlich gab er sich einen Ruck.

„Tantchen", sprach er mit fester Stimme, „ich bin gekommen, um mit Ihnen über eine wichtige Sache zu sprechen."

„Sprich, mein Lieber", erwiderte die Alte. „Ich höre."

„Tantchen, Ihnen bleibt auf der Welt nicht mehr lange zu leben — es ist Zeit, zu bereuen, Zeit, sich vom Satan und seinem Blendwerk loszusagen."

Die Alte ließ ihn nicht weitersprechen. Ihre Lippen färbten sich blau, Blut schoß ihr in die Augen, und ein Schnaufen hob an, als klopfte ihre Nasenspitze gegen das Kinn.

„Hinaus aus meinem Haus!" schrie sie, vor Bosheit fast erstikkend. „Hinaus, Verfluchter! ... Und deine verdammten Beine sollen für immer zerknicken, wenn du je wieder über meine Schwelle trittst!"

Sie hob die knochige Hand ... Onufritsch erschrak sich halb zu Tode; die einstige, längst verloren geglaubte Geschmeidigkeit kehrte plötzlich in seine Beine zurück — mit einem Satz sprang er

die Treppe hinunter und rannte nach Hause, ohne sich ein einziges Mal umzusehen.

Mit diesem Augenblick waren alle Beziehungen zwischen der alten Frau und der Familie Onufritschs gänzlich abgebrochen. So vergingen ein paar Jahre. Mascha wuchs zur Jungfrau heran und war schön wie ein Maientag. Die jungen Männer liefen ihr nach; die alten trauerten bei ihrem Anblick um ihre verflossene Jugend. Doch Mascha war arm, und keine Freier stellten sich ein. Die Iwanowna dachte immer öfter an die alte Tante und konnte sich nicht trösten.

„Dein Vater“, sagte sie nicht selten zu Marja, „war damals übergeschnappt! Was hatte er bloß davon, seine Nase in Dinge zu stecken, die ihn nichts angehen? Jetzt kann's geschehen, daß du als Jungfer sitzenbleibst.“

Zwanzig Jahre früher, als sie noch jung und schön war, hätte sich's die Iwanowna wohl zugetraut, Onufritsch zu überreden, daß er die Tante um Verzeihung bitte und sich mit ihr versöhne; doch wie dann die Rosen auf ihren Wangen zu welken und Runzeln an ihre Stelle zu treten begannen, besann sich Onufritsch darauf, daß der Mann Gebieter seines Weibes sei, und die arme Iwanowna sah sich voll Kummer genötigt, ihrer einstigen Macht zu entsagen. Onufritsch sprach selber nie von der alten Frau; darüber hinaus hatte er es Frau und Tochter streng verboten, die Alte zu erwähnen. Desungeachtet verfolgte die Iwanowna die Absicht, sich der Tante wieder zu nähern. Da sie nicht offen vorzugehen wagte, beschloß sie, ohne Wissen ihres Mannes die alte Frau aufzusuchen und sie zu überzeugen, daß weder sie noch die Tochter mit der Verbohrtheit ihres Neffen auch nur das geringste gemein hätten.

Ein Zufall begünstigte schließlich ihre Absicht: Onufritsch wurde für eine gewisse Zeit auf die Stelle eines krank gewordenen Postmeisters in der Provinz versetzt; beim Abschied konnte die Iwanowna ihre Freude nur mit Mühe verbergen. Sie hatte kaum den teuren Gatten bis zur Stadtgrenze begleitet, hatte kaum die Tränen aus den Augen gewischt, da zerrte sie schon ihre Tochter am Ärmel und drängte mit ihr nach Hause.

„Maschenka!“ sagte sie. „Zieh dich schnell recht schön an — wir gehen zu Besuch.“

„Zu wem, Mütterchen?“ fragte Mascha erstaunt.

„Zu guten Leuten“, antwortete die Mutter. „Mach nur schnell, Maschenka, verlier keine Zeit; es dämmert schon, und wir haben weit zu gehen.“

Mascha trat an den Spiegel, der in papiernem Rahmen an der Wand hing; sie kämmte das Haar glatt hinter die Ohren und steckte den langen dunkelbraunen Zopf mit einem Hornkamm fest. Dann zog sie ein rotes Kattunkleid an und legte ein Seidentüchlein um den Hals. Noch zwei-, dreimal drehte sie sich vor dem Spiegel, darauf erklärte sie dem Mütterchen, sie sei fertig.

Unterwegs enthüllte die Iwanowna der Tochter, daß sie zur Tante gingen.

„Bis wir an ihr Haus kommen“, sagte sie, „wird es dunkel sein, und wir treffen sie gewiß an. Denk dran, Mascha, küß der Tante schön die Hand und sag, du hättest Sehnsucht nach ihr gehabt, hättest sie ja so lange nicht gesehen. Anfangs wird sie böse sein, aber ich werde sie schon gnädig stimmen — schließlich sind wir nicht schuld daran, daß mein Alter verrückt geworden ist.“

Unter solcherlei Gesprächen näherten sie sich dem Haus der Alten. Durch die geschlossenen Fensterläden schimmerte Licht.

„Paß auf, vergiß nicht, ihr schön die Hand zu küssen!“ wiederholte die Iwanowna, während sie an die Tür trat.

Sultan schlug laut an. Die Pforte tat sich auf, die Alte streckte die Hand aus und führte sie hinein. Sie hielt sie für Gäste, wie sie gewöhnlich abends zu ihr kamen.

„Hochverehrte Frau Tante!“ begann die Iwanowna ihre Rede.

„Schert euch zum T . . .!“ schrie die Alte, da sie die Frau ihres Neffen erkannte. „Warum seid ihr gekommen? Ich kenne euch nicht und will euch nicht kennen.“

Die Iwanowna begann zu erzählen, den Mann zu beschuldigen und um Verzeihung zu flehen; doch die Alte blieb unerbittlich.

„Ich sage euch, schert euch fort!“ schrie sie. „Sonst . . .!“ Und sie streckte drohend den Arm gegen die beiden aus.

Mascha erschrak, doch sie dachte an das, was die Mutter sie geheißen hatte, und stürzte laut schluchzend zu der Alten, ihr die Hände zu küssen.

„Großmütterchen, Gnädige!“ sprach sie. „Seien Sie nicht böse auf mich; ich bin so froh, Sie wiederzusehen!“

Maschas Tränen rührten schließlich die Alte.

„Hör auf zu weinen“, sagte sie, „auf dich bin ich nicht böse; ich weiß, dich trifft gar keine Schuld, mein Kindchen! So wein doch nicht, Maschenka! Wie du herangewachsen, wie schön du geworden bist!“ Sie tätschelte ihr die Wange. „Setz dich neben mich“, fuhr sie fort. „Wir bitten, Platz zu nehmen, Marfa Iwanowna! Wie kommt es denn, daß ihr nach so langer Zeit wieder einmal an mich gedacht habt?“

Die Iwanowna freute sich über diese Frage und begann zu erzählen: wie sie ihrem Mann zugeredet habe, daß er überhaupt nicht auf sie hörte, daß er ihnen verboten habe, zur Tante zu gehen, wie bekümmert sie beide darüber gewesen seien und wie sie endlich die Abwesenheit Onufritschs genutzt habe, der lieben Tante ihre tiefste Ehrerbietung zu bekunden. Die Alte hörte sich ungeduldig die Geschichte der Iwanowna an.

„Mag's so sein“, sagte sie, „ich bin nicht nachtragend. Doch wenn ihr aufrichtig wollt, daß ich das Vergangene vergesse, so müßt ihr mir versprechen, daß ihr in allen Dingen meinem Willen folgen werdet. Unter dieser Voraussetzung nehme ich euch wieder in meine Gnade auf und mache Mascha glücklich.“

Die Iwanowna schwor, alle ihre Anweisungen würden strengstens befolgt.

„Gut“, sprach darauf die Alte, „geht jetzt mit Gott, und morgen abend laß Mascha allein zu mir kommen, aber nicht früher als halb zwölf. Hörst du, Mascha? Komm allein!“

Die Iwanowna wollte etwas erwidern, aber die Alte ließ sie nicht mehr zu Wort kommen. Sie stand auf, geleitete die beiden aus dem Hause und schlug hinter ihnen die Tür zu.

Die Nacht war dunkel. Lange gingen sie Hand in Hand, ohne ein Wort zu sprechen. Als sie schließlich in Straßen gelangten, wo Laternen brannten, blickte sich Mascha zaghaft um und brach das Schweigen.

„Mütterchen", sagte sie mit gedämpfter Stimme, „soll ich morgen wirklich allein zu Großmütterchen gehen, nachts, in der zwölften Stunde?"

„Du hast's doch gehört — sie hat dich geheißen, allein zu kommen. Übrigens kann ich dich den halben Weg begleiten."

Mascha verstummte und überließ sich ihren Gedanken. Damals, als sich ihr Vater mit der Tante überwarf, zählte Mascha erst dreizehn Jahre. Sie verstand zu jener Zeit nicht die Ursache des Zerwürfnisses und bedauerte nur, daß man sie nicht mehr zu der guten alten Frau führte, die immer so freundlich zu ihr war und sie mit Mohnküchlein bewirtete. Inzwischen freilich war sie erwachsen, doch Onufritsch hatte niemals auch nur ein Wort über diese Sache gesprochen; die Mutter wiederum erwähnte die alte Frau immer von ihrer besten Seite und schob alle Schuld auf Onufritsch. So war es gekommen, daß Mascha an diesem Abend freudig ihrer Mutter folgte. Doch als die Alte sie mit Schimpfen und Schelten empfangen, als Mascha beim zitternden Licht des Lämpchens einen Blick auf ihr vor Bosheit blau verfärbtes Gesicht geworfen hatte, da krampfte sich ihr Herz angstvoll in der Brust zusammen. Und während dann die Iwanowna ihre lange Geschichte erzählte, sah Mascha im Geiste wie durch dichten Nebel all das vor sich, was sie in ihrer Kindheit über das Großmütterchen gehört hatte — und hätte unterdessen die Alte sie nicht an der Hand gehalten, so wäre das junge Mädchen vielleicht aus dem Hause gerannt. Nach alledem kann man sich wohl vorstellen, mit welchen Gefühlen sie an den nächsten Tag dachte.

Nach Hause zurückgekehrt, flehte Mascha unter Tränen ihre Mutter an, sie nicht zu dem Großmütterchen zu schicken, doch ihre Bitten blieben vergeblich.

„Was bist du für ein Gänschen", sprach die Iwanowna zu ihr, „du brauchst doch keine Angst zu haben! Ich gehe hübsch mit dir fast bis zu ihrem Haus, unterwegs rührt dich keiner an, und das zahnlose Großmütterchen wird dich auch nicht auffressen."

Den ganzen nächsten Tag verheulte Mascha. Es begann zu dämmern, und ihre Furcht schwoll an. Die Iwanowna aber schien überhaupt nichts zu bemerken; beinahe mit Gewalt putzte sie die Tochter heraus.

„Je mehr du heulst, desto schlimmer für dich“, sagte sie. „Was wird Großmütterchen meinen, wenn sie deine roten Augen sieht?“

Der Kuckuck aus der Wanduhr rief indessen elfmal. Die Iwanowna nahm einen Mundvoll kaltes Wasser, prustete es Mascha ins Gesicht und schleppte sie mit sich fort.

Mascha folgte der Mutter wie ein Opfertier, das man zur Schlachtbank führt. Ihr Herz schlug laut, die Beine wollten ihr den Dienst versagen; auf solche Weise gelangten sie ins Stadtviertel Lafertowo. Noch ein paar Minuten gingen sie zusammen, doch kaum hatte die Iwanowna in der Ferne das durch die Fensterläden schimmernde Licht erblickt, da ließ sie Maschas Hand los.

„Jetzt geh allein“, sagte sie, „weiter darf ich dich nicht begleiten.“

Mascha warf sich ihr verzweifelt zu Füßen.

„Hör endlich auf mit dem dummen Getue!“ schrie die Mutter streng. „Was kann dir schon passieren? Sei folgsam, und bring mich nicht in Wut!“

Die arme Mascha nahm ihre letzten Kräfte zusammen und entfernte sich langsam von der Mutter. Die zwölfte Stunde ging zu Ende; keinem Menschen begegnete sie, und nirgendwo — außer im Haus der alten Frau — sah sie Licht. Das ganze Stadtviertel schien ausgestorben; düstere Stille herrschte überall; einzig das dumpfe Geräusch ihrer eigenen Schritte hallte ihr in den Ohren. Endlich erreichte sie das Häuschen, und mit bebender Hand berührte sie die Pforte ... In der Ferne, vom Glockenturm Nikitas des Märtyrers, schlug es zwölf Uhr. Die Glockenklänge breiteten sich in der Stille der schwarzen Nacht wie ein zitterndes, tönendes Wogen der Luft über die Häuser hin aus und drangen an ihr Ohr. Drin im Haus machte der Kater laut zwölfmal miau ... Ein Schauder überlief sie, und sie wollte fliehen ... doch plötzlich erhob der Kettenhund ein lautes Gebell, die Pforte knarrte, und die langen Finger der alten Frau faßten sie an der Hand. Mascha konnte später nicht mehr sagen, wie sie die Außentreppe hinaufgekommen und auf einmal in Großmütterchens Stube gewesen sei ... Als sie ihre Sinne wieder halbwegs beherrschte, erkannte sie, daß sie auf einer Bank saß — vor ihr stand die Alte und rieb ihr die Schläfen mit Ameisenspiritus.

„Wie verschreckt du bist, mein Täubchen!" sagte die alte Frau. „Freilich, draußen herrscht die allerschönste Dunkelheit — du weißt sie bloß noch nicht zu schätzen, mein Kindchen, und darum fürchtest du dich. Ruh dich ein bißchen aus, dann wird's Zeit, ans Werk zu gehen!"

Mascha erwiderte kein Wort; ihre müde geweinten Augen folgten jeder Bewegung des Großmütterchens. Die Alte rückte den Tisch in die Mitte des Zimmers, holte aus einem Wandschrank eine große dunkelpurpurne Kerze, zündete sie an und setzte sie fest auf den Tisch, das Lämpchen aber löschte sie. Die Stube lag nun in rosigem Licht. Der ganze Raum zwischen Diele und Decke schien sich mit langen blutroten Fäden zu füllen, die sich in verschiedenen Richtungen durch die Luft zogen — bald rollten sie sich zum Knäuel, bald strebten sie, schlangengleich sich windend, auseinander.

„Wunderschön", sagte die Alte und faßte Mascha an der Hand. „Jetzt geh hinter mir her."

Mascha zitterte an allen Gliedern; sie fürchtete sich, hinter dem Großmütterchen herzugehen, aber noch mehr Furcht hatte sie, die Alte zu erzürnen. Mit Mühe stellte sie sich auf die Füße.

„Halt dich kräftig an meinem Rock fest", fügte die Alte hinzu, „und folg mir — hab vor nichts Angst!"

Die Alte begann um den Tisch herumzuwandern und brachte dabei in gedehntem Singsang unverständliche Wörter hervor; vor ihr huschte leichtfüßig der schwarze Kater mit blitzenden Augen und hochgerecktem Schwanz her. Mascha kniff die Augen fest zu und folgte mit schwankenden Schritten dem Großmütterchen. Dreiunddreißigmal umkreiste die Alte den Tisch, ohne ihren geheimnisvollen Singsang zu unterbrechen, der vom Schnurren des Katers begleitet wurde. Plötzlich hielt sie an und verstummte ... Mascha riß unwillkürlich die Augen auf — die

blutroten Fäden durchwoben noch immer die Luft. Doch als ihr Blick zufälligerweise auf den schwarzen Kater fiel, da sah sie, daß er eine grüne Uniformjacke trug; und statt des runden Katerkopfes zeigte sich ihr ein menschliches Gesicht, das die weit aufgerissenen Augen unverwandt auf sie richtete ... Sie stieß einen lauten Schrei aus und stürzte bewußtlos zu Boden.

Als sie wieder zu sich kam, stand der Eichentisch an seinem alten Platz, die dunkelpurpurne Kerze war verschwunden, auf dem Tisch leuchtete wie vorher das Lämpchen. Das Großmütterchen saß neben ihr, blickte ihr in die Augen und lächelte spöttisch und belustigt.

„Was bist du doch für ein Angsthäschen, Mascha!" sagte sie. „Es war ja alles ganz unnötig, ich habe auch ohne dich die Sache zu Ende geführt. Ich gratuliere dir, meine Liebe — gratuliere dir zum Freier! Er ist ein Mann, den ich sehr gut kenne und der dir gefallen muß. Mascha, ich fühle es, mir ist nicht mehr lange auf der lichten Welt zu leben vergönnt; das Blut fließt schon zu langsam in meinen Adern, und mit der Zeit bleibt das Herz stehen ... Mein treuer Freund", fuhr die Alte mit einem Blick auf den Kater fort, „ruft mich schon lange dorthin, wo mein erkaltetes Blut wieder erwarmen wird. Ich würde gerne noch ein bißchen unter der hellen Sonne leben, würde mich gern noch am Anblick goldener Münzen ergötzen ... doch mein letztes Stündchen wird bald schlagen. Nichts zu machen! Seinem Schicksal kann man nicht entgehen."

„Du, meine Mascha", sprach sie etwas später, nachdem sie das Mädchen mit welken Lippen auf die Stirn geküßt hatte, weiter, „wirst nach mir über meine Schätze gebieten. Dich habe ich immer geliebt, und dir überlasse ich gern meinen Platz! Jetzt hör mir aber aufmerksam zu! Es wird sich ein Freier einstellen; er ist dir von der Kraft bestimmt worden, die über die meisten Ehen Gewalt hat ... Ich habe für dich diesen Freier erwirkt; sei folgsam und werde sein Weib! Er wird dich in der Wissenschaft unterweisen, die mir geholfen hat, ein Vermögen zu erwerben. Wenn ihr euch gemeinsam bemüht, wird es auf das Dreifache anwachsen, und meine Asche wird Frieden haben. Hier, nimm diesen

Schlüssel; hüte ihn besser als deinen Augapfel! Ich darf dir nicht sagen, wo mein Geld versteckt ist; doch sobald du verheiratet bist, wird dir alles offenbart!“

Die Alte hängte ihr eigenhändig ein schwarzes Schnürchen mit einem kleinen Schlüssel um den Hals. In diesem Augenblick machte der Kater zweimal laut miau.

„Nun ist schon die dritte Stunde angebrochen“, sagte das Großmütterchen. „Geh jetzt nach Hause, mein liebes Kind! Leb wohl! Vielleicht sehen wir uns nie wieder ...“

Sie begleitete Mascha auf die Straße, trat wieder ins Haus und verschloß hinter sich die Pforte.

Beim bleichen Mondlicht eilte Mascha mit flinken Schritten nach Hause. Sie freute sich, daß ihre nächtliche Begegnung mit dem Großmütterchen zu Ende war, und dachte mit Freuden an ihren künftigen Reichtum. Die Iwanowna hatte schon lange ungeduldig auf sie gewartet.

„Gott sei Dank!“ sagte sie, als sie ihre Tochter erblickte. „Ich fürchtete schon, mit dir wäre etwas geschehen. Erzähl rasch, was hast du beim Großmütterchen gemacht?“

Mascha setzte an, der Mutter zu berichten, doch eine bleierne Müdigkeit hinderte sie am Sprechen. Da die Iwanowna bemerkte, daß der Tochter die Augen zufielen, verschob sie die Befriedigung ihrer Neugier auf den nächsten Morgen, zog selber das liebe Töchterchen aus und legte es ins Bett, wo das Mädchen bald in tiefen Schlaf sank.

Als Mascha tags darauf erwachte, hatte sie Mühe, ihre Gedanken zu sammeln. Es kam ihr vor, als wäre alles, was am Tage vorher mit ihr geschehen war, nichts als ein schwerer Traum gewesen; da aber ihr Blick zufällig den Schlüssel streifte, der ihr am Halse hing, gewann sie die Gewißheit, daß alles, was sie gesehen hatte, Wirklichkeit war. Darauf erzählte sie ihrer Mutter bis ins einzelne von allem. Die Iwanowna war außer sich vor Freude.

„Siehst du jetzt“, sagte sie, „wie gut ich daran tat, nicht auf deine Tränen zu achten?“

Den ganzen Tag verbrachten Mutter und Tochter in süßen Träumen vom künftigen Wohlstand. Die Iwanowna verbot Mascha streng, dem Vater auch nur ein Wort über ihre Begegnung mit dem Großmütterchen zu sagen.

„Er ist ein starrköpfiger, streitsüchtiger Mensch“, meinte sie, „und wäre imstande, alles zu verderben.“

Wider alles Erwarten fand sich Onufritsch am späten Abend des darauffolgenden Tages wieder ein. Der Postmeister, den er hatte vertreten sollen, war ganz unerwartet gesund geworden, und Onufritsch hatte die erste nach Moskau fahrende Post genutzt, nach Hause zurückzukehren.

Er hatte noch kaum Zeit gehabt, Frau und Tochter zu erzählen, welchem Zufall er seine so schnelle Rückkehr verdankte, da trat zu ihm ins Zimmer ein früherer Amtskollege, der jetzt als Wächter im Stadtviertel Lafertowo diente, nicht weit vom Hause der Mohnkuchenfrau.

„Das Tantchen hat das Zeitliche gesegnet!“ sagte er, ohne sich vorher auch nur die Zeit zu einem Gruß zu lassen.

Mascha und die Iwanowna blickten einander an.

„Gott schenke ihrer Seele Frieden!“ rief Onufritsch aus und faltete fromm die Hände. „Beten wir für die Verstorbene; sie hat unsere Gebete nötig.“

Er begann ein Gebet zu sprechen. Die Iwanowna und ihre Tochter bekreuzigten sich und verneigten sich bis zum Boden; die Gedanken aber hatten sie bei den Schätzen, die ihrer harrten. Plötzlich erzitterten sie beide zugleich ... Es war ihnen, als schaute die Verstorbene von der Straße zu ihnen ins Zimmer herein und verbeugte sich! Onufritsch und der Wächter, die inbrünstig beteten, hatten nichts bemerkt.

Obgleich es schon spät war, machte sich Onufritsch auf den Weg zum Haus der verstorbenen Tante. Unterwegs erzählte ihm sein einstiger Kollege alles, was er vom Tod der alten Frau wußte.

„Gestern“, berichtete er, „kam deine Tante zur gewohnten Zeit nach Hause; die Nachbarn sahen, daß in ihrem Hause das Lämpchen angezündet wurde. Heute aber erschien sie nicht an der Prolomnaja Sastawa, und darum meinten die Leute, sie werde wohl krank sein. Endlich, gegen Abend, entschlossen sie sich, in ihr

Haus zu gehen, in ihre Stube, aber da lebte sie schon nicht mehr. Das erzählen die einen über den Tod der Alten. Andere behaupten, in der vergangenen Nacht sei etwas Ungewöhnliches in ihrem Hause vor sich gegangen. Ein wilder Sturm, sagen sie, hätte um ihre Hütte getobt, ringsum aber war es völlig windstill. Die Hunde aus der ganzen Umgebung hätten sich vor ihrem Fenster eingefunden und laut geheult. Das Miauen ihres Katers hätte man weithin gehört ... Was mich betrifft, ich habe die vergangene Nacht ruhig geschlafen; aber mein Kollege, der auf Wache stand, behauptet, er hätte gesehen, wie den ganzen Weg vom Wwedenskoje-Friedhof bis zu ihrem Haus in langen Reihen kleine Flämmchen gesprungen wären, und wenn sie an die Pforte kamen, wären sie eins nach dem andern darin verschwunden; es hätte ausgesehen, als wären sie unten durchgeschlüpft. Ein ganz ungewöhnliches Rauschen und Pfeifen und Lachen und Schreien wäre bis zum Morgen in ihrem Hause zu hören gewesen, sagen die Leute. Merkwürdig, daß man bis jetzt nirgendwo ihren schwarzen Kater finden konnte!“

Onufritsch vernahm bekümmert den Bericht des Wächters; er erwiderte kein Wort. So gelangten sie zum Haus der Verstorbenen. Diensteifrige Nachbarinnen hatten die alte Frau schon gewaschen und ihr das Feiertagskleid angezogen – die Angst, die sie ihnen bei Lebzeiten eingeflößt hatte, war nun vergessen. Als Onufritsch in die Stube trat, lag die alte Frau auf dem Tisch. Ihr zu Häupten saß ein Küster und las aus dem Psalter. Onufritsch dankte den Nachbarinnen, schickte jemanden fort, Wachskerzen zu kaufen, bestellte den Sarg, sorgte dafür, daß für die Leute, die bei der Verstorbenen die Nacht zu verbringen gedachten, etwas zu trinken und zu essen da sei, und begab sich nach Hause. Er brachte es einfach nicht fertig, vor dem Weggehen noch der Tante die Hand zu küssen.

Auf den darauffolgenden Tag war das Begräbnis festgesetzt. Die Iwanowna hatte für sich und die Tochter schwarze Kleider geliehen; beide erschienen in tiefer Trauer. Zuerst lief alles ganz so, wie es sich gehörte. Einzig daß die Iwanowna, als sie von der Tante Abschied nahm, plötzlich zurückfuhr, erblaßte und schrecklich zu zittern begann. Allen Leuten versicherte sie, es sei ihr übel geworden; aber später bekannte sie Mascha ganz leise, es wäre ihr vorgekommen, als hätte die Verstorbene den Mund aufgerissen und nach ihrer — Iwanownas — Nase geschnappt. Als man den Sarg hob, wurde er auf einmal so schwer, als wäre er mit Blei ausgegossen; sechs breitschultrige Briefträger mußten alle Kräfte aufbieten, ihn hinauszutragen und auf den Wagen zu setzen. Die Pferde schnauften wild, und es kostete viel Mühe, sie in Bewegung zu bringen.

Diese Umstände und das, was Mascha selbst beobachtet hatte, gaben ihr Anlaß zum Nachdenken. Sie besann sich darauf, mit welchen Mitteln die Verstorbene ihre Schätze gesammelt hatte, und es erschien ihr nicht sonderlich verlockend, über ebendiese Schätze zu gebieten. Es gab Augenblicke, da lastete der Schlüssel, der ihr um den Hals hing, wie ein schwerer Stein auf ihrer Brust, und nicht bloß einmal war sie nahe daran, alles dem Vater zu enthüllen und ihn um Rat zu bitten; die Iwanowna aber hatte streng auf sie acht und versicherte unaufhörlich, Mascha würde sie alle unglücklich machen, hielte sie sich nicht an die Anweisungen der alten Frau. Der Dämon der Habgier hatte von Iwanownas Seele ganz Besitz ergriffen; sie konnte nicht die Zeit erwarten, da der ihrer Tochter bestimmte Freier sich einstellen und das Mittel, über den Schatz zu verfügen, enthüllen würde. Obgleich sie Angst hatte, an die Verstorbene zu denken, und obgleich ihr bei der Erinnerung an sie der kalte Schweiß auf die Stirn trat, war tief in ihrer Seele die Gier nach Gold stärker als die Angst, und unaufhörlich lag sie ihrem Manne in den Ohren, er möge doch nach Lafertowo umziehen; sie versicherte, alle Leute würden ihnen unrecht geben, wenn sie in einer Mietwohnung wohnen blieben, da sie doch ein eigenes Haus hätten.

Unterdessen begann Onufritsch, der seine Jahre gedient und den Abschied erhalten hatte, zu überlegen, wie er sich für den Ruhestand einrichten könne. Der Gedanke an das Haus rief in ihm einen unangenehmen Eindruck hervor, sobald er erwog, von wem er es ererbt hatte. Er zuckte sogar jedesmal unwillkürlich zusammen, wenn es sich ergab, daß er in die Stube treten mußte, in der die Alte gewohnt hatte. Doch Onufritsch war fromm und gottesfürchtig; er glaubte, keine böse Macht könne Gewalt über ein reines Gewissen haben. So beschloß er denn, in Erwägung dessen, daß es für ihn günstiger sei, im eigenen Hause zu wohnen als in einer Mietwohnung, seinen Widerwillen zu bezwingen und umzuziehen.

Die Iwanowna freute sich über die Maßen, als Onufritsch anordnete, daß man in das Haus in Lafertowo ziehe.

„Du wirst sehen, Mascha", sagte sie zu der Tochter, „jetzt wird sich bald der Freier einstellen. Wird das ein Leben für uns sein, wenn wir die Kammer voll Gold haben. Wie werden sich unsere einstigen Nachbarn wundern, wenn wir bei ihnen in deinem Wagen auf dem Hof vorfahren, noch dazu vielleicht vierspännig!"

Mascha blickte schweigend auf die Mutter und lächelte traurig. Seit einiger Zeit hatte sie ganz andere Dinge im Sinn.

Ein paar Tage vor diesem Gespräch — sie wohnten noch in ihrer alten Wohnung — hatte Mascha eines Morgens nachdenklich am Fenster gesessen. Draußen war ein junger, gut gekleideter Mann vorbeigegangen, hatte ihr einen Blick zugeworfen und höflich den Hut gezogen. Mascha hatte, den Gruß erwidernd, den Kopf gesenkt und war auf einmal, sie wußte selber nicht warum, ganz rot geworden. Wenig später kam derselbe junge Mann in entgegengesetzter Richtung abermals vorüber; er kehrte um, ging an ihrem Fenster vorbei und spazierte dann von neuem zurück. Jedesmal sah er sie an, und jedesmal pochte aufgeregt Maschas Herz. Mascha war schon über siebzehn Jahre alt, aber bisher war es niemals geschehen, daß ihr Herz aufgeregt gepocht hätte, wenn jemand am Fenster vorbeiging. Das kam ihr merkwürdig vor, und nach dem Mittagessen setzte sie sich ans Fenster — einzig darum, daß sie herausfände, ob ihr Herz poche, wenn der junge Mann wieder vorbeikäme ... So saß sie bis zum Abend, aber niemand tauchte auf. Endlich, als die Lampe angezündet wurde, ging sie vom Fenster weg und blieb den ganzen Abend traurig und nachdenklich; es verdroß sie, daß es ihr nicht gelungen war, den Versuch mit ihrem Herzen zu wiederholen.

Tags darauf sprang Mascha, kaum daß sie aufgewacht war, sogleich aus dem Bett, wusch sich, zog sich an, betete — alles in Eile — und setzte sich ans Fenster. Den Blick hielt sie angespannt dorthin gerichtet, wo am Tage zuvor der Unbekannte hergekommen war. Endlich erspähte sie ihn; seine Augen suchten sie schon aus der Ferne, und als er näher kam, trafen sich wie zufällig ihre Blicke. Mascha legte sich unbedacht die Hand aufs Herz, um zu prüfen, ob es poche. Der junge Mann bemerkte diese Bewegung, und da er wohl nicht begriff, was sie bedeutete, legte er gleichfalls dic Hand aufs Herz ... Mascha besann sich, sie wurde rot und fuhr zurück. Danach blieb sie den ganzen Tag dem Fenster fern — sie fürchtete, den jungen Mann wieder zu erblicken. Desungeachtet ging er ihr nicht aus dem Sinn; sie bemühte sich, an anderes zu denken; aber ihr Trachten war vergeblich.

Um die Gedanken loszuwerden, beschloß sie, am Abend eine Witwe zu besuchen, die in ihrer Nachbarschaft wohnte. Als sie zu ihr ins Zimmer trat, erblickte sie dort zu ihrer größten Verwunderung ebenjenen Unbekannten, den zu vergessen sie sich umsonst bemühte. Mascha erschrak, wurde rot, dann erblaßte sie und wußte nicht, was sie sagen solle. Tränen blitzten in ihren Augen. Der Unbekannte mißverstand sie abermals ... er verbeugte sich mit trauriger Miene vor ihr, seufzte — und ging hinaus. Das verwirrte sie noch mehr, und vor Verdruß fing sie an zu weinen. Die Nachbarin zog sie ganz aufgeregt neben sich auf die Bank und fragte sie teilnehmend nach dem Grund ihres Kummers. Mascha begriff selbst nicht recht und klar, warum sie weinte; darum konnte sie den Grund nicht erklären. Im stillen aber nahm sie sich fest vor, den Unbekannten, der sie zum Weinen gebracht hatte, soweit wie möglich zu meiden. Dieser Gedanke beruhigte sie ein wenig. Sie fing mit der Nachbarin an zu plaudern, von ihren häuslichen Angelegenheiten zu erzählen und davon, daß sie vielleicht bald nach Lafertowo umziehen würden.

„Es tut mir leid“, sagte die Witwe, „sehr leid, daß ich gute Nachbarn verliere, und nicht bloß mir wird es leid tun. Ich kenne einen Menschen, den es sehr bekümmern wird, wenn er diese Neuigkeit erfährt.“

Mascha errötete von neuem; sie wollte fragen, wer dieser Mensch sei, doch sie brachte kein Wort hervor.

Die freundliche, gefällige Nachbarin erriet wohl ihre Gedanken, denn sie sprach so weiter: „Kennen Sie nicht den jungen Mann, der eben das Zimmer verließ? Vielleicht haben Sie gar nicht bemerkt, daß er gestern und heute an Ihrem Haus vorbeigegangen ist? Er aber hat Sie gesehen und ist eigens zu mir gekommen, sich bei mir nach Ihnen zu erkundigen. Ich weiß nicht, ob ich mich irre, aber mir scheint, Sie haben sein armes Herz arg getroffen! Was gibt's da rot zu werden", fügte sie hinzu, als sie bemerkte, daß Maschas Wangen glühten. „Er ist ein junger hübscher Mann, und wenn er Maschenka gefällt, so kommt es vielleicht bald zur Hochzeit."

Bei diesen Worten mußte Maschenka unwillkürlich an das Großmütterchen denken. Ach, dachte sie bei sich, ob das vielleicht der Freier ist, den man mir bestimmt hat? Doch bald wurde dieser Gedanke durch einen anderen, weniger angenehmen verdrängt. Es kann nicht sein, überlegte sie sich, daß so ein hübscher junger Mann enge Beziehungen zu der Verstorbenen gehabt hätte. Er ist so lieb, ist so fein und elegant angezogen, daß er es ganz gewiß nicht zustande brächte, Großmütterchens Vermögen zu verdoppeln.

Unterdessen erzählte die Nachbarin ihr weiter, er sei zwar aus dem Kleinbürgerstand, aber ein ordentlicher Mensch von guten Sitten, und er sei Verkäufer in einem Tuchladen. Viel Geld habe er nicht, aber er bekomme einen guten Lohn, und wer weiß, vielleicht mache ihn sein Prinzipal eines Tages zum Teilhaber.

„Darum", fügte sie hinzu, „hör auf meinen guten Rat: Weis den jungen Mann nicht ab! Geld macht nicht glücklich. Denk an das Großmütterchen in deiner Familie — verzeih mir Gott meine Versündigung! —, Geld hatte sie wer weiß wieviel, und wo ist jetzt alles hin? Und der schwarze Kater, heißt es, ist in die Erde versunken — das Geld hat wohl den gleichen Weg genommen."

Heimlich stimmte Mascha der Nachbarin nur zu gerne zu; sie meinte nun auch, es sei besser, arm zu sein und an der Seite des liebenswerten Unbekannten zu leben, als reich und Gott weiß wem zu gehören! Sie war nahe daran, sich alles von der Seele zu reden; doch die strengen Anweisungen der Mutter bedenkend und sich selber wegen ihrer Schwäche mißtrauend, stand sie eilig auf und verabschiedete sich. Beim Hinausgehen schon konnte sie aber doch nicht umhin, nach dem Namen des Unbekannten zu fragen.

„Er heißt Ulijan“, antwortete die Nachbarin.

Von nun an beherrschte Ulijan Maschas Gedanken — alles an ihm, sogar der Name, gefiel ihr. Damit sie aber ihm gehören könne, hätte sie den von dem Großmütterchen hinterlassenen Schätzen entsagen müssen. Ulijan war nicht reich, und sie sagte sich, daß gewiß weder Väterchen noch Mütterchen bereit sein würden, sie ihm zum Weib zu geben. In dieser Meinung wurde sie noch dadurch bestärkt, daß die Iwanowna unablässig von dem Reichtum redete, der sie erwartete, und von dem glücklichen Leben, das dann beginnen werde. So beschloß denn Mascha, den Zorn der Mutter fürchtend, nicht länger an Ulijan zu denken — sie hütete sich, ans Fenster zu treten, wich allen Gesprächen mit der Nachbarin aus und gab sich Mühe, heiter zu erscheinen; doch Ulijans Züge hatten sich ihrem Herzen tief eingeprägt.

Indessen brach der Tag an, der für den Umzug in das Lafertowoer Haus festgelegt war. Onufritsch hatte sich vorher dorthin begeben, Frau und Tochter sollten ihm mit dem bereits am Vortage gepackten Hab und Gut folgen. Zwei lange Tafelwagen fuhren vor; die Kutscher trugen mit Hilfe einiger Nachbarn Truhen und andere Möbelstücke hinaus. Die Iwanowna und Mascha nahmen jede ein großes Bündel in die Hand, und die kleine Karawane bewegte sich langsam zur Prolomnaja Sastawa. Als sie an der Wohnung jener Nachbarin, der Witwe, vorbeikamen, hob Mascha unwillkürlich den Blick: am offenen Fenster stand Ulijan mit gesenktem Kopf; tiefe Trauer drückte sich in seinen Zügen aus. Mascha tat, als bemerkte sie ihn nicht, und wandte den Kopf in die entgegengesetzte Richtung; doch bittere Tränen strömten ihr über das blasse Antlitz.

Im Hause wartete Onufritsch schon lange auf sie. Er äußerte

seine Ansicht darüber, wo die mitgebrachten Möbel aufzustellen seien, und erklärte ihnen, wie er die neue Behausung einzurichten gedenke.

„In der Kammer dort“, sagte er zu der Iwanowna, „werden wir schlafen; in dem kleinen Zimmer nebenan hängen wir die Heiligenbilder auf, und hier wird unser Wohn- und Speisezimmer sein. Mascha kann oben in der Stube schlafen. Noch nie“, fuhr er fort, „hatte ich Gelegenheit, so geräumig zu wohnen; aber ich weiß nicht, irgendwie will mir die Sache nicht recht behagen. Geb's Gott, daß wir hier ebenso glücklich sein werden wie in den engen Zimmern bisher!“

Die Iwanowna konnte ein Lächeln nicht unterdrücken. Wart's nur ab, dachte sie, in was für Prachtgemächern wir noch wohnen werden!

Ihre Freude wurde freilich noch am gleichen Tag gehörig gedämpft. Kaum daß der Abend dämmerte, ließ sich in den Zimmern ein durchdringendes Pfeifen vernehmen, und die Fensterläden klapperten.

„Was ist das?“ schrie die Iwanowna.

„Das ist der Wind“, antwortete Onufritsch kaltblütig, „die Fensterläden schließen wohl nicht ganz dicht — man wird sie morgen ausbessern müssen.“

Sie verstummte und warf einen bedeutsamen Blick auf Mascha; denn in dem Pfeifen des Windes hatte sie eine gewisse Ähnlichkeit mit der Stimme der Alten gefunden.

Indessen aber saß Mascha still in einem Winkel und hörte weder das Pfeifen des Windes noch das Klappern der Fensterläden — sie dachte an Ulijan. Am schrecklichsten erschien der Iwanowna der Umstand, daß die Stimme der Alten einzig von ihr gehört wurde. Nach dem Abendessen ging sie auf den Flur, um die Reste ihres recht mäßigen Mahles unterzubringen; sie trat an den Schrank, setzte die Kerze neben sich auf den Fußboden und begann Teller und Schüsseln in die Fächer zu schieben. Plötzlich vernahm sie ganz in der Nähe ein Rascheln, und jemand berührte sie leicht an der Schulter ... Sie schaute sich um ... Hinter ihr stand die Verstorbene in demselben Kleid, in dem man sie begraben hatte! Sie machte ein böses Gesicht; sie hob die Hand und drohte der Iwanowna mit dem Finger. Tödlich erschrocken, schrie die Iwanowna laut auf. Onufritsch und Mascha stürzten hinaus auf den Flur.

„Was ist mit dir los?" rief Onufritsch — er sah, daß sie bleich wie Linnen war und an allen Gliedern zitterte.

„Die Tante!" brachte sie mit bebender Stimme hervor ... Sie wollte weitersprechen, doch da zeigte sich die Tante abermals vor ihr ... sie machte ein noch böseres Gesicht und drohte noch strenger mit dem Finger. Die Worte erstarben auf Iwanownas Lippen.

„Laß die Toten in Ruhe!" meinte darauf Onufritsch, nahm sie an der Hand und führte sie ins Zimmer zurück. „Bete zu Gott, und der Wahn läßt ab von dir. Komm, leg dich ins Bett, es ist Zeit zu schlafen!"

Die Iwanowna legte sich nieder, aber die Verstorbene erschien abermals vor ihren Augen und zeigte dasselbe böse Gesicht. Onufritsch, der sich gemächlich ausgezogen hatte, begann laut zu beten, und die Iwanowna bemerkte, daß, je aufmerksamer sie auf die Worte des Gebetes hörte, die Gestalt der Verstorbenen immer blasser wurde — und schließlich ganz verschwand.

Auch Mascha verbrachte eine unruhige Nacht. Als sie in die Stube trat, schien es ihr, als huschte der Schatten des Großmütterchens vor ihr her, aber nicht in der drohenden Gestalt, in der es vor der Iwanowna aufgetaucht war. Das Großmütterchen zeigte ein heiteres Gesicht und lächelte dem Mädchen freundlich zu. Mascha bekreuzigte sich, und der Schatten verschwand. Zuerst hielt sie alles für ein Spiel der Einbildungskraft, und die Erinnerung an Ulijan half ihr, die Gedanken an das Großmütterchen zu verscheuchen; ziemlich ruhig legte sie sich ins Bett und schlummerte bald ein. Plötzlich, um Mitternacht, wurde sie von etwas geweckt. Es kam ihr vor, als striche eine kalte Hand über ihr Gesicht ... Sie fuhr hoch. Vor dem Heiligenbild brannte das Lämpchen, im Zimmer war nichts Ungewöhnliches zu bemerken; doch das Herz pochte ihr vor Angst wild in der Brust — sie hörte deutlich, daß jemand durchs Zimmer ging und schwer seufzte ...

Danach schien sich die Tür aufzutun; sie knarrte ... und jemand stieg die Treppe hinunter.

Mascha zitterte wie Espenlaub. Umsonst versuchte sie, wieder einzuschlafen. Sie stand auf, richtete den Docht des Lämpchens und trat ans Fenster. Es war eine finstere Nacht. Zuerst konnte Mascha nichts sehen; dann schien es ihr, als zuckten auf dem Hof, unmittelbar neben dem Brunnen, zwei kleine Flämmchen empor. In gewissen Abständen erloschen die Flämmchen und entzündeten sich wieder. Dann schienen sie heller aufzuleuchten, und Mascha erkannte deutlich, wie neben dem Brunnen das verstorbene Großmütterchen stand und sie zu sich herunterwinkte ... Hinter ihr stand auf den Hinterpfoten der schwarze Kater, und in der undurchdringlichen Finsternis glühten seine beiden Augen wie Feuer. Mascha wich vom Fenster zurück, warf sich auf das Bett und wühlte den Kopf tief in die Decke. Lange hatte sie das Gefühl, als ginge das Großmütterchen im Zimmer auf und ab, als kramte sie in den Winkeln und als riefe sie leise Mascha beim Namen. Einmal meinte sie sogar, die Alte wolle ihr die Decke herunterziehen; Mascha wickelte sich noch fester hinein. Endlich beruhigte sich alles; doch Mascha konnte und konnte in dieser Nacht nicht mehr einschlafen.

Am nächsten Tag entschloß sie sich, der Mutter zu erklären, daß sie dem Vater alles enthüllen und ihm den Schlüssel geben wolle, den sie von dem Großmütterchen erhalten hatte. Bei dem Schreck, den sie am Abend erlebt hatte, wäre die Iwanowna selber gern bereit gewesen, auf alle Schätze zu verzichten; aber als am Morgen die lichte Sonne aufging und mit hellen Strahlen das Zimmer erleuchtete, da verschwand ihre Furcht, als hätte es sie nie gegeben. Statt ihrer nahmen nun wieder die heiteren Bilder eines künftigen glücklichen Lebens allen Platz in ihrer Vorstellung ein. Sie wird mich ja nicht ewig schrecken, die Verstorbene, dachte sie, Mascha wird heiraten, und die Alte wird sich beruhigen. Was will sie jetzt eigentlich? Ob sie mir wohl deshalb böse ist, weil ich gar nicht daran denke, ihre Schätze zu schonen? Nein, Tantchen, sei zornig, wie du willst, wir werden deine Rubelchen schon rollen lassen!

Vergebens flehte Mascha die Mutter an, sie möge erlauben, ihr Geheimnis dem Vater zu enthüllen.

„Du willst mit aller Gewalt das Glück verstoßen“, antwortete die Iwanowna. „Wart wenigstens noch zwei Tage — gewiß wird sich dein Freier bald einstellen, und alles wendet sich zum Guten.“

„Zwei Tage!“ wiederholte Mascha. „Von solchen Nächten wie der vergangenen werde ich nicht eine mehr überleben.“

„Unsinn“, sagte die Mutter, „kann sein, daß die Sache schon heute zum Ende gebracht wird.“

Mascha wußte nicht, was sie tun sollte. Einerseits fühlte sie die Notwendigkeit, alles dem Vater zu erzählen, andererseits fürchtete sie, die Mutter zu erzürnen, die ihr das nie verzeihen würde. In ihrer Ratlosigkeit, so ganz und gar nicht wissend, wie sie sich entscheiden solle, lief sie vom Hause weg und spazierte gedankenversunken lange durch die einsamsten Straßen des Stadtteils Lafertowo. Schließlich kehrte sie, ohne sich etwas ausgedacht zu haben, nach Hause zurück. Die Iwanowna empfing sie auf dem Flur.

„Mascha“, sagte sie, „geh schnell hinauf und zieh dich um — schon über eine Stunde sitzt dein Freier beim Vater und wartet auf dich.“

Maschas Herz begann laut zu pochen; sie stieg hinauf in ihr Zimmer. Dort stürzten ihr Bäche von Tränen aus den Augen. In ihrer Vorstellung erstand ganz deutlich Ulijan mit traurigem Gesicht — so wie sie ihn das letztemal gesehen hatte. Sie vergaß, sich herauszuputzen. Schließlich wurde sie von der strengen Stimme der Mutter aus ihrem Sinnen gerissen.

„Mascha! Brauchst du noch lange, dich hübsch zu machen?“ rief von unten die Iwanowna. „Komm herunter!“

Mascha eilte die Treppe hinunter — in demselben Kleid, mit dem sie ihre Stube betreten hatte. Sie öffnete die Tür und erstarrte! Auf der Bank saß neben Onufritsch ein Mann von mittlerer Größe, in grüner Uniformjacke — und dasselbe Gesicht starrte sie an, das sie einst auf dem Körper des schwarzen Katers gesehen hatte. Sie blieb im Türrahmen stehen.

„Tritt näher“, sagte Onufritsch, „was ist mit dir los?“

„Väterchen! Das ist Großmütterchens schwarzer Kater!“ antwortete Mascha und zeigte, alle Rücksicht vergessend, auf den Gast, der in seltsamer Weise den Kopf verdrehte und liebedienerisch mit eng zusammengekniffenen Augen auf sie blickte.

„Du bist ja verrückt!“ schrie Onufritsch ärgerlich. „Was für ein Kater? Das ist der Herr Titularrat Aristarch Tatzewitsch Schnurrkin, der dir die Ehre erweist, um deine Hand zu bitten.“

Bei diesen Worten stand Aristarch Tatzewitsch auf, näherte sich ihr geschmeidig und leichtfüßig und wollte ihr die Hand küssen. Mascha schrie laut auf und wich zurück. Onufritsch sprang erzürnt von der Bank auf.

„Was soll das heißen?“ rief er. „Du benimmst dich dumm wie ein Dorfmädchen!“

Mascha jedoch hörte nicht auf ihn.

„Väterchen“, sprach sie, ganz außer sich, „machen Sie, was Sie wollen! Das da ist Großmütterchens schwarzer Kater! Sagen Sie ihm, er soll die Handschuhe ausziehen; Sie werden sehen, er hat Krallen.“ Mit diesen Worten rannte sie aus dem Zimmer, hinauf in ihr Stübchen.

Aristarch Tatzewitsch murmelte leise etwas vor sich hin. Onufritsch und die Iwanowna befanden sich in äußerster Verlegenheit; aber Schnurrkin trat, immer noch lächelnd, zu ihnen.

„Hat nichts zu bedeuten, verehrter Herr“, sagte er mit stark schnarrender Stimme, „hat nichts zu bedeuten, gnädige Frau, ich bitte, sich nicht zu erzürnen! Morgen komme ich wieder, morgen wird die teure Braut mich besser aufnehmen.“

Darauf verneigte er sich ein paarmal vor ihnen, beugte anmutig seinen runden Rücken und ging hinaus. Mascha blickte ihm vom Fenster aus nach und sah, wie Aristarch Tatzewitsch die Außentreppe hinabstieg und sich mit geschmeidigen Bewegungen entfernte; doch am Zaun des Nachbarhauses angelangt, wandte er sich plötzlich scharf zur Seite und schoß pfeilschnell davon. Der große Hund des Nachbarn rannte laut bellend in riesigen Sätzen hinter ihm her, konnte ihn aber nicht erreichen.

Es schlug zwölf Uhr — Zeit des Mittagessens. In tiefem Schweigen setzten sich die drei zu Tisch, und keinem wollte es

schmecken. Die Iwanowna warf von Zeit zu Zeit einen bösen Blick auf Mascha, die mit gesenkten Augen dasaß. Auch Onufritsch war nachdenklich. Kurz nach dem Mittagessen brachte man Onufritsch einen Brief; er öffnete ihn, und auf seinem Gesicht malte sich Freude. Dann erhob er sich vom Tisch, zog rasch seine neue Jacke an, nahm Hut und Stock in die Hand und wollte weggehen.

„Wohin gehst du, Onufritsch?“ fragte die Iwanowna.

„Ich komme bald wieder“, antwortete er und trat aus dem Haus.

Kaum hatte er die Tür hinter sich geschlossen, da fiel die Iwanowna über Mascha her.

„Du ungezogenes Ding!“ rief sie. „So also liebst und ehrst du deine Mutter? So also gehorchst du deinen Eltern? Aber das eine sag ich dir: Ich kriege dich schon noch! Daß du ja nicht wieder mit deinen Albernheiten anfängst, wenn uns morgen Aristarch Tatzewitsch die Ehre seines Besuchs erweist!“

„Mütterchen“, erwiderte Mascha unter Tränen, „ich will Euch ja gern in allem folgen, nur verheiratet mich nicht mit Großmütterchens Kater!“

„Was für dummes Zeug faselst du da wieder zusammen?“ sagte die Iwanowna. „Schäm dich, Mädchen — alle wissen es, er ist Titularrat.“

„Kann ja sein, Mütterchen“, antwortete die arme Mascha, bitterlich schluchzend, „aber er ist ein Kater, bestimmt ein Kater!“

Mochte die Iwanowna noch so sehr schelten, noch so sehr auf sie einreden, Mascha blieb fest dabei, sie würde sich niemals bereit finden, Großmütterchens Kater zu heiraten. Furchtbar erbost, schickte die Iwanowna schließlich das Mädchen aus dem Zimmer. Mascha stieg in ihr Stübchen hinauf und begann wieder bitterlich zu weinen.

Eine Weile darauf hörte sie, daß ihr Vater zurückkam, und wiederum etwas später rief man sie. Sie ging hinunter; Onufritsch ergriff ihre Hand und umarmte sie zärtlich.

„Mascha!“ sagte er. „Du warst immer ein gutes Mädchen und eine fügsame Tochter.“ Mascha weinte und küßte ihm die Hand.

„Jetzt kannst du beweisen, daß du uns liebst. Hör mir aufmerksam zu! Du erinnerst dich gewiß, daß ich euch oft von einem Marketender erzählte, mit dem ich während des Türkenkrieges gute Freundschaft hielt; er war damals ein armer Mann, und ich hatte Gelegenheit, ihm wichtige Dienste zu erweisen. Wir waren gezwungen, uns zu trennen, und schwuren, daß wir einander ewig im Gedächtnis behalten wollten. Seitdem sind mehr als dreißig Jahre vergangen, und ich verlor ihn gänzlich aus den Augen. Heute erhielt ich kurz nach dem Mittagessen von ihm einen Brief; er ist unlängst nach Moskau gekommen und hat ausfindig gemacht, wo ich wohne. Ich eilte zu ihm; du kannst dir vorstellen, wie wir uns über das Wiedersehen freuten. Meinem Freund waren gute Aufträge zugefallen, er wurde vermögend, und jetzt ist er hierhergekommen, um den Ruhestand zu genießen. Als er hörte, daß ich eine Tochter hätte, freute er sich; wir wurden uns rasch einig, und ich versprach dich für seinen einzigen Sohn. Alte Männer verlieren nicht gern Zeit — darum werden heute abend beide hier bei uns sein."

Mascha weinte noch bitterlicher — sie dachte an Ulijan.

„Hör zu, Mascha", sagte Onufritsch, „heute morgen hat Schnurrkin um dich gefreit; er ist ein reicher Mann, den in der Umgebung hier alle kennen. Du wolltest ihn nicht heiraten; und obwohl ich recht gut weiß, daß ein Titularrat kein Kater und ein Kater kein Titularrat sein kann, muß ich doch zugeben, daß er auch mir nicht ganz geheuer vorkam. Der Sohn meines Freundes aber ist ein junger stattlicher Mann, und du hast keinerlei Grund, ihn abzuweisen. Deshalb mein letztes Wort: Wenn du deine Hand nicht dem geben willst, den ich gewählt habe, so mach dich bereit, morgen früh dem Heiratsantrag Aristarch Tatzewitschs deine Zustimmung zu geben ... Geh jetzt und denk drüber nach!"

Aufs tiefste bekümmert, kehrte Mascha in ihr Stübchen zurück. Sie war längst entschlossen, um nichts auf der Welt Schnurrkins Frau zu werden. Doch überhaupt einem anderen zu gehören als Ulijan — das schien ihr grausam! Wenig später trat die Iwanowna zu ihr ins Zimmer.

„Liebe Mascha!“ sprach sie. „Hör auf meinen Rat. Es kann dir doch gleich sein, ob du Schnurrkin oder den Marketender nimmst. Darum schick den Marketender weg und nimm Schnurrkin! Der Vater sagt zwar, der Marketender sei reich, aber ich kenne doch deinen Vater! Für den ist jeder reich, der gerade mal hundert Rubelchen im Beutel trägt. Mascha! Bedenk doch, wieviel Geld wir haben werden ... Und Schnurrkin ist doch gar nicht so schlimm. Gewiß, er gehört nicht mehr zu den Jüngsten, aber er hat so gute Sitten, ist so fein erzogen! Er wird dich auf Händen tragen.“

Mascha weinte, erwiderte aber kein Wort. In dem Glauben, die Tochter habe ihr zugestimmt, ging die Iwanowna rasch wieder hinaus; denn ihr Mann sollte nichts davon merken, daß sie auf Mascha eingeredet hatte. Indessen hatte sich das Mädchen schweren Herzens entschlossen, ihre Liebe zu Ulijan dem Vater zum Opfer zu bringen. Ich will mich bemühen, ihn zu vergessen, sprach sie zu sich selber; Väterchen soll glücklich sein — darum will ich ihm gehorchen. Ohnehin bin ich schuldig vor ihm, weil ich mich gegen seinen Willen mit dem Großmütterchen einließ.

Kaum daß es dämmerte, stieg Mascha leise die Treppe hinunter und lenkte die Schritte geradewegs zum Brunnen. Als sie eben den Hof betreten hatte, erhob sich plötzlich um sie herum ein Wirbelwind, und die Erde schien unter ihren Füßen zu beben ... Eine dicke Kröte warf sich ihr mit widerlichem Schreien entgegen; aber Mascha bekreuzigte sich und schritt fest und entschlossen weiter. Nahe am Brunnen vernahm sie ein klägliches Wimmern, das von seinem tiefsten Grund heraufzudringen schien. Der schwarze Kater saß traurig auf dem Brunnenrand und machte mit schwermütiger Stimme miau. Mascha wandte das Gesicht ab und trat dicht heran; mit fester Hand nahm sie vom Halse die Schnur und den Schlüssel, die sie vom Großmütterchen erhalten hatte.

„Nimm dein Geschenk zurück!“ rief sie. „Ich brauch nicht deinen Freier und nicht dein Geld. Nimm's zurück und laß uns in Ruhe!“

Sie warf den Schlüssel in den Brunnen hinab; der schwarze

Kater heulte auf und stürzte sich gleichfalls hinein. Das Wasser im Brunnen brodelte wild ... Mascha wandte sich wieder zum Hause. Ein schwerer Stein war ihr vom Herzen gewälzt.

Als sich Mascha dem Hause näherte, vernahm sie eine unbekannte Stimme, die mit ihrem Vater sprach. Onufritsch kam ihr zur Tür entgegen und nahm sie an der Hand.

„Das ist meine Tochter!“ sagte er, während er sie zu einem auf der Bank sitzenden ehrwürdigen alten Mann mit grauem Bart führte. Mascha verneigte sich tief vor dem Gast.

„Onufritsch“, sprach der Alte, „mach sie doch mit dem Bräutigam bekannt!“

Mascha wandte schüchtern den Blick — neben ihr stand Ulijan! Sie schrie auf und taumelte in seine Arme ...

Mir fehlen die Worte, das Entzücken der beiden Liebenden zu beschreiben. Onufritsch und der alte Mann erfuhren, daß die jungen Leute sich schon längere Zeit kannten — das verdoppelte ihre Freude. Die Iwanowna tröstete sich, als sie erfuhr, daß der Vater ihres künftigen Schwiegersohnes ein paar runde Hunderttausender auf der Lombardbank hatte. Auch Ulijan war über diese Mitteilung höchst verwundert, hatte er doch nie geglaubt, daß sein Vater so reich sei. Zwei Wochen darauf wurden sie getraut.

Am Abend des Hochzeitstages, als in Ulijans Haus fröhliche Gäste beim Abendessen saßen und auf das Wohl der Jungvermählten tranken, trat der uns schon bekannte Wächter ins Zimmer und berichtete Onufritsch, daß zu derselben Stunde, da Mascha vermählt wurde, die Decke im Lafertowoer Haus barst und das ganze Haus zusammenstürzte.

„Ich hatte ohnehin nicht die Absicht, länger dort zu wohnen“, sagte Onufritsch. „Setz dich zu uns, mein alter Gefährte; füll dein Glas mit Zimljansker Wein und wünsch dem jungen Paar Glück und ein langes Leben!“

Michail Pogodin

Der Bettler

Ihr kennt, meine Freunde, meine liebe alte Gewohnheit, mich unter das einfache Volk zu mischen, Gestalten und Gesichter unserer guten Landsleute zu beobachten, ihren Worten, ihren Redensarten zu lauschen, in fröhlichen und kummervollen Minuten des Lebens, da sie — um eines ihrer Sprichwörter zu verwenden — auf der Zunge haben, was sie im Kopfe tragen. Ihr könnt euch gar nicht vorstellen, mit welchem Vergnügen ich, sagen wir, einen Archangelsker, der mit einer Ladung Lachs nach Moskau gekommen ist, auf den Iwan-Weliki-Glockenturm führe, ihm von dort Moskau, die Stadt der weißen Mauern, zeige, von den vierzigmal vierzig Moskauer Kirchen erzähle, von den berühmten, verwegenen Männern, die früher zur Illumination Fettlämpchen an den Kreuzen befestigten, und so weiter und so fort. Bei allen Volksfesten im Marienhain halte ich mich unter der Menge auf, knüpfe mit jedem, der mir in den Weg kommt, ein Gespräch an, lache und spaße mit ihm und kehre jedesmal mit neuen Gedanken über die Eigenarten, die guten wie die bösen, des gesegneten russischen Volkes nach Hause zurück.

Auf solche Weise fiel es mir ziemlich leicht, auch mit dem Helden meiner Geschichte näher bekannt zu werden. Jetzt hört zu.

Ich nahm oft meinen Weg durch die Pokrowka-Straße. An der Ecke neben der Auferstehungskirche in Baraschi begegnete ich jedesmal einem Bettler, der beinahe vom ersten Blick an meine Aufmerksamkeit fesselte; aber ich weiß nicht, wie es geschah, bei allen meinen philanthropischen Neigungen begnügte ich mich stets, ihm ein paar Kopeken zu geben, wenn ich in meiner Tasche gerade welche fand, und weiterzugehen, gleichsam das Sprichwort bestätigend: Der Satte weiß nicht, wie dem Hungrigen zumute ist.

Sein Äußeres jedoch hinterließ in mir einen starken Eindruck. Mein Bettler war mittelgroß; schwarzes, mit viel Grau gemischtes Haar bedeckte seinen Kopf; unter dichten, überhängenden Brauen sah man Augen, die wohl einst klar geblickt hatten; die runzelige Stirn, das blasse Gesicht mit den eingefallenen Wangen bewiesen deutlich, daß dieser mit Mühsal beladene Mann sich schließlich dem Ende seiner irdischen Wanderschaft näherte, die für ihn nicht leicht gewesen war. Seine Kleidung bestand aus einem schwärzlichgrauen Bauernrock, unter dem Fetzen von einem unbezogenen Schafpelz hervorschauten, ferner aus einer Mütze mit Pelzrand, die ursprünglich aus Plüsch, jetzt abgewetzt und verblichen war und die er unter den Arm geklemmt hielt, schließlich aus Stiefeln, deren Schäfte hier und da durchgestoßen waren, und einem dicken Strick, mit dem er sich gürtete. Er stand, mit dem Rücken an die Kirchenecke gelehnt, und stützte sich auf einen Knotenstock. Sein Gesichtsausdruck änderte sich niemals, keinen der Vorübergehenden bat er um eine milde Gabe, keinen begleitete er mit flehenden Augen. Das verlieh seiner Erscheinung etwas Edles, Erhabenes; es war, als halte er hier seinen Platz.

Kürzlich einmal ging ich aus dem Haus, um durch die Straßen zu schlendern ... Ich hatte eben eine Rezension über mein Buch gelesen, geschrieben von einem Manne, der die Vorzüge des Werkes nicht anerkennen wollte oder konnte. Ich ärgerte mich sehr und hätte, versteht sich, gern einen Gefährten im Ärger gefunden. Der Bettler stand an der Ecke. Ich trat zu ihm und begann ein Gespräch.

„Na, Alterchen, du kommst wohl gar nicht von hier weg?“

„Hier bin ich zu Hause“, sprach er leise, sah mich an und senkte dann wieder den Kopf.

„Gibt man dir genug, fehlt es dir nicht an etwas?“

„Gott schickt den Tag, Gott schickt auch Brot.“

„Wie alt bist du?“

„Auf die Sechzig gehe ich zu.“

„Dem Aussehen nach könnte man meinen, du wärst viel älter. Hast wohl in deinem Leben viel Kummer ertragen müssen?“

„Das Leben ist kein Gang übers Feld“, antwortete er; ein Seufzer stieg aus seiner Brust, wie gegen seinen Willen, und mit der Faust wischte er die Tränen ab, die ihm in die Augen getreten waren.

Ich mochte ihm beim erstenmal mit meinen Fragen nicht weiter zusetzen, in ihm kein Mißtrauen wecken. Ich gab ihm das übliche Almosen und ging weiter, meinen eigenen kleinen Kummer zu tragen.

Der alte Mann indessen hatte in mir den Wunsch geweckt, näher mit ihm bekannt zu werden. Ich begann, jedesmal, wenn ich an ihm vorbeikam, einen Gruß mit ihm zu wechseln, gab ihm eine Münze, begleitete das mit einem freundlichen Blick, einem freundlichen Wort und bemerkte schließlich, daß er Zutrauen zu mir faßte. Oh, heiliges Mitfühlen! Mit welch wohltuendem Balsam erfrischest du die leidende Brust des Unglücklichen!

So wagte ich es denn, als einige Zeit vergangen war, den Mann nach Einzelheiten aus seinem Leben zu fragen.

„Ach, Herr“, antwortete er, „ich habe mein Leid tief in mir versiegelt, warum willst du, daß ich es wieder heraufhole? Aber du bist ein guter Mensch; mir wird jedesmal wärmer ums Herz, wenn ich auf dich blicke ... gut denn, ich erzähle dir’s ...“

„Gehn wir doch zu mir, mein Freund. Ich wohne nicht weit von hier. Wir werden zu Abend essen, was Gott uns eben gewährt, und danach wirst du mir von deinen Erlebnissen erzählen.“

Der alte Mann stimmte zu. Wir brachen auf, und dies hörte ich von ihm nach dem Abendessen:

„Ich wurde im Bauernstand geboren, im Gouvernement Orjol, hinter Mzensk. Mein Vater war wohlhabend; an Korn hatten wir immer unangerissene Vorräte, die Futterkästen waren voll; Heuschläge, Vieh, Kleidung und alles andere — wir besaßen es zur Genüge. Unsere Familie war groß, doch wir lebten einträchtig, und alles gedieh uns. Väterchen liebte mich, ich war sein ein und alles. Als ich alt genug war, ließen sie mir vom Dorfküster Unterricht geben. Lesen und schreiben lernen, das fiel mir leicht und machte mir Freude; nach einem Jahr konnte ich es schon recht gut. Von da an bis zu der Zeit, da mein Elend begann, beschaffte ich mir immer mancherlei Bücher und lernte sie fast auswendig. Kam ich vom Lernen nach Hause, so machte ich mich an die Arbeit, erst an leichte, später an schwerere; ich mähte, pflügte, eggte, säte und reifte schließlich ganz zum Mann. In meinem Dorf gehörte ich zu den Burschen, die überall vorangingen, bei der Arbeit wie beim Vergnügen, immer war ich unter den Ersten. Ob wir nun Lieder sangen, Reigen tanzten, Fangen spielten, uns wahre oder erdachte Geschichten erzählten, am Abend, wenn sich die Jugend zusammenfand, mit den hübschen Mädchen scherzten — bei allem machte ich ordentlich mit, und die Leute sagten, daß in der ganzen Umgebung kein Hübscherer, kein Verwegenerer als der Jegor zu finden sei.

Ich war eben zwanzig geworden. Da sagte mir Väterchen, es sei nun an der Zeit, einen eigenen Hausstand, eine eigene Wirtschaft für mich einzurichten, Zeit, den guten Burschen zu verheiraten. Mir ging das selber schon im Kopfe herum, und das hatte seinen Grund: Oft warf ich einen Blick auf die Alexascha vom Dorfschulzen, oft lief mir ein Prickeln übers Herz, wenn wir allesamt Beeren oder Nüsse sammeln gingen und es sich ergab, daß ich mit ihr allein blieb. Ganz seltsam war's um mich bestellt. Kein Wort kriegte ich dann heraus, ganz schwindlig wurde mir's, ganz benommen, wenn ich ihr bloß einen heimlichen Blick zuwarf; manchmal blickte auch sie zu mir herüber und wurde rot, und in meiner Brust brannte es dann noch heißer. Alexascha war ein Mädchen wie Milch und Blut, fast so groß wie Sie, Herr, hatte ganz große blaue Augen, Wangen wie der rote Mohn, das hellbraune Haar, zu langen Zöpfen geflochten, fiel ihr über die Schultern, sie hatte eine üppige Gestalt und zarte weiße Haut ... Wenn sie einen roten Sarafan anzog, wenn sie die Zöpfe mit den eingeflochtenen Bändern frei herabhängen ließ, wenn sie die Schultern drehte, daß die weiten Leinenärmel flatterten, fuhr einem so manches durch den Sinn. Und wie gut sie war, wie freundlich; keiner ging von ihrem Fenster weg, ohne etwas bekommen zu haben, einen Kanten Brot gab sie oder ein Stück Strudel oder ein gutes Wort — keinen Armen ließ sie unbeschenkt. Niemand in unserem Dorf konnte sich über sie beklagen; nun, Herr, kurz und gut, ich gewann Alexascha von Herzen lieb. Ich fing an, mich bei ihr einzuschmeicheln. Ging sie sonntags mit den Freundinnen in den Wald zum Beerensammeln, war ich dabei; trat sie zum Tanz in den Reigen, gleich stand ich neben ihr, und immer fand ich Gelegenheit, ihr etwas Liebes, Angenehmes zu sagen; nie kehrte ich aus der Stadt ohne ein kleines Geschenk zurück: mal ein Bändchen, mal einen Kopfschmuck, etwas brachte ich der Liebsten mit. Auch sie gewann mich lieb — ich bemerkte das; denn immer trug sie meine Spange, mein Band war es immer, das sie in den Zopf geflochten hatte, und nie ging ich an ihrem Haus vorüber, ohne daß sie aus ihrem Stübchen zu mir herausgeschaut und gesagt hätte: ‚Sei gegrüßt, guter Bursche!' — ‚Ach, grüß dich, schönes Mädchen!' "

Tränen stürzten aus den Augen meines Bettlers, als er diese Worte sprach. Er verstummte; die Erinnerung an das verlorene Glück hatte, so schien es, Eingang in seine leidende Seele gefunden ... er wollte wohl noch ein wenig in jener Seligkeit verweilen, jene Seligkeit atmen, die ihm zuteil geworden war. Das Antlitz verriet seine Gedanken.

Es tat mir leid, ihn aus dieser Welt der Vorstellung, die den Unglücklichen als einziger Trost bleibt, zurückzurufen; darum schwieg auch ich, während ich ihn voll Mitleid betrachtete.

Endlich besann er sich und erzählte weiter:

„Alle Leute im Dorf erfuhren von meiner Liebe. Meine Gefährten begannen mir zuzureden, ich solle nicht zaudern, müsse mit Alexascha sprechen und es auch den Eltern sagen, damit sie für mich freiten. Ich beschloß, ihrem Rat zu folgen.

Es ging auf den Ersten Erlösertag zu, die Himbeeren waren schon längst reif. An den Feiertagen zogen wir gewöhnlich — die Jugend des Dorfes, eine Schar von vielleicht zwanzig Burschen und Mädchen — in den Wald, um Beeren zu sammeln; so auch damals. Ich wich der Alexascha nicht von der Seite. Ein Wort hin, ein Wort her, wir verabredeten uns und blieben hinter den anderen zurück. Keinen sahen und hörten wir mehr in unserer Nähe. Es war heiß, die Sonne stand hoch, der Wind hatte sich gelegt. Kein Hälmchen, kein Blättchen regte sich, nur unter den Sträuchern kam hier und da ein Hauch von Kühle hervor. Müde vom Weg, setzten wir uns ins Gras. Die Sonne sengte, tauchte uns wie in Feuersglut, in meinem Herzen aber brannte noch heißeres Feuer; mir stockte der Atem, ich hatte Mühe, mich zu fassen, und schwieg ... Alexascha besah genauso schweigend ihre Himbeeren und warf mir dann und wann heimlich einen Blick zu; die Augen aber, die sie dabei hatte, die Augen brachten mich beinahe um den Verstand, und außer mir umhalste ich sie und rief: ‚Du mein liebes Mädchen, hast du mich l ...' — ‚Oi, oi, oi, oi!' tönte es auf einmal ganz in der Nähe. Alexascha sprang auf, ihre Antwort aber lag schon auf meinen Lippen: sie hatte mich heiß, heiß geküßt. Auch ich habe das Glück auf dieser Welt gekannt! Wir schlossen uns bald den anderen wieder an, und nach Hause zurückgekehrt, trat ich gleich vor Väterchen und Mütterchen. ‚Segnet mich, meine Lieben, ich habe die gefunden, die mir beschieden ist!' Die Alten fragten mich aus und gaben ihr Einverständnis. Sie warben für mich beim Dorfschulzen und seiner Frau. Alles ging gut. Man bestimmte schon den Tag, an dem die Hochzeit sein sollte. Sie richteten für Alexascha die Aussteuer her. Die Dorfmädchen versammelten sich bei ihr und sangen Hochzeitslieder. Väterchen machte die letzten Arbeiten an dem neuen Haus, das für mich bestimmt war. Dann kam der Tag, da begaben wir uns in feierlichem Zuge — mit dem Bräutigamsführer und allen anderen, die nach altem Brauch dazugehören — zur Braut. Alexascha saß nach unserer Sitte in ihrem Hause, mit einem langen Tuch fast verhüllt, im Kreise ihrer Freundinnen, die Loblieder sangen; sie saß mit geneigtem Kopf und blickte nirgendwohin. Neben sie hatte man das schönste Mädchen unseres Dorfes gesetzt. Wenn ich daran denke, möchte ich noch lachen! Sobald ich ins Haus getreten war, führten sie die beiden zu mir und hießen mich die Braut erkennen. Ich erkannte sie, und der Bräutigamsführer sagte, wir sollten uns küssen; die Eltern der Braut segneten uns. Darauf fing das Beschenken an; wir beide mußten uns an den Mädchentisch setzen, die anderen Gäste setzten sich an den großen Tisch. Zuerst bewirteten mein Väterchen und mein Mütterchen die anderen mit Brot und Wein, mit dem, was sie selbst mitgebracht hatten. Als das erste Mahl beendet war, setzten die Brauteltern den künftigen Schwiegersohn an den großen Tisch, zu allen anderen Gästen, und bewirteten sie nun mit ihren eigenen Vorräten. Unser Schmaus war gerade zu Ende, gerade begann das Gespräch gelöster, heiterer zu werden – da auf einmal kam der Haushofmeister des Gutsherrn hereingestürzt und sagte, sein Herr folge ihm bald, er werde sich wegen irgendwelcher Angelegenheiten kurze Zeit im Dorf aufhalten und beim Dorfschulzen wohnen ... Mir lief es eiskalt über den Rücken, sobald ich das hörte. Alle gerieten in Aufregung, in hastige Geschäftigkeit. Sie dachten sich alles mögliche aus: wie man sich verhalten, was man tun solle, und endlich beschlossen sie, die Hochzeit bis zur Abreise des Herrn zu verschieben, denn, so hieß es, mein zukünftiger Schwiegervater hätte seines Amtes wegen keine Zeit, sie auszurichten. Die Gäste gingen auseinander.

Der Herr kam in der Tat bald darauf angefahren. Am frühen Morgen des nächsten Tages lief ich zu Alexascha und sprach mit ihr im Garten. Er sah sie. Gegen Abend war ich wieder bei ihr, meiner Liebsten. Sie war traurig und gab sich doch Mühe, mich zu trösten. Ich hörte nicht auf ihre Tröstungen, eine böse Ahnung lag mir wie Blei auf dem Herzen. Das kluge Herz, es sagte mir ein Unglück voraus, dem nicht zu entrinnen war. Traurig war mir zumute, als ich von ihr ging. Zu Hause fand ich keine Ruhe ... Ich faßte dieses an, faßte jenes an. Mütterchen glaubte, das Fieber hätte mich gepackt. Irgendwie quälte ich mich durch die Nacht, die mir lang schien wie ein ganzer Winter ... Am Tag darauf, kaum daß der Morgen graute, lief ich auf heimlichen Wegen zum Haus des Dorfschulzen. Hinterm Hof, unterm Flechtzaun, lagen zwei Diener des Gutsherrn, und ich hörte zufällig, was sie sprachen ... sie nannten Alexaschas Namen, sprachen vom Herrn. Ich blieb stehen, lauschte — was aber mußte ich hören, o Herr des Himmels! Noch jetzt verschwimmt mir's vor den Augen ... Der Schuft! Er ... Ach, Alexascha!"

Der Bettler verstummte abermals. Diese Minute trat ihm aufs lebhafteste wieder vor Augen, er zitterte am ganzen Leib, seine Augen funkelten. Mit Mühe konnte ich ihn beruhigen.

„Ich stürzte bewußtlos nieder", erzählte er dann mit leiser Stimme weiter. „Ich weiß nicht, ob ich kurze oder lange Zeit an jener Stelle liegenblieb. Ich erinnere mich nur, daß ich zu meinem Kummer am Tag darauf in unserem Haus zu mir kam. Mein Mütterchen bespritzte mich mit Weihwasser. Ja, ich kam zur Besinnung, aber das war nicht mehr dieselbe Besinnung wie früher; ich besann mich nur darauf, daß ich auf der Welt einen Todfeind hatte, einen abgrundbösen. Alles andere schien ausgelöscht oder, besser gesagt: alles war mir dasselbe wie mein Todfeind. Nichts konnte ich unterscheiden, in meinem Kopf hatte sich alles verkehrt; aber zufällig fiel mein Blick auf ein Messer. Das unterschied ich, das erkannte ich mit Freude, und ich spürte, daß ich einen solchen Freund brauchte; ich packte es und lief wie besessen zum Haus des Dorfschulzen ... ich rannte hinein ... alles leer ... stürzte in Alexaschas Stube ... niemand ... Ich setzte mich auf ihr Bett, sah mich gehetzt um und stach in meiner Raserei mit dem Messer in die Pfosten. Da kam mein Väterchen herein; er war mir eilig nachgelaufen, weil er dachte, ich hätte vor, mir selber etwas anzutun. Er erzählte mir schluchzend, der Herr habe den Dorfschulzen und seine Frau auf ein anderes seiner Güter, weit von hier, umziehen geheißen, Alexascha habe er zu sich genommen. Ich hörte zu und kratzte weiter mit dem Messer am Holz.

‚Wo ist er hingefahren?' fragte ich endlich mit zitternder Stimme.

‚Auf sein Kursker Gut.'

Du wirst dich vor mir nicht verstecken, auch nicht auf dem Kursker Gut, dachte ich und ging zusammen mit Väterchen langsamen Schrittes nach Hause. Onkel und Tanten und die Brüder gaben sich Mühe, mich aufzuheitern. Ich wurde nur heiterer, wenn ich auf mein Messer blickte und daran dachte, wie ich es meinem Todfeind ins Herz stoßen, wie ich ihm sagen würde, daß Alexascha meine Braut gewesen sei. Unterdessen sann ich eifrig darüber nach, wie ich recht bald aus unserem Dorf fortkommen könnte. Das war schwierig, weil mich alle Hausgenossen gut beobachteten. Endlich fand ich den passenden Augenblick; im Morgengrauen, als alle bei uns noch schliefen — vom Gesinde wiederum war niemand im Hause —, da stand ich auf, rüstete mich zum weiten Weg, prüfte mein Messer, schärfte es auf dem Schleifstein, kehrte auf dem Kirchhof ein, betete zum Erlöser und zum heiligen Nikolai und begann meine Wanderschaft auf der Kursker Landstraße. Der Weg fiel mir leicht; es war mir, als ginge ich zu einem Festschmaus. Am dritten Tag erblickte ich das Dorf, das unserem Gutsherrn gehörte. Dort hatten wir einen Verwandten von mütterlicher Seite. Zu ihm ging ich — ich tat so, als wäre ich in die nahe gelegene Stadt zu Besorgungen geschickt worden und hätte ihn bei dieser Gelegenheit aufsuchen wollen; indessen fragte ich ihn über den Herrn aus. ‚Er ist hier', antwortete mir unser Verwandter, und er erzählte, wann er gewöhnlich den Gutshof verließ und wohin er sich wandte, wenn er die Arbeiten beaufsichtigte. Wir aßen gemeinsam zu Abend, und am nächsten Morgen, noch vor Sonnenaufgang, trennten wir uns ...

Ich trieb mich in der Nähe herum, kundschaftete die Gegend aus, überlegte mir, wann es der rechte Augenblick wäre, und kam zu dem Schluß, am besten könnte ich mit meinem Todfeind auf einer kleinen Brücke abrechnen, die über eine Schlucht führte und über die er immer aufs Feld ging. Ich versteckte mich, ich lauerte, wie der Rabe auf Blut ... da kam er mit zwei Männern ... das Herz drehte sich mir im Leibe um! Kaum war er den Hang herunter, kaum hatte er den Fuß auf die Brücke gesetzt, da sprang ich wie ein Wolf von der anderen Seite gerade auf ihn zu und holte mit dem Messer aus ... doch in der Aufregung traf ich nicht dorthin, wo ich sollte, sondern ich traf die Hand. Ich wollte es noch einmal versuchen, aber das gelang mir nicht ... sie hatten mich schon gepackt. Oh, mein Gott! Ich kann mir noch heute einfach nicht denken, was damals mit mir geschehen war. Es riß mein Herz in Stücke, als hätten sie mir von neuem meine Alexascha weggenommen. Nein, es war mir noch schwerer. Für diese Tat wurde ich ... aber was vorbei ist, ist vorbei; soll's vergessen sein."

„Was geschah mit dir später?"

„Später, nach einiger Zeit, steckten sie mich unter die Soldaten. Ich lebte in einem Dämmerzustand dahin, fühlte nichts, dachte nichts. Im zweiten Jahr meines Soldatenlebens setzten sie unser Regiment in Marsch — wir kamen zu fremden Völkern, die ganz anders waren als wir, zogen durch viele fremde Länder, über hohe Berge, setzten über breite Flüsse, über tiefe Abgründe und gelangten endlich nach ... wie heißt doch gleich das Land — dort ist es immer sehr warm, der Himmel ist immer klar und die Luft so leicht?"

„Italien?"

„Ja, ja, Italien. Dorthin kam dann auch unser General, Suworow, und der Krieg begann. Das Blut, das ich in der ersten Schlacht zu sehen bekam, weckte in mir das Leben. Ich fühlte in mir eine Bewegung und begann mich in dem blutigen Handwerk wohl zu fühlen. Immer schlug ich mich wie ein Verzweifelter und verdiente mir das Lob meiner Vorgesetzten. Man stellte mich als ausgezeichneten Soldaten dem General Suworow vor; ich trug zwanzig Wunden auf der Brust, den Armen, im Gesicht. ‚Du lieber Gott, was für ein schöner Kerl!' sagte er und küßte mich auf die Stirn. Und wirst du mir's glauben, Herr, wenn mich auch die Schwermut, diese Schlange, quälte, fand ich doch ein bißchen Freude im Dienst mit unserem Väterchen Suworow. Es lachte mir das Herz, wenn ich sah, wie er die Reihen entlangritt und uns zurief: ‚Kinder! Vorwärts — Gott mit uns!' Mit Herz und Hand gehörte ich ihm. Später kämpfte ich mit gegen die

Türken, gegen die Schweden und schließlich in Georgien. Als ich fünfundzwanzig Jahre gedient hatte, erhielt ich den Abschied und machte mich auf den Weg in meine Heimat, aber ich gelangte nicht dorthin — als noch ungefähr vierzig Werst fehlten, wurde mir so bang und schwer ums Herz, wurde in der Erinnerung all das Vergangene, Überstandene wieder so lebendig, daß ich nicht weiterkonnte, sondern umkehrte und mich in der nächsten Stadt beim Popen als Knecht verdingte; ich arbeitete fünf Jahre, solang noch Kräfte in mir waren, aber die Kräfte verließen mich, und ich hatte nichts mehr zu essen. An mich selber Hand anlegen, das konnte ich nicht, man hatte mir von klein auf eingehämmert, was das für eine schreckliche Sünde sei — zudem war ich schwach geworden an Körper und Geist. Ich nahm mir vor, nach Moskau zu gehen und zu betteln. Im heiligen Rußland verhungert keiner, heißt das Sprichwort. Es fiel mir freilich schwer, mich an das neue Gewerbe zu gewöhnen. Viel — Sie wissen es jetzt, Euer Wohlgeboren — habe ich in meinem Leben erduldet; aber wenn da so ein Stutzer an mir vorbeiging und mit grober Stimme auf meine demütige Bitte sagte: ‚Gott wird dir was geben', da fühlte ich eine neue Krankheit, so als wäre in meinem Herzen noch eine gesunde Stelle geblieben, die erst von der widerwärtigen Abfuhr wund und krank wurde. Später tat auch das mir nicht mehr weh, im Gegenteil, es kam mir vor, als würde ich reicher, wenn jemand mir nichts gab, und ärmer, wenn ich ein Almosen erhielt. Jetzt wiederum ist mir alles gleich."

„Und hast du", fragte ich ihn, „als du auf dem Wege nach Moskau beinahe durch deine Heimat kamst, denn nicht deine Eltern aufgesucht?"

„Auf meinem Herzen liegt Rost, Euer Wohlgeboren. Ich konnte keine Freude mehr fühlen, wenn ich an sie dachte; vielleicht hätte mich all das Gute, das sie mir erwiesen hätten, nur noch trauriger gemacht. Warum sollte ich sie aufstören mit meinem Erscheinen. Überdies hatten sie mich wohl längst als Toten betrauert."

„Aber nach Alexascha hast du dich erkundigt?"

„Nach Alexascha habe ich gefragt. Sie kriegte die Schwindsucht und starb zwei Jahre nach dem, was damals geschehen war. Der Herr hatte sie lange vor ihrem Tod im Stich gelassen."

Wir unterhielten uns noch eine Weile über die Feldzüge Suworows; es war schon lange nach Mitternacht.

Ich bereitete meinem Gast ein Lager und legte mich selbst schlafen, dachte aber noch lange über das Gehörte nach. Was für schreckliche Träume hatte ich, meine Freunde!

Früh am Morgen des nächsten Tages erwachte mein Gast und rüstete zum Aufbruch.

„Hör mal, Alterchen", sagte ich zu ihm, „möchtest du nicht bei mir wohnen? Du wirst zu essen haben, Kleider, Schuhe ..."

„Nein, Euer Wohlgeboren, danke für die Freundlichkeit – ich bin an meinen Stand gewöhnt", antwortete er mir und ging, auf seinen Stock gestützt, davon.

Alexander Puschkin

Der Schuß

Wir schossen uns.
Baratynski

Ich schwor,
Ihn nach dem Recht des Duells zu erschießen
(Ich hatte noch einen Schuß gut).
Abend im Biwak

I

Wir standen in der Ortschaft ***. Das Leben eines Armeeoffiziers ist jedem bekannt: morgens Exerzieren und Reitbahn; mittags — beim Regimentskommandeur oder in einer jüdischen Schenke; abends — Punsch und Karten. In *** gab es nicht ein einziges gastliches Haus, kein Mädchen in heiratsfähigem Alter; wir versammelten uns mal bei dem einen, mal bei dem anderen, wo wir nichts außer unseren Uniformen zu sehen bekamen.

Nur ein einziger Mensch, der kein Militär war, gehörte zu unserer Gesellschaft. Er war ungefähr fünfunddreißig Jahre alt und deshalb in unseren Augen ein alter Mann. Seine Erfahrung verschaffte ihm uns gegenüber viele Vorteile; zudem machte sein gewöhnlich finsteres Wesen, seine kurzangebundene Art und seine scharfe Zunge einen starken Eindruck auf unsere jugendlichen Gemüter. Etwas Geheimnisvolles haftete seinem Schicksal an; er schien Russe zu sein, doch trug er einen ausländischen Namen. Einst diente er bei den Husaren, und sogar mit Erfolg; niemand wußte, warum er den Abschied genommen und sich in einer elenden Ortschaft niedergelassen hatte, wo er ärmlich und verschwenderisch zugleich lebte: Er ging immer zu Fuß, in einem abgetragenen schwarzen Gehrock, doch hielt er offene Tafel für alle Offiziere des Regiments. Das Essen bestand allerdings nur aus zwei oder drei Gängen, die ein abgedankter Soldat zubereitete, aber der Champagner floß dabei in Strömen. Niemand kannte sein Vermögen oder seine Einkünfte, und niemand wagte es, ihn danach zu fragen. Er besaß Bücher, zum größten Teil militärischen Inhalts, und Romane. Er überließ sie einem gern zum Lesen und forderte sie nie zurück; dafür gab er auch die Bücher, die er sich lieh, nie wieder. Seine Hauptbeschäftigung war das Pistolenschießen. Die Wände seines Zimmers waren von Kugeln durchlöchert und sahen aus wie Bienenwaben. Eine reichhaltige Pistolensammlung war der einzige Luxus in der ärmlichen Lehmhütte, die er bewohnte. Die Kunstfertigkeit, zu der er es gebracht hatte, war unglaublich; wenn er sich anheischig gemacht hätte, jemandem, wer es auch immer sei, eine Birne von der Mütze herabzuschießen, so hätte keiner aus unserem Regiment gezögert, seinen Kopf hinzuhalten. Untereinander sprachen wir oft von Zweikämpfen; Silvio (so will ich ihn nennen) mischte sich nie in diese Gespräche ein. Auf die Frage, ob er sich schon einmal geschlagen habe, antwortete er trocken, daß dies der Fall gewesen sei, ließ sich aber auf keinerlei Einzelheiten ein, und es war zu spüren, daß ihm solche Fragen unangenehm waren. Wir nahmen an, daß irgendein unglückliches Opfer seiner schrecklichen Kunst auf seiner Seele laste. Übrigens kam es uns überhaupt nicht in den Sinn zu vermuten, daß irgend etwas in ihm an Furchtsamkeit erinnern könne. Es gibt Menschen, deren Äußeres allein schon solchen Verdacht ausschließt. Eine unvorhergesehene Begebenheit setzte uns alle in äußerstes Erstaunen.

Eines Tages speisten ungefähr zehn unserer Offiziere bei Silvio. Getrunken wurde wie üblich, das heißt sehr viel; nach dem Essen redeten wir unserem Gastgeber zu, die Bank zu halten. Lange lehnte er ab, da er fast nie spielte; schließlich ließ er sich die Karten geben, schüttete ein halbes Hundert Goldstücke auf den Tisch, setzte sich und begann auszuteilen. Wir umringten ihn, und das Spiel nahm seinen Lauf. Silvio hatte die Gewohnheit, während des Spiels völliges Schweigen zu bewahren, nie stritt er oder ließ sich in Erklärungen ein. Kam es einmal vor, daß

sich der Pointeur verrechnete, so bezahlte er entweder sofort den Fehlbetrag oder schrieb den Überschuß auf. Wir kannten das schon und ließen ihn gewähren; indessen befand sich in unserer Mitte ein Offizier, der erst vor kurzem zu uns versetzt worden war. Er spielte auch, und in seiner Zerstreutheit bog er eine Karte zuviel um. Silvio nahm die Kreide und glich nach seiner Gewohnheit die Rechnung aus. In der Annahme, Silvio hätte sich geirrt, fing der Offizier an, sich in Erklärungen zu ergehen. Silvio teilte weiter aus, ohne ein Wort zu sprechen. Der Offizier verlor die Geduld, nahm die Bürste und wischte ab, was ihm zu Unrecht aufgeschrieben zu sein schien. Silvio nahm die Kreide und schrieb es von neuem auf. Der Offizier, erregt durch den Wein, das Spiel und das Gelächter der Kameraden, hielt sich für zutiefst beleidigt, ergriff in rasender Wut einen auf dem Tisch stehenden schweren kupfernen Leuchter und schleuderte ihn nach Silvio, der kaum dem Wurf ausweichen konnte. Wir waren bestürzt. Silvio erhob sich, bleich vor Zorn, und sagte mit funkelnden Augen: „Werter Herr, wollen Sie bitte hinausgehen, und danken Sie Gott, daß dies in meinem Hause geschah."

Wir zweifelten nicht an den Folgen und hielten den neuen Kameraden schon für so gut wie tot. Der Offizier ging hinaus, wobei er sagte, daß er für die Beleidigung dem Herrn Bankhalter zur Verfügung stehe, in welcher Form es dieser auch wünsche. Das Spiel nahm noch für einige Minuten seinen Fortgang, da wir aber fühlten, daß unserem Gastgeber der Sinn nicht nach dem Spiel stand, hörten wir einer nach dem anderen auf und gingen in unsere Quartiere, dabei sprachen wir von der Stelle, die bald frei sein würde.

Am nächsten Tag auf der Reitbahn fragten wir uns bereits, ob der arme Fähnrich noch lebe, als er selber unter uns auftauchte; wir stellten an ihn die gleiche Frage. Er sagte, daß er von Silvio noch keinerlei Nachricht hätte. Das verwunderte uns. Wir gingen zu Silvio und trafen ihn auf dem Hof an, wie er Schuß auf Schuß in ein As setzte, das an das Tor geklebt war. Er empfing uns wie üblich und verlor kein Wort über den gestrigen Vorfall. Es vergingen drei Tage, und der Fähnrich lebte noch. Voller Verwunderung fragten wir uns: Wird sich Silvio etwa nicht schlagen? Silvio schlug sich nicht. Er gab sich mit einer oberflächlichen Erklärung zufrieden und söhnte sich aus.

Zu Anfang schadete ihm das sehr in den Augen der Jugend. Mangel an Kühnheit findet am wenigsten Gnade vor jungen Leuten, die in der Tapferkeit gewöhnlich die Krone der menschlichen Tugenden sehen und mit ihr sämtliche Laster entschuldigen. Allmählich jedoch fiel alles der Vergessenheit anheim, und Silvio erwarb sich seinen früheren Einfluß.

Nur ich vermochte mich ihm nicht mehr zu nähern. Da ich von Natur aus eine romantische Einbildungskraft besaß, fühlte ich mich mehr als alle anderen zu dem Menschen hingezogen, dessen Leben ein Rätsel war und der mich wie ein Held aus irgendeiner geheimnisvollen Erzählung anmutete. Er hatte mich gern, jedenfalls unterdrückte er, wenn er mit mir allein war, seinen für gewöhnlich beißenden Spott und sprach über verschiedene Dinge vertrauensvoll und außerordentlich liebenswürdig. Doch nach dem unglückseligen Abend verließ mich nicht der Gedanke, daß seine Ehre befleckt und durch sein eigenes Verschulden nicht wiederhergestellt worden sei — dieser Gedanke hinderte mich, auf frühere Weise mit ihm zu verkehren; es war mir peinlich, ihn anzusehen. Silvio war zu klug und zu erfahren, um dies nicht zu bemerken und den Grund dafür nicht zu erraten. Er schien betrübt, jedenfalls bemerkte ich zweimal, daß er den Wunsch hatte, sich mit mir auszusprechen; doch ich ging solchen Aussprachen aus dem Wege, und Silvio ließ von mir ab. Von dieser Zeit an sahen wir uns nur noch in Gegenwart anderer, und unsere früheren aufrichtigen Gespräche fanden ein Ende.

Die an Zerstreuungen gewohnten Bewohner der Hauptstadt haben keine Vorstellung von den vielfältigen Eindrücken, die den Bewohnern der Dörfer und kleineren Städte so bekannt sind wie zum Beispiel das Warten auf den Posttag: Dienstags und freitags war unsere Regimentskanzlei immer voller Offiziere — der eine erwartete Geld, der andere Briefe, der dritte Zeitungen. Die Sendungen wurden meist auf der Stelle geöffnet und die Neuigkeiten einander mitgeteilt, so daß die Kanzlei ein äußerst lebhaftes Bild bot. Silvio erhielt Briefe, die an unser Regiment adressiert waren, und fand sich gewöhnlich hier ein. Eines Tages erhielt er eine Sendung, die er mit den Zeichen größter Ungeduld erbrach. Als er den Brief überflog, funkelten seine Augen dabei. Die Offiziere, von denen jeder mit seinen Briefen beschäftigt war, bemerkten nichts. „Meine Herren", sagte Silvio zu ihnen, „die Umstände fordern meine sofortige Abreise; noch heute nacht fahre ich; ich hoffe, Sie schlagen mir nicht ab, ein letztes Mal bei mir zu speisen. Ich erwarte auch Sie", fuhr er, an mich gewandt, fort, „ich erwarte Sie unbedingt." Nach diesen Worten ging er eilig hinaus; wir waren einverstanden, uns bei Silvio zu treffen, und jeder ging seines Weges.

Zur festgesetzten Zeit kam ich zu Silvio und fand bei ihm fast das ganze Regiment vor. All sein Hab und Gut war schon verpackt, nur die nackten durchschossenen Wände waren zu sehen. Wir setzten uns an den Tisch; unser Gastgeber befand sich in ausgezeichneter Stimmung, und bald wurden alle von seiner Fröhlichkeit ergriffen; alle Augenblicke knallten Korken, ohne Unterlaß schäumte und zischte der Sekt in den Gläsern, und wir wünschten dem Scheidenden mit dem größten Eifer eine gute Reise und alles erdenkliche Wohlergehen. Es war schon spät am Abend, da wir uns von der Tafel erhoben. Als wir unsere Mützen nahmen und Silvio sich von allen verabschiedete, ergriff er gerade in dem Augenblick, da ich fortgehen wollte, meine Hand und hielt mich auf. „Ich muß mit Ihnen sprechen", sagte er leise. Ich blieb.

Die Gäste gingen: Wir waren zu zweit, setzten uns einander gegenüber und rauchten schweigend unsere Pfeifen an. Silvio war bekümmert; nicht eine Spur seiner früheren hektischen Fröhlichkeit war zu bemerken. Die düstere Blässe, die funkelnden Augen und der dichte Rauch, der seinem Munde entquoll, gaben ihm ein wahrhaft diabolisches Aussehen. Es vergingen einige Minuten, und Silvio brach das Schweigen.

„Es ist möglich, daß wir uns nicht mehr wiedersehen", sagte er zu mir. „Vor dem Abschied möchte ich Ihnen einiges erklären.

Wie Sie bemerken konnten, gebe ich wenig auf fremde Meinungen; doch Sie habe ich liebgewonnen, und ich fühle, daß es mich bedrücken würde, wenn Sie einen falschen Eindruck von mir zurückbehielten."

Er hielt inne und stopfte seine Pfeife von neuem; ich schwieg und senkte den Blick.

„Es kam Ihnen seltsam vor", fuhr er fort, „daß ich von diesem betrunkenen Narren R*** keine Genugtuung gefordert habe. Sie werden zugeben, daß sein Leben in meiner Hand war, meines aber fast ungefährdet, da ich das Recht hatte, die Waffe zu wählen; ich könnte meine Zurückhaltung einzig und allein meiner Großmut zuschreiben, doch ich will nicht lügen. Wenn ich in der Lage gewesen wäre, R*** zu strafen, ohne mein Leben einer Gefahr auszusetzen, hätte ich ihm auf keinen Fall verziehen."

Ich sah Silvio äußerst verwundert an. Solch ein Bekenntnis verwirrte mich gänzlich. Silvio fuhr fort: „Genau so ist es: Ich habe nicht das Recht, mich der Gefahr des Todes auszusetzen. Vor sechs Jahren erhielt ich eine Ohrfeige, und mein Feind lebt noch."

Meine Neugier war bis zum äußersten erregt. „Sie haben sich mit ihm nicht geschlagen?" fragte ich. „Sicherlich haben Sie die Umstände getrennt?"

„Ich habe mich mit ihm geschlagen", antwortete Silvio, „und hier ist das Andenken an unseren Zweikampf."

Silvio erhob sich und holte aus einer Schachtel eine rote Mütze mit goldener Troddel und einer Tresse hervor (die Franzosen nennen so etwas bonnet de police); er setzte sie auf, sie war einen Zoll über der Stirn durchschossen.

„Sie wissen", fuhr Silvio fort, „daß ich in dem *** Husarenregiment gedient habe. Sie kennen meinen Charakter: Ich bin gewohnt, der Erste zu sein, von Jugend an war das meine Leidenschaft. Tolle Streiche waren zu unserer Zeit Mode, ich war der erste Händelsucher der ganzen Armee. Wir prahlten mit unserer Trinkfestigkeit. Ich habe den berühmten Burzow, den Denis Dawydow besungen hat, unter den Tisch getrunken. Duelle gab es in unserer Armee alle Augenblicke, bei allen war ich entweder

Sekundant oder selbst Duellant. Die Kameraden vergötterten mich, und die Regimentskommandeure, die ständig wechselten, betrachteten mich als ein notwendiges Übel.

Ich genoß ruhig (oder unruhig) meinen Ruhm, als ein junger Mann aus reicher und adliger Familie zu uns versetzt wurde (ich will seinen Namen nicht nennen). Noch nie war mir solch ein glänzender Günstling des Schicksals begegnet! Vergegenwärtigen Sie sich: Jugend, Verstand, Schönheit, ausgelassene Fröhlichkeit, verwegene Kühnheit, einen klangvollen Namen, Geld, das nicht zu zählen war und nie versiegte, und stellen Sie sich vor, was für einen Eindruck er auf uns machen mußte. Meine Vorherrschaft war erschüttert. Von meinem Ruhm verlockt, suchte er anfangs meine Freundschaft, doch ich begegnete ihm kühl, und ohne Bedauern ließ er von mir ab. Ich begann ihn zu hassen. Seine Erfolge im Regiment und in Gesellschaft von Damen brachten mich zur völligen Verzweiflung. Ich suchte Streit mit ihm; auf meine Epigramme antwortete er jedoch mit Epigrammen, die mir immer überraschender und geistreicher schienen als die meinen und die natürlich weitaus lustiger waren: denn er scherzte, und ich wütete. Schließlich, als ich ihn auf einem Ball, den ein polnischer Gutsherr gab, im Mittelpunkt der Aufmerksamkeit aller Damen und besonders der Gastgeberin sah, mit der ich in Verbindung stand, flüsterte ich ihm eine geschmacklose Grobheit ins Ohr. Er brauste auf und gab mir eine Ohrfeige. Wir stürzten zu den Säbeln; die Damen fielen in Ohnmacht, man brachte uns auseinander, und noch in derselben Nacht brachen wir auf, um uns zu schlagen.

Dies geschah im Morgengrauen. Ich stand mit meinen drei Sekundanten am verabredeten Ort. Mit unbeschreiblicher Ungeduld erwartete ich meinen Gegner. Die Frühlingssonne war aufgegangen, und es wurde schon heiß. Ich sah ihn von ferne. Er ging zu Fuß, sein Uniformrock hing am Säbelgriff, und ein Sekundant begleitete ihn. Wir gingen ihm entgegen. Er kam näher, in der Hand hielt er seine Mütze, die voller Kirschen war. Die Sekundanten maßen uns zwölf Schritte ab. Ich hatte als erster zu schießen, aber die Wut schüttelte mich so sehr, daß ich der Zuverlässigkeit meiner Hand mißtraute und ihm den ersten Schuß überließ, um mich in der Zwischenzeit zu beruhigen; doch mein Gegner war damit nicht einverstanden. Wir beschlossen, das Los sprechen zu lassen: Die erste Nummer erhielt er, der ewige Liebling des Glückes. Er zielte und durchschoß meine Mütze. Jetzt war ich an der Reihe. Endlich hatte ich sein Leben in meiner Hand, ich sah ihn an, begierig, wenigstens den Schatten einer Unruhe zu bemerken ... Er stand vor meiner Pistole, suchte sich aus seiner Mütze die reifsten Kirschen hervor und spuckte die Kerne aus, sie flogen bis zu mir. Sein Gleichmut brachte mich zur Raserei. Was habe ich davon, dachte ich, wenn ich ihn töte, er aber seinem Leben überhaupt keinen Wert beimißt? Ein böser Gedanke schoß mir durch den Kopf. Ich senkte die Pistole. ‚Sie scheinen nicht auf das Sterben eingestellt zu sein', sagte ich zu ihm. ‚Sie belieben zu frühstücken; ich möchte Sie dabei nicht stören ...' — ‚Sie stören mich nicht im geringsten', widersprach er. ‚Bitte schießen Sie nur, im übrigen, ganz wie Sie wünschen: Sie haben einen Schuß gut; ich stehe immer zu Ihrer Verfügung.' Ich wandte mich an die Sekundanten und erklärte, daß ich nicht die Absicht habe, heute zu schießen, und damit war der Zweikampf beendet.

Ich nahm meinen Abschied und siedelte in diese Ortschaft über. Seit jener Zeit verging kein einziger Tag, an dem ich nicht an Rache gedacht hätte. Jetzt ist meine Stunde gekommen ..."

Silvio zog aus seiner Tasche den Brief, den er am Morgen erhalten hatte, und gab ihn mir zum Lesen. Jemand (anscheinend sein Beauftragter in dieser Angelegenheit) schrieb aus Moskau, daß die *bewußte Person* nächstens ein schönes und junges Mädchen ehelichen würde.

„Sie erraten", sagte Silvio, „wer diese *bewußte Person* ist. Ich reise nach Moskau. Wir wollen sehen, ob er vor seiner Hochzeit den Tod ebenso gleichmütig entgegennimmt, wie er ihn einst beim Kirschenessen erwartet hat!"

Mit diesen Worten erhob sich Silvio, warf seine Mütze auf den Boden und begann, wie ein Tiger im Käfig, im Zimmer hin und her zu gehen. Ich hatte ihm zugehört, ohne mich zu rühren; seltsame, widersprechende Gefühle bewegten mich.

Der Diener trat ein und verkündete, die Pferde stünden bereit. Silvio drückte mir kräftig die Hand. Wir umarmten uns. Er nahm im Wagen Platz, in dem zwei Koffer standen — der eine mit den Pistolen, der andere mit seinen Habseligkeiten. Wir verabschiedeten uns noch einmal, und die Pferde galoppierten davon.

2

Einige Jahre vergingen, und die häuslichen Umstände zwangen mich, in ein armes Dörfchen des Kreises N. überzusiedeln. Ich beschäftigte mich mit der Wirtschaft, doch insgeheim trauerte ich meinem früheren aufregenden und sorglosen Leben nach. Am schwersten gewöhnte ich mich daran, die Herbst- und Winterabende in völliger Einsamkeit zu verbringen. Bis zum Mittagessen schlug ich noch irgendwie die Zeit tot, indem ich mich mit dem Dorfältesten unterhielt, auf das Feld fuhr oder neue Gebäude besichtigte, doch sowie es anfing dunkel zu werden, wußte ich einfach nicht, wohin mit mir. Die geringe Anzahl von Büchern, die ich unter den Schränken und in der Vorratskammer gefunden hatte, kannte ich bald auswendig. Sämtliche Märchen, an die sich die Haushälterin Kirilowna nur erinnern konnte, hatte ich mir erzählen lassen; die Lieder der Bauernweiber stimmten mich noch trauriger. Ich hätte mich auf den ungesüßten Fruchtschnaps verlegt, doch davon bekam ich Kopfschmerzen, auch gebe ich zu, daß ich fürchtete, ein Trinker aus *unheilbarem Kummer* zu werden, das heißt ein *unheilbarer* Trinker, für die es sehr viele Beispiele in unserem Kreis gab. Nachbarn hatte ich nicht in meiner Umgebung, bis auf zwei oder drei jener *Unheilbaren*, deren Gespräch hauptsächlich aus Aufstoßen und Seufzen bestand. Die Einsamkeit war erträglicher.

In einer Entfernung von ungefähr vier Werst befand sich ein reiches Gut, das der Gräfin B. gehörte; doch wohnte auf ihm nur der Verwalter; die Gräfin hatte es ein einziges Mal, im ersten Jahr ihrer Ehe, besucht und auch dann nicht länger als einen Monat dort zugebracht. Jedoch im zweiten Frühjahr meines Einsiedlerlebens verbreitete sich das Gerücht, daß die Gräfin und ihr Ehegemahl diesen Sommer ihr Dorf aufsuchen würden. Sie trafen tatsächlich auch Anfang Juni ein.

Die Ankunft eines reichen Nachbarn ist ein wichtiges Ereignis im Leben der Landbewohner. Die Gutsherren und ihr Gesinde sprechen schon zwei Monate vorher und noch drei Jahre danach von dieser Begebenheit. Was mich anbelangt, so, ich gestehe es, machte die Nachricht von der Ankunft der jungen und schönen Nachbarin einen starken Eindruck auf mich; ich brannte vor Ungeduld, sie zu sehen, und begab mich deshalb am ersten Sonntag nach ihrer Ankunft nachmittags in das Dorf ***, um mich Seiner Erlaucht als nächster Nachbar und allerergebenster Diener vorzustellen.

Der Diener führte mich in das Arbeitszimmer des Grafen und entfernte sich, um meine Ankunft zu melden. Das geräumige Zimmer war mit dem größten Luxus ausgestattet; an den Wänden standen Bücherschränke und auf jedem von ihnen eine Bronzebüste, über dem Kamin aus Marmor hing ein breiter Spiegel, der Boden war mit grünem Tuch beschlagen und mit Teppichen bedeckt. Da ich in meiner armseligen Behausung keinen Luxus gewohnt war und schon lange keinen fremden Reichtum gesehen hatte, wurde ich ganz schüchtern und wartete auf den Grafen voller Bangen wie ein Bittsteller aus der Provinz auf das Erscheinen des Ministers. Die Tür ging auf, und herein trat ein Mann von etwa zweiunddreißig Jahren und schönem Äußeren. Der Graf näherte sich mir mit offener und freundlicher Miene, ich faßte Mut und wollte mich vorstellen, doch er kam mir zuvor. Wir setzten uns. Seine ungezwungene und liebenswürdige Art der Unterhaltung zerstreute meine hinterwäldlerische Schüchternheit, ich gewann allmählich meine Fassung wieder, als plötzlich die Gräfin eintrat und mich eine noch größere Verlegenheit als vorher überkam. Sie war in der Tat eine Schönheit. Der Graf stellte mich vor, ich wollte nonchalant erscheinen, doch je ungezwungener ich mich gab, desto gehemmter fühlte ich mich. Um mir Zeit zu geben, zu mir zu kommen und mich an die neue Bekanntschaft zu gewöhnen, unterhielten sie sich miteinander und behandelten mich wie einen guten Nachbarn und ohne jegliche Zeremonie. Ich ging unterdessen auf und ab und betrachtete die Bücher und Bilder. Ich bin kein Kenner von Gemälden, doch eines von ihnen zog meine Aufmerksamkeit auf sich. Es stellte eine Schweizer Landschaft dar, doch nicht die Malerei interessierte mich, sondern der Umstand, daß das Bild von zwei Kugeln durchschossen war, und zwar an ein und derselben Stelle. „Das ist ein guter Schuß“, sagte ich, an den Grafen gewandt. „Ja“, bestätigte er, „ein außerordentlich bemerkenswerter Schuß. Schießen Sie denn gut?“ fuhr er fort. „Ausgezeichnet“, antwortete ich und freute mich, daß das Gespräch einen mir nahen Gegenstand berührte. „Auf dreißig Schritt verfehle ich keine Karte, selbstverständlich mit Pistolen, die ich kenne.“ — „Wahrhaftig?“ sagte die Gräfin mit allen Zeichen großer Aufmerksamkeit. „Und du, mein Freund, triffst du eine Karte auf dreißig Schritt?“ — „Irgendwann einmal müssen wir es versuchen“, erwiderte der Graf. „Ich habe seinerzeit nicht schlecht geschossen, aber es sind schon vier Jahre her, daß ich eine Pistole in der Hand gehalten habe.“ — „Oh“, sagte ich, „in diesem Falle wette ich, daß Euer Erlaucht eine Karte auch auf zwanzig Schritt nicht treffen: Die Pistole erfordert tägliche Übung. Das weiß ich aus Erfahrung. Bei uns im Regiment galt ich als einer der besten Schützen. Ich hatte einmal einen ganzen Monat lang nicht geschossen: Meine Pistolen wurden repariert; und was meinen Sie, Euer Erlaucht? Als ich dann das erste Mal wieder schoß, verfehlte ich viermal hintereinander eine Flasche auf fünfundzwanzig Schritt. Wir hatten einen Rittmeister, einen Spötter und Spaßvogel, er stand dabei und sagte zu mir: ‚Wie es scheint, Bruder, kannst du einer Flasche nichts zuleide tun.‘ Nein, Euer Erlaucht dürfen das Schießen nicht vernachlässigen, sonst verlernt man es sehr schnell. Der beste Schütze, den ich je gekannt habe, schoß jeden Tag, und zwar mindestens dreimal vor dem Mittagessen. Das war ihm genauso zur Gewohnheit geworden wie das Glas Wodka.“

Der Graf und die Gräfin waren froh, daß ich meine Sprache wiedergefunden hatte.

„Und wie schoß er?“ fragte mich der Graf. „Folgendermaßen, Euer Erlaucht: Wenn er sah, daß sich eine Fliege auf der Wand niedergelassen hatte — Sie lachen, Gräfin? Bei Gott, es ist wahr. Er sieht die Fliege und schreit: ‚Kuska, die Pistole!‘ Kuska bringt ihm die gespannte Pistole. Er, bums, schießt die Fliege in die Wand hinein!“ — „Das ist erstaunlich!“ sagte der Graf. „Und wie hieß er?“ — „Silvio, Euer Erlaucht.“ — „Silvio!“ rief der Graf und sprang auf. „Sie kannten Silvio?“ — „Wie sollte ich ihn nicht kennen, Euer Erlaucht; wir waren miteinander befreundet, in unserem Regiment betrachteten wir ihn als einen der Unseren, als Kameraden; jetzt ist es aber schon ungefähr fünf Jahre her, daß ich von ihm keine Nachricht bekommen habe. So haben Euer Erlaucht ihn also auch gekannt?“ — „Ich kannte ihn gut, kannte ihn sehr gut. Hat er Ihnen nicht erzählt ... Doch nein, ich glaube kaum; hat er Ihnen vielleicht einmal von einem seltsamen Zwischenfall erzählt?“ — „Meinen Sie etwa die Ohrfeige, Euer Erlaucht, die ihm auf einem Ball ein Tunichtgut gegeben hat?“ — „Und hat er Ihnen nicht den Namen dieses Tunichtguts genannt?“ — „Nein, Euer Erlaucht, den hat er mir nicht genannt ... Ach! Euer Erlaucht“, fuhr ich fort, denn ich erriet die Wahrheit, „entschuldigen Sie ... ich wußte nicht ... Sind Sie das etwa?“ — „Ich bin es“, sagte der Graf mit außerordentlich verstimmtem Gesichtsausdruck. „Und das durchschossene Bild ist ein Andenken an unser letztes Zusammentreffen ...“ — „Ach, mein Lieber“, sagte die Gräfin, „um Gottes willen, erzähle das nicht, es ist zu entsetzlich, ich kann das nicht hören.“ — „Nein“, entgegnete der Graf, „ich werde alles erzählen; er weiß, wie ich seinen Freund beleidigt habe, und so soll er auch wissen, wie sich Silvio an mir gerächt hat.“ Der Graf rückte mir einen Sessel heran, und ich hörte mit dem lebhaftesten Interesse folgende Geschichte.

„Vor fünf Jahren heiratete ich. Den ersten Monat, the honeymoon, verbrachte ich hier, auf dem Dorf. Diesem Hause verdanke ich die schönsten Minuten meines Lebens und eine der schlimmsten Erinnerungen.

Eines Abends ritten wir gemeinsam aus; das Pferd meiner Frau scheute, sie erschrak, gab mir die Zügel und ging zu Fuß nach

Hause, während ich schon vorausritt. Auf dem Hof sah ich einen Reisewagen; man sagte mir, in meinem Arbeitszimmer sitze ein Mann, der zwar seinen Namen nicht nennen wolle, doch gesagt habe, er komme zu mir in einer bestimmten Angelegenheit. Ich ging in dieses Zimmer und gewahrte in der Dunkelheit einen mit Staub bedeckten bärtigen Mann, er stand hier am Kamin. Ich trat auf ihn zu und versuchte, mich seiner Züge zu erinnern. ‚Du hast mich nicht erkannt, Graf?' fragte er mit bebender Stimme. ‚Silvio!' schrie ich, und — ich gebe es zu — ich fühlte, wie mir plötzlich die Haare zu Berge standen. ‚Ich bin es', fuhr er fort. ‚Einen Schuß habe ich gut, ich bin gekommen, um diesen Schuß abzugeben; bist du bereit?' Die Pistole sah ihm aus einer Seitentasche heraus. Ich maß zwölf Schritte ab, stellte mich dort in die Ecke und bat ihn, möglichst schnell zu schießen, ehe meine Frau zurückkäme. Er zögerte — und verlangte nach Licht. Man brachte Kerzen. Ich verschloß die Tür, ordnete an, niemanden hereinzulassen, und bat ihn aufs neue, zu schießen. Er zog die Pistole hervor und legte auf mich an ... Ich zählte die Sekunden ... Ich dachte an sie ... Das war eine entsetzliche Minute! Silvio ließ die Hand sinken. ‚Ich bedaure', sagte er, ‚daß die Pistole nicht mit Kirschkernen geladen ist ... Eine Kugel wiegt schwer. Es kommt mir so vor, als wäre dies kein Duell, sondern Mord: Ich bin es nicht gewohnt, auf einen Unbewaffneten zu zielen. Beginnen wir von neuem, losen wir aus, wer zuerst schießen soll.' Mir drehte sich der Kopf ... Ich glaube, ich widersprach ... Schließlich luden wir noch eine Pistole, falteten zwei Kärtchen zusammen und legten sie in die Mütze, die ich seinerzeit durchschossen hatte, und wieder zog ich die erste Nummer. ‚Du hast teuflisches Glück, Graf', sagte er mit einem Lächeln, das ich nie vergessen werde. Ich begreife nicht, was in mir vorging und wie es ihm gelang, mich dazu zu zwingen — doch ich drückte ab und traf dieses Bild." (Der Graf zeigte auf das durchschossene Bild; sein Gesicht brannte wie Feuer; die Gräfin war bleicher als ihr Taschentuch; ich konnte einen Ausruf nicht unterdrücken.)

„Ich drückte ab", fuhr der Graf fort, „und schoß Gott sei Dank — daneben; nun begann Silvio ... — In dieser Minute war er wahrhaftig furchtbar — Silvio begann nun auf mich zu zielen. Plötzlich öffnete sich die Tür, Mascha kommt hereingelaufen und wirft sich mir mit einem Aufschrei an den Hals. Ihre Anwesenheit gab mir mein Gleichgewicht wieder. ‚Aber Liebste‘, sagte ich, ‚siehst du denn nicht, daß wir scherzen? Wie konntest du dich so erschrecken! Geh, trink ein Glas Wasser und komme wieder; ich werde dir dann einen alten Freund und Kameraden vorstellen.‘ Mascha wollte es immer noch nicht glauben. ‚Sagen Sie, spricht mein Mann die Wahrheit?‘ fragte sie, an den furchterregenden Silvio gewendet. ‚Ist es wahr, daß Sie beide scherzen?‘ — ‚Er scherzt immer, Gräfin‘, antwortete ihr Silvio, ‚aus Scherz hat er mir einmal eine Ohrfeige gegeben, aus Scherz hat er mir diese Mütze hier durchschossen, aus Scherz hat er mich eben verfehlt, jetzt habe auch ich Lust bekommen, zu scherzen . . .‘

Mit diesen Worten wollte er auf mich anlegen . . . in ihrer Gegenwart! Mascha warf sich ihm zu Füßen. ‚Steh auf, Mascha, schämst du dich nicht!‘ schrie ich wie ein Rasender. ‚Und Sie, Herr, wollen Sie endlich aufhören, eine arme Frau zu verhöhnen? Werden Sie endlich schießen oder nicht?‘ — ‚Ich werde es nicht tun‘, sagte Silvio, ‚ich bin zufrieden: Ich habe deine Bestürzung, deine Furchtsamkeit gesehen; ich habe dich gezwungen, auf mich zu schießen, ich bin zufriedengestellt. Du wirst an mich denken. Ich überlasse dich deinem Gewissen.‘ Hier wollte er hinausgehen, doch blieb er in der Tür stehen, sah sich nach dem Bild um, das ich getroffen hatte, schoß nach ihm, fast ohne zu zielen, und verschwand. Meine Frau war in Ohnmacht gefallen, die Dienerschaft wagte nicht, ihn aufzuhalten, und betrachtete ihn voller Entsetzen, er trat auf die Vortreppe hinaus, rief den Kutscher und fuhr fort, ehe ich zu mir gekommen war.“

Der Graf verstummte. Auf diese Weise erfuhr ich das Ende der Geschichte, deren Anfang mich einst so erstaunt hatte. Ihren Helden habe ich nicht mehr gesehen. Es wird erzählt, daß Silvio während des Aufstandes Alexander Ypsilantis eine Abteilung Hetäristen angeführt habe und in der Schlacht bei Sculeni gefallen sei.

Alexander Puschkin

Pique Dame

Pique Dame bedeutet heimliches Übelwollen.

Neuestes Traumbuch

I

Waren die Tage trüb,
Nahmen sie vorlieb
Mit dem Spiel;
Setzten — Gott sei's geklagt! —
Immer sehr gewagt
Und sehr viel;
Schrieben mit Kreide hin
Den Verlust und Gewinn,
Ohne zu warten.
So, wenn die Tage trüb,
War ihnen die Arbeit lieb
Mit den Karten.

Bei dem Gardekavalleristen Narumow spielte man eines Abends Karten. Die lange Winternacht war unbemerkt vorübergegangen; zum Abendessen setzte man sich gegen fünf Uhr morgens. Die Gewinner aßen mit großem Appetit; die übrigen saßen zerstreut vor leeren Gedecken. Doch als der Champagner gebracht wurde, lebte die Unterhaltung auf, und alle nahmen an ihr teil.

„Wie ist es dir ergangen, Surin?" fragte der Gastgeber.

„Ich habe verloren, wie gewöhnlich. Ich muß gestehen, daß ich kein Glück habe: Ich spiele Mirandole, rege mich niemals auf, nichts bringt mich aus der Fassung, und doch verliere ich immer!"

„Und du hast dich kein einziges Mal hinreißen lassen? Kein einziges Mal auf *Route* gesetzt? Deine Standhaftigkeit wundert mich."

„Was sagt ihr aber erst zu Hermann?" meinte einer der Gäste und wies auf den jungen Genieoffizier. „Noch nie hat er eine Karte in die Hand genommen, noch nie ein Paroli gebogen und sitzt bis fünf Uhr mit uns zusammen und sieht dem Spiel zu!"

„Das Spiel interessiert mich sehr", sagte Hermann, „doch ich bin nicht in der Lage, Unentbehrliches zu opfern, in der Hoffnung, Überflüssiges zu erwerben."

„Hermann ist ein Deutscher — er ist berechnend, das ist alles!" bemerkte Tomski. „Aber wenn ich jemanden nicht verstehe, so ist es meine Großmutter, die Gräfin Anna Fedotowna."

„Wie? Was?" riefen die Gäste.

„Ich kann einfach nicht begreifen", fuhr Tomski fort, „warum meine Großmutter nicht pointiert!"

„Was ist denn Erstaunliches daran", sagte Narumow, „wenn eine achtzigjährige Frau nicht pointiert?"

„Ihr wißt also nichts über sie?"

„Nein! Wir wissen wirklich nichts!"

„Oh, hört also zu. Ihr müßt wissen, daß meine Großmutter vor etwa sechzig Jahren nach Paris fuhr und dort in großer Mode war. Alle liefen ihr nach, um la Vénus moscovite zu sehen; Richelieu machte ihr den Hof, und die Großmutter versichert, daß er sich wegen ihrer Unnahbarkeit beinah erschossen hätte.

Damals spielten die Damen Pharao. Bei Hof verlor sie einmal auf Ehrenwort sehr viel an den Herzog von Orléans. Als die Großmutter zu Hause angekommen war, löste sie die Schönheitspflästerchen vom Gesicht, schnürte den Reifrock los, teilte dabei dem Großvater ihre Spielschuld mit und befahl, sie zu begleichen.

Der selige Großvater war, soweit ich mich erinnere, eine Art

Haushofmeister bei der Großmutter. Er fürchtete sie wie das Feuer; als er jedoch von solch einer entsetzlich hohen Spielschuld hörte, geriet er außer sich, brachte die Rechnungen, bewies ihr, daß sie in einem halben Jahr eine halbe Million verbraucht hätten, daß sich bei Paris weder ihre Moskauer noch ihre Saratower Dörfer befänden, und lehnte eine Zahlung rundweg ab. Die Großmutter gab ihm eine Ohrfeige und legte sich zum Zeichen ihrer Ungnade allein schlafen.

Am nächsten Tag ließ sie ihren Mann rufen, in der Hoffnung, daß die häusliche Strafe nicht ohne Wirkung geblieben sei, doch er war unerschütterlich. Zum erstenmal im Leben ließ sie sich mit ihm in Erörterungen und Erklärungen ein; sie wollte ihm ins Gewissen reden, bewies herablassend, daß Schuld nicht gleich Schuld sei und daß es einen Unterschied zwischen einem Prinzen und einem Stellmacher gäbe. — Vergeblich! Der Großvater rebellierte. Nein, und abermals nein! Die Großmutter wußte nicht, was sie tun sollte.

Sie war flüchtig mit einem außergewöhnlichen Mann bekannt. Ihr habt alle vom Grafen Saint-Germain gehört, von dem man sich so viel Wunderbares erzählt. Ihr wißt, daß er sich für den Ewigen Juden ausgab, für den Erfinder des Lebenselixiers, des Steins der Weisen und dergleichen. Man lachte über ihn wie über einen Scharlatan, und Casanova sagt von ihm in seinen Memoiren, er sei ein Spion; trotz seines geheimnisvollen Wesens hatte Saint-Germain übrigens ein sehr würdiges Aussehen und war in Gesellschaft ein äußerst liebenswürdiger Mensch. Meine Großmutter ist noch heute von ihm begeistert und wird böse, wenn man von ihm abfällig spricht. Meine Großmutter wußte, daß Saint-Germain über große Summen verfügen konnte. Sie beschloß, sich an ihn zu wenden. Sie schrieb ihm ein Billett und bat ihn, sie sofort zu besuchen.

Der alte Sonderling erschien unverzüglich und fand sie in tiefem Kummer vor. Sie schilderte ihm die barbarische Grausamkeit ihres Mannes in den schwärzesten Farben und sagte schließlich, daß sie ihre ganze Hoffnung auf seine Freundschaft und Liebenswürdigkeit setze.

Saint-Germain dachte nach.

„... Ich könnte Ihnen mit dieser Summe dienen', sagte er, ‚doch ich weiß, daß Sie keine Ruhe finden werden, bevor Sie mir das Geld zurückgegeben haben, ich möchte Ihnen aber neue Ungelegenheiten ersparen. Es gibt ein anderes Mittel: Sie können die Schuld im Spiel zurückgewinnen.' — ‚Aber, lieber Graf', antwortete die Großmutter, ‚ich sage Ihnen doch, wir haben keinerlei Geld.' — ‚Geld ist hierbei nicht nötig', entgegnete Saint-Germain, ‚hören Sie mich bitte an.' Und er eröffnete ihr ein Geheimnis, für das jeder von uns viel geben würde ..."

Die jungen Spieler verdoppelten ihre Aufmerksamkeit, Tomski zündete sich eine Pfeife an, tat einen Zug und fuhr fort.

„Am selben Abend erschien die Großmutter in Versailles au jeu de la Reine. Der Herzog von Orléans hielt die Bank; die Großmutter bat flüchtig um Entschuldigung, daß sie ihre Schulden nicht gleich mitgebracht habe, erfand zu ihrer Rechtfertigung eine kleine Geschichte und begann gegen ihn zu pointieren. Sie wählte drei Karten, setzte eine nach der anderen: Alle drei gewannen Sonika, und die Großmutter hatte alles wieder zurückgewonnen."

„Zufall!" sagte einer der Gäste.

„Ein Märchen!" bemerkte Hermann.

„Vielleicht waren es gezinkte Karten?" meinte ein Dritter.

„Ich glaube nicht", antwortete Tomski ernst.

„Wie", sagte Narumow, „du hast eine Großmutter, die drei Karten hintereinander trifft, und hast von ihr dieses Geheimnis noch nicht erfahren können?"

„Den Teufel auch!" antwortete Tomski. „Sie hatte vier Söhne, einer von ihnen war mein Vater: Alle vier waren leidenschaftliche Spieler, und keinem von ihnen hat sie ihr Geheimnis mitgeteilt, obwohl das für sie — und sogar auch für mich — nicht schlecht gewesen wäre. Doch folgendes hat mir mein Onkel, Graf Iwan Iljitsch, erzählt und bei seiner Ehre versichert, daß es wahr sei. Der verstorbene Tschaplizki, derselbe, der Millionen durchgebracht hat und als Bettler gestorben ist, hatte in seiner Jugend einmal dreihunderttausend, ich glaube an Soritsch, im Spiel verloren. Er war verzweifelt. Der Großmutter, die sich Streichen junger Leute gegenüber immer streng verhielt, tat Tschaplizki leid. Sie nannte ihm drei Karten, auf die er nacheinander setzen sollte, und ließ sich sein Ehrenwort geben, in Zukunft nie mehr zu spielen. Tschaplizki erschien bei seinem Besieger, und sie begannen mit dem Spiel. Tschaplizki setzte auf die erste Karte fünfzigtausend und gewann Sonika, er bog Paroli, Paroli-pé, gewann alles wieder und hatte noch einen Gewinn ... Doch es ist Zeit, schlafen zu gehen: Es ist schon drei Viertel sechs."

Tatsächlich wurde es schon hell; die jungen Leute tranken ihre Gläser aus und fuhren nach Hause.

2

„Il paraît que monsieur est décidément pour les suivantes."
„Que voulez-vous, madame? Elles sont plus fraîches."
Gespräch in der vornehmen Gesellschaft

Die alte Gräfin *** saß in ihrem Ankleidezimmer vor dem Spiegel. Drei Mädchen umringten sie. Die eine hielt ein Näpfchen mit Schminke in der Hand, die andere eine Schachtel mit Nadeln, die dritte eine hohe Haube mit feuerroten Bändern. Die Gräfin konnte nicht mehr den geringsten Anspruch auf Schönheit erheben, die längst vergangen war, doch behielt sie alle Gewohnheiten ihrer Jugend bei, kleidete sich genau nach der Mode der siebziger Jahre und machte ebenso lange und sorgfältig Toilette wie vor sechzig Jahren. Am Fenster saß an einem Stickrahmen ein junges Fräulein, ihre Pflegetochter.

„Guten Tag, grand'maman", sagte der junge Offizier, der eingetreten war. „Bonjour, mademoiselle Lise. Grand'maman, ich komme mit einer Bitte zu Ihnen."

„Was ist, Paul?"

„Gestatten Sie, daß ich Ihnen einen meiner Freunde vorstelle und ihn am Freitag zu Ihrem Ball mitbringe."

„Bring ihn direkt zum Ball, und dort stellst du ihn mir auch vor. Bist du gestern bei *** gewesen?“

„Natürlich! Es war sehr lustig, bis fünf Uhr wurde getanzt. Wie schön die Jelezkaja war!“

„Ach, mein Lieber! Was ist an ihr schön? Was ist sie im Vergleich zu ihrer Großmutter, der Fürstin Darja Petrowna? Übrigens, ich nehme an, sie ist schon sehr gealtert, die Fürstin Darja Petrowna?“

„Wie, gealtert?“ antwortete Tomski zerstreut. „Sie ist doch schon vor sieben Jahren gestorben.“

Das Fräulein hob den Kopf und machte dem jungen Mann ein Zeichen. Er erinnerte sich, daß man der alten Gräfin den Tod ihrer Altersgenossinnen verheimlichte, und biß sich auf die Lippen. Doch die Gräfin nahm die ihr neue Nachricht mit großem Gleichmut auf.

„Sie ist gestorben!“ sagte sie. „Und ich habe es nicht einmal gewußt! Wir sind beide zusammen zu Hofdamen ernannt worden, und als wir uns vorstellten, da sagte die Kaiserin . . .“

Und die Gräfin erzählte dem Enkel zum hundertstenmal ihre Geschichte.

„Nun, Paul“, sagte sie dann, „sei mir beim Aufstehen behilflich. Lisanka, wo ist meine Tabatiere?“

Und die Gräfin ging mit ihren Mädchen hinter den Wandschirm, um ihre Toilette zu beenden. Tomski blieb mit dem Fräulein allein.

„Wen wollen Sie vorstellen?“ fragte Lisaweta Iwanowna.

„Narumow. Kennen Sie ihn?“

„Nein! Ist er Offizier oder Zivilist?“

„Offizier.“

„Genieoffizier?“

„Nein! Kavallerist. Aber warum haben Sie gedacht, daß er Genieoffizier ist?“

Das Fräulein lachte und gab keine Antwort.

„Paul!“ rief die Gräfin hinter dem Wandschirm. „Schicke mir irgendeinen neuen Roman, aber bitte keinen modernen.“

„Wie soll ich das verstehen, grand'maman?“

„Ich meine einen Roman, in dem der Held weder den Vater noch die Mutter erwürgt und in dem es keine Ertrunkenen gibt. Ich fürchte mich entsetzlich vor Wasserleichen!"

„Solche Romane gibt es heutzutage nicht. Oder wollen Sie etwa russische haben?"

„Gibt es denn russische Romane? Schicke sie mir, mein Lieber, bitte schicke sie mir!"

„Leben Sie wohl, grand'maman, ich habe es eilig ... Leben Sie wohl, Lisaweta Iwanowna! Warum haben Sie nur gedacht, daß Narumow Genieoffizier ist?"

Und Tomski verließ das Ankleidezimmer.

Lisaweta Iwanowna blieb allein zurück. Sie hörte mit ihrer Arbeit auf und sah zum Fenster hinaus. Bald darauf kam auf der anderen Straßenseite hinter einem Eckhaus ein junger Offizier hervor. Eine tiefe Röte überzog ihre Wangen, sie nahm ihre Arbeit wieder auf und beugte den Kopf über die Stickerei. In diesem Augenblick trat die Gräfin vollständig angekleidet ein.

„Lisanka", sagte sie, „laß anspannen, wir werden spazierenfahren."

Lisanka erhob sich hinter ihrem Stickrahmen und räumte ihre Arbeit fort.

„Was hast du, meine Beste! Bist du etwa taub?" schrie die Gräfin. „Laß sofort anspannen."

„Gleich!" antwortete das Fräulein leise und lief in das Vorzimmer.

Ein Diener trat herein und überreichte der Gräfin Bücher vom Fürsten Pawel Alexandrowitsch.

„Gut! Ich lasse danken", sagte die Gräfin. „Lisanka, Lisanka! Wo läufst du denn hin?"

„Mich anziehen."

„Das eilt nicht, meine Beste. Setz dich her. Schlag den ersten Band auf, lies mir vor ..."

Das Fräulein nahm das Buch und las einige Zeilen vor.

„Lauter!" sagte die Gräfin. „Was ist mit dir, meine Beste? Hast du deine Stimme verloren? Warte, rück mir den Schemel heran, näher ... Nun!"

Lisaweta Iwanowna las noch zwei Seiten vor. Die Gräfin gähnte.

„Hör mit diesem Buch auf“, sagte sie. „Was für ein Unsinn! Schick das an den Fürsten Pawel zurück und laß ihm danken ... Wo bleibt denn die Kutsche?“

„Die Kutsche steht bereit“, antwortete Lisaweta Iwanowna, nachdem sie auf die Straße geguckt hatte.

„Warum bist du denn nicht angezogen?“ fragte die Gräfin. „Immer muß man auf dich warten! Das ist unerträglich, meine Beste.“

Lisa lief in ihr Zimmer. Keine zwei Minuten waren vergangen, als die Gräfin mit aller Kraft zu klingeln begann. Drei Mädchen kamen durch die eine Tür hereingelaufen und ein Kammerdiener durch die andere.

„Hört ihr denn schlecht?“ sagte die Gräfin zu ihnen. „Sagt Lisaweta Iwanowna, daß ich auf sie warte.“

Lisaweta Iwanowna trat in Hut und Mantel herein.

„Endlich, meine Beste!“ sagte die Gräfin. „Was für eine Aufmachung! Wozu das? Wen willst du bezaubern? Und wie ist das Wetter? Es scheint windig zu sein.“

„Durchaus nicht, Euer Erlaucht! Es ist vollkommen windstill!“ antwortete der Kammerdiener.

„Ihr redet immer, was euch grade in den Kopf kommt! Macht mal die Fensterklappe auf. Wie ich es gesagt habe — Wind! Und noch dazu eisig kalter! Laßt ausspannen! Lisanka, wir fahren nicht: Du hast dich umsonst herausgeputzt.“

Und das ist nun mein Leben! dachte Lisaweta Iwanowna.

Lisaweta war wirklich ein äußerst unglückliches Geschöpf. Fremdes Brot schmeckt bitter, sagt Dante, und schwer fällt es, die Treppe eines fremden Hauses hochzusteigen, und wer kannte die Bitternis der Abhängigkeit besser als die arme Pflegetochter der alten Aristokratin? Die Gräfin *** hatte natürlich kein schlechtes Herz; doch als eine von der Gesellschaft verwöhnte Frau war sie launisch, zudem geizig und von einem kalten Egoismus durchdrungen, wie alle alten Leute, die zu ihrer Zeit geliebt haben und der heutigen fremd gegenüberstehen. Sie nahm an allen Zerstreuungen der großen Welt teil, schleppte sich auf Bälle, wo sie, geschminkt und altmodisch gekleidet, wie eine häßliche und notwendige Verzierung des Ballsaales in der Ecke saß; unter tiefen Verbeugungen näherten sich ihr wie nach einem vorgeschriebenen Zeremoniell die eintreffenden Gäste, und dann kümmerte sich keiner mehr um sie. Bei sich zu Hause empfing sie die ganze Stadt, beobachtete dabei die strengste Etikette und erkannte niemanden. Ihre zahlreiche Dienerschaft, die in ihrem Vorzimmer und in ihrer Mädchenstube dick und grau geworden war, tat, was ihr gefiel, und bestahl die sterbende Alte um die Wette. Lisaweta Iwanowna war die Märtyrerin des Hauses. Sie schenkte Tee ein und mußte sich wegen des allzu hohen Zuckerverbrauchs Vorwürfe anhören, sie las aus Romanen vor und war an allen Fehlern des Autors schuld; sie begleitete die Gräfin auf Spazierfahrten und war für Wetter und Straßenpflaster verantwortlich. Ihr war ein Gehalt bestimmt, das sie niemals voll ausgezahlt bekam, und dabei verlangte man von ihr, daß sie angezogen sei wic alle, das heißt wie sehr wenige. In der Gesellschaft spielte sie die bedauernswerteste Rolle. Alle kannten sie, doch niemand achtete sie; auf Bällen tanzte sie nur, wenn ein Visavis fehlte, und die Damen nahmen sie immer dann unter den Arm, wenn sie in die Garderobe mußten, um etwas an ihrer Toilette in Ordnung zu bringen. Sie besaß ein ausgeprägtes Ehrgefühl, empfand lebhaft ihre Lage und sah sich in ungeduldiger Erwartung nach einem Befreier um. Doch die jungen, in ihrer leichtsinnigen Eitelkeit berechnenden Männer schenkten ihr keine Aufmerksamkeit, obwohl Lisaweta Iwanowna hundertmal liebreicher war als die frechen und kühlen Bräute, die sie umwarben. Wie oft hatte sie den langweiligen und prunkvollen Saal unbemerkt verlassen und war, um zu weinen, auf ihr Zimmer gegangen, in dem ein mit Tapete beklebter Wandschirm, eine Kommode, ein Spiegel und ein angestrichenes Bett standen und wo ein Talglicht düster in einem kupfernen Leuchter brannte!

Eines Tages — dies geschah zwei Tage nach dem Abend, den wir zu Beginn der Erzählung beschrieben, und eine Woche vor der Szene, bei der wir stehenblieben —, eines Tages, als Lisaweta

Iwanowna am Fenster vor ihrem Stickrahmen saß, blickte sie zufällig auf die Straße hinaus und bemerkte einen jungen Offizier, der unbeweglich dastand und unverwandt zu ihrem Fenster hinaufblickte. Sie senkte den Kopf und beschäftigte sich wieder mit ihrer Arbeit; nach fünf Minuten sah sie von neuem hinaus — der Offizier stand auf derselben Stelle. Da sie nicht die Gewohnheit hatte, mit vorübergehenden Offizieren zu kokettieren, blickte sie überhaupt nicht mehr auf die Straße und stickte ungefähr zwei Stunden, ohne aufzusehen. Das Mittagessen wurde aufgetragen. Sie erhob sich, räumte den Stickrahmen zur Seite, warf zufällig einen Blick auf die Straße und sah wieder den Offizier. Dies kam ihr höchst seltsam vor. Nach dem Essen trat sie mit dem Gefühl einer gewissen Unruhe an das Fenster, doch der Offizier war nicht mehr da — und sie vergaß ihn ...

Nach etwa zwei Tagen, als sie mit der Gräfin hinausging, um sich in die Kutsche zu setzen, sah sie ihn wieder. Er stand unmittelbar neben der Auffahrt, sein Gesicht war von einem Biberpelzkragen verdeckt, und seine schwarzen Augen funkelten unter dem Hut. Lisaweta Iwanowna erschrak — sie wußte selbst nicht wovor — und nahm in unbeschreiblicher Aufregung in der Kutsche Platz.

Als sie zurückgekehrt war, lief sie sofort zum Fenster — der Offizier stand an der früheren Stelle und hielt seine Augen auf sie gerichtet; sie trat zurück, von Neugier gepeinigt und von einem Gefühl erregt, das ihr völlig neu war.

Seitdem verging kein Tag, an dem der junge Mann nicht zu bestimmter Stunde unter den Fenstern ihres Hauses erschienen wäre. Zwischen ihm und ihr bildeten sich ohne jegliche Verabredung gewisse Beziehungen heraus. Wenn sie auf ihrem Platz bei der Arbeit saß, dann spürte sie sein Nahen — sie hob den Kopf und sah von Tag zu Tag länger hinunter. Der junge Mann war ihr, so schien es, dafür dankbar. Mit dem scharfen Auge der Jugend bemerkte sie, wie jedesmal eine schnelle Röte seine bleichen Wangen überzog, wenn sich ihre Blicke trafen. Nach einer Woche lächelte sie ihm zu ...

Als Tomski um die Erlaubnis bat, der Gräfin seinen Freund

vorstellen zu dürfen, schlug dem armen Mädchen das Herz bis zum Hals. Doch als sie erfuhr, daß Narumow kein Genieoffizier war, sondern Gardekavallerist, bedauerte sie, durch eine unbescheidene Frage dem leichtsinnigen Tomski ihr Geheimnis verraten zu haben.

Hermann war der Sohn eines zum Russen gewordenen Deutschen, der ihm ein kleines Kapital hinterlassen hatte. Von der Notwendigkeit, seine Unabhängigkeit zu festigen, zutiefst überzeugt, rührte Hermann nicht einmal die Prozente an, lebte nur vom Gehalt und gestattete sich nicht den geringsten Luxus. Er war übrigens verschlossen und ehrgeizig, und seine Kameraden hatten selten Gelegenheit, sich über seine übertriebene Sparsamkeit lustig zu machen. Er war sehr leidenschaftlich und hatte eine glühende Phantasie, doch seine Festigkeit schützte ihn vor den üblichen Verirrungen der Jugend. So nahm er zum Beispiel, obwohl er innerlich ein Spieler war, niemals eine Karte in die Hand, da er sich ausgerechnet hatte, daß sein Vermögen ihm nicht erlaube (wie er zu sagen pflegte), *Unentbehrliches zu opfern, in der Hoffnung, Überflüssiges zu erwerben* — saß aber ganze Nächte an den Spieltischen und folgte in fieberhafter Erregung dem wechselhaften Verlauf des Spiels.

Die Geschichte von den drei Karten beschäftigte seine Phantasie stark und ging ihm die ganze Nacht nicht aus dem Kopf. Was wäre, dachte er am Abend des nächsten Tages, als er in Petersburg umherschlenderte, wenn die alte Gräfin mir ihr Geheimnis entdeckte! Oder mir ihre drei sicheren Karten sagte! Warum soll ich mein Glück nicht versuchen?... Ich lasse mich vorstellen, erwerbe ihr Vertrauen — vielleicht werde ich ihr Liebhaber —, doch all das braucht seine Zeit, und sie ist siebenundachtzig Jahre alt, sie kann in einer Woche sterben — in zwei Tagen schon!... Und die Geschichte selbst?... Kann man ihr glauben?... Nein! Berechnung, Sparsamkeit und Fleiß: das sind meine drei sicheren Karten, das ist es, was mein Kapital verdreifachen, versiebenfachen wird und mir Ruhe und Unabhängigkeit gibt.

Während er diese Überlegungen anstellte, war er auf eine der Hauptstraßen Petersburgs gekommen und stand plötzlich vor einem Haus alter Bauart. Die Straße war voller Equipagen, und eine Kutsche nach der anderen rollte an die erleuchtete Auffahrt vor. Aus den Kutschen streckte sich alle Augenblicke bald das schlanke Bein einer jungen Schönheit, bald ein knarrender Kanonenstiefel, bald ein gestreifter Strumpf und ein Diplomatenschuh. Pelze und Umhänge eilten an dem majestätischen Portier vorüber. Hermann blieb stehen.

„Wem gehört dieses Haus?“ fragte er den Wächter an der Ecke.

„Der Gräfin ***“, antwortete der Wächter.

Hermann geriet in Erregung. Die wunderbare Geschichte erstand erneut in seiner Phantasie. Er ging vor dem Haus auf und ab, dachte an dessen Herrin und ihre wunderbare Fähigkeit. Erst spät kehrte er in sein bescheidenes Heim zurück; lange konnte er nicht einschlafen, und als der Schlaf ihn überwältigt hatte, träumte er von Karten, dem grünen Spieltisch, Geldscheinbündeln und Haufen von Goldmünzen. Er setzte eine Karte nach der anderen, bog entschlossen die Ecken, gewann unaufhörlich, scharrte das Gold an sich und steckte die Geldscheine in die Tasche. Er wachte spät auf, seufzte über den Verlust seines phantastischen Reichtums, schlenderte von neuem in der Stadt umher und befand sich wieder vor dem Haus der Gräfin ***. Eine unsichtbare Kraft zog ihn, so schien es, zu ihm hin. Er blieb stehen und sah zu den Fenstern hinauf. In einem von ihnen sah er ein schwarzhaariges Köpfchen, das wahrscheinlich über ein Buch oder eine Handarbeit gebeugt war. Der Kopf erhob sich. Hermann sah ein frisches Gesicht und schwarze Augen. Dieser Augenblick entschied über sein Schicksal.

3

Vous m'écrivez, mon ange, des lettres de quatre pages plus vite que je ne puis les lire.

AUS EINEM BRIEFWECHSEL

Kaum hatte Lisaweta Iwanowna Mantel und Hut abgelegt, als die Gräfin nach ihr schickte und von neuem anspannen ließ. Sie gingen hinunter, um einzusteigen. In dem Augenblick, als zwei Diener die Gräfin hochhoben und ihr durch den Wagenschlag halfen, erblickte Lisaweta Iwanowna unmittelbar am Rad ihren Genieoffizier; er ergriff ihre Hand, sie wußte nicht, was tun vor Schreck; der junge Mann verschwand und ließ einen Brief in ihrer Hand zurück. Sie versteckte ihn in ihrem Handschuh und sah und hörte während des ganzen Weges nichts mehr. Die Gräfin hatte in der Kutsche die Gewohnheit, alle Augenblicke Fragen zu stellen: Wer ist uns da entgegengekommen? Wie heißt diese Brücke? Was steht dort auf dem Schild? Lisaweta Iwanowna antwortete dieses Mal falsch und was ihr gerade in den Kopf kam und verärgerte damit die Gräfin.

„Was ist mit dir, meine Beste! Ist dein Verstand stehengeblieben oder was? Entweder hörst du mich nicht, oder du verstehst mich nicht ... Gott sei Dank spreche ich deutlich und habe noch nicht den Verstand verloren!"

Lisaweta hörte nicht auf das, was sie sagte. Nach Hause zurückgekehrt, lief sie auf ihr Zimmer und holte den Brief aus dem Handschuh: Er war nicht versiegelt. Lisaweta Iwanowna las ihn. Der Brief enthielt eine Liebeserklärung. Sie war voller Zärtlichkeit und Ehrerbietung und Wort für Wort einem deutschen Roman entnommen. Aber Lisaweta Iwanowna verstand kein Deutsch und war mit ihr sehr zufrieden.

Doch der Brief, den sie angenommen hatte, beunruhigte sie außerordentlich. Zum erstenmal trat sie in geheime, enge Beziehungen zu einem jungen Mann. Seine Kühnheit entsetzte sie. Sie warf sich ihr unvorsichtiges Benehmen vor und wußte nicht, was tun: Sollte sie aufhören, am Fenster zu sitzen, und durch Nichtbeachten dem jungen Offizier die Lust an weiteren Verfolgungen nehmen? Sollte sie den Brief zurückschicken? Sollte sie kühl entschlossen antworten? Sie hatte niemanden, mit dem sie sich beraten konnte, sie besaß weder eine Freundin noch eine Vertraute. Lisaweta Iwanowna beschloß zu antworten.

Sie setzte sich an ihren kleinen Schreibtisch, nahm Feder und Papier — und verfiel in Nachdenken. Sie begann den Brief mehrere Male — und zerriß ihn immer wieder: Bald erschienen ihr die Ausdrücke zu herablassend, bald zu hart. Schließlich gelangen ihr einige Zeilen, mit denen sie zufrieden war. „Ich bin überzeugt", schrieb sie, „daß Sie ehrliche Absichten haben und mich durch Ihre unbedachte Tat nicht beleidigen wollten; doch unsere Bekanntschaft hätte nicht auf diese Weise beginnen dürfen. Ich sende Ihnen Ihren Brief zurück und hoffe, daß ich in Zukunft keinen Grund haben werde, mich über unverdienten Mangel an Achtung zu beklagen."

Als Lisaweta Iwanowna am nächsten Tag Hermanns Nahen bemerkte, stand sie von ihrer Stickerei auf, ging in den Saal, öffnete das Fenster und warf den Brief auf die Straße, sich auf die Behendigkeit des jungen Offiziers verlassend.

Hermann eilte herzu, hob ihn auf und trat in eine Konditorei ein. Als er das Siegel erbrochen hatte, fand er seinen Brief und die Antwort Lisaweta Iwanownas. Dies hatte er auch erwartet, und er kehrte, sehr beschäftigt mit seiner Intrige, nach Hause zurück.

Drei Tage danach brachte eine junge flinkäugige Mamsell aus einem Modegeschäft Lisaweta Iwanowna ein Briefchen. Lisaweta Iwanowna öffnete es voller Unruhe, da sie Geldforderungen vermutete, und erkannte plötzlich die Handschrift Hermanns.

„Sie haben sich geirrt, meine Liebe", sagte sie, „dieser Brief ist nicht für mich."

„Doch, er ist für Sie!" antwortete das kecke Mädchen, ohne ein verschmitztes Lächeln zu verbergen. „Lesen Sie ihn, bitte!"

Lisaweta Iwanowna überflog den Brief. Hermann forderte eine Zusammenkunft.

„Das kann nicht sein!" sagte Lisaweta Iwanowna, die die Hast der Forderung erschreckte und auch die Art und Weise, wie er sie vorbrachte. „Dieser Brief ist bestimmt nicht an mich gerichtet!" Und sie zerriß ihn in kleine Stückchen.

„Wenn der Brief nicht für Sie bestimmt ist, warum haben Sie ihn dann zerrissen?" fragte die Mamsell. „Ich hätte ihn demjenigen, der ihn geschickt hat, wieder zurückgebracht."

„Bitte, meine Liebe!" sagte Lisaweta Iwanowna, die bei dieser Bemerkung rot geworden war. „Bringen Sie mir in Zukunft keine Briefe mehr. Und sagen Sie demjenigen, der Sie geschickt hat, daß er sich schämen sollte ..."

Aber Hermann gab nicht auf. Lisaweta Iwanowna erhielt jeden Tag auf die eine oder andere Weise einen Brief von ihm. Sie waren schon nicht mehr aus dem Deutschen übersetzt. Hermann schrieb sie, von Leidenschaft getrieben, und sprach die ihm eigene Sprache: In ihnen kam die Entschlossenheit seiner Wünsche und der Wirrwarr seiner ungezügelten Phantasie zum Ausdruck. Lisaweta Iwanowna dachte gar nicht mehr daran, sie wegzuschicken: Sie berauschte sich an ihnen; sie beantwortete sie — und ihre Briefe wurden stündlich länger und zärtlicher. Schließlich warf sie ihm folgenden Brief aus dem Fenster:

„Heute ist Ball bei dem ★★★ischen Gesandten. Die Gräfin wird dort sein. Wir werden bis gegen zwei Uhr bleiben. Das ist eine Gelegenheit für Sie, mich allein anzutreffen. Sowie die Gräfin fortgegangen ist, werden ihre Leute wahrscheinlich alle weggehen, im Vorraum bleibt zwar der Portier, doch auch er geht gewöhnlich in seine Loge. Kommen Sie um halb zwölf. Gehen Sie geradeaus die Treppe hinauf. Falls Ihnen im Vorzimmer jemand begegnen sollte, so fragen Sie ihn, ob die Gräfin zu Hause sei. Man wird es verneinen — und dann ist nichts zu machen. Sie müssen umkehren. Wahrscheinlich treffen Sie aber niemanden. Die Mädchen halten sich alle in ihrer Stube auf. Aus dem Vorzimmer gehen Sie nach links und dann geradeaus bis zum Schlafzimmer der Gräfin. Im Schlafzimmer sehen Sie hinter dem Wandschirm zwei kleine Türen: die rechte führt ins Kabinett, das die Gräfin niemals aufsucht, die linke in den Korridor, und dort befindet sich auch die schmale Wendeltreppe — sie führt in mein Zimmer."

Hermann zitterte wie ein Tiger, während er die festgesetzte

Zeit erwartete. Des Abends, um zehn Uhr, stand er schon vor dem Haus der Gräfin. Das Wetter war abscheulich: Der Wind heulte, feuchter Schnee fiel in großen Flocken hernieder, trübe brannten die Laternen, und die Straßen waren leer. Dann und wann trabte, von einer dürren Mähre gezogen, eine Droschke vorbei, und der Kutscher schaute nach einem späten Fahrgast aus. Hermann hatte nur seinen Rock an und spürte weder Wind noch Schnee. Schließlich fuhr die Kutsche der Gräfin vor. Hermann sah, wie zwei Diener die in einen Zobelpelz gehüllte, gebeugte Alte untergefaßt hinausführten und wie ihr die Pflegetochter in leichtem Mantel und mit frischen Blumen im Haar eilig folgte. Der Wagenschlag klappte zu. Schwerfällig rollte die Kutsche auf dem lockeren Schnee dahin. Der Portier schloß die Tür. Die Fenster wurden dunkel. Hermann spazierte vor dem verlassenen Haus auf und ab. Er ging zu einer Laterne und sah auf die Uhr — es war zwanzig Minuten nach elf. Er blieb unter der Laterne stehen, die Augen auf den Uhrzeiger gerichtet, und wartete die restlichen Minuten ab. Punkt halb zwölf schritt er die gräfliche Freitreppe empor und trat in den hell erleuchteten Vorraum ein. Der Portier war nicht da. Hermann lief die Treppe hinauf, öffnete die Tür zum Vorzimmer und erblickte unter der Lampe einen Diener, der in einem alten, fleckigen Sessel schlief. Mit leichtem und sicherem Schritt ging Hermann an ihm vorbei. Saal und Empfangszimmer waren dunkel. Sie wurden schwach von der Lampe aus dem Vorzimmer erhellt. Hermann trat in das Schlafzimmer. Vor einem mit alten Heiligenbildern angefüllten Schrein brannte ein goldenes Öllämpchen. Sessel und Sofas mit verschossenen Bezügen, Daunenkissen und abgeblätterter Vergoldung standen in trauriger Symmetrie an den Wänden, die chinesische Tapeten bedeckten. Zwei Porträts hingen an der Wand, die Madame Lebrun in Paris gemalt hatte. Auf einem war ein Mann von etwa vierzig Jahren, rotwangig und voll, in hellgrüner Uniform, mit einem Ordensstern auf der Brust, dargestellt, auf dem anderen eine junge Schönheit mit Adlernase, hochgekämmtem Schläfenhaar und einer Rose in der gepuderten Frisur. In allen Ecken standen Porzellanhirten, Standuhren des berühmten Leroy, Schächtelchen, Roulettescheiben, Fächer und allerlei Spielzeug für Damen, das Ende des vorigen Jahrhunderts zusammen mit dem Ballon der Brüder Montgolfier und dem Mesmerschen Magnetismus erfunden worden war. Hermann trat hinter den Wandschirm. Dort stand ein kleines eisernes Bett, rechts befand sich eine Tür, die in das Kabinett führte, links eine andere, die auf den Korridor ging. Hermann öffnete sie und erblickte die schmale Wendeltreppe, die zum Zimmer der armen Pflegetochter führte ... Doch er kehrte um und ging in das dunkle Kabinett.

Die Zeit verging langsam. Alles war still. Im Gastzimmer schlug es zwölf, in allen Zimmern schlugen die Uhren nacheinander zwölf Uhr — und alles war wieder still. Hermann stand an einen kalten Ofen gelehnt; sein Herz schlug gleichmäßig wie bei einem Menschen, der sich zu etwas Gefährlichem, aber Notwendigem entschlossen hat. Die Uhren schlugen die erste und dann die zweite Morgenstunde — und er hörte von fern das Rollen einer Kutsche. Eine unwillkürliche Aufregung überkam ihn. Die Kutsche fuhr vor und hielt. Er hörte das Fallen des Wagentritts. Im Haus wurde es lebendig. Menschen liefen umher, Stimmen ertönten, und das Haus wurde hell. In das Schlafzimmer kamen drei alte Zofen gelaufen, die Gräfin trat, mehr tot als lebendig, ein und sank in einen Voltairesessel. Hermann sah durch einen Spalt: Lisaweta Iwanowna ging an ihm vorüber. Hermann hörte ihre eiligen Schritte auf den Treppenstufen. In seinem Herzen empfand er etwas Ähnliches wie Gewissensbisse, diese Regung ging aber bald vorüber. Er stand, als wäre er von Stein.

Die Gräfin begann sich vor dem Spiegel zu entkleiden. Die mit Rosen verzierte Haube wurde losgesteckt, die gepuderte Perücke von ihrem grauen, kurzgeschorenen Kopf entfernt. Ein Regen von Nadeln ging auf den Boden nieder. Das gelbe, mit Silber bestickte Kleid sank zu ihren geschwollenen Füßen. Hermann war Zeuge der abstoßenden Geheimnisse ihrer Toilette; schließlich stand die Gräfin in Nachtjacke und Schlafmütze da — in diesem Aufzug, der ihrem Alter mehr entsprach, erschien sie weniger schrecklich und häßlich.

Wie alle alten Leute litt die Gräfin an Schlaflosigkeit. Als sie ausgezogen war, setzte sie sich in den Lehnstuhl an das Fenster und schickte die Zofen fort. Die Kerzen wurden hinausgetragen, das Zimmer war wiederum nur von dem Öllämpchen erhellt. Ganz gelb saß die Gräfin da, bewegte die herabhängenden Lippen und schwankte nach rechts und links. In ihren trüben Augen drückte sich völlige Geistesabwesenheit aus; wenn man sie ansah, konnte man denken, daß das Schwanken der furchtbaren Alten nicht auf ihren Willen, sondern auf einen versteckten Galvanismus zurückzuführen sei.

Plötzlich veränderte sich dieses tote Gesicht in unbeschreiblicher Weise. Die Lippen hörten auf, sich zu bewegen, die Augen belebten sich: Vor der Gräfin stand ein unbekannter Mann.

„Erschrecken Sie nicht, um Himmels willen, erschrecken Sie nicht!" sagte er mit eindringlicher und leiser Stimme. „Ich habe nicht die Absicht, Ihnen Schaden zuzufügen, ich bin gekommen, Sie um eine Gnade anzuflehen."

Die Alte sah ihn schweigend an und schien ihn nicht zu hören. Hermann kam auf den Gedanken, daß sie taub sei, beugte sich unmittelbar an ihr Ohr und wiederholte dasselbe noch einmal. Die Alte schwieg weiterhin.

„Sie können mich", fuhr Hermann fort, „für mein ganzes Leben glücklich machen, und dies kostet Sie nichts: Ich weiß, daß Sie hintereinander drei Karten erraten können ..."

Hermann verstummte. Die Gräfin, so schien es, hatte begriffen, was man von ihr wollte, sie schien nach Worten für ihre Antwort zu suchen.

„Das war ein Scherz", sagte sie schließlich. „Ich schwöre es Ihnen! Das war ein Scherz!"

„Damit scherzt man nicht", entgegnete Hermann ärgerlich. „Erinnern Sie sich an Tschaplizki, dem Sie geholfen haben zu gewinnen."

Die Gräfin war sichtlich bestürzt. Ihre Züge drückten eine heftige innere Erregung aus, doch bald verfiel sie wieder in ihre vorherige Lethargie.

„Können Sie mir", fuhr Hermann fort, „diese drei sicheren Karten nennen?"

Die Gräfin schwieg; Hermann fuhr fort: „Für wen hüten Sie Ihr Geheimnis? Für die Enkel? Die sind auch ohnedies reich; zudem kennen sie den Wert des Geldes nicht. Einem Verschwender helfen Ihre drei Karten nicht. Wer das väterliche Erbe nicht zu hüten versteht, stirbt in Armut trotz aller noch so dämonischen Bemühungen. Ich bin kein Verschwender, ich kenne den Wert des Geldes. Ihre drei Karten sind bei mir gut aufgehoben. Nun! ..."

Er hielt inne und erwartete zitternd ihre Antwort. Die Gräfin schwieg; Hermann kniete nieder.

„Wenn Ihr Herz jemals das Gefühl der Liebe empfunden hat", sagte er, „wenn Sie sich dieser Wonnen erinnern, wenn Sie nur ein einziges Mal beim Weinen Ihres neugeborenen Sohnes gelächelt haben, wenn sich jemals etwas Menschliches in Ihrer Brust geregt hat, so beschwöre ich Sie bei den Gefühlen der Gattin, der Geliebten, der Mutter — bei allem, was heilig ist im Leben —, schlagen Sie mir meine Bitte nicht ab! Entdecken Sie mir Ihr Geheimnis! Was liegt Ihnen daran? ... Vielleicht ist es mit einer entsetzlichen Sünde verbunden, mit dem Verlust der ewigen Seligkeit, mit einem Teufelspakt ... Überlegen Sie: Sie sind alt; Sie haben nicht mehr lange zu leben — ich bin bereit, Ihre Sünden auf mich zu nehmen. Entdecken Sie mir nur Ihr Geheimnis. Bedenken Sie, daß sich das Glück eines Menschen in Ihren Händen befindet, daß nicht nur ich, sondern auch meine Kinder, meine Enkel und Urenkel Ihr Andenken segnen und verehren werden wie ein Heiligtum ..."

Die Alte antwortete mit keinem Wort.

Hermann erhob sich.

„Alte Hexe!" sagte er und biß die Zähne zusammen. „So werde ich dich zwingen zu antworten ..."

Mit diesen Worten zog er eine Pistole aus der Tasche.

Beim Anblick der Pistole geriet die Gräfin zum zweitenmal in heftige Erregung. Sie wackelte mit dem Kopfe und hob den Arm hoch, als wollte sie sich vor dem Schuß schützen ... Dann rollte sie auf den Rücken ... und blieb unbeweglich liegen.

„Hören Sie mit der Kinderei auf", sagte Hermann und ergriff

ihre Hand. „Ich frage Sie zum letztenmal: Wollen Sie mir Ihre drei Karten nennen? Ja oder nein?“

Die Gräfin antwortete nicht. Hermann sah, daß sie tot war.

4

7. Mai 18..

Homme sans mœurs et sans religion!

AUS EINEM BRIEFWECHSEL

Lisaweta Iwanowna saß in ihrem Zimmer, sie hatte noch ihr Ballkleid an und war tief in Gedanken versunken. Als sie nach Hause gekommen war, hatte sie es eilig, das verschlafene Mädchen fortzuschicken, das ihr widerstrebend seine Dienste anbot — sie sagte, daß sie sich selbst ausziehen werde, ging zitternd auf ihr Zimmer, hoffte dabei, Hermann anzutreffen, und wünschte es auch wieder nicht. Auf den ersten Blick sah sie, daß er nicht da war, und dankte dem Schicksal, daß es eine Zusammenkunft verhindert hatte. Sie setzte sich, ohne sich auszuziehen, und rief sich die Umstände in Erinnerung zurück, die sie in so kurzer Zeit so weit geführt hatten. Nicht einmal drei Wochen waren vergangen seit jenem Tage, an dem sie den jungen Mann zum erstenmal von ihrem Fenster aus gesehen hatte, und schon stand sie im Briefwechsel mit ihm — und schon hatte er ihr Einverständnis zu einer nächtlichen Zusammenkunft erlangt! Sie kannte seinen Namen nur, weil einige Briefe von ihm unterschrieben waren; sie hatte nie mit ihm gesprochen, seine Stimme nicht vernommen, niemals etwas über ihn gehört ... bis zu diesem Abend. Seltsam! Ausgerechnet an diesem Abend schmollte Tomski auf dem Ball mit Prinzeß Polina ***, weil sie gegen ihre Gewohnheit nicht mit ihm kokettierte, und gab sich aus Rache gleichgültig: Er forderte Lisaweta Iwanowna auf und tanzte mit ihr eine endlose Mazurka. Während der ganzen Zeit scherzte er über ihre Vorliebe für Genieoffiziere, beteuerte, daß er bedeutend mehr wüßte, als sie ahne, und einige seiner Scherze waren so geschickt angebracht, daß Lisaweta Iwanowna mehrere Male dachte, er wüßte von ihrem Geheimnis.

„Von wem wissen Sie dies alles?“ fragte sie lachend.

„Von dem Freund einer Ihnen bekannten Person“, gab ihr Tomski zur Antwort. „Er ist ein außerordentlich bemerkenswerter Mensch!“

„Und wer ist dieser bemerkenswerte Mensch?“

„Er heißt Hermann.“

Lisaweta Iwanowna antwortete nicht, doch ihre Hände und Füße erstarrten zu Eis ...

„Dieser Hermann“, fuhr Tomski fort, „ist ein echter Romanheld: Er hat das Profil eines Napoleon und die Seele eines Mephistopheles. Ich schätze, daß er mindestens drei Verbrechen auf seinem Gewissen hat. Wie blaß Sie geworden sind!“

„Ich habe Kopfschmerzen ... Und was hat Ihnen Hermann, oder wie er hieß, gesagt?“

„Hermann ist sehr unzufrieden mit seinem Freund, er sagt, an seiner Stelle würde er ganz anders vorgehen ... Ich nehme sogar an, daß er selbst einen Blick auf Sie geworfen hat, jedenfalls ist er durchaus nicht gleichgültig, wenn er die verliebten Reden seines Freundes hört.“

„Wo soll er mich denn gesehen haben?“

„In der Kirche vielleicht, oder beim Spazierengehen! ... Weiß der Himmel! Vielleicht in Ihrem Zimmer, als Sie schliefen: Er bringt alles fertig ...“

Drei Damen traten mit der Frage „oubli ou regret“ an sie heran und unterbrachen das Gespräch, das für Lisaweta Iwanowna von peinigendem Interesse zu werden begann.

Die Dame, die sich Tomski erwählt hatte, war Prinzeß *** selbst. Es gelang ihr, sich mit ihm auszusöhnen, indem sie mit ihm eine zusätzliche Tour tanzte und dazu noch vor ihrem Stuhl einen Kreis beschrieb. Als Tomski auf seinen Platz zurückkehrte, dachte er weder an Hermann noch an Lisaweta Iwanowna. Sie wollte unbedingt das unterbrochene Gespräch wieder aufnehmen; doch die Mazurka ging zu Ende, und bald darauf fuhr die alte Gräfin fort.

Die Worte Tomskis waren nichts anderes als eine während einer Mazurka übliche Unterhaltung, doch sie hatten bei der jungen Träumerin einen tiefen Eindruck hinterlassen. Das Porträt, das Tomski entworfen hatte, ähnelte dem Bild, das sie sich selbst von ihm gemacht hatte, und dank den neuen Romanen schreckte dieser beinahe schon banale Mensch ihre Einbildungskraft und nahm sie gleichzeitig gefangen. Sie saß da, die nackten Arme kreuzweise verschränkt, den noch mit Blumen geschmückten Kopf auf die entblößte Brust gesenkt ... Plötzlich ging die Tür auf, und Hermann trat herein. Sie erbebte ...

„Wo waren Sie gewesen?" fragte sie mit ängstlichem Flüstern.

„Im Schlafzimmer bei der alten Gräfin", antwortete Hermann. „Ich komme gerade von ihr. Die Gräfin ist tot."

„Mein Gott! ... Was sagen Sie da?"

„Und es scheint", fuhr Hermann fort, „ich bin an ihrem Tod schuld."

Lisaweta Iwanowna sah ihn an, und sie hörte wieder die Worte Tomskis: *Dieser Mensch hat mindestens drei Verbrechen auf seinem Gewissen!* Hermann setzte sich neben sie auf das Fensterbrett und erzählte alles.

Lisaweta Iwanowna hörte ihm voll Entsetzen zu. Diese leidenschaftlichen Briefe, die glühenden Forderungen, diese kühne und hartnäckige Verfolgung, all das war also keine Liebe! Geld — das war es, wonach seine Seele lechzte! Sie konnte seine Wünsche nicht befriedigen und ihn glücklich machen! Die arme Pflegetochter war nichts anderes als das blinde Werkzeug eines Räubers, des Mörders ihrer alten Wohltäterin! Bittere Tränen weinte sie in später, qualvoller Reue. Hermann betrachtete sie schweigend. Auch er litt Qualen, doch weder die Tränen des armen Mädchens noch der erstaunliche Liebreiz ihres Schmerzes berührten sein kaltes Herz. Er empfand keine Gewissensbisse beim Gedanken an die tote Greisin. Eines entsetzte ihn: der unwiederbringliche Verlust des Geheimnisses, von dem er Bereicherung erwartete.

„Sie sind ein Ungeheuer!" sagte schließlich Lisaweta Iwanowna.

„Ich wollte nicht ihren Tod", antwortete Hermann. „Meine Pistole ist nicht geladen."

Beide schwiegen.

Der Morgen brach an. Lisaweta Iwanowna löschte die fast niedergebrannte Kerze aus; fahles Licht erleuchtete das Zimmer. Sie wischte sich die Tränen aus den Augen und hob den Blick zu Hermann: Er saß, die Arme gekreuzt und mit finsterem Blick, auf dem Fensterbrett. In dieser Haltung erinnerte er erstaunlich an das Porträt Napoleons. Diese Ähnlichkeit verblüffte sogar Lisaweta Iwanowna.

„Wie kommen Sie nun aus dem Haus heraus?" sagte endlich Lisaweta Iwanowna. „Ich hatte vor, Sie über die Geheimtreppe zu führen, doch da muß man an dem Schlafzimmer vorbei, und ich fürchte mich."

„Sagen Sie mir, wie diese Geheimtreppe zu finden ist, und ich gehe."

Lisaweta Iwanowna stand auf, nahm aus der Kommode einen Schlüssel, reichte ihn Hermann und gab ihm genaue Anweisungen. Hermann drückte ihre kalte, unbewegliche Hand, küßte sie auf den gesenkten Kopf und ging hinaus.

Er ging die Wendeltreppe hinab und trat wieder in das Schlafzimmer der Gräfin. Die tote Alte saß wie versteinert da, ihr Gesicht drückte tiefe Ruhe aus. Hermann blieb vor ihr stehen und sah sie lange an, als wollte er sich von der entsetzlichen Wahrheit überzeugen; schließlich ging er in das Kabinett, fand dort, an der Tapete tastend, eine Tür und ging eine finstere Treppe hinunter, wobei ihn seltsame Gefühle bewegten. Diese gleiche Treppe, so dachte er, ist vielleicht zu dieser Stunde vor sechzig Jahren ein junger Glückspilz in besticktem Rock, à l'oiseau royal frisiert und den Dreispitz an sein Herz gepreßt, in dieses gleiche Schlafzimmer hochgeschlichen; er ist schon lange in seinem Grab vermodert, und das Herz seiner hochbetagten Geliebten hat heute aufgehört zu schlagen . . .

Unterhalb der Treppe fand Hermann eine Tür, die er mit dem gleichen Schlüssel öffnete, und gelangte in einen durchgehenden Korridor, der auf die Straße führte.

5

In dieser Nacht erschien mir die selige Baronesse von W***. Sie war ganz in Weiß und sagte zu mir: „Guten Tag, Herr Rat!“
SWEDENBORG

Drei Tage nach der verhängnisvollen Nacht, um neun Uhr morgens, machte sich Hermann auf den Weg zum Kloster ***, wo das Totenamt für die verstorbene Gräfin abgehalten werden sollte. Er empfand keine Reue, doch konnte er die Stimme seines Gewissens, die ihm ständig wiederholte: Du bist der Mörder der Alten!, nicht vollkommen zum Schweigen bringen. Echten Glauben besaß er kaum, doch war er sehr abergläubisch. Er glaubte, daß die tote Gräfin einen schädlichen Einfluß auf sein Leben ausüben könne — und beschloß, bei ihrem Begräbnis zu erscheinen, um sie um Vergebung zu bitten.

Die Kirche war überfüllt. Hermann drängte sich nur mit Mühe durch die Menschenmenge. Der Sarg stand auf einem kostbaren Katafalk unter einem Samtbaldachin. Die Verstorbene lag darin mit auf der Brust gekreuzten Händen, in einer Spitzenhaube und einem weißen Atlaskleid. Ringsherum stand das Hausgesinde: die Diener in schwarzen Röcken, mit Wappenbändern um die Schulter und Kerzen in der Hand, und die Verwandten — Kinder, Enkel und Urenkel — in tiefer Trauer. Niemand weinte; Tränen wären une affectation gewesen. Die Gräfin war so alt geworden, daß ihr Tod niemand mehr überraschen konnte und ihre Verwandten sie schon längst als eine Dahingegangene betrachtet hatten. Ein junger Bischof hielt die Grabrede. In einfachen und zu Herzen gehenden Worten schilderte er das friedliche Hinscheiden der Gerechten, für die so viele Jahre eine stille und ergreifende Vorbereitung auf ihr christliches Ende gewesen seien. „Der Todesengel fand sie“, sagte der Redner, „in guten Gedanken wachend und in Erwartung des mitternächtigen Bräutigams.“ Der Gottesdienst schloß mit trauriger Würde. Die Verwandten nahmen als erste von der Toten Abschied. Dann näherte sich die

Vielzahl der Gäste, um sich vor derjenigen zu verneigen, die so lange an ihren eitlen Vergnügungen teilgenommen hatte. Ihnen folgten alle, die zum Hause gehörten. Schließlich trat eine alte Beschließerin heran, eine Altersgenossin der Verstorbenen. Zwei junge Mädchen stützten sie. Sie war zu schwach, um sich bis zur Erde zu verneigen, und sie allein vergoß einige Tränen, als sie die kalte Hand ihrer Herrin küßte. Nach ihr entschloß sich Hermann, an den Sarg zu treten. Er verbeugte sich bis zur Erde und lag einige Minuten auf dem kalten, mit Tannenzweigen bedeckten Boden. Schließlich erhob er sich, bleich wie die Tote, trat auf die Stufen des Katafalks und beugte sich vor... In diesem Augenblick schien es ihm, daß ihn die Tote belustigt ansah und dabei ein Auge zukniff. Hermann wich jäh zurück, trat fehl und fiel rücklings auf den Boden. Man hob ihn auf. Zur selben Zeit trug man die ohnmächtige Lisaweta Iwanowna aus der Kirche. Dieser Vorfall störte für einige Augenblicke die Feierlichkeit der düsteren Trauerzeremonie. Unter den Besuchern erhob sich ein dumpfes Gemurmel, und ein hagerer Kammerherr, ein naher Verwandter der Verstorbenen, flüsterte dem neben ihm stehenden Engländer ins Ohr, daß der junge Offizier ihr unehelicher Sohn sei, worauf der Engländer kühl erwiderte: „Oh?"

Den ganzen Tag über war Hermann außerordentlich verstimmt. Er aß in einem abgelegenen Gasthaus zu Mittag und trank gegen seine Gewohnheit sehr viel, in der Hoffnung, seine innere Erregung zu betäuben. Doch der Wein erhitzte seine Einbildungskraft noch mehr. Als er zu Hause angelangt war, warf er sich unausgezogen aufs Bett und schlief fest ein.

Er wachte erst in der Nacht auf: Der Mond schien in sein Zimmer. Er sah auf die Uhr, es war drei Viertel drei. Seine Müdigkeit war verflogen, er setzte sich auf das Bett und dachte an das Begräbnis der alten Gräfin.

In diesem Augenblick sah jemand von der Straße zu seinem Fenster herein — und trat sofort zurück. Hermann schenkte dem keinerlei Beachtung. Gleich darauf hörte er, wie die Tür im Vorzimmer geöffnet wurde. Hermann glaubte, es sei sein Bursche, der, wie gewöhnlich, betrunken von einem nächtlichen Bummel zurückkehrte. Doch er vernahm einen unbekannten Schritt: Jemand nahte, leise mit den Pantoffeln schlurfend. Die Tür öffnete sich, und eine Frau in einem weißen Kleid trat ein. Hermann hielt sie für seine alte Amme und wunderte sich, was sie um diese Stunde zu ihm geführt haben konnte. Doch die weiße Frau glitt näher heran, stand plötzlich vor ihm — und Hermann erkannte die Gräfin.

„Ich bin wider meinen Willen zu dir gekommen", sagte sie mit fester Stimme, „doch mir ist aufgetragen worden, deine Bitte zu erfüllen. Mit der Drei, der Sieben und dem As wirst du hintereinander gewinnen — doch unter der Bedingung, daß du nicht mehr als eine Karte in vierundzwanzig Stunden setzt und danach dein ganzes Leben nicht mehr spielst. Ich vergebe dir meinen Tod unter der Bedingung, daß du meine Pflegetochter Lisaweta Iwanowna heiratest ..."

Mit diesen Worten drehte sie sich lautlos um, ging zur Tür und verschwand, mit ihren Pantoffeln schlurfend. Hermann hörte, wie die Tür in der Diele zuschlug, und sah, daß jemand erneut zum Fenster hereinguckte.

Lange konnte Hermann nicht zur Besinnung kommen. Er ging in ein anderes Zimmer. Sein Bursche schlief auf dem Fußboden; Hermann konnte ihn nur mit Mühe wecken. Wie gewöhnlich, war der Bursche betrunken: Von ihm war nichts zu erfahren. Die Tür zur Diele war verriegelt. Hermann ging in sein Zimmer zurück, zündete eine Kerze an und schrieb seine Vision auf.

6

„Attendez!"

„Wie können Sie es wagen, zu mir *attendez* zu sagen?"

„Euer Hochwohlgeboren, ich sagte *attendez, mein Herr!*"

Zwei fixe Ideen können in der sittlichen Natur ebensowenig nebeneinander existieren, wie zwei Körper in der physischen Welt ein und denselben Platz einnehmen können. Die Drei, die Sieben und das As verdrängten in Hermanns Phantasie bald das ganze Bild der toten Alten. Die Drei, die Sieben und das As gingen ihm nicht aus dem Kopf, und seine Lippen flüsterten ständig diese Namen. Wenn er ein junges Mädchen sah, sagte er: „Wie schlank sie ist! Eine richtige Cœur-Drei." Wenn man ihn fragte: „Wie spät ist es?", so antwortete er: „Fünf Minuten vor der Sieben." Jeder dicke Mann erinnerte ihn an ein As. Die Drei, die Sieben und das As verfolgten ihn im Schlaf, wobei sie alle möglichen Formen annahmen: Die Drei blühte üppig wie eine große Blume, die Sieben erschien ihm als ein gotisches Tor und das As als eine Riesenspinne. Alle seine Gedanken waren nur auf das eine gerichtet — das Geheimnis, das ihm so teuer zu stehen gekommen war, sich zunutze zu machen. Er dachte daran, seinen Abschied zu nehmen und zu reisen. Er wollte in den öffentlichen Spielhäusern von Paris der bezauberten Fortuna den Schatz entreißen. Allein der Zufall entledigte ihn aller Sorgen.

In Moskau hatte sich eine Gesellschaft reicher Spieler unter dem Vorsitz des berühmten Tschekalinski gebildet, der sein ganzes Leben beim Kartenspiel zugebracht und einst Millionen gewonnen hatte, wobei er Wechsel gewann und bares Geld verlor. Durch seine langjährige Erfahrung erwarb er sich das Vertrauen seiner Freunde, während sein gastfreundliches Haus, sein ausgezeichneter Koch, seine Liebenswürdigkeit und Fröhlichkeit ihm die Achtung des Publikums gewannen. Er kam nach Petersburg. Die Jugend strömte ihm zu, sie vergaß die Bälle über den Karten und zog die Reize des Pharao den Versuchungen einer Umwerbung vor. Narumow brachte Hermann zu ihm.

Sie durchschritten eine Reihe prunkvoller Zimmer, in denen viele höfliche Diener herumstanden. Einige Generäle und Geheimräte spielten Whist; die jungen Leute saßen bequem auf den Samtsofas, aßen Halbgefrorenes und rauchten ihre Pfeifen. Im Gastzimmer saß der Hausherr an einem langen Tisch, um den sich ungefähr zwanzig Spieler drängten, und hielt die Bank. Er war ein Mann von etwa sechzig Jahren und sehr würdevollem Äußeren; sein Haupt bedeckte silbernes Haar; sein volles und frisches Gesicht drückte Gutmütigkeit aus; seine Augen glänzten und wurden von einem immerwährenden Lächeln belebt. Narumow stellte ihm Hermann vor. Tschekalinski drückte ihm freundschaftlich die Hand, bat, sich nicht zu genieren, und fuhr fort, die Bank zu halten.

Die Taille dauerte lange. Auf dem Tisch lagen mehr als dreißig Karten.

Tschekalinski hielt nach jedem Wurf inne, um den Spielern Zeit zu geben, ihre Anordnungen zu treffen, schrieb die Verluste auf, hörte höflich auf ihre Forderungen und strich noch höflicher eine überflüssige Ecke glatt, die eine zerstreute Hand eingebogen hatte. Endlich war die Taille beendet. Tschekalinski mischte die Karten und bereitete sich auf die nächste vor.

„Gestatten Sie mir, eine Karte zu setzen“, sagte Hermann und streckte seine Hand hinter einem dicken Herrn hervor, der dort gerade pointierte. Tschekalinski lächelte und verbeugte sich schweigend zum Zeichen seines ergebenen Einverständnisses. Narumow gratulierte Hermann lachend zur Beendigung seines langjährigen Fastens und wünschte ihm einen glücklichen Anfang.

„Bitte!“ sagte Hermann und schrieb mit Kreide eine hohe Summe über seine Karte.

„Wieviel?“ fragte der Bankhalter und kniff die Augen zusammen. „Entschuldigen Sie, ich kann es nicht erkennen.“

„Siebenundvierzigtausend“, antwortete Hermann.

Bei diesen Worten fuhren alle Köpfe jäh herum, und die

Augen aller richteten sich auf Hermann. Er ist wahnsinnig geworden! dachte Narumow.

„Gestatten Sie mir zu bemerken", sagte Tschekalinski mit unveränderlichem Lächeln, „daß Ihr Spiel sehr hoch ist: Hier hat noch niemand mehr gesetzt als zweihundertfünfundsiebzig simple."

„Nun und?" entgegnete Hermann. „Nehmen Sie das Spiel an oder nicht?"

Tschekalinski verbeugte sich mit derselben Miene ergebenen Einverständnisses.

„Ich wollte Sie nur darauf hinweisen", sagte er, „daß ich, da mich meine Freunde ihres Vertrauens würdigen, nur gegen bares Geld spielen kann. Ich meinerseits bin natürlich überzeugt, daß Ihr Wort genügt, doch um der Ordnung beim Spiel und beim Rechnen willen bitte ich Sie, das Geld auf die Karte zu legen."

Hermann nahm aus seiner Tasche eine Banknote und reichte sie Tschekalinski, der sie flüchtig besah und auf die Karte Hermanns legte.

Er begann zu spielen. Rechts fiel eine Neun, links eine Drei.

„Gewonnen!" sagte Hermann und zeigte seine Karte.

Unter den Spielern erhob sich ein Flüstern. Tschekalinski zog die Brauen zusammen, doch das Lächeln kehrte sofort auf sein Gesicht zurück.

„Gestatten Sie, daß ich Ihnen das Geld gebe?" fragte er Hermann.

„Seien Sie so freundlich."

Tschekalinski zog einige Banknoten aus der Tasche und rechnete mit ihm ab. Hermann nahm sein Geld in Empfang und ging vom Tisch fort. Narumow konnte sich immer noch nicht fassen. Hermann trank ein Glas Limonade und machte sich auf den Heimweg.

Am Abend des nächsten Tages erschien er wieder bei Tschekalinski. Der Hausherr hielt die Bank. Hermann trat an den Tisch heran; die Spieler machten ihm sofort Platz. Tschekalinski verbeugte sich liebenswürdig vor ihm.

Hermann wartete eine neue Taille ab, setzte eine Karte und legte seine siebenundvierzigtausend und den gestrigen Gewinn darauf.

Tschekalinski begann zu spielen. Der Bube fiel nach rechts, die Sieben nach links.

Hermann deckte die Sieben auf.

Alle stießen einen Schrei aus. Tschekalinski war sichtlich betroffen. Er zählte vierundneunzigtausend ab und gab sie Hermann. Hermann nahm sie kaltblütig entgegen und entfernte sich im selben Augenblick.

Am folgenden Abend erschien Hermann wieder am Spieltisch. Alle erwarteten ihn. Generäle und Geheimräte verließen ihren Whist, um dieses ungewöhnliche Spiel zu sehen. Die jungen Offiziere sprangen von den Sofas auf, sämtliche Diener versammelten sich in dem Gästezimmer. Alle umringten Hermann. Die übrigen Spieler setzten ihre Karten nicht und warteten voller Ungeduld auf den Ausgang des Spiels. Hermann stand am Tisch und bereitete sich darauf vor, allein gegen den bleichen, doch ständig lächelnden Tschekalinski zu pointieren. Jeder öffnete ein Kartenspiel. Tschekalinski mischte. Hermann hob ab, setzte seine Karte und bedeckte sie mit einem Bündel Banknoten. Es sah aus wie ein Zweikampf. Tiefes Schweigen herrschte ringsum.

Tschekalinski begann zu spielen, seine Hände zitterten. Rechts fiel eine Dame, links ein As.

„As hat gewonnen!“ sagte Hermann und deckte seine Karte auf.

„Ihre Dame ist geschlagen“, sagte Tschekalinski liebenswürdig.

Hermann fuhr auf: In der Tat, statt des Asses lag vor ihm die Pique Dame. Er traute seinen Augen nicht, er verstand nicht, wie er sich hatte irren können.

In diesem Augenblick schien ihm, daß die Pique Dame ein Auge zukniff und höhnisch lächelte. Die ungewöhnliche Ähnlichkeit verblüffte ihn . . .

„Die Alte!“ schrie er voller Entsetzen.

Tschekalinski strich die verlorenen Banknoten ein. Hermann

stand unbeweglich da. Als er vom Tisch fortging, erhob sich eine laute Unterhaltung. „Herrlich pointiert hat er!“ sagten die Spieler. Tschekalinski mischte von neuem die Karten: Das Spiel nahm seinen Fortgang.

Epilog

Hermann ist wahnsinnig geworden. Er sitzt im Obuchow-Krankenhaus, Zimmer 17, antwortet auf keinerlei Fragen und murmelt ungewöhnlich schnell: Drei, Sieben, As! Drei, Sieben, Dame! ...

Lisaweta Iwanowna hat einen sehr netten jungen Mann geheiratet; er dient irgendwo und hat ein ordentliches Vermögen: Er ist der Sohn des ehemaligen Verwalters der Gräfin. Bei Lisaweta Iwanowna wird eine arme Verwandte erzogen.

Tomski ist zum Rittmeister befördert worden und heiratete Prinzeß Polina.

Michail Lermontow

Der Fatalist

Ich verbrachte einmal zufällig zwei Wochen in einer Kosakenstaniza am linken Flügel; dort lag auch ein Infanteriebataillon; die Offiziere trafen sich abwechselnd einer beim andern, abends wurde Karten gespielt.

Einmal, als wir des Bostons überdrüssig geworden waren und die Karten unter den Tisch geworfen hatten, saßen wir sehr lange bei Major S . . .; die Unterhaltung war entgegen der Gewohnheit recht kurzweilig. Wir sprachen darüber, daß der mohammedanische Glaube, das Schicksal eines Menschen stehe in den Sternen geschrieben, auch bei uns Christen viele Anhänger finde; jeder erzählte ein paar ungewöhnliche Begebenheiten pro oder contra.

„All das beweist nichts, meine Herren", sagte ein alter Major, „es war doch keiner von Ihnen Zeuge solcher seltsamen Begebenheiten, mit denen Sie Ihre Auffassungen zu stützen suchen . . ."

„Natürlich nicht!" sagten viele. „Aber wir haben von zuverlässigen Leuten erfahren . . ."

„All das ist Unsinn!" sagte jemand. „Wo sind diese zuverlässigen Leute, die eine Liste gesehen haben, auf der unsere Todesstunde eingetragen ist? Und wenn es tatsächlich eine Vorherbestimmung gibt, wozu ist uns dann Wille und Vernunft gegeben?

Warum müssen wir über unsere Handlungen Rechenschaft ablegen?"

In diesem Augenblick stand ein Offizier auf, der bis dahin in einer Ecke des Zimmers gesessen hatte; er trat langsam an den Tisch und umfing alle mit einem ruhigen und feierlichen Blick. Er war ein gebürtiger Serbe, wie schon sein Name erkennen ließ.

Das Äußere des Leutnants Wulitsch entsprach völlig seinem Charakter. Seine hohe Gestalt und seine braune Gesichtsfarbe, sein schwarzes Haar, die durchdringenden schwarzen Augen, die große, aber gerade Nase, eine Eigenart seiner Nation, das traurige und kalte Lächeln, das ewig seine Lippen umspielte — all das schien dazu beizutragen, ihm das Aussehen eines besonderen Menschen zu verleihen, der unfähig ist, die Gedanken und Leidenschaften derjenigen zu teilen, die ihm das Schicksal als Gefährten beigesellte.

Er war tapfer, sprach wenig, aber schroff; niemandem vertraute er seine seelischen oder familiären Geheimnisse an; Wein trank er fast gar nicht, und den jungen Kosakinnen, deren Reize schwerlich zu verstehen sind, wenn man sie nicht gesehen hat, lief er niemals nach. Es hieß jedoch, der Frau des Obersten wären seine ausdrucksvollen Augen nicht gleichgültig; aber er wurde ernstlich böse, wenn man darauf anspielte.

Es gab nur eine einzige Leidenschaft, die er nicht verheimlichte, die Leidenschaft des Spiels. Am grünen Tisch vergaß er alles, und gewöhnlich verlor er; aber die ständigen Mißerfolge reizten nur seinen Trotz. Man erzählte sich, daß er einmal während einer Expedition nachts auf einem Kissen Bank gehalten habe; das sei ihm teuer zu stehen gekommen. Plötzlich krachten Schüsse, es wurde Alarm geschlagen. Alle sprangen auf und stürzten zu den Waffen. „Spiel, va banque!" rief Wulitsch, ohne aufzustehen, einem der hitzigsten Pointeure zu. — „Auf die Sieben", antwortete dieser, enteilend. Trotz des allgemeinen Durcheinanders spielte Wulitsch die Runde zu Ende. Die Sieben gewann.

Als er die Feuerlinie erreichte, wurde dort schon heftig geschossen. Wulitsch kümmerte sich weder um die Kugeln noch um die Säbel der Tscherkessen – er suchte seinen glücklichen Pointeur.

„Die Sieben hat gewonnen!" rief er, als er ihn endlich in der Schützenkette entdeckt hatte, die den Feind aus dem Gehölz hinausdrängte, und während er sich ihm näherte, zog er seinen Beutel und seine Brieftasche hervor und übergab beides dem Glücklichen, obwohl dieser sich entrüstet sträubte, in diesem unpassenden Augenblick das Geld anzunehmen. Nachdem Wulitsch diese unangenehme Pflicht erfüllt hatte, stürmte er vorwärts, riß die Soldaten mit sich und stand bis zum Ende des Gefechts äußerst kaltblütig im Feuerwechsel mit den Tschetschenzen.

Als Leutnant Wulitsch an den Tisch trat, verstummten alle und erwarteten von ihm eine originelle Äußerung.

„Meine Herren", sagte er (seine Stimme war ruhig, wenngleich im Ton etwas tiefer als gewöhnlich), „meine Herren, wozu die sinnlosen Streitereien? Sie wünschen Beweise. Ich schlage Ihnen vor, es an sich selbst zu erproben, ob ein Mensch frei über sein Leben verfügen kann oder ob jedem von uns die Schicksalsstunde vorherbestimmt ist ... Wer möchte?"

„Ich nicht ... ich nicht!" erscholl es von allen Seiten. „So ein komischer Kauz! Was ihm alles einfällt ..."

„Ich schlage eine Wette vor", sagte ich scherzend.

„Und zwar?"

„Ich behaupte, es gibt keine Vorherbestimmung", sagte ich und schüttete dabei an die zwanzig Tscherwonzen, alles, was ich in der Tasche hatte, auf den Tisch.

„Ich nehme an", antwortete Wulitsch dumpf. „Herr Major, Sie sollen der Schiedsrichter sein; hier sind fünfzehn Tscherwonzen – die übrigen fünf bleiben Sie mir schuldig, und Sie werden mir die Freundlichkeit erweisen, sie hinzulegen."

„Gut", sagte der Major, „ich verstehe bloß nicht recht, worum es geht ... und wie Sie die Streitfrage klären wollen ..."

Wulitsch ging wortlos in das Schlafzimmer des Majors. Wir folgten ihm. Er trat an die Wand, an der die Waffen hingen, und nahm aufs Geratewohl eine der Pistolen verschiedenen Kalibers vom Nagel; wir verstanden ihn noch nicht; aber als er den Hahn spannte und Pulver auf die Pfanne schüttete, schrien mehrere unwillkürlich auf und packten ihn am Arm.

„Was willst du tun? Hör mal, das ist Wahnsinn!" riefen sie.

„Meine Herren", sagte er langsam, während er seinen Arm befreite, „wer möchte für mich die zwanzig Tscherwonzen zahlen?"

Alle verstummten und traten zurück.

Wulitsch ging ins Nebenzimmer und setzte sich an den Tisch. Alle folgten ihm — er forderte uns mit einer Geste auf, ringsum Platz zu nehmen. Stumm gehorchten wir ihm; in diesem Augenblick besaß er eine geheimnisvolle Macht über uns. Ich sah ihm unverwandt in die Augen; aber er begegnete meinem forschenden Blick mit einem ruhigen und unbeweglichen, und seine bleichen Lippen lächelten. Trotz seiner Kaltblütigkeit glaubte ich auf seiner bleichen Stirn das Siegel des Todes zu erkennen; ich habe beobachtet, und viele alte Krieger haben meine Beobachtung bestätigt, daß oft das Gesicht eines Menschen, der einige Stunden später sterben muß, von dem unvermeidlichen Schicksal seltsam gezeichnet ist, so daß sich das geübte Auge schwerlich täuschen kann.

„Sie werden heute sterben", sagte ich zu ihm. Er drehte sich jäh zu mir um, antwortete aber langsam und gelassen:

„Kann sein, kann auch nicht sein . . ."

Dann fragte er, an den Major gewandt, ob die Pistole geladen sei. Der Major konnte sich vor Aufregung nicht mehr besinnen.

„Schluß jetzt, Wulitsch!" rief jemand. „Sicher ist sie geladen, wenn sie am Kopfende hing . . . Was sollen die Scherze?"

„Ein dummer Scherz", warf ein anderer ein.

„Ich wette fünfzig Rubel gegen fünf, daß die Pistole nicht geladen ist!" rief ein dritter.

Neue Wetten wurden abgeschlossen.

Mich verdroß diese lange Zeremonie.

„Hören Sie", sagte ich, „entweder Sie erschießen sich, oder Sie hängen die Pistole an ihren alten Platz, und wir gehen schlafen."

„Ganz recht", riefen viele, „gehen wir schlafen."

„Meine Herren, ich bitte Sie, sich nicht von der Stelle zu rühren", sagte Wulitsch und richtete dabei die Mündung der Pistole auf seine Stirn. Alle waren wie versteinert.

„Herr Petschorin", fügte er hinzu, „nehmen Sie eine Karte und werfen Sie sie in die Luft!"

Ich nahm, wie ich mich heute entsinne, ein Cœur-As vom Tisch und warf es hoch. Allen stockte der Atem. Aller Augen eilten voller Entsetzen und unbestimmter Neugier von der Pistole zu dem verhängnisvollen As, das, in der Luft leise schaukelnd, langsam zu Boden sank; im selben Augenblick, als es den Tisch berührte, drückte Wulitsch ab ... Ein Versager!

„Gott sei Dank", riefen viele, „sie ist nicht geladen ..."

„Das werden wir sehen", sagte Wulitsch. Er spannte abermals den Hahn und zielte auf eine Mütze, die über dem Fenster hing. Der Schuß krachte, Rauch füllte das Zimmer! Als er sich verzogen hatte, nahm einer die Mütze ab; sie war genau in der Mitte durchschossen, und die Kugel steckte tief in der Wand.

Drei Minuten lang brachte keiner ein Wort über die Lippen. Wulitsch schüttete ungerührt meine Tscherwonzen in seinen Beutel.

Nun wurden Vermutungen darüber angestellt, warum der Schuß beim erstenmal nicht losgegangen sei; die einen behaupteten, die Pfanne sei verstaubt, die anderen flüsterten, das Pulver sei im Anfang zu feucht gewesen und Wulitsch habe hinterher frisches zugeschüttet; aber ich erklärte, daß die letztere Vermutung ungerechtfertigt sei, weil ich die Pistole die ganze Zeit nicht aus den Augen gelassen hätte.

„Sie haben Glück in diesem Spiel", sagte ich zu Wulitsch.

„Zum erstenmal in meinem Leben", antwortete er mit einem selbstgefälligen Lächeln, „das taugt mehr als Bank halten und Karten spielen."

„Dafür ist es etwas gefährlicher."

„Glauben Sie nun an die Vorherbestimmung?"

„Ja, ich glaube daran ... nur verstehe ich jetzt nicht, wieso mir schien, daß Sie heute unbedingt sterben müßten."

Derselbe Mensch, der wenige Augenblicke zuvor ungerührt

auf seine Stirn gezielt hatte, wurde plötzlich über und über rot und verlor die Fassung.

„Es genügt", sagte er und stand auf, „unsere Wette ist entschieden, und Ihre Äußerungen scheinen mir jetzt unpassend..." Er nahm seine Mütze und ging. Das kam mir merkwürdig vor, und nicht ohne Grund!

Bald darauf begaben sich alle nach Hause, dabei äußerte man noch dies und das über Wulitschs kuriose Einfälle, und alle nannten mich wohl einstimmig einen Egoisten, weil ich mit einem Menschen gewettet hatte, der sich erschießen wollte; als hätte er ohne mein Zutun keine entsprechende Gelegenheit gefunden!

Ich ging durch die menschenleeren Gassen der Staniza nach Hause zurück; voll und schön wie der Widerschein einer Feuersbrunst ging hinter dem gezackten Horizont der Häuser der Mond auf; die Sterne leuchteten ruhig an dem dunkelblauen Himmelsgewölbe, und ich mußte lachen, als ich daran dachte, daß es einst äußerst kluge Menschen gegeben hat, die wähnten, die himmlischen Gestirne nähmen Anteil an unseren nichtigen Streitigkeiten um einen Fetzen Land oder eingebildete Rechte! Und wie sieht es wirklich aus? Diese Lämpchen, die ihrer Meinung nach nur entzündet wurden, um ihre Schlachten und Siege zu bescheinen, erstrahlen im früheren Glanz, aber die Leidenschaften und Hoffnungen jener Menschen sind längst mit ihren Trägern erloschen, wie das kleine Feuer, das der sorglose Wanderer am Waldrand entfacht hat. Was für eine Willenskraft gab ihnen jedoch die Überzeugung, daß der ganze Himmel mit seinen zahllosen Bewohnern sie voll stummer, doch unwandelbarer Anteilnahme betrachte! Aber wir, ihre erbärmlichen Nachfahren, die wir auf der Erde umherirren, ohne Überzeugungen und Stolz, ohne Genuß und Furcht — außer jener unwillkürlichen Angst, die das Herz bei dem Gedanken an das unvermeidliche Ende ergreift —, wir sind großer Opfer nicht mehr fähig, weder zum Wohle der Menschheit noch zu unserem eigenen Glück, weil wir wissen, daß es unmöglich ist, und gleichgültig schreiten wir von Zweifel zu Zweifel, verfallen wir wie unsere Vorfahren von einem Irr-

tum in den anderen, ohne daß uns gleich ihnen die Hoffnung oder wenigstens jener unbestimmbare, obgleich wahre Genuß zuteil wird, den die Seele in jedem Kampf mit den Menschen oder mit dem Schicksal empfindet.

Viele Gedanken dieser Art erwog ich; ich hielt sie nicht fest, da ich bei keinem abstrakten Gedanken verweilen mag. Und wozu soll das führen? In meiner frühesten Jugend war ich ein Träumer; ich schwelgte mit Vorliebe abwechselnd in finsteren, dann wieder in leuchtenden Bildern, die mir meine unstete und gierige Phantasie ausmalte. Aber was war mir von alledem geblieben? Nichts als eine große Müdigkeit, wie nach einem nächtlichen Kampf mit einem Gespenst, und eine verschwommene, wehmütige Erinnerung. In diesem vergeblichen Ringen zermürbte ich sowohl die Leidenschaft meines Herzens als auch die Beständigkeit meines Willens, die für das wirkliche Leben so nötig sind; ich trat ein in dieses Leben, nachdem ich es innerlich schon durchlebt hatte, und mir wurde langweilig und abscheulich zumute wie jemandem, der die schlechte Nachahmung eines Buches liest, das er schon lange kennt.

Der Vorfall an diesem Abend beeindruckte mich ziemlich tief und peitschte meine Nerven auf; ich weiß nicht genau, ob ich jetzt an die Vorherbestimmung glaube oder nicht, aber an diesem Abend habe ich fest daran geglaubt. Der Beweis war schlagend, und wenngleich ich über unsere Vorfahren und ihre bequeme Astrologie spottete, geriet ich doch unwillkürlich in ihr Fahrwasser; aber ich hielt rechtzeitig auf diesem gefährlichen Pfad inne, und da ich es mir zur Regel gemacht hatte, nichts endgültig abzulehnen und an nichts blind zu glauben, schob ich die Metaphysik beiseite und achtete auf den Weg vor mir. Diese Vorsicht kam zur rechten Zeit; ich wäre beinahe lang hingeschlagen, weil ich über etwas Dickes und Weiches, aber anscheinend Lebloses stolperte. Ich bückte mich — der Mond schien hell auf den Weg —, und was sah ich? Vor mir lag ein Schwein, das von einem Säbelhieb in zwei Teile gespalten war... Kaum hatte ich das festgestellt, hörte ich Schritte. Zwei Kosaken kamen aus einer Nebengasse gelaufen; der eine trat auf mich zu und fragte, ob ich nicht einen betrunkenen Kosaken gesehen hätte, der hinter einem Schwein hergejagt sei. Ich erklärte ihnen, daß ich dem Kosaken nicht begegnet sei, und wies auf das unglückliche Opfer seiner Zerstörungswut.

„Dieser Halunke!“ sagte der zweite Kosak. „Hat er sich mit Tschichir vollaufen lassen, haut er alles kurz und klein, was ihm über den Weg läuft. Komm, Jeremytsch, wir müssen ihn binden, sonst ...“

Sie entfernten sich, und ich setzte meinen Weg mit großer Vorsicht fort und gelangte endlich glücklich in mein Quartier.

Ich wohnte bei einem alten Unteroffizier, den ich seiner Gutmütigkeit und besonders seiner hübschen Tochter Nastja wegen gut leiden mochte.

Sie erwartete mich wie üblich an der Gartenpforte, in ihren Pelz gehüllt. Der Mond beschien ihren süßen Mund, der blau war von der Kühle der Nacht. Als sie mich erkannte, lächelte sie, aber mir stand nicht der Sinn nach ihr. „Gute Nacht, Nastja“, sagte ich im Vorübergehen. Sie wollte etwas erwidern, aber sie seufzte nur. Ich schloß meine Zimmertür hinter mir ab, zündete eine Kerze an und warf mich aufs Bett; aber der Schlaf ließ diesmal länger als gewöhnlich auf sich warten. Im Osten wurde es schon hell, als ich einschlief, doch es stand anscheinend in den Sternen geschrieben, daß ich mich in dieser Nacht nicht ausschlafen sollte. Um vier Uhr morgens hämmerten zwei Fäuste an mein Fenster. Ich sprang auf: Was war das? „Steh auf, zieh dich an!“ riefen mehrere Stimmen. Ich zog mich schnell an und ging hinaus. „Weißt du, was geschehen ist?“ fragten die drei Offiziere, die mich abholten, wie aus einem Munde; sie waren bleich wie der Tod.

„Was?“

„Wulitsch ist ermordet.“

Ich erstarrte.

„Ja, ermordet“, fuhren sie fort. „Kommt, schneller!“

„Wohin denn?“

„Das erfährst du unterwegs.“

Wir gingen. Sie erzählten mir alles, was vorgefallen war, und äußerten verschiedene Ansichten über die sonderbare Vorherbestimmung, die ihn eine halbe Stunde vor seinem Tode dem unvermeidlichen Verderben entrissen hatte. Wulitsch war allein durch die dunkle Straße gegangen; da kam der betrunkene Kosak, der das Schwein getötet hatte, auf ihn zugelaufen, und er wäre vielleicht weitergetorkelt, ohne ihn zu bemerken, wenn Wulitsch nicht plötzlich stehengeblieben wäre und ihn gefragt hätte: „Bruder, wen suchst du?“ — „Dich!“ antwortete der Kosak, versetzte ihm einen Hieb mit dem Säbel und spaltete ihn von der Schulter bis beinahe zum Herzen ... Die beiden Kosaken, die mir begegnet waren und den Mörder verfolgt hatten, kamen zu spät. Sie hoben den Verletzten auf, aber er stieß schon seinen letzten Seufzer aus und sagte nur noch: „Er hat recht!“ Ich allein verstand den düstern Sinn dieser Worte, sie bezogen sich auf mich; ich hatte dem Armen, ohne es zu wollen, das Schicksal vorausgesagt; mein Instinkt hatte mich nicht getäuscht, ich hatte auf seinem erbleichenden Antlitz deutlich das Zeichen des Todes erkannt.

Der Mörder war in eine leere Hütte am Rande der Staniza geflüchtet. Wir gingen dorthin. Eine Menge Frauen lief wehklagend in dieselbe Richtung. Von Zeit zu Zeit kam ein Kosak, der sich verspätet hatte, auf die Straße gerannt, schnallte sich eilig seinen Dolch um und überholte uns im Laufschritt. Die Aufregung war groß.

Endlich kamen wir an Ort und Stelle an. Um die Hütte, deren Türen und Fensterläden von innen verriegelt waren, stand eine Menge Menschen. Offiziere und Kosaken redeten erregt miteinander; Weiber heulten, schwatzten und jammerten. Unter ihnen fiel mir das ausdrucksvolle Gesicht einer alten Frau auf, aus dem wahnsinnige Verzweiflung sprach; sie saß auf einem dicken Balken, hatte die Ellbogen auf die Knie gestützt und den Kopf in die Hände gelegt — das war die Mutter des Mörders. Ihre Lippen zuckten. Flüsterten sie ein Gebet oder einen Fluch?

Es galt, eine Entscheidung zu treffen und den Verbrecher dingfest zu machen. Niemand wagte es jedoch, als erster einzudringen. Ich trat an ein Fenster und spähte durch einen Spalt im

Laden. Bleich lag er auf dem Fußboden, in der rechten Hand hielt er eine Pistole; der blutbesudelte Säbel lag neben ihm. Seine ausdrucksvollen Augen rollten grauenerregend; manchmal zuckte er zusammen und faßte sich an den Kopf, als erinnere er sich unklar an das gestrige Geschehen. Ich las in diesem unruhigen Blick keine große Entschlossenheit und sagte zu dem Major, er verbiete den Kosaken ohne Grund, die Tür aufzubrechen und hineinzustürmen; es sei besser, das gleich zu tun, ehe er völlig bei Sinnen sei.

In diesem Augenblick trat ein alter Jessaul an die Tür und nannte ihn beim Vornamen; er antwortete.

„Du hast gesündigt, Bruder Jefimytsch", sagte der Jessaul, „daran ist nichts zu ändern — ergib dich!"

„Ich ergebe mich nicht", erwiderte der Kosak.

„Fürchte Gott, du bist doch kein verfluchter Tschetschenze, sondern ein ehrlicher Christ. Wenn dich allerdings die Sünde verleitet hat, ist nichts zu machen; seinem Schicksal entgeht man nicht."

„Ich ergebe mich nicht!" rief der Kosak drohend, und man hörte, wie ein Pistolenhahn gespannt wurde.

„He, Tante", sagte der Jessaul zu der Alten, „sprich mit deinem Sohn! Vielleicht hört er auf dich ... So lädt er nur den Zorn Gottes auf sich. Sieh nur, die Herren hier warten auch schon zwei Stunden."

Die Alte blickte ihn fest an und schüttelte den Kopf.

„Wassili Petrowitsch", sagte der Jessaul und trat zu dem Major, „er wird sich nicht ergeben, ich kenne ihn. Und wenn wir die Tür aufbrechen, wird er viele von unseren Leuten umbringen. Wollen Sie ihn nicht lieber erschießen lassen? Im Laden ist ein breiter Spalt."

In diesem Augenblick durchfuhr mich ein sonderbarer Gedanke, ich gedachte, ebenso wie Wulitsch das Schicksal zu versuchen. „Warten Sie", sagte ich zu dem Major, „ich bringe ihn lebend."

Ich befahl dem Jessaul, sich mit ihm zu unterhalten, und stellte an der Tür drei Kosaken auf, die bereit waren, sie einzuschlagen und mir auf ein Zeichen hin zu Hilfe zu eilen. Dann ging ich um die Hütte herum und näherte mich dem verhängnisvollen Fenster. Mein Herz schlug heftig.

„Ach, du verdammter Kerl!" rief der Jessaul. „Was treibst du mit uns deinen Spott, wie? Du denkst wohl, wir werden mit dir nicht fertig?" Er schlug mit aller Kraft an die Tür. Ich spähte durch den Spalt und beobachtete die Bewegungen des Kosaken, der von meiner Seite her keinen Überfall erwartete — und plötzlich riß ich den Laden auf und stürzte mich kopfüber durch das Fenster. Der Schuß krachte dicht an meinem Ohr, und die Kugel riß mir die Epauletten herunter. Aber der Rauch, der das Zimmer erfüllte, hinderte meinen Gegner, seinen neben ihm liegenden Säbel zu finden. Ich packte ihn bei den Armen; die Kosaken stürmten herein, und es vergingen keine drei Minuten, da war der Verbrecher schon gefesselt und unter Bewachung abgeführt. Das Volk verlief sich. Die Offiziere beglückwünschten mich — und sie hatten wirklich allen Grund dazu!

Sollte man nach alledem nicht wirklich Fatalist werden! Aber wer weiß denn genau, ob er von etwas überzeugt ist oder nicht? Und wie oft halten wir eine Täuschung der Gefühle oder eine Verirrung der Vernunft für eine Überzeugung!

Ich zweifle gern an allem; diese Eigenschaft behindert keineswegs die Entschlossenheit des Charakters — im Gegenteil; was mich betrifft, so schreite ich stets kühner voran, wenn ich nicht weiß, was mich erwartet. Etwas Ärgeres als der Tod kann keinen treffen — und dem Tod entgeht man nicht!

In die Festung zurückgekehrt, erzählte ich Maxim Maximytsch alles, was mir widerfahren war und was ich als Zeuge erlebt hatte, und wünschte, seine Meinung über die Vorherbestimmung zu erfahren; zuerst verstand er dieses Wort nicht, aber ich erklärte es ihm, so gut ich konnte, und dann sagte er, bedeutsam den Kopf wiegend:

„Jaja! Natürlich! Das ist eine ziemlich verzwickte Geschichte! Übrigens versagen diese asiatischen Abzugshähne oft, wenn sie schlecht geschmiert sind oder man nicht kräftig genug durchzieht; offen gestanden mag ich auch die tscherkessischen Gewehre nicht; sie passen nicht für unsereinen, der Kolben ist so klein, daß man sich beinahe die Nase versengt ... Dafür haben sie Säbel — alle Achtung!"

Dann fügte er nach einigem Nachdenken hinzu: „Ja, schade um den armen Kerl ... Der Teufel muß ihn geritten haben, nachts einen Betrunkenen anzusprechen! Übrigens scheint ihm das von klein auf bestimmt gewesen zu sein ..."

Mehr konnte ich nicht aus ihm herausbekommen: Er mag überhaupt keine metaphysischen Erörterungen.

Michail Lermontow

Kerib der Spielmann

Ein türkisches Märchen

Vor langer Zeit lebte in der Stadt Tiflis ein reicher Türke; viel Gold hatte ihm Allah gegeben, doch teurer als das Gold war ihm die einzige Tochter, Magul-Megeri geheißen. Schön sind die Sterne am Himmel, doch über den Sternen wohnen die Engel, und sie sind noch schöner; so war auch Magul-Megeri schöner als alle anderen Mädchen von Tiflis. Und es lebte in Tiflis der arme Kerib der Spielmann; der Prophet hatte ihm nichts gegeben als ein edles Herz und die Gabe des Gesanges. Er zog von Hochzeit zu Hochzeit, spielte, die Reichen und Glücklichen zu erfreuen, auf der Saaz, einem türkischen Saiteninstrument, und pries die alten Recken Turkestans. Auf einer Hochzeit sah er Magul-Megeri, und sie verliebten sich ineinander. Wenig Hoffnung hatte der arme Kerib der Spielmann, ihre Hand zu erlangen, und er wurde traurig wie der Winterhimmel.

Einmal geschah es, da lag er im Garten unter einem Rebstock und schlief endlich ein; indessen kam Magul-Megeri mit ihren Freundinnen vorbei.

Da eine von ihnen den schlafenden Spielmann erblickte, blieb sie ein wenig zurück und trat zu ihm. „Was schläfst du unter dem Rebstock“, sang sie, „wach auf, du Narr, deine Gazelle geht vorbei.“

Er fuhr aus dem Schlaf – das Mädchen flatterte davon wie ein

Vögelchen. Magul-Megeri hatte ihr Lied gehört und begann sie zu tadeln.

„Wüßtest du", erwiderte das Mädchen, „wem ich das Lied sang, du würdest mir danken — es ist dein Kerib der Spielmann."

„Führ mich zu ihm", sagte Magul-Megeri, und sie gingen hin. Da Magul-Megeri sein trauriges Gesicht erblickte, stellte sie ihm mancherlei Fragen und trachtete ihn zu trösten.

„Wie soll ich nicht trauern", erwiderte Kerib der Spielmann, „ich liebe dich, doch du wirst niemals die Meine sein."

„Bitte meinen Vater um meine Hand", sprach das Mädchen. „Mein Vater wird unsere Hochzeit von seinem Geld bestreiten und mich so beschenken, daß es für uns beide reicht."

„Gut", sagte er, „nehmen wir an, Ajan-Aga tut alles für seine Tochter. Wer aber weiß, ob du mir nicht später vorwerfen wirst, ich hätte nichts gehabt und verdankte alles nur dir? Nein, liebe Magul-Megeri, ich habe vor mir selbst ein Gelöbnis getan; ich gelobe, sieben Jahre durch die Welt zu wandern und Reichtum zu erwerben oder in fernen Wüsten zu verschmachten. Bist du damit einverstanden, so wirst du nach Ablauf der Frist die Meine werden." Sie gab ihr Einverständnis, fügte aber hinzu, wenn er bis zu dem bestimmten Tage nicht zurückkehre, werde sie das Weib Kurschud-Beks, der schon lange um sie werbe.

Da trat Kerib der Spielmann vor seine Mutter; er empfing ihren Segen für die Reise, küßte seine kleine Schwester, hängte den Beutel über die Schulter, stützte sich auf den Wanderstab und verließ die Stadt Tiflis. Bald kam ein Reiter ihm nachgeeilt; er sah sich um — es war Kurschud-Bek. „Glück auf den Weg!" rief der ihm zu. „Wohin du auch gehst, Wanderer, ich bin dein Gefährte."

Er freute sich nicht über seinen Gefährten, der Spielmann, aber er konnte nichts tun; lange zogen sie gemeinsam ihres Weges, bis sie schließlich vor sich einen Fluß erblickten. Keine Brücke, keine Furt. „Schwimm du als erster", sagte Kurschud-Bek, „ich folge dir." Der Spielmann warf das Obergewand ab und schwamm. Am anderen Ufer angelangt, schaute er sich um. O weh! Oh, allmächtiger Allah! Kurschud-Bek hatte des Spielmanns Kleider genommen und sprengte zurück nach Tiflis; übers ebene Feld hin folgte ihm der Staub wie eine sich windende Schlange.

In Tiflis angekommen, trug der Bek des Spielmanns Gewand zu Keribs alter Mutter. „Dein Sohn ist in einem tiefen Fluß ertrunken“, sagte er, „hier sind seine Kleider.“

In unaussprechlichem Schmerz fiel die Mutter über die Kleider des geliebten Sohnes und tränkte sie mit heißen Tränen. Dann nahm sie alles und trug es zu der, die sich ihm als Braut versprochen hatte: zu Magul-Megeri. „Mein Sohn ist ertrunken“, sagte die Mutter, „Kurschud-Bek hat seine Kleider gebracht — du bist frei.“

Magul-Megeri lächelte und erwiderte: „Glaube ihm nicht; Kurschud-Bek hat sich das ausgedacht. Ehe nicht die sieben Jahre vergangen sind, werde ich keines Mannes Weib.“ Sie nahm ihre Saaz von der Wand und stimmte leise das Lieblingslied Keribs, des armen Spielmanns, an.

Unterdessen gelangte der Wanderer nackt und bloß in ein Dorf. Gute Menschen kleideten und speisten ihn; er sang ihnen dafür wunderbare Lieder. Auf solche Weise wanderte er von Dorf zu Dorf, von Stadt zu Stadt, und sein Ruhm verbreitete sich allerorten. So gelangte er schließlich nach Haleb. Nach seiner Gewohnheit trat er in ein Kaffeehaus, bat um die Saaz und begann zu singen.

Zu jener Zeit lebte in Haleb ein Pascha, der war ein großer Liebhaber der Sangeskunst; viele Sänger hatte man zu ihm geführt, doch kein einziger hatte ihm gefallen. Seine Leibwächter jagten suchend durch die Stadt und hetzten sich ab. Plötzlich, als sie an jenem Kaffeehaus vorüberkamen, hörten sie eine Stimme, die sie staunen machte. Sie liefen hinein.

„Komm mit uns zum großen Pascha“, schrien sie, „oder du büßest uns mit dem Leben!“

„Ich bin ein freier Mann, ein Wanderer aus der Stadt Tiflis“, sprach Kerib der Spielmann. „Will ich, so geh ich, will ich nicht, so bleib ich. Ich singe, wenn es der rechte Augenblick ist, und euer Pascha kann mir nichts befehlen.“

Desungeachtet ergriffen sie ihn und führten ihn vor den Pascha. „Sing", sagte der Pascha, und er sang. Und in dem Liede pries er seine teure Magul-Megeri, und das Lied gefiel dem stolzen Pascha so sehr, daß er Kerib, den armen Spielmann, bei sich bleiben hieß. Mit Silber und Gold wurde Kerib überschüttet, prächtige, schillernde Kleider trug er, glücklich und heiter begann der Spielmann zu leben, und er wurde sehr reich. Ob er seine Magul-Megeri vergaß oder nicht, das weiß ich nicht; gleichviel, die Frist verstrich, das letzte der sieben Jahre neigte sich dem Ende zu, er aber dachte nicht daran, zur Heimkehr zu rüsten.

Die wunderschöne Magul-Megeri begann zu verzagen. Da geschah es, daß ein Kaufmann mit einer Karawane von vierzig Kamelen und mit achtzig Sklaven sich zum Aufbruch aus Tiflis vorbereitete. Sie rief den Kaufmann zu sich und gab ihm eine goldene Schale. „Nimm diese Schale", sprach sie, „und in welche Stadt du auch kommen mögest, stell die Schale in deinem Laden aus und erkläre überall, daß der, der sich als Herr meiner Schale zu erkennen gibt und dies beweist, sie erhält und zudem ihr Gewicht in Gold."

Der Kaufmann brach auf, er tat überall, was ihm Magul-Megeri aufgetragen hatte, doch keiner gab sich als Herr der goldenen Schale zu erkennen. Schon hatte er fast alle seine Waren verkauft, da gelangte er mit denen, die ihm noch geblieben waren, nach Haleb; überall verkündete er Magul-Megeris Auftrag.

Als Kerib der Spielmann davon hörte, lief er in die Karawanserei, und er sah die goldene Schale im Laden des Tifliser Kaufmanns. „Sie ist mein", sagte er und griff nach ihr.

„Gewiß", sagte der Kaufmann, „sie ist dein. Ich habe dich erkannt, Spielmann Kerib. Mach dich schnell auf den Weg nach Tiflis; deine Magul-Megeri trug mir auf, dir zu sagen, daß die Frist zu Ende geht, und wenn du zum festgesetzten Tag nicht dort bist, so wird sie eines anderen Weib."

Verzweifelt faßte sich Kerib der Spielmann an den Kopf: nur drei Tage blieben ihm noch bis zur Schicksalsstunde. Dennoch saß er rasch zu Pferde, nahm einen Beutel voller Goldmünzen mit und jagte davon, ohne das Tier zu schonen.

Auf dem Ersingjan-Berge, der sich zwischen der Stadt Ersingjan und der Stadt Erzerum erhebt, stürzte das abgehetzte Roß schließlich leblos zu Boden. Was sollte er tun? Von Ersingjan nach Tiflis hatte man zwei Monate zu reiten, ihm aber blieben nur zwei Tage. „Allah, Allmächtiger!“ rief er aus. „Wenn du mir nicht hilfst, habe ich nichts mehr auf dieser Welt zu schaffen.“ Und er wollte sich von einem hohen Felsen in die Tiefe werfen.

Plötzlich sah er unten einen Mann auf einem weißen Roß, und er vernahm eine laute Stimme: „Oglan, was willst du tun?“

„Sterben will ich“, antwortete der Spielmann.

„Wenn es so ist, dann klettre herunter, ich schlage dich tot.“

Der Spielmann kletterte mit Mühe vom Felsen.

„Komm mit mir!“ sprach drohend der Reiter.

„Wie soll ich mit dir kommen“, erwiderte der Spielmann, „dein Roß fliegt wie der Wind, und ich schleppe den schweren Beutel.“

„Das ist wahr. So häng deinen Beutel an meinen Sattel, und folge mir!“ Kerib der Spielmann blieb zurück, mochte er noch so schnell laufen.

„Was bleibst du zurück?“ fragte der Reiter.

„Wie kann ich dir denn folgen — dein Roß ist schneller als der Gedanke, und ich bin schon erschöpft.“

„Das ist wahr. So steig hinter mir auf mein Roß, und sag mir, wohin du mußt; doch sprich die volle Wahrheit!“

„Gern käm ich heute wenigstens bis Erzerum“, antwortete der Spielmann.

„Schließ die Augen!“ Er schloß sie.

„Jetzt öffne sie!“ Der Spielmann tat sie auf — er sah die weißen Mauern und die blitzenden Minarette von Erzerum vor sich.

„Verzeih mir, Aga“, sprach der Spielmann, „ich habe mich geirrt, ich wollte sagen: Ich muß nach Kars.“

„Soso“, erwiderte der Reiter. „Dabei hatte ich dich geheißen, mir die reine Wahrheit zu sagen. Nun, schließ von neuem die Augen . . . Jetzt öffne sie!“

Der Spielmann konnte es nicht fassen: Kars lag vor ihm. Er fiel auf die Knie und sprach: „Verzeih, Aga, schuldig, dreimal schuldig ist dein Diener Kerib der Spielmann. Aber du weißt selber, wenn der Mensch sich am Morgen zu lügen entschlossen hat, so muß er lügen, bis der Tag endet. In Wahrheit muß ich nach Tiflis."

„Du weißt nicht, was du willst!" rief darauf zornig der Reiter. „Na, was soll man da machen — ich verzeihe dir. Schließ wieder die Augen." Und nachdem eine Minute vergangen war: „Jetzt öffne sie!"

Der Spielmann schrie auf vor Freude — sie standen vor den Toren von Tiflis. Der Spielmann bekundete dem Reiter seine grenzenlose Dankbarkeit, und nachdem er seinen Beutel vom Sattel genommen hatte, sagte er zu ihm: „Aga, groß ist freilich deine Wohltat, doch füge noch etwas hinzu. Wenn ich jetzt erzählen werde, daß ich an einem einzigen Tage von Ersingjan nach Tiflis gelangte, wird mir keiner glauben. Gib mir irgendeinen Beweis."

„Bück dich", sagte der Reiter lächelnd, „nimm ein Klümpchen Erde, das unter den Füßen meines Rosses lag, und trag es über deinem Herzen. Wenn sie nun an die Wahrheit deiner Worte nicht glauben wollen, so laß eine seit sieben Jahren blinde Frau zu dir führen, streich ihr mit der Erde über die Augen, und sie wird sehen." Der Spielmann nahm ein Klümpchen Erde unter den Hufen des weißen Rosses, doch als er den Kopf wieder hob, waren Roß und Reiter verschwunden. Da gewann er im Innern die Gewißheit, daß sein Beschützer kein anderer war als Haderiliaz (das ist der heilige Georg).

Erst spät am Abend fand sich Kerib der Spielmann vor seinem Hause ein. Mit zitternder Hand klopfte er an die Tür und sprach: „Ana, Mutter, mach auf! Ich bin ein Gottesgast, mir ist kalt, und mich hungert. Um deines wandernden Sohnes willen bitt ich dich, laß mich ein!"

Die schwache Stimme einer alten Frau antwortete ihm: „In den Häusern der Reichen und Mächtigen mögen Wanderer ihr Nachtlager finden. In der Stadt ist gerade eine Hochzeit — geh dorthin. Dort kannst du eine Nacht in aller Annehmlichkeit verbringen."

„Ana“, sprach er darauf, „ich habe hier keinen Bekannten; darum wiederhole ich meine Bitte: Um deines wandernden Sohnes willen laß mich ein.“

Da sagte seine Schwester zur Mutter: „Mutter, ich stehe auf und öffne ihm.“

„Du leichtfertiges Mädchen“, erwiderte die Alte, „dir macht es Freude, junge Männer aufzunehmen und zu bewirten, weil es nun schon sieben Jahre her ist, daß ich vom Weinen blind wurde.“

Die Tochter aber stand, ungeachtet ihrer Vorwürfe, auf, öffnete die Tür und ließ Kerib den Spielmann ein. Er sprach den üblichen Gruß, setzte sich und begann sich voll innerer Unruhe umzuschauen. Und er sah, an der Wand hing, von Staub ganz eingehüllt, seine Saaz mit dem süßen Klang. Und er fing an, die Mutter zu befragen: „Was hängt bei dir an der Wand?“

„Ein neugieriger Gast bist du“, antwortete sie, „es genügt doch, daß man dir ein Stück Brot gibt und dich morgen mit Gott ziehen läßt.“

„Ich habe dir schon gesagt“, wandte er ein, „daß du meine leibliche Mutter bist, und dies ist meine Schwester, und darum bitte ich dich, erklär mir: Was hängt da bei dir an der Wand?“

„Eine Saaz ist es, eine Saaz“, antwortete die alte Frau erbost, da sie ihm nicht glaubte.

„Und was bedeutet das: Saaz?“

„Saaz, das heißt, daß man auf ihr spielt und zu ihr Lieder singt.“

Und Kerib der Spielmann bat, sie möge der Schwester erlauben, die Saaz herabzunehmen und ihm zu zeigen.

„Nein, nein“, antwortete die alte Frau, „es ist die Saaz meines unglücklichen Sohnes; sieben Jahre hängt sie nun schon an der Wand, und keines Menschen Hand hat sie seither berührt.“

Die Schwester aber stand auf, nahm die Saaz von der Wand und reichte sie ihm. Da hob er die Augen zum Himmel und sprach dieses Gebet: „O Allah, Allmächtiger! Wenn ich das erstrebte Ziel erreichen soll, so möge meine siebensaitige Saaz so angenehm klingen wie an jenem Tag, da ich zum letztenmal auf ihr spielte." Und er berührte die metallenen Saiten, und sie ertönten wohlgestimmt. Da hob er an zu singen: „Ich bin ein armer Kerib, ein Bettler, und meine Worte sind arm; doch der große Haderiliaz half mir, von einem schroffen Felsen zu steigen, obgleich ich arm bin und meine Worte arm sind. Erkenne mich, Mutter, deinen Sohn, der fortgezogen war."

Darauf schluchzte seine Mutter, und sie fragte ihn: „Wie heißt du?"

„Raschid", antwortete er, das heißt: der Kühne.

„Du hast gesprochen, Raschid, jetzt aber höre", sagte sie. „Mit deinen Worten hast du mein Herz in Stücke zerrissen. In der vergangenen Nacht sah ich im Traume, daß die Haare auf meinem Kopf ergraut sind, und sieben Jahre schon ist es her, daß ich vom Weinen erblindete. Sag du mir, da du seine Stimme hast: Wann kehrt mein Sohn zurück?" Und zweimal wiederholte sie unter Tränen ihre Bitte.

Vergebens nannte er sich ihren Sohn — sie glaubte es nicht. Nach einer Weile bat er sie: „Erlaub mir, Mütterchen, die Saaz zu nehmen und wegzugehen; ich hörte, hier in der Nähe sei eine Hochzeit, die Schwester wird mich hinführen, ich werde singen und spielen, und alles, was ich bekomme, bringe ich hierher, und ich teile es mit euch."

„Das erlaube ich nicht", antwortete die alte Frau, „seitdem mein Sohn fortgegangen ist, ist die Saaz nicht aus dem Hause gekommen."

Er aber beteuerte und schwur, er werde keine einzige Saite beschädigen, und sollte auch nur eine Saite reißen, fuhr der Spielmann fort, so stehe er mit seinem Vermögen dafür ein. Die alte Frau betastete seinen Beutel, und da sie merkte, daß er voller Münzen war, ließ sie ihn gehen. Die Schwester begleitete ihn zum Hause des Reichen, wo ein üppiges, lärmendes Hochzeitsmahl gehalten wurde, und blieb an der Tür stehen, um zu hören, was geschehen werde.

In diesem Hause wohnte Magul-Megeri, und in der gleichen Nacht noch sollte sie Kurschud-Beks Weib werden. Kurschud-

Bek schmauste mit Verwandten und Freunden. Magul-Megeri aber saß mit ihren Freundinnen hinter einer reich bestickten Tschapra, einem Vorhang, und hielt in der einen Hand einen Becher mit Gift, in der anderen einen spitzen Dolch. Sie hatte geschworen, eher zu sterben, als daß sie ihr Haupt auf Kurschud-Beks Lager bettete. Und sie vernahm hinter der Tschapra, daß ein Unbekannter eintrat, der sprach: „Salem aleikum! Ich sehe euch hier schmausen und euch vergnügen; so erlaubt denn mir, einem armen Wanderer, daß er sich zu euch setze. Ich werde euch dafür ein Lied singen."

„Warum nicht", erwiderte Kurschud-Bek. „Alle Sänger und Tänzer sollen uns willkommen sein, denn hier wird Hochzeit gefeiert. So sing denn, Spielmann; mit einer großen Handvoll Gold werd ich dich ziehen lassen."

Kurschud-Bek fragte ihn noch: „Wie heißest du, Fremdling?"

„Schindy-Gjorurses, das heißt: Bald werdet ihr es wissen."

„Was für ein seltsamer Name!" rief der Mann laut lachend. „So einen höre ich zum erstenmal."

„Als meine Mutter mit mir schwanger ging und sich in den Geburtswehen quälte, da kamen viele Nachbarn an ihre Tür, zu fragen, ob Gott ihr einen Sohn oder eine Tochter geschenkt habe. Man antwortete ihnen: schindy-gjorurses — bald werdet ihr es wissen. Deshalb gaben sie mir dann, als ich geboren war, diesen Namen." Darauf nahm er die Saaz und begann zu singen.

„In der Stadt Haleb trank ich ägyptischen Wein, aber Gott verlieh mir Flügel, und ich flog hierher an einem einzigen Tage."

Kurschud-Beks Bruder, ein beschränkter Mensch, zog den Dolch und rief aus: „Du lügst! Wie kann man von Haleb an einem Tag hierhergelangen?"

„Wofür willst du mich töten?" sprach der Spielmann. „Sonst hört man gern den Sängern zu; man sammelt sie aus allen vier Himmelsrichtungen an einem Ort. Ihr habt keinen Schaden, ob ihr mir glaubt oder nicht."

„Laß ihn weitersingen!" sagte der Bräutigam.

Und Kerib der Spielmann fuhr fort: „Das Morgengebet sprach ich in dem Tal von Ersingjan, das Mittagsgebet in der Stadt Erzerum, vor Sonnenuntergang sprach ich das Gebet in der Stadt Kars, das Abendgebet in Tiflis. Allah gab mir Flügel, und ich flog hierher; ein weißes Roß — es soll mich zertreten, wenn's nicht wahr ist —, es lief schnell, wie ein Tänzer auf dem Seil, von Gipfeln hinab in Schluchten, von Schluchten hinauf auf Gipfel. Maulam, der Schöpfer, gab dem Spielmann Flügel, und er flog zur Hochzeit Magul-Megeris."

Da hatte Magul-Megeri seine Stimme erkannt; sie schleuderte den Giftbecher nach der einen Seite, den Dolch nach der anderen. „So also hältst du deinen Schwur", sagten ihre Freundinnen, „nun wirst du doch heute nacht Kurschud-Beks Weib."

„Ihr habt sie nicht erkannt, ich aber erkannte sie, die mir so teure Stimme", antwortete Magul-Megeri, und sie nahm eine Schere und schnitt den Vorhang mittendurch. Da sie den Gast aufmerksam betrachtet und ihren Kerib den Spielmann unzweifelhaft erkannt hatte, schrie sie laut auf, sie rannte zu ihm, umschlang seinen Hals, und beide stürzten bewußtlos nieder. Kurschud-Beks Bruder warf sich mit gezücktem Dolch auf sie in der Absicht, beide zu töten; Kurschud-Bek aber hielt ihn zurück. Er sprach: „Beruhige dich und wisse: Was dem Menschen bei seiner Geburt auf der Stirn geschrieben steht, das wird sich ganz gewiß erfüllen."

Als Magul-Megeri zu sich gekommen war, errötete sie vor Scham, verhüllte ihr Gesicht mit den Händen und verbarg sich hinter dem Vorhang.

„Jetzt sehen wir deutlich, daß du Kerib der Spielmann bist", sagte der Bräutigam. „Doch laß uns wissen, wie du in so kurzer Zeit einen so weiten Raum durchmessen konntest!"

„Zum Beweis der Wahrheit", antwortete der Spielmann, „wird mein Säbel einen Stein durchhauen, und wenn ich lüge, so möge mein Hals dünner als ein Härchen werden. Am besten aber führt eine blinde Frau zu mir, die seit sieben Jahren nicht mehr das Licht Gottes schaut — ich werde sie wieder sehend machen."

Keribs des Spielmanns Schwester, die an der Tür stand, lief, als sie diese Worte gehört hatte, zur Mutter. „Mütterchen", rief sie, „es ist wirklich mein Bruder, wirklich dein Sohn, Kerib der

Spielmann!“ Sie nahm die alte Frau an der Hand und führte sie zu dem Hochzeitsfest.

Da nahm der Spielmann jenes Klümpchen Erde, das er überm Herzen trug, tauchte es in Wasser, strich damit über die Augen der Mutter und sprach: „So wisset es denn alle, wie mächtig und groß Haderiliaz ist!“

Und die Mutter konnte wieder sehen. Danach wagte keiner mehr, an der Wahrheit seiner Worte zu zweifeln, und Kurschud-Bek überließ ihm wortlos die wunderschöne Magul-Megeri.

Da sprach Kerib der Spielmann in seiner Freude zu ihm: „Höre, Kurschud-Bek, ich werde dich trösten. Meine Schwester steht deiner früheren Braut nicht nach — ich bin reich, sie wird nicht weniger Silber und Gold haben. So nimm sie denn zu deinem Weibe, und werdet ebenso glücklich wie ich mit meiner lieben Magul-Megeri!“

Nikolai Gogol

Die Nacht vor Weihnachten

Der Tag vor Weihnachten war zu Ende gegangen. Die klare Winternacht brach an. Die Sterne funkelten. Der Mond ging majestätisch am Nachthimmel auf, um den braven Leuten und aller Welt zu leuchten — das Singen der Koljadki* zum Lobe Christi sollte ihnen Spaß machen. Der Frost war jetzt stärker als am Morgen, doch dafür war es so still, daß es eine halbe Werst weit zu hören war, wenn der Schnee unter einem Stiefel knirschte ... Noch hatten sich keine Burschen unter den Fenstern versammelt, nur der Mond sah heimlich in die Häuschen, als wollte er die sich schmückenden Mädchen auffordern, so schnell wie möglich hinauszulaufen in den knirschenden Schnee. Aus dem Schornstein eines Häuschens quoll in dichten Schwaden Rauch, der wie eine Wolke zum Himmel emporstieg, und mit dem Rauch

* Koljadki nennt man bei uns die Lieder, die am Abend vor Weihnachten unter den Fenstern gesungen werden. Derjenige, der die Koljadki singt, bekommt vom Hausherrn oder der Hausfrau — wer gerade daheim ist — eine Wurst, ein Brot oder einen Kupfergroschen in den Sack geworfen, was einer so gerade hat. Es heißt, irgendwann hätte es einmal einen Narren namens Koljada gegeben, den man für einen Gott hielt, und von ihm seien auch die Koljadki abgeleitet. Wer weiß das schon? Wir einfachen Leute können uns darüber kein Urteil erlauben. Voriges Jahr hatte der Vater Ossip verboten, in den Weilern die Koljadki zu singen, da seiner Meinung nach das Volk damit dem Satan Vorschub leiste. Doch in Wirklichkeit wird in diesen Koljadki der Koljada gar nicht erwähnt. Meistens wird von Christi Geburt gesungen; und zum Schluß wünscht man dem Hausherrn, der Hausfrau, den Kindern und dem ganzen Haus Gesundheit. (Anmerkung des Imkers)

zusammen erhob sich auf ihrem Besen eine Hexe in die Lüfte.

Wenn in diesem Augenblick der Beisitzer von Sorotschinzy vorbeigekommen wäre, mit seinen drei Gutspferden vor dem Wagen, der lammfellverbrämten Mütze auf dem Kopf, die nach Ulanenart gefertigt war, in seinem blauen, mit schwarzem Lammfell gefütterten Pelz und seiner geflochtenen Teufelspeitsche in der Hand, mit der er gewöhnlich die Kutscher anzutreiben pflegte — er hätte sie bestimmt gesehen, denn dem Beisitzer von Sorotschinzy entgeht keine Hexe. Er weiß von vornherein, wieviel Ferkel die Sau bei jeder Bauersfrau wirft, er weiß, wieviel Leinwand in der Truhe liegt und was ein braver Mann am Sonntag in der Schenke an Kleidung und Hausrat versetzt. Doch der Beisitzer von Sorotschinzy fuhr nicht vorbei; was kümmern ihn auch die anderen, er hat ja seinen eigenen Bezirk. Die Hexe hatte sich unterdessen so hoch erhoben, daß sie nur noch als schwarzes Pünktchen zu erkennen war. Doch wo dieses schwarze Pünktchen erschien, verschwand am Himmel ein Stern nach dem anderen. Bald hatte die Hexe eine Menge Sterne in ihren weiten Ärmel gesammelt. Nur noch drei oder vier blinkten am Himmel. Plötzlich schwebte von der anderen Seite ein zweites Pünktchen heran, wurde größer, zog sich in die Länge und war schon bald kein Pünktchen mehr. Selbst wenn sich ein Kurzsichtiger statt einer Brille die Räder von dem Einspänner des Kommissars aufgesetzt hätte, wäre ihm nicht klargeworden, was das war. Von vorn sah das Geschöpf ganz wie ein Welscher* aus: Er hatte eine schmale, sich andauernd hin und her bewegende Schnauze, die an allem, was ihr in den Weg kam, schnüffelte und wie bei unseren Schweinen in einem runden Fünfkopekenstück endete, und Beinchen, die so dünn waren, daß sie, wenn sie dem Vorsteher von Jareski gehörten, schon beim ersten Kosakentanz zerbrächen. Doch dafür sah es von hinten wie ein echter Gouvernementsbeamter in Uniform aus, denn da hing ihm ein Schwanz herab, der so spitz und lang war wie die Schöße an den heutigen Unifor-

* Einen Welschen nennt man bei uns jeden, der aus der Fremde kommt, sei er nun ein Franzose, ein Römer oder ein Schwede — er ist immer ein Welscher.

men; höchstens der Bart unter der Schnauze, die kleinen Hörner, die es auf dem Kopf hatte, und die Tatsache, daß es nicht weißer war als ein Schornstein, ließen darauf schließen, daß es kein Welscher und kein Gouvernementsbeamter, sondern einfach der Teufel war, der nur noch diese eine Nacht auf der Gotteswelt herumstrolchen und die guten Leute zu Bösem verführen konnte. Denn am nächsten Morgen, sowie die ersten Glocken zur Frühmesse läuteten, mußte er mit eingezogenem Schwanz und ohne sich noch einmal umschauen zu dürfen in die Hölle fahren. Unterdessen schlich sich der Teufel an den Mond heran und streckte schon die Hand aus, um ihn zu greifen — doch plötzlich riß er sie wieder zurück, lutschte an den Fingern, als hätte er sich verbrannt, schlenkerte mit einem Bein und schlich sich dann von der anderen Seite heran, sprang wieder zurück und zog eilig die Hand weg. Doch trotz aller Mißerfolge ließ der Teufel seine Streiche nicht sein. Er sprang auf ihn zu, packte den Mond plötzlich mit beiden Händen, verzog das Gesicht, pustete und warf ihn von einer Hand in die andere, wie ein Bauer, der sich mit einer glühenden Kohle seine Pfeife anstecken will. Schließlich steckte er ihn eilig in die Tasche und lief weiter, als ob nichts geschehen sei. In Dikanka hatte niemand gemerkt, daß der Teufel den Mond gestohlen hatte. Der Bezirksschreiber hatte allerdings gesehen, als er auf allen vieren aus der Schenke kroch, daß der Mond am Himmel plötzlich, ohne jeden Grund, zu tanzen anfing, und beteuerte das, wobei er sich auf Gott berief, dem ganzen Dorf gegenüber, doch die Dorfbewohner schüttelten ihre Köpfe und lachten ihn sogar aus. Doch was hatte den Teufel zu solch ungesetzlicher Tat veranlaßt? Der Grund war folgender: Er wußte, daß der reiche Kosak Tschub vom Küster zu Gast geladen worden war, daß außerdem der Gemeindevorsteher, dann ein auf Besuch gekommener Verwandter des Küsters, der Sänger im bischöflichen Chor war, einen blauen Rock trug und den tiefsten Baß sang, den man sich nur denken kann, der Kosak Swerbygus und noch verschiedene andere bei ihm sein würden und daß es außer Rosinenreis noch Beerenbranntwein, Safranschnaps und alle möglichen leckeren Dinge geben sollte. In dieser Zeit aber war

Tschubs Tochter, die Schönste im ganzen Dorf, allein zu Hause und wurde sicherlich vom Schmied besucht, einem kräftigen Burschen, der dem Teufel noch widerwärtiger war als die Predigten des Vaters Kondrat. In seinen Mußestunden widmete sich der Schmied der Malerei; er galt als der beste Maler im ganzen Umkreis. Der Kosakenhauptmann L...ko, der damals noch lebte, hatte ihn extra nach Poltawa geholt, um sich von ihm den Bretterzaun streichen zu lassen, der sein Haus umgab. Alle Schüsseln, aus denen die Kosaken in Dikanka ihre Suppe löffelten, waren vom Schmied bemalt. Der Schmied war ein gottesfürchtiger Mann und malte oft Heiligenbilder; noch jetzt kann man in der Kirche zu T... seinen Evangelisten Lukas sehen. Doch die Krönung seiner Kunst ist ein Wandbild im rechten Kirchenvorraum, das den heiligen Petrus darstellt; es zeigt, wie er am Tage des Jüngsten Gerichts, mit Schlüsseln in der Hand, den bösen Geist aus der Hölle vertreibt; der erschrockene Teufel rennt hin und her, denn er ahnt, daß sein Untergang naht, und die bislang eingeschlossenen Sünder schlagen und verjagen ihn mit Peitschen, Holzscheiten und allem, was ihnen gerade in die Hände kommt. Als der Künstler an diesem Bild arbeitete und es auf ein großes Brett malte, war der Teufel bemüht, ihn nach Kräften zu stören: Er stieß ihm ungesehen die Hand fort, ließ die Asche in der Schmiedeesse hochfliegen und streute sie über das Bild; doch trotz alledem wurde die Arbeit beendet, das Bild in die Kirche gebracht und im Vorraum aufgehängt. Seit jener Zeit aber hat der Teufel dem Schmied Rache geschworen. Nur noch eine Nacht konnte er sich jetzt auf der Gotteswelt herumtreiben, doch in dieser Nacht wollte er sich auf irgendeine Weise an dem Schmied rächen. Aus diesem Grunde hatte er beschlossen, den Mond zu stehlen, und zwar in der Hoffnung, der alte Tschub sei zu faul und werde sich nicht aufraffen können, zu dem Küster zu gehen, denn der Weg war weit; er führte um das Dorf herum, lief an der Mühle und dem Friedhof vorbei und wich auch noch einer Schlucht aus. In einer Mondnacht hätte der Beerenbranntwein und der Safranschnaps Tschub vielleicht noch gelockt. Doch bei dieser Dunkelheit würde es wohl kaum jemandem gelingen, ihn vom Ofen zu holen und auf die Straße zu bringen. Und der Schmied, der sich schon lange nicht mit ihm vertrug, würde es trotz seiner Kraft um nichts auf der Welt wagen, in Tschubs Gegenwart dessen Tochter aufzusuchen. Und so wurde es, sowie der Teufel den Mond in seine Tasche gesteckt hatte, dermaßen dunkel auf der Erde, daß man kaum den Weg in die Schenke fand — und zu dem Küster schon gleich gar nicht. Als sich die Hexe plötzlich im Dunkeln sah, schrie sie auf. Da näherte sich ihr schmeichlerisch der Teufel, schob seinen Arm in den ihren und flüsterte ihr allerhand Dinge ins Ohr, die man Vertretern des weiblichen Geschlechts gewöhnlich zuzumurmeln pflegt. Wie seltsam ist es doch auf unserer Welt! Alles, was auf ihr lebt, bemüht sich, einander alles nachzumachen und sich gegenseitig nachzuäffen. Früher trugen in Mirgorod, wenn es winterte, nur der Richter und der Stadthauptmann Pelze, die mit Stoff bezogen waren; die ganze kleine Beamtenschaft hatte gewöhnliche Schafpelze ohne Stoffüberzug an. Jetzt aber leisten sich sogar der Beisitzer und der Feldmesser neue Pelze aus schwarzem Lammfell mit Stoffbezug. Der Kanzlist und der Bezirksschreiber haben sich vor zwei Jahren blauen Nankingstoff gekauft, sechzig Kopeken der Arschin. Der Kirchendiener hat sich für den Sommer Nankinghosen und eine Weste aus gestreiftem Wollgarn machen lassen. Kurz, alle wollen etwas darstellen! Wann wird es jemals Leute geben, die die Eitelkeit nicht kennen! Ich wette, viele werden sich darüber wundern, daß der Teufel denselben Weg wandert wie die andern. Am ärgerlichsten aber ist, daß er sich ganz sicher für einen schönen Mann hält — dabei hat er eine Figur, die jeden abschreckt. Eine Fratze hat er, daß man, wie Foma Grigorjewitsch sagt, vor Abscheulichkeit die Scheußlichkeit nicht sehen kann, und doch bewegt er sich auf Liebespfaden! Doch am Himmel und auf der Erde war es so dunkel geworden, daß man nicht mehr erkennen konnte, was weiter zwischen den beiden geschah.

„Du bist also noch nicht in dem neuen Häuschen vom Küster gewesen, Gevatter?" fragte der Kosak Tschub, als er aus der Tür seines Hauses trat, einen mageren, großen Bauern in einem kurzen

Schafpelz, dessen Gesicht ein Bart zierte, der ahnen ließ, daß er schon länger als zwei Wochen nicht mit der abgebrochenen Sensenspitze in Berührung gekommen war, mit der sich die Bauern gewöhnlich rasieren, da sie kein Rasiermesser besitzen. „Dort wird es heute einen herrlichen Saufabend geben!“ fuhr Tschub fort, und sein Gesicht verzog sich zu einem breiten Lächeln. „Daß wir nur nicht zu spät kommen!“ Bei diesen Worten rückte Tschub seinen Gürtel zurecht, der fest um seinen Schafpelz geschlungen war, zog sich die Mütze tiefer ins Gesicht, nahm die Peitsche — die Angst und der Schrecken aller aufdringlichen Hunde — fester in die Hand und blieb, nachdem er nach oben geblickt hatte, stehen ... „Zum Teufel! Guck mal! Guck doch mal, Panas!“

„Was ist denn?“ fragte der Gevatter und hob seinen Kopf ebenfalls zum Himmel empor.

„Was heißt: ‚Was ist denn?‘ Der Mond ist weg.“

„Was sagst du da? Wahrhaftig, der Mond ist weg.“

„Das ist es ja eben — er ist einfach weg“, sagte Tschub, etwas ärgerlich über den unerschütterlichen Gleichmut des Gevatters. „Dich interessiert das anscheinend gar nicht.“

„Was soll ich denn machen?“

„Da mußte sich unbedingt auch noch so ein Teufel einmengen“, fuhr Tschub fort und wischte sich dabei mit seinem Ärmel den Schnurrbart ab. „Wenn er doch morgen kein einziges Gläschen Schnaps mehr trinken könnte! Wahrhaftig, er scheint sich über uns lustig zu machen ... Als ich in der Stube saß, habe ich extra zum Fenster hinausgesehen — eine herrliche Nacht. Hell war es; der Schnee hat im Mondlicht nur so geglänzt. Alles war zu sehen wie am hellichten Tag. Und kaum bin ich zur Tür hinaus, da kann man nicht mehr die Hand vor Augen erkennen!“

Tschub brummte und schimpfte noch lange, überlegte sich aber gleichzeitig, was er machen sollte. Für sein Leben gern hätte er beim Küster über allen möglichen Unsinn geschwatzt, denn zweifellos saßen bei ihm schon der Gemeindevorsteher, der auf Besuch gekommene Baßsänger und der Teerbrenner Mikita, der alle zwei Wochen nach Poltawa fuhr, um dort seine Ware zu verkaufen, und der solche Witze vom Stapel ließ, daß sich alle Dorfbewohner den Bauch vor Lachen halten mußten. Tschub sah im Geist bereits den Beerenbranntwein auf dem Tisch stehen. All das war in der Tat sehr verlockend, doch die Dunkelheit der Nacht ließ in ihm die Trägheit erwachen, die alle Kosaken so lieben. Wie schön wäre es, jetzt mit angezogenen Beinen auf der Ofenbank zu faulenzen, ruhig sein Pfeifchen zu rauchen und, von wohliger Mattigkeit umfangen, den Liedern und Koljadki der fröhlichen Burschen und Mädchen zu lauschen, die sich bald in Scharen unter den Fenstern drängen würden. Er hätte sich zweifellos für das letztere entschieden, wenn er allein gewesen wäre, doch zu zweit war es nicht so langweilig und schrecklich, durch die dunkle Nacht zu gehen, und außerdem wollte er vor den anderen auch nicht für faul und feige gelten. Als er mit dem Schimpfen fertig war, wandte er sich von neuem an den Gevatter.

„Der Mond ist also weg, Gevatter?"

„Ja."

„Das ist wirklich seltsam. Gib mir mal eine Prise! Das ist aber ein ausgezeichneter Tabak, Gevatter! Wo hast du den denn her?"

„Was, zum Teufel, heißt hier ausgezeichnet!" antwortete der Gevatter und schloß seine mit eingeritzten Mustern verzierte Tabaksdose aus Birkenholz. „Nicht einmal ein altes Huhn schnupft davon!"

„Da fällt mir gerade ein", fuhr Tschub unbekümmert fort, „daß mir der selige Schankwirt Susulja einmal Tabak aus Neshin mitgebracht hat. Ach, das war ein Tabak! Ein guter Tabak war das! — Also, was ist nun, Gevatter, was machen wir? Es ist doch so dunkel draußen."

„Da bleiben wir eben zu Hause", erklärte der Gevatter und griff nach der Türklinke.

Hätte der Gevatter das nicht gesagt, wäre Tschub sicher dafür gewesen, zu Hause zu bleiben, doch jetzt reizte es ihn, ihm zu widersprechen. „Nein, Gevatter, gehen wir! Unmöglich, wir müssen gehen!" Als er das gesagt hatte, ärgerte er sich schon über seine Worte. Er verspürte nicht die geringste Lust, in solch einer Nacht hinauszugehen, doch ihn tröstete der Gedanke, daß er seinen eigenen Willen durchgesetzt hatte und nicht dem Rat des anderen gefolgt war.

Auf dem Gesicht des Gevatters malte sich nicht die leiseste Spur von Ärger; ihm war es vollkommen egal, ob er zu Hause saß oder nicht. Er blickte um sich, kratzte sich mit dem Stiel seiner Peitsche den Rücken, und beide Gevatter machten sich auf den Weg.

Jetzt wollen wir sehen, was die schöne Tochter macht, die allein zurückgeblieben ist. Oxana war noch nicht einmal siebzehn Jahre alt, als beinah überall in der Welt, sowohl auf der einen Seite von Dikanka als auch auf der anderen, nur von ihr geredet wurde. Die Burschen erklärten einstimmig, daß es im Dorf niemals ein schöneres Mädchen gegeben habe und geben werde. Oxana wußte und hörte alles, was man über sie sprach, und war so launisch, wie nun einmal ein schönes Mädchen ist. Wenn sie statt des bunten Tuchs und der Schürze einen Rock aus feinem Tuch getragen hätte, dann hätte sie alle Mädchen ausgestochen. Die Burschen liefen in Scharen hinter ihr her, doch als sie die Geduld verloren hatten, ließen sie sie allmählich in Ruhe und wandten sich weniger anspruchsvollen Mädchen zu. Nur der Schmied blieb dickköpfig und hörte nicht auf, ihr den Hof zu machen, obwohl er durchaus nicht besser behandelt wurde als die anderen. Als der Vater gegangen war, putzte sie sich noch lange vor einem kleinen Spiegel in Zinnfassung, drehte sich vor ihm hin und her und konnte sich an ihrem Gesicht nicht satt sehen. „Was die Leute da nur immer zusammenreden, ich sei hübsch", sagte sie scheinbar zerstreut, nur um mit sich selbst über irgend etwas ein wenig zu plaudern. „Die Leute lügen, ich bin überhaupt nicht hübsch." Doch der Spiegel, der das frische, kindlich-junge, lebhafte Gesicht mit den schwarzen glänzenden Augen und dem unsagbar angenehmen Lächeln wiedergab, das einem das Herz höher schlagen ließ, bewies sofort das Gegenteil. „Sind meine schwarzen Brauen und Augen denn wirklich so hübsch", fuhr das schöne Mädchen fort, ohne den Spiegel aus der Hand zu legen, „daß es ihresgleichen auf der Welt nicht gibt? Was ist schon hübsch an dieser Stupsnase? Und an den Wangen? Und an den Lippen? Sind meine schwarzen Zöpfe etwa hübsch? Hu! Vor ihnen kann man ja abends Angst bekommen; wie lange Schlangen winden und schlingen sie sich um meinen Kopf. Ich sehe jetzt, daß ich überhaupt nicht hübsch bin!" Sie hielt den Spiegel etwas weiter von sich ab und rief plötzlich: „Nein, ich bin doch hübsch! Ach, wie hübsch! Wunderschön! Wie wird sich der Mann freuen, den ich einmal heirate! Wie sehr werde ich meinem Mann gefallen! Er wird ganz außer sich sein. Er wird mich zu Tode küssen."

„Ein wunderbares Mädchen!" flüsterte der Schmied, der leise hereingekommen war. „Aber eitel ist sie gar nicht wenig! Eine ganze Stunde steht sie vorm Spiegel, kann sich nicht satt sehen und lobt sich auch noch laut!"

„Ja, ihr Burschen, passe ich denn überhaupt zu euch? Seht mich doch einmal an", fuhr die schöne Kokette fort, „wie würdevoll mein Gang ist; und mein Hemd ist mit roter Seide bestickt. Und was für Bänder ich am Kopfputz trage! Ihr werdet nie schönere Goldborten zu sehen bekommen! All das hat mir mein Vater gekauft, damit der schönste Mann auf der Welt um mich freit!" Und lachend wandte sie sich zur Seite und erblickte den Schmied.

Sie schrie auf und blieb streng vor ihm stehen.

Der Schmied ließ die Arme sinken.

Es ist schwer zu sagen, was das bräunliche Gesicht des schönen Mädchens ausdrückte: Strenge malte sich auf ihm, und durch die Strenge schimmerte so etwas wie Spott dem verlegenen Schmied gegenüber hindurch, zudem überzog eine kaum merkliche Zornesröte ihr Antlitz — und all das ging ineinander über und war so unsagbar schön, daß das Beste, was man hätte tun können, gewesen wäre, sie einfach einmillionmal zu küssen.

„Warum bist du hierhergekommen?" fragte Oxana. „Du willst wohl, daß ich dich mit der Schaufel zur Tür hinausjage? Wie ihr es alle versteht, zu uns hereinzukommen! Ihr riecht es geradezu, wenn der Vater nicht da ist. Oh! Ich kenne euch! Ist meine Truhe wenigstens fertig?"

„Sie wird bald fertig sein, mein Herzchen, nach den Feiertagen wird sie fertig sein. Wenn du wüßtest, wie ich an ihr gearbeitet habe — zwei Nächte lang habe ich die Schmiede nicht verlassen. Dafür wird aber auch keine Popentochter solch eine Truhe haben. Für die Beschläge habe ich Eisen genommen, wie ich es nicht einmal für den Wagen des Kosakenhauptmanns verwendet habe, als ich in Poltawa arbeitete. Und wie sie erst bemalt wird! Du kannst die ganze Gegend hier mit deinen weißen Füßen ablaufen — solch eine Truhe wirst du nicht finden! Der Boden wird mit roten und blauen Blumen nur so übersät sein! Sie werden leuchten wie Feuer. Sei nicht böse auf mich! Erlaube mir wenigstens, mit dir zu reden und dich anzuschauen!"

„Wer verbietet dir denn das? Rede nur und gucke!"

Sie setzte sich auf die Bank, blickte wieder in den Spiegel und begann ihre Zöpfe auf dem Kopf in Ordnung zu bringen. Sie besah sich ihren Hals, ihre neue Bluse, die mit Seide bestickt war, und Selbstgefälligkeit spiegelte sich auf ihren Lippen, ihren frischen Wangen und glänzte in ihren Augen.

„Erlaube mir, daß ich mich zu dir setze!" sagte der Schmied.

„Setz dich nur", sagte Oxana, und auf ihren Lippen und in ihren zufriedenen Augen spiegelte sich noch immer Selbstgefälligkeit.

„Du wunderbare, herrliche Oxana, erlaube mir, daß ich dich küsse!" bat der mutig gewordene Schmied und drückte sie an sich, in der Absicht, ihr einen Kuß zu stehlen, doch Oxana drehte ihren Kopf weg, dem der Schmied mit seinen Lippen schon ganz nah war, und stieß ihn zurück.

„Was willst du denn noch alles? Gibt man dir den kleinen Finger, nimmst du gleich die ganze Hand! Geh weg, deine Hände sind ja härter als Eisen. Und du selbst riechst ganz nach Rauch. Ich glaube, du hast mich von oben bis unten mit Ruß beschmiert!"

Sie hielt sich wieder den Spiegel vor und begann, sich vor ihm von neuem schönzumachen.

Sie liebt mich nicht, dachte der Schmied bei sich und ließ den Kopf hängen. Für sie ist alles Spielerei, und ich stehe da wie ein

Dummkopf und kann kein Auge von ihr wenden! Was für ein wunderschönes Mädchen! Was würde ich nicht alles darum geben, wenn ich erfahren könnte, wie es in ihrem Herzen aussieht, wen sie liebt. Doch nein, sie hat für niemanden Interesse. Sie liebt nur sich selbst; sie quält mich Armen, und ich sehe vor lauter Kummer nicht, was um mich herum geschieht; ich liebe sie so, wie nie in der Welt ein Mensch geliebt hat und lieben wird.

„Stimmt es, daß deine Mutter eine Hexe ist?" fragte Oxana und lachte auf. Der Schmied fühlte, wie alles in ihm zu lachen begann, und dieses Lachen schien plötzlich in seinem Herzen Widerhall zu finden, und auch in den vibrierenden Adern, doch gleichzeitig stieg auch Ärger in ihm auf, da es nicht in seiner Macht stand, dieses so lieblich lachende Gesicht zu küssen.

„Was kümmert mich die Mutter? Du bist für mich Mutter und Vater und alles, was mir auf der Erde teuer ist. Wenn mich der Zar zu sich riefe und sagte: Schmied Wakula, du darfst mich um alles bitten, was es nur an herrlichen Dingen gibt in meinem Reich — ich werde dir alles geben. Wenn du willst, befehle ich, dir eine goldene Schmiede zu bauen, in der du mit silbernen Hämmern schmieden wirst. — Ich will weder Edelsteine noch eine goldene Schmiede noch dein ganzes Reich, würde ich zu dem Zaren sagen. Gib mir lieber meine Oxana!"

„So einer bist du also! Doch mein Vater hat es auch hinter den Ohren. Eh du es dich versiehst, hat er deine Mutter geheiratet!" sagte Oxana listig lächelnd. „Doch warum kommen nur die Mädchen nicht? Was soll das bedeuten? Es ist schon lange Zeit, die Koljadki zu singen. Mir wird es allmählich langweilig."

„Sollen sie bleiben, wo sie sind, meine Schöne!"

„Warum nicht gar! Mit ihnen zusammen kommen sicher auch die Burschen. Dann wird es lustig. Wenn ich mir vorstelle, was da wieder für lustige Geschichten erzählt werden!"

„Mit ihnen amüsierst du dich also?"

„Jedenfalls mehr als mit dir. Ah! Da hat schon jemand geklopft; bestimmt sind das die Mädchen mit den Burschen."

Worauf soll ich noch warten? fragte sich der Schmied. Sie

macht sich ja doch nur über mich lustig. Ich bin ihr so viel wert wie ein rostiges Hufeisen. Doch wenn die Dinge so stehen, dann soll wenigstens keiner über mich lachen können. Sowie ich sicher weiß, wer ihr besser gefällt als ich, dann will ich es dem aber zeigen ...

Ein erneutes Klopfen an der Tür und eine im Frost scharf klingende Stimme: „Mach auf!" unterbrachen seine Überlegungen.

„Warte, ich mache auf", sagte der Schmied und ging in den Flur hinaus, in der Absicht, vor Ärger dem ersten besten Menschen die Rippen einzuschlagen.

Der Frost wurde stärker, und am Himmel wurde es so kalt, daß der Teufel von einem Huf auf den anderen sprang und sich in die Fäuste blies, um die erstarrten Hände ein wenig zu erwärmen. Es ist ja auch nicht weiter verwunderlich, wenn einer friert, der sich von früh bis spät in der Hölle herumtreibt, in der es ja bekanntlich nicht so kalt ist wie bei uns im Winter und in der er mit der Mütze auf dem Kopf vor dem Feuer steht, als sei er ein richtiger Koch, und die Sünder mit dem gleichen Vergnügen brät, mit dem gewöhnlich die Bauersfrauen zu Weihnachten ihre Würste braten. Sogar die Hexe spürte die Kälte, obwohl sie warm angezogen war; aus diesem Grunde hob sie die Arme über den Kopf, schob ein Bein vor, nahm die Haltung eines Schlittschuhläufers ein und flog, ohne dabei ein Glied zu rühren, durch die Luft wie über einen steilen eisbedeckten Hang und geradeswegs in einen Schornstein hinein. Der Teufel folgte ihr auf gleiche Weise. Doch da dieses Vieh viel flinker ist als jeder bestrumpfte Stutzer, war es kein Wunder, daß er kurz vor dem Eingang zum Schornstein seiner Geliebten an den Hals flog und sich dann beide zusammen in einem geräumigen Ofen zwischen Töpfen wiederfanden. Die Besenreiterin öffnete leise die Ofentür, um nachzusehen, ob sich ihr Sohn Wakula nicht etwa Gäste eingeladen hatte, doch als sie merkte, daß niemand da war außer den Säcken, die mitten in der Stube lagen, kroch sie aus dem Ofen hinaus, warf den warmen Schafpelz von sich, brachte ihre Kleider wieder in Ordnung, und niemand konnte ihr mehr ansehen, daß sie noch vor einer Minute auf einem Besen geritten war. Die Mutter des Schmiedes war nicht älter als vierzig Jahre. Sie war weder hübsch noch häßlich. Es ist ja auch schwer, in diesem Alter hübsch zu sein. Trotzdem verstand sie es, die würdigsten und gesetztesten Kosaken an sich zu fesseln (die übrigens, dies sei hier nur nebenbei bemerkt, gar nicht so viel Wert auf Schönheit legten), so daß sie der Gemeindevorsteher oft besuchte, und auch der Küster Ossip Nikiforowitsch (natürlich nur, wenn die Küstersfrau nicht zu Hause war) und auch der Kosak Korni Tschub sowie der Kosak Kassjan Swerbygus. Zu ihrer Ehre sei gesagt, daß sie es wohl verstand, mit ihnen umzugehen. Keinem von ihnen kam der Gedanke, er könne einen Nebenbuhler haben. Wenn der gottesfürchtige Bauer oder der Edelmann, wie sich der Kosak selbst nennt, in seinem Umhang mit der daran festgenähten Kapuze sonntags in die Kirche ging oder bei schlechtem Wetter in die Schenke, warum sollte er dann nicht mal bei der Solocha hineinschauen, fette Pasteten mit saurer Sahne essen und in der warmen Stube ein Weilchen mit der gesprächigen und entgegenkommenden Hausherrin schwatzen? Und extra deshalb machte der Edelmann absichtlich einen großen Umweg, wenn er zur Schenke ging, und nannte das „etwas vom Wege abweichen". Und wenn die Solocha an einem Feiertag in ihrem grellen Tuch, ihrer Nankingschürze und dem blauen Jäckchen darüber, auf das hinten Goldborten aufgenäht waren, in die Kirche ging und sich direkt neben den rechten Chor stellte, dann hüstelte der Küster bestimmt und blinzelte unwillkürlich in diese Richtung; der Gemeindevorsteher strich sich den Schnurrbart, wickelte sich die Kosakenlocke um das Ohr und sagte zu dem neben ihm Stehenden: „Ach, ein prima Weib ist das! Ein Teufelsweib!" Die Solocha grüßte jeden, und jeder dachte, daß sie ihn allein grüße. Doch einer, der sich gern in fremde Angelegenheiten mischte, hätte sofort gemerkt, daß die Solocha am freundlichsten zu dem Kosaken Tschub war. Tschub war Witwer; und acht Getreideschober standen stets vor seinem Häuschen. Zwei Paar kräftige Ochsen streckten jedesmal ihre Köpfe aus dem geflochtenen Stall auf die Straße hinaus und muhten, wenn sie eine Gevatterin von ihnen, eine Kuh, oder auch einen Onkel, einen mächtigen Stier, vorübergehen sahen. Der bärtige Ziegenbock kletterte bis aufs Dach und meckerte von dort mit schriller Stimme herab, die an die eines Stadthauptmanns erinnerte, reizte die auf dem Hof herumstolzierenden Truthühner, und wenn er seine Feinde erblickte, die kleinen Jungen, die sich über seinen Bart lustig machten, dann wandte er sich um. In Tschubs Truhen lagen eine Menge Leinwand, altertümliche Halbkaftane und alte, goldverzierte Röcke. Seine selige Frau war sehr putzsüchtig gewesen. Im Garten wurden außer Mohn, Kohl und Sonnenblumen jedes Jahr noch zwei Beete Tabak angebaut. All dies ihrer eigenen Wirtschaft einzuverleiben, schien der Solocha gar nicht schlecht, sie dachte schon im voraus darüber nach, wie sie alles ordnen werde, wenn es in ihre Hände überginge; aus diesem Grunde war sie dem alten Tschub doppelt geneigt. Und damit sich ihr Sohn Wakula nicht etwa auf irgendeine Weise seiner Tochter näherte und alles sich zuschanzte — dann würde er sicherlich keinerlei Einmischung ihrerseits dulden —, nahm sie zu dem üblichen Mittel aller vierzigjährigen Weiber Zuflucht: Sie versuchte, Tschub und den Schmied so oft wie möglich zu entzweien. Vielleicht trugen diese Finten und ihr Scharfsinn die Schuld daran, daß die alten Weiber dann und wann — besonders wenn sie bei einer fröhlichen Zusammenkunft etwas zu viel getrunken hatten — davon sprachen, die Solocha sei eine Hexe; der junge Kisjakolupenko habe an ihr hinten einen Schwanz von der Größe einer Spindel gesehen; vorvorigen Donnerstag sei sie noch als schwarze Katze quer über den Weg gelaufen; zur Popenfrau sei einmal ein Schwein gekommen, habe wie ein Hahn gekräht, die Mütze des Vaters Kondrat aufgesetzt und sei dann wieder weggelaufen. Als sich die alten Weiber einmal darüber unterhielten, kam gerade der Kuhhirt Tymisch Korostjawy dazu. Er versäumte nicht, zu erzählen, er habe im Sommer, gerade vor Peter und Paul, als er sich im Stall zum Schlafen niederlegen wollte und sich Stroh unter den Kopf schob, mit eigenen Augen gesehen, wie eine Hexe mit aufgelöstem Haar, die nur ein Hemd auf dem Leibe trug, die Kühe melkte, und er habe kein Glied rühren können, so sehr hatte sie ihn behext. Als sie mit Melken fertig war, sei sie zu ihm gekommen und habe ihm die Lippen mit solch einem widerlichen Zeug eingeschmiert, daß er den ganzen nächsten Tag spucken mußte. Doch all dies ist anzuzweifeln, denn nur der Beisitzer von Sorotschinzy kann eine Hexe erkennen. Und deshalb winkten alle angesehenen Kosaken auch immer ab, wenn sie solche Reden hörten. „Die phantasieren ja, die verfluchten Weiber!" war gewöhnlich ihre Antwort.

Als die Solocha aus dem Ofen gekrochen war und ihre Kleider in Ordnung gebracht hatte, fing sie als gute Hausfrau an aufzuräumen und alles an seinen Ort zu stellen, doch die Säcke rührte sie nicht an: Die hatte Wakula hergebracht, und er sollte sie auch wieder hinaustragen! Der Teufel aber hatte unterdessen, gerade als er in den Schornstein fuhr und sich dabei aus Versehen umdrehte, Tschub erblickt, der schon recht weit von dem Häuschen entfernt mit dem Gevatter Hand in Hand die Straße entlangschritt. Schleunigst fuhr er wieder aus dem Ofen heraus, lief vor ihnen über den Weg und begann überall den gefrorenen Schnee loszukratzen und hochzuwerfen. Ein Schneesturm erhob sich. Die Luft war weiß von Schnee. Die Schneeflocken wirbelten hin und her, bildeten ein Netz und drohten den Fußgängern Augen, Mund und Ohren zu verkleben. Der Teufel aber fuhr wieder in den Schornstein; er war fest davon überzeugt, daß Tschub mit seinem Gevatter zurückkehren, den Schmied vorfinden und ihm so heimleuchten werde, daß dieser auf lange Zeit nicht mehr in der Lage sein würde, einen Pinsel in die Hand zu nehmen und beleidigende Karikaturen zu malen.

Und wirklich, sowie sich der Schneesturm erhoben hatte und der Wind den beiden gerade entgegenkam, bereute Tschub schon, sich auf den Weg gemacht zu haben. Er zog die Mütze mit den Ohrenklappen fester über den Kopf und bedachte sich, den Teufel und den Gevatter mit Flüchen. Übrigens war diese Wut nur geheuchelt. Tschub freute sich sehr über den Schneesturm. Bis zum Küster hätten sie noch achtmal so weit gehen müssen, wie sie bereits gelaufen waren. Die Wanderer kehrten um. Der Wind blies ihnen in den Nacken, doch durch die umherwirbelnden Schneeflocken war nichts zu sehen.

„Warte mal, Gevatter! Ich glaube, wir laufen in die falsche Richtung“, sagte Tschub und ging ein wenig zur Seite. „Ich sehe kein einziges Haus. Ach, was ist das für ein Schneesturm! Geh du ein wenig nach dieser Seite, Gevatter, vielleicht findest du den Weg, ich werde unterdessen hier suchen. Wie einen der Teufel bloß auf den Gedanken bringen kann, in solch einem Schneetreiben umherzulaufen! Vergiß nicht, zu rufen, wenn du den Weg gefunden hast. Ih, das war ja ein richtiger Schneehaufen, den mir der Satan da in die Augen geworfen hat!“

Vom Weg war aber nichts zu sehen. Der Gevatter, der zur Seite abgebogen war, wanderte in seinen langen Stiefeln hin und her und stieß schließlich direkt auf die Schenke. Dieser Fund erfreute ihn so, daß er alles vergaß, sich den Schnee abklopfte und in den Flur trat, ohne sich im geringsten um den draußen gebliebenen Gevatter zu kümmern. Tschub kam es mittlerweile so vor, als habe er den Weg gefunden; er blieb stehen und schrie aus vollem Halse nach dem Gevatter, doch als er sah, daß dieser nicht auftauchte, beschloß er, sich allein auf den Weg zu machen. Nach wenigen Schritten erblickte er schon sein Häuschen. Hohe Schneewehen lagen davor und auch auf dem Dach. Er schlug die in der Kälte klamm gewordenen Hände zusammen, klopfte dann an die Tür und rief gebieterisch seiner Tochter zu, sie möge aufmachen.

„Was willst du denn hier?“ schrie wütend der Schmied, der hinausgekommen war.

Als Tschub die Stimme des Schmieds vernahm, wich er etwas zurück. „Oh, das ist nicht mein Häuschen“, sagte er zu sich, „in mein Häuschen verirrt sich der Schmied nicht. Aber wenn man sich die Sache bei Licht besieht, so gehört das Haus auch nicht dem Schmied. Wessen Haus könnte das nur sein? He! Daß ich das nicht gleich gemerkt habe! Das ist doch das Haus vom lahmen Lewtschenko, der sich erst vor kurzem mit einer jungen Frau verheiratet hat. Sein Haus ist das einzige, das meinem ähnlich sieht. Deshalb kam es mir zu Anfang auch ein wenig komisch vor, daß ich so schnell zu Hause war. Aber der Lewtschenko sitzt doch jetzt beim Küster, das weiß ich genau, was will denn nur der Schmied hier? Eh, hehe! Er besucht die junge Frau. So ist das also! Das ist ja prächtig. Jetzt habe ich alles begriffen."

„Wer bist du, und was schleichst du hier vor den Türen herum?" rief der Schmied noch wütender als zuvor und trat näher.

Nein, ich sag ihm nicht, wer ich bin, dachte Tschub, womöglich verprügelt mich diese verfluchte Mißgeburt noch! Und mit verstellter Stimme antwortete er: „Ich bin es, guter Mann! Ich wollte euch eine Freude machen und unter euren Fenstern ein Weilchen Koljadki singen."

„Geh zur Hölle mit deinen Koljadki!" schrie Wakula böse. „Was stehst du noch herum? Hörst du denn nicht, du sollst auf der Stelle verschwinden!"

Tschub hatte selbst schon diese vernünftige Absicht gehabt, doch es widerstrebte ihm, den Befehlen des Schmiedes zu gehorchen. Ein böser Geist schien ihn von hinten anzustoßen und zu einer Entgegnung zu zwingen.

„Wahrhaftig, was schreist du nur so herum?" fragte er mit der gleichen verstellten Stimme. „Ich will Koljadki singen, weiter nichts."

„Hehe! Worte scheinen bei dir nicht zu wirken!"

Nach diesen Worten verspürte Tschub einen äußerst schmerzhaften Schlag an der Schulter.

„Wie ich sehe, fängst du schon mit Prügeln an!" sagte er und trat ein wenig zurück.

„Verschwinde, verschwinde!" schrie der Schmied und verpaßte Tschub einen zweiten Schlag.

„Was hast du nur!" sagte Tschub mit einer Stimme, aus der sowohl Schmerz als auch Ärger und Schüchternheit herauszuhören waren. „Wie ich sehe, prügelst du ja ganz ernsthaft, und dazu tut es auch noch weh!"

„Verschwinde, verschwinde!" schrie der Schmied und warf die Tür zu.

„Sieh mal einer an, wie der sich aufbläst!" sagte Tschub, als er allein auf der Straße stand. „Versuch doch mal, heranzukommen! Ja, siehst du! Was für ein großer Angeber du bist! Du denkst vielleicht, ich werde mit dir nicht fertig. Nein, mein Täubchen, ich gehe zu ihm, geradeswegs zum Kommissar gehe ich. Du wirst mich kennenlernen. Mich interessiert überhaupt nicht, daß du Schmied und Maler bist. Für meinen Rücken und meine Schultern müßte ich mich aber mal interessieren, ich glaube, ich habe da ein paar blaue Flecken. Der Teufelssohn muß mich ganz schön geschlagen haben! Schade, daß es kalt ist und ich keine Lust habe, den Rock auszuziehen! Warte nur, du Spitzbube von Schmied, der Teufel wird dich und deine Schmiede noch in Stücke schlagen, du wirst mir schon noch tanzen lernen! So ein verfluchter Galgenbruder! Aber jetzt ist er ja nicht zu Hause. Die Solocha wird, denk ich, ganz allein sein. Hm ... Bis zu ihr ist es gar nicht so weit, ich könnte zu ihr gehen! Zu dieser Zeit trifft uns keiner. Vielleicht ist es sogar möglich ... Wie schmerzhaft mich dieser verfluchte Schmied geschlagen hat!“

Tschub kratzte sich den Rücken und ging in die andere Richtung. Der Gedanke an die Annehmlichkeiten, die ihn beim Stelldichein mit der Solocha erwarteten, linderten ein wenig seinen Schmerz und ließen ihn den Frost nicht so empfinden, der in allen Straßen klirrte und vom Pfeifen des Schneesturms nicht übertönt wurde. Von Zeit zu Zeit erschien ein süßsaurer Ausdruck auf seinem Gesicht, dessen Bart und Schnurrbart der Schneesturm flinker eingeseift hatte als jeder Barbier, der sein Opfer tyrannisch bei der Nase packt. Und wenn der Schnee nicht immer vor den Augen umhergewirbelt wäre und alles durcheinandergebracht hätte, dann hätte man noch lange sehen können, wie Tschub immer wieder stehenblieb, seinen Rücken kratzte, sagte: „Wie schmerzhaft mich dieser verfluchte Schmied geschlagen hat!“ und weiterging.

Während der flinke Stutzer mit Schwanz und Bart aus dem Schornstein geflogen und dann wieder in ihn hineingefahren war, blieb die Tasche, die an seiner Seite hing und in die er den gestohlenen Mond gesteckt hatte, aus Versehen im Ofen hängen, ging auf, und der Mond nutzte die Gelegenheit, flog zum Schornstein von Solochas Häuschen hinaus und schwebte zum Himmel empor. Alles wurde hell. Es war, als hätte es nie einen Schneesturm gegeben. Der Schnee glitzerte wie ein weites, silbernes Feld und war ganz mit kristallenen Sternen übersät. Der Frost schien nachzulassen. In Scharen tauchten Burschen und Mädchen mit Säcken auf. Die Lieder erklangen, und es gab kaum ein Häuschen, vor dem sich nicht die Koljadki-Sänger drängten. Wie herrlich der Mond glänzt! Es ist schwer zu beschreiben, wie schön es ist, sich in solch einer Nacht mitten in eine Schar lachender und singender Mädchen und mitten unter die Burschen zu mischen, die zu allen Scherzen und Streichen bereit sind, die die fröhlich lachende Nacht nur eingeben kann. Unter dem dikken Pelz ist es warm, der Frost läßt die Wangen noch stärker erglühen, und der Teufel selbst treibt einen von hinten zu allem möglichen Unfug an.

Scharenweise stürzten die Mädchen mit Säcken in Tschubs Häuschen und umringten Oxana. Das Geschrei, das Gelächter und das Erzählen betäubten den Schmied. Jede wollte die erste sein und unserer Schönen eine Neuigkeit mitteilen; sie packten ihre Säcke aus und prahlten mit den Brotfladen, den Würsten und Quarkpasteten, von denen sie für ihre Koljadki schon eine ganze Menge bekommen hatten. Oxana schien sehr zufrieden und erfreut zu sein, schwatzte bald mit der einen und bald mit der anderen und lachte ohne Unterlaß. Der Schmied betrachtete dieses fröhliche Treiben mit einem gewissen Ärger und voller Neid und verdammte dieses Mal die Koljadki, obwohl er sonst ganz versessen auf sie gewesen war.

„Ach, Odarka!“ sagte die fröhliche Schöne und wandte sich einer aus der Schar der Mädchen zu. „Du hast ja neue Schuhe an! Ach, wie schön sie sind! Und mit Gold! Du hast es gut, Odarka, du hast jemanden, der dir alles kauft, ich aber habe niemanden, der mir solche herrlichen Schuhe besorgen könnte.“

„Sei nicht traurig, meine allerliebste Oxana!“ unterbrach sie der Schmied. „Ich werde dir Schuhe besorgen, wie sie kaum ein herrschaftliches Fräulein trägt.“

„Du?“ fragte Oxana und warf ihm einen flüchtigen und hochmütigen Blick zu. „Ich möchte doch einmal sehen, woher du Schuhe besorgen willst, die zu meinem Fuß passen. Das ginge höchstens, wenn du die bringst, die die Zarin trägt.“

„Da siehst du, was sie für Schuhe will!“ rief die Mädchenschar unter Lachen.

„Ja“, fuhr die Schöne stolz fort, „ihr alle seid Zeugen — wenn mir der Schmied Wakula die gleichen Schuhe bringt, die die Zarin trägt, gebe ich mein Wort, daß ich dann auf der Stelle seine Frau werde.“

Die Mädchen führten die launenhafte Schöne mit sich fort.

„Lach nur, lach nur über mich!“ sagte der Schmied und ging hinter ihnen hinaus. „Ich lache ja selbst über mich! Die ganze Zeit überlege ich und komme nicht darauf, wo ich nur meinen Verstand gelassen habe. Sie liebt mich nicht — na, Gott befohlen! Als ob es auf der ganzen Welt einzig und allein Oxana gäbe. Gott sei Dank gibt es auch ohne sie viele hübsche Mädchen im Dorf. Und was finde ich überhaupt an Oxana? Aus ihr wird niemals eine gute Hausfrau werden, sie versteht es nur, sich zu schmükken. Nein, jetzt reicht es, es ist an der Zeit, mit den Dummheiten aufzuhören.“ Doch in dem Augenblick, in dem sich der Schmied zu einem Entschluß durchringen wollte, ließ irgendein böser Geist vor seinen Augen die lachende Oxana vor ihm erstehen, die spöttisch zu ihm sagte: „Besorge die Schuhe der Zarin, Schmied, dann werde ich deine Frau!“ Sein Blut geriet in Wallung, und er dachte einzig und allein an Oxana.

Die Scharen der Koljadki-Sänger — Burschen und Mädchen gingen getrennt — eilten von einer Straße in die andere. Doch der Schmied schritt dahin, ohne etwas zu sehen und ohne Anteil zu nehmen an den Freuden, die er einst von allen am meisten geliebt hatte.

In dem Teufel stiegen unterdessen ernsthaft zärtliche Gefühle für die Solocha hoch: Er küßte ihr die Hand und verrenkte sich dabei so wie der Beisitzer, wenn dieser die Popentochter küßt; er griff sich ans Herz, stöhnte und erklärte geradeheraus, daß er alles tun werde, daß er sich ertränken und seine Seele schlankweg in die Hölle schicken werde, wenn sie seine Leidenschaft nicht stille und ihn nicht belohne, wie das so üblich ist. Die Solocha war nicht so hartherzig, und außerdem steckte ja der Teufel, wie bekannt, mit ihr unter einer Decke. Sie sah es nicht ungern, wenn ihr eine Männerschar nachlief, und war selten allein, doch diesen Abend wollte sie ohne jede Gesellschaft verbringen, denn alle Dorfbewohner von Rang und Namen waren vom Küster zum Rosinenreis eingeladen worden. Aber es kam anders: Der Teufel hatte gerade vorgebracht, was er wünschte, als plötzlich an die Tür geklopft wurde und die Stimme des mächtigen Vorstehers ertönte. Die Solocha lief, um die Tür zu öffnen, und der flinke Teufel kroch in einen daliegenden Sack. Der Vorsteher schüttelte den Schnee von seiner Mütze, ließ sich von der Solocha einen Becher Schnaps reichen, trank ihn aus und erzählte dann, daß er nicht zum Küster gegangen sei, da sich ein Schneegestöber erhoben habe; als er in ihrem Häuschen Licht gesehen habe, sei er zu ihr gekommen, um den Abend mit ihr zusammen zu verbringen. Kaum hatte der Vorsteher all das gesagt, als wieder an die Tür geklopft wurde und die Stimme des Küsters erschallte. „Versteck mich irgendwo bei dir", flüsterte der Vorsteher, „ich möchte jetzt nicht mit dem Küster zusammentreffen." Die Solocha überlegte lange, wo sie solch einen beleibten Gast verbergen könnte; endlich wählte sie den größten Kohlensack, schüttete die Kohle in einen Zuber, und der dicke Vorsteher kroch mit seinem Schnurrbart, seinem Kopf und seiner Mütze mit den langen Ohrenklappen in den Sack.

Der Küster trat, sich räuspernd und die Hände reibend, ein und erzählte, daß niemand zu ihm gekommen sei, daß er sich sehr über die Gelegenheit freue, sich bei ihr ein wenig *vergnügen* zu können, und daß ihn das Schneegestöber nicht abgeschreckt habe. Er trat näher an sie heran, hüstelte, lachte kurz auf, berührte mit seinen langen Fingern ihren vollen bloßen Arm und fragte mit einer Miene, die sowohl Verschmitztheit als auch Zufriedenheit ausdrückte: „Was ist denn das, beste Solocha?" Nach diesen Worten sprang er einige Schritte zurück.

„Was soll es sein? Ein Arm ist es, Ossip Nikiforowitsch!" antwortete die Solocha.

„Hm! Ein Arm! Hehehe!" lachte der mit seinem Beginn höchst zufriedene Küster und ging quer durch das Zimmer.

„Und was ist denn das, teuerste Solocha?" fragte er mit der gleichen Miene, trat wieder an sie heran, berührte mit seiner Hand leicht ihren Hals und sprang dann wieder einige Schritte zurück.

„Als ob Sie das nicht selber sähen, Ossip Nikiforowitsch!" antwortete die Solocha. „Ein Hals ist das, und daran hängt eine Halskette."

„Hm! Daran hängt eine Halskette! Hehehe!" Der Küster ging wieder quer durchs Zimmer, wobei er sich die Hände rieb. „Und was ist denn das, unvergleichliche Solocha?"

Wir wissen nicht, was der Küster als nächstes mit seinen langen Fingern berührt hätte, denn plötzlich wurde an die Tür geklopft, und die Stimme des Kosaken Tschub ertönte.

„Mein Gott, ein Fremder!" rief der Küster angsterfüllt. „Was soll werden, wenn eine Person von meinem Rang in solch einer Lage angetroffen wird? Der Vater Kondrat wird es erfahren!" Doch die Angst des Küsters hatte einen anderen Grund: Am meisten fürchtete er, seine bessere Hälfte könnte davon erfahren, die mit ihrer schrecklichen Hand aus seinem dicken Schopf ohnehin schon solch einen spärlichen gemacht hatte. „Bei Gott, tugendreiche Solocha!" sprach er, am ganzen Körper zitternd. „Ihre Güte, wie es geschrieben steht bei Lukas, Kapitel dreiz ... drei ... Es klopft jemand, bei Gott, es klopft jemand! Ach, verstecken Sie mich irgendwo!"

Die Solocha ergriff einen anderen Sack, schüttete die Kohlen in den Zuber, und der nicht allzu umfangreiche Körper des Küsters verschwand im Sack und ließ sich auf dessen Boden nieder, so daß noch ein halber Sack Kohle auf ihm Platz gehabt hätte.

„Guten Tag, Solocha!" sagte Tschub und trat in das Häuschen ein. „Du hast mich vielleicht nicht erwartet, wie? Stimmt's, du hast mich nicht erwartet? Vielleicht störe ich sogar ...", fuhr Tschub fort und setzte eine fröhliche und bedeutungsvolle

Miene auf, die schon im voraus darauf schließen ließ, daß sein schwerfälliger Kopf damit beschäftigt war, einen scharfsinnigen und amüsanten Scherz zu fabrizieren. „Vielleicht haben Sie sich hier mit jemandem vergnügt! Vielleicht hältst du hier schon jemanden versteckt, wie?“ Und Tschub brach, entzückt von seiner geistreichen Bemerkung und innerlich triumphierend, da ja nur er allein sich der Zuneigung Solochas erfreute, in Gelächter aus.

„Na, Solocha, jetzt gib mir einen Schnaps. Ich glaube fast, der verfluchte Frost hat mir die Kehle eingefroren. Was uns Gott in der Nacht vor Weihnachten nur für ein Wetter beschert! Als das Schneetreiben anfing — hörst du, Solocha —, als das Schneetreiben... Ach, die Hände sind mir ganz steif geworden: Ich bekomme nicht einmal den Schafpelz auf! Als das Schneetreiben anfing...“

„Mach auf!“ ertönte draußen eine Stimme, die von einem Klopfen begleitet wurde.

„Klopft da jemand?“ fragte Tschub und blieb stehen.

„Mach auf!“ ertönte es lauter als vorher.

„Das ist der Schmied!“ entfuhr es Tschub, und er faßte an seine Mütze mit den Ohrenklappen. „Hörst du, Solocha, versteck mich, wo du willst; um nichts in der Welt will ich aber von dieser verfluchten Mißgeburt gesehen werden — wenn diesem Hundesohn doch auf der Stelle unter jedem Auge eine Blase anschwölle, so groß wie ein Heuhaufen!“

Die Solocha bekam selbst einen Schreck, lief umher, als hätte sie den Verstand verloren, und gab Tschub ein Zeichen, in den gleichen Sack zu kriechen, in dem schon der Küster saß, was sie ganz vergessen hatte. Der arme Küster konnte weder durch Hüsteln noch durch Räuspern seinem Schmerz Ausdruck verleihen, als der schwere Bauer sich fast direkt auf seinen Kopf setzte und seine steifgefrorenen Stiefel rechts und links von seinen Schläfen zurechtrückte.

Der Schmied trat ein, ohne ein Wort zu sagen, nahm nicht einmal die Mütze ab und ließ sich auf die Bank fallen. Er war offensichtlich sehr schlechter Laune. Als die Solocha die Tür hinter ihm wieder zumachte, klopfte es von neuem. Es war der Kosak

Swerbygus. Dieser konnte in keinem Sack versteckt werden, denn solch einen Sack gab es nicht. Er war dicker als der Vorsteher und größer als Tschubs Gevatter. Die Solocha führte ihn deshalb in den Garten, um sich dort all das anzuhören, was er ihr mitteilen wollte. Der Schmied blickte zerstreut in die Ecken der Stube, lauschte hin und wieder den Liedern der Koljadki-Sänger, die von fern an sein Ohr drangen, und schließlich blieb sein Blick an den Säcken hängen. „Was suchen diese Säcke hier? Sie sollten schon längst hinausgeschafft sein. Diese dumme Liebe macht mich ganz närrisch. Morgen ist Feiertag, aber in der Stube ist nicht einmal ordentlich aufgeräumt. Ich bringe sie am besten in die Schmiede!"

Und der Schmied hockte sich neben die riesigen Säcke, schnürte sie so fest wie möglich zu und machte sich daran, sie sich auf die Schultern zu laden. Doch mit seinen Gedanken war er offensichtlich ganz woanders, denn sonst hätte er gehört, wie Tschub aufzischte, als der Strick, mit dem der Sack zugeschnürt werden sollte, auch sein Haar erfaßte, und wie der beleibte Vorsteher ziemlich heftig den Schluckauf bekam. „Will mir denn diese unglückselige Oxana überhaupt nicht mehr aus dem Kopf heraus?" sprach der Schmied. „Ich will gar nicht an sie denken, aber dauernd denke ich an sie, und nur an sie. Woher kommt das nur, daß einem die Gedanken gegen den eigenen Willen in den Kopf kommen? Teufel noch mal, die Säcke scheinen ja schwerer zu sein als vorher! Da ist doch bestimmt noch etwas anderes drin als nur Kohle. Ich Narr! Ich hab ja ganz vergessen, daß mir jetzt alles schwerer vorkommt. Früher konnte ich mit einer Hand einen kupfernen Fünfer und auch ein Hufeisen krummbiegen; jetzt aber kann ich nicht einmal mehr ein paar Kohlensäcke hochheben. Bald wird mich auch der Wind umblasen. Nein", rief er, nachdem er eine Weile geschwiegen und wieder Mut gefaßt hatte, „was bin ich nur für ein Weib! Mich soll niemand auslachen können! Und wenn es ein Dutzend Kohlensäcke sind, ich hebe sie alle hoch!" Und munter lud er sich die Säcke auf die Schultern, die nicht einmal zwei kräftige Männer davongetragen hätten. „Den könnte ich auch noch mitnehmen", fuhr er fort und hob den kleinen Sack hoch, auf dessen Boden zusammengekrümmt der Teufel lag. „Hier habe ich, glaub ich, mein Werkzeug hineingetan." Mit diesen Worten ging er aus dem Haus und pfiff dabei das Lied vor sich hin:

„Pfeifen tu ich auf die Frauen ..."

Lauter und immer lauter wurden in den Straßen der Gesang und das Geschrei. Durch Leute aus den Nachbardörfern waren die Scharen der Umherziehenden noch größer geworden. Die Burschen scherzten und trieben allerlei Unfug. Oft ertönten zwischen den Koljadki lustige Lieder, die die jungen Kosaken im Handumdrehen erfanden. Und plötzlich stimmte einer aus der Menge statt eines Weihnachtsliedes ein Neujahrslied an und sang aus vollem Halse:

„Neujahrslieder
Sing ich wieder!
Helft uns suchen
Brei, Wurst, Kuchen!"

Lautes Gelächter belohnte den Spaßvogel. Die kleinen Fenster öffneten sich, und die dürren Hände der alten Frauen, die mit den bejahrten Männern allein zu Hause geblieben waren, reichten eine Wurst oder ein Stück Kuchen hinaus. Die Burschen und Mädchen hielten, so schnell sie konnten, ihre Säcke hin und heimsten ihre Beute ein. An einer Stelle hatten Burschen eine Schar Mädchen umkreist: Da gab es ein Gelärme und Geschrei; einer warf mit Schnee, und ein anderer raubte einen Sack mit allem möglichen Plunder. An einer anderen Stelle jagten Mädchen einen Burschen — sie stellten ihm ein Bein, und er fiel zusammen mit dem Sack kopfüber hin. Es sah aus, als wollten sie sich die ganze Nacht hindurch vergnügen. Und die Nacht selbst war so herrlich mild geworden, als wolle sie ihr Scherflein dazu beitragen. Der Glanz des Schnees ließ das Licht des Mondes noch greller erscheinen. Der Schmied blieb mit seinen Säcken stehen. Ihm kam es so vor, als hätte er aus der Mädchenschar Oxanas

Stimme und auch ihr liebliches Lachen herausgehört. Das Herz schlug ihm bis zum Hals; er warf die Säcke auf den Boden, so daß der Küster, der unten lag, vor Schmerz aufstöhnte und der Vorsteher einen heftigen Schluckauf bekam, und zog mit dem kleinen Sack auf dem Rücken hinter den Burschen her, die der Mädchenschar folgten, aus der er Oxanas Stimme vernommen zu haben glaubte.

Ja, da war sie! Wie eine Königin stand sie da, und ihre schwarzen Augen funkelten! Ein Prachtkerl von Bursche erzählte ihr gerade etwas, anscheinend etwas Lustiges, denn sie lachte. Aber sie lachte ja immerzu. Ganz gegen seinen Willen — er wußte selbst nicht, wie es geschah — drängte sich der Schmied durch die Menge und stellte sich neben sie. „Ah, Wakula, du bist auch hier, guten Tag!" sagte die Schöne mit jenem Lachen, das dem Schmied fast den Verstand raubte. „Nun, hast du schon viel für deine Lieder bekommen? Ih, wie klein der Sack ist! Und hast du schon Schuhe besorgt, wie sie die Zarin trägt? Besorge die Schuhe, dann heirate ich dich auch!" Und unter lautem Lachen lief sie mit den anderen fort.

Der Schmied blieb wie angewurzelt stehen. „Nein, ich kann nicht mehr, meine Kraft reicht nicht aus . . .", sagte er schließlich. „Aber Gott im Himmel, warum ist sie nur so verteufelt hübsch? Ihr Blick, ihre Worte, überhaupt alles — wie das brennt, wie das brennt . . . Nein, ich bin nicht mehr Herr über mich! Es wird Zeit, daß ich mit alldem ein Ende mache: Ade Leben, ich werde mich im Eisloch ertränken; und bald wird sich keiner mehr an mich erinnern!" Und mit entschlossenen Schritten ging er weiter, holte die Menge ein, drängte sich an Oxanas Seite und sagte mit fester Stimme: „Leb wohl, Oxana! Nimm dir zum Bräutigam, wen du willst, verdrehe den Kopf, wem du willst, mich aber wirst du auf dieser Welt nicht mehr sehen." Die Schöne schien erstaunt zu sein; sie wollte etwas sagen — doch der Schmied winkte ab und lief davon.

„Wakula, wohin?" schrien die Burschen, als sie den davonlaufenden Schmied sahen.

„Lebt wohl, Brüder!" rief ihnen der Schmied zu. „Wenn Gott

will, sehen wir uns in jener Welt wieder, doch in dieser werden wir uns nicht mehr treffen. Lebt wohl, behaltet mich in gutem Andenken! Sagt dem Vater Kondrat, daß er eine Totenmesse für meine sündige Seele lesen soll. Ich bin leider vor lauter weltlichen Dingen nicht dazu gekommen, die Kerzen vor den Ikonen des Wundertäters und der Mutter Gottes zu bemalen, ich bin ein sündiger Mensch. Alles Hab und Gut, das in meiner Truhe ist, soll die Kirche bekommen! Lebt wohl!"

Nachdem der Schmied dies gesagt hatte, lief er mit dem Sack auf dem Rücken weiter.

„Er hat den Verstand verloren!" meinten die Burschen.

„Eine unglückliche Seele!" murmelte ein altes Mütterchen, das gerade vorüberging, fromm vor sich hin. „Ich muß den anderen gleich erzählen, wie der Schmied sich erhängt hat!"

Wakula war unterdessen schon durch mehrere Straßen gelaufen und blieb schließlich stehen, um zu verschnaufen. Wo laufe ich denn eigentlich hin? dachte er. Als ob schon alles verloren wäre! Ich will noch etwas versuchen: Ich werde zu dem Saporoger Pazjuk Dickbauch gehen. Er soll doch alle Teufel kennen und alles machen können, was er nur will. Zu ihm werde ich gehen, meine Seele ist ohnehin schon verloren! Da sprang der Teufel, der bis dahin reglos im Sack gelegen hatte, vor Freude hin und her; doch der Schmied, der glaubte, mit dem Arm am Sack hängengeblieben zu sein und dieses Rütteln selbst hervorgerufen zu haben, schlug mit seiner kräftigen Faust auf den Sack, schob ihn sich richtig auf die Schultern und machte sich auf den Weg zu Pazjuk Dickbauch.

Dieser Pazjuk Dickbauch war früher wahrhaftig einmal ein Saporoger gewesen; doch ob man ihn aus der Kosakenarmee hinausgejagt hatte oder ob er selbst davongelaufen war, das wußte niemand. Schon lange, zehn oder vielleicht auch fünfzehn Jahre, wohnte er jetzt in Dikanka. Zuerst lebte er wie ein echter Saporoger: Er arbeitete nicht, schlief fast den ganzen Tag, aß für sechs und trank auf einen Zug beinah einen ganzen Eimer leer — Platz genug war übrigens dafür da, denn Pazjuk war trotz seines kleinen Wuchses ungeheuer beleibt. Die Tuchhosen, die er trug, waren so weit, daß die Füße, selbst wenn er noch so große Schritte machte, nicht zu erkennen waren und sich eher ein Zuber, wie er zum Branntweinbrennen verwendet wird, die Straße entlang zu bewegen schien. Vielleicht war das der Grund dafür, daß man ihn Dickbauch nannte. Schon wenige Tage nach seiner Ankunft im Dorf wußten alle, daß er ein Zauberer war. Erkrankte jemand, rief man sofort Pazjuk; und Pazjuk brauchte nur einige Worte zu flüstern, und die Krankheit war verflogen, als hätte es sie nie gegeben. Geschah es einmal, daß einem hungrigen Edelmann eine Fischgräte in der Kehle steckenblieb, dann verstand es Pazjuk so prächtig, dem Herrn mit der Faust auf den Rücken zu schlagen, daß die Gräte sogleich den Weg wanderte, den sie gehen mußte, ohne der herrschaftlichen Gurgel einen Schaden zuzufügen. In letzter Zeit hatte man ihn allerdings nur selten zu Gesicht bekommen. Vielleicht war seine Faulheit daran schuld oder auch die Tatsache, daß es ihm mit jedem Jahr schwerer fiel, sich durch die Türen zu zwängen. So mußten die Leute nun eben selbst zu ihm gehen, wenn sie etwas von ihm wollten. Der Schmied öffnete etwas schüchtern die Tür und sah Pazjuk nach Türkenart auf dem Boden sitzen, direkt vor einem kleinen Faß, auf dem eine Schüssel mit Klößen stand. Diese Schüssel schien absichtlich so hingestellt zu sein, daß sie sich mit seinem Mund in gleicher Höhe befand. Ohne einen Finger zu rühren, beugte er den Kopf ein wenig zur Schüssel hin, schlürfte die Brühe und schnappte sich mit den Zähnen hin und wieder einen Kloß. Nein, dachte Wakula, der ist noch fauler als Tschub: Jener ißt wenigstens noch mit dem Löffel, der hier aber will nicht einmal die Hände heben! Pazjuk war anscheinend sehr mit seinen Klößen beschäftigt, denn er schien die Ankunft des Schmiedes gar nicht bemerkt zu haben, obwohl sich dieser, kaum daß er über die Schwelle getreten war, vor ihm bis zur Erde verneigte.

„Ich bin zu dir gekommen, hochgeehrter Pazjuk!" sagte Wakula und verbeugte sich von neuem.

Der dicke Pazjuk hob den Kopf und schlürfte dann seine Kloßbrühe weiter.

„Es heißt — nimm mir das bitte nicht übel“, sagte der Schmied und nahm seinen ganzen Mut zusammen, „ich sage das nicht, um dich zu kränken —, es heißt, daß du mit dem Teufel ein wenig verwandt seist.“

Als Wakula das gesagt hatte, erschrak er, denn er glaubte, sich zu unverblümt ausgedrückt und die harten Worte zu wenig gemildert zu haben; er erwartete, daß Pazjuk das kleine Faß mit der Schüssel packen und ihm an den Kopf werfen würde, aus diesem Grunde trat er ein wenig zur Seite und bedeckte sein Gesicht mit dem Ärmel, um es vor der heißen Kloßbrühe zu schützen.

Pazjuk aber sah nur kurz auf und schlürfte dann seine Kloßbrühe weiter.

Der Schmied fühlte sich ermutigt und beschloß, weiterzureden.

„Ich bin zu dir gekommen, Pazjuk. Gott schenke dir alles Gute in Hülle und Fülle und auch Brot in entsprechender Proportion!“ Der Schmied verstand es, zuweilen ein modisches Wörtchen einfließen zu lassen, das hatte er sich schon in Poltawa angewöhnt, als er dem Kosakenhauptmann den Holzzaun strich. „Ich sündiger Mensch gehe zugrunde! Nichts auf der Welt kann helfen! Sei es, wie es sei, ich muß den Teufel in eigener Person um Hilfe angehen. Was meinst du, Pazjuk?“ fragte der Schmied, als jener auch weiterhin Schweigen bewahrte. „Wie könnte man das am besten machen?“

„Wenn du den Teufel brauchst, dann wende dich auch an ihn!“ antwortete Pazjuk und aß, ohne auch nur für einen Moment die Augen zu heben, weiter seine Klöße.

„Deshalb bin ich ja zu dir gekommen“, antwortete der Schmied und verbeugte sich. „Außer dir, meine ich, kennt niemand sonst auf der Welt den Weg zu ihm.“

Pazjuk sagte kein Wort und aß den Rest der Klöße auf.

„Erbarme dich meiner, guter Mann; schlag mir meine Bitte nicht ab!“ drang der Schmied in ihn. „Schweinefleisch, Würste, Buchweizenmehl, nun, vielleicht Leinen, Hirse oder andere Dinge, falls sie gebraucht werden — wie es zwischen guten Menschen üblich ist —, all das will ich dir geben, und ich will mich dabei nicht lumpen lassen. Sag mir doch wenigstens, wie ungefähr findet man den Weg zu ihm?"

„Der braucht nicht weit zu gehen, der den Teufel auf dem Rücken trägt", erklärte Pazjuk gleichmütig, ohne seine Haltung zu verändern.

Wakula glotzte ihn an, als stände ihm die Erklärung dieser Worte auf der Stirn geschrieben. Was sagt er da? schien seine Miene zu fragen, und sein halbgeöffneter Mund war bereit, das erste Wort der Erklärung wie ein Klößchen zu verschlucken. Doch Pazjuk schwieg. Da bemerkte Wakula, daß weder die Klöße noch das kleine Faß mehr vor ihm standen; statt dessen befanden sich zwei Holzschüsseln auf dem Boden, von denen die eine mit Pasteten und die andere mit saurer Sahne gefüllt war. Diese Speisen lenkten unwillkürlich seine Gedanken und Augen auf sich. Ich will doch mal sehen, sagte er sich, wie Pazjuk die Pasteten ißt. Sicherlich hat er keine Lust, sich hinunterzubeugen, um sie wie die Klöße zu verspeisen — ja, und das geht ja auch gar nicht; die Pastete muß doch zuerst in die saure Sahne getaucht werden. Kaum hatte er das gedacht, da machte Pazjuk auch schon den Mund auf, sah die Pasteten an und riß den Mund noch weiter auf. In diesem Augenblick sprang eine Pastete aus der Schüssel, landete in der sauren Sahne, drehte sich auf die andere Seite, hüpfte hoch und flog geradeswegs in seinen Mund. Pazjuk aß sie auf und öffnete den Mund von neuem, und die nächste Pastete tat genau das gleiche. Er selbst machte sich nur die Mühe, zu kauen und zu schlucken. Das ist aber seltsam, dachte der Schmied, sperrte vor Verwunderung den Mund auf und fühlte im gleichen Augenblick, daß auch ihm eine Pastete in den Mund wollte und seine Lippen schon mit saurer Sahne beschmiert hatte. Der Schmied stieß die Pastete fort, wischte sich die Lippen ab und dachte darüber nach, was für Wunder es doch auf der Welt gab und was für Kniffe der Böse den Menschen beibrachte, wobei ihm wieder einfiel, daß nur Pazjuk ihm helfen konnte. Ich werde ihn noch einmal bitten, damit er es mir genau erklärt ... Aber zum Teufel! Heute ist doch *Heiligabend*, und er ißt Pasteten, die in den Fasten gar nicht erlaubt sind! Was bin ich nur für ein

Narr, daß ich hier stehe und mich mitschuldig mache! Zurück! Und der gottesfürchtige Schmied lief, so schnell er konnte, aus dem Häuschen.

Doch der Teufel, der im Sack saß und sich schon im voraus gefreut hatte, konnte bei dem Gedanken, daß ihm solch eine herrliche Beute entgehen sollte, nicht mehr an sich halten. Sowie der Schmied den Sack hingestellt hatte, sprang der Teufel heraus und setzte sich ihm auf die Schultern.

Dem Schmied lief es kalt über den Rücken; er war erschrokken und blaß geworden und wußte nicht, was er tun sollte; er wollte sich schon bekreuzigen ... Doch da schob der Teufel seine Hundeschnauze an das rechte Ohr des Schmiedes und sagte: „Ich bin es, dein Freund, und für einen Kameraden und Genossen tue ich alles! Ich gebe dir Geld, soviel du willst", piepste er ihm in das linke Ohr. „Oxana wird noch heute uns gehören", flüsterte er, nachdem er seine Schnauze wieder an das rechte Ohr gedrückt hatte. Der Schmied stand da und dachte nach.

„Gut", sagte er schließlich, „für diesen Preis will ich der Deine sein."

Der Teufel klatschte in die Hände und begann vor Freude auf den Schultern des Schmiedes Galopp zu reiten. Jetzt habe ich den Schmied! dachte er sich. Jetzt, mein Lieber, werde ich dir all deine Schmierereien und Verleumdungen heimzahlen, mit denen du uns Teufel bedacht hast. Was werden meine Genossen sagen, wenn sie erfahren, daß ich den frömmsten Mann des Dorfes in meinen Händen habe? Vor Freude lachte der Teufel auf, denn er malte sich aus, wie er in der Hölle die ganze geschwänzte Sippschaft verspotten und wie der lahme Teufel vor Wut schäumen würde, der unter ihnen als der einfallsreichste galt.

„Nun, Wakula!" piepste der Teufel, ohne jedoch von den Schultern des Schmiedes hinunterzuklettern, als hätte er Angst, jener könnte ihm davonlaufen. „Du weißt ja, daß zu allen Abmachungen ein Kontrakt gehört."

„Ich bin bereit!" sagte der Schmied. „Bei euch wird ja, wie ich gehört habe, mit Blut unterzeichnet; warte einen Augenblick, ich hole nur einen Nagel aus der Tasche!“ Er griff hinter sich, und schon hatte er den Teufel beim Schwanz gepackt.

„Du bist ja ein richtiger Spaßmacher“, schrie der Teufel unter Lachen. „Na, hör auf, es langt jetzt!“

„Einen Augenblick, mein Lieber“, rief der Schmied. „Was sagst du denn hierzu?“ Bei diesen Worten schlug er ein Kreuz, und der Teufel wurde so fromm wie ein kleines Lämmchen. „Einen Augenblick“, sagte Wakula und zog den Teufel am Schwanz zu Boden, „ich werde dich lehren, anständige Menschen und ehrliche Christen zur Sünde zu verführen.“

Der Schmied sprang, ohne den Schwanz loszulassen, rittlings auf den Teufel und hob die Hand, um das Zeichen des Kreuzes zu schlagen.

„Erbarme dich, Wakula!“ winselte der Teufel kläglich. „Ich tue für dich, was du willst, nur laß mich in Ruhe und schlag nicht das schreckliche Kreuz über mich!“

„Ach, jetzt schlägst du andere Töne an, du verfluchter Welscher! Ich weiß auch, was ich jetzt tue. Fliege auf der Stelle mit mir fort! Hörst du, fliege mit mir fort, als wärst du ein Vogel!“

„Wohin?“ fragte der Teufel traurig.

„Nach Petersburg, geradeswegs zur Zarin!“ Und dem Schmied schwanden vor Schreck fast die Sinne, als er merkte, wie er in die Lüfte gehoben wurde.

Lange stand Oxana da und dachte über die seltsamen Reden des Schmiedes nach. Eine innere Stimme flüsterte ihr zu, daß sie zu hart mit ihm verfahren war. Wenn er sich nun wirklich etwas antut? Was dann? Womöglich verliebte er sich aus Kummer in eine andere und erklärt sie aus Ärger noch zur Schönsten des Dorfes? Doch nein, er liebt mich. Ich bin doch so hübsch! Er wird um nichts in der Welt von mir lassen, er scherzt, er tut nur so. Noch keine zehn Minuten werden vergehen, und schon wird er wiederkommen, um mich anzusehen. Ich war wirklich zu streng zu ihm. Ich muß ihm – wenn auch scheinbar widerwillig – erlauben, mich zu küssen. Da wird er sich aber freuen! Und die leichtsinnige Schöne scherzte schon wieder mit ihren Freundinnen.

„Wartet doch mal", sagte eine von ihnen, „der Schmied hat seine Säcke vergessen; guckt doch nur, was das für furchtbare Säcke sind! Er muß ganz andere Sachen für seine Lieder bekommen haben als wir! Ich glaube fast, sie haben ihm ein ganzes Hammelviertel hineingeworfen, und Wurst und Brote ohne Zahl. Herrlich! Die ganzen Feiertage kann man davon essen."

„Sind das die Säcke vom Schmied?" fiel Oxana ein. „Wir wollen sie so schnell wie möglich zu mir ins Häuschen tragen und uns genau ansehen, was er alles drin hat."

Alle stimmten diesem Vorschlag unter Lachen zu.

„Aber wir bekommen sie nicht hoch!" rief die ganze Schar einstimmig, als sie versuchten, die Säcke von der Stelle zu rükken.

„Wartet", sagte Oxana, „wir wollen schnell einen Schlitten holen und sie dann auf dem Schlitten wegschaffen!"

Die Mädchenschar lief nach einem Schlitten.

Den Gefangenen war es schon lange über, in den Säcken zu sitzen, wenn sich der Küster auch mit dem Finger ein ordentliches Loch in den Sack gebohrt hatte. Wenn nicht die vielen Leute dagewesen wären, hätte er vielleicht sogar Mittel und Wege gefunden, hinauszukriechen, doch vor den Augen aller aus dem Sack zu kriechen und sich auslachen zu lassen ... Das hielt ihn zurück, und so beschloß er zu warten und hüstelte nur leise unter Tschubs unhöflichen Stiefeln. Tschub sehnte sich nicht weniger nach Freiheit, denn er fühlte, daß unter ihm etwas lag, worauf zu sitzen äußerst peinlich war. Doch sowie er den Beschluß seiner Tochter vernommen hatte, beruhigte er sich und wollte nicht mehr hinauskriechen, denn er überlegte sich, daß er dann bis zu seinem Haus mindestens hundert Schritt zurücklegen mußte, vielleicht sogar doppelt soviel. Und wenn er hinauskroch, müßte er seine Kleider in Ordnung bringen, er müßte den Schafpelz zuknöpfen, den Gürtel umbinden — wieviel Arbeit das alles machen würde! Und seine Mütze mit den Ohrenklappen hatte er zudem noch bei der Solocha gelassen. Da war es schon das beste, die Mädchen fuhren ihn auf dem Schlitten nach Hause. Doch es kam anders, als Tschub gedacht hatte. Während die Mädchen fortliefen, um einen Schlitten zu holen, trat der hagere Gevatter verärgert und böse aus der Schenke. Die Schankwirtin hatte sich einfach nicht dazu entschließen können, ihm zu borgen; dann hatte er auf einen frommen Edelmann warten wollen, der ihn vielleicht bewirtete, doch wie zum Trotz blieben alle Edelleute zu Hause und aßen als ehrliche Christenmenschen im Kreise der Familie ihren Rosinenreis. Während der Gevatter noch über die Verderbtheit der Sitten und das steinerne Herz der Wirtin grübelte, die den Wein verkaufte, stieß er auf die Säcke und blieb erstaunt stehen. „Sieh mal einer an, was für Säcke da jemand auf die Straße geworfen hat!" sagte er und sah sich um. „Da ist doch bestimmt auch Schweinefleisch drin. Der Mann kann aber wirklich von Glück reden, daß er soviel Zeug für seine Koljadki bekommen hat! Was für Riesensäcke das sind! Und selbst wenn sie nur mit Buchweizenbroten und Backwerk gefüllt sind, ist das noch gut. Und auch wenn einzig und allein Flachbrote drin sind, ist das nicht schlecht; die Wirtin gibt für jedes ein Achtel Schnaps. Ich müßte die Säcke so schnell wie möglich fortschaffen, damit sie keiner sieht." Er hob sich den Sack, in dem sich Tschub und der Küster befanden, auf die Schulter, merkte aber, daß er zu schwer war.

„Nein, für mich allein ist der zu schwer", murmelte er, „aber dort kommt wie gerufen der Weber Schapuwalenko. Guten Tag, Ostap!"

„Guten Tag", sagte der Weber und blieb stehen.

„Wohin gehst du denn?"

„Nirgendwohin. Immer der Nase nach."

„Hilf mir beim Säcketragen, lieber Freund! Hier hat jemand die Geschenke, die er für seine Lieder bekommen hat, mitten auf die Straße geworfen. Wir teilen uns, was darin ist."

„Säcke, sagst du? Was ist denn drin, Weizenkuchen oder Flachbrot?"

„Ich glaube, da ist alles drin."

Sie zogen schnell zwei Stöcke aus dem Flechtzaun, legten den Sack darauf und trugen ihn auf den Schultern fort.

„Wo tragen wir ihn denn hin? In die Schenke?" fragte der Weber unterwegs.

„Ich bin eigentlich auch dafür, daß wir ihn in die Schenke bringen, doch die verfluchte Wirtin wird uns nicht trauen, sie denkt womöglich noch, wir hätten ihn irgendwo gestohlen; außerdem komme ich eben erst aus der Schenke. Wir tragen ihn in mein Häuschen. Dort wird uns keiner stören — meine Frau ist nicht zu Hause."

„Ist sie auch wirklich nicht zu Hause?" fragte der vorsichtige Weber.

„Ich habe meinen Verstand Gott sei Dank noch nicht ganz verloren", sagte der Gevatter, „selbst der Teufel brächte mich nicht dorthin, wo sie ist. Sie wird sich bestimmt bis zum Morgen mit den anderen Weibern herumtreiben."

„Wer ist da?" schrie die Frau des Gevatters, die den Lärm im Flur vernommen hatte, den die beiden Freunde bei ihrer Ankunft mit ihrem Sack machten, und öffnete die Tür.

Der Gevatter erstarrte.

„Da haben wir die Bescherung", sagte der Weber und ließ die Hände sinken.

Die Frau des Gevatters war ein Kleinod, wie man es auf der weiten Welt gar nicht selten findet. Wie ihr Mann saß auch sie fast niemals zu Hause, sondern verbrachte beinah den ganzen Tag bei Basen und wohlhabenden Alten, lobte alles, aß mit großem Appetit und prügelte sich nur des Morgens mit ihrem Mann, weil sie ihn nur zu dieser Tageszeit manchmal sah. Ihr Häuschen war doppelt so alt wie die Hosen vom Bezirksschreiber, und auf dem Dach fehlte an manchen Stellen das Stroh. Vom Flechtzaun waren nur noch einige Überreste vorhanden, denn keiner, der sein Haus verließ, dachte daran, einen Stock gegen die Hunde mitzunehmen, weil stets alle hofften, am Gemüsegarten des Gevatters vorbeizukommen, wo man ja einen beliebig großen Knüppel aus dem Zaun ziehen konnte. Im Ofen brannte oft drei Tage hintereinander kein Feuer. Alles, was sich die zärtliche Gattin bei guten Leuten zu erbetteln pflegte, versteckte sie vor ihrem Mann, so gut sie konnte, und oft nahm sie ihm noch selbstherrlich seine eigene Beute ab, falls er noch nicht dazu gekommen war, sie in der Schenke zu vertrinken. Der Gevatter liebte es trotz seiner Kaltblütigkeit nicht, dies ruhig hinzunehmen, und verließ das Haus deshalb fast immer mit blauen Flecken unter beiden Augen; die werte Ehehälfte aber schleppte sich dann ächzend zu den alten Weibern, um ihnen von den Gemeinheiten ihres Mannes und den Schlägen, die sie aushalten müsse, zu erzählen.

Jetzt kann man sich vorstellen, wie sehr der Weber und der Gevatter über das unerwartete Erscheinen der Frau erstaunt waren. Sie stellten den Sack auf den Boden, traten vor ihn hin und verdeckten ihn mit ihren Rockschößen, doch es war schon zu spät — obwohl die Frau des Gevatters mit ihren alten Augen nicht gut sah, hatte sie den Sack doch bereits entdeckt.

„Das ist schön!" sagte sie mit einer Miene, die die Freude eines Habichts erkennen ließ. „Das ist schön, daß ihr für eure Koljadki soviel bekommen habt! So machen es alle anständigen Leute — doch nein, ich denke mir, ihr habt es euch irgendwo beiseite geschafft. Ihr zeigt mir sofort, hört ihr, ihr zeigt mir sofort euren Sack!"

„Der glatzköpfige Teufel wird das tun, wir aber nicht!" erklärte der Gevatter und nahm eine würdevolle Haltung an.

„Was geht dich das an?" meinte der Weber. „Schließlich haben wir das für unsere Koljadki bekommen und nicht du."

„O nein, du wirst ihn mir schon zeigen, du Taugenichts von einem Säufer!" schrie die Frau, schlug dem langen Gevatter mit der Faust ans Kinn und wollte sich zum Sack durchschlagen.

Doch der Weber und der Gevatter verteidigten mannhaft den Sack und zwangen sie zum Rückzug. Kaum waren sie wieder etwas zu sich gekommen, stürzte die Gemahlin mit einem Feuerhaken in den Flur. Rasch schlug sie ihrem Mann mit dem Feuerhaken auf die Hände und dem Weber auf den Rücken, und schon stand sie neben dem Sack.

„Warum haben wir sie nur herangelassen?" fragte der Weber, als er wieder etwas zur Besinnung gekommen war.

„Eh, was heißt hier ‚wir'! Warum hast du sie herangelassen!" sagte der Gevatter kaltblütig.

„Euer Feuerhaken scheint aus Eisen zu sein!“ sagte der Weber nach einem kurzen Schweigen und rieb sich den Rücken. „Meine Frau hat voriges Jahr auf dem Jahrmarkt einen Feuerhaken gekauft, fünfundzwanzig Kopeken hat sie dafür bezahlt, er ist nicht schlecht, er tut jedenfalls nicht so weh ...“

Währenddessen stellte die triumphierende Gemahlin das Fettlämpchen auf den Boden, band den Sack auf und sah hinein.

Doch ihre alten Augen, die den Sack so gut wahrgenommen hatten, irrten sich diesmal wohl.

„Ja, das ist ja ein ganzer Eber!“ rief sie und schlug vor Freude die Hände zusammen.

„Ein Eber! Hörst du, ein ganzer Eber!“ sagte der Weber und stieß den Gevatter in die Seite. „Und schuld daran bist nur du!“

„Was können wir schon tun!“ meinte der Gevatter und zuckte mit den Schultern.

„Was heißt hier ‚schon tun‘? Was stehen wir denn herum? Wir müssen ihr den Sack wieder wegnehmen! Los, vorwärts!“

„Verschwinde! Schnell! Das ist unser Eber!“ schrie der Weber und trat vor.

„Geh weg! Geh weg, du Teufelsweib! Das gehört dir nicht!“ sagte der Gevatter und näherte sich ebenfalls.

Die Gemahlin ergriff von neuem den Feuerhaken, doch in diesem Augenblick kroch Tschub aus dem Sack, stellte sich mitten in den Flur und reckte sich wie ein Mensch, der nach langem Schlaf eben erst aufgewacht ist.

Die Frau des Gevatters schrie auf und ließ die Hände auf die Schürze sinken, und alle sperrten unwillkürlich den Mund auf.

„Was erzählt denn dieses dumme Weibsbild von einem Eber! Das ist doch kein Eber!“ sagte der Gevatter mit weit aufgerissenen Augen.

„Was die da für einen Menschen in den Sack geworfen haben!“ sagte der Weber und stolperte vor Schreck zurück. „Da kann einer sagen, was er will, ich will auf der Stelle zerplatzen, wenn hier nicht der Böse seine Hand im Spiel gehabt hat! Der hier geht doch durch kein Fenster durch!“

„Das ist ja der Gevatter!“ rief der Gevatter, als er genauer hinsah.

„Was hast du denn gedacht?“ sagte Tschub unter Lachen. „Habe ich euch nicht herrlich an der Nase herumgeführt? Und ihr wolltet mich statt Schweinefleisch essen. Wartet mal, ich habe noch eine kleine Freude für euch: Im Sack liegt noch etwas, und wenn es auch kein Eber ist, dann ist es bestimmt ein Ferkelchen oder ein anderes ähnliches Lebewesen. Unter mir hat sich nämlich immer etwas bewegt.“

Der Weber und der Gevatter stürzten zu dem Sack; die Hausherrin packte von der anderen Seite zu, und die Prügelei hätte von neuem begonnen, wenn der Küster, der einsah, daß er sich nicht länger verbergen konnte, nicht herausgekrochen wäre.

Die Frau des Gevatters erstarrte vor Schreck und ließ das Bein fahren, an dem sie den Küster gerade aus dem Sack ziehen wollte.

„Und da ist der zweite!“ rief der Weber angsterfüllt. „Der Teufel weiß, was das heutzutage ist ... Mir dreht sich der Kopf; weder Wurst noch Flachbrot, sondern Leute wirft man jetzt in die Säcke!“

„Das ist ja der Küster!“ sagte Tschub, der am meisten von allen staunte. „Wer hätte das gedacht! Sieh mal einer die Solocha an! Sie hat ihn in den Sack gesteckt ... Ich hab mich schon gewundert, als so viele Säcke bei ihr in der Stube standen ... Jetzt begreife ich alles: In jedem Sack hat sie zwei Männer gehabt. Und ich habe geglaubt, sie hat nur mit mir allein ... Wer hätte das von der Solocha gedacht!“

Die Mädchen wunderten sich etwas, als sie den einen Sack nicht mehr vorfanden. „Das hilft nichts, einer reicht uns ja auch“, meinte Oxana. Alle packten den Sack an und wälzten ihn auf den Schlitten. Der Vorsteher beschloß zu schweigen, denn er dachte, daß die dummen Mädchen, wenn er riefe, sie sollten ihn herauslassen und den Sack aufbinden, auseinanderlaufen und denken würden, im Sack säße der Teufel, und daß er dann womöglich noch bis zum Morgen auf der Straße bleiben müßte. Die Mädchen faßten sich unterdessen bei den Händen und liefen wie der

Wind mit dem Schlitten über den knirschenden Schnee. Viele setzten sich aus Spaß auf den Schlitten, manche kletterten sogar auf den Vorsteher drauf. Der aber war entschlossen, alles zu ertragen. Schließlich kamen sie an; sie sperrten die Türen zur Diele und zur Stube weit auf und zerrten den Sack unter Gelächter hinein. „Wir wollen mal sehen, was hier liegt", riefen alle und machten sich eilig daran, den Sack aufzubinden. In diesem Moment wurde der Schluckauf, der den Vorsteher schon die ganze Zeit über gequält hatte, während der er im Sack saß, so heftig, daß er aus vollem Halse schlucken und husten mußte.

„Ach, hier sitzt jemand!" riefen sie voller Angst und stürzten zur Tür.

„Teufel noch eins! Wohin rennt ihr denn alle wie die Verrückten?" sagte Tschub, der gerade zur Tür hereinkam.

„Ach, Vater!" rief Oxana. „Hier in dem Sack sitzt einer!"

„In dem Sack hier? Wo habt ihr den denn her?"

„Der Schmied hat ihn mitten auf der Straße liegengelassen", sagten alle wie aus einem Munde.

Nun natürlich, habe ich es nicht gesagt! dachte Tschub. „Und warum seid ihr da so erschrocken? Das werden wir gleich haben: Vorwärts, guter Mann — nimm es uns nicht übel, wenn wir dich nicht mit deinem Vor- und Vatersnamen anreden —, komm aus dem Sack heraus!"

Der Vorsteher kam herausgekrochen.

„Ach!" riefen die Mädchen.

Auch der Vorsteher ist in einen Sack gekrochen, sagte sich Tschub verblüfft und maß ihn von Kopf bis Fuß. Wer hätte das gedacht! „Oho!" Mehr konnte er nicht sagen.

Der Vorsteher war nicht weniger verwirrt und wußte nicht, wie er das Gespräch beginnen sollte.

„Draußen scheint es recht kalt zu sein?" sagte er und wandte sich an Tschub.

„Ein ganz schöner Frost", antwortete Tschub. „Aber gestatte die Frage, womit schmierst du dir deine Stiefel ein, mit Hammelfett oder mit Teer?" Er wollte eigentlich ganz etwas anderes sagen, er wollte fragen: Wie bist du denn in diesen Sack gekom-

men, Vorsteher?, und er verstand nun selbst nicht, warum er etwas völlig anderes gesagt hatte.

„Teer ist besser!“ sagte der Vorsteher. „Nun, Tschub, lebe wohl!“ Er setzte sich seine Mütze mit den Ohrenklappen auf und ging aus der Stube.

„Weshalb habe ich ihn in meiner Dummheit nur gefragt, womit er sich die Stiefel einschmiert!“ sagte Tschub und blickte auf die Tür, durch die der Vorsteher eben verschwunden war. „Sieh mal einer die Solocha an! Solch einen Mann steckt sie in den Sack! Ein Teufelsweib ist das! Und ich bin ein Dummkopf... Wo ist denn eigentlich dieser verfluchte Sack?“

„Ich habe ihn in die Ecke geworfen, es ist nichts mehr drin“, sagte Oxana.

„Das kennen wir schon — nichts mehr drin! Gebt ihn her, dort sitzt bestimmt noch jemand! Schüttelt den Sack mal kräftig aus! Was, alles leer? Dieses verfluchte Weib! Und wenn man sie ansieht, denkt man, sie ist eine Heilige, die stets die Fasten eingehalten hat!“

Doch lassen wir Tschub in aller Ruhe seinem Ärger Luft machen und kehren wir wieder zu dem Schmied zurück, denn draußen geht es jetzt bestimmt schon auf neun Uhr zu.

Zuerst hatte Wakula Angst, als er so hoch emporgehoben wurde, daß er unten auf der Erde nichts mehr erkennen konnte, und wie eine Fliege dicht unter dem Mond vorbeiflog, daß er mit seiner Mütze an ihm hängengeblieben wäre, hätte er sich nicht schnell ein wenig gebückt. Doch schon nach einer kleinen Weile wurde er mutiger und begann mit dem Teufel zu scherzen. Er wollte sich schieflachen über die Art, wie der Teufel nieste und hustete, wenn er sein Kreuz aus Zypressenholz vom Hals nahm und es dem Teufel hinhielt. Mit Absicht hob er die Hand, um sich über die Haare zu fahren, denn der Teufel glaubte jedesmal, er wolle das Kreuz über ihn schlagen, und flog noch schneller. Oben war alles hell. Die Luft in dem leichten silbrigen Nebel war durchsichtig. Alles war zu sehen; man konnte sogar erkennen, wie ein Zauberer, der in einem Topf saß, wie der Wind an ihnen vorbeijagte, wie die Sterne sich versammelten und Blindekuh spielten, wie sich etwas seitwärts ein ganzer Haufe von Geistern gleich einer Wolke zusammenballte, wie ein Teufel, der im Mondschein tanzte, die Mütze zog, als er den Schmied vorbeireiten sah, wie ein Besen allein wieder zurückflog, nachdem er offenbar eine Hexe an ihr Ziel gebracht hatte ... Und noch einer ganzen Menge allen möglichen Lumpenpacks begegneten sie. Alle blieben beim Anblick des Schmieds einen Augenblick stehen, um ihn zu betrachten, und jagten dann weiter und taten das Ihre; der Schmied aber flog und flog, und plötzlich blitzte vor ihm Petersburg in strahlendem Lichterglanz auf. (Es war damals aus irgendeinem Grunde illuminiert.) Als der Teufel den Schlagbaum überflogen hatte, verwandelte er sich in ein Pferd, und der Schmied sah sich nun auf einem feurigen Roß mitten auf der Straße. Mein Gott! Lärm, Getöse, Glanz; zu beiden Seiten der Straße erhoben sich riesige dreistöckige Häuser; das Aufschlagen der Pferdehufe und das Rasseln der Räder hallte donnernd von allen Seiten wider; wo man hinsah, erhoben sich Häuser, als seien sie aus dem Schoß der Erde emporgewachsen, die Brücken bebten; die Kutschen flogen nur so dahin; Fuhrleute und Vorreiter schrien; der Schnee knirschte unter Tausenden von Schlitten, die von allen Seiten angesaust kamen; die Fußgänger drückten und drängten sich an den mit Lampen übersäten Häusern entlang, und ihre riesigen Schatten huschten über die Wände und stießen mit den Köpfen an die Dächer und Schornsteine. Verwundert blickte der Schmied um sich. Ihm schien es, als richteten sämtliche Häuser ihre unzähligen feurigen Augen auf ihn und sähen ihn an. Er erblickte so viele Herren in stoffüberzogenen Pelzen, daß er gar nicht wußte, wen er zuerst grüßen sollte. Mein Gott, wieviel vornehme Herren es hier gibt! dachte der Schmied. Ich glaube, jeder, der hier auf der Straße in einem Pelz an mir vorübergeht, ist ein Beisitzer! Und jene erst, die in diesen wunderbaren kleinen Kutschen mit den Glasfenstern fahren! Die sind, wenn nicht Stadthauptmänner, dann ganz sicher aber besondere Bevollmächtigte, ja vielleicht sogar noch wichtigere Leute. Hier wurden seine Gedanken von der Frage des Teufels unterbrochen: „Soll ich dich geradeswegs zur Zarin bringen?“ Nein, ich fürchte mich, ging es dem Schmied durch den Kopf. „Hier müßten doch irgendwo, ich weiß aber nicht genau wo, die Saporoger wohnen, die im Herbst durch Dikanka gekommen sind. Sie sind aus dem Lager der Saporoger mit einem Schreiben zur Zarin gefahren; mit denen müßte ich mich beraten. He, Satan, kriech mir in die Tasche und führe mich zu den Saporogern!“ Der Teufel schrumpfte im Nu zusammen und wurde so klein, daß er mühelos in die Tasche schlüpfen konnte. Und ehe es sich Wakula versah, stand er schon vor einem großen Haus, ging — er wußte selbst nicht wie — die Treppe hinauf, öffnete die Tür und wich ein wenig zurück vor dem Glanz, als er ein herrlich ausgestattetes Zimmer sah, doch dann faßte er wieder etwas Mut, denn er erkannte die Saporoger, die durch Dikanka gekommen waren. Sie saßen auf seidenbezogenen Diwanen, hatten die mit Fett eingeschmierten Stiefel unter sich gezogen und rauchten den allerstärksten Tabak, den, der gewöhnlich Wurzeltabak genannt wird.

„Guten Tag, ihr Herren, Gott zum Gruß! Hier sehen wir uns also wieder!“ sagte der Schmied, trat näher an sie heran und verneigte sich bis zur Erde.

„Was ist denn das für ein Mann?“ fragte ein Kosak, der direkt vor dem Schmied saß, einen anderen, der etwas entfernter der Ruhe pflegte.

„Erkennt ihr mich denn nicht?“ sagte der Schmied. „Ich bin es doch, Wakula, der Schmied! Als ihr im Herbst durch Dikanka durchgefahren seid, wart ihr, Gott schenke euch Gesundheit und langes Leben, fast zwei Tage lang unsere Gäste. Ich habe euch damals einen neuen Eisenreifen für das Vorderrad eures Wagens gemacht.“

„Ach ja!“ sagte der gleiche Kosak. „Das ist ja der Schmied, der so gut malt. Guten Tag, Landsmann, was hat dich denn hierhergeführt?“

„Ich wollte nur mal gucken, es heißt doch . . .“

„Nun, Landsmann“, sagte der Saporoger, warf sich in die Brust und wollte zeigen, daß er auch die russische Sprache beherrschte, „eine große Stadt, wie?“

Der Schmied wollte sich ebenfalls nicht blamieren und wie ein Neuling dastehen, außerdem verstand auch er — wie wir schon früher gesehen haben — etwas von der Schriftsprache.

„Ein beachtliches Gouvernement!" antwortete er gleichmütig. „Da ist nichts dagegen zu sagen, die Häuser sind recht umfangreich und die Gemälde an ihnen hervorragend. Viele Häuser sind mit Buchstaben aus Blattgold ungeheuerlich kunstvoll bemalt. Eine durchaus wundervolle Proportion!"

Als die Saporoger hörten, wie gekonnt sich der Schmied ausdrückte, stieg er sehr in ihren Augen.

„Später unterhalten wir uns noch mehr mit dir, Landsmann, jetzt müssen wir gleich zur Zarin."

„Zur Zarin! Seid so freundlich, ihr Herren, und nehmt mich mit!"

„Dich?" fragte der Saporoger mit der Miene eines Kinderwärters, von dem sein vierjähriger Zögling verlangt, auf ein richtiges großes Pferd gesetzt zu werden. „Was willst du denn dort? Nein, das geht nicht." Sein Gesicht nahm einen gewichtigen Ausdruck an. „Wir werden mit der Zarin über unsere Angelegenheiten reden, Bruder."

„Nehmt mich doch mit!" drängte der Schmied. „Bitte sie darum!" flüsterte er dem Teufel zu und schlug mit der Faust auf die Tasche. Kaum hatte er das gesagt, als ein anderer Saporoger meinte: „Nehmen wir ihn doch ruhig mit, Brüder!"

„Ja, nehmen wir ihn mit!" meinten einige andere.

„Zieh dich so an wie wir."

Der Schmied wollte gerade in einen grünen Rock schlüpfen, als plötzlich die Tür aufging, ein Mann in bestickter Uniform eintrat und sagte, daß es Zeit sei, zu fahren.

Wiederum kam es dem Schmied wie ein Wunder vor, als er in einer riesigen, auf Federn schwankenden Kutsche dahinfuhr, als zu beiden Seiten dreistöckige Häuser an ihm vorüberflogen und das dröhnende Pflaster den Pferden von selbst unter die Hufe zu laufen schien.

Mein Gott, wieviel Licht! dachte der Schmied. Bei uns ist es nicht einmal am Tage so hell.

Die Kutschen hielten vor dem Schloß. Die Saporoger stiegen aus, traten in die prachtvolle Vorhalle und gingen eine strahlend hell beleuchtete Treppe hinauf.

„Was für eine Treppe!“ flüsterte der Schmied. „Es ist direkt schade, darauf zu treten. Diese Verzierungen! Da heißt es immer: Die Märchen lügen! Zum Teufel, die reine Wahrheit sagen sie! Mein Gott, was für ein Treppengeländer! Was für eine Arbeit! Hier ist schon allein für fünfzig Rubel Eisen verwendet worden!“

Als die Saporoger die Treppe hinaufgestiegen waren, gingen sie durch den ersten Saal. Der Schmied folgte ihnen schüchtern, denn er fürchtete bei jedem Schritt, auf dem Parkett auszurutschen. Sie durchschritten drei Säle, und der Schmied konnte sich nicht genug wundern. Als sie in den vierten kamen, näherte er sich unwillkürlich einem Bild, das hier an der Wand hing. Auf ihm war die Heilige Jungfrau mit dem Kind auf dem Arm dargestellt. Was für ein Bild! Was für ein herrliches Gemälde! ging es ihm durch den Kopf. Es scheint zu sprechen! Es scheint zu leben! Und das Christuskind! Es hat die Ärmchen angewinkelt! Und wie es lacht, das Ärmste! Und die Farben! Mein Gott, was für Farben! Ich glaube, hier ist nicht einmal für eine Kopeke Ocker verwendet worden, nur lauter Kupfergrün und Karminrot. Und wie das Blau leuchtet! Eine ausgezeichnete Arbeit! Wahrscheinlich ist sie mit Bleiweiß grundiert worden. Doch wie wunderbar dieses Gemälde auch ist, diese Kupferklinke, dachte er weiter, ging zur Tür und befühlte das Schloß, diese Kupferklinke hier verdient noch mehr Bewunderung. Was für eine saubere Arbeit! Das haben bestimmt alles welsche Schmiede für allerteuerste Preise gemacht ... Der Schmied hätte vielleicht noch lange seinen Überlegungen nachgehangen, wenn ihn nicht ein betreßter Lakai am Arm gestoßen und daran erinnert hätte, daß er hinter den anderen nicht zurückbleiben dürfe. Die Saporoger durchschritten noch zwei Säle und blieben dann stehen. Sie hatten die Weisung erhalten, hier zu warten. Im Saal drängten sich mehrere Generale in goldbestickten Uniformen. Die Saporoger verneigten sich nach allen Seiten und stellten sich zu einer kleinen Gruppe zusammen.

Einen Augenblick später trat mit einem großen Gefolge ein recht korpulenter Mann von majestätischem Wuchs ein. Er trug eine Hetmansuniform und gelbe Stiefel; seine Haare waren zerwühlt, sein einziges Auge schielte ein wenig, sein Gesicht drückte sowohl Hochmut als auch Würde aus, und alle seine Bewegungen verrieten, daß er gewohnt war zu befehlen. Die Generale, die zuvor in ihren goldenen Uniformen alle recht stolz auf und ab gegangen waren, liefen nun aufgeregt hin und her und schienen dann unter tiefen Verbeugungen nur auf ein Wort, ja nur auf eine kleine Bewegung zu warten, um alle Befehle sofort im Fluge auszuführen. Doch der Hetman kümmerte sich überhaupt nicht um sie, nickte kaum mit dem Kopf und ging zu den Saporogern.

Die Saporoger verbeugten sich bis zur Erde.

„Sind alle da?" näselte er gedehnt.

„Alle sind wir da, Väterchen!" antworteten die Saporoger und verbeugten sich von neuem.

„Vergeßt ihr auch nicht, so zu reden, wie ich es euch beigebracht habe?"

„Nein, Väterchen, wir vergessen es nicht!"

„Ist das der Zar?" fragte der Schmied einen der Saporoger.

„Das ist doch nicht der Zar! Das ist Potjomkin", antwortete jener.

Im Nebenzimmer wurden Stimmen laut, und der Schmied wußte nicht, wo er hinblicken sollte, soviel Damen in Atlaskleidern mit langen Schleppen und soviel Höflinge in goldgestickten Röcken und mit Zöpfen traten ein. Er sah nichts als ein Glänzen. Die Saporoger fielen alle sofort auf die Erde nieder und schrien wie aus einem Munde: „Gnade, Mütterchen, Gnade!"

Der Schmied, der überhaupt nichts sah, streckte sich ebenfalls eifrig auf dem Boden aus.

„Steht auf!" erklang über ihnen eine gebieterische und zugleich angenehme Stimme.

Einige Höflinge liefen zu den Saporogern und stießen sie an.

„Wir stehen nicht auf, Mütterchen! Wir stehen nicht auf! Eher sterben wir, als daß wir aufstehen!" riefen die Saporoger.

Potjomkin biß sich auf die Lippen, trat schließlich selbst zu ihnen und flüsterte einem der Saporoger gebieterisch etwas ins Ohr. Die Saporoger erhoben sich.

Nun fand auch der Schmied den Mut, seinen Kopf zu heben, und er erblickte vor sich eine gepuderte Frau von nicht sehr großer, sogar etwas fülliger Statur mit himmelblauen Augen und einer majestätisch lächelnden Miene, die es wohl verstand, alles zu bezaubern, und nur einem königlichen Weibe eigen sein konnte.

„Durchlaucht versprachen mir, mich heute mit einem meiner Völker bekannt zu machen, das ich bisher noch nicht gesehen habe", sagte die Dame mit den hellblauen Augen und betrachtete interessiert die Saporoger. „Habt ihr es auch gut hier?" fuhr sie fort und trat näher.

„Vielen Dank, Mütterchen! Die Verpflegung ist gut, wenn auch die Hammel hier mit denen in unserem Kosakenlager nicht zu vergleichen sind. Warum sollten wir nicht einigermaßen zurechtkommen?"

Potjomkin zog die Stirn kraus, als er merkte, daß die Saporoger etwas ganz anderes sagten als das, was er ihnen beigebracht hatte. Einer der Saporoger warf sich in Positur und trat vor. „Gnade, Mütterchen! Warum richtest du dein treues Volk zugrunde? Wodurch haben wir dich erzürnt? Haben wir etwa den heidnischen Tataren die Hand gereicht, haben wir uns etwa mit den Türken zusammengetan, oder haben wir jemals in Wort und Tat Verrat an dir geübt? Weshalb versagst du uns deine Gnade? Zuerst hörten wir, du habest befohlen, überall Festungen gegen uns errichten zu lassen, später erfuhren wir, daß du Regierungstruppen aus uns machen willst, und jetzt hören wir von neuem Unheil. Was hat sich denn das Heer der Saporoger zuschulden kommen lassen? Besteht seine Schuld darin, daß es deine Armee über den Perekop geführt und deinen Generalen geholfen hat, die Krimtataren zu schlagen?"

Potjomkin schwieg und putzte mit einem kleinen Bürstchen nachlässig die funkelnden Brillanten, mit denen seine Finger übersät waren.

„Und was wollt ihr?“ fragte Katharina freundlich.

Die Saporoger sahen sich bedeutungsvoll an.

Jetzt ist es soweit! Die Zarin fragt, was wir wollen! sagte sich der Schmied und warf sich plötzlich zu Boden.

„Eure Kaiserliche Hoheit! Zürnen Sie mir nicht, haben Sie Erbarmen. Woraus sind — Eure Kaiserliche Hoheit mögen es mir nicht übelnehmen — die Schuhchen gemacht, die Sie an Ihren Füßen tragen? Ich glaube, daß kein Schuster in der Welt solche Schuhe machen kann. Mein Gott, wenn meine Frau doch nur solche Schuhe hätte!“

Die Herrscherin brach in Lachen aus. Die Höflinge lachten ebenfalls. Potjomkin lächelte mit finsterem Gesicht. Die Saporoger stießen den Schmied an den Arm; sie dachten, er hätte den Verstand verloren.

„Steh auf!“ sagte die Herrscherin sanft. „Wenn du so gern solche Schuhe haben möchtest, so ist dem leicht abzuhelfen. Bringt ihm sofort die teuersten, mit Gold verzierten Schuhe! Wahrhaftig, diese Naivität gefällt mir sehr! Da haben Sie ein Sujet“, fuhr die Herrscherin fort, wobei sie ihren Blick auf einen etwas abseits stehenden Mann mit einem vollen, doch ein wenig blassen Gesicht richtete, dessen bescheidener Rock mit großen Perlmuttknöpfen darauf hinwies, daß er nicht zu den Höflingen gehörte, „welches Ihrer geistreichen Feder würdig ist!“

„Eure Majestät sind zu gnädig. Hier wäre zumindest ein Lafontaine vonnöten!“ antwortete der Mann mit den Perlmuttknöpfen und verbeugte sich.

„Ich sage es Ihnen bei meiner Ehre: Ich bin noch jetzt ganz begeistert von ihrem ‚Brigadier‘. Sie lesen aber auch wunderbar vor! — Doch ich habe gehört“, fuhr die Herrscherin, wiederum an die Saporoger gewandt, fort, „daß ihr in eurem Kosakenlager niemals heiratet.“

„Wieso, Mütterchen! Ein Mann kann doch ohne Frau nicht leben, das weißt du doch selbst!“ antwortete der gleiche Saporoger, der auch mit dem Schmied gesprochen hatte; und der Schmied wunderte sich, als er hörte, wie dieser Saporoger, der die Schriftsprache doch so gut beherrschte, der Zarin gegenüber anscheinend absichtlich die allergröbste Mundart gebrauchte, eine Mundart, die man gewöhnlich den Bauerndialekt nennt.

Ein schlaues Volk! dachte er. Bestimmt macht er das mit Absicht!

„Wir sind keine Mönche“, fuhr der Saporoger fort, „sondern sündige Menschen. Wie die ganze ehrliche Christenheit halten auch wir nicht immer die Fasten ein. Es gibt unter uns nicht wenige, die Frauen haben, aber die leben nicht mit ihnen im Kosakenlager. Es gibt welche, die Frauen haben in Polen; es gibt welche, die Frauen haben in der Ukraine, und es gibt sogar welche, die Frauen haben in der Türkei.“

Währenddessen brachte man dem Schmied die Schuhe.

„Mein Gott, wie herrlich sie sind!“ rief der Schmied voller Freude aus und griff nach ihnen. „Eure Hoheit! Wenn Eure Majestät diese Schuhe anhaben und in ihnen womöglich Schlittschuh laufen gehen – wie müssen dann erst die Füßchen selber sein? Ich glaube, sie sind mindestens aus reinem Zucker.“

Die Herrscherin, die in der Tat die wohlgeformtesten und entzückendsten Füßchen hatte, konnte sich eines Lächelns nicht erwehren, als sie dieses Kompliment aus dem Munde des einfachen Schmiedes vernahm, der trotz seines dunkelhäutigen Gesichts in seinem Saporogerrock durchaus für einen schönen Jüngling gelten konnte.

Der Schmied war sehr erfreut über diese wohlwollende Aufmerksamkeit und wollte die Zarin schon über alles genauestens ausfragen – ob es wahr sei, daß die Zaren nichts als Honig und Schmalz äßen, und ähnliches mehr –, doch als er merkte, daß ihn die Saporoger heimlich anstießen, beschloß er zu schweigen. Als sich die Herrscherin dann wieder an die Alten wandte und mehr über das Leben und die Bräuche im Kosakenlager wissen wollte, trat er zurück, neigte sich zur Tasche hinab und flüsterte: „Bring mich, so schnell du kannst, von hier fort!“ Und plötzlich befand er sich wieder hinter dem Schlagbaum.

„Er ist ertrunken! Bei Gott, er ist ertrunken! Auf der Stelle will ich krepieren, wenn er nicht ertrunken ist!“ plapperte die dicke

Weberin, die in einem Haufen von Weibern mitten auf der Straße von Dikanka stand.

„Bin ich denn irgend so eine Lügnerin? Habe ich denn schon jemandem die Kuh gestohlen? Oder habe ich vielleicht schon jemanden verhext, daß man mir nicht glaubt?“ schrie ein Weib mit violetter Nase, das einen Kosakenkittel trug und mit den Händen herumfuchtelte. „Ich will kein Tröpfchen Wasser mehr zu mir nehmen, wenn die alte Perepertschicha nicht mit ihren eigenen Augen gesehen hat, wie sich der Schmied erhängt hat!“

„Der Schmied hat sich erhängt! Wer hätte das gedacht!“ sagte der Vorsteher, der gerade von Tschub kam, blieb stehen und drängte sich näher an die Sprechenden heran.

„Sag lieber, daß du kein Tröpfchen Schnaps mehr zu dir nehmen willst, alte Säuferin!“ antwortete die Weberin. „Da muß einer schon so verrückt sein wie du, um sich zu erhängen! Er ist ertrunken! Im Eisloch ertrunken ist er! Das weiß ich so genau, wie ich weiß, daß du eben bei der Schankwirtin warst.“

„Das schamlose Weib! Was sie mir vorwirft!“ entgegnete wütend das Weib mit der violetten Nase. „Du solltest besser schweigen, du nichtsnutziges Frauenzimmer! Als ob ich nicht wüßte, daß jeden Abend der Küster zu dir kommt!“

Die Weberin brauste auf.

„Was macht der Küster? Wohin geht der Küster? Was lügst du da zusammen?“

„Der Küster“, ertönte die melodiöse Stimme der Küstersfrau, die sich in einem mit blauem Nankingstoff überzogenen Hasenpelz zu den Streitenden durchdrängte. „Ich werde euch den Küster schon austreiben! Wer spricht hier vom Küster?“

„Hier, die da besucht der Küster immer!“ sagte das Weib mit der violetten Nase und zeigte auf die Weberin.

„Du bist es also, du Gottverfluchte“, sagte die Küstersfrau und näherte sich der Weberin. „Du bist es also, du Hexe, die ihm die Sinne verwirrt und ihm immer solch einen unreinen Trank eingibt, damit er zu dir kommt.“

„Laß mich in Frieden, du Satansweib!“ sagte die Weberin zurückweichend.

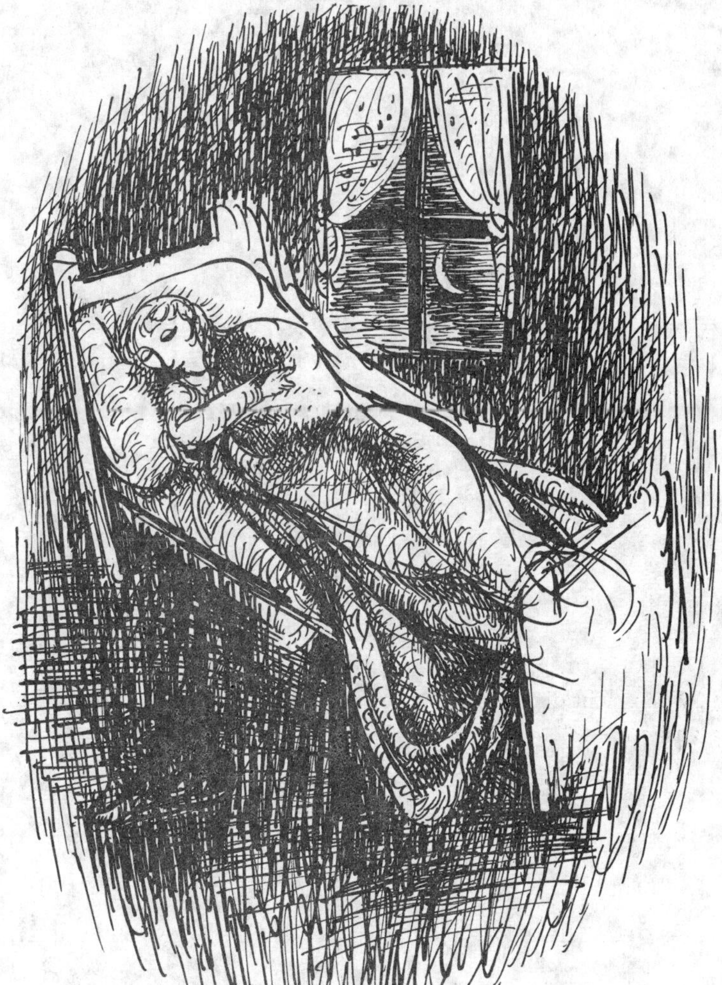

„Du verfluchte Hexe, niemals sollst du das Glück haben, deine Kinder zu sehen, du nichtsnutziges Stück! Pfui!“ Danach spuckte die Küstersfrau der Weberin genau in die Augen.

Die Weberin wollte ihrerseits dasselbe tun, doch statt dessen spuckte sie dem Vorsteher, der sich, um alles besser hören zu können, bis zu den Streitenden durchgedrängt hatte, in den unrasierten Bart. „Ah, verfluchtes Weib!“ schrie der Vorsteher, rieb sich mit dem Rockschoß das Gesicht ab und hob die Peitsche. Diese Bewegung zwang alle, unter Schimpfen in die verschiedenen Himmelsrichtungen auseinanderzulaufen. „Was für eine Niedertracht!“ wiederholte er, wobei er sich noch immer das Gesicht abrieb. „Der Schmied ist also ertrunken! Du lieber Gott! Und was für ein ausgezeichneter Maler er war! Was für haltbare Messer, Sicheln und Pflüge er zu schmieden verstand! Was für eine Kraft er hatte! Ja“, fuhr er nachdenklich fort, „solche Leute gibt es in unserem Dorf nur wenig. Ich habe schon gemerkt, als ich noch in dem verfluchten Sack saß, daß der arme Schmied ordentlich mißgestimmt war. Nun gibt es also den Schmied nicht mehr. Erst gab es ihn, und jetzt gibt es ihn nicht mehr! Und ich wollte mir noch meine scheckige Stute beschlagen lassen!“ Und voller christlicher Gedanken dieser Art trollte sich der Vorsteher langsam in sein Häuschen.

Oxana war bestürzt, als sie von diesen Gerüchten erfuhr. Sie traute den Augen der Perepertschicha und dem Geschwätz der Weiber nicht, denn sie wußte, daß der Schmied zu gottesfürchtig war, um seine Seele ins Verderben zu stürzen. Aber wenn er nun wirklich fortgegangen war, um niemals wieder ins Dorf zurückzukehren? Solch einen Prachtburschen wie den Schmied würde sie wohl kaum noch einmal finden! Und wie er sie geliebt hatte! Er hatte länger als alle anderen ihre Launen ertragen! Die Schöne wälzte sich die ganze Nacht unter ihrer Bettdecke von der rechten Seite auf die linke und von der linken auf die rechte und konnte nicht einschlafen. Bald warf sie die Decke von sich und machte sich in ihrer bezaubernden Nacktheit, die das Dunkel der Nacht sogar vor ihr selbst verbarg, laute Selbstvorwürfe, bald wieder verstummte sie und beschloß, an nichts zu denken — und grübelte doch. Ihre Wangen brannten, und gegen Morgen hatte sie sich bis über beide Ohren in den Schmied verliebt.

Tschub zeigte, als er vom Schicksal des Schmiedes erfuhr, weder Freude noch Trauer. Seine Gedanken kreisten nur um eines: Er konnte den Treubruch der Solocha nicht verwinden und hörte selbst im Halbschlaf nicht auf, sie zu beschimpfen.

Der Morgen brach an. Die Kirche war noch vor Sonnenaufgang voller Menschen. Die älteren Frauen standen in weißen Kopftüchern und langen weißen Stoffkitteln neben dem Eingang und bekreuzigten sich fromm. Vor ihnen standen die adligen Damen in grünen und gelben kurzen Jacken, und manche sogar in dunkelblauen Überwürfen mit Goldborten auf dem Rücken. Die Mädchen, um deren Köpfe Bänder geschlungen waren, wie man sie sonst in derartiger Vielfalt nur in einem Laden zu sehen bekommt, und an deren Hälsen ein ganzer Laden von Ketten, Kreuzen und Dukaten hing, versuchten, sich noch näher an die Ikonenwand vor dem Altar zu drängen. Doch ganz vorn standen die Adligen und die einfachen Bauern mit Schnurrbart, Kosakenlocke, dickem Hals und frischrasiertem Kinn; sie hatten zum größten Teil Kapuzenmäntel an, unter denen weiße und bei manchen auch blaue Kittel hervorlugten. Jedes Gesicht, wohin man auch sah, spiegelte die Festtagsstimmung wider, der Vorsteher leckte sich beim Gedanken an die Wurst, mit der er die Fasten beschließen wollte, schon die Lippen, die Mädchen dachten daran, wie sie mit den Burschen auf dem Eis Schlittschuh laufen würden, und die alten Weiber flüsterten eifriger als je ihre Gebete. In der ganzen Kirche war zu hören, wie sich der Kosak Swerbygus zum Gebet auf die Knie niederließ. Nur Oxana stand völlig abwesend da. Sie betete und betete eigentlich auch nicht. So viele verschiedenartige Gefühle, von denen eines immer trauriger und niederdrückender war als das andere, stürmten auf sie ein, daß sich auf ihrem Gesicht völlige Verwirrung malte; in ihren Augen zitterten Tränen. Die Mädchen konnten den Grund dafür nicht wissen und ahnten nicht, daß der Schmied an allem schuld war. Doch nicht allein Oxanas Gedanken drehten sich um den Schmied. Alle Dorfbewohner spürten, daß der Feiertag nicht so war wie sonst, daß ihm irgend etwas fehlte. Zu allem Unglück war der Küster nach seiner Reise in dem Sack auch noch heiser geworden und krächzte mit kaum hörbarer Stimme; allerdings hatte der auf Besuch gekommene Sänger einen herrlichen Baß, doch noch viel schöner wäre es gewesen, wenn auch der Schmied dagewesen wäre, der immer, sowie das „Vaterunser" oder das „Jauchzet, ihr Cherubim" angestimmt wurde, auf das Chor gestiegen war und dort so gesungen hatte, wie es in Poltawa üblich ist. Zudem hatte er ganz allein das Amt des Kirchenvorstehers versehen. Schon war die Frühmesse zelebriert und nach der Frühmesse auch das Hochamt ... Wo war eigentlich der Schmied geblieben?

Noch schneller als zuvor flog der Teufel gegen Ende der Nacht mit dem Schmied zurück. Und im Nu stand Wakula neben seinem Häuschen. Gerade krähte der Hahn. „Wohin?" schrie der Schmied und ergriff den Teufel, der davonlaufen wollte, beim Schwanz. „Einen Augenblick, Freundchen, das ist noch nicht alles — ich habe dir noch nicht gedankt." Er ergriff eine Rute und verabreichte dem Teufel drei Schläge, so daß der Arme davonrannte wie ein Bauer, den der Beisitzer eben verprügelt hatte. Statt andere zu betrügen, zu verführen und zu narren, wurde so der Feind des Menschengeschlechts selber zum Narren gehalten. Nachdem Wakula dem Teufel auf diese Weise gedankt hatte, trat er in den Flur, wühlte sich ins Heu und schlief bis zum Mittag. Als er aufwachte, erschrak er, denn er sah, daß die Sonne schon hoch am Himmel stand. „Ich habe ja die Frühmesse und das Hochamt verschlafen!" Der gottesfürchtige Schmied war ganz niedergeschlagen, denn er glaubte, Gott habe ihm diesen Schlaf, der ihn an einem solchen Feiertag davon abgehalten hatte, die Kirche zu besuchen, absichtlich geschickt, um ihn für seine sündigen Selbstmordabsichten zu strafen. Doch als er sich beruhigt hatte, indem er gelobte, in der nächsten Woche alles dem Popen zu beichten und sich von jetzt an das ganze Jahr über täglich fünfzigmal zu verbeugen, warf er einen Blick in die Stube — aber es war niemand da. Die Solocha war offenbar noch nicht zurückgekommen. Vorsichtig holte er die Schuhe unter seinem Hemd hervor, wunderte sich von neuem über die teure Arbeit und die seltsamen Ereignisse der letzten Nacht, wusch sich, zog sich seine besten Sachen an, zu denen auch der Rock gehörte, den ihm die Saporoger gegeben hatten, holte aus seiner Truhe eine neue Lammfellmütze mit dunkelblauem Tuchboden, die er noch nie aufgesetzt hatte, seit er sie seinerzeit in Poltawa erstand, holte auch einen neuen Gürtel hervor, der in allen Farben spielte, wikkelte all das zusammen mit einer Peitsche in ein Tuch und begab sich geradeswegs zu Tschub.

Tschub riß die Augen auf, als der Schmied bei ihm eintrat, und er wußte nicht, worüber er sich mehr wundern sollte: darüber, daß der Schmied von den Toten auferstanden war, darüber, daß der Schmied es wagte, bei ihm zu erscheinen, oder darüber, daß er wie ein Stutzer und Saporoger gekleidet war. Doch noch mehr wunderte er sich, als Wakula das Tuch aufknüpfte, eine neue Mütze und einen Gürtel, wie ihn noch keiner im Dorf gesehen hatte, vor ihm ausbreitete, ihm dann zu Füßen fiel und mit flehender Stimme sprach: „Gnade, Väterchen! Zürne mir nicht! Hier hast du die Peitsche — schlag mich, so lange du willst, ich bin selbst zu dir gekommen und bereue alles; schlag zu, doch zürne mir nicht mehr! Du hast doch einst mit meinem seligen Vater Brüderschaft getrunken, zusammen habt ihr Brot und Salz gegessen und euch gegenseitig bewirtet.“

Tschub sah nicht ohne heimliche Freude, wie der Schmied, der sich nach keinem im Dorf richtete, der mit der bloßen Hand Fünfkopekenstücke und Hufeisen zusammenbog wie Buchweizenfladen, wie dieser Schmied jetzt zu seinen Füßen lag; und um dieser Ehre noch mehr Nachdruck zu verleihen, nahm Tschub die Peitsche und schlug Wakula dreimal auf den Rücken.

„Nun, wir wollen es dabei bewenden lassen, steh auf! Hör immer auf die alten Leute! Vergessen wir alles, was zwischen uns war! Nun, und jetzt sag mir, was du auf dem Herzen hast!“

„Väterchen, gib mir deine Oxana!“

Tschub dachte ein Weilchen nach, blickte auf die Mütze und den Gürtel — die Mütze war herrlich, und der Gürtel stand ihr in nichts nach —, erinnerte sich an die treubrüchige Solocha und sagte entschlossen: „Gut, schicke die Brautwerber!"

„Ach!" rief Oxana, als sie über die Schwelle trat und den Schmied erblickte, und sah ihn erstaunt und erfreut an.

„Sieh mal, was für Schuhe ich dir gebracht habe!" sagte Wakula. „Es sind die gleichen, die auch die Zarin trägt."

„Nein! Nein, ich brauche keine Schuhe!" sagte sie, winkte ab und wandte kein Auge von ihm. „Ich will auch ohne Schuhe ..." Sie brach ab und errötete.

Der Schmied trat näher und nahm sie bei der Hand; die Schöne senkte ihren Blick. Noch nie war sie so schön gewesen. Der entzückte Schmied küßte sie sanft; ihr Gesicht wurde noch röter, und sie sah noch schöner aus.

Als der Erzbischof seligen Angedenkens einmal durch Dikanka reiste, lobte er die Lage des Dorfes und blieb, als er die Straße entlangfuhr, vor einem neuen Häuschen stehen. „Wem gehört denn dieses so schön angemalte Häuschen?" fragte Seine Eminenz eine hübsche Frau mit einem Kind auf dem Arm, die an der Tür stand. „Dem Schmied Wakula!" sagte ihm mit einer Verbeugung Oxana, denn gerade sie war es. „Prächtig! Eine prächtige Arbeit!" sagte Seine Eminenz und betrachtete die Türen und Fenster. Die Fenster waren alle mit roter Farbe umrahmt, und auf den Türen waren überall Kosaken, hoch zu Roß und mit Pfeifen zwischen den Zähnen, abgebildet. Doch Seine Eminenz lobte Wakula noch viel mehr, als er erfuhr, daß er die Kirchenbuße erfüllte und das linke Chor ganz umsonst grün bemalt und mit roten Blumen verziert hatte. Doch das ist noch nicht alles: Auf der Seitenwand — gleich wenn man zur Kirche hineinkommt — hatte der Schmied den Teufel abgebildet, wie er in der Hölle sitzt, und zwar so abstoßend, daß alle, die vorübergingen, ausspucken mußten; und wenn ein kleines Kind auf dem Arm der Mutter zu heulen anfing und sich nicht beruhigen wollte, dann trug es die Mutter zu dem Bild und sagte: „Sieh mal, was da zu sehen ist!", und das Kind schluckte die Tränen hinunter, blickte das Bild von der Seite an und schmiegte sich ängstlich an die Brust der Mutter.

Nikolai Gogol

Die Nase

1

Am 25. des Monats März ereignete sich in Petersburg ein außerordentlich merkwürdiger Vorfall. Der Barbier Iwan Jakowlewitsch, wohnhaft am Wosnessenski Prospekt — sein Nachname ist nicht erhalten, und selbst das Firmenschild, auf dem man einen Herrn mit eingeseifter Wange sieht und die Inschrift liest: „Es wird auch zur Ader gelassen", gibt keinerlei nähere Auskunft —, der Barbier Iwan Jakowlewitsch also erwachte ziemlich früh und verspürte den Geruch von heißem Brot.

Er richtete sich in seinem Bett ein wenig auf und sah, daß seine Ehefrau, eine durchaus respektable Dame, die sehr gern Kaffee trank, gerade ganz frisch gebackene Brote aus dem Ofen nahm.

„Heute, Praskowja Ossipowna, werde ich keinen Kaffee trinken", sagte Iwan Jakowlewitsch, „ich möchte statt dessen heißes Brot mit Zwiebeln essen."

Eigentlich hätte Iwan Jakowlewitsch am liebsten das eine wie das andere gehabt, er wußte aber, daß es völlig unmöglich war, zwei Dinge auf einmal zu verlangen; solche Grillen konnte Praskowja Ossipowna durchaus nicht leiden. Soll doch der Dummkopf Brot essen; desto besser für mich, sagte sich die Ehefrau im stillen, bleibt eine Kaffeeportion mehr für mich übrig. Und sie warf ein Brot auf den Tisch.

Iwan Jakowlewitsch zog sich anstandshalber über das Nachthemd den Frack an, setzte sich an den Tisch, schüttete ein Häufchen Salz darauf, richtete zwei Zwiebeln zu, nahm das Messer in die Hand und machte sich mit wichtiger Miene ans Schneiden des Brotes. Er schnitt es in zwei Hälften, sah sich das Innere an und erblickte zu seiner Verwunderung etwas Weißes. Iwan Jakowlewitsch kratzte vorsichtig mit dem Messer daran herum und befühlte es mit dem Finger. Einigermaßen fest, sagte er zu sich selber, was mag es nur sein?

Er faßte es mit den Fingern und zog — eine Nase heraus! . . . Iwan Jakowlewitsch versagten geradezu die Hände; er rieb sich die Augen und tastete nochmals daran herum — eine Nase, wahrhaftig eine Nase! Und obendrein auch noch eine, die ihm bekannt vorkam! Entsetzen malte sich auf seinem Gesicht. Doch dieses Entsetzen war nichts im Vergleich zu der Empörung, die seine Ehefrau packte.

„Wem hast du Unmensch die Nase abgeschnitten?" schrie sie ihn zornig an. „Spitzbube! Trunkenbold! Ich melde es persönlich der Polizei. So ein Halunke! Ich habe schon von drei Seiten gehört — du zerrst die Leute beim Rasieren so an der Nase, daß sie kaum noch dran bleibt."

Doch Iwan Jakowlewitsch war ohnehin mehr tot als lebendig. Er hatte die Nase erkannt — sie gehörte niemand anderem als dem Kollegienassessor Kowaljow, den er jeden Mittwoch und Sonntag rasierte.

„Halt ein, Praskowja Ossipowna! Ich wickle sie in ein Läppchen und lege sie in die Ecke; mag sie dort ein bißchen liegen, später schaff ich sie dann hinaus."

„Davon will ich nichts hören! Ich soll erlauben, daß bei mir im Zimmer eine abgeschnittene Nase herumliegt? . . . Herzloser Knacker! Kann weiter nichts als mit dem Rasiermesser auf dem Riemen herumkratzen — seiner Pflicht nachzukommen, dazu wird er bald überhaupt nicht mehr in der Lage sein, Herumtreiber verdammter! Ich soll mich wohl für dich vor der Polizei verantworten? ... Hach, du Schmutzfink, du dämlicher Klotz! Fort mit ihr! Fort! Schaff sie, wohin du willst! Verdufte damit!"

Iwan Jakowlewitsch war buchstäblich wie erschlagen. Er dachte immerfort nach und wußte trotz allem nicht, was er denken sollte.

„Weiß der Teufel, wie das gekommen ist", sagte er schließlich und kratzte sich hinterm Ohr. „Ob ich gestern betrunken nach Hause gekommen bin oder nicht, kann ich nicht mehr mit Sicherheit sagen. Allen Anzeichen nach aber stellt sich diese Begebenheit als vernunftwidrig dar, denn Brot ist etwas Gebackenes, während eine Nase etwas ganz anderes ist. Da finde sich einer zurecht! ..."

Iwan Jakowlewitsch verstummte. Bei dem Gedanken, die Polizei könnte die Nase bei ihm finden und ihn zur Rechenschaft ziehen, schwanden ihm die Sinne. Er glaubte bereits einen roten, hübsch mit Silber bestickten Kragen nebst dem dazugehörigen Degen vor sich zu sehen ... und zitterte an allen Gliedern. Schließlich holte er sein Unterzeug und die Stiefel hervor, zog sich all diesen Plunder an, wickelte die Nase in einen Lappen und verließ, von Praskowja Ossipownas nachdrücklichen Ermahnungen begleitet, das Haus.

Er wollte die Nase irgendwo hinstecken — unter einen Prellstein vor einem Haustor zum Beispiel — oder sie, gleichsam versehentlich, fallen lassen und rasch in eine Quergasse abbiegen. Aber er traf zu seinem Pech immerfort einen Bekannten, der ihm sogleich mit der Frage kam: „Wo gehst du hin?" oder „Wen willst du so früh rasieren?" So konnte er den Augenblick durchaus nicht abpassen. Einmal war es ihm schon gelungen, die Nase tatsächlich fallen zu lassen, doch ein Stadtwächter wies schon von weitem mit der Hellebarde auf sie hin und rief ihm zu: „Heb auf! Du hast da was fallen lassen!"

Und Iwan Jakowlewitsch mußte die Nase aufheben und wieder in die Tasche stecken. Verzweiflung packte ihn, zumal die Straßen sich immer stärker belebten, je mehr Geschäfte und Läden geöffnet wurden.

Er beschloß, zur Isaaksbrücke zu gehen — vielleicht gelang es

ihm, die Nase in die Newa zu werfen ... Ich fühle mich jedoch vor dem Leser ein wenig schuldig, weil ich über Iwan Jakowlewitsch, einen in vieler Hinsicht ehrenwerten Mann, bisher noch nichts gesagt habe.

Iwan Jakowlewitsch war wie jeder anständige russische Handwerker ein schrecklicher Säufer. Und obwohl er jeden Tag anderer Leute Kinn rasierte, blieb sein eigenes ewig unrasiert. Iwan Jakowlewitschs Frack (und er trug nie einen Gehrock) war schekkig; das heißt, er war eigentlich schwarz, aber voller braungelber und grauer Flecken; der Kragen glänzte vor Speck, und anstelle dreier Knöpfe hingen nur noch die Fäden herab. Iwan Jakowlewitsch war ein großer Zyniker, und wenn der Kollegienassessor Kowaljow ihm beim Rasieren wie gewöhnlich sagte: „Bei dir, Iwan Jakowlewitsch, stinken ewig die Hände!“, dann fragte Iwan Jakowlewitsch zurück: „Ja, weshalb sollten sie denn stinken?“ — „Das, mein Bester, weiß ich nicht, jedenfalls stinken sie“, pflegte der Kollegienassessor zu erwidern, und Iwan Jakowlewitsch nahm eine Prise Tabak, schnupfte und seifte ihn dafür außer auf der Wange und unter der Nase auch hinter den Ohren und unter dem Bart ein, kurz — wo er gerade Lust hatte.

Dieser ehrenwerte Bürger befand sich inzwischen schon auf der Isaaksbrücke. Er blickte sich vor allem um; dann beugte er sich über das Geländer, als wolle er unter die Brücke schauen — ob da viel Fische schwömmen —, und schleuderte den Lappen mit der Nase verstohlen ins Wasser. Ihm war, als habe er zehn Pud auf einmal abgeworfen; Iwan Jakowlewitsch lächelte sogar. Statt allerlei Beamten das Kinn rasieren zu gehen, schlug er den Weg zu einer Gastwirtschaft mit dem Aushängeschild „Speisen und Tee“ ein, um ein Glas Punsch zu trinken, bemerkte aber plötzlich am Ende der Brücke einen Reviervorsteher von vornehmem Äußeren, mit breitem Backenbart, Dreispitz und Degen. Er erstarrte; der Reviervorsteher indessen winkte ihn heran und sagte: „Komm doch mal her, mein Lieber!“

Iwan Jakowlewitsch, der wußte, was sich gehörte, nahm schon in einiger Entfernung die Mütze ab, trat rasch auf ihn zu und sagte: „Ich wünsche Euer Wohlgeboren beste Gesundheit!“

„Nein, nein, Verehrter, nichts da von Wohlgeboren! Sag mir lieber, was hast du da auf der Brücke gemacht?"

„Bei Gott, mein Herr, ich war jemand rasieren und habe nur mal nachgeschaut, wie stark die Strömung ist."

„Schwindel, alles Schwindel! So kommst du nicht davon. Antworte mir gefälligst!"

„Ich bin bereit, Euer Gnaden ohne Murren zweimal und sogar dreimal in der Woche zu rasieren", entgegnete Iwan Jakowlewitsch.

„Nein, mein Freund, das zieht nicht! Ich habe schon drei Barbiere, die mich rasieren und die das obendrein als große Ehre ansehen. Erzähl mir mal gefälligst, was du dort auf der Brücke gemacht hast!"

Iwan Jakowlewitsch erblaßte ... Doch hier hüllt sich die Angelegenheit in völligen Nebel, und was sich weiter zutrug, ist gänzlich unbekannt.

2

Der Kollegienassessor Kowaljow erwachte ziemlich früh und machte mit den Lippen „Brrr ..." Das tat er jedesmal, wenn er erwachte, obgleich er selber nicht hätte erklären können, warum. Er reckte sich und ließ sich den kleinen Spiegel geben, der auf dem Tisch stand. Er wollte sich den Pickel ansehen, der sich gestern abend auf seiner Nase gebildet hatte; zu seinem größten Erstaunen stellte er jedoch fest, daß dort, wo sich seine Nase befunden hatte, eine völlig ebene Stelle war! Kowaljow erschrak, ließ sich Wasser bringen und wischte sich mit dem Handtuch die Augen blank — tatsächlich, die Nase war weg! Er befühlte die Stelle mit den Fingern, um sich zu vergewissern, daß er nicht träumte. Nein, das schien nicht der Fall zu sein. Der Kollegienassessor Kowaljow sprang aus dem Bett und schüttelte sich — die Nase war weg! ... Er ließ sich schleunigst die Kleidung bringen, zog sich an und machte sich Hals über Kopf zum Oberpolizeimeister auf.

Indessen scheint mir erforderlich, einiges über Kowaljow zu

sagen, damit der Leser sieht, von welcher Art dieser Kollegienassessor war. Kollegienassessoren, die diesen Rang mit Hilfe von Bildungsattesten erwerben, kann man auf keinen Fall mit denen vergleichen, die im Kaukasus „gemacht“ wurden. Das sind zwei völlig verschiedene Kategorien. Gebildete Kollegienassessoren ... Doch Rußland ist ein merkwürdiges Land, in dem alle Kollegienassessoren, von Riga bis nach Kamtschatka, unvermeidlich alles auf sich beziehen, was man von einem einzelnen Kollegienassessor sagt. Das gilt auch für alle anderen Ränge und Stände. Kowaljow war ein „kaukasischer“ Kollegienassessor. Er stand erst seit zwei Jahren in diesem Rang und konnte es infolgedessen keinen Augenblick vergessen; er nannte sich jedoch, um sich mehr Vornehmheit und Gewicht zu geben, niemals Kollegienassessor, sondern stets nur Major. „Hör zu, mein Schatz“, pflegte er zu sagen, wenn er ein Frauenzimmer auf der Straße traf, das mit Vorhemden handelte, „komm doch zu mir ins Haus; ich wohne in der Sadowaja. Du brauchst nur zu fragen: ‚Wohnt hier nicht der Major Kowaljow?‘ Und jeder wird es dir zeigen.“ Hatte sie aber ein niedliches Lärvchen, dann gab er ihr obendrein eine heimliche Weisung und fügte hinzu: „Frag nach der Wohnung des Majors Kowaljow, mein Herzchen.“ Aus diesem Grunde werden auch wir den Kollegienassessor im weiteren nur noch Major nennen.

Major Kowaljow pflegte jeden Tag auf dem Newski Prospekt spazierenzugehen. Der Kragen seines Vorhemdes war immer makellos rein und gut gestärkt. Sein Backenbart war von der Art, wie man ihn bis auf den heutigen Tag bei Landmessern einer Gouvernements- oder Kreisverwaltung, bei Architekten und Regimentsärzten, bei Leuten, die den verschiedensten polizeilichen Obliegenheiten nachgehen, sowie überhaupt bei all den braven Männern zu sehen bekommt, die volle, rote Wangen haben und ausgezeichnete Bostonspieler sind; diese Backenbärte ziehen sich haargenau von der Mitte der Wange bis unmittelbar an die Nase hin. Major Kowaljow trug zahllose Siegelplättchen aus Karneol an einer Kette — solche mit Wappen und solche, auf denen nur Mittwoch, Donnerstag, Montag und so weiter eingeschnitten war. Er hatte seine Gründe gehabt, nach Petersburg zu kommen; er wollte sich hier nach einer Stellung umsehen, die seinem Rang entsprach — wenn es gelang, wollte er Vizegouverneur, wenn nicht, dann wenigstens Exekutor in einem angesehenen Departement werden. Major Kowaljow war auch nicht abgeneigt zu heiraten, allerdings nur, wenn die Braut ein Kapital von zweihunderttausend Rubeln in die Ehe einbrachte. Der Leser kann jetzt selber ermessen, in welcher Lage sich der Major befand, als er anstelle seiner wohlgeformten und normal großen Nase eine höchst idiotische ebene, glatte Stelle vorfand.

Auf der Straße zeigte sich zu seinem Pech nicht eine einzige Droschke, und er mußte zu Fuß gehen; er mummte sich in seinen Mantel ein, hielt das Taschentuch vors Gesicht und tat, als habe er Nasenbluten. Aber vielleicht habe ich mir das nur eingebildet, es kann doch einfach nicht sein, daß einem mir nichts, dir nichts die Nase abhanden kommt, dachte er und betrat eine Konditorei — eigens, um in den Spiegel zu schauen. Zu seinem Glück war sie ganz leer; die Kellnerlehrlinge fegten den Fußboden und rückten die Stühle zurecht; einige trugen mit verschlafenen Augen Tabletts voll heißer Pastetchen herein; auf Tischen und Stühlen lagen die gestrigen Zeitungen herum, fleckig vom vergossenen Kaffee. „Na, Gott sei Dank, es ist niemand da", sagte er, „jetzt kann ich mich anschauen." Er trat zaghaft vor den Spiegel und sah hinein. „So etwas von Gemeinheit, hol's der Teufel!" stieß er hervor und spie aus. „Wenn doch anstelle der Nase wenigstens etwas anderes da wäre, aber nein — gar nichts! . . ."

Er biß sich ärgerlich auf die Lippen, verließ die Konditorei und beschloß, entgegen seiner Gewohnheit niemanden anzusehen und niemandem zuzulächeln. Plötzlich blieb er wie angewurzelt vor einem Hauseingang stehen, ein unerklärlicher Vorgang spielte sich vor seinen Augen ab — am Eingang hielt eine Karosse; der Wagenschlag öffnete sich; ein Herr in Uniform sprang, leicht gebückt, heraus und eilte die Treppe hinauf. Wie groß aber war das Erstaunen, ja das Entsetzen Kowaljows, als er die eigene Nase in ihm erkannte! Bei diesem ungewöhnlichen Anblick stand alles in seinen Augen kopf, so jedenfalls schien es ihm; er

fühlte, daß er sich kaum noch auf den Beinen halten konnte, beschloß aber dennoch, koste es, was es wolle, die Rückkehr dieses Herrn zu seinem Wagen abzuwarten; er zitterte wie im Fieber. Nach zwei Minuten trat der Herr, der seine Nase war, tatsächlich aus dem Haus. Er hatte eine goldbestickte Uniform mit hohem Stehkragen an; die Beinkleider waren aus Sämischleder; er trug einen Degen. Der federverzierte Hut ließ darauf schließen, daß er im Range eines Staatsrats stand. Aus allem war ersichtlich, daß er unterwegs war, um Visiten zu machen. Er blickte sich nach allen Seiten um, rief dem Kutscher zu: „Fahr vor!“, stieg ein und rollte davon.

Der arme Kowaljow war nahe daran, den Verstand zu verlieren. Er wußte nicht, was er von einer so seltsamen Begebenheit denken sollte. In der Tat, wie war es möglich, daß die Nase, die noch gestern in seinem Gesicht gesessen hatte, umherfahren und umhergehen konnte, und noch dazu in Uniform! Er rannte hinter dem Wagen her, der glücklicherweise nur eine kurze Strecke fuhr und vor der Kasaner Kathedrale anhielt.

Er eilte die Stufen hinauf, drängte sich an der Reihe der alten Bettlerinnen vorbei, deren Gesichter bis auf zwei Öffnungen für die Augen ganz verhüllt waren und über die er sich früher so gerne lustig gemacht hatte, und betrat das Innere der Kirche. Es waren nur wenige Andächtige versammelt; alle standen in der Nähe der Tür. Kowaljow fühlte sich so erregt, daß er unmöglich beten konnte und immer nur mit den Augen nach jenem Herrn suchte; in allen Ecken. Schließlich erblickte er ihn — er stand ein wenig abseits, verbarg das Gesicht völlig hinter dem hohen Kragen und betete mit dem Ausdruck größter Gottesfurcht.

Wie nähere ich mich ihm? fragte sich Kowaljow. Aus der Uniform, dem Hut, mit einem Wort, aus allem ist zu ersehen, daß er Staatsrat ist. Weiß der Teufel, wie man an ihn herankommt.

Er versuchte, sich durch Hüsteln bemerkbar zu machen; doch die Nase gab ihre andächtige Haltung keinen Augenblick auf und fuhr fort, sich vor den Heiligenbildern zu verneigen.

„Mein Herr“, sagte Kowaljow und gab sich einen Ruck, „mein Herr . . .“

„Sie wünschen?“ fragte die Nase und wandte sich zu ihm um.

„Ich kann mich nur wundern, mein Herr ... mir scheint ... Sie sollten wissen, wo Sie hingehören. Aber wo finde ich Sie plötzlich? In der Kirche! Sie werden zugeben ...“

„Entschuldigen Sie, ich komme nicht dahinter, wovon Sie zu reden belieben ... Würden Sie es mir bitte erklären!“

Wie soll ich es ihm erklären, fragte sich Kowaljow, faßte sich aber ein Herz und begann: „Gewiß, ich bin ... ich bin übrigens Major. Sie werden zugeben, daß es unschicklich für mich ist, ohne Nase herumzulaufen. Eine Händlerin, die an der Wosnessenski-Brücke geschälte Apfelsinen verkauft, mag ohne Nase auskommen; ich jedoch, der Aussicht auf den Posten ... aber lassen wir das ... ich bin darüber hinaus mit allerlei Damen bekannt und verkehre in vielen Salons — bei der Staatsrätin Tschechtarjowa und anderen ... So urteilen Sie doch selbst ... ich weiß nicht recht, mein Herr ...“ An dieser Stelle zuckte Major Kowaljow mit den Schultern. „Entschuldigen Sie ... aber wenn man das alles nach den Gesetzen von Pflicht und Ehre betrachtet ... Sie werden selber begreifen ...“

„Ich begreife nicht das geringste“, entgegnete die Nase. „Erklären Sie sich bitte deutlicher!“

„Mein Herr ...“, erwiderte Kowaljow mit einem gewissen Selbstbewußtsein. „Ich weiß nicht, wie ich Ihre Worte verstehen soll ... Die ganze Angelegenheit ist doch wohl völlig klar ... Oder wollen Sie etwa ... Aber Sie sind doch meine eigene Nase!“

Der Herr, der die Nase war, sah den Major an, und seine Brauen zogen sich ein wenig zusammen.

„Sie irren sich, mein Herr. Ich existiere an sich. Darüber hinaus sind engere Beziehungen zwischen Ihnen und mir auch gar nicht möglich. Nach den Knöpfen Ihrer Uniform zu urteilen, gehören Sie zu einem anderen Ressort.“

Nach diesen Worten wandte sich der Herr, der die Nase war, von Kowaljow ab und fuhr fort zu beten.

Kowaljow war wie vor den Kopf gestoßen; er wußte nicht, was er tun, nicht einmal, was er denken sollte. In diesem Augenblick vernahm er das angenehme Rauschen von Frauenkleidern; eine ältere Dame, ganz in Spitzen, und eine junge, gertenschlanke in einem weißen, die schmale Taille höchst reizvoll modellierenden Kleid, mit einem mattgelben Hut, der leicht war wie ein Baiser, blieben in seiner Nähe stehen. Hinter ihnen pflanzte sich ein hochgewachsener Heiduck mit üppigem Backenbart und einem vollen Dutzend Kragen übereinander auf und öffnete die Tabakdose.

Kowaljow trat näher, zupfte den Batistkragen seines Vorhemdes heraus, ordnete die an der goldenen Kette hängenden Siegelplättchen, sah sich lächelnd nach allen Seiten um und wandte seine Aufmerksamkeit der federleichten Dame zu, die sich wie eine Frühlingsblume neigte und ihre weiße Hand mit den fast durchsichtigen Fingern an die Stirn führte. Kowaljows Lächeln wurde noch breiter, als er ihr schneeweißes rundes Kinn und einen Teil der Wange unter dem Hut erblickte — sie war von der Farbe der ersten Rose im Lenz. Doch plötzlich prallte er zurück, als hätte er sich verbrannt. Er erinnerte sich, daß er anstelle einer Nase nichts, einfach nicht das geringste hatte, und Tränen traten ihm in die Augen. Er wandte sich um, er wollte dem Herrn in der vornehmen Uniform geradeheraus sagen, daß er sich nur als Staatsrat aufspiele, daß er ein Spitzbube, ein Halunke, daß er nichts weiter als Kowaljows eigene Nase sei. Doch der Herr, der Kowaljows Nase war, war fort — vermutlich wieder davongejagt, um irgendwem eine Visite abzustatten.

Verzweiflung befiel Kowaljow. Er machte kehrt, blieb eine kleine Weile unter den Kolonnaden stehen und sah sich aufmerksam nach allen Seiten um — ob sich nicht irgendwo die Nase zeigte. Er erinnerte sich sehr genau, daß der Hut mit Federn besetzt und die Uniform mit Gold bestickt gewesen war; doch weder den Mantel noch die Farbe der Karosse oder der Pferde hatte er sich gemerkt; er wußte nicht einmal, ob hinten ein Lakai gestanden hatte, und wenn ja, dann nicht, in was für einer Livree. Überdies jagten so viele Wagen in beiden Richtungen und so rasch dahin, daß es gar nicht leicht war, einen bestimmten aus ihnen herauszufinden; doch selbst wenn ihm ein Wagen aufgefallen wäre – er hätte ihn nicht anhalten können. Es war ein wunderschöner sonniger Tag. Eine Fülle von Menschen bevölkerte den Newski; ganze Blumenkaskaden von Damen ergossen sich über die Bürgersteige, von der Polizejski- bis zur Anitschkow-Brücke. Da kam ja auch sein Bekannter, der Hofrat, daher, den er mit Oberstleutnant anzureden pflegte, besonders in Gegenwart anderer. Und da Jarygin, Bürovorsteher beim Senat, ein guter Freund von ihm, der jedesmal, wenn er im Boston aufs Ganze ging, das Spiel verlor. Und da ein anderer Major, der seinen Assessortitel im Kaukasus erworben hatte – er winkte ihm zu, er solle zu ihm hinüberkommen ...

„Ach, hol euch alle der Teufel!“ sagte Kowaljow. „He, Kutscher, fahr mich geradeswegs zum Oberpolizeimeister!“

Kowaljow stieg ein und schrie dem Kutscher in einem fort zu: „Fahr, was du kannst!“

„Ist der Oberpolizeimeister zu sprechen?“ rief er aus, sobald er den Flur betrat.

„Leider nein“, entgegnete der Pförtner, „er ist soeben fortgefahren.“

„Da haben wir's!“

„Ja“, setzte der Pförtner hinzu, „es ist noch gar nicht lange her, aber jetzt ist er fort. Ein paar Minuten früher, und Sie hätten ihn vielleicht noch angetroffen.“

Kowaljow stieg, ohne das Taschentuch vom Gesicht zu nehmen, wieder in die Droschke und rief mit verzweifelter Stimme: „Fahr zu!“

„Wohin denn?“ fragte der Kutscher.

„Geradeaus!“

„Wie das – geradeaus? Die Straße gabelt sich hier. Nach rechts oder nach links?“

Diese Frage brachte Kowaljow zur Besinnung und nötigte ihn, aufs neue nachzudenken. In seiner Lage schien es das beste, sich vor allem an die Verwaltung für Sitte und Anstand zu wenden, nicht etwa darum, weil diese Behörde unmittelbare Beziehungen zur Polizei unterhielt, sondern nur darum, weil sie ihre Entscheidungen wesentlich schneller als andere Dienststellen treffen konnte; dagegen wäre es verfehlt gewesen, sich an die Leitung jener Stelle zu halten, bei der die Nase bedienstet zu sein behauptete; allein schon aus ihren Antworten ließ sich ersehen, daß für sie nichts heilig war und daß sie in dieser Sache genauso lügen konnte, wie sie bereits gelogen hatte, als sie versicherte, ihn nie gesehen zu haben. Kowaljow wollte also schon zur Verwaltung für Sitte und Anstand fahren, sagte sich aber plötzlich, dieser Spitzbube und Gauner, der ihm schon einmal so unverschämt gekommen war, könne sich die Zeit, die man ihm ließ, bequem zunutze machen und aus der Stadt verschwinden — alle Nachforschungen würden dann vergeblich sein, oder sie könnten sich, was Gott verhüten möge, einen Monat lang hinziehen. Schließlich schien ihm der Himmel selbst eine Erleuchtung zu schicken. Er beschloß, sich schleunigst an die Inseratenabteilung einer Zeitung zu wenden, um noch rechtzeitig eine Annonce mit der genauen Beschreibung des Gesuchten aufzugeben, damit jeder, der ihm begegnete, ihn auf der Stelle herbeischaffen oder wenigstens Nachricht von seinem Aufenthalt geben konnte. Er ließ sich also, nachdem er diesen Entschluß gefaßt hatte, zur Inseratenabteilung fahren, stukte den Kutscher unterwegs in einem fort mit der Faust in den Rücken und trieb ihn an: „Fahr zu, Halunke, fahr zu, du Gauner!“ — „Ach, Herr!“ entgegnete der Kutscher, schüttelte nur den Kopf und hieb mit dem Zügel auf sein Pferdchen ein, das langhaarig wie ein Bologneser-Hündchen war. Die Droschke hielt schließlich, und Kowaljow stürzte atemlos in ein kleines Empfangszimmer, in dem ein grauhaariger Beamter, mit Brille und in abgenutztem Frack, an einem Tisch saß und, den Federhalter zwischen den Zähnen, das eingezahlte Kupfergeld nachrechnete.

„Wo kann man hier eine Annonce aufgeben?“ rief Kowaljow. „Ach, guten Tag!“

„Habe die Ehre“, sagte der grauhaarige Beamte, sah ihn einen Augenblick an und senkte den Blick wieder auf die Münzen, die vor ihm aufgehäuft waren.

„Ich möchte eine Annonce drucken lassen ...“

„Moment mal! Bitte sich einen Augenblick zu gedulden“, entgegnete der Beamte, der mit der rechten Hand eine Ziffer auf das Papier vor sich niederschrieb und mit der linken zwei Steinchen auf dem Rechenbrett verschob.

Ein betreßter Lakai, dessen Äußeres seine Zugehörigkeit zu einem aristokratischen Haushalt verriet, stand, einen Zettel in der Hand, neben dem Tisch und hielt es offenbar für angebracht, sich mitteilsam zu zeigen.

„Glauben Sie mir, mein Herr, das Hündchen ist keine achtzig Kopeken wert, ich persönlich würde keine acht dafür geben; aber die Gräfin liebt es nun mal, weiß Gott, sie liebt es, und der Finder bekommt eben hundert Rubel! Um ganz offen zu sein, so wie wir es jetzt zueinander sind — über den Geschmack läßt sich nicht streiten; ich jedenfalls meine — wenn du schon ein Hundeliebhaber bist, dann halte dir einen Jagdhund oder einen Pudel; da sollte es auf fünfhundert oder tausend Rubel nicht ankommen — es muß dann aber auch ein Hund sein, der was darstellt."

Der ehrwürdige Beamte hörte mit bedeutsamer Miene zu und rechnete dabei nach, wie viele Buchstaben der mitgebrachte Zettel enthielt. Zu seiner Rechten und zu seiner Linken warteten zahlreiche alte Frauen, Handlungsgehilfen und Hausknechte mit Zetteln. Auf dem einen wurde angezeigt, daß ein Kutscher von solidem Lebenswandel abzutreten sei; auf einem anderen bot man einen wenig gebrauchten Kutschwagen an, der im Jahre 1814 aus Paris mitgebracht worden war; oder es wurde ein neunzehnjähriges Mädchen aus dem Hofgesinde empfohlen, das Übung im Wäschewaschen und allem, was damit zusammenhing, besaß, sich aber auch für andere Arbeiten eignete; oder auch eine wohlerhaltene Droschke, der weiter nichts als eine Feder fehlte; oder ein feuriger junger Apfelschimmel, gerade erst siebzehn Jahre alt; oder diesjährige, aus London bezogene Rüben- und Radieschensamen; oder ein Landhaus mit allem, was dazugehört — zwei Pferdeboxen und einem Platz, auf dem man einen vorzüglichen Birken- oder Tannengarten anlegen konnte; daneben wurden Leute, die gebrauchte Stiefelsohlen zu erwerben wünschten, aufgefordert, sich täglich zwischen acht Uhr morgens und drei Uhr nachmittags auf dem Trödelmarkt einzufinden. Das

Zimmer, in dem sich diese ganze Gesellschaft versammelt hatte, war klein und die Luft darin außerordentlich stickig; doch der Kollegienassessor Kowaljow konnte Gerüche nicht wahrnehmen, weil er das Taschentuch vor die Nase hielt und weil sich die Nase selbst Gott weiß wo herumtrieb.

„Mein Herr, ich möchte Sie doch bitten ... es ist sehr dringend“, sagte er schließlich ungeduldig.

„Gleich, gleich! Zwei Rubel dreiundvierzig Kopeken! Ich stehe sofort zu Ihrer Verfügung! Einen Rubel vierundsechzig Kopeken!“ sagte der grauhaarige Herr und warf den Hausknechten und alten Frauen die Zettel ins Gesicht. „Was wünschen Sie denn?“ wandte er sich schließlich an Kowaljow.

„Ich möchte Sie bitten ...“, entgegnete Kowaljow, „ich bin das Opfer eines Bubenstreichs oder einer Gaunerei geworden — was es ist, konnte ich bis zur Stunde nicht klären. Ich möchte Sie bitten, zu inserieren, daß derjenige, der mir diesen Schurken herbeischafft, eine angemessene Belohnung von mir erhalten wird.“

„Darf ich fragen, wie Ihr Familienname ist?“

„Aber nein, wozu denn der Familienname? Den kann ich Ihnen nicht nennen. Ich habe viele Bekannte — die Staatsrätin Tschechtarjowa, die Stabsoffiziersgattin Palageja Grigorjewna Podtotschina ... Gott behüte, daß sie davon erfahren! Sie könnten doch einfach schreiben: ein Kollegienassessor oder, noch besser, jemand, der im Majorsrang steht.“

„Und hat der Entlaufene zu Ihrem Gesinde gehört?“

„Wieso zum Gesinde? Das wäre halb so schlimm! Mir ist etwas entlaufen, was sich ... Nase nennt ...“

„Ha! Ein sonderbarer Familienname! Und hat Ihnen dieser Herr Nase eine größere Summe gestohlen?“

„Herr Nase? ... Sie haben mich falsch verstanden! Die Nase, meine eigene Nase ist mir abhanden gekommen ... Gott weiß wohin entwischt. Der Teufel treibt seinen Schabernack mit mir!“

„Aber wieso denn entwischt? Das kann ich irgendwie nicht verstehen.“

„Wieso — kann ich Ihnen selber nicht sagen; das schlimmste

aber ist, daß meine Nase jetzt in der Stadt herumfährt und sich als Staatsrat ausgibt. Und eben darum bitte ich Sie zu inserieren, daß derjenige, der ihrer habhaft wird, sie mir sofort und auf dem schnellsten Wege zuführen möge. So sagen Sie doch selbst — wie soll ich ohne einen so sichtbaren Körperteil auskommen? Das ist schließlich nicht der kleine Zeh — wenn ich den Fuß in den Stiefel stecke, merkt niemand, daß der Zeh nicht da ist. Ich pflege donnerstags die Staatsrätin Tschechtarjowa zu besuchen; auch die Stabsoffiziersgattin Palageja Grigorjewna Podtotschina und ihre sehr hübsche Tochter gehören zu meinen guten Bekannten; sagen Sie selbst, wie ich mich jetzt bei ihnen ohne ... Ich kann mich bei ihnen doch einfach nicht blicken lassen."

Der Beamte überlegte; man sah es an den zusammengepreßten Lippen.

„Nein, eine solche Anzeige kann ich nicht in die Zeitung aufnehmen", sagte er schließlich nach langem Schweigen.

„Wieso denn das? Warum nicht?"

„Weil die Zeitung ihr Renommee verlieren könnte. Wenn jeder annoncieren wollte, daß ihm die Nase entlaufen ist! ... Heißt es doch ohnehin, es werden viel Ungereimtheiten und falsche Gerüchte gedruckt."

„Aber wieso ist diese Angelegenheit denn ungereimt? Hier scheint mir nichts dergleichen vorzuliegen."

„Das scheint Ihnen nur so. Vorige Woche ist zum Beispiel auch so ein Fall passiert. Da kommt ein Beamter, geradeso wie Sie jetzt, bringt einen Zettel mit, die Rechnung betrug zwei Rubel dreiundsiebzig Kopeken, und die ganze Annonce besagte nur, daß ein schwarzer Pudel entlaufen sei. Man sollte meinen, was kann schon dabei sein! Und doch wurde ein Skandal daraus; mit diesem Pudel war nämlich der Kassenverwalter, ich weiß nicht mehr, von welcher Dienststelle, gemeint."

„Aber ich gebe doch keine Annonce über einen Pudel auf, sondern über meine eigene Nase; das ist beinah dasselbe wie über mich selbst."

„Nein, eine solche Annonce kann ich auf keinen Fall annehmen."

„Aber ich sage Ihnen doch, die Nase ist mir tatsächlich abhanden gekommen!“

„Wenn sie abhanden gekommen ist, so ist das eine Angelegenheit für den Arzt. Man sagt, daß es Leute gibt, die jedermann eine beliebige Nase andrehen können. Im übrigen merke ich schon — Sie besitzen ein heiteres Naturell und leisten sich gern einen kleinen Scherz in Ihrem Bekanntenkreise.“

„Ich schwöre Ihnen bei allem, was mir heilig ist! Aber gut, wenn es unbedingt sein muß — ich zeige es Ihnen.“

„Ich bitte Sie, wozu denn?“ fuhr der Beamte fort und nahm eine Prise. „Im übrigen, wenn es Ihnen nicht allzuviel Mühe macht... ich würde es mir ganz gern ansehen“, fügte er mit einem Ausdruck von Neugier hinzu.

Der Kollegienassessor nahm das Taschentuch vom Gesicht.

„In der Tat, außerordentlich sonderbar!“ sagte der Beamte. „Völlig glatt — wie ein frisch gebackener Eierkuchen. Ja, geradezu unwahrscheinlich glatt!“

„Nun, geben Sie mir jetzt endlich recht? Sie sehen doch wohl ein, daß man es in die Zeitung aufnehmen muß. Ich werde mich Ihnen bestimmt sehr dankbar erweisen, und ich freue mich sehr, daß dieser Vorfall mir das Vergnügen verschafft hat, Ihre Bekanntschaft zu machen.“

Der Major hatte sich, wie man sieht, für dieses Mal zu einer kleinen Heuchelei entschlossen.

„Es ist natürlich keine so große Sache, etwas darüber zu bringen“, sagte der Beamte, „nur verspreche ich mir keinerlei Nutzen davon für Sie. Wenn Sie aber unbedingt wollen, dann lassen Sie doch jemand, der eine gewandte Feder führt, alles als seltsames Spiel der Natur beschreiben und den Artikel in der ‚Sewernaja ptschela‘ veröffentlichen.“ Hier nahm er aufs neue eine Prise Tabak. „Zu Nutz und Frommen der Jugend“ — hier wischte er sich die Nase — „oder einfach zwecks Befriedigung der allgemeinen Neugier.“

Der Kollegienassessor war völlig entmutigt. Er senkte den Blick zum unteren Rand der Zeitung, wo er auf eine Theateranzeige stieß; als er den Namen einer hübschen Schauspielerin las, war er schon drauf und dran zu lächeln, und seine Hand griff in die Tasche, um festzustellen, ob er auch einen Fünfrubelschein bei sich habe, denn seiner Meinung nach durften sich Stabsoffiziere nur auf den Sperrsitzen blicken lassen; doch der Gedanke an die Nase verdarb sogleich alles!

Auch der Beamte schien von Kowaljows schwieriger Lage bewegt. Er hielt es, um seinen Kummer einigermaßen zu lindern, für angebracht, ihm ein paar teilnehmende Worte zu sagen.

„Es tut mir wirklich schrecklich leid, daß Ihnen diese Geschichte passiert ist. Möchten Sie vielleicht eine Prise Tabak? Das zerstreut den Kopfschmerz und die betrübte Stimmung und ist auch hinsichtlich der Hämorrhoiden nützlich."

Der Beamte hielt Kowaljow bei diesen Worten die Tabakdose hin; er drehte dabei geschickt den Deckel zu ihm um, so daß man das Porträt einer Dame mit Hütchen sah.

Bei dieser unbedachten Handlung des Beamten riß Kowaljow der Geduldsfaden.

„Ich verstehe nicht, wie Sie mit solchen Dingen scherzen können", sagte er gekränkt, „sehen Sie denn nicht, daß mir gerade das fehlt, womit ich schnupfen könnte? Der Teufel hole Ihren Tabak! Ich will jetzt einfach keinen sehen; und nicht nur keinen schlechten Berjosiner — selbst wenn Sie mir echten Râpé anbieten würden."

Mit diesen Worten verließ er, schwer verärgert, die Inseratenabteilung und machte sich zum Bezirksvorsteher auf, einem außerordentlichen Liebhaber von Zucker. In seiner Wohnung war die ganze Diele — sie diente zugleich als Speisezimmer — mit Zuckerhüten vollgestellt, die ihm die Kaufleute aus lauter Freundschaft mitbrachten. Die Köchin zog dem Bezirksvorsteher gerade die Dienststiefel aus; der Degen und alle übrigen militärischen Utensilien hingen friedlich in ihren Ecken, und mit dem furchterregenden Dreispitz hantierte bereits das dreijährige Söhnchen; der Bezirksvorsteher freute sich darauf, nach dem Kampfgetümmel des dienstlichen Lebens die Annehmlichkeiten des häuslichen Friedens zu genießen.

Kowaljow trat in dem Augenblick bei ihm ein, als er sich

reckte, sich räusperte und sagte: „Hach, jetzt lege ich mich aber gemütlich zwei Stunden aufs Ohr!" Man kann sich vorstellen, daß der Kollegienassessor höchst ungelegen kam; ich bin nicht einmal sicher, ob er viel freundlicher empfangen worden wäre, wenn er einige Meter Tuch oder ein paar Pfund Tee mitgebracht hätte. Der Bezirksvorsteher war ein eifriger Förderer aller Künste und Manufakturen, zog aber doch die Banknote allem anderen vor. „Das ist schon eine Sache", pflegte er zu sagen, „wie es sie besser einfach nicht gibt; sie frißt kein Brot, nimmt wenig Platz ein, kann jederzeit in der Tasche untergebracht werden und geht nicht kaputt, wenn man sie fallen läßt."

Der Bezirksvorsteher empfing Kowaljow ziemlich frostig; er sagte, der Nachmittag sei nicht die richtige Zeit, um eine Untersuchung einzuleiten, die Natur selber habe bestimmt, daß man sich nach dem Essen ein wenig ausruhen solle (wie der Kollegienassessor daraus ersehen konnte, waren die Aussprüche der alten Weisen dem Bezirksvorsteher nicht unbekannt), auch würde man einem anständigen Menschen nicht die Nase abreißen; es gäbe schließlich genügend Majore, die nicht mal ordentliches Unterzeug besäßen und sich in allen möglichen zweifelhaften Spelunken herumtrieben.

Mit einem Wort — immer genau auf das Schlimme! Hier muß bemerkt werden, daß Kowaljow äußerst empfindlich war. Er konnte alles verzeihen, was über ihn selbst gesagt wurde, auf keinen Fall aber das, was sich auf seinen Rang und Stand bezog. Er war sogar der Ansicht, daß man in einem Bühnenstück alles hinnehmen könne, was gegen die Offiziere gerichtet war, daß man jedoch unter keinen Umständen die Stabsoffiziere angreifen dürfe. Der Empfang durch den Bezirksvorsteher befremdete ihn so sehr, daß er den Kopf schüttelte, ein wenig die Schultern hob und im Bewußtsein der eigenen Würde entgegnete: „Ich muß gestehen, daß ich nach diesen kränkenden Äußerungen Ihrerseits meinen Worten nichts mehr hinzuzufügen habe ..." Und er ging.

Als er nach Hause kam, spürte er kaum noch die Beine. Es dunkelte schon. Seine Wohnung erschien ihm nach all den vergeblichen Nachforschungen äußerst widerwärtig und traurig. Im

Vorzimmer erblickte er seinen Diener Iwan — er lag rücklings auf einem schmutzigen Ledersofa, spie zur Decke und traf ziemlich geschickt immer dieselbe Stelle. Der Gleichmut dieses Menschen versetzte ihn in Wut; er klatschte ihm mit dem Hut auf die Stirn und sagte: „Du Schwein hast immer nur Dummheiten im Kopf!"

Iwan sprang auf und stürzte auf ihn zu, um ihm aus dem Mantel zu helfen.

Der Major ging in sein Zimmer, warf sich müde und traurig in einen Sessel und sagte schließlich nach einigen Seufzern:

„Mein Gott! Mein Gott! Womit hab ich ein solches Unglück verdient? Fehlte mir ein Arm oder ein Bein — selbst das wäre noch besser; hätte ich keine Ohren — schlimm genug, aber immer noch erträglicher; während man ohne Nase weiß der Teufel was ist — weder ein richtiger Vogel noch ein richtiger Bürger; einfach zum Aus-dem-Fenster-Schmeißen! Hätte man mir die Nase wenigstens im Krieg oder bei einem Duell abgesäbelt, oder wäre ich selber daran schuld; aber mir nichts, dir nichts, um nichts und wieder nichts zu verschwinden! ... Nein, das ist unmöglich", fügte er nach einem kurzen Nachdenken hinzu. „Völlig unwahrscheinlich, daß eine Nase abhanden kommt; in jeder Beziehung unwahrscheinlich. Sicherlich träume ich nur, oder ein Trugbild narrt mich; vielleicht habe ich aus Versehen statt Wasser Wodka getrunken — den Wodka, mit dem ich mir nach dem Rasieren das Kinn einreibe. Iwan, der Dummkopf, hat ihn nicht fortgeräumt, und ich hab ihn vermutlich hintergekippt."

Um sich mit aller Bestimmtheit zu vergewissern, daß er nicht betrunken war, kniff sich der Major so schmerzhaft, daß er unwillkürlich aufschrie. Der Schmerz überzeugte ihn vollends — er handelte und lebte in wachem Zustand! Er näherte sich dem Spiegel und blinzelte zunächst nur vorsichtig hinein — ob sich die Nase nicht etwa doch an ihrer alten Stelle befinde; er prallte jedoch im gleichen Augenblick zurück und rief: „Was für ein schändlicher Anblick!"

Es war tatsächlich unbegreiflich. Wenn ein Knopf, ein silberner Löffel, eine Uhr oder dergleichen abhanden kommt — gut;

aber nein, seine eigene Nase, und auch noch in seiner eigenen Wohnung! ... Nachdem der Major Kowaljow alle Umstände in Betracht gezogen hatte, kam er zu dem Ergebnis, daß an alledem nur die Stabsoffiziersgattin Podtotschina schuld sein könne, die ihn mit ihrer Tochter zu verheiraten wünschte. Er machte ihr ja auch gern den Hof, wich jedoch einer endgültigen Entscheidung aus. Als aber die Stabsoffiziersgattin ihm dann geradeheraus erklärte, sie wolle ihn als Mann ihrer Tochter sehen, ließ er allmählich vom Komplimentemachen ab und sagte, er sei noch zu jung, er müsse noch runde fünf Jahre im Dienst bleiben, bis er zweiundvierzig sei. Und eben darum vermutlich hatte sich die Stabsoffiziersgattin an ihm rächen wollen und irgendwelche Hexenweiber bewogen, ihn zu verhexen, denn daß die Nase abgeschnitten worden sei, war keinesfalls anzunehmen; niemand war in seinem Zimmer gewesen, und Iwan Jakowlewitsch, der Barbier, hatte ihn schon am Mittwoch rasiert; während des ganzen Mittwochs aber und selbst während des Donnerstags war seine Nase unversehrt gewesen — das wußte er, daran erinnerte er sich sehr genau; außerdem hätte er auch den Schmerz empfinden müssen — die Wunde konnte unmöglich so schnell verheilen und glatt wie ein Eierkuchen sein. Allerlei Pläne gingen ihm durch den Kopf; er fragte sich, ob er die Stabsoffiziersgattin offiziell vor ein Gericht zitieren oder persönlich vor sie hintreten und sie überführen solle. Seine Überlegungen wurden durch einen Lichtschein unterbrochen, der durch die Türritzen zu ihm eindrang — er bewies, daß Iwan im Vorzimmer schon die Kerze angesteckt hatte. Bald darauf erschien auch Iwan in Person; er trug die Kerze vor sich her und erfüllte das ganze Zimmer mit hellem Licht. Das erste, was Kowaljow tat — er griff nach dem Taschentuch und bedeckte die Stelle, wo gestern noch seine Nase gewesen war, damit der alberne Kerl nicht Mund und Ohren aufsperrte, wenn er die Eigentümlichkeit an seinem Herrn erblickte.

Kaum war Iwan in seine Kammer verschwunden, als im Vorzimmer eine unbekannte Stimme fragte: „Wohnt hier nicht der Kollegienassessor Kowaljow?“

„Treten Sie ein, Major Kowaljow ist hier", sagte Kowaljow, sprang eilig auf und öffnete die Tür.

Ein Polizeibeamter von angenehmem Äußeren, mit ziemlich vollen Wangen und einem Backenbart, der weder allzu hell noch allzu dunkel war, trat ein, derselbe, der zu Anfang der Geschichte am Ende der Isaaksbrücke gestanden hatte.

„Beliebten Sie nicht Ihre Nase zu vermissen?"

„Jawohl."

„Sie hat sich jetzt gefunden!"

„Was sagen Sie da?" rief Major Kowaljow. Die Freude benahm ihm die Sprache. Er starrte den Reviervorsteher an, auf dessen vollen Lippen und Wangen das helle flackernde Licht der Kerze spielte. „Und auf welche Weise?"

„Durch einen sonderbaren Zufall. Sie war, als man sie faßte, beinah schon unterwegs. Sie bestieg gerade die Diligence und wollte nach Riga fahren. Auch einen Paß auf den Namen eines Beamten hatte sie sich längst besorgt. Und merkwürdigerweise hielt ich sie selber zuerst für einen Herrn. Zu meinem Glück jedoch hatte ich meine Brille bei mir, und da erkannte ich denn sofort, daß es die Nase war. Ich bin nämlich kurzsichtig, und wenn Sie sich vor mich hinstellen, sehe ich nur, daß Sie ein Gesicht haben, erkenne aber weder die Nase noch den Bart, noch alles andere. Meine Schwiegermutter, pardon — die Mutter meiner Frau, sieht ebenfalls nichts."

Kowaljow war außer sich.

„Wo ist sie denn? Wo? Ich will sofort zu ihr."

„Machen Sie sich keine Sorgen. Ich habe sie, da ich wußte, daß Sie sie brauchen, gleich mitgebracht. Und sonderbar, der Hauptbeteiligte an dieser Angelegenheit ist der Spitzbube von Barbier aus der Wosnessenskaja-Straße; er sitzt jetzt auf dem Polizeirevier. Ich hatte schon längst den Verdacht, daß er trinkt und stiehlt; erst vorgestern hat er in einem Laden einen Satz Knöpfe stibitzt. Ihre Nase ist übrigens noch genau so, wie sie war."

Bei diesen Worten griff der Reviervorsteher in die Tasche und zog die in ein Papierchen eingewickelte Nase hervor.

„Wahrhaftig, sie ist es!“ rief Kowaljow. „Tatsächlich — meine Nase! Darf ich Sie bitten, heute ein Täßchen Tee mit mir zu trinken?“

„Das würde ich mit dem größten Vergnügen tun, aber leider ist es mir völlig unmöglich — ich muß von hier noch rasch zum Zuchthaus fahren ... Wie teuer übrigens alle Lebensmittel geworden sind! ... Bei mir im Haushalt leben auch meine Schwiegermutter, pardon — die Mutter meiner Frau, und meine Kinder; besonders der Älteste berechtigt zu den schönsten Hoffnungen; ein sehr gescheiter Junge, nur fehlen mir jegliche Mittel, ihm eine gute Erziehung zu geben ...“

Kowaljow verstand, griff nach dem Zehnrubelschein auf dem Tisch und drückte ihn dem Reviervorsteher in die Hand; der schlug die Hacken zusammen und verschwand; und fast im gleichen Augenblick hörte Kowaljow seine Stimme schon von der Straße, wo er einem stupiden Bauernlümmel, der mit dem Wagen auf den Boulevard geraten war, eine „handfeste“ Belehrung erteilte.

Der Kollegienassessor verharrte, nachdem der Reviervorsteher gegangen war, mehrere Minuten in einem unbestimmten Zustand und erlangte erst nach und nach die Fähigkeit wieder, zu sehen und zu fühlen; in einen solchen Rausch hatte ihn die unerwartete Freude versetzt. Er nahm die wiedergefundene Nase behutsam in beide hohlen Hände und sah sie sich nochmals aufmerksam an.

„Wahrhaftig, sie ist es, sie ist es tatsächlich!“ wiederholte Major Kowaljow. „Da ist ja auch der Pickel auf der linken Seite, der vorgestern zum Vorschein gekommen war.“

Fast hätte der Major vor Freude laut aufgelacht.

Doch es gibt auf dieser Welt nichts von Dauer, und auch die Freude ist in dem Augenblick, der auf den ersten folgt, nicht mehr so lebhaft; im dritten schwächt sie sich noch weiter ab und geht am Ende im Alltagszustand der Seele auf, wie sich der Kreis auf dem Wasser, von einem Stein hervorgerufen, allmählich der glatten Oberfläche angleicht. Kowaljow versank in Nachdenken und begriff, daß die Angelegenheit noch keineswegs erledigt war. Gewiß, die Nase war wieder da, aber sie mußte schließlich auch angebracht, an ihrem Platz befestigt werden.

„Und wenn sie sich nicht befestigen läßt?"

Bei dieser Frage, die der Major sich selber stellte, wurde er blaß.

Er stürzte mit dem Gefühl einer unerklärlichen Furcht zum Tisch und rückte den Spiegel zurecht, damit er die Nase nicht irgendwie schief anmache. Die Hände zitterten ihm. Er drückte die Nase behutsam, mit aller Vorsicht an ihre alte Stelle. O Schreck! Die Nase blieb nicht haften! ... Er hielt sie an den Mund, erwärmte sie ein wenig durch seinen Atem und führte sie aufs neue an die glatte Stelle zwischen den beiden Wangen; aber die Nase wollte und wollte nicht haften.

„Also los, mach schon, hab dich nicht so, dummes Ding!" redete er ihr zu. Doch die Nase war wie aus Holz und fiel in einem fort mit einem so sonderbaren Laut auf den Tisch, als sei sie ein Flaschenkork. Ein krampfhaftes Zucken verzog das Gesicht des Majors. „Sollte sie wirklich nicht wieder anwachsen?" fragte er sich erschrocken. Doch sooft er sie auch an ihren alten Platz hielt — alle Bemühungen blieben ergebnislos.

Er rief nach Iwan und schickte ihn zum Doktor, der in der Beletage desselben Hauses die schönste Wohnung innehatte. Der Doktor war ein stattlicher Mann mit einem wunderschönen pechschwarzen Backenbart und einer munteren, gesunden Doktorsfrau, er aß zum Frühstück frische Äpfel und hielt seinen Mund geradezu unwahrscheinlich sauber, indem er jeden Morgen fast eine Dreiviertelstunde lang gurgelte und die Zähne mit fünferlei Bürsten polierte. Der Doktor war sogleich zur Stelle. Nachdem er sich erkundigt hatte, wann denn das Unglück geschehen sei, faßte er den Major unters Kinn und stukte ihn mit dem Daumen genau an der Stelle, wo sich früher die Nase befunden hatte, worauf der Major den Kopf so heftig zurückwarf, daß er gegen die Wand prallte. Der Medikus meinte, das habe weiter nichts zu bedeuten, riet ihm aber denn doch, ein wenig abzurücken, und ließ ihn den Kopf zuerst nach rechts beugen, befühlte die Stelle, wo früher die Nase gewesen war, und sagte:

„Hm!“ Dann ließ er ihn den Kopf nach links neigen und sagte wieder: „Hm!“ Schließlich stukte er den Major aufs neue mit dem Daumen, daß er den Kopf zurückwarf wie ein Gaul, dem man die Zähne besieht.

Nach diesem Experiment schüttelte der Medikus den Kopf und sagte: „Nein, es geht nicht. Bleiben Sie lieber so, wie Sie sind, sonst könnte man die Sache noch schlechter machen. Gewiß, befestigen kann man sie; ich würde sie Ihnen unter Umständen jetzt gleich anmachen; ich versichere Ihnen jedoch, es wäre noch schlechter für Sie.“

„Sie sind ja gut! Wie soll ich denn ohne Nase herumlaufen?“ entgegnete Kowaljow. „Schlechter als jetzt kann es doch gar nicht werden. Hol's der Teufel! Wie soll ich mich mit diesem Schandmal sehen lassen! Ich habe einen ganz schönen Bekanntenkreis; auch heute zum Beispiel müßte ich auf zwei Abendgesellschaften erscheinen. Ich kenne viele Leute — die Staatsrätin Tschechtarjowa, die Stabsoffiziersgattin Podtotschina ... mit dieser allerdings will ich nach ihrem jetzigen Verhalten nur noch über die Polizei zu tun haben. Tun Sie mir den Gefallen“, fuhr Kowaljow mit flehender Stimme fort, „gibt es denn wirklich kein Mittel? Machen Sie sie mir irgendwie an; wenn auch nicht eben gut, Hauptsache, sie ist da; ich könnte sie ja notfalls sogar ein wenig stützen. Im übrigen tanze ich nicht, so daß gar nicht die Gefahr besteht, ich könnte ihr durch eine unvorsichtige Bewegung Schaden zufügen. Was aber meine Erkenntlichkeit für Ihre Visiten betrifft, so seien Sie überzeugt, daß ich, soweit es meine Mittel erlauben ...“

„Ob Sie es glauben oder nicht“, entgegnete der Doktor mit weder zu lauter noch zu leiser, aber zu Herzen gehender, geradezu magnetischer Stimme, „ich behandele niemals aus Eigennutz. Das widerspricht meinen Grundsätzen und meiner Kunst. Gewiß, ich lasse mir meine Visiten bezahlen, aber einzig und allein, damit ich die Patienten durch meine Ablehnung nicht kränke. Ich könnte Ihnen die Nase natürlich anmachen, ich versichere Ihnen jedoch — da Sie meinem Wort nicht glauben, bei meiner Ehre —, daß es nur schlimmer würde. Am besten, Sie überlassen alles der Natur. Reiben Sie die Stelle möglichst oft mit kaltem Wasser ab, und ich verspreche Ihnen, Sie werden ohne Nase genauso gesund sein wie mit Nase. Diese selbst aber rate ich Ihnen in ein Glas mit Alkohol zu legen und am besten zwei Eßlöffel hochprozentigen Wodka und etwas angewärmten Essig dazuzugeben — Sie können dann eine ganz anständige Summe dafür verlangen. Ich würde sie sogar selber nehmen, sofern Sie sie nicht zu hoch berechnen."

„Nein, nein! Ich verkaufe sie nicht, um keinen Preis", rief der Major verzweifelt, „dann soll sie lieber zum Teufel gehen!"

„Entschuldigen Sie!" sagte der Doktor und verabschiedete sich mit einer Verbeugung. „Ich wollte mich Ihnen nur nützlich erweisen ... Was kann man machen? Sie haben wenigstens gesehen, wie sehr ich mich bemüht habe."

Nach diesen Worten verließ der Doktor mit würdevoller Miene das Zimmer. Kowaljow, der sich nicht einmal sein Gesicht gemerkt hatte, sah, aufs tiefste benommen, nur noch die sauberen, schneeweißen Manschetten vor sich, die aus den schwarzen Ärmeln des Fracks hervorschauten.

Gleich am folgenden Tage beschloß er, bevor er die Klage einreichte, der Stabsoffiziersgattin zu schreiben und sie zu fragen, ob sie bereit sei, ihm kampflos zurückzugeben, was ihm gehörte. Der Brief hatte folgenden Wortlaut:

Gnädige Frau Alexandra Grigorjewna!

Ich kann mir die merkwürdige Handlungsweise Ihrerseits nicht erklären. Seien Sie überzeugt, Sie werden, wenn Sie auf diese Weise vorgehen, nicht das geringste erreichen und mich auf keinen Fall zwingen, Ihre Tochter zu ehelichen. Glauben Sie mir, die Geschichte mit meiner Nase ist mir bis ins letzte bekannt, ebenso wie mir bekannt ist, daß nur Sie beide und niemand anders die Hauptbeteiligten daran sind. Die plötzliche Loslösung der Nase von ihrem Platz, ihre Flucht und ihre Maskierung, sei es in Gestalt eines Beamten, sei es schließlich in eigener Gestalt, ist nichts weiter als die Folge der Hexenkünste, die Sie oder diejenigen betreiben, die Ihnen ähnlich sehenden Beschäftigungen nachgehen. Ich für meinen Teil erachte es für meine Pflicht,

Ihnen mitzuteilen: Wenn die von mir erwähnte Nase nicht heute noch an ihrem Platz ist, werde ich mich genötigt sehen, zum Schutz und Schirm der Gesetze zu greifen.

Im übrigen habe ich, bei vollster Hochachtung für Sie, die Ehre, zu verbleiben als

Ihr ergebener Diener

Platon Kowaljow.

Gnädiger Herr Platon Kusmitsch!

Ihr Brief hat mich aufs äußerste verwundert. Ich muß ehrlich gestehen, das habe ich wirklich nicht erwartet, zumal was die ungerechten Vorwürfe Ihrerseits betrifft. Ich teile Ihnen mit, daß ich den von Ihnen erwähnten Beamten nie in meinem Hause empfangen habe, weder maskiert noch in seiner wirklichen Gestalt. Verkehrt hat bei mir allerdings Filipp Iwanowitsch Potantschikow. Und obwohl er ein gutes Benehmen besitzt, hochgebildet ist und nicht trinkt und in der Tat nach der Hand meiner Tochter gesucht hat, habe ich ihm niemals irgendwelche Hoffnungen gemacht. Sie erwähnen auch etwas von einer Nase. Wenn Sie damit meinen, ich hätte Ihnen eine Nase drehen, das heißt eine förmliche Absage erteilen wollen, dann wundert mich nur, daß gerade Sie das sagen, während ich, soweit Ihnen bekannt ist, ganz entgegengesetzter Meinung war und auch jetzt noch, sofern Sie in legitimer Weise um meine Tochter anhalten, sofort bereit bin, Sie zufriedenzustellen, denn das ist immer der Gegenstand meines sehnlichsten Wunsches gewesen; dieses erhoffend, verbleibe ich, immer zu Ihren Diensten bereit,

Alexandra Podtotschina.

Nein, sagte sich Kowaljow, nachdem er den Brief gelesen hatte. Sie hat bestimmt keine Schuld. Das ist unmöglich. Der Brief ist so geschrieben, wie ihn ein Mensch, der eines Verbrechens schuldig ist, nicht schreiben kann. Der Kollegienassessor hatte in diesen Dingen Erfahrung, denn er war schon im Kaukasus mehrmals mit Untersuchungen beauftragt worden. Auf welche Weise also, wieso war das geschehen? Da finde sich einer zurecht! dachte er schließlich und ließ die Arme sinken.

Inzwischen hatte sich das Gerücht von dem ungewöhnlichen Vorfall in der ganzen Hauptstadt verbreitet und, wie üblich, nicht ohne gewisse Ausschmückungen. Allen stand damals der Sinn nach dem Außergewöhnlichen; hatten doch gerade erst gewisse Versuche mit der Wirkung des Magnetismus das Publikum in ihren Bann geschlagen. Darüber hinaus war auch die Geschichte mit den tanzenden Stühlen in der Konjuschennaja-Straße noch in aller Erinnerung; man braucht sich daher nicht zu wundern, daß man sehr bald davon zu sprechen begann, die Nase des Kollegienassessors Kowaljow gehe täglich, Punkt drei Uhr nachmittags, auf dem Newski Prospekt spazieren. Jeden Tag strömten zahlreiche Neugierige herbei. Es brauchte nur jemand zu sagen, die Nase befinde sich in dem Geschäft von Junker, und vor dem Junkerschen Laden entstand ein solches Gedränge, daß sogar die Polizei einschreiten mußte. Ein backenbärtiger Geschäftemacher von würdigem Äußeren, der sonst vor den Theatereingängen mit allerlei halbvertrockneten Konditorwaren handelte, ließ eigens wunderschöne, solide Holzbänke anfertigen, die zu besteigen er die Neugierigen einlud — gegen Zahlung von achtzig Kopeken pro Besucher. Ein verdienter Oberst, der eigens zu diesem Zweck früher als sonst aus dem Hause ging, arbeitete sich mit vieler Mühe durch die Menge hindurch; zu seiner großen Empörung erblickte er jedoch im Schaufenster statt der Nase ein ganz gewöhnliches wollenes Unterhemd und eine Lithographie, auf der man ein Mädchen ihren Strumpf zurechtstreichen sah, dazu einen Gecken mit Aufschlägen an der Weste und einem kleinen Bärtchen, der hinter einem Baum hervor zu ihr hinüberäugte — ein Bildchen, das schon seit über zehn Jahren an ein und derselben Stelle hing. Der Oberst trat beiseite und sagte ärgerlich: „Wie kann man nur das Volk durch solche dummen und unglaubwürdigen Gerüchte verwirren?"

Später hieß es, die Nase des Majors Kowaljow gehe nicht auf dem Newski Prospekt, sondern im Taurischen Garten spazieren, dort kenne man sie seit langem; schon Chosrew-Mirsa habe sich, als er dort lebte, über die seltsame Laune der Natur gewundert. Mehrere Studenten der Chirurgischen Akademie machten sich in den Taurischen Garten auf. Eine vornehme, würdige Dame wandte sich an den Aufseher des Gartens mit einem besonderen Brief, in dem sie ihn bat, ihren Kindern das seltsame Phänomen zu zeigen, wenn möglich mit entsprechenden Erläuterungen zu Nutz und Frommen der Jugend.

Besonders erfreut über all diese Ereignisse waren die obligaten weltmännischen Besucher der vornehmen Abendgesellschaften, die die Damen so gerne zum Lachen brachten, zur Zeit aber ihre Vorräte völlig erschöpft hatten. Ein gewisser, nicht allzu großer Teil der ehrenwerten und wohlgesinnten Leute war äußerst unzufrieden. Ein Herr äußerte empört, er verstehe nicht, wie in der heutigen, aufgeklärten Zeit so unsinnige Phantastereien Verbreitung finden könnten, auch wundere er sich, daß die Regierung dem keinerlei Beachtung schenke. Dieser Herr gehörte offenbar zu den Leuten, die die Regierung in alles hineinziehen möchten, selbst in die täglichen Auseinandersetzungen mit der Ehefrau. Bald darauf ... doch hier hüllt sich die ganze Angelegenheit aufs neue in Nebel, und was sich weiter zutrug, ist gänzlich unbekannt.

3

Völliger Unsinn tut sich auf dieser Welt. Es geschehen gelegentlich Dinge, die keinerlei Glaubwürdigkeit mehr besitzen — da erscheint plötzlich die Nase, die als Staatsrat in der Stadt herumgefahren war und soviel Lärm verursacht hatte, mir nichts, dir nichts wieder an ihrem alten Platz, das heißt zwischen den beiden Wangen des Majors Kowaljow. Das ereignete sich am siebenten April. Er erwachte, warf zufällig einen Blick in den Spiegel und sah — die Nase! Er griff mit der Hand nach ihr — tatsächlich, die Nase! „Oho!" sagte Kowaljow und hätte am liebsten, barfuß wie er war, einen Freudentanz aufgeführt — nur das Erscheinen Iwans hinderte ihn daran. Er befahl sogleich sein Waschwasser, wusch sich und blickte nochmals in den Spiegel — die Nase war da! Er trocknete sich mit dem Handtuch ab und vergewisserte sich aufs neue — jawohl, sie war da!

„Schau doch mal nach, Iwan, mir scheint, ich habe da einen Pickel auf der Nase“, sagte er und dachte sich im stillen: Und wenn Iwan nun auf einmal sagt: Aber nein, Herr, da ist nicht nur kein Pickel, nicht einmal die Nase ist da!

Doch Iwan entgegnete: „Nein, es ist kein Pickel zu sehen, die Nase ist rein!“

Großartig, hol’s der Teufel! dachte der Major und schnippte mit den Fingern. In diesem Augenblick sah der Barbier Iwan Jakowlewitsch zur Tür herein, aber so ängstlich wie eine geprügelte Katze, die ein Stück Speck gestohlen hat.

„Sag erst mal — hast du auch saubere Hände?“ rief Kowaljow ihm schon von weitem zu.

„Jawohl.“

„Du lügst!“

„Bei Gott, Herr, sie sind sauber.“

„Also gut, aber nimm dich in acht!“

Kowaljow nahm Platz. Iwan Jakowlewitsch band ihm eine Serviette um und verwandelte mittels des Pinsels sein ganzes Kinn und einen Teil der Wangen in eine Creme, wie man sie an Namenstagen in Kaufmannshäusern serviert.

Sieh einer an! sagte sich Iwan Jakowlewitsch mit einem Blick auf die Nase, neigte den Kopf auf die andere Seite und betrachtete sie im Profil. Nein, so was, wahrhaftig! Wenn man bedenkt . . . fuhr er im Geiste fort und starrte sie lange an. Schließlich führte er zögernd und mit der größten Behutsamkeit, die man sich vorstellen kann, zwei Finger an die Nasenspitze, um sie festzuhalten. Das war nun einmal sein System.

„Na, na, du, paß auf!“ rief Kowaljow.

Iwan Jakowlewitsch sanken die Arme herab, er erstarrte und war verwirrt wie nie zuvor. Schließlich begann er Kowaljow vorsichtig mit der Rasierklinge unter dem Kinn zu kitzeln; und obwohl es ihm gar nicht lag und sogar sehr schwerfiel, jemanden ohne Halt am Riechorgan zu rasieren, überwand er am Ende doch alle Hindernisse, indem er den rauhen Daumen, so gut es eben ging, gegen die Wange und gegen den Unterkiefer stemmte, und schaffte die Rasur.

Als alles fertig war, zog sich Kowaljow sogleich an, nahm eine Droschke, ließ sich geradeswegs in eine Konditorei fahren und rief schon von weitem: „Pikkolo, eine Tasse Schokolade!“ und ... rasch vor den Spiegel — jawohl, die Nase war da! Er wandte sich wohlgelaunt um und blickte mit ironischer Miene und leicht zusammengekniffenen Augen zu zwei Offizieren, von denen der eine eine Nase, nicht größer als ein Westenknopf, hatte. Danach machte er sich in die Kanzlei jenes Departements auf, bei dem er sich um den Posten eines Vizegouverneurs oder, im Falle, daß das mißlang, um den eines Exekutors bemühte. Als er durch das Empfangszimmer schritt, warf er einen Blick in den Spiegel — die Nase war da! Dann fuhr er zu einem anderen Kollegienassessor oder Major, einem großen Spottvogel, dem er auf allerlei spitze Bemerkungen zu entgegnen pflegte: „Na weißt du, dich kenne ich, du stichelst an jedem herum!“ Unterwegs dachte er: Wenn auch der Major bei meinem Anblick nicht vor Lachen birst, dann ist das ein sicheres Zeichen, daß alles bei mir an der richtigen Stelle sitzt. Doch der Major war ziemlich friedlich. Großartig, hol's der Teufel, großartig! dachte Kowaljow im stillen. Auf dem Rückweg traf er die Stabsoffiziersgattin Podtotschina und ihre Tochter, verbeugte sich vor ihnen und wurde mit freudigen Ausrufen begrüßt; somit war offenbar alles an ihm in Ordnung, er hatte keinerlei Schäden davongetragen. Er unterhielt sich sehr lange mit ihnen, holte absichtlich die Tabakdose hervor und praktizierte den Tabak mit äußerster Umständlichkeit durch beide Eingänge in die Nase, wobei er im stillen dachte: Da habt ihr es, ihr Weibervolk, ihr Glucken! Und heiraten tu ich die Tochter doch nicht! Einfach so, par amour — bitte sehr! Und der Major Kowaljow zeigte sich von da an, als wäre nicht das geringste geschehen, sowohl auf dem Newski Prospekt als auch in den Theatern und überall sonst. Und auch die Nase saß, als wäre nicht das geringste geschehen, in seinem Gesicht und ließ sich nicht einmal anmerken, daß sie sich irgendwohin beurlaubt hatte. Und man traf den Major Kowaljow seither immer bei bester Laune an; er lächelte, stieg ausnahmslos allen hübschen Damen nach und blieb sogar eines Tages im Kaufhof vor einem kleinen Laden stehen, wo er ein Ordensband erwarb — schwer zu sagen, zu welchem Zweck, da er selber nicht Ritter eines Ordens war.

Das wäre die seltsame Geschichte, die sich in der nördlichen Hauptstadt unseres weiten Reiches ereignet hat! Erst jetzt, nachdem wir alles überblicken können, stellen wir fest, daß mancherlei Unwahrscheinliches daran ist. Abgesehen davon, daß schon die übernatürliche Loslösung der Nase und ihr verschiedentlich beobachtetes Auftauchen in Gestalt eines Staatsrats wahrhaftig recht merkwürdig ist — wieso leuchtete Kowaljow nicht ein, daß man eine Annonce über seine Nase nicht durch eine Inseratenabteilung aufgeben kann? Ich will damit nicht sagen, eine Annonce erschiene mir zu teuer; das alles sind Lappalien, und ich gehöre weiß Gott nicht zu den Geizhälsen. Aber es ist einfach peinlich, ungehörig, völlig verfehlt! Und dann — wieso fand sich die Nase im frisch gebackenen Brot, und wieso konnte Iwan Jakowlewitsch ... nein, das verstehe ich wirklich nicht, auf keinen Fall! Am seltsamsten aber, am unverständlichsten ist, daß ein Autor zu einem solchen Gegenstand greift. Ich muß gestehen, das ist ganz einfach nicht mehr faßbar, das ist gerade so, als ob ... aber nein, nein, das kann ich wirklich nicht verstehen. Denn erstens hat das Vaterland nicht den geringsten Nutzen davon; und zweitens ... aber auch zweitens springt keinerlei Nutzen dabei heraus. Ich weiß einfach nicht, was das soll ...

Und obwohl man dennoch und trotz allem natürlich annehmen kann, daß sowohl das eine als auch das andere, vielleicht auch ein drittes, ja möglicherweise sogar ... aber wo in der Welt gäbe es keine Ungereimtheiten? ... Und dennoch ist, wenn man es recht bedenkt, wohl wirklich etwas dran. Man sage, was man will, aber solche Begebenheiten kommen vor; zwar selten, aber sie kommen vor.

Wladimir Odojewski

Die Geschichte vom Hahn, der Katze und dem Frosch

Erzählt von einem aus der Provinz

Dimitri W. Putjata gewidmet

Kritiker: Welches Ziel verfolgt Ihr Märchen?
Autor (sich tief verbeugend): Daß es Ihnen erzählt werde.

Als meine selige Großmutter in der Stadt Reshensk lebte, wurde sie Zeugin eines seltsamen Ereignisses. Ausgehend von der Gewißheit, daß dem Publikum alles zu erfahren nötig sei, was mich oder meine Verwandten und Bekannten betrifft, werde ich von diesem Ereignis in aller Ausführlichkeit berichten, so wie man mir davon berichtete, und ich werde, wie es meine Gewohnheit ist, von mir kein einziges Wort hinzufügen.

Vor vielen Jahren lebte in unserer Stadt als Polizeimeister der verabschiedete Fähnrich Iwan Trofimowitsch Sjornuschkin. Lange schon versah er dieses Amt; kein Wunder — alle waren so zufrieden mit ihm, denn niemals mischte er sich in irgend etwas ein. Er ließ jeden tun, was er wollte; dafür erlaubte er auch nicht, daß sich andere in seine Angelegenheiten einmischten. Manche Besserwisser, die mal in Petersburg gewesen waren, traten von Zeit zu Zeit an ihn heran und schlugen diese oder jene Neuerung vor, Dinge, die es nie bei uns gegeben hat und die schädlich sein mußten. So meinten sie etwa, daß es nicht schlecht wäre, an den Lebensmittelverkaufsständen wenigstens dann und wann einmal nach dem Rechten zu sehen; denn die Händler von Reshensk hatten, ich weiß nicht, warum, die Gewohnheit, je nachdem, ob Fastenzeit war oder nicht, solches Hammelfleisch oder solchen Fisch zu verkaufen, daß man am liebsten vom Markt davongerannt wäre – zum Gotterbarmen! Andere fügten hinzu, es wäre auch nicht übel, wenigstens ein bißchen Sand auf den Straßen zu streuen und zu verbieten, daß die Leute allen möglichen Dreck aus den Häusern auf die Straße werfen, weil es dann angeblich im Herbst kein Durchkommen mehr gibt und sich die Luft davon anstecken soll; es gab sogar welche, die behaupteten, die Stadt müsse unbedingt wenigstens eine Feuerwehrspritze mit Leiter, Haken, Beilen und anderem Krimskrams anschaffen. Iwan Trofimowitsch antwortete auf all diese unvernünftigen Forderungen höchst scharfsinnig, besonnen und entschieden. Er legte dar, daß die Händler ihre Ware keinem mit Gewalt anhängen und daß jeder selbst achtgeben muß, was er kauft, daß einzig unordentliche Leute, solche, die schlecht wirtschaften, vom Polizeimeister verlangen können, daß er Aufsicht über eine Sache führe, von der auch die letzte Köchin eine Ahnung haben muß. Bezüglich des Straßenpflasters erklärte er, daß Gott Regen und schönes Wetter schickt und daß es nun mal so eingerichtet ist – im Herbst watet man eben bis zu den Knien durch den Straßenschmutz; anständige Menschen sitzen überdies zu Hause und treiben sich nicht draußen herum, und wenn der Russe muß, kommt er überall durch. Schmisse man, fügte er hinzu, nichts auf die Straße, so hätten die Schweine der Armen zur Herbst- und zur Winterszeit nichts zu fressen. Was die Luft betrifft – die Luft ist kein Mensch und kann sich nicht anstecken. Bezüglich der Feuerwehrspritze legte Iwan Trofimowitsch dar, daß es so etwas auch früher in der Stadt Reshensk nicht gegeben habe, und da nun drei Viertel ohnehin schon abgebrannt waren, habe es, meinte er, keinen Sinn, für das vierte noch solche Spitzfindigkeiten auszuhecken. Und schließlich solle man auch bedenken, daß er, Iwan Sjornuschkin, Sohn des Trofim Sjornuschkin, verabschiedeter Fähnrich eines Scharfschützenregiments, nicht mehr naß hinter den Ohren sei und daß er selber wohl wisse, wie er sein Amt wahrzunehmen, die Stadt zu verwalten und vor der Obrigkeit die Verantwortung zu tragen habe. Dergleichen einsichtsvolle und nicht selten wiederholte Erwägungen stopften den Besserwissern bald die Mäuler, besonders nachdem Iwan Trofimowitsch einmal, zornig und gereizt, hinzugesetzt hatte, seine — des Polizeimeisters — Pflicht bestehe nicht darin, auf Straßenschmutz und faulen Fisch zu achten, sondern auf jene ein Augenmerk zu haben, die drauf und dran seien, in der gefestigten Stadt übles Gerede in Umlauf zu bringen, und die gegen die Diener des Staates Böses im Schilde führten.

Alle Bürger lobten Iwan Trofimowitsch für seine Trutzfestigkeit, und so blieb, Gott sei's gedankt, bei uns in Reshensk alles beim alten: auf den Straßen Dreck bis zu den Knien, auf den Märkten kein Durchkommen. Einen einzigen Unterschied gab es: Statt eines Feuerwehrschlauchs wurde in der letzten Zeit bei uns ein wunderschönes grünes Wasserfaß mit Radgestell angeschafft, dazu zwei ebenfalls grüne Haken, doch auf Anweisung Iwan Trofimowitschs benutzte man sie niemals, wenn Feuer ausbrach, weil sie dabei leicht hätten Schaden erleiden können; vielmehr wurden sie wohlverschlossen in einem eigens dafür bestimmten Schuppen aufbewahrt. Die Zeit rechtfertigte die wohlüberlegte Maßnahme Iwan Trofimowitschs; denn wenig später hielt es ein Beamter, der von außerhalb gekommen war, für seine Pflicht, dem Gouverneur von der vorzüglichen Feuerwehrausrüstung in der Stadt Reshensk zu berichten.

Wie dem auch sei, nachdem Iwan Trofimowitsch die belästigenden Reshensker Besserwisser abgeschüttelt hatte, widmete er sich wieder seinen Lieblingsbeschäftigungen; es waren ihrer zwei, nämlich der Tee und die Katze. Jawohl, meine hochverehrten Herren! Iwan Trofimowitsch liebte sehr den Tee; er war auf diesem Gebiet sogar ein großer Kenner.

Aus ebendiesem Grunde spazierte er oft von einem Laden zum andern und ließ sich von den Händlern, um ganz sicher zu gehen, Teeproben geben. Auf solche Weise sammelte sich bei Iwan Trofimowitsch manchmal ein Viertelpfündchen, manchmal auch ein halbes Pfund. Nicht daß er nun etwa alle Proben zusammengeworfen hätte — o nein! Als wahrer Kenner trank er jede Sorte für sich, und wenn er den Tee eines bestimmten Händlers lobte, brachte der ihm davon sogleich als Geschenk. Indessen sagen die Leute zu Iwan Trofimowitschs Ehre, daß er sich — er hatte nun mal eine gute Seele! — in diesen Fällen nicht so sehr von der Güte des Tees leiten ließ als vielmehr von einer gewissen Reihenfolge unter den Händlern oder auch von manchen Umständen, die sich zufällig ergaben. So konnte zum Beispiel einer, dem etwas auf der Seele lastete, gewiß sein, daß Iwan Trofimowitsch bald eine Probe bei ihm holen würde. Nicht etwa, daß man hier von Bestechung hätte sprechen können! O nein! Unsere Reshensker Händler hatten Iwan Trofimowitsch so gern, daß sie alles in ganz *ehrbarer Absicht* zu ihm brachten! Wofür hätten sie ihn auch bestechen sollen? Solche Sachen, wie sie heute vorkommen, die gab es damals nicht. Versteht sich, auch zu jener Zeit ging es in der Stadt nicht ohne Streitigkeiten, nicht ohne Neid, nicht ohne Bosheit ab; bloß — da galt ein anderer Brauch: Da kommen, sagen wir mal, zu Iwan Trofimowitsch die streitenden Parteien. Beide reden und reden, einer immer lauter als der andere; Iwan Trofimowitsch hört geduldig zu; darauf kriegt der eine einen Puff, der andere einen Puff — keinen kränkt er, Gott hab ihn selig, und dann puffen sich die Streitenden gegenseitig, puffen sich, raufen sich auch mal ordentlich, und wenn die Seele Ruhe gefunden hat, sitzen sie im Wirtshaus, versöhnen sich und trinken noch auf Iwan Trofimowitschs Gesundheit. Ja, das waren noch glückliche Zeiten!

Er liebte es, den Tee zu genießen, unser Iwan Trofimowitsch, aber nicht weniger liebte er seine Katze. Das heißt, nicht eigentlich die Katze liebte er, nein, er liebte es, daß die Katze ihm am Hals entlangstrich, sich an ihn schmiegte und ihm ins Ohr schnurrte. Was war das aber auch für eine Katze! Heutzutage gibt's solche Katzen überhaupt nicht mehr! Ein großes Tier mit glänzendem schwarzem Fell, das Schnäuzchen aber, das Lätzchen und die Pfötchen waren weiß wie Schnee, so als trüge es Handschuhe. Und das eine steht fest: Bei Iwan Trofimowitsch gab's in

ФРУКТЫ

der Wirtschaft keine Mäuse. Und was für liebe Gewohnheiten die Katze hatte! Ich sag euch ja, solche Katzen gibt es heutzutage nicht mehr. Nehmen wir also an: Iwan Trofimowitsch wacht auf, gleich kommt die Katze zu ihm ins Bett, dann streckt sie sich, dann macht sie einen Buckel, dann schnurrt sie, dann miaut sie, und ihre grünen Äuglein, die rollen und funkeln wie Smaragd. Iwan Trofimowitsch steht nun auf, macht Feuer, setzt den Teekessel an, zieht seinen Friesmantel über, nimmt sein Beutelchen und begibt sich auf den Markt. Die Katze ihm nach. Dort bellen zwar Hunde, und Fuhrwerke fahren hin und her, und die Leute schreien, ihr aber macht das nichts weiter aus; sie springt bloß über die Pfützen und schüttelt die Pfoten. Tritt Iwan Trofimowitsch in einen Laden, geht die Katze mit. Darüber staunt die ganze Stadt! Hier fällt für sie ein Fischlein ab, dort ein anderer guter Happen — schwapp, hat sie ihn verzehrt und schnurrt! Er kehrt nach Hause zurück, der Iwan Trofimowitsch, nimmt den Teekessel, setzt sich an den kleinen Tisch vorm Fenster, und die Katze, freilich, sie ist satt, aber glaubt darum nicht, sie machte es etwa wie heutzutage die Katzen: sich zusammenringeln und schnarchen. O nein, sie klettert auf das Tischlein, zwischen Tasse und Zuckerdose, stößt nichts an, oder sie setzt sich auf den Fensterstock, in die Sonne, oder auf Iwan Trofimowitschs Schulter, und sie schnurrt und schnurrt und reibt sich, reibt sich an seinem Hals, und sie flüstert und flüstert Iwan Trofimowitsch etwas ins Ohr. Iwan Trofimowitsch wiederum tut abwechselnd zwei Dinge: streichelt sie und trinkt in kleinen Schlucken den Tee ... So vergingen ihm die langen Tage.

Ein neuerer Schriftsteller hat jene stummen Minuten häuslichen Glücks beschrieben, da kein einziger Gedanke durch den Kopf wandert, da in der Seele ein stilles, mit Worten nicht auszudrückendes Gefühl geboren wird; wer aber wird Iwan Trofimowitschs Glück in seiner trauten Einsamkeit beschreiben: ein warmes Haus, ein warmer Schafpelz, bunte Tapeten, auf denen über die ganze Wand hin Mäuse einen Kater begraben; einen Dreispitz auf dem Kopf, einen Säbel zur Seite; die liebe Sonne strahlt, vom Tee steigt Dampf auf, jeder, der vor dem Fenster vorbeigeht, verbeugt sich; um den Hals Waskas warmes Fellchen; weiter niemand — keine Kinder, keine Frau, keine Köchin — und das alles dreihundert Werst von der Gouvernementsstadt entfernt! Dieses stille, mit Worten nicht auszudrückende Glück wiederholt sich jeden Tag; und nicht bloß einmal am Tag ist es so, sondern zweimal: am Morgen und nach dem Mittagessen, manchmal auch zwischendurch! Zwei Ziele hatte Iwan Trofimowitsch im Leben: schön Tee trinken und wortlos Waska um den Hals liegen haben. Dieser Gedanke verließ ihn keinen Augenblick; mit ihm schlief er ein, von ihm träumte er, und mit ihm wachte er auf. Mit diesem Gedanken verbanden sich alle seine Handlungen, alle Wünsche, die feinsten Regungen seiner Seele — andere gab es nicht. Setzte ihm jemand mit dienstlichen Angelegenheiten zu, geschah etwas Wichtiges in der Stadt — er schob alles beiseite, nur um nicht die festgelegte Stunde für den Tee zu verpassen. Sprach man vom Revisor — er fürchtete ihn nur darum, weil es sich wohl nicht schickte, vor ihm mit dem Kater Waska zu erscheinen.

Doch in diesem Leben gibt es kein beständiges Glück! Es gab eine Frau, die den gleichen Familiennamen wie Iwan Trofimowitsch trug, sogar entfernt mit ihm verwandt war, eine Frau aus dem Landadel — die Witwe Marfa Ossipowna Sjornuschkina. Es geschah, daß sie irgend etwas in Reshensk zu erledigen hatte — ich glaube, jemand hatte ihr die Mühle behext, hatte Quecksilber in den Mühlendamm gelassen. Marfa Ossipowna war eine kluge, resolute Frau, eine sparsame Wirtin, die ihr Eigentum zusammenhielt, und obgleich sie nicht lesen und schreiben konnte, verstand sie Rechtsstreitigkeiten besser zu betreiben als mancher Kanzleimensch. Darum hatte sie sich entschlossen, ihre Angelegenheiten selber wahrzunehmen, in eigener Person, und den Iwan Trofimowitsch brauchte sie, damit er um der Verwandtschaft willen für sie etwas täte. Sie schneite ihm ohne Umstände ins Haus. Auf dumme Gedanken konnte dabei niemand kommen, denn sie waren beide zusammen mehr als hundert Jahre alt. Der gute Iwan Trofimowitsch trat ihr bereitwillig ein Zimmerchen ab. Na, versteht sich, daß sich die Verwandten beim Wiedersehen herzlich freuten. Das Gespräch drehte sich um dieses und jenes, um die alte Zeit, um die neue Zeit, um die Ernte. Waska war immer dabei, und er schmeichelte, und er rieb sich, und er schnurrte, und er miaute, und er blickte auf die beiden mit zusammengekniffenen Äuglein.

„Nanu! Wen hast du denn da zu deiner Gesellschaft?" rief Marfa Ossipowna aus. „Gibt's den schon lange bei dir, Väterchen?"

„Freilich, Mütterchen, schon lang, an die acht Jahre, ungefähr seit wir uns das letztemal gesehen haben."

„Wie hätt man sich auch sehen sollen, Väterchen! Achtzig Werst sind keine Kleinigkeit! Du bist ein Mann, eine Amtsperson, aber für meine Jahre ist's beinahe zuviel. Drei Tage, Väterchen, war ich zu dir unterwegs, auf den eignen Füßen — es wurde mir sauer. Manchmal wär ich beinahe im Straßenschmutz steckengeblieben, dabei hielt ich mich immerzu an die Hauptstraße — du weißt ja, sie haben bei uns eine neue Straße gebaut! Mieze, Mieze! . . . Sieht ja prächtig aus . . . Na, ich merk schon, du hast dich wirklich gut häuslich eingerichtet. Willst wohl gar heiraten? Draußen, auf dem Hof, hab ich ein Mordsvieh von einem Hahn gesehen, und hier seh ich einen fremdländischen Kater. Nach unserem Weiberverstand heißt's nämlich: Kater und Hahn, das bedeutet Hochzeit, lieber Freund!"

„Hör auf, Marfa Ossipowna, Mütterchen. Was den Hahn betrifft, den braucht's meinetwegen nicht zu geben. So ein Schreihals — der Henker soll ihn holen! Der läßt einen kein Auge zutun. Den könnt Ihr ruhig mitnehmen — umsonst . . ."

„Schönen Dank, Väterchen Iwan Trofimowitsch. Aber doch nicht umsonst!"

„Es bleibt in der Verwandtschaft, Mütterchen, einer hilft dem andern. Ja, aber mein Waska! Das kann ich wahrhaftig sagen, Marfa Ossipowna: Mein Waska, der ist liebevoller, als es manche Frau sein kann. Wenn Ihr wüßtet, was er für ein Schlauberger, für ein Schelm ist! Nicht bloß, daß er auf Jagd geht, daß er Lieder singt, daß er mir den alten Hals wärmt — nein, Mütterchen, der kriegt nämlich von mir kein Krümelchen, nein, er schlendert selber mit mir durch die Stadt und holt sich von den Händlern seinen Zins!"

„Ja, ist denn so was möglich?"

All die Geschichten, die Iwan Trofimowitsch erzählte, und all die Fragen, die Marfa Ossipowna stellte — sie lassen sich nicht wiedergeben. So werde ich denn dasselbe tun wie die Verfasser empfindsamer Romane, wenn sich die Sache gefährlich zuspitzt; ich überlasse es den Lesern, mit ihrer Phantasie all das zu ergänzen, was bei diesem Wiedersehen gesagt, was nicht gesagt und was immer wieder gesagt wurde.

Es vergingen ein paar Tage. Einmal, als sie nach dem Mittagessen um den Teetisch saßen, sagte Marfa Ossipowna zu Iwan Trofimowitsch: „Ich schau dich an, Väterchen, und wundre mich!"

„Ja!" meinte Iwan Trofimowitsch darauf. „Worüber denn?"

„Über etwas, was nicht gut ist!"

„Was ist denn nicht gut?"

„Wirklich, es ist nicht gut . . ."

„Aber was, Mütterchen, was ist nicht gut?"

„Daß du der Katze erlaubst, dir was ins Ohr zu flüstern!"

„Ins Ohr zu flüstern?"

„Na freilich, bedenk doch — eben hast du sie fortgejagt, Väterchen, und schon wieder hat sie die Schnauze an deinem Ohr."

„Ehrlich gesagt, Marfa Ossipowna, ich finde dabei nichts Schlimmes. Es ist warm und angenehm."

„Und doch ist was Schlimmes dabei, Iwan Trofimowitsch. Sie wird dir noch einen Frosch im Kopf anflüstern."

„Wie denn: einen Frosch anflüstern?"

„Na so, daß du, mir nichts, dir nichts, auf einmal einen Frosch im Kopf hast."

„Was redest du da, Mütterchen? Wie kann man denn einen Frosch im Kopf haben! Wie kommt er denn rein?"

„Tu, was du willst, Iwan Trofimowitsch, glaub's oder glaub's nicht; was ich dir sage, hab ich mir nicht ausgedacht, ich hab's von meinen Eltern gehört. Du kennst ihn doch noch, mein Väterchen, den Seligen. Der sagte gewiß kein unnützes Wort, und er hat uns oft, oft auseinandergesetzt — Gott hab ihn selig! —:

Wenn jemandem eine Katze was ins Ohr flüstert, wächst bei dem ganz bestimmt im Kopf ein Frosch."

Was schwatzt das Weib? dachte Iwan Trofimowitsch bei sich, während er sich ins Bett legte und über Waskas Fell strich. Als ob einem 'ne Katze einen Frosch anflüstern könnte! Was sich die Weiber nicht alles zusammenreimen!

Indessen dachte Iwan Trofimowitsch nicht nur das, sondern auch das Gegenteil. Bald schien es ihm, als hämmerte ihm etwas im Kopf, als wäre sein Kopf ganz krank. Und er fragte sich: Tut er weh oder nicht? Natürlich tut er weh! ... Nein, er tut nicht weh, keine Spur!

Als Iwan Trofimowitsch am nächsten Morgen aufgestanden war, überlegte er sich als vernünftiger Mensch, daß es in solchen Fällen das beste sei, einen zu befragen, der davon etwas versteht. Er hatte einen guten, vertrauten Freund, Bogdan Iwanowitsch, den Kreisphysikus. Lange hatten die beiden sich nicht mehr gesehen. Ach was, ich geh mal zu Bogdascha, sagte sich Iwan Trofimowitsch, werd ihn mal fragen — er versteht was von der Sache, von ihm werd ich gewiß die ganze Wahrheit erfahren ... Gesagt, getan.

Iwan Trofimowitsch mochte nicht recht zugeben, daß er an Weibergeschwätz glaube; so brachte er denn als feinsinniger Mensch die Sache auf Umwegen vor.

Nach den üblichen Begrüßungen sagte Iwan Trofimowitsch zu dem Arzt: „Was hat das eigentlich zu bedeuten, Väterchen Bogdan Iwanowitsch — alle Leute in unserer Stadt klagen über Kopfschmerzen. Woher kommt das?"

„Kein Wunder, Iwan Trofimowitsch!" antwortete der Arzt. „Wir haben jetzt Herbst, und um diese Jahreszeit haben die Leute gewöhnlich viel mit Hämorrhoiden zu tun."

„Kriegt man denn Kopfschmerzen nur von den Hämorrhoiden oder auch von was anderm?"

„Na, die können auch verschiedene andere Gründe haben: Erkältung, Stickluft vom Feuer im Ofen, schlechte Verdauung."

„Und gibt's noch andere Gründe dafür, daß einem der Kopf weh tun kann?"

„Was sollen das noch für Gründe sein?"

„Na ... bloß um ein Beispiel zu nennen: Stimmt es eigentlich, Väterchen, daß manchmal bei einem Menschen ein Frosch im Kopf wächst?"

„Als ob es nicht mancherlei Wunder im menschlichen Körper gäbe! Auch solche Beispiele hat man schon gesehen."

„Was? Wirklich?"

„Ja, aber zum Glück sehr selten."

„Was für Wunder es auf der Welt gibt! Und wie kann man denn in einem solchen Unglücksfall helfen?"

„Ja, da muß schon eine Operation vorgenommen werden."

„Eine Operation!"

„Jawohl! Und zwar eine sehr schwierige. Da wird die Schädeldecke geöffnet."

„Die Schädeldecke geöffnet? Wie denn das?"

„Ja, das mußt du dir so vorstellen: Da gibt's so ein Instrument, sieht aus wie ein Deckel vom Teekessel, bloß daß er ringsum scharfe Zähne hat — wie eine Säge."

„Und?"

„Na, dann werden auf dem Kopf die Haare abrasiert, die Haut wird im Kreis aufgeschnitten, und nun fängt man an, das Instrument auf der Schädeldecke zu drehen. Mit der Zeit sägt es aus dem Schädel einen kleinen Kreis heraus."

„Und?"

„Na ja, man nimmt das runde Stück Schädeldecke ab, und wenn gerade an dieser Stelle ein Frosch oder was anderes ist ..."

„Wie denn: wenn's gerade an dieser Stelle ist? Und wenn's an einer anderen ist?"

„Dann sägt man eben noch ein Stück Schädel heraus."

Iwan Trofimowitschs Beine erstarrten zu Eis; dennoch nahm er alle Kraft zusammen und sprach weiter: „Aber wie denn, Väterchen, auf solche Weise durchlöchern sie doch die ganze Schädeldecke wie einen Kürbis! ... Und was ist währenddessen mit dem Menschen los?"

„Was mit dem Menschen los ist? Er liegt ohne Bewußtsein."

„Und leben manche nach solcher Quälerei weiter?"

„Ganz offen gesagt, Iwan Trofimowitsch, sie sterben fast immer daran."

In tiefem Nachdenken verließ Iwan Trofimowitsch den Arzt. Das Weib hat nicht geschwindelt, sagte er sich unterwegs, hat nicht geschwindelt! Was für ein Unglück! Und als er nach Hause kam, sah er, daß Marfa Ossipowna zur Heimreise rüstete.

„Wohin hast du's so eilig, Mütterchen?"

„Was soll ich die Zeit vertrödeln, Iwan Trofimowitsch! Hab schönen Dank, meine Angelegenheiten sind alle erledigt; was noch so an Schwänzchen übrigbleibt, das wirst du auch ohne mich schaffen. Ich dank dir für Salz und Brot ..."

„Schon gut, Mütterchen, schon gut!"

Als Marfa Ossipowna schon drauf und dran war, endgültig in das Wägelchen zu steigen, da wappnete Iwan Trofimowitsch sein Herz und sprach zu ihr: „Hör mal, Mütterchen, ich hab dir den Hahn geschenkt ... nimm auch noch ... die Katze!"

Gerade darauf hatte es Marfa Ossipowna abgesehen.

„Aber, aber! Warum denn!" erwiderte sie. „Waska ist doch deine einzige Freude ..."

„Nein, nein, Mütterchen! Du siehst doch, ich bin ein alter Hagestolz, bei mir im Hause herrscht keine rechte Ordnung, und so eine Katze streicht überall herum, springt irgendwo rauf oder runter und stößt was um, daß es zerbricht ... Bei dir auf dem Dorf hat sie genug Platz."

„Freilich, so ist's auch, Iwan Trofimowitsch! Na, gib her, ich schick dir dafür zu den Großen Fasten ein bißchen Honig zum Tee und getrocknete Pilze ... Du hältst doch die Fasten ein?"

Iwan Trofimowitsch mußte die Tränen verbeißen, als es galt, von Waska Abschied zu nehmen; doch es blieb nichts anderes übrig. Der Hahn kam in einen Spankorb, Waska in einen Sack, Marfa Ossipowna auf das Wägelchen — und alles schaukelte und rüttelte davon.

Von da an empfand Iwan Trofimowitsch sein Leben als öd und leer. So schwer war ihm ums Herz, so kalt um den Hals, sogar der Tee schmeckte ihm bitter, mochte er ihn noch so sehr mit Zucker süßen. Trat er ins Zimmer — gleich war's ihm, als schnurrte Waska; schlenderte er durch die Stadt, so wandte er alle Augenblicke den Kopf, um das Tier mit Wohlgefallen zu betrachten; manchmal faßte er sich an den kalten Hals — Waska fehlte!

Als Iwan Trofimowitsch einmal am Teetisch saß und die gefüllte Tasse vor ihm kalt wurde, schaute sein Freund zu ihm herein.

„Guten Tag, Väterchen Iwan Trofimowitsch! Geht's gut, bist du wohlauf?"

„O nein, Verehrtester, gar nicht wohlauf! Nicht mal mehr der Tee mag durch die Kehle."

„Aber was habt Ihr denn, Iwan Trofimowitsch?"

„Weiß der Himmel, was! Der Kopf tut weh, und alles sieht so traurig aus — zu nichts hat man Lust."

„Aber, aber, Väterchen Iwan Trofimowitsch! Soll ich Euch ein gutes Mittel verraten?"

„Das wäre sehr freundlich, Verehrtester!"

„Gießt ein bißchen Kisljarer Wodka in den Tee — dann werdet Ihr ganz anders reden."

„Aber nicht doch, Verehrtester! Ich habe mein Lebtag keinen Schnaps in den Mund genommen; ich finde kein Vergnügen dran."

„Probiert's! Es wird schon nicht gleich ein Säufer aus Euch werden! ... Und Kisljarer Wodka mit Tee, ich sag Euch, das ist die beste Arznei gegen alle Krankheiten. Die Ärzte raten gewöhnlich nicht dazu, weil ihnen so eine Arznei gar keinen Gewinn bringt; aber wie wirksam es ist, das habe ich an mir selbst erfahren. Da brach doch kürzlich mal unter meinem Wagen die Brücke über den Stadtgraben; der Kutscher konnte sich noch mit Müh und Not halten, aber mich warf's runter, richtig rein ins Wasser, Väterchen, bis zu den Ohren! Kein Faden an mir blieb trocken. Wie ich nach Hause kam — es war ein eiskalter Tag —, da hatte mich schon der Schüttelfrost gepackt, daß mir Hören und Sehen verging. Im Kopf hämmerte es, die Zähne schlugen aufeinander, Arme und Beine schlotterten. Was tun? Weib, Tee her, Wodka her! Na, ich kippe so meine zwei Glas runter, und am Tag darauf ist alles wie weggewischt. Ist doch eine alte Erfahrung! ... Welche andere Arznei hätte so schnell gewirkt? Hört auf mich, Iwan Trofimowitsch, versucht's! Auf Ehre, Ihr werdet mir's danken! Ihr habt doch Kisljarer Wodka im Haus?"

„Ja, ich habe was für meine Freunde da."

„Na, versucht's! Ein einziges Mal — es ist doch nichts dabei!"

Iwan Trofimowitsch hörte auf ihn, er versuchte es; zuerst runzelte er ein bißchen die Stirn, doch dann sagte er sich: Merkwürdig! Der Schnaps gibt dem Tee einen besseren Geschmack. Wollen wir doch sehen, ob es was nützt.

Nach zwei Tassen war es Iwan Trofimowitsch in der Tat viel heiterer zumute. Diesen Genuß wiederholte er am Tage darauf, auch am dritten, am vierten Tage und so weiter.

Einmal fuhr Iwan Trofimowitsch von einem heftigen Kopfschmerz aus dem Schlaf; wie versengt sprang er aus dem Bett. Schnell den Kisljarer Wodka her; einen Schluck — es hilft. Nach einiger Zeit wieder ein Anfall, stärker als der erste; abermals den Wodka her, und abermals hilft er. Dann der dritte Anfall — und der Wodka half nicht mehr. Vergebens erhöhte Iwan Trofimowitsch die Menge, die er von seiner Arznei nahm; es ging ihm immer schlechter. Da verlor Iwan Trofimowitsch den Mut; es kam ihm schon so vor, als rührte sich etwas, als kratzte etwas in seinem Kopf. So ein Unglück, so ein Jammer!

Von dieser Zeit an hatte Iwan Trofimowitsch schreckliche Träume. Bald meinte er, man nehme ihm die Schädeldecke ab wie von einer Kanne den Deckel und im Schädel drin sei ein ganzes Nest von Fröschen und allerlei Geziefer. Bald träumte er, er habe sich selber in eine gewaltige, fette Kröte verwandelt — wie bitter ist das für ihn, und wie er sich schämt! ... Er will den Gehrock überziehen, um sich zu bedecken, aber der Gehrock läßt sich nicht zuknöpfen! Die leeren Ärmel flattern in der Luft! ... Und schließlich hatte er noch ein Traumgesicht: In seinem Kopf steckt die ganze Stadt Reshensk — Lärm, Stimmengewirr, das Knarren von Fuhrwerken ... und auf den Straßen, da gehen keine Menschen, sondern da watscheln Frösche auf ihren Hinterpfoten.

Das war ein furchtbarer Schreck für Iwan Trofimowitsch! Er pfiff auf die Schamhaftigkeit und rannte zum Arzt.

„Väterchen, Bogdan Iwanowitsch! Helft, rettet mich!“

„Was ist denn mit Euch geschehen, Iwan Trofimowitsch? Laßt Euch mal den Puls fühlen!“

„Ach, Väterchen, was heißt hier Puls! Laßt das! Erinnert Ihr Euch, wir beide haben uns kürzlich mal über eine ganz merkwürdige Krankheit unterhalten?“

„Ja, ich weiß noch. Und?“

„Ach, Väterchen! Genau diese Krankheit ist über mich sündigen Menschen gekommen ...“

„Ich versteh Euch nicht, Iwan Trofimowitsch ...“

„Was gibt's da nicht zu verstehn, Väterchen! Ein Frosch wächst in meinem Kopf. Jawohl! Ein Frosch, versteht Ihr? Ein Frosch im Kopf ...“

„Gott mit Euch, Iwan Trofimowitsch! Wie kommt Ihr denn darauf?“

„Wie ich darauf komme? Wie vor einem Seelenhirten werd ich vor Euch, Väterchen, nichts verheimlichen; alles werde ich offen sagen. Ich hatte großes, großes Gefallen an einer Katze gefunden ... Ihr erinnert Euch, ich hatte eine Katze, so ein prächtiges, warmes Tier – der Henker soll sie holen! – mit glänzendem, schwarzem Fell ... Und da gewöhnte sich das verdammte Biest doch an, mir ins Ohr zu flüstern; sie flüsterte, flüsterte und hat mir schließlich einen Frosch angeflüstert ...“

Der Arzt lachte aus vollem Halse.

„Du liebe Zeit, Iwan Trofimowitsch! Ihr mit Euerm Verstand, Ihr glaubt an solchen Unsinn?“

„Lach nur, Väterchen, lach, wie du willst!“ schrie Iwan Trofimowitsch unter Tränen. „Du hast ja keine Ahnung, was sich in meinem Kopfe tut, und ich weiß, ich spür's doch, wie da so was Verfluchtes kratzt – der Kopf wird mir noch platzen, er tut ja schon so weh, so weh; verrückt kann man davon werden! So ein Unglück! Schon über fünfzig Jahre lebe ich auf dieser Welt, seit über dreißig Jahren schon steh ich im Dienst, diene treu und gewissenhaft, hab gegen die Türken gekämpft, im Kartätschenfeuer gestanden, hab's zum Polizeimeister gebracht, und nie, nie hat's so eine Sache mit mir gegeben; jetzt aber auf meine alten Tage sucht mich Gott mit solcher Schande heim! ... Hilf, Väterchen, hilf, tu, was du willst, sonst leg ich Hand an mich!"

Da der Arzt sah, daß alle seine Ermahnungen in diesem Augenblick erfolglos bleiben mußten, beschloß er, dem alten Mann nicht mehr zu widersprechen.

„Also, hört zu, Iwan Trofimowitsch", sagte er. „Wenn Ihr wahrhaftig so eine Krankheit in Euch tragt, so müßt Ihr Euch ein bißchen in Geduld fassen. Ich glaube, ich sagte Euch schon, daß ich nur flüchtig von so einer seltsamen Krankheit gehört habe; aber ich bekenne Euch ganz offen, mit eigenen Augen hab ich keinen solchen Fall gesehen, auch in keinem Buch darüber gelesen. Gebt mir Zeit, ein bißchen zu überlegen und in Büchern nachzulesen. Ich werde nicht zaudern und Euch die Antwort so bald wie möglich bringen. Vorerst nehmt dieses Beruhigungspulver hier und packt Kohlblätter um den Kopf; später werden wir, geb's Gott, sehen, was zu tun ist."

Als Iwan Trofimowitsch gegangen war, versank der Arzt in Nachdenken. Er fühlte auf einmal das alte Studentenblut wieder in sich wallen; auf einmal erinnerte er sich daran, wie begeistert er und seine Kameraden damals gewesen waren, wenn sie erfuhren, daß jemand mit einer ganz merkwürdigen Krankheit oder ein ganz merkwürdiger Toter in die Klinik eingeliefert worden sei. „Was für ein Unglück!" so hieß es damals bei ihnen. „Der Winter hat schon lange angefangen, und trotzdem bringen sie kaum mal die Leiche eines Erfrorenen zu uns!" — „Was für ein Glück!" riefen sie später einander zu. „Sechs Leichen auf einmal!" Und wenn sich unter den Leichen zufällig eine mit Mißbildungen befand — mit sechs Fingern, mit dem Herzen auf der rechten Seite, mit doppeltem Magen —, war das eine Begeisterung, war das eine Freude! ... Neues Wissen, die Hoffnung, Neues zu entdecken! Die Deutung der beobachteten Erscheinungen! Neue Auffassungen des Professors! Neue Systeme!

Diese Art Wonne hatte unser Kreisphysikus schon lange nicht mehr erfahren; fünfzehn Jahre waren vergangen, seit er die Hauptstadt verlassen hatte; kaum eine der neuen Erkenntnisse, die man im Laufe von fünfzehn Jahren dieses Jahrhunderts der Medizin gesammelt hatte, war zu ihm gedrungen. In seiner Nähe gab es keine Akademie; keine Fachzeitschriften waren ihm zugänglich, keine Bibliothek. Dafür gab es einzig Arbeit, die beinahe mechanisch zu verrichten war, einzig die Notwendigkeit, unter ungebildeten Menschen zu leben und sein Auskommen zu finden. Keine Gelegenheit, mit jemandem auch nur die einfachste Beobachtung zu überprüfen; keine freie Minute, ein paar Experimente ordentlich abzuwickeln! Alle vierundzwanzig Stunden des Tages gingen auf mit Krankenbesuchen, Untersuchungen und mit allem möglichen Kleinkram. Verzweifelt warf der Arzt einen Blick auf seine armselige Bibliothek: die „Anatomie" von Lorenz Heister, 1775 erschienen; ein „Vollkommener Arzt" aus der gleichen Zeit; die Dissertation seines Freundes „Über den Nervensaft"; seine eigene Doktorarbeit, die damals viel von sich reden gemacht hatte: „Über eine angemessene Benennung der Drüse" mit einem Motto aus dem Buch von Heister:

„Schwer fällt's den Ärzten, zu sagen, was das wohl sei:
eine Drüse;
Fehlt den Gelehrten doch selbst gründliches Wissen
davon."

Dazu kamen ein paar Nummern der „Moskauer Nachrichten", Schulhefte — das war auch schon alles!

Wo hätte er nachschlagen sollen? Wo hätte er auch nur eine Beschreibung der Krankheit seines Patienten finden können, ganz zu schweigen von einem Mittel zu seiner Heilung?

Verärgert, überzeugt davon, daß er doch nichts finden würde, griff er nach seinem Handbuch, dem Heister, schlug das Kapitel „Über den Kopf" auf und las: „Die Bestandteile (contentae partes) sind: das Gehirn (cerebrum) ... Um das Haupthirn herum liegt die harte Hirnhaut (dura mater), eine feste Hülle über dem Gehirn, die aus Sehnengewebe besteht ..."

Er schleuderte das Buch fort; all das hatte er gelesen, noch und noch gelesen, gelernt, noch und noch gelernt!

Da fiel ihm ein anderes Buch ein, das er einst an der Universität als Anerkennung für seinen Fleiß erhalten, das er seines kostbaren Einbandes wegen sorgsam mit Papier umhüllt hatte und das er achtsam, gesondert von den anderen Büchern aufbewahrte. Es handelte sich um die damals eben erst erschienene Übersetzung des Buches „Von Ahnungen und Gesichten".

Er schlug das Buch auf und geriet an die Stelle, wo die bekannte Sache beschrieben wird, wie der berühmte Boerhaave im Haarlemer Waisenhaus vorging: Ein weiblicher Zögling war in Krämpfe gefallen, bei diesem Anblick geschah mit einem zweiten Mädchen das gleiche, dann mit dem dritten, dem vierten, und so ging es reihum, beinahe bis zum letzten. Da Boerhaave bemerkte, daß hier einzig die Macht der Einbildung wirkte, ließ er ein Becken mit glühenden Kohlen und Zangen bringen und erklärte, dem ersten Mädchen, das in Krämpfe falle, werde er mit der glühenden Zange die Hand verbrennen. Das erschreckte die Kranken so sehr, daß sie augenblicks gesund wurden.

Als Bogdan Iwanowitsch diese Beschreibung gelesen hatte, dachte er lange nach. Darauf las er weiter und kam an die Beschreibung eines Kranken, der an der Einbildung litt, seine Füße seien aus Kristallglas, und den eine Dienerin heilte, indem sie ihm ein Bündel Brennholz auf die Füße warf. Dann fand er die Beschreibung eines weiteren Kranken, der die Vorstellung hatte, auf seiner Nase sitze eine Fliege, und der unaufhörlich mit der Hand wedelte in dem vergeblichen Bemühen, sie zu verscheuchen. „Der scharfsinnige Arzt", hieß es in dem Buch, „überzeugte zunächst den Kranken davon, daß er ein Mittel habe, ihn zu heilen; dann hieb er ihm mit der Lanzette über die Nase, und gleich darauf zeigte er dem Kranken eine zu diesem Zweck bereitgehaltene tote Fliege."

Die Worte „der scharfsinnige Arzt" und „der berühmte Boerhaave" machten Bogdan Iwanowitsch unwillkürlich stutzen.

Wie, sprach er zu sich selber, wenn es nun auch mir gelänge, auf ähnliche Weise eine Heilung zu bewirken? Ich würde ganz genau das Temperament meines Patienten beschreiben, seine monomanischen Anfälle, das von mir zu seiner Heilung erdachte Mittel, meinen vollen Erfolg, und mein Ruhm würde durch alle Lande dringen; ich würde einen Bericht an die Akademie schikken ... sogar in ausländischen Zeitschriften würde man der Welt verkünden, wie selten und bemerkenswert in den Annalen der Wissenschaft derlei Fälle seien, welche Schwierigkeit die Person Iwan Trofimowitschs für die Behandlung dargestellt, wie ein „scharfsinniger Arzt" kundig und geschickt den Zustand des Nervensaftes in seinem Patienten genutzt habe und so weiter und so fort. Vielleicht würden sie mich dafür nach Petersburg berufen, in die Akademie aufnehmen? O Freude, o Glück! Also — beschlossene Sache!

Und Bogdan Iwanowitsch packte eilig alle Instrumente zusammen, die sich bei ihm fanden — gebogene und gerade Scheren, gebogene und gerade Messerchen. Das ergänzte er noch durch alles mögliche, was sich in seiner dürftigen Wirtschaft auftreiben ließ: Bohrer, Küchengeräte, Bruchstücke von ganz unschuldigen Zangen — alles kam ihm zupaß! Darauf nun fing er in einem nahe gelegenen Sumpf einen riesigen Frosch, bog ihm die Pfötchen ein, stopfte ihn in seine Rocktasche und erschien dann mit dieser Ausrüstung, die Brauen so drohend wie möglich gerunzelt, vor Iwan Trofimowitsch. Ohne ein Wort zu sprechen, breitete er auf dem Tisch unmittelbar vorm Fenster, wo früher Waska seinen Platz gehabt hatte, sein ganzes Arsenal aus. Iwan Trofimowitsch erbleichte.

„Was soll das?" schrie der Polizeimeister voll Angst.

„Ich habe lange über Eure Krankheit nachgedacht und Bücher gewälzt, Iwan Trofimowitsch", sagte der Arzt mit größter Höflichkeit. „Ich finde nun, das einzige Mittel zu Eurer Rettung besteht in einer Operation ... allerdings einer schweren."

„Einer Operation?" schrie Iwan Trofimowitsch. „Das heißt, mir Löcher in den Kopf bohren? ... Nein, um nichts auf der Welt! Lieber schon so sterben als unter deinen Messern ..."

„Aber es ist das einzige Mittel."

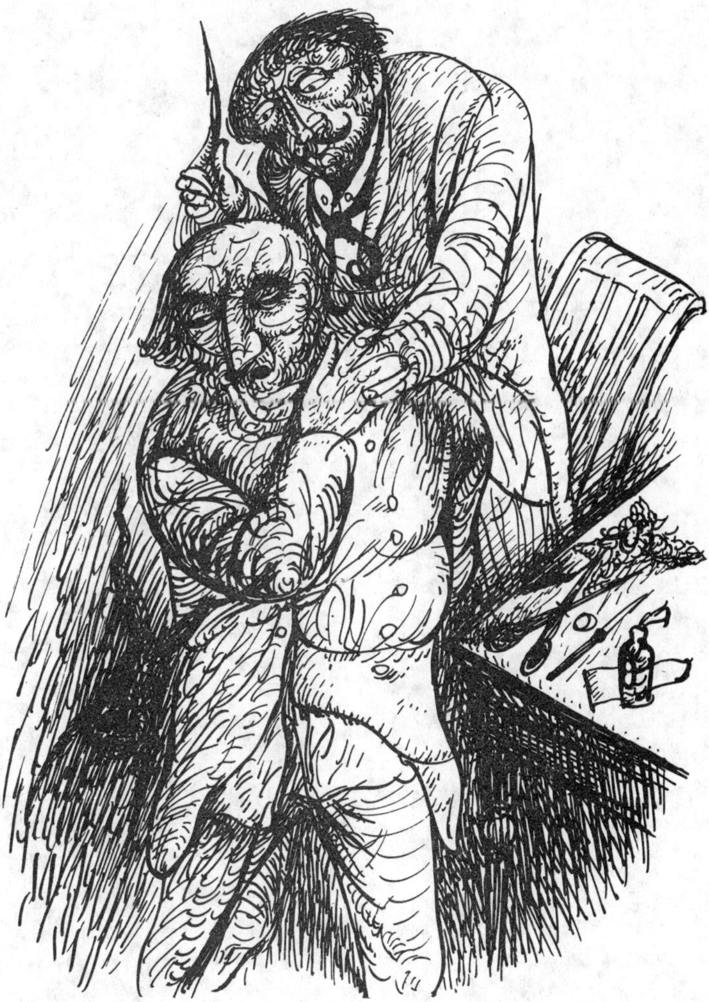

„Nein! Um nichts auf der Welt!“

„Aber Ihr fühlt doch im Kopf einen unerträglichen Schmerz, der sich immer noch verstärken wird.“

„Nein! Es ist gar nichts mehr! ... Es ist alles vorbei ...“

„Aber vor zwei Stunden?“

„Vorbei, sag ich dir! Vollkommen vorbei!“

Vergeblich blieben alle Anstrengungen des Arztes — er merkte, daß sein Ziel, den Kranken zu erschrecken, nur zu gut erreicht war, und kam zu dem Schluß, daß er es nun erst einmal anders versuchen müsse.

„Aber hört mal zu!“ sagte er. „Diese Operation ist doch gar nicht so gefährlich, wie Ihr meint ...“

„Nein, mein lieber Freund! Mich kannst du nicht überlisten; ich bin selber nicht auf den Kopf gefallen. Ich erinnere mich an all die schrecklichen Sachen, von denen du mir erzählt hast. Wenn ich bloß dran denke, will mir schon der Kopf von den Schultern rollen.“

„Aber ich versichere Euch, ich werde es so geschickt machen, so vorsichtig, daß Ihr gar nichts davon merkt.“

„Was hilft alles Geschick, wenn du drangehst, mir den Schädel aufzubohren! ... Du hältst mich wohl für einen vollkommenen Dummkopf?“

Der Arzt war verzweifelt. Mit Bohrer, Lanzette und Zange war er zu Iwan Trofimowitsch gekommen, und Iwan Trofimowitsch ergab sich nicht. Schließlich geriet der Polizeimeister in Wut, der Arzt gleichfalls. Es war ein entscheidender Augenblick; von ihm hing so vieles ab: der künftige Ruhm Bogdan Iwanowitschs, sein Reichtum, die Mitgliedschaft in der Akademie, die Aufsätze in den Zeitungen, der beneidenswerte Aufschwung in seiner Gelehrtenlaufbahn. Mit der Lanzette bewaffnet, warf er sich verzweifelt auf seinen Patienten, geleitet von der Absicht, dessen Kopf mit der Lanzette wenigstens zu berühren, damit er ihm den Erfolg der Operation zeigen könne. Iwan Trofimowitsch aber erinnerte sich plötzlich seiner mächtigen Muskelkraft von einst ... sie rangen miteinander — der Tisch kippte um, streckte die Beine nach oben, Teekanne und Tassen gingen in Scherben, für beide war es eine Sache von Leben und Tod! Und just in diesem Augenblick sprang die kalte Zeugin und schuldlose Teilnehmerin am Geschehen, eine Bewegung des Arztes ausnutzend, laut patschend auf den Fußboden . . .

„Was ist das?“ schrie der verblüffte Iwan Trofimowitsch. „Du Verfluchter! Verbrecher! Du wolltest mich nicht bloß tot machen, du wolltest mir auch noch solches Geziefer in den Kopf setzen! . . . Raus mit dir, Verfluchter! Raus, sag ich!“

Und mit diesen Worten warf Iwan Trofimowitsch, dem nun endgültig die Galle überlief, den Arzt, Bogdan Iwanowitsch, zum Fenster hinaus . . .

Bis zum heutigen Tage liegt im Archiv des Reshensker Kreisgerichts die „Klage des verabschiedeten Fähnrichs der Infanterie-Scharfschützen, des Reshensker Polizeimeisters Iwan Sjornuschkin, Sohn des Trofim Sjornuschkin, gegen den ebenfalls hier ansässigen Kreisphysikus Bogdan Goremykin, Sohn des Iwan Goremykin, betreffend das Zerschlagen von Fayencetassen und einer Teekanne, ferner betreffend die offenkundige Absicht des Letztgenannten, den Erstgenannten vom Leben zum Tode zu befördern und ihm ein häßliches Tier in den Kopf zu setzen“.

Die alten Leute erzählen jedoch, daß sich Iwan Trofimowitsch mit diesem Augenblick für immer von seinen Anfällen befreit habe.

Wladimir Odojewski

Die Sylphide

Aus den Aufzeichnungen eines Vernunftmenschen

Anas. Serg. P–wa gewidmet

Den Dichter kränzen wir mit Blumen, und wir führen ihn hinaus aus der Stadt.
PLATON

Drei Säulen hat das Reich: den Dichter, das Schwert und das Gesetz.
BARDEN DES NORDENS

Die Dichter werden nur an festgelegten Tagen zur Schaffung von Preisgesängen auf die gesellschaftlichen Beschlüsse eingesetzt.
EINE GEWERBE-COMPAGNIE DES 18. JAHRHUNDERTS

!?!?
19. JAHRHUNDERT

Erster Brief

Endlich befinde ich mich im Dorfe meines verstorbenen Onkels. Ich schreibe an Dich, in einem gewaltigen Großvatersessel am Fenster sitzend. Freilich, meinen Augen bietet sich kein erhebender Ausblick: ein Gemüsegarten, zwei, drei Apfelbäume, ein viereckiger Teich, das kahle Feld — nichts weiter. Man sieht, der gute Onkel war kein großer Gutsherr; es wäre doch interessant, zu wissen, was er eigentlich tat, während er hier fünfzehn Jahre lang lebte, ohne sich von seinem Besitztum fortzurühren. Hielt er es vielleicht wie einer meiner Nachbarn — der steht am zeitigen Morgen auf, so gegen fünf, trinkt sich mit Tee voll, dann setzt er sich nieder und legt bis Mittag Patiencen, ißt, ruht ein bißchen und macht sich wieder an die Patiencen — bis in die Nacht. Und das dreihundertfünfundsechzig Tage im Jahr. Ich begreife das nicht. Ich fragte die Leute: Womit hat sich denn mein Onkel beschäftigt? Sie antworteten: Na, so ... Mir gefällt diese Antwort außerordentlich. Ein solches Leben hat etwas Poetisches, und ich gedenke, bald dem Beispiel meines guten Onkels zu folgen. Wahrhaftig, er war ein kluger Mensch, der Selige!

O ja, ich bin hier wenigstens kaltblütiger als in der Stadt, und die Ärzte handelten sehr klug, als sie mich hierherschickten. Sie taten das wohl, um mich loszuwerden; doch es scheint, ich schlage ihnen ein Schnippchen; denn, höre und staune, meine Hypochondrie ist beinah verschwunden. Es stimmt nicht, wenn sie sagen, ein Leben voller Vergnügungen und Zerstreuungen könne Kranke meiner Art heilen. Nein, das hauptstädtische Leben weckt Tollheit und Wut, auch Bücher wecken Tollheit und Wut, hier aber — stell Dir mein Glück vor! — sehe ich fast niemanden, und um mich herum gibt es kein einziges Buch. Ein solches Glück kann man nicht beschreiben, man muß es erleben. Liegt ein Buch auf dem Tisch, so streckst du unwillkürlich die Hand nach ihm aus, du schlägst es auf und liest. Der Anfang lockt dich, er verspricht goldene Berge — du liest weiter und siehst nichts als Seifenblasen, und dich packt das schreckliche Gefühl, das alle forschenden Geister von den frühesten Jahrhunderten bis in unsere Tage kennenlernen mußten: zu suchen und nichts zu finden! Dieses Gefühl quält mich, solange ich von mir weiß, und ihm schreibe ich die Augenblicke der krankhaften Schwermut zu, von denen die Ärzte zu sagen wissen, sie kämen von der Galle.

Glaub jedoch nicht, ich lebte hier ganz wie ein Einsiedler. O nein, ich habe nach uraltem Brauch als neuer Gutsherr meine Visiten bei allen meinen Nachbarn gemacht, von denen es zum Glück nicht viele gibt. Ich sprach mit ihnen über Jagden, die ich nicht ausstehen kann, über die Landwirtschaft, von der ich nichts verstehe, und über ihre Verwandten, von denen ich nie im Leben gehört hatte. Doch all die Herrschaften sind so gutmütig, so gastfreundlich, so aufrichtig, daß ich sie aus tiefster Seele liebgewann. Du kannst Dir nicht vorstellen, wie es mich entzückte, sie so völlig unbekümmert und ahnungslos über all das zu sehen, was außerhalb ihres Landkreises geschieht. Mit welchem Genuß lausche ich ihren unwahrscheinlichen Erörterungen über die einzige Nummer der „Moskauer Nachrichten", die für den ganzen Landkreis bezogen wird. In dieser Nummer, die vorsichtshalber in Tapetenpapier eingeschlagen ist, liest man der Reihe nach alles, vom Pferdeauftrieb in der Hauptstadt bis hin zu den Nachrichten aus der gelehrten Welt. Versteht sich, daß man jenes mit Interesse, dieses nur um des Spaßes willen liest — eines Spaßes, den ich mit ihnen freudigen Herzens, wenn auch aus anderem Grunde, teile. Dafür genieße ich allgemeine Achtung. Zuerst empfanden sie Scheu vor mir, sie glaubten, ich würde ihnen, da ich frisch aus der Hauptstadt komme, Vorträge über Chemie oder Fruchtwechselwirtschaft halten. Doch als ich ihnen gegenüber äußerte, daß es nach meiner Auffassung besser sei, gar nichts zu wissen als soviel zu wissen wie unsere Gelehrten; daß auch dem Glück des Menschen nichts so sehr entgegenstehe wie großes Wissen; daß schließlich das Nichtwissen in keiner Weise die Verdauung belaste: da erkannten sie deutlich, daß ich ein Prachtkerl sei, und sie fingen an, mir von den verschiedenen Streichen zu erzählen, die sie den Neunmalgescheiten gespielt hatten, die wider alle Vernunft in ihren Dörfern Kartoffelanbau, Dreschmaschinen, Graupenmühlen und alles mögliche neumodische Zeug einführen — nichts als Plackerei hat man damit. Geschieht ihnen auch recht, den Neunmalgescheiten — was wollen sie eigentlich? Manche von meinen neuen Freunden — die mit etwas lebhafterem Geist — machen sich auch Gedanken über die Politik; am meisten beunruhigt sie aus alter Erinnerung der türkische Sultan, und der Kampf mit Hafiz-Buzi bei Tigil-Buzi erregt ihre Gemüter heftig. Ferner können sie nicht dahinterkommen, warum Karl X. auf einmal Don Carlos genannt wird ... Glückliche Menschen! Wir retten uns vor dem Ekel, den die Politik uns einflößt, auf künstliche Weise, das heißt, wir weigern uns, Zeitung zu lesen; diese hier tun es auf die natürlichste Weise — sie lesen, aber sie verstehen es nicht.

Wahrhaftig, wenn ich sie so betrachte, gelange ich immer mehr zu der Überzeugung, das wahre Glück könne nur darin bestehen, alles zu wissen oder nichts zu wissen, und da der Mensch jenes bis jetzt nicht erreichen kann, muß er wohl dieses wählen. Solche Gedanken trage ich in mancherlei Abwandlung meinen Nachbarn vor, und was ich sage, ist so recht nach ihrem Herzen. Mich aber ergötzt aufs höchste die Rührung, mit der sie mir lauschen. Eines bleibt ihnen an mir unbegreiflich: wie es komme, daß ich, der ich doch ein Prachtkerl sei, keinen Punsch trinke und keine Jagdhunde halte. Ich hoffe jedoch, sie werden sich daran gewöhnen, und es wird mir, hoffe ich, gelingen, wenigstens in unserem Landkreis das nichtsnutzige Aufklärungstreiben auszumerzen, das den Menschen bloß aus der Fassung bringt und seinem natürlichen inneren Streben zuwiderläuft: die Hände in den Schoß zu legen ... Aber zum Teufel mit der Philosophie! Sie bringt es doch fertig, sich in die Gedanken des kreatürlichsten Menschen einzudrängen ... Da ich gerade von der lieben Kreatur spreche — manche meiner Nachbarn haben wunderhübsche Töchterlein, die man freilich weniger mit Blumen vergleichen kann als etwa mit saftigem Gemüse — voll und rund, derb und gesund —, und kein Wörtlein kriegst du aus ihnen heraus. Einer meiner nächsten Nachbarn, ein sehr reicher Mann, hat eine Tochter, die, glaube ich, Katenka heißt und die wohl als Ausnahme von der allgemeinen Regel gelten könnte, hätte sie nicht auch die Angewohnheit, sich aufs Zünglein zu beißen und bei jedem Wort, das man an sie richtet, zu erröten. Ich habe mich eine halbe Stunde mit ihr abgemüht und kann bis jetzt nicht sicher sagen, ob hinter dem schönen Lärvchen auch ein Geist steckt; das Lärvchen aber ist in der Tat schön. In ihren etwas verschlafenen Äuglein, in ihrem Stupsnäschen liegt so etwas Liebes, so etwas Kindliches, daß man sie gleich abküssen möchte. Mir wäre nicht wenig daran gelegen — wie man hier sagen würde —, das Püppchen zum Sprechen zu bringen. Wenn ich sie das nächste Mal sehe, werde ich es unbedingt darauf anlegen, ein Gespräch zu beginnen, sei es auch mit den Worten des unvergleichlichen Iwan Fjodorowitsch Schponka: „Im Sommer, da gibt's hier viele Fliegen." Und ich werde mal sehen, ob das Gespräch nicht doch ein bißchen ergiebiger wird als das zwischen Iwan Fjodorowitsch und seiner Braut.

Leb wohl. Schreib mir recht oft. Aber rechne nur selten mit einem Brief von mir. Es macht mir große Freude, Deine Briefe zu lesen, doch weit weniger Freude, auf sie zu antworten.

Zweiter Brief

(Zwei Monate nach dem ersten)

Da rede mir einer von der Beständigkeit menschlicher Geistesart! Erst freute ich mich, daß rings um mich kein einziges Buch zu finden war, doch kaum ist ein Monat vergangen, so hungre ich nach Büchern. Es fing damit an, daß ich meiner Nachbarn tödlich überdrüssig wurde. Es ist schon wahr, was Du mir schreibst: daß es keinen Sinn hat, meine ironischen Bemerkungen über die Gelehrten an sie zu verschwenden, daß sie ihren Hochmut der Dummheit noch verschlimmern und sie ganz aus dem Häuschen bringen. Ja, ich habe mich überzeugt, mein Freund: Nichtwissen bringt keine Rettung. Ich fand hier beinahe alle die Leidenschaften, die mich unter den sogenannten Gebildeten erschreckten, dieselbe Ehrsucht, dieselbe Hoffart, denselben Neid, denselben Eigennutz, dieselbe Bosheit, dieselbe Kriecherei, dieselbe Niedertracht, einzig mit dem Unterschied, daß all diese Leidenschaften hier stärker, offener, gemeiner ans Licht treten und daß dabei ihr Gegenstand geringer ist. Ich möchte sagen: Der gebildete Mensch wird eben durch seine Bildung abgelenkt, und seine Seele befindet sich wenigstens nicht jeden Augenblick ihrer Existenz auf dem tiefsten Stande. Musik, Gemälde, die Erfindungen des Luxus — all das läßt ihm für die Niedertracht weniger Zeit... Meine Freunde aber näher kennenzulernen, das ist schrecklich; der Egoismus durchdringt sozusagen ihr ganzes Sein. Jemanden beim Kauf betrügen, zu Unrecht einen Prozeß gewinnen, sich bestechen lassen — das halten sie nicht etwa in stiller Übereinkunft, sondern offen, ohne Umschweife für das Werk eines klugen Menschen. Jemandem schmeicheln, aus dem man Nutzen ziehen kann, gilt ihnen als Pflicht eines wohlerzogenen Mannes; jemanden jahrelang mit Bosheit und Rachsucht verfolgen erscheint als ganz natürliche Sache; Trunksucht, Kartenspiel und Ausschweifungen, wie sie einem Gebildeten nie in den Sinn kommen — das ist für sie unschuldige, harmlose Zerstreuung. Und dabei sind sie unglücklich, sie beklagen und verwünschen ihr Leben. Wie sollte es anders sein! All diese Unmoral, all das völlige Mißachten der Menschenwürde geht in Gestalt väterlicher Lehren und durch das lebendige Beispiel vom Großvater auf den Vater, vom Vater auf den Sohn über, und so werden ganze Geschlechter angesteckt. Da ich diese Herren so aus der Nähe betrachtete, erkannte ich, warum die Unmoral so eng mit dem Unwissen und das Unwissen wieder mit dem Unglück verknüpft ist — nicht umsonst lehrt das Christentum, des diesseitigen Lebens nicht zu achten. Je mehr Aufmerksamkeit der Mensch seinen materiellen Bedürfnissen, den alltäglichen Dingen und Kümmernissen zuwendet, je größeren Wert er auf die Worte, auf das Verhalten der anderen ihm gegenüber, auf die kleinen Genüsse, kurz, auf all die Nebensächlichkeiten des Lebens legt, desto unglücklicher ist er; die Nebensächlichkeiten werden für ihn zum Sinn des Daseins; um ihretwillen sorgt er sich, erbost er sich, auf sie verwendet er alle Minuten des Tages, ihnen opfert er das ganze Heiligtum der Seele, und da es an solchen Nebensächlichkeiten unzählige gibt, wird seine Seele zahllosen Strapazen ausgesetzt. Der Charakter verdirbt; alle höheren, über das Greifbare hinausreichenden, den Geist beruhigenden Vorstellungen werden vergessen, die Duldsamkeit, diese höchste der Tugenden, schwindet, und der Mensch wird unwillkürlich boshaft, jähzornig, rachsüchtig, unduldsam; eine Hölle tobt in seiner Seele. Beispiele dafür sehen wir jeden Tag: den Mann, der sich immer unruhig fragt, ob es die anderen ihm gegenüber nicht an Achtung

und Anstand fehlen lassen, die Hausfrau, die ganz aufgeht in der Sorge um ihren Haushalt, den Wucherer, der unaufhörlich seine Prozente ausrechnet, den Beamten, der in der Kanzleipedanterie den wahren Sinn des Dienstes vergißt, den Menschen, der, Niederträchtiges sinnend, seine Würde vergißt; seht euch diese Menschen in ihrem häuslichen Kreis, im Umgang mit ihren Untergebenen an — sie sind schrecklich. Ihr Leben ist unaufhörliches Sorgen, das nie sein Ziel erreicht, denn ihr Trachten gilt so sehr den Dingen fürs Leben, daß sie zum Leben keine Zeit haben! Als Folge dieser traurigen Beobachtungen an meinen ländlichen Freunden schloß ich mich ein und befahl, keinen von ihnen hereinzulassen. Da ich nun allein war, spazierte ich im Zimmer auf und ab, schaute von Zeit zu Zeit auf meinen viereckigen Teich, versuchte auch, ihn zu malen; doch Du weißt, daß mir der Bleistift noch nie gehorchen wollte. Ich gab mir Mühe, große Mühe — etwas Widerliches kam heraus. Ich machte mich ans Verseschreiben — es entstand, wie gewöhnlich, ein trauriger Streit zwischen Gedanken, Versfüßen und Reimen. Ich fing sogar an zu singen, di tanti palpiti, obwohl es mir nie gelungen ist. Und schließlich, ach, geschah es, daß ich den alten Verwalter meines lieben seligen Onkels herbeirief und ihn unwillig fragte: „Hatte denn mein Onkel überhaupt keine Bibliothek?" Das grauhaarige alte Männchen verneigte sich tief vor mir und antwortete: „Nein, Väterchen, so etwas hat's bei uns nie gegeben." — „Was ist dann aber", fragte ich weiter, „in den versiegelten Schränken, die ich im Zwischengeschoß gesehen habe?" — „Da liegen Bücher drin, Väterchen. Nach dem Tod Ihres Onkelchens befahl das Tantchen, die Schränke zu versiegeln, und keiner durfte sie anrühren." — „Mach sie auf!"

Wir traten ins Zwischengeschoß. Der Verwalter riß ein paar kaum noch haftende Wachssiegel ab, der Schrank war geöffnet, und was erblickte ich? Was ich bisher überhaupt nicht geahnt hatte — mein lieber Onkel war ein großer Mystiker gewesen. Die Schränke waren gefüllt mit den Werken Paracelsus', des Grafen Gabalis, Arnoldus Villanovanus', Raimundus Lullus' und anderer

Alchimisten und Kabbalisten. Ich bemerkte in einem Schrank sogar Teile irgendwelcher chemischen Apparate. Hatte der selige Alte doch wahrhaftig den Stein der Weisen gesucht … so ein Schelm! Und wie er es verstanden hatte, das Geheimnis zu wahren!

Da blieb nichts anderes — ich machte mich an die Bücher, die sich gefunden hatten, und jetzt stell dir das Bild vor: Da sitze ich, ein Mensch des neunzehnten Jahrhunderts, über gewaltigen Folianten und lese mit größtem Eifer, was da erörtert wird: von der prima materia, vom Großen Elixier, von der Seele der Sonne, von der Feuchte des Nordens, von den Astralgeistern und all dem andern. Lächerlich, verschroben und doch fesselnd. Über solcherlei anspruchsvollen Beschäftigungen vergaß ich beinahe meine Nachbarin, obgleich ihr Väterchen — der einzige ordentliche, freilich etwas langweilige Mensch des ganzen Landkreises — mich oft besucht und mir sehr viel Freundlichkeiten erweist; was immer ich über sie höre, alles führt mir vor Augen, daß sie, wie man in alter Zeit sagte, ein höchst achtbares Mädchen ist, will sagen, daß sie eine gute Mitgift hat. Indessen vernahm ich von anderer Seite, daß sie viel Gutes tut, zum Beispiel arme Mädchen an den Mann bringt — sie gibt ihnen Geld für die Hochzeit und besänftigt oft den Zorn ihres Vaters, eines sehr aufbrausenden Menschen. Alle, die ringsum wohnen, nennen sie einen Engel — etwas hier ganz Ungewohntes. Übrigens haben diese Mädchen doch immer eine heftige Neigung, Ehen zu stiften, wenn nicht ihre eigene, so andere. Warum eigentlich?

Dritter Brief
(Zwei Monate später)

Du meinst gewiß, ich hätte mich nicht bloß verliebt, sondern sogar geheiratet — Du irrst Dich. Ich bin mit ganz anderen Dingen beschäftigt; ich trinke, und weißt Du, was? Der Müßiggang weckt doch wunderliche Gedanken! Ich trinke … Wasser. Lach nicht, Du mußt wissen, welcher Art Wasser. Beim Wühlen in der

Bibliothek meines verehrten Onkels bin ich auf ein handgeschriebenes Buch gestoßen, das verschiedene Rezepte für die Beschwörung der Elementargeister enthält. Manche von ihnen waren unendlich komisch; bald braucht man die Leber eines weißen Raben, bald Glassalz, bald einen Diamantbaum; zum großen Teil sind es Ingredienzen, wie man sie in keiner Apotheke bekommt. Unter anderen fand ich dieses Rezept: „Die Elementargeister", sagt der Autor, „lieben die Menschen sehr, und seitens des Menschen bedarf es einer winzigen Anstrengung, um mit ihnen in Verbindung zu treten. Will man beispielsweise Geister sehen, die in der Luft schweben, so genügt es, Sonnenstrahlen in einem Glasgefäß mit Wasser zu sammeln und jeden Tag davon zu trinken. Durch dieses geheimnisvolle Mittel geht der Geist der Sonne allmählich in den Menschen ein, und eine neue Welt tut sich vor ihm auf. Wer sich nun entschließt, den Bund mit ihnen vermittels eines der edlen Metalle zu knüpfen, der wird selbst der Sprache der Elementargeister und ihrer Lebensweise teilhaftig werden, und seine Existenz wird eins werden mit der Existenz des von ihm auserwählten Geistes, der ihn einweihen wird in solche Geheimnisse der Natur ... doch mehr dürfen wir nicht sagen ... Sapienti sat ... Ohnehin ist hier schon viel, viel gesagt zur Erleuchtung deines Verstandes, liebwerter Leser ..." und so weiter und so weiter. Dieses Verfahren schien mir so einfach, daß ich sogleich die Absicht hegte, es zu erproben, sei es auch nur darum, daß ich mich mit Recht rühmen könnte, die Wirkung eines kabbalistischen Geheimnisses an mir selbst erfahren zu haben. Ich dachte anfangs an jene Undine, die mich in der Kindheit so beschäftigt hatte; doch da ich mit ihrem Oheim nichts zu schaffen haben wollte, richtete sich mein Wunsch darauf, eine Sylphide zu sehen.

Mit diesem Gedanken — was bewirkt nicht alles der Müßiggang! — warf ich meinen Türkisring in eine Kristallvase mit Wasser, rückte dieses Gefäß ins Sonnenlicht, und abends, wenn ich schlafen gehe, trinke ich davon; bis jetzt finde ich, daß dies wenigstens sehr gesund ist; von Elementarkräften habe ich noch nichts gesehen, nur mein Schlaf ist ruhiger geworden.

Weißt Du, ich höre nicht auf, meine Kabbalisten und Alchimisten zu lesen, und weißt Du, noch eins sag ich Dir: Diese Bücher sind für mich höchst fesselnd. So lieb, so treuherzig sind ihre Verfasser. Sie sagen: „Unser Werk ist ganz einfach; selbst eine Frau, die übers Spinnrad nie hinausgekommen ist, kann es vollbringen — man muß uns nur verstehen." Einer berichtet: „Ich habe es gesehen, in meiner Gegenwart geschah es, daß Paracelsus elf Pfund Blei in Gold verwandelte." — „Ich selber", sagt ein anderer, „verstehe es, aus der Natur die prima materia zu extrahieren, und vermittels ihrer kann ich mühelos alle Metalle verwandeln, eines ins andere, nach meinem Gutdünken." — „Voriges Jahr", erzählt der dritte, „machte ich aus Ton einen vortrefflichen Saphir." Und so fort. Bei jedem folgt diesem offenen Bekenntnis ein kurzes, doch von Leben erfülltes Gebet. Für mich hat das Bild etwas unendlich Rührendes: Da spricht ein Mensch mit Verachtung von dem, was sie die Gelehrtheit der Profanen nennen, das heißt unsere Gelehrtheit; mit stolzem Selbstvertrauen schwingt er sich auf zum Äußersten, erreicht die Grenzen menschlicher Kraft oder glaubt sie zu erreichen, und auf diesem Gipfelpunkt spricht er, jetzt voller Demut, ein schlichtes Dankgebet an den Allmächtigen. Unwillkürlich vertraut man dem Wissen eines solchen Menschen; einzig ein Ungebildeter kann Atheist sein, so wie einzig der Atheist ungebildet sein kann. Wir stolzen Betriebsamkeitsmenschen des neunzehnten Jahrhunderts verachten diese Bücher, wollen nicht einmal von ihnen wissen — doch zu Unrecht. Inmitten mancher Dummheiten, die zeigen, wie kindlich-unmündig die Physik damals war, fand ich viele tiefe Gedanken; etliche dieser Gedanken konnten dem achtzehnten Jahrhundert als falsch erscheinen, heute aber findet ein großer Teil von ihnen seine Bestätigung in neuen Entdeckungen. Mit ihnen geschah dasselbe wie mit dem Drachen, den man noch vor dreißig Jahren für ein Fabelwesen hielt und den man jetzt im Original aufgefunden hat — als vorsintflutliches Tier. Sag mir, sollen wir jetzt an der Möglichkeit zweifeln, Blei in Gold zu verwandeln, jetzt, da wir ein Verfahren gefunden haben, Wasser zusammenzusetzen, das man doch so lange als Urstoff, als Element betrachtete?

Welcher Chemiker wird vor dem Experiment zurückschrecken, einen Diamanten zu zerstören und dann in ursprünglicher Gestalt wiederherzustellen? Warum aber soll der Gedanke, daß man Gold machen könne, lächerlicher sein als die Möglichkeit, Diamanten zu machen? Kurzum, lach über mich, wie Du willst, ich aber wiederhole Dir, daß diese vergessenen Menschen unserer Aufmerksamkeit wert sind; wenn man ihnen auch nicht in allem Glauben schenken kann, so ist doch andererseits nicht daran zu zweifeln, daß ihre Werke auf Kenntnisse weisen, die jetzt verschollen sind und die wiederzufinden sich wohl lohnen würde. Du wirst Dich davon überzeugen, wenn ich Dir einmal etwas aus der Bibliothek meines seligen Onkels abschreibe.

Vierter Brief

In meinem letzten Brief vergaß ich, Dir gerade das zu schreiben, weshalb ich ihn begonnen hatte. Weißt Du, mein Freund, ich befinde mich in einer wunderlichen Lage, und ich bitte um Deinen Rat. Ich schrieb Dir schon ein paarmal von Katenka, der Tochter meines Nachbarn. Es ist mir endlich gelungen, sie zum Sprechen zu bringen, und ich erfuhr, daß sie nicht nur einen gesunden Verstand und ein reines Herz hat, sondern noch eine ganz unerwartete Eigenschaft: sie ist bis über beide Ohren in mich verliebt. Gestern kam ihr Vater zu mir gefahren und erzählte mir etwas, wovon ich zuvor nur flüchtig gehört hatte, da ich alle meine Geschäfte dem Verwalter überlasse. Zwischen uns ist ein Rechtsstreit über einige tausend Deßjatinen Wald im Gange, und ebendieser Wald macht die Haupteinkünfte meiner Bauern aus. Der Streit zieht sich schon mehr als dreißig Jahre hin, und wenn er zu meinen Ungunsten endet, werden meine Bauern völlig ruiniert sein. Du siehst, es ist eine sehr wichtige Angelegenheit. Mein Nachbar berichtete mir darüber mit größter Ausführlichkeit und schloß mit dem Vorschlag, daß wir uns gütlich einigen mögen. Damit der Frieden um so dauerhafter sei, gab er mir zart andeutend zu verstehen, daß er mich recht gern als Schwiegersohn sähe. Es war eine Szene, die vortrefflich in ein Vaudeville gepaßt hätte; doch sie veranlaßte mich nachzudenken. Wie steht es eigentlich? Meine Jugend ist schon vorüber, ein großer Mann wird aus mir nicht werden, alles langweilt mich. Katja ist ein allerliebstes Mädchen, fügsam, nicht geschwätzig; indem ich sie heirate, würde ich den dummen Rechtsstreit beenden und wenigstens ein gutes Werk im Leben tun: das Wohlergehen mir untergebener Menschen sichern. Kurzum, ich möchte doch sehr gerne Katja heiraten, möchte als würdiger Gutsbesitzer leben, alle geschäftlichen Angelegenheiten der Frau übertragen und selber ganze Tage lang schweigen und die Pfeife rauchen. Das wäre doch das Paradies, nicht wahr? ... Dies alles schicke ich dem voraus, was nun kommt. Ich bin also, wie soll ich Dir's sagen, schon entschlossen zu heiraten, doch ich habe darüber noch nicht mit Katjas Vater gesprochen, und ich werde es auch nicht tun, solange ich nicht von Dir Antwort auf die folgenden Fragen erhalten habe: Was meinst Du, tauge ich überhaupt zum Ehemann? Wird mich eine Frau, die — vergiß das nicht! — die Gewohnheit hat, tagelang kein einziges Wort zu sprechen, und der folglich jegliche Mittel fehlen, mir auf die Nerven zu fallen — wird eine solche Frau mich von der Hypochondrie heilen? Kurzum, soll ich noch abwarten, daß aus mir etwas Neues, Unerwartetes, Originelles werde, oder habe ich einfach, wie man so sagt, meine Karriere schon beendet, und es bleibt mir nur noch, dafür zu sorgen, daß man aus meiner Person möglichst viel Walrat machen kann? Ich warte ungeduldig auf Deine Antwort.

Fünfter Brief

Ich danke Dir, mein Freund, für Deine Entschiedenheit, den Rat und den Segen. Kaum hatte ich Deinen Brief erhalten, so galoppierte ich zum Vater meiner Katja und brachte in aller Form meinen Antrag vor. Hättest Du gesehen, wie sich Katja freute, wie sie errötete; sie richtete sogar an mich den folgenden Satz, in dem sich ihre ganze reine und unschuldige Seele ergoß: „Ich weiß nicht", sprach sie, „ob es mir gelingt; aber ich werde mich bemühen, Sie so glücklich zu machen, wie ich selber glücklich sein werde." Diese Worte sind gar einfältig, doch hättest Du gehört, mit welchem Ausdruck sie gesprochen wurden! Du weißt, daß sich oft in einem einzigen Wort mehr Gefühl verbirgt als in einem langen Satz. In Katjas Worten erblickte ich eine ganze Welt von Gedanken; es mußte sie viel Überwindung gekostet haben, und ich wußte die ganze Kraft zu schätzen, die ihr die Liebe eingegeben hatte, die Mädchenscheu zu überwinden. Man muß die Handlungen des Menschen im Vergleich zu seinen Kräften beurteilen, und ich hatte bisher geglaubt, daß das Überwinden der Scheu Katjas Kräfte übersteige ... Danach, das kannst Du Dir vorstellen, umarmten und küßten wir uns, der Alte vergoß Tränen der Rührung; nach den Fasten werden wir mit einem fröhlichen Mahl die Hochzeit feiern. Du mußt unbedingt herkommen, laß alles stehen und liegen — ich will, daß Du Zeuge meines, wie man so sagt, Glückes seist. Komm wenigstens der Kuriosität halber, Dir einen Bräutigam und eine Braut anzusehen, wie sie Dir wohl noch nie vor Augen gekommen sind: Sie sitzen sich gegenüber, schauen einander mit weit offenen Augen an, schweigen und sind sehr zufrieden.

Sechster Brief
(Einige Wochen später)

Ich weiß nicht, wie ich meinen Brief anfangen soll; Du wirst mich für verrückt erklären, Du wirst lachen, wirst mich tadeln ... Tu's meinetwegen, Du brauchst mir nicht einmal zu glauben; doch ich kann nicht an dem zweifeln, was ich mit eigenen Augen gesehen habe und jeden Tag noch sehe. Nein! Nicht alles ist Unsinn in den Rezepten meines lieben Onkels. Wahrhaftig, da ist etwas von alten Geheimnissen übriggeblieben, die seit eh und je in der Natur bestehen, nur daß wir manches nicht wissen, manches vergessen haben und viele Wahrheiten für Unsinn achten. Lies und staune über das, was mir geschah! Meine Gespräche mit

Katja ließen mich, wie Du Dir leicht vorstellen kannst, keineswegs meine Vase mit dem Sonnenwasser vergessen. Du weißt, der Wissensdurst oder, schlicht gesagt, die Neugier ist mein Grundelement; sie drängt sich in alle meine Angelegenheiten, bringt sie durcheinander und legt mir Hindernisse in den Weg. Ich kann sie wohl niemals loswerden; immerzu lockt etwas, immerzu wartet etwas in der Ferne, die Seele dürstet danach, drängt dorthin — und was weiter?... Doch zurück zur Sache. Gestern abend trat ich zu der Vase und bemerkte in meinem Ring eine Bewegung. Zuerst glaubte ich, es sei eine optische Täuschung, und um Gewißheit zu erlangen, nahm ich die Vase in die Hand; doch kaum machte ich die geringste Bewegung, da zersprühte mein Ring in winzige blaue und goldene Funken, die das Wasser wie dünne Fäden durchwoben und bald völlig verschwunden waren; nur das Wasser hatte sich ganz in Gold mit bläulichem Schimmer verwandelt. Ich setzte die Vase an den alten Platz, und mein Ring erstarrte wieder auf ihrem Grund. Ich gestehe Dir, da lief ein Schauer durch meinen Körper; ich rief einen Diener herbei und fragte ihn, ob er in meiner Vase nicht irgend etwas bemerke; er erwiderte, er bemerke nichts. Nun begriff ich, diese seltsame Erscheinung war einzig mir sichtbar. Damit ich dem Diener keine Gelegenheit gäbe, über mich zu lachen, entließ ich ihn mit der Bemerkung, das Wasser sei mir unsauber erschienen. Allein geblieben, wiederholte ich viele Male meinen Versuch und dachte über die seltsame Erscheinung nach. Ich goß ein paarmal das Wasser von der einen Vase in eine andere — jedesmal wiederholte sich die gleiche Erscheinung mit erstaunlicher Genauigkeit, und dabei ist sie mit keinerlei physikalischen Gesetzen zu erklären. Ist es wirklich Wahrheit? So wäre mir's denn bestimmt, Zeuge dieses wunderlichen Geheimnisses zu sein? Es deucht mich so wichtig, daß ich gesonnen bin, es bis zum Ende zu verfolgen. Mehr noch als vorher studiere ich meine Bücher, und jetzt, da sich der Versuch selbst vor meinen Augen vollzogen hat, wird mir immer deutlicher, wie der Mensch zu einer anderen, unzugänglichen Welt Beziehungen unterhält. Was mag noch daraus werden?!

Nein, mein Freund, Du hast Dich geirrt und ich auch. Mir ist bestimmt, Zeuge eines großen Geheimnisses der Natur zu sein und es den Menschen zu verkünden, sie an jene Wunderkraft zu erinnern, über die sie gebieten könnten und die sie vergessen haben; sie daran zu erinnern, daß wir von anderen, ihnen bisher unbekannten Welten umgeben sind. Und wie einfach ist alles Wirken der Natur! Welch einfache Mittel verwendet sie, wenn sie Werke hervorbringt, die den Menschen verblüffen oder schrecken! Höre und staune!

In die Beobachtung meines Wunderrings vertieft, bemerkte ich gestern in ihm abermals eine Bewegung. Ich schaute hin – auf dem Wasser kräuselten sich blaue Wellen, und in ihnen spiegelten sich opalen schillernde Strahlen, der Türkis hatte sich in Opal verwandelt, und von ihm stieg durch das Wasser gleichsam das Leuchten der Sonne auf; das Wasser war ein einziges Wogen; kleine goldene Springquellen schossen empor und zerstoben zu bläulichen Funken. Hier vollzog sich die Vereinigung aller möglichen Farben, die sich bald unendlich vielfältig abstuften, bald rein und leuchtend hervortraten. Schließlich verschwand das Schillern, und an seine Stelle trat ein blasses Grün; durch das grünliche Wasser zogen sich rosafarbene Fäden, die sich lange Zeit miteinander verwoben und sich dann auf dem Grund des Gefäßes zu einer wunderschönen, prächtigen Rose fügten; darauf wurde alles still, das Wasser klärte sich, nur die Blütenblätter der köstlichen Blume schwankten leise. Seither sind schon ein paar Tage vergangen, und nun stehe ich jeden Tag früh auf, trete zu meiner geheimnisvollen Rose und erwarte ein neues Wunder; doch vergebens – die Rose blüht ganz still, nur daß sie mein Zimmer mit unbeschreiblichem Wohlgeruch erfüllt. Unwillkürlich fiel mir ein, was ich in einem kabbalistischen Buch gelesen hatte: daß nämlich die Elementargeister alle Naturreiche durchwandern, bevor sie ihre wahre Gestalt erlangen. Wundersam! Wundersam!

(Einige Tage später)

Heute trat ich zu meiner Rose und bemerkte in ihrer Mitte etwas Neues ... Um sie besser betrachten zu können, hob ich die Vase auf, abermals in der Absicht, das Wasser in ein anderes Gefäß zu gießen; doch kaum hatte ich die Vase bewegt, so gingen von der Rose wieder grüne und rosafarbene Fäden aus und flossen als wogende Streifen zusammen mit dem Wasser in die zweite Vase; auf ihrem Grund erschien von neuem meine wunderschöne Blume. Alles beruhigte sich, doch in der Mitte der Rose blinkte etwas, die Blütenblätter taten sich ganz langsam auf, und — ich traute meinen Augen nicht — inmitten der orangefarbenen Staubgefäße ruhte — wirst Du mir's glauben? —, ruhte ein erstaunliches, ein unbeschreibliches, ein unfaßbares Wesen, mit einem Wort: eine Frau, so klein, daß sie dem Auge kaum sichtbar ist! Wie soll ich Dir das mit Erschrecken gepaarte Entzücken beschreiben, das ich in diesem Augenblick empfand! Das weibliche Wesen war kein kleines Kind; stell Dir das Miniaturporträt einer wunderschönen Frau in der Blüte ihrer Jahre vor, und Du wirst einen schwachen Begriff von dem Wunder haben, das ich vor mir sah; lässig ruhte sie auf ihrem weichen Lager, wobei ihre braunen Locken, vom sanft sich wiegenden Wasser getragen, ihre jungfräulichen Reize meinen Augen bald enthüllten, bald verbargen. Sie schien in tiefen Schlaf versunken, und ich, der ich sie mit den Augen verschlang, hielt den Atem an, um nicht ihre süße Ruhe zu stören.

Oh, jetzt glaube ich den Kabbalisten; ich kann gar nicht verstehen, daß ich früher mit dem Spott des Unglaubens auf sie blickte. Nein, wenn es auf dieser Welt eine Wahrheit gibt, so liegt sie einzig in ihren Schöpfungen! Jetzt erst fiel mir auf, daß sie ganz anders sind als unsere gewöhnlichen Gelehrten: sie streiten sich nicht, widersprechen nicht einander; alle künden von ein und demselben Geheimnis; sie unterscheiden sich nur in der Art, sich zu äußern; doch was sie sagen, ist dem verständlich, der sich in den geheimnisvollen Sinn ihrer Worte vertieft ... Leb wohl. Da ich entschlossen bin, alle Geheimnisse der Natur bis ans Ende zu verfolgen, breche ich den Verkehr mit den Menschen ab; eine andere, eine neue, geheimnisvolle Welt tut sich vor mir auf; einzig für die Nachwelt werde ich die Geschichte meiner Entdekkungen aufzeichnen. So bin ich denn, mein Freund, in diesem Leben zu großen Dingen bestimmt!

Brief von Gawrilo Sofronowitsch Reshenski an den Herausgeber

Geehrter Herr!

Entschuldigen Sie, daß ich, wennschon ich nicht die Ehre habe, mit Ihnen persönlich bekannt zu sein, mich dennoch, eingedenk Ihrer engen Freundschaft mit Michailo Platonowitsch, entschließe, diesen Brief an Sie zu richten. Es ist Ihnen gewiß nicht unbekannt, daß ich mit seinem verstorbenen Onkel, dessen Erbe er nunmehr nach dem Gesetz angetreten hat, einen Rechtsstreit über eine bedeutende Fläche Bauholz- und Brennholzwaldes führte. Da Ihr Freund eine Neigung zu meiner älteren Tochter, Katerina Gawrilowna, faßte, bat er mich um ihre Hand, worauf ich, wie Sie wohl wissen, zustimmte, ihn zum Schwiegersohn zu nehmen; auf beiderseitigen Nutzen hoffend, ließ ich daraufhin jene Rechtsangelegenheit ruhen. Doch nunmehr befinde ich mich in äußerster Verlegenheit. Bald nach der Verlobung, da schon die Mitgift meiner Tochter endgültig bestimmt und geregelt, da alle nötigen Papiere in Ordnung gebracht und die Anzeigen an alle Bekannten verschickt waren, hörte Michailo Platonowitsch plötzlich auf, mein Haus zu besuchen. Ich sah die Ursache hierfür zunächst in gesundheitlichen Beschwerden, die ihn befallen haben mochten, und schickte darum einen Diener zu ihm, und schließlich suchte ich ihn, ungeachtet meiner Gebrechlichkeit, selber auf. Ich empfand es als peinlich, ja kränkend, ihn daran erinnern zu müssen, daß er seine Braut vergessen hatte; er aber hielt es nicht einmal für nötig, sich zu entschuldigen! Er erzählte mir nur etwas von einem wichtigen Vorhaben, das er noch vor der Hochzeit zu Ende verfolgen müsse und das eine Zeitlang rastloses Mühen und volle Aufmerksamkeit von seiner Seite erfordere. Ich nahm an, er wolle eine Pottaschesiederei einrichten, denn er hatte früher zuweilen davon gesprochen; ich sagte mir, er wolle mich wohl in Staunen versetzen und eine Art Hochzeitsgeschenk für mich bereithalten, indem er durch die Tat beweise, daß er sehr wohl imstande sei, sich mit wirtschaftlichen Dingen zu befassen, während ich ihn doch häufig ob der Nachlässigkeit seiner Wirtschaftsführung getadelt hatte. Indessen bemerkte ich keinerlei Anstalten zum Bau einer solchen Einrichtung, und ich sehe noch heute keine. Ich hatte mir schon vorgenommen, abzuwarten, was weiter geschehen werde, doch gestern erfuhr ich zu meiner größten Verwunderung, daß er sich eingeschlossen habe und niemanden zu sich lasse, daß man ihm sogar die Nahrung durch ein Fensterchen reiche. Da schoß mir, geehrter Herr, ein gar wunderlicher Gedanke durch den Kopf. Sein verstorbener Onkel wohnte in dem gleichen Haus und hatte in unserem Landkreis den Ruf eines Schwarzkünstlers. Ich habe selber, mein Herr, einst an der Universität studiert; ich bin freilich ein bißchen zurückgeblieben, doch an die schwarze Kunst glaube ich nicht; aber ich sage mir, daß sie dennoch dem Menschen, besonders einem Philosophen, wie es Ihr Freund ist, großen Schaden zufügen kann. In der Annahme, daß mit Michailo Platonowitsch etwas Schlimmes geschehen sei, bestärkte mich am meisten ein Gerücht, das auf Umwegen zu mir gedrungen ist und das besagt, er sitze tagelang vor einem Glasgefäß mit Wasser und starre es an. Eingedenk solcher Umstände, geehrter Herr, wende ich mich an Sie mit der ergebensten Bitte, daß Sie sich ohne Säumen auf den Weg hierher begeben möchten, um Michailo Platonowitsch zur Vernunft zu bringen — dies um des Anteils willen, den Sie an ihm nehmen, aber auch darum, daß ich endlich weiß, woran ich mich halten kann: ob ich den Rechtsstreit wieder aufnehmen oder als erledigt betrachten soll. Denn nach der Kränkung, die mir Ihr Freund zugefügt hat, betrete ich sein Haus nicht mehr, wenngleich Katja mich mit bitteren Tränen darum anfleht.

In der Hoffnung, Sie bald hier zu sehen, habe ich die Ehre, zu verbleiben als ... und so weiter.

Nachdem ich diesen Brief erhalten hatte, hielt ich es für meine Pflicht, vor allem den Rat eines mir bekannten Arztes einzuholen, eines sehr erfahrenen und gelehrten Mannes. Ich zeigte ihm die Briefe meines Freundes, schilderte ihm seine Lage und fragte ihn, ob er etwas davon begreife. „Das alles ist sogar leicht zu begreifen", antwortete mir der Doktor, „und für einen Mediziner bedeutet es gar nichts Neues ... Ihr Freund ist einfach verrückt geworden."

„Aber lesen Sie doch seine Briefe", wandte ich ein. „Finden Sie in ihnen das geringste Anzeichen des Wahnsinns? Lassen Sie ihren seltsamen Gegenstand außer acht, so haben Sie die gänzlich nüchterne Beschreibung einer physikalischen Erscheinung vor sich."

„Leicht zu begreifen", wiederholte der Mediziner. „Sie wissen, wir unterscheiden verschiedene Arten des Wahnsinns — vesanix. Zur ersten Art gehören alle Formen der Raserei — damit hat Ihr Freund nichts zu tun; die zweite Art umfaßt erstens die Neigung, Trugbilder zu sehen — hallucinationes —, und zweitens die Überzeugung, mit Geistern zu verkehren — demonomania. Es ist ganz begreiflich, daß sich Ihr Freund, der von Natur aus zur Hypochondrie neigt, auf dem Lande, allein, ohne jegliche Ablenkung, in die Lektüre von allerlei Unsinn vertieft hat; diese Lektüre wirkte auf seine Gehirnnerven, die Nerven ..."

Lange noch versuchte der Doktor, mir zu erklären, wie es komme, daß ein Mensch bei vollem Verstand und zugleich verrückt sein kann, daß er sehen könne, was er nicht sieht, und hören, was er nicht hört. Zu meinem größten Bedauern kann ich diese Erläuterungen dem Leser nicht wiedergeben, weil ich nichts von alledem verstand. Doch da ich die Argumente des Arztes einleuchtend fand, lud ich ihn ein, mit mir in das Dorf meines Freundes zu fahren.

Michailo Platonowitsch lag im Bett — blaß und mager; seit mehreren Tagen schon hatte er keinerlei Nahrung zu sich genommen. Als wir zu ihm traten, erkannte er uns nicht, obgleich er die Augen offenhielt; in ihnen brannte ein wildes Feuer; auf alles, was wir sagten, erwiderte er kein einziges Wort ... Auf dem Tisch lagen ein paar eng beschriebene Blätter — nur einige Seiten konnte ich entziffern; hier sind sie:

Aus dem Tagebuch Michailo Platonowitschs

Wer bist du?

Ich habe keinen Namen — ich brauche keinen ...

Woher kommst du?

Ich bin dein — das ist alles, was ich weiß. Dir gehöre ich und keinem sonst ... Doch warum bist du hier? Wie dumpf und kalt ist es hier! Bei uns weht die Sonne, klingen die Blumen, duften die Laute ... komm mit, komm mit! ... Wie schwer sind deine Kleider — wirf sie ab, wirf sie ab! Noch weit, weit ist es zu unserer Welt, doch ich verlasse dich nicht! Wie tot ist alles in deiner Behausung ... alles Lebendige kalt umhüllt — zerreiß die Hülle, zerreiß sie!

... Hier also liegt euer Wissen? Hier eure Kunst? Ihr scheidet die Zeit von der Zeit, den Raum vom Raum, das Verlangen von der Hoffnung, den Gedanken von seiner Erfüllung, und ihr sterbt nicht vor Schwermut? Komm mit, komm mit! Schnell, schnell ...

... Bist du das, stolzes Rom, Ewige Stadt, Haupt der Völker? Wie sind deine Ruinen von Winden und Efeu umschlungen ... Doch die Ruinen regen sich, aus grünem Rasen recken sich Säulen, schlank und frei, ordnen sich zu schönem Einklang, Bogen schwingen sich, ihren ewigen Staub abschüttelnd, kühn von Säule zu Säule, unten breitet sich ein Boden in lustigem Mosaik, auf ihm drängen sich lebendige Menschen, kraftvolle Laute der alten Sprache verschmelzen mit dem Plätschern der Wellen, ein Redner, weiß gekleidet, einen Kranz um die Schläfen, hebt die Arme ... Und gleich ist alles verschwunden — die prunkvollen Gebäude ducken sich zur Erde, die Säulen brechen, die Bogen stürzen hinab, Efeu und Winden umranken von neuem die

Ruinen, alles verstummt ... dann ruft eine Glocke zum Gebet, ein Tempel steht offen, Musik ertönt, Klänge eines Instruments, ein tausendfaches wohlklingendes Auf und Ab, ein Wogen der Töne unter meinen Fingern, Gedanken schwingen sich auf, einer dem andern nachstrebend, flüchtig wie Traumgesichte ... könnte man sie fassen, stillstehen heißen? Und das gefügige Instrument begleitet, wie ein treues Echo, all die rasch wechselnden, entgleitenden Regungen der Seele ... Der Tempel ist verödet, Mondenschimmer legt sich auf die zahllosen Statuen, sie steigen herab von ihren Sockeln, ziehen an mir vorüber, voller Leben; ihre Worte sind alt und neu, vielsagend ihr Lächeln, bedeutsam ihr Blick; doch bald stützen sie sich von neuem auf ihre Piedestale, und wieder legt sich Mondenschimmer auf die Statuen ... Es ist schon spät ... ein freundliches, stilles Obdach wartet auf uns; im Fenster blinkt der Tiber, drüben, am anderen Ufer, das Kapitol der Ewigen Stadt ... Ein bezauberndes Bild! Es fügt sich in den engen Rahmen unseres Kamins; ja, dort ist ein zweites Rom, ein zweiter Tiber, ein zweites Kapitol. Wie fröhlich knistert das Feuer ... Umarme mich, liebreizende Jungfrau ... Im Perlenpokal wallt funkensprühendes Naß ... trink, trink ... Dort draußen fällt in dichten Flocken der Schnee, verweht den Weg — hier aber umfassen mich wärmend deine Arme ...

Jagt, jagt, rasche Pferde, über den knirschenden Schnee, wirbelt eisigen Staub empor; in jedem Körnchen blitzt die Sonne — Rosen erblühen auf dem Antlitz der Liebreizenden —, sie preßt sich an mich, ich fühle ihre kleinen duftenden Lippen ... Wo lerntest du diese Kunst des Küssens? Alles brennt in dir und übergießt mit siedendem Naß jeden Nerv in meinem Körper ... Jagt, jagt, rasche Pferde, über den knirschenden Schnee ... Wie, ist das nicht Kampfeslärm, nicht eine neue Fehde zwischen Himmel und Erde? ... Nein, da hat der Bruder den Bruder verraten, da ist die unschuldige Jungfrau in der Gewalt des Verbrechens ... und die Sonne scheint, und die Luft kühlt? Nein, die Erde bebt, die Sonne verdüstert sich, Sturmwind fährt vom Himmel herab, rettet das Opfer und fegt den Gewalttäter hinweg — von neuem scheint die Sonne, und die Luft ist still und kühl, der Bruder küßt den Bruder, und die Gewalt beugt sich vor der Unschuld ... Komm mit, komm mit ... Es gibt eine andere Welt, eine neue Welt ... Sieh, der Kristall tut sich auf — in seinem Kern strahlt eine neue Sonne ... Dort vollzieht sich das große Geheimnis der Kristalle; heben wir den Vorhang ... die zahllosen Bewohner der glasklaren Welt feiern ihr Leben in schillernden Farben; hier ist Luft, Sonne, Leben — ewiges Licht; sie schöpfen im Pflanzenreich duftende Harze, verwandeln sie in glänzende Regenbogen und härten sie mit dem Element des Feuers ... Komm mit, komm mit, wir stehen noch auf der ersten Stufe ... Über zahllose Bogen sprudeln Bäche; sie schießen rasch empor, senken sich rasch zur Erde; über ihnen bricht ein lebendiges Prisma die Strahlen der Sonne; die Strahlen der Sonne schlängeln sich durch die Adern, eine Fontäne reißt ihre schillernden Funken empor; bald sprühen sie auf Blütenblätter, bald schlängeln sie sich als langes Band durch ein Netz von Arabesken; Geister des Lebens, an ewig wallende Pokale gefesselt, verwandeln die lebendige Feuchte in duftenden Dampf, in Wolken breitet er sich über die Gewölbe und fällt als kräftiger Regen in das geheimnisvolle Gefäß des pflanzlichen Lebens ... Hier, im Innern des Heiligtums, kämpft der Keim des Lebens mit dem Keim des Todes, versteinern die Lebenssäfte, erstarren sie in metallischen Adern, und die toten Elemente formen sich um in den Ursprung des Geistes ... Komm mit! Komm mit! An erhöhtem Ort thront der Gedanke des Menschen, von aller Welt ziehen sich goldene Ketten zu ihm hin, die Geister der Natur fallen in den Staub vor ihm — im Osten geht das Licht des Lebens auf — im Westen, in den Strahlen der Abendröte, drängen sich die Träume, und in freiem Spiel fließen die Gedanken bald in eine einzige harmonische Form zusammen, bald streben sie als schwebende Wolken auseinander ... Zu Füßen des Thrones umfing *sie* mich mit ihren Armen ... wir ließen die Erde hinter uns!

Sieh, dort, im bodenlosen Abgrund, fliegt euer Staubkörnchen; dort sind die Flüche, unter denen der Mensch leidet, dort ist das Schluchzen einer Mutter, da ist die Sprache irdischer Not, dort der Spott der Bösen, da das Leiden eines Dichters — hier verschmilzt alles zu köstlicher Harmonie, hier ist euer Staubkörnchen kein Jammertal, sondern ein schönes Instrument, dessen harmonische Klänge sanft die Wogen des Äthers bewegen.

Nimm Abschied von der *irdischen* Welt der Poesie! Eine schöne Poesie habt ihr auf der Erde! Den zerfetzten Kranz eurer Glückseligkeit! Arme Menschen, seltsame Menschen! In eurem stinkenden Abgrund fandet ihr, daß selbst das Leiden Glück bedeute! Ihr verleiht dem Leiden poetischen Glanz! Ihr rühmt euch eures Leidens, ihr wollt, daß die Bewohner einer anderen Welt euch um euer Leben beneiden! In unserer Welt gibt es kein Leiden; es ist ein Erbteil der unvollkommenen Welt — Schöpfung eines unvollkommenen Wesens! Es steht dem Menschen frei, sich vor ihm zu verneigen, es steht ihm frei, es abzuwerfen, so wie der Wandersmann seinen verschlissenen Mantel abwirft, wenn er in der Ferne die Heimat erblickt ...

Glaubst du wirklich, ich hätte dich nicht gekannt? Von deiner frühesten Kindheit an schwebte ich um dich; ich war bei dir im Hauch des Windes, in den Strahlen der Frühlingssonne, in den Tropfen des köstlichen Taus, in den überirdischen Träumen des Poeten! Wenn im Menschen das stolze Bewußtsein seiner Kraft wieder auflebt; wenn seine Augen mit letzter Verachtung auf die vergänglichen Formen der Welt unter dem Mond blicken; wenn seine Seele, den Staub der tödlichen Plagen abschüttelnd, spöttisch die vor ihm zitternde Natur überwindet: dann schweben wir über euch, dann warten wir auf den rechten Augenblick, euch aus den groben Fesseln der Dinge zu lösen — dann seid ihr würdig, uns zu schauen! Sieh, findest du Leiden in meinem Kuß? In ihm ist keine Zeit — er dauert in alle Ewigkeit; und jeder Augenblick bedeutet für uns neue Wonne! Oh, betrüge mich nicht! Betrüge nicht dich selber! Hüte dich vor den Versuchungen deiner groben, verachteten Natur!

Sieh, dort, in der Ferne, auf eurer Erde, neigt sich ein Dichter vor einem Haufen von Steinen, die mit dem fühllosen Organismus pflanzlicher Wachstumskraft überwuchert sind. „Natur!" ruft er entzückt aus. „Majestätische Natur, was steht höher als du in dieser Welt? Was ist der Gedanke des Menschen vor dir?" Die blinde, leblose Natur aber lacht ihn aus, und in dem Augenblick, da der menschliche Gedanke jauchzt und frohlockt, löst sie eine Eislawine und vernichtet den Menschen mitsamt seinem Gedanken! Einzig in der Seele der Seele sind Gipfel hoch! Einzig in der Seele der Seele sind Abgründe tief! In ihre Tiefe wagt sich nicht die tote Natur; in ihrer Tiefe ist die unabhängige, starke Welt des Menschen; sieh — *hier* ist das Leben des Dichters ein Heiligtum! *Hier* ist die Dichtung Wahrheit! Hier wird all das zu Ende gesprochen, was der Poet nicht hat sagen können; hier wandeln sich seine irdischen Leiden in eine endlose Folge von Wonnen ...

Oh, liebe mich! Ich werde nie altern — eine ewig frische, jungfräuliche Brust wird an deiner Brust schlagen! Die ewige Wonne wird für dich neu und vollkommen sein, und in meinen Armen wird der unerfüllbare Wunsch ewig erfüllbare Wirklichkeit!

Dieser Knabe, er ist unser Kind! Er bedarf nicht der Hut und der Sorge des Vaters, er weckt keine falschen Zweifel, er hat schon vorher deine Hoffnungen erfüllt; er ist zum jungen Mann gereift, er lächelt und er klagt nicht — für ihn sind Leiden undenkbar, wenn nur du nicht deines groben, verächtlichen irdischen Jammertals gedenkst ... Nein, du wirst uns nicht allein durch den Wunsch töten!

Doch weiter, weiter, es gibt noch eine andere, höhere Welt; dort verschmilzt der Gedanke selbst mit dem Wünschen. Komm mit, komm mit mir!

Von dem, was weiter da geschrieben stand, war es fast unmöglich, etwas zu entziffern; das waren ganz wirre, zusammenhanglose Worte: „Liebe ... Pflanze ... Elektrizität ... Mensch ... Geist ..." Die letzten Zeilen schließlich sah ich mit ganz seltsamen, mir unbekannten Buchstaben geschrieben, und die Aufzeichnungen rissen unvermittelt ab.

Wir schoben all diese irren Phantastereien recht weit zur Seite und gingen ans Werk; wir begannen damit, daß wir unseren Träumer in ein Bouillonbad setzten. Der Kranke schüttelte sich am ganzen Körper. „Ein gutes Zeichen!" rief der Doktor aus. In

den Augen des Kranken war ein höchst seltsames Gefühl zu lesen: etwas wie Reue, Flehen, Abschiedsschmerz. Ein Sturzbach von Tränen lief über seine Wangen ... Ich machte den Arzt auf diesen Gesichtsausdruck aufmerksam. Der erklärte: „Facies hippocratica!"

Eine Stunde darauf abermals ein Bouillonbad, ferner ein Löffelchen Mixtur; die Mixtur kostete uns einen langen Kampf — der Kranke verzog gequält das Gesicht und wollte und wollte sie nicht nehmen, schließlich aber schluckte er sie hinunter.

„Wir haben gewonnen!" rief der Doktor.

Der Doktor versicherte, wir müßten uns nun mit allen Kräften bemühen, unseren Kranken aus seiner Starre zu lösen und seine *Sinne* zu reizen. Danach handelten wir denn auch: erst ein Bad, dann ein Löffelchen Appetitstropfen, dann ein Löffelchen Bouillon, und dank unserer vernünftigen Fürsorge begann der Kranke sichtlich zu genesen. Endlich stellte sich auch der Appetit ein — er fing schon an, ohne unseren Beistand zu essen ...

Ich gab mir Mühe, meinen Freund an nichts von dem zu erinnern, was zurücklag, vielmehr seine Aufmerksamkeit auf solide und nützliche Dinge zu lenken, so etwa auf den Zustand seiner Besitzungen oder auf die Frage, welchen Nutzen es doch brächte, wenn man eine Pottaschesiederei einrichtete oder wenn man die Bauern Frondienst leisten ließe, statt Pachtzins von ihnen zu verlangen ... Mein Freund jedoch hörte mir zu, als wäre er in Träumen befangen, er widersprach mir in nichts, widerstandslos fügte er sich mir in allem, er trank und aß, wenn man ihm etwas reichte, obgleich er an nichts irgendwelchen Anteil nahm.

Was alle Mixturen des Arztes nicht hatten bewirken können, das brachten mein Geplauder über unsere unbändige Jugend und ganz besonders ein paar Flaschen eines ausgezeichneten Château Lafitte zustande, die ich, einer glücklichen Eingebung folgend, mitgebracht hatte. Dieses Mittel, im Verein mit prächtigem, noch blutigem Roastbeef, stellte meinen Freund endgültig auf die Beine, so daß ich sogar den Mut faßte, die Rede auf seine Braut zu bringen. Er lauschte aufmerksam und stimmte mir in allem zu. Als akkurater Mensch zögerte ich keinen Augenblick, seine gute

Disposition auszunutzen; ich galoppierte zu dem künftigen Schwiegervater, ordnete alles, regelte den Rechtsstreit und die Frage des Brautgeldes, steckte meinen Sonderling in seine alte Uniform, verheiratete ihn und fuhr, nachdem ich ihm viel Glück gewünscht hatte, wieder nach Hause, wo ein Prozeß vor dem Zivilgerichtshof meine Anwesenheit erforderte. Ich gestehe, ich reiste höchst zufrieden mit mir und meinem Erfolg. In Moskau überhäuften mich natürlich alle Verwandten mit Schmeicheleien und Dankbarkeit.

Ein paar Monate später jedoch, als ich meine Angelegenheiten erledigt hatte, befand ich es für gut, das junge Paar zu besuchen, zumal ich seither von dem jungen Ehemann keinerlei Nachricht erhalten hatte.

Ich überraschte ihn am Morgen; er trug einen Schlafrock und hatte die Tabakspfeife zwischen den Zähnen; seine Frau goß Tee ein. Im Fenstergeviert strahlte die liebe Sonne und reckte ein gewaltiger Birnbaum voller reifer Früchte seine Äste. Mein Freund schien sich über den Gast zu freuen, und doch blieb er irgendwie einsilbig.

Ich nutzte die Gelegenheit, als die Frau aus dem Zimmer gegangen war, und fragte mit einem zweifelnden Kopfschütteln: „Was denn, bist du nicht glücklich, Bruder?“

Was meinen Sie? Ob ihm das die Zunge löste? Jawohl! Bloß — was er da zusammenredete!

„Glücklich!“ wiederholte er höhnend. „Weißt du eigentlich, was du mit diesem Wort gesagt hast? Im Innern hast du dir selber geschmeichelt, du hast gedacht: Was bin ich doch für ein vernünftiger, einsichtiger Mensch! Ich habe diesen Verrückten gesund gemacht, habe ihn verheiratet, und jetzt ist er von meinen Gnaden glücklich . . . glücklich! Dir kamen all die Lobeserhebungen meiner lieben Tanten und Onkel, aller dieser sogenannten Vernunftmenschen in den Sinn, und deine Eitelkeit schwillt mächtig an. Ist es nicht so?“

„Und wenn's so wäre?“ erwiderte ich.

„So gib dich mit deren Lobeserhebungen und deren Dankbarkeit zufrieden, auf meine aber hoffe nicht. Ja! Katja liebt mich, unser Gut ist in ordentlichem Stand, die Einkünfte fließen regelmäßig — mit einem Wort, du hast mir Glück geschenkt, doch nicht meine Art Glück; du hast dich in der Nummer geirrt. Ihr, meine Herren Vernunftmenschen, gleicht jenem Tischler, der einen Behälter für kostbare physikalische Instrumente bauen sollte; er hatte schlecht Maß genommen, die Instrumente paßten nicht hinein. Was tun? Der Kasten war fertig und wunderschön poliert. Der Handwerksmeister schliff die Instrumente ab; hier bog er etwas ein, da klopfte er etwas gerade — sie paßten nun in den Kasten, fanden ruhig darin Platz, eine Freude war es, den Behälter anzuschauen. Das Unglück war nur: die Instrumente taugten zu nichts mehr. Meine Herren! Nicht die Instrumente sind für den Kasten, sondern der Kasten ist für die Instrumente da! Macht den Kasten nach dem Maß der Instrumente, nicht die Instrumente nach dem Maß des Kastens."

„Was willst du damit sagen?"

„Du bist sehr froh, daß du mich, wie du meinst, geheilt hast, daß du mein Empfinden vergröbert, es mit einer undurchdringlichen Hülle verdeckt, es unzugänglich gemacht hast für jede andere Welt außer deinem Kasten ... Vortrefflich! Das Instrument paßt hinein, aber es taugt zu nichts mehr; einst war es zu anderem bestimmt ... Jetzt, da ich inmitten des alltäglichen Lebens spüre, wie mir die Bauchhöhle immer weiter auseinandergeht und wie mein Kopf immer tiefer eintaucht in den Dämmerschlaf des Lebens, gedenke ich voller Verzweiflung jener Zeit, als ich, wie du meintest, im Irrsinn lebte, als ein liebreizendes Geschöpf aus einer nie geschauten Welt zu mir herabgeschwebt war, als es mir Geheimnisse enthüllte, die ich jetzt nicht einmal mehr zu nennen vermag, die mir damals aber begreiflich waren. Wo ist dieses Glück? Gib es mir wieder!"

„Freundchen, du bist ein Dichter, das ist alles!" warf ich, ein wenig ärgerlich, ein. „Schreib Gedichte ..."

„Schreib Gedichte!" hielt mir der Kranke entgegen. „Schreib Gedichte. Eure Gedichte sind auch so ein Kasten. Ihr habt die Poesie in Teile zerlegt — hier ist die Prosa, da sind die Verse, dort hast du die Musik und wieder woanders die Malerei — bitte sehr, was wird gewünscht? Vielleicht bin ich auch Jünger einer Kunst, wie es sie überhaupt noch nicht gibt, die weder Dichtung noch Musik, noch Malerei ist, einer Kunst, die ich entdecken sollte und die nun vielleicht für tausend Ewigkeiten tot bleiben wird. Such sie jetzt, finde sie! Mag sein, daß sie mich über den Verlust meiner Welt von damals trösten würde."

Er neigte den Kopf, in seine Augen trat ein wunderlicher Ausdruck, er sprach vor sich hin: „Es ist vorbei — kommt nie zurück — wo ist sie — tot, konnt's nicht ertragen — hinab, hinab!" und ähnlicher Dinge mehr.

Übrigens war das sein letzter Anfall. In der Folgezeit wurde mein Freund, wie ich erfuhr, ein ganz ordentlicher Mensch — er schaffte sich Jagdhunde an, gründete eine Pottaschesiederei, führte die Fruchtfolgewirtschaft ein, gewann mit Bravour mehrere Prozesse um Ländereien (sein Grundbesitz liegt verstreut), um seine Gesundheit steht es vorzüglich, er hat kräftig rote Wangen und ein ganz ordentliches Bäuchlein. (NB Er nimmt heute noch Bouillonbäder; sie helfen ihm sehr.) Nur eines ist schlimm: Es heißt, er trinkt ein bißchen viel mit seinen Nachbarn — und manchmal sogar ohne die Nachbarn; ferner sagen die Leute, er lasse kein einziges Zimmermädchen ungeschoren. Doch wer ist schon frei von kleinen Sünden auf dieser Welt? Wenigstens ist er jetzt ein Mensch wie die anderen.

Dies erzählte mir einer meiner Bekannten, der mir die Briefe Michailo Platonowitschs gebracht hatte — ein sehr vernünftiger Mensch. Ich bekenne, ich begriff nichts von dieser Geschichte — ob die Leser wohl glücklicher sein werden?

Wladimir Odojewski

Der Maler

Aus den Aufzeichnungen eines Sargmachers

Als ich einmal bei Martyn Grigorjitsch saß, trat einer seiner Arbeiter ein.

„Von Danila Petrowitsch war jemand da."

„Was gab's?" fragte der Meister.

„Sie haben einen Sarg bestellt."

„Wer ist denn bei ihnen gestorben — doch nicht die Frau?"

„Nein, Danila Petrowitsch selber ist verschieden."

Martin Grigorjitsch schlug die Hände zusammen. „Ja, kann denn das wahr sein? Der Arme! Es ist doch gar nicht lange her, daß ich ihn mal traf ... Was für ein Talent! Was für ein Herz!"

„Sie möchten einen Brettersarg, möglichst billig, aber so einen haben wir nicht", unterbrach ihn kaltblütig der Arbeiter.

„Nimm einen, wie er grade da ist — es ist nicht deine Sache ... Der arme, arme Danila Petrowitsch!" Mit diesen Worten griff er nach dem Hut und sagte zu mir: „Möchten Sie sich vor der Hülle eines Ihnen unbekannten, aber bemerkenswerten Menschen verneigen? Dann kommen Sie mit. Sie haben von Schumski schon gehört?"

„Noch nie", antwortete ich, „aber ich gehe gerne mit."

„Jawohl! Es war das Schicksal dieses Mannes, unbekannt zu sein; doch wenigstens nach dem Tode wird er zu leben beginnen. Vielleicht ist es mir bestimmt, sein Geleitsmann zur Unsterblichkeit zu sein. Auch Sie wissen also nicht, daß mein armer, unbekannter Danila Petrowitsch vielleicht einer der bedeutendsten Maler unserer Zeit war?"

„Ich habe niemals auch nur ein einziges Bild von ihm gesehen!"

„Kein Wunder, er malte ja nicht eines zu Ende; doch gehen wir in seine Werkstatt, und Sie werden sich überzeugen, daß ich die Wahrheit spreche. Es ist noch nicht lange her, daß ich mit ihm bekannt wurde; er war sehr, sehr arm, doch was er alles im Kopfe trug, was er alles achtlos mit ungeduldigem Pinsel auf die Leinwand warf, das kann ich Ihnen nicht wiedergeben ... Sie werden es selber sehen."

Wir traten ein. Die Werkstatt des armen Künstlers bot einen traurig stimmenden Anblick. Sein blasser Leichnam lag auf einfachen Brettern; sein Gesicht zeigte noch die Spuren des eben erst erloschenen inneren Feuers. Die schwarzen Haare fielen in breiten Strähnen von dem wunderbar gebildeten Kopf. Doch alles war vom Tode gezeichnet und entstellt. Eingehüllt war er in Fetzen, die kaum noch zusammenhielten. Ringsum sahen wir Farben, Pinsel, eine Palette verstreut. Auf einem gewaltigen Rahmen eine aufgezogene Leinwand — sie fesselte unwillkürlich meine Aufmerksamkeit; doch keine Bilder waren auf ihr, oder — besser gesagt — es waren Hunderte von Bildern. Man konnte ein paar Einzelheiten unterscheiden, die mit sicherem, schwungvollem Pinsel skizziert waren, aber nichts Ganzes, nichts Verständliches. War es aus Ungeduld geschehen oder aus Mangel an Leinwand, jedenfalls konnte man sehen, daß der Künstler ein Bild über das andere gemalt hatte. Ein halb verwischter Faunskopf schaute hinter einer gotischen Kirche hervor; auf eine Tracht in Teniers' Art war eine Madonnenfigur hingeworfen; das pfiffige Auge eines russischen Bauern fand sich neben einer ägyptischen Pyramide; Wasserfälle, Hausgerät, wildes Kampfgetümmel, Blumen, Pferde, Atlasmäntel, Straßenszenen, Zedern, griechische Profile, Karikaturen — alles war auf verschiedenen Ebenen, mit unterschiedlichem Kolorit, in Kohle, in Kreide und in Öl durcheinandergemischt; da war nichts, was wenigstens den Gedanken des Künst-

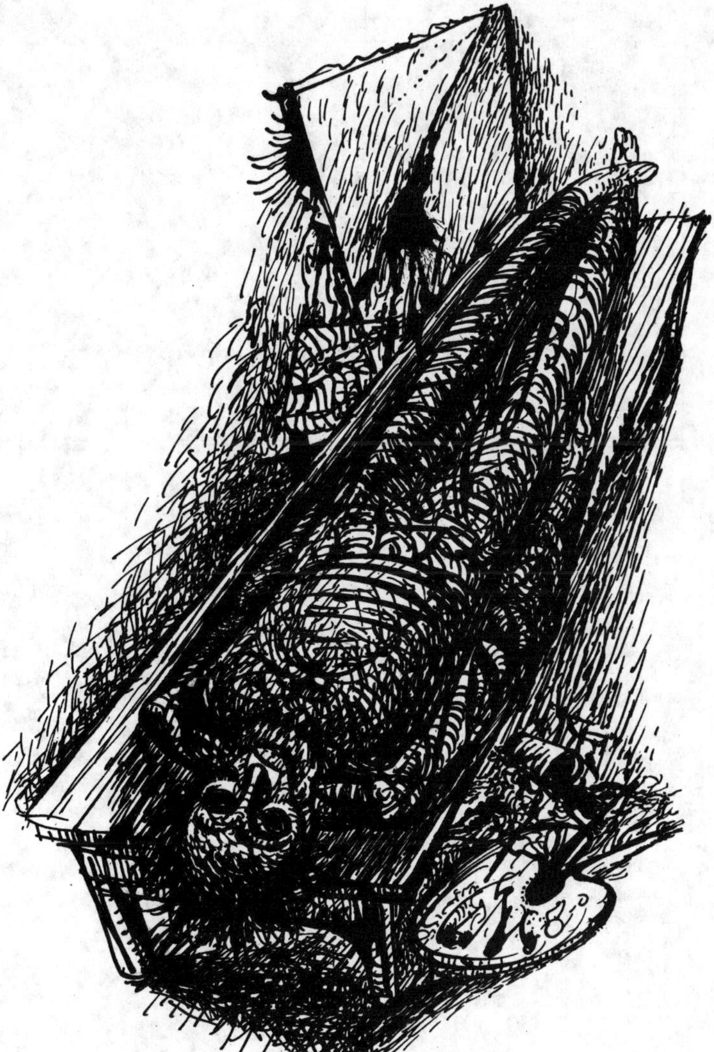

lers hätte ahnen lassen, ja mehr noch: nur mit großer Mühe konnte man diese oder jene Einzelheit erspähen. Die Wände, die Fenster der Werkstatt, die Palette und die Möbel waren mit ebensolchen Zeichnungen bunt übersät ... Andere Bilder gab es nicht. Unser Suchen wurde durch ein erst leises, dann allmählich lauter werdendes Gespräch im Nachbarzimmer unterbrochen.

„Nein, nein, Mütterchen, sagen Sie das nicht“, wiederholte immer wieder schluchzend eine Frauenstimme. „Ich, ich hab ihn getötet!“

„Hör auf, hör auf! Was ist mit dir los?“ erwiderte eine andere Stimme, ebenfalls die einer Frau. „Was redest du dir da selber ein! Genug, mach dir das Herz nicht gar zu schwer! Du bist noch jung, mein Täubchen, wirst noch einen anderen Mann finden.“

„Nein, nie krieg ich einen wie meinen Danila Petrowitsch!“

„Genug, sag ich dir! Mit Tränen ist da nicht geholfen, na, und überleg doch mal, sag die Wahrheit: Bist du etwa glücklich mit ihm gewesen? Ist dir's vielleicht gut gegangen? Was war schon an ihm dran?“

Die Witwe hörte nicht zu, sie blieb bei ihrem: „Ich hab ihn getötet!“ Und weiter: „Er sagte es selber, der Liebe, der Gute: Du wirst mich töten ... Und wahrhaftig, ich hab ihn getötet!“

Die andere erwiderte: „Hör auf, dir so was einzureden! Er ist einfach krank geworden und halt gestorben.“

Diese Szene dauerte ziemlich lange: Klagen von der einen Seite, Tröstungen von der anderen; schließlich überwogen die Tröstungen. Was die Gesprächspartnerin vorbrachte, schien die Witwe doch zu trösten — wenigstens wurde sie ruhiger. Mein Begleiter wollte ihr einen kurzen Besuch machen, doch die Tür tat sich auf, und aus dem Zimmer der Witwe trat eine bejahrte Frau — in steif gestärkter Haube, mit heiterem, gutmütigem Gesicht.

„Ach, du bist es, verehrter Gevatter! Sei willkommen. Du willst wohl zu ihr, wie? Na, geh lieber nicht hinein — sie mag sich erst mal richtig ausweinen; Gott wird schon gnädig sein, sie wird weinen, weinen, und dann ist's genug; in zwei, drei Tagen ist alles wie weggewischt. Hilf mir lieber, die letzte Pflicht an dem Verstorbenen zu erfüllen. Der Liebe, der Gute!“ fügte sie hinzu, auf das blasse, vom Leiden entstellte Gesicht des jungen Künstlers blickend. „Er verstand es nicht, auf dieser Welt zu leben. Wer ist denn das da, Väterchen?“ fuhr sie fort, während sie einen neugierigen Blick auf mich warf — mit einem Lächeln, das sie nicht hinderte, sich die Tränen abzuwischen.

„Er ist mein Geselle“, antwortete Martyn Grigorjitsch.

Ich verneigte mich.

„Ich hab ihn noch nie bei dir gesehen, Verehrter.“

„Er ist noch nicht lange bei mir, Marfa Andrejewna.“

Sie warf mir einen etwas gönnerhaften Blick zu und unterhielt sich weiter mit Martyn Grigorjitsch. Während der ganzen traurigen Zeremonie und auch später, als sie nach Hause zurückkehrte, wohin wir sie, nachdem wir uns mit Blicken verständigt hatten, begleiteten, redete Marfa Andrejewna ohne Unterlaß. Aus ihren Worten konnte ich schließen, daß sie eine wohlhabende Kleinbürgerin war und sich mit Kürschnerei befaßte, das heißt, sie nähte Pelze. Sie bezog mich bald ins Gespräch ein, sie fand Gefallen an mir, und sie erzählte mir das ganze Leben des Malers. Manches davon blieb gut in meinem Gedächtnis haften; ich will mich bemühen, es wiederzugeben, soweit ich es vermag.

„Marfa Andrejewna, Sie kannten ihn also gut, den Danila Petrowitsch?“ fragte ich.

„Mein Bester, man sieht wahrhaftig gleich, daß du jung bist, wie sollt ich Danila Petrowitsch nicht gekannt haben! Nicht bloß ihn, auch sein Väterchen — war oft bei ihm zu Gast; sogar seine Großmutter kannte ich — so eine stattliche, kräftige, gesunde Frau; vielleicht weißt du's noch, sie hatte einen Marktstand am Babji Rjad ... ach, kannst du ja gar nicht wissen! Ja, der arme Danila Petrowitsch, er hat's so schwer gehabt! Es war ihm wohl schon von Geburt an so vorgezeichnet. Na, um die Wahrheit zu sagen, liederlich war er immer gewesen, aber wer hat an so was schuld? Der Vater hat ihn verwöhnt. Der Vater war ein vermögender Mann gewesen. Auf dem Markt hatte er Umsätze von Hunderttausenden gemacht — auch dein Meister da, Martyn Grigorjitsch, kannte ihn. Er wollte natürlich, daß sein Sohn auch

Handel treibt, der aber wehrte mit Händen und Füßen ab: ,Laß mich Maler werden, Väterchen, nichts anderes wünsch ich mir.' Der Alte gab aus Dummheit nach, und statt aus ihm seinen Gehilfen für später zu machen, ließ er ihn bei irgendeinem deutschen Maler lernen. Der Mann machte noch Scherze, Gott hab ihn selig. ,Immerhin', sagte er, ,die Aushängeschilder am Laden, die werd ich umsonst haben.' Er erlebte es nicht mehr, daß ihm der Sohn Aushängeschilder malte; er machte einfach Bankrott, und vor Kummer befahl er seine Seele in Gottes Hand. Das Söhnchen nun blieb arm wie eine Kirchenmaus zurück, aber das kümmerte ihn nicht weiter; und hochmütig, hochmütig war er! Da lebte er bei dem deutschen Maler in der Wohnung, hatte alles, was er brauchte, kriegte dort Kleider und Schuhe, aber er schätzte das für nichts, er glaubte, er könnte das nicht aushalten. Stell dir vor, er beklagte sich darüber, der deutsche Maler — den Namen weiß ich nicht mehr, soll er vergessen sein! — hätte ihn gezwungen, an seinen Bildern mitzumalen, er hätte dann Danila Petrowitschs Arbeit für seine eigene ausgegeben und ihn immer mehr vom richtigen Weg abgebracht. Jawohl! Als ob's darauf ankäme! Wenn auch, was wär das schon für ein Unglück. So ist das doch immer mit dem Lernen und dem Meisterwerden; ein junger Mensch muß halt erst für andere arbeiten — für sich arbeiten, das kommt später. Nimm dich, zum Beispiel; du bist bei Martyn Grigorjitsch; kommst du vielleicht auf den Gedanken, ihm zu sagen: ,Das Brett da hab ich gehobelt, die Schraube da hab ich eingedreht, nicht du ...'? Ich sag dir's ja, er war ein liederlicher Wirrkopf. Zu mir kam er gelaufen, du lieber Himmel, was hat er da auf mich eingeredet, und immer so von oben herunter. Ich begriff überhaupt nichts. ,Jetzt, Mütterchen Marfa Andrejewna, jetzt werde ich frei schaffen, selbständig, und das ganze Publikum, die ganze vornehme Welt wird mich kennenlernen, meine Bilder geb ich in Ausstellungen, die väterlichen Kisten und Kästen füll ich mit Gold. Wie ein großer Künstler werd ich leben ...' Mein Herz ahnte nichts Gutes. ,Freilich, freilich', sagte ich, ,wie ein Künstler auf dem Jahrmarkt, wie ein armes Pfeiferlein.' Ich lachte, aber er wurde böse. Ich könnt ihn überhaupt nicht verstehen, sagte er. Ich wollt ihm zur Versöhnung einen Silberrubel in die Hand drücken, er aber schmiß ihn auf den Tisch. Er geriet in Wut, sag ich dir, und immerzu schrie er: ‚Ich bin zur Kunst berufen, zur Kunst berufen!' Nun, dachte ich, wir werden sehen, wozu dich deine Geburt berufen hat; sehn wir's nicht, so kriegen wir's zu hören.

Er richtete sich also ein, der Ärmste. Auf der Wyborger Seite machte er eine erbärmliche Hütte ausfindig, an die hängte er eine Tafel: ‚Schumski, Maler'. Und er bildete sich tatsächlich ein, daß nun alle Welt zu ihm gelaufen käme. Aber nichts dergleichen, bloß dann und wann kam ein Ladenschwengel gelaufen und bestellte ein Aushängeschild.

Irgendwie schlug er sich doch noch durch. Aber zu seinem Unglück begegnete ihm auf der Straße ein hübsches junges Mädchen. Ein Wort hin, ein Wort her — er kriegte heraus, sie war ein Waisenkind, und er setzte ihr gleich zu. ‚Komm mit mir, machst bei mir Modell.' Sie gab drauf zur Antwort: ‚Aber Väterchen, ich ... ich versteh bloß in der Küche dies und das anzurichten, aber ein Modell, so was hab ich noch nie gemacht.' — ‚Tut nichts, ich bring dir's schon bei.' Die Kleine hatte gerade ihr Obdach verloren, sie wußte nicht, wohin — so zog sie denn gleich zu ihm.

Das ging nun so, mein Lieber! Er führte sie zu sich und fing gleich an, Porträts von ihr zu malen. Als ob die jemand brauchte! Und, verstehst du, schamlos war er dabei — mal rückt er sie so hin, mal so, bald soll sie den Arm heben, bald soll sie ihn sinken lassen. Na ja, es heißt, wegen der Kunst wäre das nötig! Es ist nicht meine Sache — wer weiß, was dran ist ... Mochte es sein, wie es wollte, er jedenfalls malte sie, malte sie, na, und es kam zur Sünde; ist ja eine alte Sache: er — ein junger Bursche, sie — ein hübsches Mädchen; es ging so weit, daß sie sich schämte, sich vor den Leuten zu zeigen. Er war, das muß man schon sagen, ein anständiger Mensch, der Verstorbene, er sagte: ‚Es ist meine Sünde, also muß ich's in Ordnung bringen.' So heirateten sie; sie lebten gut zusammen, konnten einander gar nicht genug loben. Sie war ein kluges Mädchen, sie führte die Wirtschaft. Das ging so eine Weile, dann aber, sieh mal an, kam bald der Bäcker, bald der Fleischer, um die Schulden einzutreiben, bald mahnte der Hauswirt, die Miete zu zahlen; der Beutel aber, der Beutel war leer. Die arme Frau lief hierhin und dorthin, Arbeit zu suchen, der Mann aber, der Verstorbene — ich will ihm ja nichts Schlechtes nachreden —, ihn scherte das alles nicht. Zu seinem Glück verheiratete damals gerade Sidor Iwanowitsch seine Tochter — er war ein reicher, geachteter Kaufmann, wollte alles ganz so regeln, wie sich's gehört, eine ordentliche Mitgift gewähren, und außerdem kam er auf den Gedanken, daß es schön wäre, von der Tochter und vom Schwiegersohn Porträte bei sich im Haus hängen zu haben. Er rief Danila Petrowitsch zu sich und sagte: ‚Hier hast du hundert Rubel, und wenn die Porträte fertig sind, geb ich dir noch mal hundert Rubel; aber daß du mir die Bilder ähnlich malst!' Darauf Danila Petrowitsch: ‚Das Malen ist schon meine Sache; ich werde es so machen, daß man die Bilder von der Wirklichkeit nicht unterscheiden kann.' Nun behängte Sidor Iwanowitsch — ist ja klar, ein reicher Kaufmann, der großtun will — seine Dunjaschka mit Brillanten und Perlen, mit Ketten und Ohrringen, nicht bloß mit denen der Mutter, auch mit denen, die von der Großmutter und von der Urgroßmutter noch da waren, damit auch ja alle sehen könnten, daß er keine Bettlerin verheiratet. Wie sie hereintrat, da war's, als würde es im Zimmer viel heller, sogar Danila Petrowitsch stand einen Augenblick starr. ‚Also', sagte der Vater, ‚nun male, so gut du kannst, aber so, daß vorn die Anhänger an den Halsketten zu sehen sind und hinten der Kamm!' Was aber tat Danila Petrowitsch — ach, so ein dummer, starrköpfiger Kerl! Er schrie wie ein Wilder: ‚Wie habt ihr da eine Schönheit vermurkst! Sie ist jung und frisch und schön; warum putzt man sie wie ein Zierpüppchen mit solchem Firlefanz heraus?' Was war das für Firlefanz — alles Perlen, Brillanten ... ‚Runter damit!' rief Danila Petrowitsch. ‚Die Ohrringe, die Anhänger, der Kamm — all das verdirbt ihre Natur.' Aber wie er dann ihre Zöpfe löste, daß ihr die Haare frei über die Schultern fielen und Dunjascha bald aussah wie eine Meerjungfrau, da faßte unser Danila Mut. ‚Na gut', sagte er, ‚so werd ich das Porträt malen, so wird's alle Welt bewundern.' Bloß der Alte war ganz anderer Meinung. ‚Nein', sagte der, ‚ich erlaub's nicht, daß man sich über mein Kind lustig macht, ich laß sie nicht zum Gespött malen, wie eine zerlumpte Schauspielerin. Du aber, Danila Petrowitsch, scheinst dein Handwerk nicht zu verstehn, wenn du keine Perlen und Brillanten malen kannst. Dann malst du eben bloß meinen Schwiegersohn.'

Danila Petrowitsch biß sich auf die Zunge. ‚Gut', sagte er, ‚her mit dem Schwiegersohn!' Sie brachten den Schwiegersohn; du mußt wissen, der Schwiegersohn hatte Beamtenrang, er arbeitete als Kopist; na, versteht sich, daß auch der großtun wollte — er hatte sich herausgeputzt, hatte die Paradeuniform angezogen. Danila Petrowitsch wehrte mit Händen und Füßen ab. ‚Ich kann keine Uniformen malen!' Und dabei blieb er. Der Kaufmann, der geriet nun richtig in Wut, und er sagte Danila Petrowitsch die Meinung. ‚Hau bloß ab', schrie er, ‚wenn du schon von deinem Handwerk nichts verstehst — wir lassen uns von dir nicht an der Nase herumführen.' Der Danila aber, statt endlich nachzugeben, knallte die hundert Rubel auf den Tisch, und weg war er. So machte er es nicht zum erstenmal. Was die Leute bei ihm auch bestellen mochten, er wußte immer alles besser, er gab nie klein bei. Zu Hause herrschten unterdessen Hunger und Kälte. Der Danila aber sitzt, statt was gegen die Not zu machen, daheim, im ungeheizten Zimmer, schmiert Fratzen auf die Leinwand und singt Liedchen vor sich hin. Und dann, nicht viel später, da überkam's ihn auf einmal ganz wunderlich: Er streicht tagelang herum, bleibt auf einmal vor einer alten Mauer stehen, starrt darauf, bald von der einen, bald von der anderen Seite; verstehst du, dem kam's vor, als wären Figuren auf der Mauer. Die Nachbarn kriegten das heraus, sie führten ihn nach Hause, er aber zündet sich eine Kerze an und pfuscht die ganze Nacht an den Wänden herum — schrecklich war's, das anzusehn —, alle Wände hat er verdorben. Die Frau trat zu ihm. ‚Hör auf, Danila Petrowitsch, verbrauchst unnütz die Kerzen; reicht dir nicht der Tag? So eine Kerze kostet einen Zehner.' Den Mann packte die Wut; er brüllte: ‚Du bringst mich um!' und machte weiter. Mit solcher

Arbeit ist aber nichts zu verdienen; so aß er nichts, trank er nichts, der Arme, Gute, behauptete bloß immerzu: ‚Wart nur, wart nur, ich find es noch, ganz bestimmt!' Was er da eigentlich suchte, was für einen Schatz, das kann ich dir nicht sagen, jedenfalls wurde er von Tag zu Tag magerer. Was er nachts zusammengeschmiert hatte, das wischte er am nächsten Tag weg; ins Haus kam nichts, aus dem Haus aber ging manches — bald wurde ein Möbelstück, bald ein Kleid verkauft. Die Frau fing an aufzumukken; der Mann dagegen sagte bloß: ‚Du bringst mich noch um!' Rede mal mit so einem Menschen! Auf solche Art lebten sie eine Weile, nicht lange — kein Krümelchen, kein Fetzchen war mehr im Hause. Der Mann sah ein — er mußte ein bißchen vernünftiger werden; so ging er denn im Kaufhof die Budenreihen auf und ab und erkundigte sich, ob es nicht ein Aushängeschild zu erneuern gebe. Sie wollten ihm kaum Glauben schenken, so verdreht sah er aus. Zwei, drei Aushängeschilder malte er neu, übernahm auch manche andere Arbeit; kaum hatte er sich ein paar Kopeken verdient, da überfiel ihn der alte Stolz. Einmal, es war im Herbst, lief er am frühen Morgen aus dem Haus; weiß der Himmel, wo er sich den ganzen Tag herumtrieb. Später kriegten die Leute dann raus, daß er bis Pargolowo gerannt war. Es wurde Abend, es wurde Nacht, es wurde schon wieder allmählich hell, und unterdessen goß es in Strömen, von Danila aber keine Spur. Die Frau geriet ganz aus dem Häuschen; suchen — ja, aber wo! Auch mit Hunden hätte man ihn nicht gefunden; es war schon wieder Morgen, als er zurückkehrte — ganz durchnäßt, kein trockner Faden am Leibe, bleich, und wie ein Verrückter schrie er: ‚Ich hab's gefunden, hab's gefunden!' Die Augen brannten ihm nur so; er holte ein Stück Leinwand hervor, das er unter den Arm geklemmt hatte, zog sie auf den Rahmen, und im gleichen Augenblick, ohne sich auch nur auszuziehen, fing er an, eine Ladonna oder was weiß ich auf das Tuch zu malen. Gegen Abend packte ihn Schüttelfrost. ‚Wie wär's, Weib', sagte er, ‚kannst du mir ein bißchen Kaffee kochen?' Die Frau war mit ihrer Geduld am Ende; sie gab ihm zur Antwort: ‚Was heißt Kaffee? Nicht mal Brot ist im Hause. Mit dir ist's wie mit einem schlechten Schaf:

keine Wolle und auch keine Milch. Und da willst du noch Kaffee!‘ Danila Petrowitsch wurde still; er griff wieder zum Pinsel, malte aber nicht lange, dann warf es ihn zu Boden, wie einen Schwaden unter der Sense. Sie hoben ihn auf und legten ihn aufs Bett; die ganze Nacht redete er irre. Auch ein Arzt kam — ein Glück noch, er war ein guter Mensch. Na, es schwankte hin und her, eine Woche darauf ging es ihm besser. ‚Du bist noch einmal davongekommen, Danila Petrowitsch‘, sagte der Arzt, ‚jetzt aber reiß dich zusammen, mach keine Dummheiten! Die Gefahr ist noch nicht vorbei; bleib im Bett und laß die Arbeit Arbeit sein.‘ Danila Petrowitsch versprach alles. Die Frau ging nur mal aus dem Hause, und wie sie zurückkam, saß ihr Mann wieder an der Staffelei. Die Hände zitterten ihm — er konnte sie kaum halten. Sie zog ihn hoch, legte ihn ins Bett, schimpfte ihn aus; doch was soll man mit einem Irren anfangen! Den einen Tag fügt er sich, den Tag darauf ist er ein Starrkopf; sogar der Arzt gab es auf. Trotzdem — mit Gottes Hilfe wurde er wieder gesund. Er sah sich um — das Haus war leer, der letzte Rock verpfändet; er konnte nicht auf die Straße, hatte nichts anzuziehen. Aber das scherte ihn wenig. ‚Warum sollt ich jetzt auch auf den Straßen herumstreichen‘, sagte er, setzte sich an seine Ladonna und malte weiter. Die Frau wiederum, die weinte und grämte sich; sie suchte der Reihe nach ihre Bekannten auf, bekam heraus, daß in der Nähe ein neuer Lebensmittelladen eingerichtet wurde, sie suchte und fand den Inhaber, redete ihm gut zu und erreichte es, daß er zu ihrem Mann kam, ein Aushängeschild bestellte und zwei, drei Rubel Anzahlung gab. ‚Aber hör zu, Maler‘, sagte der Händler, ‚daß du mir die Sache nicht zu lange hinziehst; ich brauche das Schild bald, der Laden wird in ein paar Tagen fertig sein, und sieh zu, daß du alles schön schillernd und bunt malst und daß alles drauf ist: Zuckerhüte und Dosen mit Konfitüre und holländischer Käse und Äpfel, und ein paar geräucherte Maränen sollen da hängen — jeder muß gleich sehen, daß alles da ist, was das Herz begehrt. Also, zieh's nicht hin, sonst bestell ich's bei 'nem andern.‘ Danila Petrowitsch nahm das Geld und lächelte ein bißchen spöttisch. ‚Du kannst beruhigt sein‘, sagte er. ‚Ich werd

dir schon ein Aushängeschild malen, daß auch dir, wenn du draufsiehst, das Wasser im Mund zusammenläuft.‘

‚Na, Weib‘, sagte er dann zu seiner Frau, ‚Gott sei gedankt! Geld ist da, Arbeit ist da, bloß Farben brauch ich noch — geh und hol mal welche; ich weiß, sie sind teuer, aber da ist nichts zu machen, ohne sie kann ich kein Aushängeschild malen. Hier ist alles aufgeschrieben.‘ Die Frau dachte sich weiter nichts, sie ging einkaufen, wie er sie's geheißen hatte. Drei Gläschen Farbe kriegte sie, beinahe das ganze Geld ging drauf. Sie kam nach Hause, Danila freute sich, er griff nach den Farben, doch statt an das Aushängeschild setzte er sich wieder an seine Ladonna. So vergingen ein paar Tage, da erschien der Kaufmann und wollte das Schild holen. Woher denn! Nicht einmal die Hälfte war davon fertig. Er ging auf Danila los: ‚Das Schild her, oder das Geld zurück!‘ Er hatte ja auch recht — am nächsten Tag sollte sein Laden eröffnet werden. Danila wand sich hin und her. ‚Ich laß alles andere‘, sagte er, ‚einen Tag noch, dann ist's fertig.‘ Leicht gesagt, aber es fehlte Leinwand, und es fehlte Geld, welche zu kaufen ... Der Händler meinte: ‚Keine Kopeke geb ich mehr, du betrügst mich bloß wieder.‘ Auf das Geschrei hin liefen die Nachbarn zusammen, die Frau weinte, die Tränen liefen ihr nur so über die Wangen. ‚Was soll ich die Sünde länger verheimlichen‘, jammerte die Arme, Unglückliche, ‚mögt ihr's wenigstens hören, gute Leute. Mit ihm ist es kein Leben mehr; er hat's geschafft, hat alles zugrunde gerichtet.‘ Da fielen die Nachbarn über ihn her: ‚Was bist du für ein Maler, wenn du nicht mal Leinwand hast? Warum soll der Kaufmann jetzt dafür aufkommen? Er hat seine Anzahlung gegeben, und hier ist doch eine Leinwand aufgezogen — nimm sie doch für das Aushängeschild. Halt lieber dein Wort, statt solches Zeug zu schmieren!‘

Lange hörte ihnen Danila Petrowitsch zu, stumm wie ein Fisch. Doch wie er die letzten Worte vernahm, da wurde er ganz traurig. ‚Ihr habt recht‘, sagte er, ‚habt ganz recht — ich hab mein Wort gegeben, es muß gehalten werden.‘ Er packte den Pinsel, wischte das ganze Bild aus, und los ging's mit dem Malen von Zuckerhüten. Am Morgen darauf war das Aushängeschild schon fertig. Der Händler, ein gutmütiger Mensch, trug ihm nichts nach, er bedankte sich und bezahlte ordentlich: eine schöne weiße Münze ließ er auf dem Tisch zurück. Die Frau konnte sich nicht genug freuen; sie lief gleich auf den Markt und kaufte Kaffee, um nur den Mann ein bißchen zu trösten. Sie kam nach Hause und riß die Augen auf: er lag auf dem Fußboden, und das Fieber schüttelte ihn. Schnell einen Arzt geholt, aber es war wohl schon zu spät. Zwei Monate quälte er sich noch, der Ärmste, dann befahl er seine Seele in Gottes Hand. Warum das so mit ihm geschah, das weiß ich nicht; der Arzt meinte, die Krankheit von früher wäre wiedergekommen."

„Und wo ist jetzt das Aushängeschild?" fragte ich die Erzählerin.

„Wer soll das wissen! Die Leute sagen, der Laden hätte schon Bankrott gemacht."

Unterdessen hatten wir uns ihrem Hause genähert; ich verabschiedete mich von Marfa Andrejewna und machte mich gleich auf die Suche nach dem letzten Werk des unglücklichen Malers. Ich erfuhr den Namen des Ladeninhabers, erfuhr den Namen dessen, der das Schild auf einer Auktion gekauft, und den Namen dessen, dem er es weiterverkauft hatte. Endlich waren meine Nachforschungen von Erfolg gekrönt; auf dem Stschukin-Hof zog ich das Aushängeschild, das Werk Schumskis, zwischen rostigem Eisen hervor — der Regen hatte es ausgelöscht!

Orest Somow

Roman in zwei Briefen

I

Sei gegrüßt, liebster Alexander! Verbringst Du fröhlich Deine Zeit in Petersburg? Flatterst Du wie früher, ein ruheloser Schmetterling, von Datsche zu Datsche und von Herz zu Herz? Wie geht es unseren plantes exotiques, wie Du jene lieben kleinen Provinzlerinnen nennst mit ihrer ukrainischen Aussprache und dem feueratmenden Blick, den sie unter gesenkten Lidern hervorschießen? Was mich betrifft... doch Du wirst wohl von mir eine vollständige Beichte verlangen. Ich erinnere mich sehr wohl, daß ich Dir vor der Abreise mit einem langen, überlangen Brief drohte; es ist Zeit, die Drohung wahr zu machen und Dir mit diesem gewichtigen Sendschreiben den Rest zu geben.

Zur schönsten Jahreszeit traf ich ein, Mitte Mai, als hier alles blühte: die Gärten, die Wälder, die Wiesen und die Wangen der Dorfschönen. Lachst Du und meinst, ich würde zum bukolischen Dichter? Bitte, lach nur, ich aber werde dir beweisen, daß mein Ausdruck die Sache auf das genaueste trifft: Die Gesichter der Bauernmädchen blühten zu der Zeit wahrhaftig — mit Sommersprossen und dem Sonnenbrand des Frühlings. Nicht zur Freude freilich kehrte ich bei meinen Penaten ein — das Haus steht schief und traurig, der Garten erstickt in Brennesseln, und im Dörfchen sind, nach der letzten Revision, kaum noch dreißig

Seelen vorhanden. Es hätte mich schwermütig gemacht, wäre ich dort geblieben. So ließ ich denn über den Gräbern des Vaters und der Mutter eine Seelenmesse lesen und reiste, sobald das getan war, rund fünfzig Werst weiter zu meinem Onkel, der die ganzen vier Jahre, die ich nach dem Tode meines Vaters im Ausland und in Petersburg verbrachte, die verwandtschaftliche Sorge um meinen kleinen Besitz auf sich genommen hatte. Der Onkel und seine ganze Familie nahmen mich mit offenen Armen auf; die Wahrheit zu sagen: seine kleineren Kinder fielen mir am ersten Abend mit ihren Küssen und Zärtlichkeiten recht zur Last. Sonst lief an diesem ersten Abend alles gut. Man überschüttete mich mit Fragen über fremde Länder, über neue Moden, wollte wissen, ob in Paris Boston mit Kaufkarte oder mit Whistkarte gespielt würde. Eine gute alte Dame, eine Verwandte meiner Tante, fragte, ob ich nicht unterwegs einen Abstecher nach Jerusalem oder zum Berge Athos gemacht hätte. Ich antwortete umständlich und vernünftig auf alles und wurde dafür würdig befunden — besonders von meiner Tante und der guten alten Dame, ihrer Tante —, ein gesetzter, *solider* Mensch genannt zu werden. Am Tage darauf aber wendete sich das Blatt gänzlich; oui, mon cher, j'ai fait crier au scandale! Und weißt Du, womit? Damit, daß ich am Morgen statt des Tees ein Glas Milch und statt der süßen, mit viel Butter und Eiern bereiteten Brezel, deren die Backstube meiner Tante sich zwanzig Werst weit im Umkreis rühmt, ein Stück Schwarzbrot verlangte. „Ist's möglich!" schrien einstimmig meine Tante, ihre Tante und meine vierzehnjährige Kusine. „Kann man in einem ordentlichen Hause ein bäurisches Frühstück verlangen? Meinst du denn, verzeih's Gott, es fände sich bei uns kein leckerer Bissen für einen teuren Gast?" Umsonst versuchte ich, mich mit meiner eingefleischten Weltenbummlergewohnheit zu entschuldigen; man hätte mich unweigerlich mit Schleckereien gefüttert, wäre mir nicht rechtzeitig mein Onkel zu Hilfe gekommen, der mich mit der Erklärung rettete, ich könne mich in seinem Hause wie daheim fühlen und essen und trinken, was mir einfalle.

Möchtest Du wissen, was ich so alltäglich tue? — Um fünf

Uhr morgens stehe ich auf und begebe mich an den Fluß zum Baden. Eine halbe Werst vom Haus entfernt, unter überhängenden Weiden ist ein prächtiger Tummelplatz für Liebhaber des Schwimmens. Du weißt, seit der Siamese Lauri mich schwimmen lehrte, stehe ich in dieser Kunst keinem einzigen Südseeinsulaner nach. Der Fluß, der das Dorf meines Onkels berührt, ist tief, ziemlich breit und fließt schnell. Tag für Tag vollbringe ich hier die Byronsche Heldentat und durchschwimme mehrere Male hintereinander diesen Hellespont von hundert Klaftern. Schade, daß an keinem der beiden Ufer eine schöne Hero ihres früh aufstehenden treuen Leanders harrt oder daß ich nicht wenigstens, gleich Byron, mich in bezaubernden Versen meiner Kühnheit und einer fiebrigen Erkältung rühmen kann. Nach dem Baden streife ich zwei oder drei Stunden durch Wälder und Felder und richte in Erwartung des Peter-und-Pauls-Tages meinen Vierbeiner Melmoth auf großes und kleines Federwild ab. Dieser kleine Zögling ist so gehorsam und gelehrig, daß er, wenn ich nachher mit ihm durchs Dorf gehe, an keinem einzigen Huhn, keinem Kücken vorbeikommt, ohne es nach allen Regeln zu stellen; und erst vor ein paar Tagen führte die alte Akulina, die Geflügelmagd meines Onkels, öffentlich Klage gegen mich, weil Melmoth in seinem Eifer drei, vier Entchen erbissen und die ganze Entenschar, die ihrer Oberaufsicht untersteht, auseinandergetrieben hatte. Ich lachte und rechtfertigte Melmoth mit seiner Jugend und Dummheit; meiner Tante aber schien diese Rechtfertigung nicht zu genügen; sie bemerkte mir gegenüber, so ein Taugenichts von Hund gehöre an die Leine oder müsse eingesperrt werden. — Überspring, wenn Du willst, diese Abschweifung und lies weiter. — Um acht Uhr erscheine ich zum Frühstück, mache mich an mein Schwarzbrot mit Milch und höre mir höchst kaltblütig die gar nicht wohlwollenden Anspielungen meiner Tante und ihrer Tante auf meinen Geschmack oder die dörflichen Geistesblitze meines lieben jungen Kusinchens an, das mir, über die Gelegenheit erfreut, auf meine Scherze über ihre angelernte Empfindsamkeit oder, wie man einst bei uns sagte, Sentimentalität und über ihre provinziell-alberne, halb kindliche Koketterie nichts schuldig bleiben will. Nach dem Frühstück führt mich der Onkel durch den Garten oder durch andere Wirtschaftseinrichtungen, erläutert mir dies und jenes; ich sperre beide Ohren auf, aber, offen gesagt, von der landwirtschaftlichen Belehrung des Onkels bleibt nichts in ihnen hängen. Gott hat mich wohl weder zum Landwirt noch zum Gärtner noch für all die anderen Aufgaben geschaffen, in denen der Hauptwert und die eigentliche Würde des Gutsbesitzers liegen; ja, es scheint, ich tue auch nichts dazu, Glied ihrer tätigen, arbeitsliebenden Gemeinschaft zu werden. So fließt die Zeit bis zum Mittagessen dahin. Um ein Uhr setzen wir uns zu Tisch. Nach dem Essen und dem unvermeidlichen Kaffee mit dicker Sahne begeben sich die drei Häupter des häuslichen Kreises zur Mittagsruhe, die Kusine nimmt eine Handarbeit, um über ihr zu träumen, die Kinder laufen in den Garten, die Diener gehen ins Vorzimmer, um dort zu schlummern oder mit den Zimmermädchen zu flüstern; ich aber nehme Melmoth und meinen Wanderstab — einen Knotenstock — und streife weiter durch die Gegend, manchmal mit einem Buch... Wundere Dich nicht und ängstige Dich nicht um mich; glaub nicht, ich durchstöberte etwa kreuz und quer die altmodische, ererbte Bibliothek meines Onkels. Nein, mein Freund! Ich habe aus Petersburg einen ordentlichen Vorrat verschiedensprachigen Lesestoffes jeglicher Art mitgebracht, und wenn ich von den Wanderungen müde bin, so strecke ich mich da oder dort unter den Schatten eines Baumes und lese ein paar Seiten aus einem Büchlein, das ein eigenwilliges Schicksal mir eben in die Hände drückt. Überlegt etwas wählen, das tue ich nicht, und ich finde, es geht so viel besser, denn es gewährt mir das Vergnügen der Überraschung. Gegen Abend kehre ich nach Hause zurück. Zuweilen finde ich dort Gäste vor, zuweilen nicht einmal die Hausleute, dann nämlich, wenn sie ausgefahren sind, ihre Nachbarn zu besuchen. In solchen Fällen tolle ich, die Freiheit nutzend, mit meinen kleinen Vettern umher, denke mir neue Spiele für sie aus, baue riesige Papierdrachen, lasse sie steigen, lärme und schreie nicht weniger als die Kinder — und die Zeit vergeht, vergeht.

Halb zehn essen wir zu Abend, und eine Stunde später schläft Dein sorgloser Freund schon den Schlaf des Gerechten.

Du wirst leicht begreifen, daß ich eines solchen einförmigen Lebens bald überdrüssig wäre, wie es mit der pâte d'anguilles des guten Lafontaine geht; doch zum Glück hielt meine Tante ein Mittel gegen die mich bedrohende Langeweile und die seelische Abstumpfung bereit. Tantchen gestand mir nämlich selber, daß sie schon seit langem, das heißt, seitdem sie von meinem Wunsch, in diese Gegend zu kommen, weiß, bestimmte Absichten mit mir hat; sie hat mit einer ihrer Nachbarinnen, ihrer Herzensfreundin, verabredet, daß man mich mit ihrer Nichte verheiraten solle, einem siebzehnjährigen Mädchen, das nach ihren Worten wunderschön, gut erzogen und die einzige Erbin des dreihundert Seelen zählenden Familienstammgutes ist, wozu hunderttausend Rubel von der einen Großmutter und zwanzigtausend mitsamt einem hübschen Gut von der anderen kämen; zu bedenken hätte man noch die Mitgift sowie Verwandte, die keine Erben haben, deren Besitz ihr also gleichfalls mit der Zeit zufallen muß ... Kurz und gut, alle Erbschaften zusammen, die Hoffnungen auf den Heimgang lieber Verwandter und dergleichen mehr ergeben eine hübsche Summe, die bei manchem Freier bewirken würde, daß ihm, à l'irlandaise, die Augen übergehen und die Zähne gieren; ich aber — Du kennst mich —, ich bin nicht habgierig. Dazu eine *gut erzogene* Braut, die achthundert Werst von der nächsten Hauptstadt entfernt wohnt ... Oh! Das sind mir meine gut erzogenen Landmädchen! Gleich wirst Du auf ihren Fingerchen Ruß von Kochtöpfen entdecken und an den Füßen Schuhe, die aus Sparsamkeit vom Hausschuster genäht sind, und der versteht sein Handwerk wie der Trischka in der Fabel. Gleich wird's geschehen, daß diese Nymphe der Felder und Gemüsegärten das Kinn in ihrem Halstüchlein versteckt und statt jeder Antwort auf die Artigkeiten des höflichen Freiers in den Stoff hinein kichert! Na, und auch ihre Schönheit scheint mir une chose sujette à caution zu sein — meine liebe Tante ist kein großer Kenner auf diesem Gebiet, danach zu urteilen, daß sie ihre Warenka für eine Schönheit hält — ein blasses, farbloses Mädchen mit stumpfen Augen und Haaren von unbestimmter Farbe ...

Ja, mein Freund! So schrieb ich Dir, so dachte ich vor drei Wochen ... Ich weiß nicht, welche Zufälle mich vergessen ließen, meinen Brief in die Stadt zu schicken, auf die Post; er blieb unbemerkt auf meinem Schreibtisch liegen — und stell Dir vor, wie ich gestern staunte! Da finde ich diesen gar nicht recht abgeschlossenen Brief (wahrscheinlich hinderte mich der Schlaf, ihn zu Ende zu schreiben) auf dem Schreibtisch. Ich konnte mich indessen nicht entschließen, ihn Dir in der ursprünglichen Gestalt zu schicken — er hätte, was meine Gefühle und Auffassungen über bestimmte Gegenstände betrifft, einen Anachronismus bedeutet; ebensowenig mochte ich ihn vernichten, erstens aus Eitelkeit, die mich veranlaßte, das russische Sprichwort. „Was mit der Feder geschrieben ist, das fällst du nicht mit dem Beil!" auf mich anzuwenden und zu bestätigen, und zweitens auch darum, daß Dir in einer historisch vollständigen Aufzeichnung alle Erlebnisse Deines Freundes sowie seine damalige und heutige Denkart geboten würden.

Hier also ein kurzer Bericht über die letzten drei Wochen meines hiesigen Lebens. Die liebe Tante setzte mir immer öfter mit ihren Brautwerbevorschlägen zu; ich wich aus, und nicht selten machte ich die gute Verwandte recht verdrossen, manchmal mit meinen maßlos stolzen Hoffnungen, manchmal mit einer gespielten Selbsterniedrigung, die ihr noch *schlimmer als Stolz* erschien. „Ei, du mein Neffe!" hielt sie mir vor. „Bei dir ist wahrhaftig siebenmal in der Woche Freitag; das eine Mal ist dir eine babylonische Prinzessin nicht fein genug, das andere Mal möchtest du schwören, daß du nicht einmal an eine Landadlige zu denken wagst, die gerade so ein paar Zehntausend an Jahreseinkünften hat. Warum sollst du nicht ein rechter Freier für eine Braut sein? Du bist jung, siehst gut aus" — hier grinse ich natürlich und werfe mich in Positur —, „hast Rang und Ansehen, bist ja, Gott sei Dank, schon Hofrat, hast den ‚Wladimir' im Knopfloch ... Du warst in fremden Ländern, sprichst Französisch und Deutsch, vielleicht auch noch andere Sprachen; ein Tänzer bist du, wie ihn sich die Leute hier nicht einmal im Traum vorstellen ... Wirklich, du bist schon eine Partie." Was soll man dagegen einwenden? Die Tante hatte mit ihrer Provinzlerinnenpolitik so geschickt meine Eitelkeit geschmiert, daß ich ihr, wohl oder übel, fest versprechen mußte, mir die Braut anzusehen, die zwanzig Werst von hier entfernt wohnt; ich bat mir nur die längstmögliche Frist bis zu dieser Brautschau aus, nämlich bis zum Juli.

Der war freilich nicht hinter den Bergen. Auch der von mir so herbeigesehnte Peter-und-Pauls-Tag ging vorbei. Ich besah prüfend mein geliebtes Kuchenreuter-Jagdgewehr — ich hatte es im Kartenspiel mit unserem unerschöpflichen Witzbold Kljunkerowski gewonnen —, nahm Melmoth mit und machte Streifzüge an den Flußufern entlang, über die Wiesen und durch die Sümpfe. Mein erster Gang war höchst erfolgreich. Ich traf zwar keine Mücke, tat zwei Dutzend Fehlschüsse, dafür aber machte ich eine äußerst wertvolle Bekanntschaft. Stell Dir vor: Ich marschiere so an einem Sumpf entlang, auf einmal sehe ich, in ihm zappelt ein Tier, sieht fast aus wie ein Mensch. Ich gehe näher heran — tatsächlich, ein riesiger Kopf mit flachem Gesicht, ganz mit Schlamm bespritzt, und mit Haaren, die das Ungestüm seiner Bewegungen und die Willkür des Windes in der wunderlichsten Weise frisiert haben. Dieser Kopf, auf breiten Schultern sitzend, die schon zur Hälfte in dem morastigen Grund stecken, zuckt lebhaft auf und ab. Da gab's kein Zaudern; ich faßte in der Nähe Fuß, auf einer großen und festen Bülte, packte mit beiden Händen den Kopf an den Haaren und zog mit aller Kraft daran. Der Kopf fauchte, ächzte und schnitt wahrscheinlich die seltsamsten Fratzen, denn Melmoth, der auf einer anderen Bülte hockte, genau gegenüber dem Gesicht des Unbekannten, heulte während meiner heroischen Bemühungen aus vollem Halse, als drohte ihm der Tod. Endlich waren meine erschöpfenden Mühen von dem erwünschten Erfolg gekrönt: ich hatte eine menschliche Gestalt von gewaltigstem Ausmaß herausgezogen — beinahe einen Klafter hoch, mit athletischen Formen, die unter den dicken

Schichten des an ihm klebenden Schlammes noch mächtiger und ungefüger wirkten. Ich gebe zu, zum Abschluß meines guten Werkes hätte ich beinahe diesem lebendigen Ebenbild ägyptischer Statuen ins Gesicht gelacht, als es sich nämlich vor mir aufgerichtet hatte, einen Seufzer ausstieß, der weit über den Sumpf hin hallte, und sich dann das Gesicht, da ihm einfiel, es abzuwischen, nur noch mehr mit seinen schlammigen Händen verschmierte. Zum Glück schoß mir gerade noch rechtzeitig der Gedanke durch den Kopf, daß wir beide auf höchst unsicherem Grund standen, denn die Bülte begann unter der doppelten Last schon zu schwanken. Ich machte meinem *Moormännchen* ein Zeichen, und wir sprangen hurtig von Bülte zu Bülte, bis wir uns ganz aus dem Sumpf gerettet hatten. Dort streckten wir uns beide zum Verschnaufen auf einem Uferhügelchen aus, wenn auch in achtungsvoller Entfernung voneinander. Nach ein paar Minuten begann das *Moormännchen* Gras zu rupfen und den Schlamm von sich abzureiben, während Melmoth um ihn herumsprang und bellte. Wie sehr sich auch mein wortloser Unbekannter mühte, sich die Kleider vom Leib zu ziehen – es war alles umsonst; mit klebrigem Schmutz durch und durch getränkt, schienen sie ihm angewachsen zu sein. Ein neues Bild! Neuer Spaß für mich und neue Aufregung für Melmoth, qui faisait la mouche du coche dans tout le cours de cette affaire: Um seinen Rücken vom Schmutz zu befreien, begann das *Moormännchen* wie ein Faß übers Gras zu rollen, Melmoth hatte mit Bellen und Springen zu tun, und ich – ich hielt es nicht länger aus und lachte hellauf, weil das unerwartete Vergnügen gar zu groß war. Damit noch nicht genug! Mein unbekannter Bekannter rannte den Hang hinunter, schöpfte aus einer Sumpfpfütze ziemlich schmutziges Wasser, wusch sich damit Hände und Gesicht, rieb sie mit Gras ab und – war auf einmal gestreift... Jawohl, gestreift! Auf dem grauen Grund nicht abgewaschenen Schmutzes liefen nun quer über sein Gesicht grüne Streifen vom Grassaft. Jetzt hätte wohl jeder geglaubt, daß dies wahrhaftig das *Moormännchen* sei, das heißt jener Geist, der aus den Tiefen des Sumpfes steigt.

In dieser Gestalt trat er vor meine *lichten Augen* – um in der

Sprache unserer Chroniken zu sprechen —, und nun tat sich zum erstenmal sein Mund auf, damit er mir Dankbarkeit bekunde. Hier hast Du Wort für Wort den Beleg schlammiger Beredsamkeit:

„Obgleich ich nicht die Ehre habe, Sie zu kennen, Väterchen, danke ich Ihnen darum nicht weniger ganz ergebenst dafür, daß Sie mir aus dieser Sumpfgrube heraushalfen ... So ein Unglück! Der böse Geist hat mich in den Sumpf gedrängt. Das war nämlich so: Eine kleine Schnepfe hüpfte und flatterte von Bülte zu Bülte, ich hinterher — die Schnepfe immer weiter. Mich packt es, ich lasse nicht locker, na, und da schaff ich's, ich komme ganz nahe heran, trete, wie ich meine, auf eine feste Stelle und gerate in den Morast; meine Beine rutschen gleich abwärts. ‚Ach, du verwünschte ...!' brumm ich vor Wut und jage eine Ladung hinter der Schnepfe her; die fliegt auf, unter mir aber schwankt es und gluckert's, und ich hab mich schon bis zum Gürtel hineingewühlt. Nun heißt's aber kämpfen, nicht lockerlassen! Ich denk, ich könnte mit dem Gewehr den Grund erreichen, mich dann abstoßen — aber woher! Auch das Gewehr geht ab, auf Nimmerwiedersehn, den Teufeln zum Spaß ... Schade drum! Es war ein Gewehr von Lasar Lasarinow, und ich hatte es noch von meinem seligen Großvater geerbt. Umsonst hätte man an ihm einen Fehler, eine Schramme gesucht — zu bezahlen war das überhaupt nicht, das versagte nie! Es war ihm halt von Anfang an beschieden; ich hätte eben nicht in das Loch geraten dürfen! Gott sei's gedankt, außer dem da hab ich zu Hause an Büchsen und Schrotflinten noch ein halbes Dutzend, ach, noch mehr ... Na, ich trauere ihm ein bißchen nach, und dann fuchtle ich wieder, daß ich aus dem Morast rauskomme — nichts zu machen! Ich will aufwärts, und dabei zieht's mich an den Füßen, als wär's der Teufel selber, immer tiefer, tiefer ... Wären Sie nicht aufgetaucht, wär's aus mit mir gewesen — nichts wär von mir geblieben als der Name!"

„Und wie ist er, der Name, wenn ich fragen darf?" sprach ich, um diesem Redefluß eine Grenze zu setzen.

„Awdej Kotschewalkin, Sohn des Gawril Kotschewalkin,

Ihnen zu dienen, Herr — so nennen mich die guten Leute", antwortete er.

„Hören Sie, verehrter Awdej Gawrilowitsch! Sie müssen ganz schnell nach Hause, Kleider und Wäsche wechseln, sich mit Rum oder Eau de Cologne abreiben und sich beruhigen ..."

„Wo gibt's so was, Väterchen — Rum für solchen Dreck zu vergeuden? Und das *Ladikolonje* — gehört haben wir davon schon, bloß, offen gesagt, mit eigenen Augen gesehen haben wir's nicht. Ich werde gleich die Badestube heizen lassen und mich mit Spiritus abreiben, der mit spanischem Pfeffer angesetzt war — dann fällt's ab wie von der Gans das Wasser."

„Schon gut, aber gehn wir jetzt. Ich begleite Sie bis zu Ihrer Tür; ich fürchte, nach einem solchen Bad könnten Ihnen unterwegs die Kräfte versagen."

„Aber nein, daran ist nicht zu denken, Väterchen! Trotzdem, gehn wir, bitte. Sie sind sozusagen mein Wohltäter, haben mir glatt das Leben gerettet, und ich möchte Sie bewirten, möchte das mit Ihnen feiern."

Die Neugier trieb mich, meinen Sonderling, seine Lebensverhältnisse und die Bewirtung, das Feiern näher kennenzulernen; so widersprach ich denn nicht und brach mit ihm auf. Offen gesagt, auch der Hunger begann mich zu quälen; ich hatte mich rund fünfzehn Werst vom Hause meines Onkels entfernt, und die Uhr zeigte schon halb drei. Nach einer Stunde gelangten wir zu einem Wäldchen; hier bekannte mir mein Führer, daß es ihm peinlich sei, in diesem Aufzug durchs Dorf zu gehen, und darum gedachte er mich auf Umwegen und durch Gemüsegärten zu seinem Haus zu führen. Wir schritten auf einem schmalen Waldpfad dahin. Plötzlich flatterte uns von einem Kreuzweg her, gleich einem Vögelchen, ein junges Mädchen in einem Kattunkleidchen von Robin-Hood-Farbe entgegen, das Gesicht vom Laufen erhitzt, mit zerzausten pechschwarzen Locken, mit schwarzen Äuglein und klarem Blick. Ihr reizendes Gesichtchen wandte sich mit einem etwas spitzbübischen Ausdruck meinem armen Weggenossen zu, und ihre Augen vertieften sich in seine scheckige Erscheinung. Die Schöne hatte offensichtlich in meinem *Moormännchen* einen Dorfnachbarn erkannt und konnte das Lachen nicht verbeißen, wobei sie eine Reihe prächtiger Zähne entblößte, die ebenmäßig und weiß waren wie eine Kette ausgesuchter Perlen. Dann warf sie einen Blick auf mich, wurde ein bißchen verlegen, errötete mehr und mehr und senkte die Augen. Jetzt erst bemerkte ich dank Melmoth, daß das Mädchen nicht allein war; sie führte ein winziges weißes Zicklein an einem blauen Band. Melmoth, aufs Wild abgerichtet, erachtete wohl auch das Zicklein als gute Beute und wollte sich auf das Tier stürzen; ich schrie ihn an, puffte ihn mit dem Gewehrkolben, und er wich mit eingekniffenem Schwanz zurück.

Jetzt besann sich das Mädchen, nickte uns zu, fast ohne die Augen zu heben – und enteilte uns wie ein leichter Frühlingswind. Die ganze Zeit über stand mein Weggefährte wie versteinert; die Scham darüber, daß das liebliche Mädchen ihn in einem so unstattlichen Zustand gesehen hatte, erstickte alle anderen Regungen seiner Seele und lähmte seinen Körper. Nachdem die Schöne flink davongelaufen war, mußten erst ein paar Minuten vergehen, ehe er wie aus einem drückenden Traum erwachte und, stumm wie ein Fisch, mit mir weiterging. Wir stiegen über wer weiß wie viele Flechtzäune und traten endlich in den Garten und das Haus meines Sonderlings.

„Timoschka! Senka! Tischka! Wo steckt ihr Halunken?“ rief mein Gefährte mit dröhnender Stimme sein Hausgesinde zusammen.

Auf diese klangvolle Aufforderung hin liefen, die Mäuler aufreißend, drei wie gerupft aussehende Burschen mit den denkbar dümmsten Visagen herbei.

„Los, zieht mich aus, ihr Vogelscheuchen; macht schon, ohne Rücksicht, reißt das Zeug einfach runter, nur schnell! Entschuldigen Sie mich, Väterchen!“ sprach er, zu mir gewandt, und mit diesen Worten verschwand er in einer Seitentür.

Ich blieb allein zurück, und da ich nichts weiter zu tun hatte, besah ich mir das Zimmer, in dem ich mich befand. Die Möbel waren von altertümlichstem Zuschnitt. Der Staub, der Tische und Schränke dick einhüllte, zeugte davon, daß Sauberkeitssinn nicht zu den häuslichen Tugenden des Herrn und seiner Diener gehörte. In dem Zimmer herrschte wohl beständig der Geruch von gröbstem Pfeifentabak. An der einen Wand hing ein ovaler Spiegel mit geschnitzten Rosetten rings um den einst vergoldeten Rahmen; an der anderen Wand hatte man ein großes Hirschgeweih befestigt, an dessen Enden Jagdgewehre, Büchsen, Jagdmesser, Pulverhörner und anderes Rüstzeug für einen Nimrod unseres Zeitalters hingen. Durch die zerschlagenen Scheiben eines Schrankes erblickte ich — was meinst Du wohl, Alexander? — Fächer mit Büchern! Aus dem Verhalten und der Redeweise des Hausherrn konnte man ohne Mühe schließen, daß er kein sehr belesener Mensch sei. Und als er, gewaschen und umgezogen, zu mir hereinkam, mit einem Gesicht, voll und rot wie unsere strahlenlose Petersburger Sonne bei schwülem Wetter, konnte ich mich nicht bezähmen, und ich fragte ihn, wie denn so überflüssiger Hausrat zu ihm gekommen sei.

„Er ist wahrhaftig überflüssig", antwortete er, „aber mag er hier bleiben; der Platz, wo er steht, verdirbt deshalb nicht. Sehen Sie, Väterchen, ich hatte einen Onkel, einen Büchernarren, einen alten Junggesellen; von dem ist mir der Kram als Erbe zugefallen. Ich schau kaum mal hinein! Höchstens zur Winterszeit, wenn draußen der Schneesturm so heult, daß man von der Gotteswelt nichts sieht und auch keine Gäste erwarten kann; da blättre ich denn mal aus Langerweile im Volkslesebuch. Das nenn ich ein vergnügliches Buch! Was da für drollige Geschichten und Schnurren drinstehen, und Lieder sind da, Lieder! Dank gebührt dem, der's geschrieben hat; er war ein Meister seines Fachs, nichts dagegen zu sagen!"

Es war auch nichts weiter zu fragen. Eine Weile darauf erschien einer der gerupften Diener und brüllte mit einer Stimme, wie sie ein Hundewärter hat, wenn er seine Meute ruft: „Die Mahlzeit ist fertig!"

Ich werde Dir weder das Mittagessen beschreiben, das mehr sättigend als schmackhaft war, noch die starken Beerenschnäpse, die mir das ganze Innere verbrannten, auch nicht das leere Gespräch, das mich gegen Ende der Mahlzeit einschläferte. Zerstreut fragte ich meinen Gastgeber zuerst: „Wie heißt dieses Dorf?“

„Shishmorowo“, antwortete er.

„Und wer war das Mädchen, das wir im Walde trafen?“

Das Gesicht meines Amphitryons flammte auf, seine Augen verengten sich wie bei einem Kalmüken und verschleierten sich ein wenig. Er faßte sich jedoch bald und antwortete: „Dieses Mädchen, verehrter Herr, ist die Tochter von Sergej Tichonowitsch und Pelageja Michailowna Bedrinzow — Nadeshda Sergejewna.“

Stell Dir mein Erstaunen vor, Alexander! Doch Du hast es längst erraten — es war die mir erkorene Braut. Jawohl, eben sie! Nicht wahr, eine Begegnung ganz wie in einem Roman?

Bald nach dem Mittagessen verabschiedete ich mich von meinem *Moormännchen*, verließ das Dorf auf dem gleichen Wege, den er mich geführt hatte, doch ich begegnete niemandem außer einem kleinen Hirtenmädchen — nicht aus Arkadien, nein, sie hütete einfach Truthühner. Während ich auf Feldwegen zum Hause meines Onkels zurückkehrte, dachte ich an die Abenteuer dieses Tages, an die seltsamen Begegnungen, und — muß ich's sagen? — das Bild Nadeshda Bedrinzowas stand mir die ganze Zeit lebhaft vor Augen.

Bis zum nächsten Brief. Leb wohl!

2

Seit meinem letzten Brief an Dich, Freund Alexander, ist viel Wasser meinen Lebensstrom hinabgeflossen; viele Veränderungen sind vor sich gegangen in meiner inneren Welt wie in der äußeren, die mich umgibt. Aber ich muß meine Geschichte, wie's heißt, vorn beginnen.

Ich berichtete meiner guten Tante, ich hätte im Vorbeigehen oder — um es genauer auszudrücken — im *Vorbeifliegen* die mir erkorene Braut gesehen. Ich verheimlichte nicht, daß mir an diesem lieben Geschöpf auf den ersten, flüchtigen Blick alles gefallen hatte – von dem anziehenden Äußeren bis zu dem kindlichen Mutwillen.

„Was wirst du erst sagen, mein lieber Neffe“, erwiderte die Tante, „wenn du sie näher kennenlernst. In unserer Gegend, meine ich, findet sich kein Mädchen, das so gut erzogen wäre wie Nadeshda Sergejewna. Das muß man schon sagen, dank den Eltern und der Großmutter hat man für ihre Erziehung keine Kosten gescheut. Allein der *Madame*, der Französin, zahlen sie bis zum heutigen Tag an die tausend Rubel, wenn nicht mehr. Und der Klavierlehrer, ein alter Deutscher, kriegt auch noch immer ein Gehalt um die achthundert Rubel; das weiß ich aus zuverlässiger Quelle, von meiner Gevatterin Stefanida Wassiljewna, und wie soll die's nicht wissen, sie ist doch die Tante Nadeshda Sergejewnas. Ich rede schon gar nicht davon, daß die russische Lehrerin, eine vom Smolny-Institut, ins Haus kam, als deine künftige Braut sieben Jahre alt war, und sie hat das Mädchen in der russischen Sprache, in fremden Sprachen und in Handarbeiten unterrichtet. War das ein liebes Wesen: gescheit, gesetzt und von gutem Charakter! Die Ärmste, vor vier Jahren ist sie an der Schwindsucht gestorben; wäre das nicht geschehen, ich hätte sie unbedingt zu mir gelockt, damit sie Warenka und den Kleineren Unterricht gäbe; sie war auch mit dem Gehalt nicht anspruchsvoll. Ja, und das hätte ich beinahe noch vergessen: Zwei Jahre lang kam zu den Bedrinzows jede Woche der Tanzmeister des Fürsten Dragolski, derselbe, der auch den Prinzessinnen Unterricht gab, und der soll fünfzehn Rubel für den Abend genommen haben, und die Bedrinzows mußten ihn in ihrer Equipage abholen und wieder hinbringen. Du siehst, mein Lieber, bei der Erziehung Nadeshda Sergejewnas ist nichts versäumt worden ...“

Ebendiese Einzelheiten bewirkten in mir genau das Gegenteil von dem, was die Tante erwartet hatte. Derselbe Dämon, der sich vor einiger Zeit in mir gegen die *gut erzogenen* Provinzlerinnen geregt hatte, begann mir wieder seine boshaften Winke einzuflüstern. Mag sie auch – dachte ich – lieb und mutwillig vor mir in dem Wäldchen erschienen sein,

Ein rasch entfliegend Wunderwesen
Der reinen Schönheit Ideal,

doch das war im Wald gewesen, nicht im Salon. Dort hatte sie keine beobachtenden Augen erwartet, dort hatte der Anblick der ungefügen Riesengestalt meines *Moormännchens* ihr sogar unwillkürlich ein lautes, herzliches Lachen entlockt. Werde ich im Salon dasselbe wiederfinden? Oh, gewiß nicht! Das erbarmungslose Korsett würde dort zusammen mit den freien Körperformen auch die charakterlichen Vorzüge der Provinzschönen einschnüren. Das unpassende Prunken mit Kleidern, die Buntscheckigkeit, die schlechten Geschmack verrät, ihr verschrobener Schnitt — eine klägliche, entstellende Nachahmung ungeschickter Modebilder, wie sie von Moskauer Zeitschriften über die Provinzen hin ausgesät werden —, alles nimmt den Bewegungen die Freiheit, unterwirft die Mädchen einer gezierten Steifheit und bekümmert, quält den erfahrenen Beobachter, der gewöhnt ist, in den Hauptstädten den Triumph des Geschmacks und der Gewandtheit zu sehen. Nehmen wir noch ein gezwungenes, zähes Gespräch dazu, dürftig an Gedanken und selbst an etwas Scharfsinn, den statuengleichen Gesichtsausdruck, die unbeweglichen oder sinnlos umherwandernden Blicke, die einförmigen Grimassen der Lippen, den gehemmten Gang ... Wehe, wehe unsereinem, wenn er auf dem Lande auf einen Ball oder in eine Abendgesellschaft von Gutsbesitzern gerät und wenn dann gar noch getanzt werden soll! Das ist kein Fest, sondern eine wahre Folter und die letzte Erniedrigung für die Landfräulein!

Bald bot sich mir Gelegenheit, die eben angestellten Betrachtungen durch Augenschein zu überprüfen. Die Tante der mir erkorenen Braut und Herzensfreundin meiner Tante, Stefanida Wassiljewna, hatte sich, wahrscheinlich nach Absprache mit den zuständigen Personen auf einem Frauenkongreß, einfallen lassen, die Nachbarn zum Mittagessen und zu einer Abendgesellschaft mit Tanz einzuladen. Den Vorwand zu dieser Feierlichkeit bot das Kirchweihfest in ihrem Sprengel. Es versteht sich, daß ich zur Schar der Eingeladenen und, vielleicht, Auserwählten gehörte.

Nichts zu machen! Ich begab mich zu ihr mit der ganzen Familie meines Onkels in einer riesigen Kutsche, beinahe so groß wie ein Petersburger *Omnibus* ... Erwarte übrigens nicht von mir ein ins einzelne gehendes Bild des ländlichen Balles — lies im „Onegin“ nach, 5. Kapitel, Strophe 25 bis 44, und glaub mir aufs Wort, daß das Kirchweihfest im Hause meiner künftigen Tante Stefanida Wassiljewna dem Namenstagsschmaus im Hause der Larins nur wenig nachstand. Hier war alles vorhanden:

Man zwängt sich durch den Korridor,
Grüßt, küßt, umarmt sich, stellt sich vor;
Dazwischen Lärm, Gekreisch von Ammen,
Getrampel, Lachen, rauh und hell,
Babygeplärr und Mopsgebell.

Da waren Bujanows, mit Schnurrbart, Sporen und Schirmmütze, da waren die Landkreisstutzer gleich Petuschkow und all die andern — alle kannst du nicht aufzählen. Glaub nicht, ich hätte die Absicht, den Spuren unseres Lieblingsdichters folgend, Dir die Karikatur eines ländlichen Balles zu zeichnen — nein! Es ist immer genau dasselbe, und es war genau dasselbe bei Stefanida Wassiljewna. Ein ländlicher Ball ist eine wahre Schau von Landkreisstutzern oder *Petit-maîtres* (der Name ist im Provinzwortschatz noch nicht dahingegangen): hier geben sie den Ton an. Gesetzte und gescheite Menschen bleiben hier unauffällig und unbemerkt; sie sitzen abseits, in den Ecken, und unterhalten sich halblaut. Die hohlköpfigen Laffen aber schwirren, oft hüpfend, durch die Räume, *pfauen sich*, lärmen und enthüllen gänzlich alle ihre kleinlichen Prätentionen auf Gewandtheit, Liebenswürdigkeit, Geist und dergleichen mehr. Geradeso war es auch hier, und kaum wird es an anderen Orten anders sein, abgesehen von ein paar vornehmen Familien, die sich auf dem Lande niedergelassen haben und die es fertigbringen, im Kreise der Gesellschaft, mit der sie sich wohl oder übel mangels besserer umgeben mußten, den Ton anzugeben — ihren eigenen — und ihn durchzusetzen.

Bei meinem Erscheinen erhob sich unter den mir bekannten und mir unbekannten Personen ein Gemurmel. Gleich darauf prasselte es ringsum von Empfehlungen der lächerlich herausgeputzten Stutzer und der guten, würdigen alten Männer, die in Petersburg Angelegenheiten laufen hatten und die meinten, ein Hofrat und Chevalier, der in einem der Ministerien dient oder gedient hat, sei weiß Gott was für eine bedeutsame und allwissende Person in Petersburg! — Du weißt, daß ich es manchmal liebe, mich auf Kosten des Nächsten zu belustigen; diese Sünde werde ich reinen Herzens und vollkommen bereuen, wenn ich das vierzigste Lebensjahr hinter mir habe. Sobald die aus der Stadt geholten Musiker eine Polonaise aufspielten, trat ich zu meiner künftigen Braut, forderte sie auf — und alle Paare ordneten sich hinter mir. Ich öffnete die Tür, die in den Garten führte, und geleitete meine Dame die Kirschbaumallee entlang — und alle Paare folgten mir. Denk aber nicht etwa, das wäre im Dunkeln vor sich gegangen oder man hätte dazu Beleuchtung gebraucht, nein, mein Freund! Der Ball begann um sechs Uhr nachmittags, und im Juli, Du weißt, ist es um diese Zeit noch heller Tag. Ich schritt absichtlich sacht und knüpfte mit meiner Dame auf französisch ein Gespräch an. Und was geschah? Ich hatte es doch grausam richtig geraten! Nur oui oder non, kaum hörbar aus erregtem Busen gehaucht und mit schüchterner Stimme ausgesprochen, wurden mir zur Antwort. Ich führte Nadeshda Sergejewna durch den ganzen Garten, sprach auf sie ein, überschüttete sie mit sogenannten jolis riens und brachte sie unaufhörlich in Verwirrung, vernahm ihr Schweigen oder ihre einsilbigen Antworten — und damit geleitete ich sie zurück in die Räume. Da nun erhob sich ein Flüstern unter Alten und Jungen, unter den verheirateten Frauen und den Mädchen, selbst unter den Landkreisstutzern! Offenbar entschieden alle einmütig: Soll's denn so sein! Wenigstens konnte man das an den verschmitzt-verständnisinnigen Blicken ablesen, die sich auf mich und Nadeshda Sergejewna richteten und unter denen sie abwechselnd blaß und rot und immer verlegener wurde. Ich schaute auf die ganze Versammlung mit einem zufriedenen, etwas spöttischen Ausdruck, comme si je leur disais: vous êtes bien dupes, messieurs, et vous serez bientôt penauds. Diese angreiferische Haltung wirkte — alle blickten wieder auf mich, flüsterten sich nun aber nichts mehr zu.

Ich trat zu den Musikern und hieß sie eine französische Quadrille spielen. Sie gruben eine altmodische aus, du temps du roi Dagobert, und die Fiedelbogen fingen an zu kratzen. Ich bat Nadeshda Sergejewna zum Tanz; mit Bangen und Zögern zwar — dennoch, sie folgte mir. Ein paar der unerschrockensten Stutzer unternahmen es, Damen zu *angeschieren,* wie sie in ihrer Steppenmundart sagen; von den Mädchen aber stürzten sich nur wenige in dieses bedenkliche Unternehmen, und dann noch mit größtem Mißtrauen gegenüber sich selbst. Mit Mühe fand sich die nötige Zahl von Tänzern. Ach, Alexander, warum warst Du nicht dabei? Wie hättest Du Dich an meinem Anblick ergötzt, als ich höchst kaltblütig in dieser Quadrille und später in der Mazurka Ballettsprünge vollführte. Mit welch herzlichem Vergnügen hättest Du die Laute der Bewunderung und des Entzückens vernommen, die ringsum in der Menge der von überall herbeigelaufenen Zuschauer ertönten: „Teufel auch! ... Wunderbar! ... Großartig! ... Das heiß ich tanzen!" Schließlich, wie hättest Du Dich beim Anblick der Landkreisstutzer gefreut, als sie meine Sprünge nachzuahmen trachteten — denen ich, par paranthèse, die verrücktesten Namen gab: pas de chamois, pas de gazelle, pas de bédouin —, und wie diese Stutzer sich mit den Beinen verhedderten und beinahe mit den Nasen auf den Boden fielen! ... Dieser Abend gehörte wahrhaftig mir. Der Wunsch, mich auszutollen und die Landkreis-Charmeurs schwindeln zu machen, beseelte und begeisterte mich. Ich schwatzte französisch, machte den Damen die schnörkeligsten Komplimente, schnarrte wie das berühmte *Französlein aus Bordeaux* — und erreichte mein Ziel.

Inmitten dieser gereizten Albernheiten beobachtete ich freilich höchst aufmerksam Nadeshda Bedrinzowa. Auch sie warf zwar dann und wann prüfende Seitenblicke auf mich, doch sie tat es schüchtern, verstohlen und wandte die Augen sogleich ab, wenn sie den meinen begegnete. Kein Fünkchen Lebhaftigkeit, Be-

seeltheit war in ihr, und mein Traum versank ohne Hoffnung. Also doch eine *gut erzogene* Provinzlerin! sagte ich mir immer wieder. Lieb ist sie nur allein, Auge in Auge mit ihrem Zicklein, fern vom Auge der lieben Mama und ferner noch von allen anderen. Nicht einmal ihre Kleidung gefiel mir, obgleich sie nichts Absonderliches oder Mißtönendes an sich hatte. Das weiße Kleidchen, das so proper saß; diese Raffung, die ihr das Aussehen einer Pariser Modepuppe gab, was gar nicht zu ihrem Körper paßte; diese barbarischen Ärmel à l'imbécile, die sackgleich die wahrscheinlich runden und vollen Schultern und Arme umhüllten; diese Korsage, für eine schlanke Gestalt eine höchst unvorteilhafte Erfindung der launischen Mode: das alles kam mir vor wie ein trübsinnig stimmendes Leichengewand, das gleichsam den unbeseelten Körper eines schönen, jung dahingegangenen Mädchens umschloß.

Kurzum, ich war zufrieden und unzufrieden mit meinem Abend. Zufrieden mit mir, weil ich nach Herzenslust mir selber und den anderen Possen gespielt hatte, und unzufrieden damit, daß ich hier weder für meinen Geist noch für meine Phantasie noch mein Gefühl Nahrung fand. In die Unterhaltung der Gutsbesitzer mischte ich mich nicht ein.

Auch ihr Gespräch von Wirtschaftsfragen,
Heuernte, Dung und Ackerfrucht,
Familie, Wein und Hundezucht

drohte mich gänzlich einzuschläfern. Zum Glück sind ländliche Bälle etwas anderes als großstädtische; um elf Uhr aßen wir nämlich zu Abend, und gegen ein Uhr fuhren alle nach Hause, ausgenommen zwei oder drei weiter entfernt wohnende Familien, die zur Nacht blieben.

„Nun, wie ist die Braut?" fragte mich tags darauf die Tante.

„Sie ist so, wie ich es erwartet hatte: ein Landfräulein, geziert, verlegen — nichts weiter!" antwortete ich in mörderisch entschiedenem Ton.

„Ach, ihr, ihr seid in der Welt rumgekommen und meint deshalb, ihr müßtet alles verhöhnen!“ erwiderte die Tante verdrossen. „Wenn das kein liebes, ordentliches Mädchen ist, was für Mädchen braucht ihr dann? Wohl doch Prinzessinnen und Gräfinnen oder französische Flattergeister, wie?“

„Nicht die einen und nicht die anderen, sondern einfach ein Mädchen, das nicht wie ein Ölgötze dasitzt und beim Tanzen nicht springt wie eine Puppe im Marionettentheater.“

„Wir haben hier nichts von euern Puppen, euern Marionettentheatern gesehen. Ihr kennt sie — ihr kriegt ja auch Bücher in die Hände. Wir wissen nur, daß ein Mädchen, das zehntausend an baren Einkünften hat und später mit dem Doppelten rechnen kann, ein Mädchen, das auch *nicht dumm* ist“ — beachte den Ausdruck, die Tante wagte vor mir nicht mehr, „klug“ zu sagen —, „das gut erzogen, hübsch und geschickt ist ... mit einem Wort: so ein Mädchen wie Nadeshda Sergejewna für gar manch einen die rechte Braut sein könnte.“

„Ich wünsche ihr, daß sie einen würdigen Freier findet. Was mich betrifft, so wird man mich wohl aus der Liste streichen müssen.“

Die Tante verstummte und trotzte, und der Friede zwischen uns wurde erst wieder geschlossen, als ich mich bereit erklärte, mit zu den Bedrinzows zu fahren, die den Onkel mit seiner ganzen Familie *und mit dem Gast* zum Mittagessen eingeladen hatten. Bei ihnen begegnete ich von neuem meinem Freund Awdej Gawrilowitsch Kotschewalkin, aber nicht mehr als dem *Moormännchen*, sondern im vollen Glanz eines dörflichen Elegants: im dunkelgrauen Frack, in grellfarbenen gestreiften Hosen und einer lebhaft gemusterten Samtweste, wozu ein schwarzes Halstuch kam. Als alter Bekannter trat er auf mich zu, mit ausgestreckten Armen, und bat mich flüsternd, nicht auf seinen kürzlich geschehenen *Unfall* — wie er sich ausdrückte — anzuspielen, und er fügte hinzu, er habe auch Nadeshda Sergejewna gebeten, über die Begegnung im Walde zu schweigen. Das Essen verlief ziemlich steif und wortlos; hier aber unterhielt sich Nadeshda Sergejewna mit mir schon viel freier als bei ihrer Tante. Nach dem Mahle bat ich sie, mir den Garten zu zeigen; sie stimmte zu, nahm aber meine Kusine Warenka und die anderen Kinder meines Onkels mit. Nicht ohne Berechnung begann ich Kindereien zu treiben: mit den Kleinen zu tollen, zu schwatzen, und zwischendurch führte ich mit Nadeshda Sergejewna ein scherzendes Gespräch, um ihr irgendwie ein bißchen näherzukommen und ihr Vertrauen zu erwerben. Ich rief ihr ein paar komische Episoden mit den Landkreisstutzern, die wir auf dem Ball bei Stefanida Wassiljewna gesehen hatten, ins Gedächtnis, ich äffte ihre Verdrehtheiten nach, ihre plumpen Sprünge, und ich bekannte, daß ich mir eigens ganz neue Tanzschritte und die ausgefallensten Figuren ausgedacht hatte, um sie in Verlegenheit und ganz aus der Fassung zu bringen. Sie lachte von Herzen, sagte, daß sie schon damals meine Absicht erraten habe, und unser Gespräch belebte sich, wurde heiterer, fröhlicher, es erreichte schließlich eine gewisse Stufe der Offenheit. Unterbrochen wurde es durch eine höchst amüsante Erscheinung. Mein *Moormännchen* kam uns schnaufend mit seinen Riesenschritten nachgeeilt und warf uns mißtrauische Blicke zu, in denen sich deutlich Argwohn und Neid spiegelten. Ich erriet sofort, was das bedeutete.

„Ach, hier gehen Sie spazieren, teuerste Nadeshda Sergejewna!“ sagte Awdej Gawrilowitsch, als er uns erreicht hatte. „Natürlich“, fuhr er fort, seinen Worten eine dumme Bedeutsamkeit beigebend, „gewiß, das Wetter ist ja wunderschön, und der Garten ist so groß, so prächtig, ja.“

„Jeder hat seinen Geschmack, Awdej Gawrilowitsch“, antwortete sie mit merklichem Unwillen, vielleicht deswegen, weil dieser Einfaltspinsel ein Gespräch unterbrochen hatte, das sie fesselte. „Wäre ich an Ihrer Stelle“, sprach sie mit fröhlicherer Stimme weiter, „würde ich mir vielleicht zum Spazierengehen ein Feld oder einen Sumpf, einen Morast aussuchen ...“

Sie sprach's und warf Awdej einen Blick zu, daß er, mochte mein *Moormännchen* noch so einfältig sein, ihre Absicht wohl begriff und sich auf die Zunge biß. Wir gingen weiter; er ließ von uns nicht ab. Nadeshda Sergejewna wurde von Stunde zu Stunde freier, von Stunde zu Stunde reizender.

Was soll ich Dir noch sagen? Ich war von ihr bezaubert; ich bemerkte an ihr die Funken eines originellen, manchmal beißenden Witzes, bemerkte an ihr unverstellte Empfindsamkeit und noch eine Eigenart, die ich schon lange an einer Frau suchte: daß der, zu dem sie Vertrauen zu fühlen beginnt, leicht ihre uneingeschränkte Offenheit erwecken kann. Füg eine fröhliche Natur hinzu, lebhafte Phantasie, eine reizende kindliche Gutmütigkeit in ihren Worten; füg eine mittelgroße, schlanke Gestalt hinzu, schöne Gesichtszüge, ein angenehmes Lächeln, große schwarze Augen mit beseeltem, ausdrucksvollem Blick ... Genügte das alles nicht, mir den Kopf zu verdrehen?

Es ist entschieden: ich werde sie heiraten! Aber sollte ich mich wirklich dem Willen der Onkelchen und Tantchen unterwerfen, mich so vermählen, wie es Iwan und Jakow und all die Namen auf dem Provinzregister tun? ... Nein, das wäre sehr langweilig! Zeremonielle Werbung, endlose Unterhandlungen über die Mitgift, Vereinbarungen über das Verhalten gegenüber diesem oder jenem aus der Verwandtschaft, ferner Hochzeitsmahle, Festgesellschaften, Visiten — was für ein unerschöpflicher Vorrat an Langerweile und Nötigung! Man muß den Geist anstrengen und sich etwas Neues ausdenken.

Meine Bekanntschaft mit der Familie Bedrinzow wurde von Tag zu Tag fester geknüpft. Oft ging ich am frühen Morgen vom Hause des Onkels fort, in meinem schicken Jägerkleid, das Gewehr über der Schulter und meinen treuen Gefährten Melmoth zur Seite. Nicht an Wild, nicht an Wiesen und Sümpfe denkend, begab ich mich auf kürzesten Pfaden nach Shishmorowo, manchmal geradewegs in den Garten Sergej Tichonowitschs, und immer fand ich dort in einer Fliederlaube Nadeshda vor, mit einer Handarbeit oder einem Buch beschäftigt. Ich hatte ihr noch nichts von Liebe angedeutet, aber wir verstanden einander auch ohne Erklärungen. Einmal brachte ich scherzend das Gespräch auf das *Moormännchen* und sagte Nadeshda, es sei offensichtlich in sie verliebt. Sie lächelte, zeigte sich aber gar nicht verlegen. Da begann ich über diesen amüsanten Anbeter zu witzeln; doch Nadeshda Sergejewna ging nicht auf meine Scherze ein, sie setzte eine treuherzig ernste Miene auf und sagte mit sanfter Stimme: „Mir scheint, es ist eine Sünde, über das Gefühl eines Menschen zu scherzen, auch wenn es einer ist, zu dessen Gunsten nichts spricht: weder Geist noch Erziehung. Das Fühlen ist nicht dem Willen untertan; wie also kann man sich über einen lustig machen, der es in seiner Einfalt weder fertigbringt, sein Gefühl auszudrücken, noch, es zu verheimlichen? Man sollte ihn bedauern, nicht auslachen."

Ich küßte meiner lieben Partnerin die Hand; das Gespräch, von mir mit recht boshafter Absicht begonnen, wandelte sich bald in einen flammenden Herzenserguß. Noch immer war zwischen uns kein Wort von Liebe gefallen; aber Nadeshda konnte keinen Zweifel mehr an dem haben, was ich für sie fühlte, und ich wiederum las in ihren Blicken, in ihrer Stimme, ja in der Bewegung ihrer Brust die mir schmeichelnde Gewißheit: sie liebt — und sie liebt mich!

Ein paar Tage darauf wanderte ich wieder auf vertrauten Pfaden nach Shishmorowo; ich durchquerte schon den kleinen Wald, da vernahm ich hinter mir das Geräusch schwerer Schritte. Ich sah mich um — in zwei Schritt Entfernung erblickte ich Awdej Gawrilowitsch. Es war zu erkennen, daß er mir nachgeeilt war. Auf der Schulter trug er ein riesiges Gewehr, nicht kleiner als die sieben Spann langen Arkebusen der Mitstreiter Bogdan Chmelnizkis.

„Ich wünsche einen guten Tag!" sagte mein Sonderling, als er mich erreicht hatte. „Wohin des Wegs? Aber freilich, ja, da brauche ich nicht zu fragen: zu Sergej Tichonowitsch oder, genauer gesagt, zu Nadeshda Sergejewna — zur rechten Zeit reden, zur unrechten schweigen!"

Mir gefielen weder das unangebrachte Verhör und die Vermutungen noch die Stimme meines grimmig dreinblickenden Nimrods. Ich antwortete kalt: „Ich gehe, wohin mir's gefällt. Ihnen bin ich wohl am allerwenigsten Rechenschaft darüber schuldig!" Mit diesen Worten wandte ich mich zum Weitergehen.

„Bleiben Sie!" rief er und faßte mich in größter Unruhe, die sich in der Stimme, im Blick, im unbeherrschbaren Zittern der

Hände äußerte, am Arm. „Warten Sie eine Minute, Väterchen Lew Konstantinowitsch! Ich ... ich möchte mit Ihnen was besprechen. Die Sache ist so — wie mein verstorbenes Väterchen es ausdrückte — *kritisch*, daß ich wahrhaftig nicht weiß, wie ich anfangen soll ... Na, ganz gleich, wenn's schon mal soweit ist! Ich Sünder, reuig gesteh ich's, ich hab Sie totschießen wollen, mit dem Gewehr da ..."

„Sie? Mich erschießen?" rief ich und lachte hellauf. „Aber ich bitte Sie, mein bester Awdej Gawrilowitsch! Ich hätte nie so eine mörderische Missetat von Ihnen erwartet."

„Freilich, man sieht's auch, Gott hat Sie und mich vor der Heimsuchung bewahrt. Drei Tage habe ich Ihnen in dem Sumpf, Sie wissen schon, aufgelauert ..."

„Da hätten Sie drei Jahre umsonst warten können — ich komme nicht mehr dorthin ..."

„Und heute habe ich im Walde hier gehockt", fuhr er fort. „Da warte ich nun seit dem frühesten Morgen. Und solche Schwermut hat mich gepackt, daß ich am liebsten selber ins Wasser gegangen wäre. Da seh ich, Sie kommen — und meine Hände versagen nun erst recht!"

„Weswegen hat Sie denn solcher Haß auf mich gepackt? Ich meine doch, ich habe Ihnen nichts Böses gewünscht, nichts Böses getan."

„Ja, sehen Sie, Väterchen, Sie besuchen oft Sergej Tichonowitsch und Pelageja Michailowna, und was das Schlimmste ist, nicht bloß einmal habe ich gesehen, wie Sie allein mit Nadeshda Sergejewna im Garten spazieren oder in der Laube sitzen ..."

„Und das ist alles?" unterbrach ich ihn lachend.

„Ist das vielleicht wenig?" erwiderte mein Sonderling mit ungewöhnlicher Hitze, die ich in ihm nie vermutet hätte. „Ich sage Ihnen, Väterchen, es mag schon anderthalb Jahre her sein, daß ich im Schlafen wie im Wachen an nichts anderes denke, als Nadeshda Sergejewna zur Frau zu kriegen; ich wollte noch dieses Jahr bis zu Mariä Schutz und Fürbitte warten und dann die Werber zu ihren Eltern schicken ... Und da sind zu meinem Unglück Sie aufgetaucht."

„Sie sind also ganz ernsthaft in Ihre hübsche Nachbarin verliebt?“

„So sehr, Väterchen, daß ich — ich sag die Wahrheit — gar nicht mehr essen mag. Tag und Nacht finde ich keine Ruhe — immer schwebt sie mir vor Augen.“

„Und sie, erwidert sie Ihre Liebe?“

„Na, das weiß der Himmel! Wenn sie nur erst bereit wäre, mit mir unter die Hochzeitskrone zu treten, die Liebe wird dann schon kommen!“

„Hören Sie, bester Awdej Gawrilowitsch!“ sagte ich und ging vom scherzhaften Ton in einen ernsten über. „Ich sage Ihnen freimütig, daß Nadeshda Sergejewna keine Braut für Sie ist und daß Sie ihr kein Bräutigam sein können.“

„Und warum denn nicht?“

„Deswegen, weil sie ein gebildetes Mädchen ist, weil sie viel gelesen, aus den Büchern Begriffe und Vorstellungen gewonnen hat, von denen Sie keine Ahnung haben. Sie wünscht sich zum künftigen Ehemann einen Menschen, der ihr der Erziehung, den Begriffen, dem Geist nach gleich ist, der sie in die große Welt führen würde und dessentwegen sie sich nicht schämen müßte, sich in der großen Welt zu zeigen. Nehmen wir an, Sie würden sie bekommen; sie würde Sie nicht liebgewinnen, würde scheel auf Sie sehen, sogar mit Verachtung; keine einzige freiwillige Zärtlichkeit könnten Sie von ihr erhalten ... Und was sind das für Zärtlichkeiten, die man mit Gewalt nehmen muß?“

„Oh, das ist wahr!“

„Hören Sie weiter. Sie geben selber zu, daß sie klüger ist als Sie. Nun stellen Sie sich vor, was das für ein Leben für Sie beide wäre, wenn Sie keine zwei Worte sprechen könnten, die zu dem Geist, den Gewohnheiten, der Erziehung Ihrer Frau paßten? Sie kommen, sagen wir, von der Jagd nach Hause; Ihre Frau sitzt in der Ecke und bläst Trübsal; abends schweigt sie, Sie tun dasselbe, weil da nichts ist, worüber Sie mit ihr sprechen könnten; beide gähnen Sie und wissen nicht, was tun vor Langerweile. Bringen Sie Ihre Bekannten mit — sie passen nicht zum Wesen Ihrer Frau;

und könnte sie sich nach eigenen Vorstellungen einen geselligen Kreis schaffen, wäre der für Sie eine einzige Last — da würde man über Dinge sprechen, von denen Sie nichts begreifen. Kurzum, wären Sie Mann und Weib, Sie blieben einander doch vollkommen fremd."

„Das ist wahr, o ja, Väterchen!" sagte Awdej Gawrilowitsch mit einem tiefen Seufzer.

„Ich sage Ihnen noch mehr: Mir ist bekannt, daß sowohl Nadeshda Sergejewnas Eltern als auch die ferneren Verwandten sie Ihnen keinesfalls zum Weibe geben würden; von ihr selber brauche ich gar nicht erst zu sprechen: sie wünscht sich einen Mann nach ihrem Maß. Auf Ehre und Gewissen kann ich Ihnen das versichern; denn ich hatte mehrfach Gelegenheit, es von ihnen selbst zu hören."

„Na, so etwas! Daran hatte ich ja noch gar nicht gedacht ..."

„Ich sage das alles, damit ich Sie vor späterer Reue bewahre", fuhr ich fort und blickte ihm offen in die Augen. „Und jetzt, wie wär's? Jetzt gehen wir zusammen in das dichteste Dickicht dieses Waldes, jedenfalls dorthin, wo fast nie ein Mensch auftaucht; ich stelle mich an einen Baum, und Sie setzen mir mein Gewehr auf die Brust, gerade übers Herz, und drücken ab ... Keiner wird den Schuß hören, keiner wird Zeuge der Mordtat sein, und wenn man später einmal meinen Körper findet, wird man meinen, ich wäre unvorsichtig mit dem Gewehr gewesen und hätte mich selbst getroffen."

„Aber nicht doch, Väterchen!" schrie er auf, am ganzen Leib zitternd und sein Gewehr fallen lassend; sein Gesicht wurde bleicher als Linnen. „Wie könnt ich denn so eine Sünde auf meine Seele nehmen! Und wem sollt ich das antun? Meinem Wohltäter, der mich von einem schlimmen Tode errettet hat! Und weswegen? Wegen einer Sache, die ohnehin nicht sein kann, wegen einer Braut, die ich ja ebensowenig kriegen würde, wie ich meine Ohren sehe! Sie haben mir's ja selber, gütig wie ein Vater — Dank sei Ihnen —, begreiflich gemacht."

„Aber Sie wollten mich doch totschießen?"

„Ja, Väterchen, das muß ich zugeben, der böse Geist wollte

mir schon den Kopf verdrehen; aber Gott hat sich wohl meiner Sünden erbarmt und mich vor der Übeltat bewahrt."

Darauf hatte ich nur gewartet.

„So ist es, bester Awdej Gawrilowitsch", sprach ich zu meinem reuigen Mörder, „es wäre eine schwere Sünde gewesen, und Nutzen hätten Sie keinen davon gehabt; ist es nicht besser, wir leben in Frieden miteinander, als daß wir uns wegen einer Sache zerstreiten, die, wie Sie sagen, ohnehin nicht sein kann? Wissen Sie was? Ein guter Frieden schließt ein, daß man sich gegenseitig Dienste erweist und sich etwas schenkt. Sie haben kürzlich Ihrem Lasarinow-Gewehr nachgetrauert; hier haben Sie mein Kuchenreuter-Gewehr; Kenner haben es in Petersburg sehr hoch eingeschätzt; aber ich brauche es jetzt nicht, und verkaufen mag ich es nicht. Lieber einem guten Freund schenken ..."

„Wie denn, Väterchen? Ihr Semjon hat mir doch gesagt, daß man Ihnen für dieses Gewehr sechshundert Rubel geboten hat, und Sie wollten es nicht hergeben. Bedenken Sie doch, wie könnte ich so ein wertvolles Geschenk annehmen?"

„Nehmen Sie's, wenn Sie mir einen Gefallen tun wollen. Ich sagte Ihnen schon, verkaufen mag ich es nicht, aber ich brauche es nicht. In Ihren Händen wird es seinen Sinn besser erfüllen, als wenn es bei mir am Haken hängt."

Das Gesicht meines Awdej heiterte sich auf und verzog sich zum freundlichstmöglichen Lächeln. Er nahm das Gewehr entgegen und dankte mir, als wäre es Gott weiß was für eine Wohltat.

„Womit kann ich Ihnen, mein Gönner, all Ihr Wohlwollen für mich vergelten?"

„Damit: Ich werde Ihnen später noch einen Tag nennen — an dem laden Sie drei oder vier Ihrer Freunde zu sich, Adlige aus der Umgebung, und warten auf näheren Bescheid von mir ... Ich sage Ihnen dann, was zu tun ist."

„Auf Leben und Tod für Sie bereit, mein Gönner! Wie sollt ich Ihnen nicht mit Treu und Glauben dienen? Die schlimmsten Absichten hatte ich gegen Sie gehegt, und Sie — nicht bloß, daß Sie mir nicht böse sind, Sie tun mir noch Gutes und schenken mir ein so teures Gewehr, wie ich mir's nicht einmal im Traum hätte einfallen lassen!"

Wir trennten uns. Ich ging zu den Bedrinzows, und er machte sich, nun mit doppelter Bürde, auf zu Streifzügen über Wiesen, durch Sümpfe. Ich vergaß Dir zu berichten, daß neben den Eltern meiner Braut auch alle anderen im Hause mich liebgewannen; der alte Musiklehrer, ein Württemberger, und Nadeshdas Gouvernante, eine Schweizerin aus Lausanne, eine etwas putzfreudige und gesprächige Vierzigerin, waren entzückt von mir. Mit dem Württemberger sprach ich über die Ufer des Neckars, über Stuttgart und seine Anlagen, über das Geislinger Tal, mit der Schweizerin über die Reize der Schweiz, über den Genfer See, über Lausanne und seine Umgebung. Meine Kenntnisse von Land und Leuten kommen mir in diesem Falle so zustatten, daß ich jeden meiner ausländischen Gesprächspartner gedanklich in seine Heimat versetzen kann.

Die Zuneigung, die Madame Fréden — so heißt die Schweizerin — zu mir gefaßt hat, und ihre Offenheit, vielleicht auch bloß die Geschwätzigkeit, gehen so weit, daß sie mir, ohne daß ich sie im geringsten ausfrage, oft ausführlich von allem berichtet, was in meiner Abwesenheit geschehen ist und gesprochen wurde. So vertraute sie mir einmal, als Nadeshda nicht dabei war, im Gespräch an, daß der Vater und die Mutter meiner Braut bei einem Gottesdienst in ihrem Hause schon mit dem Geistlichen über die bevorstehende Hochzeit ihrer Tochter gesprochen und mich als ihren künftigen Schwiegersohn bezeichnet hatten. Das gab mir den Gedanken ein, ihnen und meiner übereifrigen Tante einen kleinen Streich zu spielen. Ich schwieg, tat, als wüßte ich von nichts, vermied jede Andeutung eines formellen Heiratsantrages, ging im Hause der Bedrinzows ein und aus, aber noch immer nicht als der erklärte Bräutigam. Dieses mein Verhalten versetzte die alten Bedrinzows sowie deren Verwandtschaft und die meine in ärgste Verlegenheit. Was Nadeshda betraf, so erwartete sie wohl alles von der Zeit und von der Macht, die sie unzweifelhaft über mein Herz gewann, was den Blicken des scharfsinnigen Mädchens nicht verborgen bleiben konnte.

Es kam ihr Namenstag, der siebzehnte September. Die Bedrinzows luden uns zu einer Familienfeier ein. Hier fanden wir fast ihre ganze Verwandtschaft vor, aber keinen Außenstehenden. Alle schienen sich auf etwas vorbereitet zu haben. Nach dem Mittagessen unterhielt ich mich mit Nadeshda über Belanglosigkeiten; wie auf Verabredung ließ man uns allein.

Als die Glocken zur Vesper läuteten, sagte ich zu Nadeshda: „Heute ist Ihr Namenstag, keiner darf heute auf Sie böse sein, damit Sie ein volles Jahr von allem Kummer verschont bleiben. Geben Sie Ihr Einverständnis zu einem kleinen Streich, mit dem Ihre Familie gewiß nicht unzufrieden sein wird. Sie müssen nur widerspruchslos das tun, wofür ich Ihnen das Beispiel gebe."

Sie lächelte und reichte mir zum Zeichen des Einverständnisses die Hand. Wir gingen gemeinsam in das Zimmer, wo ihre und meine Verwandten saßen. Ich geleitete Nadeshda zu ihrer Großmutter und bat diese mit etwas scherzhafter Würde, den Segen zu unserer Ehe zu erteilen. Nadeshda blickte verwirrt; die alte Frau wunderte sich, doch sie segnete uns. Ich führte die Braut der Reihe nach zu ihren Eltern, zu meinem Onkel und meiner Tante, die ich bat, mir Vater und Mutter zu vertreten, und wiederholte vor ihnen dasselbe, in demselben Ton. Eine Absage gab es von keinem, doch alle wunderten sich, blickten recht mißtrauisch auf uns, Nadeshda aber verfärbte sich im Gesicht und zitterte.

Nach dieser Zeremonie sagte ich zu Nadeshda: „Jetzt können wir gehen — spazieren." Ich legte ihr den Schal um, reichte ihr den Arm und führte sie in den Garten.

Keiner folgte uns, denn daß wir allein spazierengingen, wunderte keinen mehr. Ich öffnete die äußere Gartenpforte und führte meine Gefährtin durchs Dorf.

Als wir uns neben der Kirche befanden, sagte ich zu Nadeshda: „Gehen wir hinein, zum Gottesdienst!"

Wortlos willigte sie ein, aber ihre Hand zitterte in der meinen. In der Kirche fand ich die vier Freunde meines *Moormännchens*, den ich am Morgen benachrichtigt hatte; selber aber zeigte er sich nicht. Ich ließ das zitternde Mädchen, das etwas zu ahnen begann, mitten in der Kirche allein und begab mich zum Altar. Dort redete ich mit aller Kraft der Logik, der Rhetorik und anderer Hilfsmittel auf den Geistlichen ein, der übrigens wußte, daß meine Absicht dem Willen von Nadeshdas Eltern nicht zuwiderlief, und ich überzeugte ihn. Eine Weile später rief der Küster die vier Adligen der Reihe nach auf — und alles war bereit. Der Nachmittagsgottesdienst war unterdessen zu Ende gegangen. Ich trat zu Nadeshda und erklärte ihr, wir müßten uns sogleich trauen lassen, um ihren Eltern überflüssige Mühen und mir lästige Verpflichtungen zu ersparen. Zuerst wollte sie aufbegehren; doch da sie in meinen Augen feste Entschlossenheit las, die Seltsamkeit ihrer Lage begriff, unangenehmes Gerede fürchtete, vielleicht auch den Bruch mit mir, willigte sie ein. Wir traten zum Lesepult. Zwei der erwähnten Edelleute hielten die Kronen über uns. Meine Braut zitterte wie Rosenlaub und weinte. Die Feierlichkeit ging zu Ende. Ich küßte meine Gattin, dankte dem Geistlichen, den Zeugen und führte Nadeshda ins Haus ihres Vaters. Dort erwartete man uns mit argwöhnender Spannung. Wir traten ein und warfen uns ihrem Vater, ihrer Mutter und der Großmutter zu Füßen. Die ganze Versammlung ächzte einmütig: „Ach, mein Gott!“ Da aber begann ich eine schwungvolle Rede zu halten, riß mit meiner Wortgewandtheit die ganze Verwandtschaft mit und trat triumphierend gleich Cicero von meiner niedrigen Tribüne. Sie segneten uns abermals, wir küßten uns abermals, und nun erst begann brausend das Familienfest!

Jetzt sind es schon zwei Wochen, daß ich im Hause meines Schwiegervaters wohne. An meiner Frau entdecke ich jeden Tag neue Reize, neue Vollkommenheiten; und wenn sich das ein ganzes Jahr fortsetzt, so hoffe ich den russischen Wortschatz mit so viel Namen für die Vorzüge einer schönen und lieben Frau zu bereichern, daß ich gewiß eine Medaille für Verdienste um die Muttersprache erhalten werde.

Dein treuer Freund ... und so weiter.

Zufällig fielen mir diese beiden Briefe von Lew Konstantinowitsch ... — den Familiennamen weiß ich nicht, beide waren einfach mit Léon unterschrieben – in die Hände. Ich habe mich nicht bemüht, den zuweilen nachlässigen Stil zu verbessern, habe auch nicht die französischen Einsprengsel, mit denen die Briefe geziert sind, durch die russischen Entsprechungen ersetzt. Mit ähnlichem Briefwechsel unserer vornehmen jungen Leute, die nicht selten so schreiben, wie sie sprechen, nämlich halb russisch, halb französisch, könnte ich wohl hundert Bände füllen. Ich weiß nicht, ob die Lektüre solchen Briefwechsels angenehm oder nützlich wäre; verbürgen möchte ich mich nicht dafür. Die vorliegenden beiden Briefe aber gebe ich deshalb heraus, weil sie wenn schon nicht eine fesselnde, so doch wenigstens eine abgerundete Begebenheit zum Inhalt haben.

Alexander Weltmann

Der rasende Roland

I

In einer der fünfundfünfzig Gouvernements- oder fünfhundertfünfundfünfzig Kreisstädte des Russischen Reiches wanderte im Zimmer einer Herberge ein Mann von Ecke zu Ecke; er mochte dreißig Jahre zählen, sah stattlich aus, hatte glutvolle schwarze Augen, und auf den Wangen lag ihm flammende Röte. Er trug einen blauen Überrock, drei Sterne blitzten auf der Brust, Unruhe und Entrücktheit spiegelten sich in seinen Zügen.

Die Tür zum Schlafzimmer der Wirtsleute war angelehnt. In der Küche, die neben dem Schlafzimmer lag, kochte eine junge Jüdin ihre Kugl und bereitete für den Mieter den Tee.

Plötzlich ertönte ein lauter Ausruf des Mieters.

„*Angelika!*“ stieß er mit verzweifelter Stimme hervor.

„*. . . Angelika!*“ wiederholte der bedeutende Mann — der Mieter —, mitten im Zimmer stehenbleibend. Seine Augen blickten starr, der emporgereckte Arm zuckte.

„*O Natur!*“ fuhr er fort. „*Ist die stiefmütterliche Natur taub bei dem Geschrei des armen Rolands? Die Flut meiner Tränen hat Felsen ausgehöhlt, aber dich nicht erweichen können, mir mein Eigentum zurückzugeben. Ich will den ganzen Erdkreis verwüsten, um in der unermeßlichen Einöde jeden Winkel aufzudecken, der sie verbergen könnte! . . . Angelika! Ist irgend in der weiten Welt ein Winkel, der noch dich verbärge?*“

Eine Weile schwieg er, dann schlug er sich an die Brust und sprach mit Leidensstimme weiter.

„Gott im Himmel! Endloses Ringen! Ist es nicht genug der Qualen? Welch eine Furie tauchte ihren giftigen Dolch in mein Blut? Ein begünstigter Buhle zeichnete in diesem zur Ruhe ladenden Schatten, an ihrem Busen, im Wonneaugenblick – sein Todesurteil! Vielleicht tauschte sie dir selbst den kriegerischen rauhen Namen mit diesem Schäfernamen der Liebe? Recht so, gute Göttin Eigenliebe, gieß immerhin Gift in die Wunde, sie schmerzt doch nicht mehr. Doch was zögr' ich? Nach der Spur!"

Mit diesen Worten warf er sich zur Seite.

„Sachte, sachte, Herr!" rief die Jüdin in ihrer lispelnden Redeweise und sprang vor dem wild fuchtelnden Mieter zurück. In den Händen trug sie ein Tablett, auf dem eine etwas beschmierte Kanne mit Tee, eine zweite mit heißem Wasser, eine dritte mit Milch, ferner eine Schale mit vier Stückchen Zucker und eine andere mit Brot standen.

„Ah, Rifka! Jetzt entwischst du mir nicht!" schrie der bedeutende Mieter und preßte die Jüdin in seinen Armen, kaum daß sie Zeit gefunden hatte, das Tablett auf dem Tisch abzusetzen.

„Ssss! Sachte, Herr!" rief die Jüdin, während sie seine Küsse abwehrte, die auf ihr Gesicht prasselten, und sich mit Mühe den Armen des Mieters entwand.

Als sie aus dem Zimmer rannte, blickte ihr der Unbekannte mit flammenden Augen nach; er goß sich ein Glas Tee ein, trank es beinahe in einem Zug aus, tat ein paar Schritte, hielt abermals mitten im Zimmer inne, reckte die Arme und brüllte: *„Verflucht seist du, daß du nicht dieses schändliche Paar mit all ihren Sünden hinab zur Hölle stürztest! Ich will alles um mich her verwüsten, was das Gepräge dieser unnatürlichen Liebe trägt! Hinweg mit euch, unreine Schatten, Hehler schändlicher Wollust und Zeugen von Rolands Schande! Mein Odem soll, gleich dem Orkan, diese ganze Gegend verheeren!"*

Nach diesen Worten ergoß sich ein Strom von Verwünschungen. Rifka lief aus der Küche herbei und legte abwechselnd Augen und Ohren ans Schlüsselloch.

„O Sonne!" fuhr der Unbekannte fort. *„Verhülle dich, wenn du*

auf deiner glänzenden Laufbahn an diese Gegend triffst. Keuscher Mond, wirf nie einen Strahl deines reinen Lichts auf diese geschändete Stelle! Ewige Nacht, falle herab auf diesen der Hölle entrissenen Wohnplatz! Giftiger Hauch stecke jeden Nahenden mit Verwesung an. Hyrkanische Tiger mögen diesen Erdfleck bewohnen!"

Unterdessen knarrte die Tür, jemand trat ins Zimmer. Der Mann redete weiter, aber schon viel ruhiger.

„Die Sonne flieht, diesen Greul nicht anzuschau'n. Sieh! Die Tugend geht in Bettlerlappen und die Wollust in Samt und Seide! Siehst du jene Täubchen? Der Habicht schwebt über ihnen, er schießt herab, er zerfleischt ihre von Liebe noch zitternden Herzen!"

„Fertig, Herr", sagte der, der in der Tür stand. An der Stimme konnte man erraten, daß es der Hausknecht war.

Aus dem Holzkasten der Uhr in der Ecke rief der Kuckuck sechsmal.

„Es ist Zeit!" sagte der Unbekannte. Er warf sich den Mantel über und trat hinaus; der Hausknecht begleitete ihn den Korridor entlang mit der Kerze. Draußen war es schon finster. Vor der Haustür stand eine kleine polnische Britschka, mit einem Pferd bespannt.

„Ein Trinkgeld für den Hausknecht, Herr!"

„Scher dich zum Teufel!" erwiderte der Unbekannte und sprang in die Britschka.

Der Kutscher auf dem Bock ließ die Peitsche auf die dürren Rippen der Mähre knallen, der Knecht kehrte mit der Kerze ins Haus zurück; die Hufe trappelten auf harter Erde, das Gefährt knarrte und klapperte.

Ungehindert rollte die Britschka dahin; plötzlich, wo es bergab ging, kam ihnen ein schweres Ochsenfuhrwerk entgegen.

Aus dem nächsten Haus fiel ein Lichtstrahl auf die Straße.

„Die Schlucht, paß auf!" schrie der Unbekannte. Seine Worte brachen ab, die Britschka stürzte um, die Sterne auf dem Überrock blitzten auf, ein Ächzen erhob sich und verstummte plötzlich. Es war nur noch zu hören, wie die Ochsen bergan zogen, wie die Fuhrleute pfiffen, wie die Peitschen knallten — und das „Hü, hü!".

Das Fuhrwerk war vorbei. Alles wurde still. Ein klägliches „O weh!" tönte von unten herauf; doch bald pfiff wieder die Peitsche, trappelten wieder die Hufe, und die Britschka knarrte und klapperte weiter.

Unterhalb des erleuchteten Hauses, nahe der Brücke über die Schlucht, wiederholte sich das dumpfe Stöhnen.

2

Am Tag der heiligen Märtyrerinnen Minodora, Mitrodora und Nimfodora versammelten sich beim Herrn Polizeimeister Gäste. Zum Namenstag seiner ehrenwerten Gattin gab er ein glänzendes Gastmahl.

Bei allen hochgestellten Persönlichkeiten der Stadt, die ebensogut wie Pawel Afanassjewitsch Famussow wußten, was sich in der vornehmen Welt gehört, war dieser Tag im Kalender angestrichen; auf dem sonst leeren Blatt standen neben dem Datum, dem zehnten September, die folgenden Worte: „Tag der Schutzheiligen von Nimfodora Michailowna."

An diesem Tag, dem hohen Feiertag, zelebrierte der Protopope selbst den Gottesdienst in der Hauptkirche; der Vorsitzende und die Mitglieder des Magistrats, die Richter und die höheren Beamten schrieben früh am Morgen ins Dienstjournal: „Wegen Nichtvorliegens der erforderlichen Unterlagen wird die Prüfung der Angelegenheit bis zur nächsten Sitzung vertagt . . ."; der Postvorsteher und sein Stellvertreter übertrugen dem diensttuenden Briefträger die Annahme und Weiterleitung der Korrespondenz; der Stadtarzt gab dem Feldscher die nötigen Unterweisungen, damit dieser seine – des Arztes – Pflichten wahrnehmen konnte; die Reviervorsteher überließen es den Polizeidienern, für die öffentliche Ordnung zu sorgen; und alle begaben sich in vollständiger Uniform zur Gratulationscour für Nimfodora Michailowna und ihren Gatten, darauf zum Gottesdienst und dann zur Mittagstafel des Namenstagskindes.

Die drei Gilden der städtischen Kaufmannschaft beachteten

gleichfalls diesen Tag; am frühen Morgen ließen sie von ihren Gehilfen Säckchen mit all dem überbringen, was nur irgend in der Hauswirtschaft Nimfodora Michailownas gebraucht werden konnte; und um Mittag gingen sie selbst, dem Festtagskind ihre Glückwünsche auszusprechen.

An diesem Tage holte man aus dem Gefängnis einen vorzüglichen Koch, der dort wegen eines schweren Verbrechens schon ungefähr fünf Jahre saß und nicht zur Zwangsarbeit verschickt wurde, teils, weil wegen seiner Aussagen noch in fünfzehn Gouvernements Untersuchungen liefen, teils, weil man seine Komplicen, die über das ganze Russische Reich verstreut waren, noch nicht ausfindig gemacht hatte, teils auch, weil er krank war und andere stichhaltige Gründe vorlagen.

Das Mittagsmahl war großartig.

Welcher Malerpinsel vermag die einträchtige Befriedigung auszudrücken, die alle Tafelnden ganz erfüllte! Toaste auf die Gesundheit Nimfodora Michailownas und ihres Gatten sowie der ganzen Familie wurden wiederholt ausgebracht und verbanden sich in herzlicher Weise mit dem Gefühl der Ergebenheit, des schuldigen Respekts gegenüber dem verehrten Stadtoberhaupt und mit dem Wunsche, daß ihnen jeglicher Segen und Wohlstand beschieden sei, ein Jahreseinkommen von hunderttausend und ein langes Leben — hundert Jahre und noch zwanzig dazu und noch mal kleine fünfzehn dazu. Der Namenszug des ehrenwerten Festtagskindes, aus Bonbonmasse gegossen und mit Zuckerwatte umschlungen, prangte aufragend mitten auf dem Tisch; daneben standen Marzipan, gezuckerte Früchte auf kleinen Tellern, Zuckermelonen, Wassermelonen, Birnen und Äpfel. Der Feuerwehrchor sang das Lied: Viele Jahre soll sie leben.

Während Nimfodora Michailowna daranging, die große Torte in Stücke zu zerschneiden, löste der Hausherr den Verschluß einer Sektflasche, der Pfropfen flog an die Decke, fiel zu Boden und ging dann, als man ihn auf Verlangen des Richters, eines Weinkenners, aufgehoben hatte, bei den Gästen wie ein Wunderding von Hand zu Hand; ehrfürchtig murmelten ein paar

Stimmen: „V. C. P. — mit Sternchen!“, und als die schäumenden Pokale den Gästen gereicht wurden, erhoben sich alle und riefen einstimmig: „Wünschen Gesundheit!“, und dann züngelten, wie die Flammen eines Lauffeuers, die Lobeserhebungen für den Wein auf: „Ein wunderbarer Wein! Ein alter Wein! Ein sehr alter Wein! Ein vollkommener Wein! Ein reiner Wein! Ein fürstlicher Wein!“ Als das Dessert herumgereicht war, begleitet von Ratafia, Kirschwasser und anderem Branntwein, als die Gäste sich die Mägen vollgestopft hatten und etwas unleidlich wurden, da stand die Hausherrin auf, lärmend wurden die Stühle gerückt, alle küßten der Hausherrin die Hand und gingen in den Salon.

Die Damen nahmen auf dem Diwan am runden Tisch Platz, wo abermals Dessert bereitstand: Obstpaste aus Wologda, verschiedene Sorten Nüsse, gezuckerte Früchte. Die Männer von Rang verteilten sich im Zimmer und beschäftigten sich damit, in den Zähnen zu stochern und Tabak zu schnupfen; die übrigen, die Untergeordneten, drängten sich abseits, flüsterten untereinander und betrachteten die reiche Ausstattung des Zimmers: Moskauer Tapeten, auf denen eine Schäferin im Reifrock und ein Flöte spielender Schäfer in engen Hosen zu sehen waren; mit grünem Saffianleder bezogene Möbel; Bildchen in schmalen goldenen Rahmen, wo man die Geschichte der Genoveva, Pauls und Virginies und des verlorenen Sohnes dargestellt sah, ferner die entstellten Züge von Zaren und Heerführern — mit Unterschrift und Versen zu ihren Ehren.

„Stellen Sie sich vor!“ sagte der Postvorsteher, während er sich mit der Gabel ein Stück Fruchtpaste nahm. „In Frankreich, das heißt in Paris, gibt es *Frühstück auf Gabeln.*“

„Ist das möglich! Wie geht denn das?“ riefen erstaunt mehrere Stimmen.

„Ich weiß es nicht, meine Herrschaften, aber ich kann es Ihnen bezeugen mit dem Buch des Herrn Kotzebue *‚Erinnerungen aus Paris‘*. Herr Kotzebue ist vertrauenswürdig, er lügt nicht.“

„Das ist gewiß bloß so ein Ausdruck“, sagte die Dame des Hauses, als wüßte sie es genau. „Gerade so ein Ausdruck, wie man bei uns sagt: *auf Nadeln sitzen.*“

„So muß es wohl sein", bestätigte der Vorsitzende des Magistrats.

„Andere Länder, andere Sitten", meinte der Protopope und strich sich über den Bart.

„Wahrhaftig!" sagte ein auf dem Seminar ausgebildeter Lehrer der städtischen Schule. „Cicero sagt: communem consociationem colere, tueri, servare debemus, will sagen, wir müssen den Sitten treu sein ..."

„Genauso ist es!" unterbrach ihn der Postvorsteher. „In einer Abhandlung über Teppiche heißt es jedoch bei Herrn Kotzebue, daß *der Fremdenführer, der Cicero, selber kaum etwas wußte.*"

„Ich bitte Sie", rief, sich entsetzend, der Lehrer, „Cicero war ein römischer Redner!"

„Das macht doch wirklich nichts, mein Herr", antwortete der Postvorsteher, „deshalb konnte er ja nach Paris reisen. Ich wäre selber neugierig, mir die Stadt mal anzusehen, in der sogar alle Handwerksleute Ritter sind und *Wappenschilde mit Devisen tragen.*"

„Wie denn das?" schrien alle.

„Wollen Sie es bei Herrn Kotzebue nachlesen", erwiderte wichtigtuerisch der Postvorsteher, „in dem Buch über Paris. Jawohl", sprach er und fuhr fort: „Aber was für eine sittenverderbende Philosophie sie in Frankreich haben! Stellen Sie sich vor: Napoleon Bonaparte selbst hat Herrn Kotzebue gegenüber die Voltairesche Regel geäußert: *Alle Menschen seien gut, ausgenommen ein langweiliger Mensch*. Was meinen Sie dazu: Alle Menschen sind gut, ausgenommen ein langweiliger Mensch!"

„Furchtbar!" entsetzten sich die Gäste. „Alle Menschen sollen gut sein, ausgenommen die langweiligen! Folglich wären Räuber und Spitzbuben gut, weil sie nicht langweilig sind."

„Furchtbar!" wiederholten alle, und die allgemeine Verwunderung wurde dadurch unterbrochen, daß die Hausherrin einem anwesenden jungen Mädchen vorschlug, es möge doch etwas auf dem Klavier spielen.

„Wahrhaftig, ich habe alles vergessen, Nimfodora Michailowna."

„Seien Sie so nett, mein Fräulein, erfreuen Sie meine Gäste", sagte der Polizeimeister.

Alle Gäste bedrängten mit ergebensten Bitten die Virtuosin.

„Bestimmt, ich habe alles vergessen", wiederholte diese.

„Na, mach schon, Sofja! Manieren lieb ich nicht! Man lehrt dich's nicht, damit du's vergißt!" rief die Mutter des Mädchens. Und Sofja setzte sich schmollend ans Klavier. Die Tasten klapperten, die Saiten klirrten; das Pedal, das für Märsche und Türkenmusik angebracht war, schlug ans Gehäuse und dröhnte wie eine Pauke; das Klavier schwankte auf seinen zierlichen Füßchen.

Alle Gäste umstanden die Virtuosin und bewunderten die Kunst ihres Spiels; das Erstaunen vieler aber steigerte sich ins Grenzenlose, als Sofjas rechte Hand über die linke hinweg griff und die Bässe spielte.

„Das ist gewiß eine französische Variation", bemerkte laut der Magistratsvorsitzende.

„Jawohl", antwortete Sofja selbstzufrieden. „Es ist eine französische Quadrille."

„Hab ich's doch erraten!" sprach der Vorsitzende weiter. „Bei denen läuft alles umgedreht. Da fragt man sich: warum mit der rechten Hand statt der linken und mit der linken statt der rechten spielen?"

„Sofja!" bemerkte mit mütterlich-strenger Stimme Sofjas Mutter. „Wie oft hab ich dir's gesagt — spiel einfach die Variation, ohne die Hände zu überkreuzen! Was für eine dumme Manier! Als ob man nicht ordentlich spielen könnte!"

Sofja stand brüsk vom Klavier auf und lief in ein anderes Zimmer.

Ihre Mutter hielt es für ungehörig, daß das Mädchen kein Lob und keine Dankbarkeit für das Spiel abgewartet hatte, und folgte ihr, um unter vier Augen die Tochter zurechtzuweisen, sie zu tadeln und ihr beizubringen, wie man sich in der Gesellschaft zu verhalten habe.

Die Männer nahmen unterdessen an mehreren Tischen zum Bostonspiel Platz, die Hausherrin setzte sich mit den Damen ums Dessert.

Es schlug sechs Uhr. Auf den Spieltischen häuften sich schon die gestochenen Karten, und auf dem Desserttisch war eine blaue Serviette ganz mit Obstschalen bedeckt.

„Meine Herrschaften!“ rief der Polizeimeister. „Es ist Zeit fürs Theater, wir spielen nachher weiter.“

„O ja, es ist Zeit“, wiederholten alle Damen. „Haben Sie einen Programmzettel? Es sollen unvergleichliche Schauspieler sein.“

„Gewiß, der Theaterleiter hat mir die Liste der Schauspieler vorgelegt. Sie werden vorzügliche Stücke spielen; ich habe sie ausgesucht: das Schauspiel ‚*Die tugendhafte Missetäterin oder Der Missetäter aus Liebe*‘ in drei Akten und die Komödie ‚*Der rasende Roland*‘ in fünf Akten.“

„Wie interessant! Brechen wir auf!“ meinten die Damen, und schon sammelten sie sich an der Auffahrt und warteten ungeduldig auf die Droschken.

Die Bostonspieler legten die Stiche zusammen, rechneten auf, griffen nach den Mützen, in der Eile vergaß der Gewinner, für die Karten zu zahlen, und wenig später bewegten sich alle, zu Fuß oder in Droschken, aufs Theater zu.

3

Die Stadt, in der das geschah, was hier beschrieben wird, lag am Ufer des breit strömenden Dnepr und wurde durch einen tiefen Graben geteilt. Der Hauptteil der Stadt lag auf einer Anhöhe und hatte zu seiner Zier einen breiten Platz, den Schenken, eine katholische Kirche, die orthodoxe Hauptkirche und das Theater, ein Holzhaus mit Schindeldach, umgaben. Ein anderer Stadtteil, den man „Hinter der Brücke“ nannte, konnte keine bemerkenswerten Gebäude, keine Zierden aufweisen außer der städtischen Badeanstalt, der Brauerei und der Abdeckerei, in der die besten Hundefelle gegerbt wurden. Ein dritter Stadtteil schließlich, „Unterm Berg“ genannt, wurde von Juden bewohnt und zeichnete sich durch das moosbewachsene hölzerne Schulgebäude aus, das zwischen armseligen Hütten in unpassierbarem Schmutz stand; die ganze Stadt freilich rühmte sich der Schönheit ihrer Jüdinnen – die Goldas, Rifkas, Rochlas, Lejkas, Hansas und Pejsas herrschten, mit ihrem roten Kopfputz und den leichten getüpfelten Kleidern, mit dem lose über die Schultern fallenden Haar, über die schweifenden Herzen.

In diese Stadt nun kam eine Schauspielertruppe, und nachdem der Herr Theaterleiter bei der Polizei die festgesetzte Gebühr für die Absicht, Tragödien, Komödien, Opern, Schauspiele und Melodramen aufzuführen, entrichtet hatte, erhielt er zur Freude des städtischen Publikums die Erlaubnis, das Theatergebäude zu benutzen, das gleichfalls von einer Wanderbühne in städtischen Besitz übergegangen war; jene Wanderbühne war damals aus der Stadt gewiesen worden, weil sie es gewagt hatte, wegen Erkrankung einiger Mitwirkender eine Vorstellung um einen Tag zu verschieben.

Die nun eingetroffene Schauspielertruppe gehörte nicht mehr der Zeit an, da man das Publikum mit Trommeln und Pauken ins Theater lud, da der Schauspieler ohne Hinweise auf die Vorzüge des Stückes und ohne Bitte um gütige Nachsicht für sein Spiel nicht auf die Bühne zu treten wagte und da das Publikum ohne die vorherige Inhaltsangabe oder Erläuterung des Stückes, wie sie gewöhnlich im Prolog enthalten war, den Sinn nicht begriff; vielmehr gehörte diese Truppe zu der Epoche, da Laster und Tugend sich nicht in ein und derselben handelnden Person vereinigen durften, sondern für sich kämpften, gegeneinander kämpften, nicht aber um die Menschenseele.

Es kam der entscheidende Augenblick: sechs Uhr des Nachmittags; das Theater wurde von Fettlampen erleuchtet. Vier Juden mit Geige, Violoncello, Zymbal und Triangel ließen sich vor der Bühne nieder. Der Vorhang, der – mit Ocker und Mennige bepinselt – Apollo und die neun Musen darstellte, bewegte sich schon in der Zugluft. Alle Darsteller hielten sich zur Aufführung des Schauspiels bereit; es fehlte nur noch der Marquis Lafaste, der *Missetäter aus Liebe,* die Hauptperson. Der französische König, im schwarzen Frack, mit Schärpe und Sternen, eine von Blattgold und Flitter übersäte Taftmantille um die Schultern, wanderte verärgert auf der Bühne umher, traf hinter den Kulissen Anordnungen, repetierte nach einem Heftchen seine Rolle und fragte alle, ob Sarezki gekommen sei.

Sophie, die *tugendhafte Missetäterin,* sorgte sich gleichfalls um ihn.

Das Publikum füllte schon den Zuschauerraum. Auch der Polizeimeister mit seiner Familie war eingetroffen. Die Musik spielte laut eine Mazurka ... der Marquis Lafaste aber fehlte.

„Zum Teufel!" ruft der König verzweifelt aus.

„Mein Gott!" ruft Sophie aus.

„Ich jag ihn davon, oder ich will nicht länger Theaterleiter sein!" ruft der König aus.

„Das werden wir sehen, ob Sie ihn davonjagen! Dann geh auch ich!" ruft Sophie aus.

„Was soll ich tun? Was tun wir ohne ihn?" ruft der König aus.

„Die Leute sollen warten! Ist ja nicht so schlimm!" ruft Sophie aus.

„Wie denn: warten?"

„Na, einfach so. Auch in Hauptstädten warten sie, nicht bloß in so einem Drecknest!"

Sie warten, der Marquis Lafaste aber kommt und kommt nicht.

Die Musiker haben alle Mazurkas und Polonaisen durchgespielt, sie fangen wieder mit der Mazureczka panna an.

Das Publikum folgt dem Beispiel der Polizeimeistersgattin und klatscht in die Hände, trommelt mit den Füßen; der Polizeimeister schickt einen Polizeidiener hinter die Kulissen und läßt befehlen, daß man anfange.

„Teufel! Was sollen wir tun?" schreit der König von neuem. „Nein, fort mit ihm, raus aus dem Theater!"

„Das werden wir sehen!" entgegnet wieder Sophie. „Im gleichen Augenblick schmeiß ich mein Kostüm hin!"

„Was sollen wir denn ohne ihn tun? Wir sind verloren! Wie sollen wir's dem Publikum erklären? Das Gefängnis wäre nicht einmal das Schlimmste, was auf mich wartet!"

Das Klatschen und Trommeln wiederholt sich stärker als zuvor. Der Polizeidiener erscheint abermals mit dem Befehl, den Vorhang aufzuziehen.

„Teufel!“ schreit der König verzweifelt. „Zieh den Vorhang auf! Louisdor, auf die Bühne! Alle Auftritte streichen, in denen der Marquis Lafaste vorkommt! Mit dem dritten Auftritt beginnen!“

Der Vorhang hebt sich.

„Was hör ich? . . . Was seh ich?“ schreit mit schrecklicher Stimme der Darsteller des Louisdor, indem er auf die Bühne rennt.

Und das ganze Publikum klatscht; das Schauspiel wird ohne die Hauptperson gespielt, es läuft vortrefflich, es erhält einen neuen Sinn, hat etwas an sich vom Urbild einer neuen dramatischen Schule.

Und das Publikum ist zufrieden, das Publikum ist hellauf begeistert vom Spiel Sophiens, der *tugendhaften Missetäterin.* „Noch mal, noch mal!“ brüllen sie nach jedem Monolog, und die arme Sophie muß wieder auf die Bühne, einen mehrere Seiten langen Monolog wiederholen.

Von Sarezki aber keine Spur. Im zweiten Stück hat er die Rolle des *rasenden Rolands* zu spielen. Man wartet — er läßt sich nicht blicken.

Und wieder entschließt sich der König, jetzt schon Karl der Große, durch den Erfolg des Schauspiels mit Hoffnung erfüllt, den „Rasenden Roland“ ohne den rasenden Roland zu beginnen.

„Wo bleibt denn der rasende Roland?“ fragen einander die Zuschauer, als das Stück zur Hälfte abgerollt ist, und der Polizeimeister schickt hinter die Kulissen und läßt fragen, wo der rasende Roland bleibe.

„Der rasende Roland? . . . Ist abwesend“, antwortet der Theaterleiter und nimmt die Krone vor dem Polizeibeamten ab, den sein Vorgesetzter geschickt hat.

„Wie denn: abwesend?“

„Ja, eben abwesend, bitte; zum Schluß des Stückes wird er eintreffen.“

Und diese Antwort befriedigt das Publikum; alle warten ungeduldig auf den Schluß. Sophie tritt nun als Angelika auf, Louisdor als Ritter von Katai; dazu kommt der Zauberer, der Schäfer ..., doch keinem spenden sie Beifall, sie warten auf Roland.

Karl der Große vernimmt das Murren des Publikums.

„Ich bin verloren!“ sagt er, wirft den Purpurmantel ab und schleudert die Krone fort.

Plötzlich erhebt sich draußen Lärm.

„Was ist los?“ fragt der Polizeimeister.

„Ist hier nicht der Herr Arzt?“ läßt sich von draußen eine Stimme vernehmen.

„Was ist los?“ wiederholt der Polizeimeister drohend.

Und alle im Theater befindlichen Polizeibeamten stürzen hinaus, um die Ursache des Lärms zu ergründen. Durch ihre Menge drängt sich der Diener des Arztes.

Man packt ihn am Kragen.

„Was willst du, Halunke?“

„Ossip Iwanowitsch wird von einem General verlangt, der beim Herrn Kämmerer eingekehrt ist“, antwortet keuchend der Diener.

Unterdessen kommt zum Polizeimeister ein Schreiber von der Polizei gelaufen.

„Euer Hochwohlgeboren!“ flüstert er. „Es scheint, der neue Generalgouverneur ist angekommen!“

„Nicht möglich!“ stößt der Polizeimeister verstört hervor. „Na, so ein Unglück! So hat man uns getäuscht! Wir haben ihn doch erst in zwei Wochen erwartet! Ist es bestimmt der Generalgouverneur?“

„Bestimmt, Euer Hochwohlgeboren. Er ist eben eingetroffen, hat nach dem Stadtarzt verlangt; er ist gewiß unwohl von der Reise.“

Der Polizeimeister sagt kein Wort mehr, er stürzt aus dem Theater.

„Der Gouverneur, der Gouverneur!“ läuft es im Flüsterton durchs Publikum. Bei diesem Wort erheben sich alle höheren Beamten von ihren Plätzen, geraten in Aufregung, vergessen das Stück, schieben sich durch die Stuhlreihen und drängen hinaus.

„Vergebung, hochwertes Publikum!“ spricht plötzlich mit weinerlicher, flehender Stimme der Theaterleiter, der — Verzweiflung im Gesicht — auf die Bühne gelaufen ist. „Ich bitte um Gnade und Nachsicht! Nicht ich bin schuld daran, daß mein Schauspieler verschwunden ist!"

Im allgemeinen Lärm des Aufbruchs, des Türenschlagens versteht keiner die Worte des Theaterleiters, der seinerseits meint, das Publikum habe schließlich erraten, daß der rasende Roland auf der Bühne nicht vorhanden sei.

Alle aber halten ihn selbst für den rasenden Roland, der ja zum Schluß des Stückes erscheinen soll, und im Hinausgehen aus dem Theater klatschen sie und schreien: „Noch mal!" Der Theaterleiter wiederholt seine Entschuldigung; der Vorhang fällt.

4

„Der Generalgouverneur! Der Generalgouverneur!" ertönte es in der Menge, die aus dem Theater strömte. „Der Generalgouverneur!" schwirrte es durch die Straßen der Stadt. Und das Beamtenvolk kehrte nach Hause zurück mit dem Gedanken: *der Generalgouverneur!* Und darum bildete sich eine ganze Sphäre von Gedanken an Verantwortlichkeit für Unordnung und Nachlässigkeit.

Auch den Stadtarzt packte der Schrecken. Er konnte sich überhaupt nicht vorstellen, ein Generalgouverneur könnte die Hilfe eines Kreisarztes brauchen; er reist schließlich nicht durchs Gouvernement, um sich kurieren zu lassen, sondern um Verfehlungen im Dienst aufzuspüren.

Von diesem Gedanken erfüllt, eilte der Stadtarzt nach Hause, um schleunigst den Frack abzuwerfen, die Uniform anzuziehen, den Degen anzulegen; unterdessen schickte er nach seinem Gehilfen, wartete ungeduldig auf ihn, warf ihm Langsamkeit vor, befahl, eine Liste der Patienten des städtischen Krankenhauses aufzustellen, fuhr zitternd und zagend zum Hause des Kämmerers, trat ins Vorzimmer und fragte, sich den Schweiß von der Stirn wischend, den Diener, ob Seine Hohe Exzellenz im Hause sei.

Man führte ihn in den Saal. Der Kämmerer, seine Frau und die beiden Töchter kamen ihm auf Zehenspitzen entgegen und berichteten ihm flüsternd von der schrecklichen Begebenheit: daß Seine Hohe Exzellenz der Pferde wegen arg zugerichtet, daß Seine Hohe Exzellenz aus der Equipage gefallen sei, zum Glück vor ihrem Haus; sie erzählten, Seine Hohe Exzellenz sei ganz blutig geschlagen und liege bewußtlos auf dem Diwan im Gästezimmer. Sie baten den Arzt, hineinzugehen und die Wunden Seiner Hohen Exzellenz zu untersuchen.

„Wie dürfte ich das!" sagte der Arzt. „Hineingehen, ohne daß Seine Exzellenz dazu besondere Anweisung gegeben hätte! Wäre es nicht besser, abzuwarten, bis er das Bewußtsein wiedererlangt und einen Arzt wünscht?"

„Ich bitte Sie, Ossip Iwanowitsch, was sagen Sie da! Seine Hohe Exzellenz braucht unaufschiebbar medizinische Hilfe, denn sein ganzer Kopf ist vom heftigen Aufschlagen nach dem Sturz in einen blutigen Zustand versetzt."

Der Arzt ließ sich von den Worten des Kämmerers überzeugen. Er rückte die Uniform und den Degen zurecht, nahm den Dreispitz in die rechte Hand und trat ins Gästezimmer.

Auf dem Diwan lag ein Mann in den mittleren Jahren — mit blutüberströmtem Gesicht, mit einer riesigen, blau angelaufenen Beule auf der Stirn, in einem Überrock; auf dem drei Sterne blitzten.

„Fühlen Sie Seiner Hohen Exzellenz den Puls, Ossip Iwanowitsch", sagte leise der Kämmerer.

Der Arzt fühlte den Puls und gewann wieder Fassung, denn Seine Hohe Exzellenz war tatsächlich bewußtlos.

„Was meinen Sie?"

Ossip Iwanowitsch wiegte den Kopf.

„Sollte man ihn nicht zur Ader lassen?"

„Ja, das sollte man! Seine Hohe Exzellenz ist bewußtlos. Es wäre ganz gut, nach dem Feldscher zu schicken."

„Helfen Sie, verehrtester Ossip Iwanowitsch! Stellen Sie sich doch vor, Seine Hohe Exzellenz wird in Ihnen und in mir seine Retter sehen. Ohne mich wäre er wahrhaftig verloren gewesen, er wäre ganz verblutet. So ein Glück muß man haben — ich will ins Theater, fahre aus dem Tor hinaus, höre das Rollen einer Equipage, dann einen Schrei und später unter mir ein Stöhnen. Was hat das zu bedeuten, frag ich mich. Halt! Ich steige vom Wagen, sehe nach — wie denn? Seine Hohe Exzellenz liegt unterhalb der Brücke im Graben, ganz zerschlagen, wie Sie sehen. Die Equipage war gewiß umgestürzt, die Pferde gingen durch, rasten bergab und wahrscheinlich geradewegs in den Dnepr ..."

„Ein unerhörtes Glück", bestätigte die Frau des Kämmerers, „daß der Wagen rechtzeitig umstürzte, sonst läge auch Seine Hohe Exzellenz im Dnepr."

„Helfen Sie rasch, Ossip Iwanowitsch", unterbrach sie der Kämmerer, „dafür, daß wir ihm das Leben retten, wird er uns seine Protektion gewähren."

„Ich setze alle meine Kunst ein. Wir lassen ihn zur Ader ... Haben Sie nach dem Feldscher geschickt?"

„Jawohl, jawohl!" antworteten die Frau des Kämmerers und ihre beiden Töchter.

Der Arzt trat zu dem Kranken.

„Der Kopf ist ganz zerschlagen! ... Hoffentlich ist es keine Gehirnerschütterung", fügte er gewichtig hinzu.

Der Feldscher kam. Man streifte dem Kranken den Ärmel zurück, streckte ihm den Arm, band ihn oberhalb des Ellbogens ab; die Ader schwoll an, die Lanzette ritzte, das Blut spritzte bis zur Decke.

„Unglücklicher Ritter!" rief der Kranke und riß den Arm zurück. *„Laßt euch umarmen! Wir wollen mit dem Tod zum Kampf stehen!"*

„Mein Gott, er stirbt!" riefen alle Frauen und rannten hinaus.

„Wie? Ist keine Hoffnung, Ossip Iwanowitsch?"

„Wir werden sehen! Helfen Sie, die Hand Seiner Hohen Exzellenz festzuhalten", antwortete der Arzt; mit Hilfe des Kämmerers und des Feldschers streckte man von neuem den Arm des Kranken, von neuem stieß die Lanzette zu, und das Blut schoß aus der Wunde.

„Tödlicher Streich!" schrie der Kranke in der Bewußtlosigkeit. Der Arzt sprang erschrocken zurück.

„Gott, was haben Sie getan!“ bemerkte der Kämmerer.

„Verwesung hat mich ergriffen! Der Zahn der Zeit nagt an meinem Andenken! Die Erde öffnet ihren feuerschwangeren Schlund. Halt! Laß uns den Erdball fassen. Horch, er zittert! Hinab mit dir! Hinab!“

Ein krampfhaftes Zucken überlief den Kranken; lange redete er im Fieberwahn; sein Zähneklappern aber machte die Worte unverständlich. Endlich verstummte er, fiel in vollkommene Starre.

„Besteht Hoffnung, Ossip Iwanowitsch?“ fragte der Kämmerer.

„Wir werden sehen, was die Nacht bringt“, antwortete der Arzt.

Die ganze Nacht verbrachten der Arzt und der Kämmerer, halb wachend, halb schlummernd, am Bett des Kranken. Gegen Morgen rührte er sich; ein tiefer Seufzer stieg aus seiner Brust.

„Gott sei Dank, er wird leben!“ rief der Arzt.

„Leben!“ wiederholte der Kranke.

„Er kommt zu Bewußtsein!“ meinte der Kämmerer und bekreuzigte sich.

„Mir sagt mein Herrscher, mein Freund . . . ich glaube . . . ich bleib am Leben . . .“, sagte der Kranke und flüsterte dann noch unverständliche Worte.

„Hören Sie? Freund des Herrschers! Seine Hohe Exzellenz kommt direkt aus der Hauptstadt!“ flüsterte der Kämmerer dem Arzt ins Ohr.

Der Kranke sprach wieder etwas Unverständliches und fuhr dann fort: *„Ich weiß, mein Herrscher . . . ich . . . all mein Wohlergehen setz ich darein, die Menschen glücklich zu machen . . . jetzt aber . . . ach, wie unglücklich bin ich!“*

„Beruhigen Sie sich, Eure Hohe Exzellenz! Ossip Iwanowitsch wird Ihnen helfen. Geruhen Sie, sich bei mir wie zu Hause zu fühlen!“

„Pssst!“ unterbrach der Arzt die Worte des Kämmerers. „Sprechen Sie jetzt nicht mit Seiner Hohen Exzellenz; er ist noch nicht zu sich gekommen, lassen Sie ihn in Ruhe; er ist anscheinend eingeschlafen. Ich gehe indessen nach Hause, um ein wenig zu ruhen und eine Mixtur aus Chinarinde zu bereiten, die der Kranke unbedingt braucht; oh, das ist ein ganz sicheres neues Mittel gegen alle Krankheiten; alle Arten von Fieber beseitigt es im Handumdrehen, und jede Krankheit ist nichts anderes als ein Fieber. Sie sehen selbst das Beispiel an Seiner Hohen Exzellenz. Die Verletzung ist an sich nichts anderes als eine äußerliche Entzündung; und wie schrecklich es ihn auch gepackt hat — man braucht nur das innere Zittern zum Stillstand zu bringen, und alles ist geschafft."

So wollte sich der Arzt denn nach Hause begeben, doch an der Tür stieß er auf den Polizeimeister, der in voller Uniform herbeieilte, um sich dem Generalgouverneur vorzustellen.

„Ah, Ossip Iwanowitsch!"

„Wohin des Wegs?"

„Zu Seiner Hohen Exzellenz, über das Wohlergehen der Stadt Bericht zu erstatten."

„Unmöglich!" rief der Arzt. „Er kann nicht empfangen; er fängt eben erst an, das Bewußtsein wiederzuerlangen. Durch scheuende Pferde ist er grausam zugerichtet worden; aber ich habe alle nötigen Maßnahmen ergriffen."

„Was für Maßnahmen, Herr, von Ihrer Seite? Als Oberhaupt der Stadt habe ich alle Maßnahmen zu ergreifen und als erster vor Seiner Hohen Exzellenz zu erscheinen, um seine Anweisungen entgegenzunehmen!"

„Wie Sie wollen, Herr Polizeimeister; ich werde dann jedenfalls nicht schuld sein, wenn Seine Hohe Exzellenz nicht wieder gesund wird!" erwiderte der Arzt.

Der Polizeimeister trat ins Vorzimmer. Der Kämmerer kam ihm auf den Zehen entgegen.

„Psst! Seine Hohe Exzellenz ist eben eingeschlafen."

„Ich muß mich wundern, Herr Kämmerer", sagte der Polizeimeister in strengem Ton, „wie Sie es wagen konnten, Seiner Hohen Exzellenz Ihr Haus anzubieten und den Verfügungen der Polizei vorzugreifen!"

„Ich bitte Sie", antwortete der Kämmerer, „Seine Hohe Exzellenz wurde vor meinen Augen von den Pferden in die Schlucht geworfen, und ich habe ihn aufgehoben, es geschah ja in der Nähe meines Hauses — er war ganz blutig geschlagen, bewußtlos ...“

„Um so schlimmer, Herr! Ohne Kenntnis der Polizei hätten Sie im Freien keinen bewußtlosen Menschen aufheben und erst recht nicht in Ihr Haus bringen dürfen! Es war meine Angelegenheit, festzustellen, wer da in bewußtlosem Zustand im Freien liegt, und hätte ich festgestellt, daß es sich um den Generalgouverneur handelt, hätte ich ihn in eine anständige Wohnung gebracht, nicht in so eine Hütte, Herr! Das sind Ränke, verehrtester Herr! Sie untergraben die Stellung Ihrer Obrigkeit, Sie verbreiten Unruhe, Sie kennen keine Unterordnung! Der Generalgouverneur befindet sich in Ihrem Hause, und Sie wagen es, sich im Schlafrock zu zeigen! Ich werde Ihren Fall vortragen, Herr! He, Diener! Sobald Seine Exzellenz erwacht, unverzüglich Meldung erstatten!“

Der Polizeimeister verließ mit raschen Schritten das Vorzimmer, begab sich ins Polizeiamt, um alles in Ordnung zu bringen.

Der Kämmerer war über die Worte des Polizeimeisters in der Tat erschrocken; er bereute es schon, sich in Dinge eingemischt zu haben, die ihn nichts angingen.

Der Kämmerer war ein guter Mensch, ein gebildeter Mensch; er war ein großer Antiquar auf dem Gebiet der Gesetze, und das schadete ihm, das verfeindete ihn mit allen.

Er hatte das „Russische Recht“ gelesen, das Regelwerk des heiligen Fürsten Wolodimer, das Gesetzbuch des Zaren Iwan Wassiljewitsch, und er wußte, daß der Rang des Kämmerers in alten Zeiten ein wichtiger Rang gewesen war, daß einst die Hauptaufgabe des Kämmerers darin bestanden hatte, das Gewand des Herrschers zu bewahren und dasselbe vor Zauberei und Behexung zu schützen.

Mit dem Polizeimeister hatte er sich zerstritten, weil er ihm gesagt hatte, daß in alten Zeiten die Stadtherzogsämter, das heißt die Polizeimeisterämter, statt besoldeter Ränge aus Gnade vergeben wurden, damit der mit dem Amt Betraute sich auf eigene Faust bereichere, und daß man, wenn man um ein Stadtherzogsamt bat, damals schrieb: *„Ich bitte um die Erlaubnis, mir Einkünfte zu verschaffen . . .“* und daß die Stadtherzöge damals den Menschen *zusammen mit den Gemeindeältesten und den Zelowalniki zusetzten.*

Letzteres wurde vom Polizeimeister als tödliche Beleidigung aufgefaßt. Er meinte, man werfe ihm damit Trunksucht vor; denn der Kämmerer hatte es nicht für nötig gehalten, ihm zu erklären, daß in alten Zeiten alle Beamten, die mit Staatsgeldern zu tun hatten, *Zelowalniki* hießen, nicht nur — wie heute — die Verkäufer im Branntweinmonopol.

Mit dem Anwalt des Magistrats zerstritt sich der Kämmerer deswegen, weil er ihm die Obliegenheiten des Anwalts in der Vergangenheit erläutert hatte: den Herrscher zu kleiden, ihm die Schuhe anzuziehen, ihn zu waschen und zu kämmen, ihm ferner, da es keine Taschen gab, das Zarentaschentuch nachzutragen, und weil er dann noch hinzugefügt hatte, daß die Anwälte früher den Beschließern unterstanden.

Mit seinem Vorgesetzten stand der Kämmerer deshalb auf schlechtem Fuß, weil er ins Ausgabenbuch nicht auch die Summen eintrug, die jener für nichtdienstliche Zwecke ausgab.

Da es sich nun so verhielt und da der Kämmerer ahnte, daß ihm nichts Gutes daraus erwachsen würde, wenn er seinen Vorgesetzten und Amtskollegen ein Dorn im Auge sei, wollte er Seine Hohe Exzellenz um Versetzung in eine andere Stadt bitten.

5

Unterdessen hatte man den Häftling, der den Dienst des Polizeischreibers versah, wieder ins Gefängnis geführt; der Schrank, der nicht mit Akten, sondern mit Abendbrotresten, mit einem Stück gebratenen Rindfleischs, zerkrümeltem Brot und einer Flasche unfeststellbaren Inhalts gefüllt war, während die Akten auf dem Tisch und unter dem Tisch herumlagen — dieser Schrank war gesäubert; man hatte die verschlafene Polizeitruppe auf die Beine gebracht; der Schriftführer hatte sich mit blauer Nase nach ein paar Püffen seines Vorgesetzten an den Tisch gesetzt, um einen Bericht über das Wohlergehen der Stadt und eine Liste der im Gefängnis befindlichen Häftlinge anzufertigen; ein Teil der Polizeitruppe rannte durch die Stadt, um Fuhrwerke und Arbeiter für die Straßensäuberung aufzutreiben.

Aus dem Magistrat und den übrigen Amtsstellen wurde gleichfalls sämtliches Geschirr und Gerät hinausgeräumt, das nicht zur Bearbeitung von Beschwerde-, Straf- und Protokollangelegenheiten gehörte. Die Richter machten sich daran, verschiedene Akten noch einmal durchzugehen, die Dienstjournale nachzutragen und in geschnürten Büchern Summen zu addieren.

Als die Nachricht von der Ankunft des Generalgouverneurs zum Kommandeur des Garnisonskreises gelangte, dem Oberstleutnant Adam Iwanowitsch, umkrallte eisiger Schrecken das Herz des Alten.

Ein kleiner Garnisonssoldat stand in achtungsvoller Haltung, die Hände an der Hosennaht, nahe der Tür und wartete schweigend auf Befehle seines Vorgesetzten.

„Ist vielleicht auch unser General mit ihm gekommen?" brachte der Kreiskommandeur schließlich hervor.

„Weiß nicht, Euer Hochwohlgeboren! Der Polizeibote hat nichts davon gesagt. Vielleicht ist er mitgekommen, vielleicht auch nicht."

„Warst du bei Iwan Iwanowitsch?"

„Jawohl, aber Seine Wohlgeboren waren nicht in der Wohnung."

„Mein Gott! Nicht in der Wohnung! Was tu ich bloß! ... Lauf, such ihn, sag ihm, der Kreiskommandeur hat dich geheißen, ihn zu sich zu bitten!" rief Adam Iwanowitsch, während er im Zimmer auf und ab marschierte.

„Zu Befehl, Euer Hochwohlgeboren!"

Und der kleine Garnisonssoldat legte die linke Hand ans Seitengewehr, machte kehrt, setzte knallend den rechten Fuß vor und wollte eben hinaus; da aber stieß die Kreiskommandeurin, von einem Besuch zurückkehrend, in der Tür mit ihm zusammen und veranlaßte ihn, das linke Bein, das schon zum Eilschritt erhoben war, zurückzunehmen, indem sie ihn fragte: „Was suchst du hier, he?“

„Zu Seiner Hochwohlgeboren!“ antwortete der Soldat und stand stramm.

„Von wem?“

„Von der Polizei. Seine Exzellenz ist eingetroffen, der Gouverneur.“

„Der Gouverneur? Ach, mein Gott! Was überlegst du da noch, Adam Iwanowitsch? Hm? Du bist der Kommandeur! Deine Sache ist es, das Kommando antreten zu lassen und vorzustellen!“

„Meine Liebe, gleich wird Iwan Iwanowitsch kommen; Anordnungen müssen auf dem vorgeschriebenen Wege gegeben werden.“

„Ohne Iwan Iwanowitsch geht wohl gar nichts!“ keifte die Kreiskommandeurin. „Eine Schlafmütze von Kommandeur bist du! Was der Untergebene will, das tut er auch! Eingekratzt hat er sich bei dir, der Iwan Iwanowitsch! Ohne Iwan Iwanowitsch darf ein Soldat nicht mal ein Waschfaß beim Kommandeur aus der Küche tragen, von ein bißchen Arbeit auf dem Feld überhaupt nicht zu reden! Wie denn, Herr ... warum läufst du nicht selber zu Iwan Iwanowitsch? Jetzt werd ich sehen, wie du deine abgetragene Uniform anziehst, das schäbige Stück! In zwanzig Dienstjahren hast du's nicht fertiggebracht, deiner Frau und dir selber ordentliche Kleider anzuschaffen!“

Die Kreiskommandeurin verstummte erst, als Iwan Iwanowitsch eintraf.

Iwan Iwanowitsch, ein pfiffiger Leutnant von ungefähr vierzig Jahren, in blaßgrüner Uniform, mit einem Paar vorn herabhängender gelber Epauletten, deren metallbeschlagene Ränder dunkel angelaufen waren, trat ins Zimmer; sein riesiger Degen, beinahe ein Pallasch, schlug ihm an die Beine und stieß auf den Boden; an seinem Dreispitz steckte ein Federkiel, der Rest einer schwarzen Feder; das linke Auge kniff er zusammen, sein linker Mundwinkel zuckte; sein Backenbart hing herab wie die zottigen Ohren eines Hühnerhundes; die Stirn hatte er gerunzelt.

„Was geruhen Sie zu befehlen?“ fragte er und schob den Zeigefinger der rechten Hand zwischen den dritten und den vierten Knopf des Uniformrocks.

„Ach, mein lieber Iwan Iwanowitsch! Sie haben gehört, daß der Generalgouverneur angekommen ist? Man muß die entsprechenden Anordnungen treffen und der Truppe Befehle erteilen."

„Jawohl, so ist es, denn aus Anlaß der Ankunft Seiner Hohen Exzellenz hat die Truppe in voller Ausrüstung anzutreten, damit sie in vorgeschriebener Ordnung zur Inspektion vorgestellt werden kann, die dann stattzufinden hat. Ferner ist aus Anlaß der Ankunft Seiner Hohen Exzellenz eine Ehrenwache zu bestimmen, die sich an dem von Seiner Hohen Exzellenz bewohnten Haus zu postieren hat."

„Ganz recht, Iwan Iwanowitsch; bestimmen Sie also die Wache."

„Wäre es nicht angebracht, einen Bericht über den guten Zustand der Truppe, über die Zahl der Posten und der Kranken zu erstatten?"

„Ganz recht, Iwan Iwanowitsch, natürlich, ich muß einen Bericht über den guten Zustand der mir anvertrauten Truppe erstatten."

„Übrigens, Adam Iwanowitsch, sollten Sie geruhen, Seiner Hohen Exzellenz vorzutragen, daß der Polizeimeister sich erdreistet, ohne Genehmigung des Kommandeurs über die Garnisonstruppe zu verfügen und ohne Ihr Wissen Soldaten ins Polizeiamt zu beordern."

„Jawohl, Iwan Iwanowitsch, das ist richtig; wenn Seine Hohe Exzellenz das nächste Mal kommt, werde ich über alle Mißbräuche der Polizei Meldung erstatten; für diesmal geben wir nur einen Bericht über den ordentlichen Zustand der Truppe . . ."

„Wie Sie wünschen. Ich jedenfalls würde dem Polizeimeister ins Gesicht sagen: Wie können Sie sich erdreisten, solche Dinge zu tun!"

„Das sag ich ihm, gewiß! Er darf das nicht tun!" versicherte Adam Iwanowitsch, im Zimmer auf und ab gehend.

„Also wie nun? Befehlen Sie, morgen früh die Truppe auf dem Platz antreten zu lassen?"

„Jawohl, unbedingt auf dem Platz, in voller Ausrüstung."

„Ich gehe jetzt ins Zeughaus und gebe Anweisung, daß alles gesäubert und geweißt wird."

„Gut, gut, Iwan Iwanowitsch, sorgen Sie dafür, daß alles ordentlich getan wird und sauber aussieht."

Der Leutnant ging, der Herr Kreiskommandeur aber stopfte sich, zufrieden mit seinen Anordnungen, die ererbte Meerschaumpfeife mit Knaster und begann Patiencen zu legen.

6

Der Morgen brach an. Leutnant Iwan Iwanowitsch, dessen Leib von einer zwirnenen Schärpe umspannt wurde, schritt mit gezogenem Degen die Front der Garnisonssoldaten ab, verbesserte die Linie und wartete auf den Kreisgarnisonskommandeur.

Begleitet von einer Ordonnanz, erschien endlich Adam Iwanowitsch in mächtigen hohen Stiefeln mit Sporen, statt der weißen Tuchhosen nun in Elchlederhosen, im blaßgrünen Uniformrock mit dicken Knöpfen und gelbem Stehkragen, der mit der Zeit seine Steife verloren hatte, mit einem nach hinten gerutschten Dreispitz, mit einer dreifarbigen Schärpe angetan, die den Bauch zu halten schien — so ausstaffiert, daß Adam Iwanowitsch Karl XII. glich.

„Guten Tag, Jungs!" schrie er, indem er sich der Front näherte.

„Wünschen Wohlergehen!" schrien die Soldaten.

Der Leutnant trat an ihn heran, legte die Hand an den Dreispitz und fragte: „Befehlen Sie Repetieren?"

„Repetieren, jawohl!" antwortete der Kreisgarnisonskommandeur würdevoll.

„Stillgestanden! . . . Schaut her, Jungs, keine Angst! Alles machen, was Adam Iwanowitsch kommandiert!" sagte der Leutnant, zu den Soldaten gewandt.

„Belieben Sie zu kommandieren, Iwan Iwanowitsch!"

„Was befehlen Sie?" fragte der Leutnant, die Hand am Dreispitz.

„Belieben Sie zu kommandieren . . . nach der Dienstordnung."

„Zu Befehl!“ antwortete der Leutnant. „Schaut her, Jungs, keine Angst; macht, was ich kommandieren werde!“ schrie er, zur Truppe gewandt.

Und der Leutnant stellte sich vor die Front, schob den Degen in die Scheide, reckte sich, räusperte sich, tat den Mund auf.

„Re-e-echts ...“

„Adam Iwanowitsch! Ich bitte Sie!“ So wurde das Kommando von der hallenden Stimme des Polizeimeisters unterbrochen, der durch die Stadt gesprengt war, um Ordnung herzustellen, und jetzt vor den Soldaten, neben dem Kreiskommandeur, sein Pferd zum Stehen brachte. „Ich bitte Sie, Sie haben ja noch nicht einmal eine Wache zu Seiner Hohen Exzellenz beordert, nicht einmal Ordonnanzen und Burschen geschickt!“

„Ich weiß selber, was ich zu tun habe!“ rief Adam Iwanowitsch zur Antwort zornig hinter dem sich entfernenden Polizeimeister her. „Iwan Iwanowitsch, belieben Sie eine Wache, Ordonnanzen und Burschen für Seine Hohe Exzellenz zu bestimmen.“

„Jungs, wer ist dran mit der Wache? Vortreten!“ kommandierte der Leutnant.

Unter den Soldaten erhob sich Streit darüber, wer auf Wache zu gehen habe.

„Wollen Sie nicht befehlen, Adam Iwanowitsch, zwei Schilderhäuschen vor dem von Seiner Hohen Exzellenz bewohnten Haus aufzustellen?“

„Unbedingt, unbedingt! Und vergessen Sie nicht, zwei Posten für die Equipage Seiner Hohen Exzellenz zu bestimmen.“

„Zu Befehl!“ antwortete der Leutnant. Adam Iwanowitsch machte sich, begleitet von Ordonnanzen, auf den Weg zu Seiner Hohen Exzellenz.

Unterdessen strömten alle beamteten und bediensteten Männer der Stadt, die Glieder der Kaufmannschaft und die Häupter der Stadt zum Haus des Kämmerers und traten auf Zehenspitzen in den kleinen Saal. In Uniformen, liebedienerischen Eifer in den Mienen, stellten sie sich dem Rang nach an der Tür zum Gästezimmer auf, die linke Hand am Degen, mit drei Fingern der rechten Hand nach Vorschrift den Dreispitz haltend.

Achtungsvolles Schweigen wahrend, blickten sie auf die angelehnte Tür des Gästezimmers.

Ein Empfangssaal ist eine Art Sphäre des Sonnensystems, in der sich Planeten unterschiedlicher Größe und Eigenart bewegen. Der flinke und grelle Merkur zieht seine Bahn vom Kabinett zum Empfangssaal, vom Empfangssaal zum Kabinett, dreht sich eifrig um die Sonne und tut wichtig mit fremdem Licht; der ranghohe Jupiter blickt, bis zu den Ohren im bestickten Kragen steckend, von seinen vier Satelliten umgeben, breitbeinig, auf alle von oben herab; der verdiente glatzköpfige Saturn, der für langjährigen Dienst, für geleistete Arbeit und Mühe eine helle Aureole bekommen hat, sitzt würdevoll und schweigsam in einer Saalecke; der kalte Uranus steht, finster und mürrisch, mit blauer Nase, in einer anderen Ecke; er ist bei der Sonne in Ungnade gefallen, keiner blickt auf ihn, keiner sieht ihn außer den beobachtenden Astronomen und sieben schäbigen Untergebenen. Mars, in rotem Kragen, den Finger an einem Knopf des Uniformrokkes, aufgeblasen, rot im Gesicht, steht da, reckt den Hals, den er seitlich nicht bewegen kann, die Augen nach links und rechts rollend, immer bereit, vor den leuchtenden Augen des Vorgesetzten strammzustehen. Alle die übrigen, die kleineren Planeten und die Satelliten, sind gleich Fixsternen im Raum verstreut, stehen in achtungsvoller Haltung, den Blick nach Osten gerichtet, und harren der Sonne. Luzifer kündigt sie an ... Sie wird aufgehen, und die Würde der Planeten wird schwinden, sie werden nicht mehr sichtbar sein, so als befände sich keiner im Saal außer der Sonne.

Im Saal des Kämmerers gab sich diese Prozession einfacher, provinzieller.

Doch da öffnete sich die Tür zum Gästezimmer, alle erbebten, nahmen Haltung an ...

Heraus trat der Kämmerer.

„Pssst!“ machte er leise. „Seine Hohe Exzellenz *können* jetzt nicht empfangen, sie *sind* eingeschlafen.“

Alle traten auf Zehenspitzen näher zum Kämmerer, umringten ihn, überschütteten ihn mit Fragen; doch sein Vorgesetzter, der Magistratsvorsitzende, der das uneingeschränkte Recht auf die

Person des Kämmerers hatte, nutzte ebendieses Recht, faßte seinen Untergebenen am Arm und führte ihn in eine Zimmerecke, um ihn auszufragen.

„Mein Gott!" ertönte eine laute Stimme aus dem Gästezimmer. Der Magistratsvorsitzende sprang vom Kämmerer zurück, die auseinandergefallene Front der Beamten formierte sich aufs neue, der Kämmerer stürzte ins Gästezimmer. Am Bett stand der Arzt, in der Hand einen Löffel Mixtur, die er dem Kranken einflößen wollte.

„Vollkommen fast hat sie um Urteilskraft und Freiheit mich gebracht, raubt mir die Zeit, die ich der Pflicht zu widmen habe, wie sie vom Herrscher und vom Vaterland mir auferlegt!" sprach der Kranke und redete dann unverständlich weiter. Plötzlich aber, den Kopf zurückwerfend, aufspringend, schrie er: *„Was seh ich? Es ist Sophiens Haus? Es ist der Tempel, wo die Gottheit meiner Seele wohnt!"*

Der Arzt blickte auf den Kämmerer; dem Kämmerer schoß flammende Röte ins Gesicht. Ich begreife es nicht, dachte er, wann sollte Seine Hohe Exzellenz bei uns gewesen sein und meine Tochter gesehen haben?

Da der Polizeimeister die Stimme Seiner Hohen Exzellenz vernahm, hielt er es nicht länger aus. Ich bin oberster Beamter der Stadt, ich muß vor dem Generalgouverneur erscheinen, was bildet sich der Kämmerer überhaupt ein — wagt es, vor Seine Hohe Exzellenz zu treten, ohne zum Vortrag aufgefordert zu sein! dachte er und trat ins Gästezimmer.

Der Kranke warf ihm einen Blick zu und brüllte: *„Wer bist du, Verwegener?"*

„Eure Hohe Exzellenz! ... Ich ... bin der Polizeimeister ... habe die Ehre."

„Wer hat sich erfrecht, mich der ersten Wonne meines Lebens zu berauben? Rede!" fuhr der Kranke mit drohender Stimme fort.

„Weiß nicht, Eure Hohe Exzellenz! ... Von Ihrer Ankunft bin ich nicht rechtzeitig unterrichtet worden ... Bei mir steht auch eine Wohnung für Eure Hohe Exzellenz bereit ... ununterbrochen seit sechs Jahren walte ich meines Amtes mit Umsicht ..."

Während der Polizeimeister sprach, standen der Kämmerer

und der Arzt in achtungsvoller Haltung, den Blick zu Boden gesenkt; der Kranke aber murmelte weiter vor sich hin und rief plötzlich laut, die Worte des Polizeimeisters unterbrechend: *„Was hast du mir zu sagen?“*

„Hiermit habe ich die Ehre, Ihnen Bericht zu erstatten über die ordentliche Wahrnehmung des mir anvertrauten Amtes ...“

Seine Worte wurden unterbrochen durch den Kreisgarnisonskommandeur. Der trat, den Tschako auf dem Kopf, ins Zimmer, näherte sich gemessenen Schrittes dem Diwan, legte die Hand an den Tschako und rief laut: „Habe die Ehre, Eurer Hohen Exzellenz ...“

„Tut mir die Liebe, laßt mich allein!“ schrie der Kranke mit flehender Stimme.

Adam Iwanowitsch trat zurück, verstummte, erzitterte.

„Sind denn alle gegen mich? Haben alle sich verschworen, mich zu verderben? Zu verderben! Nein!“ Und mit diesen Worten riß er sich, drohende Blicke werfend, den Verband vom Kopf und sprudelte in raschester Folge weiter zusammenhanglose Wörter hervor.

Der Polizeimeister, Adam Iwanowitsch, der Kämmerer und der Arzt schwiegen, wagten nicht, die Augen zu heben.

„Was soll das heißen!“ ließ sich der Kranke wieder laut vernehmen. *„Alle folgen meinen Schritten, wollen mich keine Stunde allein lassen!“*

Der Polizeimeister, Adam Iwanowitsch, der Kämmerer und der Arzt erfüllten den Wunsch Seiner Hohen Exzellenz, indem sie das Zimmer verließen; er aber redete weiter, laut und leidenschaftlich.

„Gehen wir, meine Herren“, sagte der Polizeimeister, „Seine Hohe Exzellenz ist gegen uns voreingenommen. Das sind die Ränke des Herrn Kämmerers.“

„Das sollten Sie nicht sagen, nein, wahrhaftig nicht!“ entgegnete der Kämmerer, während die anderen schon gingen.

7

Im Schlafzimmer des Kämmerers kam es zu einem schrecklichen Streit zwischen dem Kämmerer und seiner Frau.

„Genug, Verehrter! Du denkst nur an deine eigene Tochter, und meine möchtest du am liebsten in die Küche verbannen, möchtest sie loswerden, an den Mann bringen, wär es auch ein Polizeidiener. Mit eigenen Ohren hab ich gehört, wie er den Namen Angelikas aussprach."

„Ich bitt dich, mein Herzchen, ich kann dir Ossip Iwanowitsch als Zeugen beibringen. Mir ist, als hörte ich jetzt noch die Worte Seiner Hohen Exzellenz: Es ist das Haus meiner Sophie, meiner teuersten Sophie!"

„Also so einer bist du! Auch das letzte Häuschen möchtest du deiner vielgeliebten Sofja zur Mitgift geben! ... Nein, Herr, das wird nicht geschehen!"

„Du bist eben eine richtige Stiefmutter! Gott mit dir! Für mich sind beide gleich — auch Angelika ist meine Tochter; übrigens, bei dir ist ja immer ..."

Erbost verließ der Kämmerer das Zimmer, ohne den Satz beendet zu haben.

„Glatzköpfiger Teufel! Weiß selber nicht, was er will!" brummte des Kämmerers Weib und rief Angelika zu sich.

„Hast dich hübsch gemacht? Ja, so ... so ist's recht! Das Zöpfchen laß ein bißchen tiefer aufs Schulterchen hängen. Nun geh! Sag: Ich möchte Eurer Hohen Exzellenz die Arznei reichen."

Solcherart von der Mutter unterwiesen, trat Angelika, ein pokkennarbiges, pausbäckiges Mädchen von derbem Schlag, ins Zimmer des Kranken.

Der lag gedankenverloren, die Augen zur Decke gerichtet. Angelika ließ das Glas klirren.

Der Kranke wendete den Kopf, richtete sich auf und sprach, einen starren Blick auf sie richtend: *„Ich gehe zu ihr ... wird's nicht verdächtig sein? ... Nein! Darf ich fragen, mein Fräulein, worüber Sie Unruhe zu empfinden belieben?"*

„Ich bringe Eurer Hohen Exzellenz die Arznei."

„Über wen führten Sie denn Klage?“

Röte schoß dem Mädchen ins Gesicht. Mein Gott, dachte sie, er hat gehört, wie ich mich bei Mütterchen über Sofja beklagte!

„Bitte, nein, ich habe mich nicht beklagt, über niemanden. Gegen keinen habe ich etwas auf dem Herzen.“

„Das Herz – so es beliebt, steht Ihnen das meine zu Diensten.“

„Ich bin nicht würdig, Eure Hohe Exzellenz ...“

„Oh, Liebe!“ rief er, den Kopf zur Seite gewandt. *„Jetzt steh mir bei!“* Und den Blick wieder auf Angelika gerichtet, fuhr er fort: *„Ach, mein Fräulein, gewiß werden Sie mir einen Dienst nicht versagen.“*

„Was geruhen Sie zu befehlen?“

„Ein Geheimnis entdecke ich Ihnen, das mich peinigt ... Schrecken erfaßt mich! ... Mein Herz möchte ich Ihnen öffnen, doch die Zunge fügt sich nicht meinem Willen ...“

„Wenn Sie mir ... die Ehre ... erweisen wollen ... mein Stand ...“

„Es steht nicht in meiner Macht, Ihnen die Ursache meiner Ruhelosigkeit zu entdecken ... Sie begann an jenem Tag, da in diesem Hause Beklagenswertes geschah ...“

Als die Großmutter starb, war ich nicht hier, ich war mit Mütterchen auf dem Jahrmarkt; nur die Schwester war zu Hause geblieben, dachte Angelika und errötete wieder.

„Ich erblickte die Gottheit, deren Reize mich in dieses Elend stürzten.“

„Ich weiß nicht!“ antwortete Angelika erbost. „Vielleicht meine Schwester Sofja ...“

„Läg's nicht wenigstens in Ihrer Macht, mich in den Stand zu setzen, daß ich sie zum letzten Male sähe!“ sagte der Kranke, die starren Augen auf sie richtend.

„Entschuldigen Sie mich, bitte!“ brachte Angelika, ganz konfus geworden, hervor; sie machte mit verächtlichem Lächeln einen Knicks und rannte aus dem Zimmer.

„Es ist furchtbar!“ rief sie, nachdem sie die Tür zugeschlagen hatte. „Er sagt, ich soll ihm Gelegenheit verschaffen, mit Sofja zu sprechen.“

„Siehst du, meine Liebe?“ bemerkte der Kämmerer, der gerade ins Zimmer trat. „Habe ich dir's nicht gesagt?“

„Sehr erfreut, Herr, daß du deine Tochter mit dem hohen Würdenträger verkuppelt hast; sie taugt ja für alle!“ keifte das Kämmerersweib.

Der Kranke redete indessen laut weiter. Aus seinem Zimmer drangen die Worte: *„Und dann führ einen Arzt zu mir – eile dich!“*

Der Kämmerer stürzte zu ihm.

„Was wünschen Eure Hohe Exzellenz?“ stammelte er leise.

Der Kranke fuhr fort, während er in die Kissen sank und zur Decke starrte: *„Meine Schwäche läßt nach ...“*

„Dank sei Gott, Eure Hohe Exzellenz!“ sagte der Kämmerer, fügte die Hände zusammen und verneigte sich.

Der Kranke aber fuhr fort: *„Hoffnung beflügelt mich, weckt neue Kräfte. Gewiß, Sophie ist außer Gefahr. Ach, erfüllte sich doch meine Ahnung! Allmächtiges Wesen! Welche Dankbarkeit werde ich dir bekunden, sollt ich in meinen Armen die teuerste Sophie sehen! Doch still, ich höre ihre Stimme!“*

„Sofja, Sofja!“ rief der Kämmerer, rannte ins Schlafzimmer und packte Sofja am Arm. „Los, bring Seiner Hohen Exzellenz die Arznei!“

Sofja, ein gutes, bescheidenes Mädchen mit himmelblauen Äuglein, in denen noch Tränen über das Gezänk der Stiefmutter schimmerten, verharrte, als der Vater sie ins Krankenzimmer gestoßen hatte, ganz still und verhüllte mit dem Taschentuch das Gesicht.

„Noch lebe ich, liebreizende Sophie! Noch leb ich! Quäl dich nicht!“ rief der Kranke und streckte die Arme zu ihr aus. *„Sie ist außer sich! Ah, das bewirkt die Liebe zu mir! ... Oh, Schmerz und Kummer zerreißen mir das Herz!“*

„Wo willst du hin, Sofja!“ zischte der Kämmerer und hielt seine Tochter fest, die hinauslaufen wollte. „Entschuldigen Sie, Eure Hohe Exzellenz, meine Sofja ist ein bißchen schüchtern.“

„Hab keine Angst, du Teuerste! Das Leben ist mir geblieben ... Dank sei der Vorsehung! ... Verwünscht, der blöde Souffleur bleibt still und stumm ... Wie geht's doch weiter?“

„Väterchen! Lassen Sie mich hinaus!“ stammelte Sofja und versuchte, sich aus den Armen ihres Vaters zu befreien.

„Ich lebe“, fuhr der Kranke fort, *„und lebe darum, daß ich dir dieses teure . . .“*

„Hörst du, dummes Mädchen!“ flüsterte der Kämmerer seiner Tochter ins Ohr.

„Jetzt hilf mir aufstehn, liebreizende Sophie! Die Schwäche hindert mich, es allein zu tun.“

„Erlauben Sie, Eure Hohe Exzellenz, ich werde Ihnen behilflich sein, sich zu erheben!“ Mit diesen Worten stürzte der Kämmerer zum Bett, damit er dem Kranken beim Aufstehen helfe, Sofja aber lief hinaus.

Als sich der Kranke auf dem Diwan aufgerichtet hatte, starrte er den Kämmerer an, murmelte lange vor sich hin; dann packte er ein Kissen, hielt es hoch und schrie: *„Wie, Barbar, bist du nur hergekommen, deine Missetaten zu vollenden?“*

„Eure Hohe Exzellenz! Allergnädigster Herr! . . . Dies doch gewiß nicht!“ stammelte der Kämmerer und zitterte wie Espenlaub.

„Wo ist mein Herrscher?“

„Nicht uns, den kleinen Leuten, sondern Eurer Exzellenz ist es gegeben, solches zu wissen“, antwortete der Kämmerer und verneigte sich ehrerbietig.

„Wie ist es möglich, daß der Herrscher dir das Kommando über mich gab?“ schrie der Kranke von neuem.

„Daran wage ich nicht zu denken, Eure Hohe Exzellenz; ich bin ein Mann in untergeordneter Stellung, alle Verfügungen trifft der Vorsitzende selbst . . .“

„Auf der Stelle werd ich selber zu ihm fahren!“ rief der Kranke, sprang plötzlich vom Diwan auf, warf sich den Überrock, den man des Aderlasses wegen vom linken Arm gezogen hatte, einfach über die linke Schulter, packte den gerade vor ihm liegenden Hut des Kämmerers und verließ eilenden Schrittes das Zimmer. Im Vorzimmer sprangen die Diener auf, die Garnisonsordonnanzen und Burschen standen stramm, die Posten an der Tür gaben das Trommelsignal für die Ehrenbezeigung, der Winker

signalisierte zur Hauptwache, die sich in der Nähe, am Platz, befand.

Seine Hohe Exzellenz begab sich eilenden Schrittes die Straße entlang zum Platz.

8

Unterdessen herrschte in der Stadt eine ungewöhnliche dienstliche Regsamkeit, die Korrektheit der Beamten grenzte ans Wunderbare, die Ordnung war beispielhaft; alle bewiesen einen Eifer, welcher der Aufmerksamkeit der höchsten Vorgesetzten würdig war; im Magistrat und in den Gerichten trugen alle Uniform und Degen, das Reglement lebte auf, unter dem Gerichtsspiegel hielt man Gericht und richtete nach den Gesetzen, man erörterte dienstliche Angelegenheiten, nicht das Geschehen des gestrigen Tages und die städtischen Neuigkeiten; im Stadtkrankenhaus fühlten die Ärzte jedem Kranken den Puls, an Arzneien wurde nicht für jeden die gleiche verschrieben, es gab keine allgemeine Diät mehr; die Garnisonstruppe exerzierte fleißig auf dem Platz, die Polizeitruppe hielt sich einsatzbereit. Der Polizeimeister unterschrieb Berichte, Eingaben und Mitteilungen, Aufenthaltsscheine, Anweisungen zur Weiterleitung von verschickten Sträflingen. Unterbrochen wurde diese Beschäftigung durch den Theaterleiter, der mit einer tiefen Verbeugung eintrat.

„Sei gegrüßt, mein Lieber! Was gibt es? Die Ankündigung für eine neue Aufführung?“

„Nein, Euer Hochwohlgeboren, vielmehr ein kleines Ersuchen!“

„Iwanow, nimm und lies!“ sagte der Polizeimeister und unterschrieb weiter seine Papiere.

Der Schriftführer begann zu lesen:

„Nach Titel; Ersuchen des Freigelassenen Jakim Prochorow Kosyrin; worüber, das besagen folgende Punkte: Erstens. Von Beruf Schauspieler, jetzt Direktor, will sagen, Leiter einer freien Schauspielertruppe, habe ich verschiedene Stücke zur Aufführung

gebracht, als da sind: Komödien, Opern, Tragödien, dies zur vollkommenen Zufriedenheit des Publikums, und zwar auf Jahrmärkten und in Provinzstädten des Allrussischen Reiches, wobei ich dafür allerorts die Erlaubnis der zuständigen Behörde hatte, auf eigene Rechnung arbeitend, mit verschiedenen Dekorationen und Kostümen. Zweitens. Vergangenes Jahr trat auf dem Jahrmarkt von Rostow der Kleinbürger Korneli Iwanow Sarezki in die von mir geleitete Truppe ein, wobei der Kontrakt besagt, daß er von mir unterhalten würde und tragische Rollen zu spielen habe und, wenn sich die Notwendigkeit ergäbe, auch komische; ferner, daß im Falle der Abwesenheit oder Krankheit des Opernsängers meiner Truppe, eines ehemaligen Basses vom Chor der erzbischöflichen Kirche, er, Sarezki, auch zu singen habe. Desohngeachtet entzieht er, Sarezki, sich seit der Ankunft in dieser Stadt seiner Verpflichtung, hält sich verborgen und hat von mir, dem Theaterleiter, verschiedene Kostüme bei sich, als da sind: Samthosen, ein Überrock aus blauem Tuch mit rotem Wollfutter, eine bestickte grüne Seidenweste, auf dem Überrock drei Sterne von Goldfolie, mit Gold- und Silberfäden genäht, und überdies hat er hundertzwanzig Rubel auf Vorschuß genommen; ich bitte die Polizei, selbigen ausfindig zu machen, nach den Gesetzen zu verfahren und die oben angeführten Sachen und Gelder mir zurückzuerstatten. Dies wird eingereicht bei der städtischen Polizei. Das Ersuchen wurde verfaßt und nach den Worten des Bittstellers aufgeschrieben vom Bittsteller selbst. Dieses Ersuchen wurde unterzeichnet ... und so weiter."

„Du hast in dem Gesuch einiges ausgelassen, mein Teuerster, nämlich: wie alt er ist, besondere Kennzeichen, verheiratet oder Junggeselle, wo als Kleinbürger registriert! ... Das sind Dinge, die von der Polizei unbedingt gebraucht werden; sind sie vorhanden, so können wir das Gesuch in die entsprechende Stadt weiterleiten."

„Euer Wohlgeboren! Hier ist sein Paß."

„Ganz gleich, Verehrtester", entgegnete der Polizeimeister, während er weiter Papiere unterschrieb, „in dem Gesuch muß alles erwähnt sein. Jaja, mein Lieber, statt selber das Gesuch zu verfassen und ins reine zu schreiben, hättest du dich lieber an einen wenden sollen, der das versteht."

„Erlauben Sie, ich schreibe es Ihnen", sagte der Schriftführer, „es kostet eine Kleinigkeit."

Plötzlich erhob sich draußen Lärm.

„Erkunden, was los ist!" schrie der Polizeimeister, ohne im Unterschreiben innezuhalten.

Der Reviervorsteher und ein paar Polizeibedienstete stürzten hinaus und kehrten nicht zurück — Neugier und Pflicht hießen sie dem Menschenstrom folgen, der zum Platz hin flutete und sich dort dicht um einen unbekannten Mann im Dreispitz drängte. Der vielen Menschen wegen waren nur seine blitzenden Augen und das Fuchteln seiner Arme zu sehen. Mit fanatischer, schrecklicher Stimme schrie er:

„Diese große majestätische Stadt! Und sie wird mein sein . . . drüber empor zu flammen gleich dem königlichen Tag! . . . All die kochenden Begierden, all die nimmersatten Wünsche meines Herzens in diesen grundlosen Ozean unterzutauchen! . . . Ungeheure schwindlichte Kluft! Legt alles hinein, was der Mensch Kostbares hat! Eure gewonnenen Schlachten, ihr Sieger, Künstler, eure unsterblichen Werke, eure Vergnügungen, Epikureer, eure Meere und Inseln, ihr Weltumschiffer! . . . Herzog! . . . Droben zu stehen auf der schrecklich erhabenen Höhe — herabzulächeln in den reißenden Strudel der Menschheit, wo das Rad der blinden Glücksgöttin Schicksale schelmisch wälzt — den ersten Mund am Becher der Freude . . . die unbändigen Leidenschaften des Volks gleich jenen mutigen Rossen mit den gellenden Spielen des Zügels zu zwingen — den Stolz der Vasallen mit einem, e i n e m Atemzuge in den Staub zu legen! . . . Löset den Donner in seine einfachen Töne auf, ihr werdet Kinder damit in den Schlummer singen; aber schmelzt sie in einen plötzlichen Schall zusammen, und der monarchische Klang wird den ewigen Himmel erschüttern!"

„Euer Hochwohlgeboren, Euer Hochwohlgeboren!" rief ein atemlos hereinstürzender Polizeischreiber. „In der Stadt herrscht ein Durcheinander, wie man's nie gesehen hat; ein Mann wütet und tobt auf dem Platz."

„Wie!" brüllte der Polizeimeister und griff sich Hut und Degen vom Tisch. „Das gesamte Kommando aufbieten! ... Zum Kreiskommandeur schicken, er soll mit Soldaten zum Platz kommen! ... Mir nach!“ Und mit diesen Worten stürzte der Polizeimeister, wie vom Feuer gejagt, auf den Platz.

Der Unbekannte fuhr unterdessen fort: *„Hab ich, ich, Fiesco, mein Weib ermordet?! Nein, ich bitte euch, seht nicht so geisterbleich auf dieses Spiel der Natur! – Gott sei gelobt! Es gibt Schicksale, die der Mensch nicht zu fürchten hat, weil er n u r Mensch ist. Wem Götterwonne versagt wird, wird keine Teufelsqual zugemutet!“*

„Dort ist er, dort!“ ließ sich eine Stimme in der Menge vernehmen, die entblößten Hauptes stand und horchte.

„Dort ist er! Er hat seine Frau umgebracht.“

„Schweig! ... Wohin?“ schrie der Unbekannte weiter, packte einen der Zurückweichenden am Kragen und stieß ihn in die Menge.

„Nehmt ihn fest, nehmt ihn fest!“ schrie ein Polizeioffizier, während er sich durch das Volk drängte.

„Daß deine Zunge zum Krokodil würde!“ brüllte der Unbekannte und fuhr wild auf einen Polizeibeamten los. *„Geh in den neunten Kreis der Hölle!“*

Der Polizeibeamte ließ von seinem Vorhaben ab, sagte nichts mehr, machte ein liebedienerisches Gesicht und stand stramm; nicht der Unbekannte selbst hatte ihn so erschreckt, sondern die drei Sterne, die auf seiner Brust blitzten.

„Festnehmen, festnehmen!“ ertönte von hinten die Stimme des ganz außer Atem geratenen Polizeimeisters.

Das Volk aber flutete vor dem Unbekannten zurück, als der zähneknirschend hervorstieß: *„Tretet zurück, ihr menschlichen Gesichter! – Ich fühle mich aufgelegt, die ganze Natur in ein Ungeheuer zu zerkratzen ... Menschen, wie sie dastehen, die erbärmlichen, sich segnen und seligpreisen, daß sie nicht sind wie ich!“* So rief der Unbekannte und wies dabei auf den Magistratsanwalt, der sich, die Menge zerteilend, eben nach vorn geschoben hatte. *„Mir, mir allein gilt alles Rasen der Hölle! ... Bruder!“* fuhr er mit klagender Stimme fort. *„Dank dir, Allmächtiger, daß hier noch einer ist, den dieser Donner niederschmetterte!“*

„Sarezki!" ertönte eine neue Stimme in der Menge. Es war der Leiter der Wanderbühne. „Er ist es, er ist es!" schrie er, bahnte sich einen Weg durch die Menge und umfaßte den Unbekannten. „Er hat sich betrunken! Ich habe ihn am Monolog aus dem ‚Fiesco' erkannt. Hat gerade den rechten Ort zum Deklamieren gewählt! ... Da ist ja auch mein Theaterkostüm, da sind meine Sterne! Ein Glück, daß er's nicht vertrunken hat!"

Das Polizeikommando, durch den Theaterleiter von allen Zweifeln befreit, stürzte sich auf den unglücklichen Sarezki.

„Dreht ihm die Arme auf den Rücken!" schrie triumphierend der Polizeimeister. „Führt ihn ins Amtsgebäude zum Verhör."

Sie schleppten den unglücklichen Sarezki davon. Seine Stimme, gebrochen, kaum vernehmlich, vom Funkeln seiner Augen begleitet, ging unter im Lärm der ihm nachdrängenden Menge.

9

Man bringt den armen Sarezki zur Polizei. Die Volksmenge umsteht das Polizeigebäude. Schreien, Lärmen, Gedränge. Der Polizeimeister nimmt seinen Platz ein, befiehlt, den Verbrecher in die Gerichtsstube zu führen, befiehlt dem Schriftführer, Papier fürs Verhörprotokoll bereitzulegen.

Zwei Büttel führen Sarezki herein; ihm folgt der Theaterleiter.

POLIZEIMEISTER: Dein Name?

SAREZKI (beiseite): Herrgott! Ganz falsch! Und wo spricht er das Falsche? Auf der Bühne, während der Vorstellung! Er hätte sagen müssen: Ihr Name? (Zum Polizeimeister:) *Konrad von Turin.*

THEATERLEITER: Er ist betrunken ... Euer Hochwohlgeboren ... Er spricht seine Rolle aus dem Schauspiel „Die Freirichter".

POLIZEIMEISTER: Tsss! Niemand hat meine Worte zu unterbrechen! Stand?

SAREZKI: *Kaiserlicher Baron und Glied dieses Gerichts.*

POLIZEIMEISTER: Wie? Was? Neuer Lug und Trug? Gut! (Zum Schriftführer:) Schreib! (Zu Sarezki:) Aus welchem Anlaß in diese Stadt gekommen?

SAREZKI (beiseite): Mein Gott! Er weiß seine Rolle nicht! Er bringt auch mich ganz durcheinander! (Zum Polizeimeister:) *Meine Unschuld zu verteidigen und meinen Platz einzunehmen!*

POLIZEIMEISTER: Feine Unschuld! O Freund, du wirst deinen Platz einnehmen — im Gefängnis!

SAREZKI (beiseite): Weiß der Teufel, was er redet! Einem Dummkopf haben sie die Rolle des Freirichters gegeben! (Zum Polizeimeister:) *Welches ist mein Verbrechen?*

POLIZEIMEISTER: Wie? Welches dein Verbrechen ist? Er will auch noch leugnen! Nein, Freund! Die ganze Stadt ist Zeuge ... Rede, auf welche Weise und zu welchem Zwecke hast du mit dem Herrn Kämmerer abgemacht, die Rolle des Generalgouverneurs zu spielen? He?

SAREZKI (beiseite): Stimmt ja gar nicht! Ich? Die Rolle des Generalgouverneurs? (Zum Polizeimeister:) *Wo ist mein Ankläger?*

THEATERLEITER: Euer Hochwohlgeboren, er deklamiert in der Trunkenheit Rollen, die er auf der Bühne gespielt hat.

POLIZEIMEISTER: Tssss! Um so besser — was der Nüchterne im Kopf verschließt, das hat der Betrunkene auf der Zunge. (Zu Sarezki:) Antworte auf die Frage: zu welchem Zwecke? He? Vielleicht zu dem, Staatsgelder zu stehlen und gemeinsam zu fliehen? Ja! ... Das hatte ich ganz vergessen. (Zum Reviervorsteher:) Wollen Sie sich unverzüglich, augenblicks und ohne den geringsten Aufschub zum Kämmerer begeben und ihn verhaften! Wenn er Gelegenheit findet, zu verschwinden, ziehe ich Sie zur Verantwortung. Hören Sie? (Zu Sarezki:) Nun, sprich, zu welchem Zweck, he?!

SAREZKI (beiseite): Wieder falsch! (Zum Polizeimeister, verwundert:) *Welcher Klang, welche Stimme!*

POLIZEIMEISTER: Sprich! Was hast du darauf zu antworten?

SAREZKI: *Daß dieses Tribunal zu rechtlich ist gesonnen, als daß es Verirrungen bestrafte und Fallen stellte.*

POLIZEIMEISTER: Unverschämtheit! Fallen!

SAREZKI (ihn unterbrechend): *Ja, Fallen! Ganz Deutschland kennt die Bande der Freundschaft, der Verwandtschaft ...*

POLIZEIMEISTER (ihn unterbrechend): Eine Bande, Freundschaften,

Verwandtschaften! Ah! Endlich! (Zum Schreiber:) Schreib: eine Bande, Freundschaften, Verwandtschaften! Schreib! Das ist es! Jetzt ist alles klar!

SAREZKI (beiseite, wütend): Alles verpfuscht und verdirbt er! Läßt mich nicht ausreden!

POLIZEIMEISTER: Und was hat dir der Kämmerer dafür versprochen?

SAREZKI (beiseite): Statt „Sie haben es versprochen?" redet der Kerl weiß der Teufel was! (Zum Polizeimeister:) *Und hielt mein Wort; er war mein Freund . . .*

THEATERLEITER: Aber Euer Hochwohlgeboren, er deklamiert seine Rolle aus den „Freirichtern"!

POLIZEIMEISTER: Tsss! Ruhe! Hier ist kein freies, sondern ein staatliches Gericht!

SAREZKI (fortfahrend): *Er war mein Gast, doch ich vertrieb ihn; er streckte die Arme zu mir aus, doch ich, ich tötete ihn . . .*

POLIZEIMEISTER (ihn unterbrechend): Späte Reue!

SAREZKI (beiseite): Der bringt mich ganz durcheinander! Was kommt jetzt? Ach ja! (Zum Polizeimeister:) *Soll er zweimal sterben, zweimal die Qualen des Todes erleiden!? Wer du auch seist . . . wenn dies deine Meinung ist, so hast du das Herz eines Kannibalen!* (Will sich auf den Polizeimeister stürzen.)

POLIZEIMEISTER (furchtbar erschrocken, aufspringend): Er mordet! Faßt ihn! Er mordet! . . . Schlagt ihn in Eisen! Schleppt ihn ins Verlies! Blöcke an die Füße!

THEATERLEITER: Euer Hochwohlgeboren! Er ist betrunken, nur deshalb hat er alles angerichtet. Belieben Sie doch nur zu hören — er spricht nicht seine eigenen Worte; es ist seine Rolle . . .

POLIZEIMEISTER: Halseisen umlegen! Und morgen in Ketten zum zweiten Verhör und zur Gegenüberstellung mit dem Kämmerer vorführen! Räuberei am hellichten Tag!

10

Schluss

Heimlich kam zu Sarezki ins Gefängnis die tugendhafte Missetäterin. Sie fand ihn im Wahn befangen, sie umfing ihn mit ihren Armen und rief, wie Angelika: *„Roland, lest in meinen Augen meinen Kummer um Euch. Seid ruhig, seid mein Freund!"*

Und er erwiderte: *„Willkommen! Willkommen, edle Tochter des wilden Sakripante! Willkommen! Wie? So allein entfloht Ihr Euerm Vater?"*

Sie aber, da sie sah, daß es keine Hoffnung gab, dem armen Roland-Sarezki den Verstand wiederzugeben, sprach schmerzlich, wie Angelika: *„Der Unglückliche!"*

Und sie entfernte sich eilenden Schrittes vom Gefängnis, damit sie zur Probe nicht zu spät käme.

Als die Kunde von dieser Begebenheit ans Ohr des echten Generalgouverneurs drang, lachte er aus vollem Herzen darüber und gab Anweisung, Roland-Sarezki aus dem Gefängnis ins Irrenhaus zu bringen und den Kämmerer in eine andere Stadt zu versetzen.

Bis heute geschieht es, daß die Frau des Kämmerers ihren Mann, wenn sie sich mit ihm streitet, auffordert, seinen Schwiegersohn im Irrenhaus zu besuchen. Sarezki aber deklamiert ohne Unterlaß — bald wähnt er, der ehrsüchtige Fiesco zu sein, erhebt die frevelnde Hand gegen Gianettino, wütet mit der Faust gegen die Wand, flucht dem Schicksal über Leonorens Leichnam, stürzt sich vom Bett ins Meer und liegt dann bewußtlos auf dem Fußboden; bald, plötzlich zu sich kommend, tritt er als Marquis Lafaste auf, beteuert Sophie seine Liebe; dann wieder verteidigt er vor dem Freigericht die Rechte und die Unschuld eines kaiserlichen Barons.

In der Rolle des rasenden Rolands aber übertrifft er sich selbst; alle Irren, die sich in der gleichen Zelle mit ihm befinden, vergessen ihre Manie — der Musiker hört auf, in der Luft Tasten anzuschlagen; der Geisterseher vergißt, die Teufelchen, die sich ihm auf die Nase setzen, am Schwanz zu packen; dem Dichter fällt die vorgestellte Feder aus der Hand; der Redner hustet die Worte, die ihm in der Kehle stecken, nicht heraus; und alle bestaunen aufmerksam, wortlos, mit aufgerissenen Mündern die rasende Kunst Sarezkis.

Nikolai Pawlow

Der Namenstag

Der Lüge Siegel, du erkennst es;
Der Wahrheit Licht, ich weiß, du nennst es;
Doch ich konnt ewig unterscheiden nicht,
Was ist im Leben Wahrheit, was Gedicht.

Juliet:
What's in a name? that which we call a rose,
By any other name would smell as sweet.
Romeo:
My name, dear saint, is hateful to myself.
Shakespeare, Romeo and Juliet

Ich wurde einmal mit einer Familie bekannt, die nach dem Willen des Schicksals frühzeitig von der Bühne des Lebens abgetreten ist. Der Tod ereilte sie in verschiedenen Winkeln Rußlands, und die Erinnerung an sie blieb vielleicht einzig in meinem Herzen erhalten. Der Mann starb an der Cholera in Bessarabien; die Frau kränkelte lange und starb auf dem Lande in der Saratower Gegend; der kleine Sohn folgte den Eltern bald — er entschlief in den Armen einer Orenburger Gutsbesitzerin. Ich nenne nicht die Namen meiner dahingegangenen Bekannten, weil sich mit ihren Namen keinerlei Erinnerung an Verdienste verbindet, die sie der Menschheit erwiesen, oder an Gedanken, die sie als Vermächtnis hinterlassen hätten. Sie gingen vorüber als gewöhnliche Menschen; sie waren, sie sind nicht mehr — das ist das Buch ihres Lebens.

Die Vorsehung aber hat die Natur mit beredter Vielfalt bunt gesprenkelt und jedes Wesen mit ihm eigenen, besonderen Zügen gezeichnet; darum ist der Mensch überall gleichermaßen der

Aufmerksamkeit wert, darum begegnet uns im Leben eines jeden, wer es auch sei, wie er sein Dasein auch verbracht habe, ein Gefühl oder ein Wort oder eine Begebenheit, die einen des Überlegens gewohnten Kopf sehr nachdenklich stimmen. Sieh dir einen stillen Erdenbürger an, den Letzten unter den Menschen – in ihm findest du ebenso Nahrung für den forschenden Geist wie in dem, der vor den Augen aller Welt hoch oben auf des Lebens Wogen weithin getragen wird, den sie auf die Höhe unsterblichen Glücks heben oder in den Abgrund unsterblichen Elends stürzen. Ein starker Charakter enthüllt sich oft im engen häuslichen Kreise; der launische Zufall wählt zuweilen ein unauffälliges Opfer, und seine Schläge, die anderen zur Lehre dienen könnten, fallen ohne Zeugen, mitten ins stille Familienleben, so wie der Blitz den in menschenleerer Steppe vom Unwetter überraschten Wanderer trifft.

N. war ein Mann von etwa dreißig Jahren, als ich ihm das erstemal begegnete. Er hatte sich eben verheiratet. Schwer, ja beinahe unmöglich ist es, mit Worten jenen Taumel des Glücks wiederzugeben, der ihm damals die Sinne umnebelte. Er sah in seiner Frau die Gefährtin, die Geliebte, das Ziel seines Lebens, kurzum alles, was uns fesselt, das Auge erfreut und der Seele Aufschwung gibt. Für sie wiederum, die junge, lebhafte, anziehende Frau, war, so schien es mir, ihr Mann Anfang und Ende alles Wünschens, der, dem sie sich ohne Rückhalt anvertraut hatte. Sein aufgeklärter Geist, die von Bildung durchdrungene Lebensart gefielen mir, und ich bemühte mich um ein vertrauteres Verhältnis zu ihm. In Zeiten eines glückhaften Rausches schließt der Mensch freudig und herzlich jeden in seine Arme. N. verbrachte gern manche Stunde mit mir, und – im Ton der Gesellschaft zu sprechen – wir freundeten uns an. Oft war ich bei ihm zu Gast, und immer betrachtete ich mit einem gewissen Neid und zugleich mit Wohlgefallen das Bild häuslicher Glückseligkeit. Dieser Mann und seine Frau lebten, als wären sie wahrhaftig füreinander geschaffen, einer durch den andern. Beiden war Verstand, war Witz und Liebenswürdigkeit und ein Vermögen zuteil geworden, das sie unabhängig machte. Wenn ich sie ansah, dachte ich: Hier ist ungeheuchelte Freundschaft, unverstellte Zärtlichkeit, ungefälschter heiterer Sinn! Ich erinnere mich, daß ich mir damals nur das eine wünschte: daß ich ebenso eine Frau bekäme, wie sie mein Freund hatte; ich erinnere mich, daß ich damals eine solche Frau weder hingegeben hätte für die Gewißheit, daß mein Name unsterblich würde, noch für den Generalsrang. N. erzählte mir Einzelheiten darüber, wie es zu seiner Ehe gekommen war: wie er im Gouvernement Saratow ein Mädchen fand, das von aufgeklärten Eltern erzogen worden war, wie er sich in sie verliebte und auch ihr gefiel — daß er der Gegenstand ihrer ersten Liebe, der ersten Wonnen ihres noch kindlichen Herzens gewesen sei, das noch unberührt war von hauptstädtischer Eitelkeit. N. sprach mir gegenüber ständig von seiner Absicht, den Dienst aufzugeben und sich auf dem Lande niederzulassen — mit Büchern und mit seiner Frau. Eine solche Lebensweise erachtete er für die ruhigste und angenehmste; sie war sein liebster Traum. Schließlich reiste er für kurze Zeit nach Petersburg, wo er verschiedene Angelegenheiten zu erledigen hatte, die der Verwirklichung seines Vorhabens dienen sollten; seine Frau fuhr mit ihrer Tante in das Dorf, in das er ihr nach Regelung seiner Angelegenheiten zu folgen gedachte, um dort zu bleiben. Wir trennten uns; ungefähr anderthalb Jahre sah ich ihn nicht, und ich glaubte, ich würde ihn nie wiedersehen.

Eines Abends saß ich im Theater und ließ, ungeduldig auf das Ende wartend, meine Blicke ziellos umherwandern; da erschien plötzlich in einer Loge ein Mann, dessen Gesicht mich stutzen machte — diese Züge kannte ich . . . ich sah genauer hin . . . es war N. Er vertiefte sich in ein langes Gespräch mit einer Dame, und ich bemühte mich einige Zeit vergebens, seine Aufmerksamkeit auf mich zu ziehen. Schließlich erblickte er mich und erhob sich vom Sessel. Mit welcher Wißbegier, mit welcher Freude stürzte ich zu ihm hin. Auch er freute sich offenbar, mich zu sehen, doch das war eine gemessene Freude, die Freude eines gereiften Mannes. Es versteht sich, daß ich ihn mit Fragen überschüttete; er antwortete mit einigem Stocken, daß er vor drei Tagen ganz nach Moskau übergesiedelt sei und daß man auf dem Lande nicht leben könne — allein die Nachbarn seien eine furchtbare Qual. Ich erkundigte mich nach seiner Frau, aber er äußerte kaum etwas über sie. Man wird begreifen, wie ich mich wunderte! Wir verabredeten, daß ich ihn tags darauf zum Mittagessen besuchen würde, und trennten uns. Er eilte zurück in die Loge, um der mir unbekannten Schönen weiter den Hof zu machen. An seinem Gang bemerkte ich eine Veränderung — er hinkte ein wenig.

Wieder sah ich mich in jenem Hause, das mich vor einiger Zeit veranlaßt hatte, von häuslichem Glück, von einer lieben Frau, vom Einklang zweier Herzen zu träumen; wieder trat ich in den Tempel, den früher die leuchtenden Strahlen der Freude erhellt hatten, wo jeder Laut, der an mein Ohr drang, Widerhall einer bezaubernden Liebe gewesen war. Ich fand alles unverändert: die gleichen Teppiche, die gleichen Blumen, die gleiche Bronze; so wie früher empfing mich die Dame des Hauses; aber die schönste Rose hatte schon die Frische des Frühlings verloren — in ihrem Blick lag Schwermut, ihr Schritt war zögernd, die einst blühenden Wangen waren verblaßt. Der Vorhang hob sich, und die beiden Gatten spielten vor mir den zweiten Akt ihres Schicksals. Jetzt sah ich keine Gleichheit mehr zwischen ihnen; sie hatten schon verlernt, daß einer die Gedanken des anderen erriet, daß einer dem Wunsch des anderen zuvorkam; jetzt ließ der Ehemann in jedem Wort, in jedem Blick fühlen, daß er der Gebieter sei. Aus allem, was er tat, aus jeder Kleinigkeit sprach eine unheilbare Gleichgültigkeit ihr gegenüber, und ich mußte mir sagen, daß es in der Natur doch keinen Moschus gibt, der imstande wäre, eine erlöschende Liebe am Leben zu erhalten, und keine Brenngläser, die das erkaltete Herz eines Ehemanns aufs neue zu entzünden vermöchten. Im Umgang mit seiner Frau beachtete N. streng die aufs Äußere sich richtenden Regeln des gesellschaftlichen Anstands; aber wie tief erniedrigte er sie moralisch! Was sie auch sagte, er widersprach ihr in allem. Seine Einwände waren höflich, aber hinter dieser Höflichkeit verbarg sich beinahe immer ein beißender Spott. Wollte die Frau ein neues Kleid, wollte sie eine Abendgesellschaft besuchen — ihr Mann widersetzte sich nicht, aber er fiel mit erstaunlicher Beredsamkeit über weibliche

Eitelkeit, über weibliche Unvernunft her. Nahm die Frau am Gespräch teil, so erging er sich in Erörterungen über Schicklichkeit, über den Verstand und gab ihr höflich, aber unerbittlich zu verstehen, daß Frauen besser nicht sprechen sollten, daß es nichts gebe, worüber sie sinnvoll sprechen könnten. Wie oft versuchte sie, seine Ausfälle mit einem Scherz zu parieren — offenbar in dem Wunsche, mich davon zu überzeugen, daß all das nicht recht ernst gemeint, daß er noch der gleiche sei wie früher und sie noch ebenso liebe! Gerade dies kennzeichnet den Schwachen, dachte ich, wenn er mit dem Starken kämpft.

Mit einem Wort: Aufmerksamkeit, Sanftheit und all die Tugenden, die ihrem Geschlecht so gut anstehen, konnten das Vergangene nicht mehr zurückrufen. Obgleich ich in einem so auffallenden Wandel auch den natürlichen Gang einer leidenschaftlichen Liebe sah, weckte er meine Neugier. Je mehr ich bei N. verkehrte, desto offener wurde er mir gegenüber; in unseren Gesprächen erwähnte er jedoch nie seine Frau, so als existierte sie nicht. Er hinkte, und als ich ihn nach dem Grund fragte, erhielt ich zur Antwort: „Eine Kugel ..." Weiter nichts.

Seit seiner Rückkehr nach Moskau war schon viel Zeit vergangen, da geschah es einmal, daß wir beide allein bis tief in die Nacht hinein plauderten. Die Rede kam auf das schöne Geschlecht. Er geriet in Feuer, was selten geschah; die Worte flossen ihm rasch und ohne Stocken von der Zunge, und sein Gesicht drückte Unwillen aus. In Gedanken sehe ich noch sein bitteres Lächeln, mit dem er mir sagte: „Nur ein kleinmütiger und unerfahrener Mann kann wahres Glück von einer Frau erwarten; die Frau muß uns die Wonne eines Augenblicks sein; wer sie mit anderen Augen betrachtet, wer meint, er könne in ihr ein reines, erhabenes Wesen finden, der irrt kläglich. Sie ist ein so schwaches Geschöpf, daß ihre Kräfte nicht ausreichen, zeit ihres Lebens bei einem einzigen Gefühl, einem einzigen Ziel zu bleiben. Sie steht immer unter dem Einfluß anderer, und wie kann man sich auf jemand verlassen, an dem nichts Selbständiges ist! Die Frau liebt leidenschaftlich, und doch kann es geschehen, daß sie einen anderen heiratet, weil Großmütterchen und Mütterchen und Tantchen sie dazu überreden. Die Frau ist klug, aber sie ist es nie ohne Hintergedanken — immer will sie glänzen, verblüffen. Die Frau ist zärtlich, gut, aber sie ist es bis zum Überdruß. Nehmen wir an, sie ist siebzehn; da ist sie lebhaft, schön; man meint, alle ihre Vorstellungen, alle Überlegungen seien unschuldig wie die eines kleinen Kindes; man meint, sie sei ein reiner Engel, der kaum die Erde berührt und auf dessen weiße Flügel sich noch kein Erdenstaub gelegt hat; das siebzehnjährige Kind aber ist schon verliebt, versteht es, seine Liebe zu verheimlichen, versteht es, ohne zu erröten, ewige Treue einem anderen zu schwören als dem, den sie liebt. Oh, was das betrifft, so habe ich keine Illusionen mehr ... Weib, Trüffel und Sekt — es ist das gleiche!"

Mit diesen Worten schloß er ein Fach seines Schreibtischs auf, holte ein schmales Heft heraus, reichte es mir und sagte lächelnd: „Nimm und lies! Es wird lehrreich für dich sein; ein Freund von mir hat hier eine ziemlich merkwürdige Begebenheit beschrieben."

Ich bewahrte die von N. erhaltene Handschrift auf.

Hier ist ihr Wortlaut:

Wer je durch Rjasan gekommen ist, der kennt gewiß Stepan Nikititsch, der ist gewiß bei ihm abgestiegen und hat ihn seinen Madeira rühmen hören. Lebhaft erinnere ich mich jenes schmutzigen Herbstes, jenes finsteren Abends, als kein einziger Stern am Himmel strahlte und die Postpferde mich nur mit Mühe bis vor die Tür des Rjasaner Gasthauses brachten. Ich war ein Märtyrer der Ungeduld! Ich hätte gern die Jahreszeit geändert, neue Wege gebahnt, wäre gern zum Zauberer geworden, um nur recht bald in die Arme der vergötterten Frau zu fliegen! Wie drängte ich, die Reise unverzüglich fortzusetzen. Wie standhaft blieb ich gegenüber allen Verlockungen Stepan Nikititschs, der mir seine Beefsteaks, seine Koteletts und seinen Madeira aus Petersburg pries. Doch auf der Poststation gab es keine Pferde. Ich schickte Leute aus, irgendwo freie Pferde aufzutreiben, obgleich Kutscher und Diener versicherten, hinter Rjasan gebe es kein Durchkommen und es bleibe nichts, als hier zu übernachten. All ihr Zu-

reden wirkte wenig auf mich; notgedrungen jedoch mußte ich abwarten. Ich richtete mich ein, zum Abendessen zu bleiben, und träumte vom Ende meiner Reise.

Es waren noch keine zehn Minuten vergangen, da ließen sich aus dem Nachbarzimmer Gitarrenklänge und eine Männerstimme vernehmen. Ach, was für eine Stimme! Der Musik leidenschaftlich zugetan, vermied ich jede Bewegung auf dem Diwan, damit mir auch nicht eine Note verlorenginge. Der Unbekannte sang zuerst ein paar Strophen aus der Ballade:

> Warum, warum habt ihr zerrissen
> Den Bund der Herzen?

Dann:

> Erloschen sind des Tages Gluten ...

Die Nacht, die Träume von der Liebe, die etwas wehmütige Stimmung, in der ich mich befand — alles gab mir den Gedanken ein, daß die leidenschaftlichen, strahlend hellen Klänge gewiß einem von tiefer Trauer bedrängten Herzen entströmten. Ich stahl mich leise an die Tür, um durchs Schlüsselloch einen Blick auf den Unbekannten zu werfen, und es gelang mir. Er saß, lässig zurückgelehnt, auf dem Sofa und richtete die großen blauen Augen zur Zimmerdecke; lange hellbraune Haare fielen wirr über die hohe Stirn, auf der eine große Narbe zu sehen war, offenbar von einem Säbelstreich; die rechte Hand war verbunden; in der linken hielt er die Gitarre. Er trug einen Uniformrock mit dem Georgskreuz auf der Brust.

Jeder wird leicht erraten, daß ich den Wunsch verspürte, mit dem interessanten Offizier bekannt zu werden. Auf meine Frage, wer er sei, wurde mir geantwortet: Stabsrittmeister S. — auf der Durchreise. Der Familienname war von seinem eigenen Vornamen abgeleitet. Ich ließ ihn fragen, ob er mir erlaube, ihn aufzusuchen; aber er kam mir zuvor und erschien selbst bei mir. Er war ein Mann in den mittleren Jahren, groß und schlank. Sein Gesicht zeigte die harten Spuren von Unwetter und Sonnenglut; die Züge aber waren ausdrucksvoll. Vor mir stand ein außergewöhnlicher Mann. Ich überschüttete ihn mit aufrichtigen, freundlichen Begrüßungsworten, ganz erfüllt von dem Gefühl, das mir sein Gesang eingegeben hatte. Er drückte meine Hand und lächelte mit sichtlicher Befriedigung. Doch vom ersten Augenblick an schien es mir, er sei wenig gesprächig und seiner Zunge fehle die weltmännische Gewandtheit. Da Reisebekanntschaften gewöhnlich auf die Weise geschlossen werden, daß man sich gegenseitig nach dem Woher und Wohin fragt, so erfuhr ich, daß er vom aktiven Armeedienst komme und sich eine Zeitlang in Tambow, in Saratow und in einigen anderen Städten werde aufhalten müssen. Für eine — freilich nur kurze — Strecke hatten wir gemeinsamen Weg; wir verabredeten, zusammen weiterzureisen, und er stimmte gern meinem Vorschlag zu, unterwegs bei mir in dem Dorf einzukehren, in das ich zum Namenstag meiner Frau eilte. Oh, wie wird sie sich über einen solchen Gast freuen, dachte ich, sie, die so leidenschaftlich gern singt. Wir setzten uns zum Abendessen; zwei Flaschen guten Weines wurden aus meinem Wagen gebracht, und Stepan Nikititsch steuerte seinen Sekt bei. Der Geist wurde lebhaft angeregt, die Zunge löste sich. Der seltsame Unbekannte nahm meine Seele gefangen — sowohl mit seiner gewinnenden Stimme als auch mit seiner männlichen Erscheinung und den Kriegserlebnissen, von denen das weiße Ordenskreuz, die Narbe auf der Stirn und die verbundene Hand aufs kürzeste berichteten. Er erzählte von der Musik und vom Krieg, seine Augen blitzten vor Begeisterung, und er sprach dem Glas so lebhaft zu, daß die Flaschen sich rasch leerten. Ich bemerkte, daß mein freundlicher, herzlicher Empfang stark auf ihn gewirkt hatte; er wurde heiterer, und damals schrieb ich dies einer ihm eigenen Herzensgüte zu, jetzt freilich würde ich mir solche Heiterkeit einfacher erklären: durch befriedigte Eigenliebe. Damals war ich jung und glücklich. Die Worte des Offiziers blieben frei von Prahlerei, aber seine verwegene Art, sich auszudrücken, enthüllte eine gewisse Zügellosigkeit des Empfindens. Er trat auf als eine Art furchtloser Gefährte des Todes, und sein flammender Blick hätte die unzugänglichste Schöne rühren können. In ihm lag alles dicht beieinander: Tod und Leben, Musik und Bajonette. Als mir einfiel, ihn nach russischem Brauch zu fragen, ob dieser oder jener Namensvetter mit ihm verwandt sei, antwortete er mit boshaftem Lächeln: „Von meiner Verwandtschaft kennen Sie keinen; Sie hätten auch den Teufel was mit ihr zu tun!“ Versteht sich, daß ich nach einer solchen Antwort seine Verwandtschaft in Ruhe ließ. Der Wein hatte jedoch auch mir die Zunge gelöst. Die wunderwirkende Kraft des Champagners entführt uns ewig zu den Gegenständen unserer Liebe. Während es von Musik und Krieg tönte, wartete ich auf dem Feld des Gesprächs mit innigem Glück, mit häuslichem Leben, mit einer lieben Ehefrau auf; doch kaum hatte ich ein paar Worte über die Wonnen ehelicher Liebe aussprechen können, so huschte über das Gesicht meines Gesprächspartners ein düsteres Wölkchen der Nachdenklichkeit. Er setzte das Glas derb auf den Tisch und begann unruhig auf und ab zu wandern.

„Was ist mit Ihnen?“ fragte ich.

„Ach, erinnern Sie mich nicht an Liebe und Ehefrau ... auch ich habe geliebt“, antwortete er, „o ja ...“

Ein schwerer Seufzer entrang sich seiner breiten Brust, und er verstummte. Die Neugier stachelte mich. Ich werde nicht näher auf all die Listen eingehen, mit denen ich ihn zum Sprechen bewegen wollte, und bis heute weiß ich nicht, was ihn schließlich zur Offenheit bewog. Flößte ich ihm Vertrauen ein, verriet der Wein das Geheimnis, oder verbarg er es deshalb nicht, weil er keinen fürchtete? Er rief: „Champagner!“, ergriff sein Glas, das noch nicht ausgetrunken war, warf sich auf den Diwan, und während er mit der linken Hand den schönen Schnurrbart zwirbelte, begann er zu erzählen, indem er ungefähr so sprach:

„Als ich geboren wurde, hätte mir keine einzige mundflinke Zigeunerin vorauszusagen gewagt, daß ich diesen Uniformrock um die Schultern und dieses Kreuz an der Brust tragen würde. Keine Kinderfrauen umsorgten mich in den ersten Lebensjahren, niemand schaukelte sanft meine Wiege, und meine Mutter fiel nicht in Entsetzen, wenn ich barfuß durch den Schmutz rannte. Nicht solchem Wein war es bestimmt“ — und das Glas zitterte in seiner

Hand —, „meinen Sinn zu erheitern, und hätte ich mich in mein Schicksal gefügt, so wäre es niemals geschehen, daß ich mit Ihnen zu Abend esse.

Einen erbärmlichen Unterricht gaben sie mir, aber ich lernte fleißig, weil mir von frühester Kindheit an der leidenschaftliche Drang zu singen eigen war, und die Stellung eines Küsters war das Höchste, was mein Ehrgeiz erstrebte. Ich versäumte keinen einzigen Gottesdienst in der Gemeindekirche, schritt bei Begräbnissen gewichtig mit der Kerze voran, brüllte am lautesten beim Gemeindegesang und murmelte hörbar die Gebete, wenn das Hochamt zu Ende ging. Nicht lange ließen sie mich im Kreise dieser bescheidenen Wonnen heranwachsen; man riß mich weg von der Gemeindekirche, vom Vater und der Mutter. Das liegt lange zurück, aber noch jetzt treten mir manchmal Tränen in die Augen, wenn ich mich so recht daran erinnere, wie ich damals weinte. Eines Tages — er war eine Sternstunde in meinem Leben, meine zweite Geburt, das Theaterzeichen für den Dekorationswechsel —, eines Tages also untersuchte man mir Zähne und Lippen; man kam danach zu dem Schluß, ich sei eine Flöte, und deshalb bestimmten sie, daß ich das Flötenspiel erlerne. Ich weinte, aber da war kein Herz, an das mein hilfloses Kinderweinen gerührt hätte; keiner drückte das Kind an die warme Brust, keiner gab sich Mühe, ihm mit Liebkosungen die Tränen zu stillen.

Man richtete mich als Puppe her für die aus Langerweile geborenen Launen anderer, für rauschende Feste; doch die Musik rettete ihren Zögling. Ihr verdanke ich alles — sie zerriß das Band zwischen dem Augenblick der Geburt und den Jahren des Lebens, sie gewann mir das Herz einer Frau, die mir unerreichbar gewesen wäre wie ein Felsen des Kaukasus einem Kosakenpferd.

Freilich, beinahe hätte die Musik meinen Kopf in ein verstimmtes Instrument verwandelt, meine Gedanken in falsche Noten; aber am Rande des Verderbens, am Rande der menschlichen Verzweiflung gewährte sie mir Tröstungen, denen kein Kummer und keines Menschen Willkür zu obsiegen vermochte. Ich sang, in den hintersten Reihen der Menschheit stehend; ich irrte ziellos, ohne Obdach umher, nährte mich von hartem Brot und sang ... Ach, solang die Saite, solang die Stimme die Luft zum Schwingen bringt, so lang kann die Hälfte meines Ichs leiden, die andere wird dennoch Wonne fühlen! Unter Zwang lernte ich das Flötespielen, doch bald war ich ihm leidenschaftlich zugetan; in mir entfalteten sich musikalische Fähigkeiten.

Viele Jahre vergingen, und mit der Zeit machte ich die Bekanntschaft mancher berühmten Künstler in Moskau; ich gab das Flötespielen auf, errang große Erfolge auf der Geige und am Klavier ... Schließlich wurde der Gesang zu meiner ausschließlichen Beschäftigung.

Musikliebhaber würdigten meine Begabung, sie luden mich zum Quartettspielen ein, veranlaßten mich zu singen; aber in ihren Augen war ich nur ein Musikant ... ein Sänger ... oder, besser gesagt, eine Maschine, die spielt und singt, der man während des Spiels oder Gesangs das Gesicht zuwendet, nachher aber den Rücken. Man lobte mich, und dieses Lob roch nach Gnade; man bewunderte mich, und zum Zeichen hohen Beifalls klopfte man mir auf die Schulter; man nannte mich ein Genie, tat es aber so gleichgültig, so ruhig, daß es auch deutlich fühlen ließ, niemand wünsche sich an meinen Platz und jeder sage sich: Du bist ein Genie, aber nicht darum geht es! Man pries mich himmelhoch, aber so offen, so kränkend, wie der Mensch alles preist, worauf er nicht neidisch ist, wie er sich gerne von dem entzükken läßt, was er für unterhalb seines Ranges erachtet.

Ich begann Stunden zu geben und verdiente mir damit Geld. Der Zufall führte mich zu einem jungen Mann, der den anderen gar nicht glich. Ein Fanatiker der Musik, begeisterter Verehrer der Künste, stellte er die Begabung beinahe höher als alle anderen Vorzüge; er brachte es fertig, mich, den aus der Gemeinschaft der mit Namen zu nennenden Menschen Ausgeschlossenen, mich, den Musikanten, am Mittagstisch neben irgendeinen Kollegienassessor zu setzen. Ich gebe zu, seine Art erschien mir anfangs höchst merkwürdig — ich war nicht daran gewöhnt. Ihn kümmerte es nicht, was und woher ich sei; er verhielt sich zu mir wie zu anderen und brachte mich damit oft zum Erröten. Es war für mich neu und peinlich, wenn er in Anwesenheit von Gästen ein

Gespräch mit mir begann oder mich Platz zu nehmen bat ... Glauben Sie mir, wenn man sich nicht zu setzen wagt, nicht weiß, wohin und wie man sich setzen soll — das ist ein äußerst quälendes Gefühl! ... Darum räche ich mich jetzt für meine Leiden von damals an dem ersten besten, der mir begegnet. Begreifen Sie, welche Wonne es ist, auf ein freundliches Wort grob zu antworten, kaum mit dem Kopf zu nicken, wenn ein anderer höflich vor Ihnen den Hut zieht, sich in Gegenwart eines gezierten Herrensöhnchens oder eines selbstgefälligen Reichen im Sessel zu rekeln? Der junge Mann, mein Wohltäter, gewann mich lieb als einen Gleichgestellten, einen Freund. Die ganze Zeit, über die ich verfügen konnte, verbrachte ich bei ihm. Er gab mir die Mittel, mein Talent zu vervollkommnen, er veranlaßte mich, Bücher zu lesen, lehrte mich, auf menschliche Art zu sprechen: ohne zu erröten, ohne den Gedanken, ich sei der Ehre, daß man sich mit mir unterhält, nicht würdig. Mit einem Wort, er schuf mich um, reinigte mir Geist und Seele von dem Rost, der auf ihnen lag.

Gierig griff ich nach den Büchern; aber obgleich sie meine Neugier befriedigten, kränkten sie mich, denn sie berichteten mir alle von anderen, sagten mir niemals etwas über mich selbst. Ich sah in ihnen ein Bild aller Charaktere, aller Leidenschaften, aller Menschenantlitze, all dessen, was sich rührt und atmet, doch niemals begegnete ich mir selber! Ich war ein Wesen, das von der menschlichen Bestandsaufnahme, wie sie die Bücher geben, ausgeschlossen blieb, ein uninteressantes Wesen, an dem sich keine Gedanken entzünden, über das es nichts zu sagen gibt und dessen man sich nicht erinnern kann ... Ich war weniger als ein getöteter Soldat, eine zerschossene Kanone, ein verbogenes Bajonett oder eine gerissene Saite ...

Für jeden kommt das Jahr, kommt der Tag, da das Schicksal ihm sein entscheidendes Urteil über das restliche Leben spricht, den heißen Glauben an leichtfertige Hoffnungen verspottet oder den Hoffnungen lebendige Gestalt gibt — bald putzt es sie als Frau, bald präsentiert es sie in Säcken von Gold. Jeder gelangt im Leben, wie bei einer fiebrigen Krankheit, zum Wendepunkt, erfährt seinen zwölften Tag, sein häusliches Waterloo ... Auch ich hatte ein solches Jahr, einen solchen Tag.

Der Mann, von dem ich abhing, siedelte in die Provinz über; er gedachte in seinem Dorf die Wirtschaft zu ordnen und die Einkünfte zu erhöhen. Im gleichen Gouvernement, im gleichen Landkreis lag auch das Dorf meines Wohltäters. Wegen der Nachbarschaft wurde mir erlaubt, bei ihm zu wohnen — ich genoß schon eine gewisse Freiheit.

Wir eilten dorthin, ans Steilufer der Wolga, und wälzten in den Köpfen vielerlei musikalische Vorhaben; aber ich weiß nicht warum, meine Gedanken verdüsterten sich, und die Klänge der heimischen Lieder rückten meinem Herzen näher, wurden ihm verständlicher selbst als der unsterbliche Mozart.

Mein Musikbruder hatte auf dem Lande viele Nachbarn; er machte mich mit einigen von ihnen bekannt, lobte meine Begabung, und so erwarb ich bald hohes Ansehen bei denen, die nicht wußten, was sie mit den Fingern und den Stimmen ihrer Töchter anfangen sollten, und bei denen das Klavier totes Kapital bedeutete. Als Musiker aus Moskau wurde ich zum Lehrer in der Provinz, und ich gebe zu, in den Dörfern erwies man mir mehr Achtung als in der Hauptstadt. Natürlich kam das einzig daher, daß mein Beschützer keinem meine Geschichte erzählt hatte und daß auch keine Notwendigkeit zu derlei Erklärungen bestand. Zudem gab mir sein Umgang mit mir unwahrscheinliches Gewicht. Alles lief gut und gleichförmig.

Eines Tages lud man mich in ein Nachbardorf zu einer ehrwürdigen alten Dame; es hieß, ich solle ein zu Besuch weilendes Fräulein am Klavier begleiten. Ich fühlte mich nicht recht wohl und hatte keine Lust; aber man überredete mich, man versicherte mir, mit einer Ablehnung würde ich die häusliche Feier verderben. Es war der Namenstag der alten Dame, und ihre Enkelin sollte unbedingt vor der bunt zusammengewürfelten Festgesellschaft singen.

Ich ließ mich von der Wichtigkeit der Umstände überzeugen, unterdrückte mein Unwohlsein, zog mich recht gut an und machte mich auf den Weg ... Bedenken Sie, daß ich es schon fertigbrachte, ziemlich selbstbewußt vor eine zahlreiche Gästeschar hinzutreten. Wenn ich sage: ziemlich selbstbewußt, so heißt das, daß ich nicht mehr auf Zehenspitzen ging, daß ich schon mit dem ganzen Fuß auftrat und nicht über die eigenen Beine stolperte, obgleich ihnen noch nicht jene schöne Freiheit eigen war, die mir jetzt erlaubt, sie lässig übereinanderzulegen, das Knie mit den Händen zu umfassen oder beim Begrüßen die Hacken zusammenzuschlagen ... Ich konnte schon in Gegenwart vieler Menschen von einem Ende des Zimmers zum anderen gehen, konnte mit fester Stimme antworten; doch immer noch fühlte ich mich wohler, wenn ich mich irgendwie in der Ecke halten konnte, und immer noch fiel ich, gerade weil ich meine Kenntnisse von gesellschaftlicher Höflichkeit zur Schau stellen wollte, leicht in einen unterwürfigen Ton.

Wie fröhlich ging die Sonne an diesem Tage auf! ... Oh! Erst jetzt fühle ich, wie gut er in meinem Gedächtnis haftengeblieben ist! ... Er ist hier, noch ganz lebendig" — und mit der gesunden Hand schlug sich der Offizier an die Stirn —, „in allen Einzelheiten, mit allen Kleinigkeiten! ... Mir ist, als erinnerte ich mich noch aller Bilder, die die Wolga bot, jeder Blume, aller Gesichter, aller Laute, all dessen, worauf ich damals einen Blick warf und was an mein Ohr drang. Ich könnte Ihnen das Geschehen jenes Tages mit der gleichen quälenden Genauigkeit wiedergeben, mit der gleichen mörderischen Aufzählung von Worten und Umständen, mit der jüngere Frauen von Gesprächen und Toiletten des vorangegangenen Abends und ältere von ihren Träumen berichten.

Ein leuchtender, wunderschöner Tag, wie es wenige unter unserem Himmel gibt!

Ich fuhr am Bergufer der Wolga entlang. Unter den Strahlen der Sonne breitete sie sich ruhig zwischen den ungleichen Ufern aus ... sanft strömte sie dahin, wie ein kraftloses Bächlein! Hier und da tummelten sich auf ihr Bauernkinder in ihren Waschtrögen ... nirgends hohe Wellen, nirgends rasche Strömung ... Oh, mit welcher Wonne betrachtete ich unsere Wolga! Ein kühler Wind umspielte mich. Wohlgeruch lag in der Luft, ein Zauber ging von dem Wasserriesen aus und von dem Meer des Grüns am Wiesenufer! Die Natur feierte wohl ebenso wie die Gutsbesitzerin, zu der ich eilte, ihren Namenstag. In dieser Minute war ich mehr Mensch, mehr Musiker als jemals sonst. Ich hätte singen mögen, Begeisterung überkam mich ... doch dieses Auflodern innerer Glut, das meinen Fähigkeiten Auftrieb gab, währte nicht lange. Ich gelangte schließlich dorthin, wo ich nach allgemeiner Regel soviel grobe Ohren zu gewärtigen hatte, soviel stumpfe Seelen, wo ich gezwungen sein würde, ein Allegro in ein Andante, ein Adagio in ein Allegro zu verwandeln, bald innezuhalten, bald hinter dem piepsigen Stimmchen eines Provinzfräuleins herzujagen. Das Märtyrerwerk eines Lehrers hatte mich Gleichmut und Engelsgeduld gelehrt, und den Kopf einziehend, war ich bereit, eine schreckliche Prüfung zu bestehen.

Vor mir jagte eine sechsspännige Kalesche zur Freitreppe des Gutshauses. Ich wäre ihr gern gefolgt, aber auf der Terrasse vor dem Haus standen Gäste, und mir fehlte die seelische Kraft zu einem so kühnen Schritt. In solchen Fällen mahnte mich eine ärgerliche innere Stimme: Eine Kalesche paßt nicht zu dir! Ich ließ mich einschüchtern, stellte meinen Wagen in der Nähe ab und stahl mich ins Haus, ohne von jemandem bemerkt worden zu sein. Im Vorzimmer erwartete mich ein Unglück: Es war niemand da, der mich gemeldet hätte; so stand mir denn bevor, allein hineinzugehen. Sie können wohl ermessen, was in meinem Herzen vorging; doch ob ich wollte oder nicht, es mußte sein. Ich strich erst lange meine Haare zurecht, klopfte den Staub ab und trat schließlich ein, natürlich schob ich mich ein wenig seitlich hinein und hielt mich an der Wand. Zum Glück verlieh mir das Bild, das sich mir überraschend bot, etwas Mut.

Viele ländliche Nachbarn und Nachbarinnen hatten sich eingefunden, aber in dieser Menge herrschte eine eigentümliche Unordnung. Die Unordnung war überall zu beobachten: in der Kleidung, in der Haltung, in den Gesichtern. Das freie, unbekümmerte Leben der Felder mit seiner Unbändigkeit, mit seiner Ungezwungenheit, seinem Eigensinn spiegelte sich in dieser Gesellschaft. Hier und da schimmerte etwas weibliche Geziertheit, hier und da zeigte sich ein Gesicht, wie vom Himmel gefallen. Dort gezwirbelte Schnurrbärte, hier ein ungekämmter Haarschopf, dort eine Weste, von einer goldenen Kette umspannt, hier ein ungebügeltes Kleid, dort immerhin auch ein Häubchen aus Moskau, vom Kusnezki Most, dort auch eine elegant geschnürte Taille und eine kühn aufgetürmte Frisur. Ich sagte mir: Kein Grund zu verzagen! und trat vor die Dame des Hauses.

Eine ziemlich gebrechliche Greisin saß im Sessel, ihre Füße ruhten auf einem Bänkchen; vor ihr lag ein besticktes Kanevas-Kissen – das zeigte sie den um sie herum sitzenden Damen, und ein merkliches Gefühl des Stolzes und der Genugtuung beseelte vorübergehend ihre leblosen Augen und ihr Lächeln.

‚Das hat mir Alexandrina geschenkt', wiederholte sie immer wieder, gewichtig bald nach der einen, bald nach der anderen Seite sich wendend.

Ich hatte es schon auf drei Verbeugungen vor ihr gebracht und hätte in dieser Tätigkeit des Kissens wegen wahrscheinlich lange fortfahren müssen, wenn nicht ein junges Mädchen, das ich in meiner Verwirrung gar nicht recht beachtet hatte, die alte Dame angestoßen und ihr etwas ins Ohr geflüstert hätte, wahrscheinlich über mich, denn diese wandte sich sogleich zu mir um, und zusammen mit ihr die ganze ehrenwerte Gesellschaft.

Sie richtete sich im Sessel etwas auf und sagte: ‚Ach, Sie sind es, Väterchen; ergebensten Dank, daß Sie uns beehren. Ich habe von Wladimir Semjonowitsch viel über Sie gehört; es heißt, Sie seien ein großer Musiker, und zu mir ist eine Musikerin zu Besuch gekommen, meine Enkelin ... Saschenka, tritt näher!'

Und das Mädchen, das natürlich Saschenka hieß, trat näher. Ich bekenne, Saschenka kümmerte mich in diesem Augenblick wenig, denn aller Augen richteten sich auf mich, und ich stand wie auf glühenden Kohlen; dennoch warf ich einen schüchternen Blick auf die Enkelin, und mein Herz flüsterte mir zu: Sie muß gut singen.

‚Ich empfehle Ihnen meine Enkelin', fuhr die alte Frau fort, ‚sie ist so versessen auf Musik! ... Ich bitte, mich öfter mit einem Besuch zu beehren – Sie werden mit ihr singen, sie darf doch

nicht vergessen, was sie gelernt hat. Und wo ist Wladimir Semjonowitsch? Warum ist er nicht mitgekommen?‘

‚Er hat in der Stadt etwas zu erledigen‘, antwortete ich, ‚vielleicht kehrt er heute abend zurück.‘

‚Ach, der Böse‘, sagte sie, ‚er vernachlässigt die alte Frau sträflich. Ich werde ihn dafür noch gehörig ausschelten. Und Sie — er kann Sie gar nicht genug loben. Väterchen, möchten Sie nicht einen Blick auf das Geschenk werfen, das mir Alexandrina heute gemacht hat?‘ Und mit diesen Worten hielt sie mir auf beiden Händen das leidige Kissen entgegen.

Wirst du mich wohl bald in Ruhe lassen, dachte ich, starrte dabei aber auf das Kissen, verbeugte mich und murmelte etwas, als priese ich das höchst kostbare Geschenk. Endlich gab sich die Alte zufrieden. Sie sagte: ‚Ich bitte, doch Platz zu nehmen!‘ Ihre Gäste hörten auf, mich vom Scheitel bis zur Sohle zu mustern, weil noch ein anderer Gast erschien; ich trat von der Szene ab und konnte Atem schöpfen.

Als die Woge der Beklommenheit verebbt war und ich mich ein wenig erholt hatte, erinnerte ich mich sogleich des ersten Blicks, den ich auf Alexandrina geworfen, und des ersten Eindrucks, den sie auf mich gemacht hatte.

Sie muß gut singen — das war alles, was in mir aufblitzte, als ich sie sah. Dem natürlichen Gang meiner Musikergedanken folgend, begann ich aus der Zimmerecke dieses Wesen zu beobachten, das gut singen mußte. Ich sage nicht, daß sie mir gefallen hätte — das kann ich nicht sagen; denn mit dem Wort ‚gefallen‘ verbindet sich der Gedanke an eine gewisse Gleichheit, Alexandrina aber stand in der gesellschaftlichen Rangordnung so fern von mir, daß es mir gar nicht gleich eingefallen wäre, wenn sie mir in der Tat gefallen hätte. Nein, ein solches Gefühl konnte sich bei der ersten Begegnung nicht einmal flüchtig in meiner Seele regen, die von all den Erniedrigungen so verschüchtert war. Ich blickte sie an wie ein Bild, das unverkäuflich ist oder das zu kaufen einem die Mittel fehlen, wie Noten, nach denen ich mir eine zauberhafte Harmonie der Töne vorzustellen vermochte; ich blickte auf sie nicht als Mensch, sondern als Musiker.

Dennoch bemerkte ich wohl diese blauen Augen, die von einem träumerischen Leben erfüllt waren, diese Wangen, auf denen die zarte Röte des Frühlings spielte, die malerische Unordnung der blonden Haare, die leichte Gestalt und den anmutigen Gang. Sie trug ein weißes Kleid, in dem himmelblauen Gürtel steckte ein Blumenstrauß; alle Augenblicke lief sie zur Großmutter, weil die ständig nach ihr rief.

Wäre ich damals der gewesen, der ich heute bin, so hätte ich auf Alexandrinas Gesicht, in ihrer Haltung, in ihren Worten jene Einfalt des unerfahrenen Herzens gelesen, das rein ist wie der Schnee auf den Gipfeln des Elbrus; jenen Wagemut der Unschuld, die den kommenden Tag nicht fürchtet, weil sie noch nicht weiß, was er zu fürchten bringen könnte; jene Wärme der Seele, die noch nicht ermüdet ist — nicht von Liebe, nicht von Leid, nicht von Freude . . . Das also hätte meine Vorstellungskraft bewegt, wäre ich damals der gewesen, der ich heute bin. Damals aber faßte ich all die Eindrücke in ganz andere Gedanken. Ich dachte nur: Wie gut muß sie sein!

Indessen geschah es, während ich die junge Musikerin betrachtete, daß meine Hand unwillkürlich die Krawatte richtete oder, volkstümlich gesagt, daß ich mich hübsch machte. Da mag einer die Ursache menschlicher Bewegungen erraten! Die alte Dame sagte wieder etwas, zu mir gewandt, aber ihrer Beredsamkeit wurde Einhalt geboten durch den Wodka und die laute Ankündigung: ‚Es ist serviert!'

Ich hätte, da ich niemanden kannte, am Mittagstisch wie in einer Wüste gesessen, wäre mir nicht als Nachbar ein Musikliebhaber zugefallen; er quälte mich mit der Geschichte seiner Liebe zur Musik, erzählte, wie er Geige und Schnabelflöte spielen lernte, wie er aus seinem Dienstpersonal ein Orchester zusammenstellte, was ihn das kostete, wie ihm das h-Moll-Konzert gefalle, das er eben einstudierte, und schließlich lud er mich zu sich ein. Es war langweilig, ihm zuzuhören, aber er bot mir wenigstens bei Tisch eine Stütze. In einem Kreis von Unbekannten immer zu schweigen, das bedeutete für mich das gleiche, wie laut vor vielen Menschen zu sprechen.

Ungestört, fern von der Dame des Hauses, am erniedrigenden Ende des Tisches nahm ich das Mittagessen ein; die Diener reichten mir, als hätten sie sofort alles erfaßt, jede Speise ganz zuletzt, und so kam es, daß mir von all den vielen Krebsen ein einziger zufiel und daß ich Spargel, Salat und Erdbeerauflauf nur in achtungsvoller Entfernung zu sehen bekam. Diese unbedeutenden Umstände aber vermochten nicht meine Empfindlichkeit zu reizen. Ihr stand eine andere Marter bevor, eine bessere, wirksamere. Nicht weit von mir saß ein Herr, dem Schweigen auf den Lippen und Schwermut auf der Stirn lag; er war hager und anscheinend höchst empfindsam. Erst gegen Ende des Mittagessens löste sich seine Zunge, und er begann sich mit jemandem über den Tisch hinweg zu unterhalten. Ich schenkte dem nicht die geringste Beachtung, da mich mein Nachbar ganz in Anspruch nahm; doch mit einem Male fing mein Herz wild an zu pochen, das Blut schoß mir ins Gesicht, und meine Augen richteten sich starr, wie gebannt auf den hageren, empfindsamen Mann. Mein hellwaches Gehör hatte seine Worte aufgefangen: ‚Ich habe heute ein feines Ding gedreht: zwei Musiker verkauft, das Stück zu tausend Rubel.'

Mein Nachbar flüsterte mir ins Ohr: ‚Da merkt man gleich, daß er keinen Sinn für Musik hat! Ich würde auch für zweitausend Rubel keinen einzigen von meinen hergeben.'

Sie verstehen gewiß, was ich fühlte und was ich gern getan hätte; aber damals war das anders als heute. Heute würde ich keinem raten, sich in meiner Gegenwart so über die häuslichen Angelegenheiten seines Orchesters zu verbreiten, damals aber konnte ich nur erröten, erzittern und mit dem Schmerz tiefsten Gekränktseins zum anderen Ende der Tafel hinblicken, dorthin, wo die liebliche Alexandrina saß, gerade als wollte ich in ihren guten, menschenfreundlichen Zügen Schutz vor der Schmähung finden, einen Trost und Anhalt, mich wieder mit den Menschen zu versöhnen; denn auf ihrem edlen Antlitz sah ich geschrieben: sie würde dergleichen nie sagen, nie einen Musiker verkaufen! Ja, so war das."

Tränen traten dem Offizier in die Augen; er erhob sich, ging im Zimmer auf und ab und sprach dann, während er die Gläser aus der dritten Flasche Sekt füllte, weiter.

„Das Essen ging zu Ende, so wie alle Mittagessen zu Ende gehen — die Leute hatten genug verzehrt, genug geschwatzt und standen auf. Lange konnte ich nach den grausamen Worten meine Fassung nicht wiederfinden; ich war verstört, wußte nicht, wohin mit mir, dabei hielt sich der hagere Mann ständig in meiner Nähe, und da er erfahren hatte, ich sei Musiker, zeigte er auch noch das heftige Verlangen, mit mir zu plaudern. In solch düsterer Stimmung befand ich mich, als musiziert werden sollte. Die Gäste standen und saßen in zwanglosen Gruppen beisammen; ich stand allein auf der Terrasse, vor der ein großes Rondell mit Blumen dicht bepflanzt war. In der Ferne tönte Gesang aus den Kehlen betrunkener Bauern, die gleichfalls bei ihrer Herrin zum Namenstag geschmaust hatten. Die Sonne ging unter. Ich dachte ganz versunken über mein Schicksal nach, da erschien plötzlich vor mir Alexandrina.

‚Ich weiß nicht, warum', sagte sie, ‚aber Großmütterchen möchte unbedingt, daß ich singe. Würden Sie so freundlich sein, mit nachzusehen, was man auswählen könnte? Ich singe sonst nie vor so vielen Menschen, und mir ist so bange . . .'

Ihre Worte, ihre Stimme erfrischten meine Sinne; ich trat ans Klavier; aber wir hatten uns noch gar nicht richtig verständigen können, was sie singen solle, auch keine Zeit zum Repetieren gefunden, da schleppte sich schon die Großmutter heran, gefolgt von den anderen Damen, und bald waren fast alle versammelt. Mein Tischnachbar postierte sich als Kenner hinter meinem Stuhl, der hagere Mann wie eine Strafe des Himmels gerade vor meinen Augen. Hier aber war er schon nicht mehr imstande, mich zu kränken: wir hatten nichts Gemeinsames mehr. Die Finger berührten die Tasten, und meine Seele flog in eine andere Welt, wo ich ihm nicht begegnen konnte.

Alexandrina stand neben mir, sie hatte sichtlich Lampenfieber; aufgeregt hob sich ihre Brust, die weiß war wie eine Taube in der Sonne. Ach, als nach ein paar Akkorden die ersten Töne aus dieser Brust emporstiegen, noch zitternd, ängstlich — wahrhaftig, da wären meine Finger fast erstarrt ... die Noten verschwanden, ich wandte mich zu ihr ... Wissen Sie, was ein Kontraalt ist? Diese Verbindung von Festigkeit und Sanftheit, von Stärke und Zartheit, von wonniger Süße und beherrschter Reife, deren Fehlen im Sopran so spürbar ist? Wissen Sie, was das ist: blaue Augen und sechzehn Jahre ... dieser schillernde Augenblick im Leben der Frau, dieser beste Akkord des Schöpfers, dieser bezaubernde, volle Akkord, in dem man Himmel und Erde hört, der nicht seinesgleichen bei Haydn oder Mozart hat? ... Alexandrina hatte einen reinen Kontraalt, der noch nicht genügend geschult war; doch sie war sechzehn, hatte blaue Augen. Von Minute zu Minute wurde ihre Stimme sicherer, und mein Herz stockte vor Entzücken!

Ihr Gesang endete; ringsum lärmten beifällige Stimmen, wurden plumpe, eingelernte Worte gesprochen, alle lobten sie; ich allein vermochte kein Wort zu sagen. Die Großmutter küßte die Enkelin, wandte sich plötzlich zu mir und fragte: ‚Was meinen Sie, Väterchen: singt sie gut, meine Kleine?'

‚Vorzüglich, gnädige Frau', erwiderte ich und war wegen der Kälte der Antwort auf mich selber böse.

‚Jetzt sind Sie an der Reihe', sprach die alte Dame weiter, natürlich nicht ohne abermals die rühmenden Dinge zu erwähnen, die sie über mich von Wladimir Semjonowitsch gehört hatte.

Alexandrina drehte sich hierhin und dahin, mir wandte sie nicht die geringste Aufmerksamkeit zu. Ich war nie so ehrgeizig wie in diesem Augenblick! Unbeachtet und stumm dazusitzen, während alles ringsum ohne Sinn und Verstand schwatzte, während es ihr überhaupt nicht einfiel, daß einzig ich sie wirklich verstand! ... Ich muß sie zwingen, ebenso gebannt mich anzusehen, mir ebenso gebannt zu lauschen — dieser ehrgeizige Gedanke rührte lebhaft an alle Saiten meines Herzens. Meine Befangenheit wich; für mich existierte keiner mehr, nicht die Großmutter, nicht der Tischnachbar, nicht der hagere Mann, nicht diese ganze dumme Menge — vor mir standen das Klavier und Alexandrina. Ich weiß nicht, wie ich sang, doch sie kam immer näher auf mich zu, blickte nicht mehr hierhin und dahin, nein, ihre Augen blieben fest auf den Sänger gerichtet ... Ach, um eine Seele zu verzaubern, braucht man nicht zu sprechen, braucht man nicht sprechen zu können, nein, man muß singen. Worte sind für den Verstand; die Seele, das ist Musik; Worte sind beschränkt wie der Verstand, einzig die Töne der Musik sind so unbeengt, so weit wie die Seele. Ich will Ihnen nicht alles lobende Geschwätz wiedergeben, das aus den toten Mündern meiner Zuhörer auf mich eindrang; nicht auf sie blickte ich, nicht auf sie hörte ich. Alexandrina blieb nachdenklich; ich genoß schon den Eindruck, der dann all mein Denken und Fühlen erfüllte und beschäftigte; aber mein Triumph dauerte nicht lange. Ich stellte mir träumerisch vor, sie und ich, wir wären gleich, lebten im Reiche der Musik ... ich vergaß, wer ich war! Da plötzlich trat sie schüchtern auf mich zu, und ein paar Worte, die sie leise aussprach, führten mich so jäh in die Wirklichkeit zurück, daß ich errötete; ich stand auf, sah wieder die Großmutter, sah den Tischnachbarn und sah den hageren Mann. Alexandrina hatte französisch zu mir gesprochen, sie hatte nicht daran gedacht, daß jemand gut singen könne, aber diese Sprache nicht verstehe; sie hatte angenommen, ich sei in ihren Begriffen erzogen und die Gleichheit der Begabung mache uns in allem gleich ..., aber sie hatte sich geirrt, hatte mein Herz tief verwundet. Ich weiß nicht mehr, wie ich mit dem verfluchten Satz fertig wurde. Wladimir Semjonowitsch traf noch ein, man sang von neuem, ich gewann wieder Fassung, Alexandrina sprach jetzt russisch mit mir, sie sprach viel, sagte Schönes, Schmeichelhaftes. Als wir, mein Wohltäter und ich, zum Aufbruch rüsteten, nahm mich die Großmutter beiseite, sagte mir ein paarmal, ich solle doch öfter kommen und ihrer Enkelin Unterricht geben, und drückte mir etwas Geld in die Hand. Ich nahm es nicht. Auch Alexandrina hieß mich wiederkommen, gab mir aber gottlob kein Geld. Wir fuhren ab. Der Kontraalt, die blauen Augen und die französische Sprache gingen mir nicht aus dem Sinn; der Mond schien herab auf die Wolga, aber jetzt spielten keine Kinder mehr auf ihr, und der Wind peitschte das Wasser.

Es ist zum Lachen – aber am Tage darauf nahm ich mir ein

Lehrbuch des Französischen vor. Wladimir Semjonowitsch unterrichtete mich. Was für Qualen ich litt! Meine Zunge war mit den Jahren ungelenk geworden, vergebens trachtete ich, ihren Eigensinn zu brechen — sie blieb starr bei dem, was sie zuerst gelernt hatte. Sie können mir's glauben, keiner verfluchte die Franzosen so sehr wie ich!

Wie soll ich meine seltsame Geschichte zu Ende erzählen? Wie soll ich ihre Worte, ihre Blicke, ihre Liebe wiedergeben, die Liebe, die mein Herz emporhob, aber zugleich in ihm den nicht erstickbaren Geist des Aufbegehrens, einen zornigen Drang nach Rache weckte? Die Liebe zeigte mir deutlich, besser als alle Überlegungen, daß unter mir keiner war, über mir aber so viele! . . . Sie können sich wohl denken, wie oft ich Alexandrina wiedersah. Ihr Haus, das war fast vollkommene Einsamkeit: die Großmutter und sie. Oft war ich mit ihr allein; wir sangen, und im Gesang fanden unsere Herzen zueinander.

Diese Narbe entstellte noch nicht meine Stirn, und das Gesicht war noch nicht von der Sonne des Südens verbrannt. Ich war jünger. Sie glauben gar nicht, mit welch kindlicher Freude sie mir entgegenrannte, wenn ich angefahren kam, und welches Feuer in ihren Augen brannte, wenn ich sang!

Ach, wahre Hingabe an die Künste muß man auf dem Lande suchen, in der Weltenferne der Dörfer, wo kein Luxus, keine Eitelkeit die Gefühle abstumpft, wo unter der Hülle mangelnder Bildung ein frischeres Herz schlägt! Ach, damit Sie erfahren, ob Sie gut singen, ob der heilige Funke der Begabung in Ihnen glimmt, ist es nicht nötig, daß Sie in der Hauptstadt singen, nein, es ist nötig, daß Ihnen ein sechzehnjähriges Mädchen mit blondem Haar zuhört!

Ich fühlte keine Beklommenheit mehr, wenn ich mit Alexandrina allein war, ich sprach leicht und frei. Ein unsinniges Gefühl der Gleichheit zwischen uns erstickte das Bewußtsein meiner Lage, meines Standes. Ich lebte in der Welt der Musik, in der Welt der Leidenschaften. Doch sobald ich Alexandrina verließ, kehrte ich in die Welt der Wirklichkeit zurück und maß in Gedanken den unüberbrückbaren Abstand, der uns trennte.

Da war kein Platz für Hoffnung, da half mir keine menschliche Leichtgläubigkeit. Kein träumerischer Geist hätte ein Luftschloß errichten können, in dem wir beide uns, einander umarmend, wiedergefunden hätten. Ein bedrückender Gedanke! Indessen trachtete ich, mich dem Joch meines Schicksals zu entreißen. Ich wußte, Alexandrina konnte nicht die Meine werden; dabei konnte ich nicht ohne sie leben; dabei wäre ich der unglücklichste Mensch gewesen, wenn sie mich nicht geliebt hätte; dabei hätte ich wohl den, der uns hätte trennen wollen, erdolcht. Die Tage vergingen, jeder bedeutete für mich zugleich Leid und Freude. Es ist unmöglich, auszudrücken, was ich zu jener Zeit alles durchdachte und durchfühlte. Ich eilte zu leben, denn ich hatte keine Zukunft. Wir hatten schon lange erraten, daß wir einander liebten, dennoch sprachen wir's nicht aus; eine Ahnung schien uns beide davor zurückzuhalten; es war, als sähen wir voraus, daß mit den Worten ‚ich liebe' etwas Schreckliches beginnen müsse, daß mit ihm Vorurteile, Verbrechen und Tod heraufbeschworen würden. Es war ein Ziel, das ich nicht zu erreichen wünschte, denn danach blieb nichts mehr. Den Traum von der Liebe konnte ich nicht verwirklichen, so wollte ich denn weiter träumen, diese unentschiedene Lage zweier Herzen bis zum äußersten erhalten und für das Zauberdrama keine Lösung ersinnen. Schwer aber war es, in den Grenzen der Vernunft zu bleiben und sich selbst zu sagen: Du gehst nicht weiter!

Bei mancherlei Gelegenheiten gab es zwischen uns ein leises Andeuten, ein Anspielen auf unser Geheimnis. So stand ich beispielsweise einmal hinter Alexandrinas Stuhl, als sie der Großmutter aus ‚Ruslan und Ludmila' vorlas. Den Vers ‚Nein, kleiner Hirt! Ich lieb dich nicht!' sprach sie sehr ausdrucksvoll, aber sie verdeckte dabei mit dem Finger das Wörtchen ‚nicht' und warf mir einen verstohlenen Blick zu. Viele solcher Anspielungen waren es, von beiden Seiten, endlich aber kam es zur Erklärung.

Einmal erschien ich am Abend bei ihnen; wir trafen im Salon Vorbereitungen zum Musizieren. Die alte Dame saß in einem entfernten Zimmer und legte Patiencen. Alexandrinas Augen waren verweint, und ehe ich noch fragen konnte, was der Grund sei, sagte sie traurig: ‚Stellen Sie sich vor, ich muß fort von der Großmutter — wir müssen uns trennen.‘

Ich weiß nicht mehr, was ich ihr zuerst antwortete; ich besinne mich nur noch, daß meine Wangen brannten wie Feuer, daß ich mit beiden Händen ihre zitternde Hand hielt, auf die große Tränen aus meinen Augen fielen und die ich heiß küßte. Sie wollte mir die Hand entreißen, ihr Mund indessen sprach den Schwur, daß sie keinen als mich lieben, keinem als mir gehören werde.

‚Wissen Sie, was Sie gesagt, wem Sie das geschworen haben?‘ erwiderte ich, und das Blut erstarrte mir in den Adern, ein Nebel schwamm mir vor den Augen. ‚Ach, Sie sind nicht für mich geschaffen, vor Ihnen liegt ein anderer Weg, für Sie ist Liebe da und Glück, und Blumen sind da und der Frühling und die ganze Gotteswelt — und Sie, Sie sollten an mich denken? Was bin ich denn? Woher komme ich?‘

Alexandrinas Augen schwammen in Tränen; schüchtern, mit gesenktem Blick flüsterte sie Beteuerungen, die reine, selbstlose Leidenschaft atmeten und in denen jeder Laut Gefühl war, tiefes, aufrichtiges Gefühl ... Ach, wie schön sie war! Wie stolz fühlte ich mich in dieser Minute! ... Ich erblickte ein neues Leben, eine neue Welt! Zum ersten Male verstummte die Verzweiflung in meinem aufbegehrenden Herzen, zum ersten Male hörte der Verstand auf, mich zu quälen.

Ohne Angst, mit aller Leichtgläubigkeit der Liebe, mit aller Tollheit der Hoffnung sprach ich schließlich mein eigenes Urteil aus: ‚Wissen Sie, auf wen Sie blicken? Wissen Sie, wer vor Ihnen steht? Wissen Sie, wem Sie geschworen haben? ... Ich bin ein Leibeigener!‘

Ich hatte kühn gesprochen, jetzt aber wurde mir beklommen zumute. Ich fühlte plötzlich, daß es keine Gleichheit mehr zwischen uns gab, und ließ ihre Hand los.

Als ich später, im Krieg, nach einem persischen Säbelhieb über den Kopf vom Pferd stürzte, geschah das nicht so schnell, wie jetzt meine Alexandrina erblaßte und mir in die Arme fiel. In diesem von einer türkischen Kugel gezeichneten Arm lag sie! ... Das liebe, zarte Geschöpf! Ein einziges Wort hatte sie niederzuschmettern vermocht! Ich brauchte nur zu sagen, wer ich bin, um die heißeste Liebe zu verschrecken ... Werden Sie mir's glauben? Ich blickte zuerst ohne Mitleid auf ihre verdrehten Augen, auf ihr todblasses Gesicht ... Eine tiefe Verachtung gegenüber der Schwachheit des Weibes ließ mein Herz erkalten. Ich hatte ein Wort gesprochen, aber ich war derselbe geblieben ... Wohin waren sie entschwunden, die beredten Blicke, die glühenden Wangen, dieses Leben des ersten Frühlings, dieses strahlende Licht von Schönheit und Jugend? ... Die Ohnmacht war kränkend — für mich wie für die Liebe.

Doch kaum blitzte dieser Gedanke in mir auf, da wurde mir bewußt, daß in meinen Armen die liebe, gute, empfindsame Alexandrina lag, der Engel, der meine Seele mit makellosem Feuer erleuchtet hatte, der Quell aller edlen Regungen meines Herzens, mein einziger Traum, mein Adel, meine Ehre, mein Ruhm! ... Ich preßte sie krampfhaft an mich und küßte sie ... Nicht einmal dieser Kuß brachte sie zu Bewußtsein. Auf mein lautes Rufen kamen Bedienstete und die Großmutter herbeigelaufen."

Der Offizier setzte das geleerte Glas ab, stützte den linken Ellbogen aufs Knie, schmiegte das Kinn in die Handfläche und versank in Nachdenken. Um uns herum schlief alles. Ein paar Minuten saß er schweigend. Dann erzählte er, ohne seine Lage zu verändern, weiter.

„‚Was ist mit dir, du siehst verstört aus? Du weißt es wohl schon?' fragte mich Wladimir Semjonowitsch, als ich zu ihm ins Zimmer trat.

‚Was denn? Ich weiß von nichts', antwortete ich.

‚Ich komme gerade von deinem Herrn', sprach Wladimir Semjonowitsch weiter. ‚Ich habe ihm schließlich zehntausend Rubel für dich geboten. Er sagt, jetzt würde er mit Freuden darauf eingehen, aber er kann nicht, und er kann deshalb nicht, weil er, wie ich erfuhr, das Dorf, zu dem du gehörst, und dich selber ... verspielt hat. Aber du solltest nicht verzweifeln. Ich meine, wir werden schon Mittel finden, uns mit deinem neuen Herrn zu einigen, wenn er auch, wie's heißt, ein schwieriger Mensch ist. Wohin willst du denn?'

‚In mein Zimmer, schlafen ...'

Ich trat hinaus, ging, ich weiß nicht wohin; alles Blut stieg mir zu Kopf; eine Ewigkeit von Leiden drängte sich in eine einzige Nacht. In Wahrheit kaufte ich mich damals von ihnen für das ganze Leben — in dieser wie in der künftigen Welt — los! Schreckliche Truggestalten huschten an meinen Augen vorbei, jemand flüsterte mir etwas ins Ohr — von Tod, von Rache ... Bald schien es mir, ich sähe ein Hochzeitsmahl, an der Tafel sitzen Alexandrina und ihr Bräutigam, ich stehe mit einem Teller hinter ihren Stühlen, und der Bräutigam befiehlt mir: ‚Petruschka, gieß Wasser ein!' Bald wieder meinte ich" — hier lachte der Offizier kurz, doch seine Lippen zuckten wie von aufwallendem Zorn — „meinen ehemaligen Herrn vor mir zu erblicken, am Tisch sitzend, auf dem Karten liegen und Geldhäufchen, blaß ..., zerzaust ..., er greift zur Fünf und schreit: ‚Stechen Sie! Ich setz den Rest, auch Petruschka gehört Ihnen ... Ich wollte ihn nicht freigeben, mochten sie mir noch so viel Geld bieten, aber jetzt gilt's — stechen Sie ...' Und die Fünf wird geschlagen.

Diese widerlichen Trugbilder schwebten vor mir über der breiten Wolga, sie brauste aufrührerisch zu meinen Füßen ... Ich erinnere mich, ich stand auf dem Steilufer, ich blickte hinab in den Abgrund, ich maß die Strecke zwischen Leben und Tod ... Ich erinnere mich, daß ich mich auf einmal im Schlafzimmer meines Herrn befand ... Das Lämpchen schimmerte warm vor den Heiligenbildern, und die ersten Strahlen der Morgenröte stahlen sich durch die geschlossenen Fensterläden. Ich hielt ein Rasiermesser in der Hand. Furchtlos trat ich ans Bett, mit der Verwegenheit des Mörders riß ich den Vorhang herunter, aber — ich spreche die Wahrheit — meine Hand sank herab, noch ehe ich sah, daß keiner im Bett lag. Ja, mir hätte die Kraft zu einer solchen Tat gefehlt. Immerhin muß ich der Vorsehung dankbar dafür sein, daß er nicht zu Hause nächtigte — er hatte das Letzte gesetzt und — verspielt. Schade, daß ich ihm jetzt nicht mehr begegnen kann! Er ahnte wohl, daß er sich auf der Erde nirgendwo würde vor mir verstecken können, und darum versteckte er sich drei Arschin tief in der Erde. Gott möge ihn richten! ... Er tat das

Beste, indem er mich auf die Karte setzte. Ich stand mit schlotternden Gliedern am Bett, kalter Schweiß tropfte mir von der Stirn, und die Zunge flüsterte immerzu unhörbar: ‚Mörder, Bösewicht!' Erschöpft an Leib und Seele, warf ich mich vor den Heiligenbildern nieder, doch ich konnte nicht beten — keinen einzigen klaren Gedanken fand ich in mir, kein einziges faßbares Gefühl. Alles hatte sich verwirrt: die Narrheit der Liebe und Haß und Erniedrigung und Stolz und Himmel und Hölle. Ich lag, ich starrte auf den Gekreuzigten, versuchte mich zu erinnern, was er bedeute. Das Herz pochte mir so laut, daß es mich schließlich eisig durchfuhr — es war mir, als käme jemand. Entsetzt sprang ich auf, versteckte das Rasiermesser und rannte wie der vom Schatten seines Vaters verfolgte Hamlet aus dem Schlafzimmer. Im Vorraum war die Kerze fast heruntergebrannt, und der Diener, einer von meinesgleichen, schlief, auf seinen Herrn wartend, fest und ruhig. Da kam ich zu mir, ich begab mich nach Hause, konnte mich aber nicht mehr beruhigen.

Ein Wechsel des Schicksals wurde für mich zur Notwendigkeit, zur Luft, ohne die man nicht atmen kann. Sibirien, Hunger, Kälte, die Nertschinsker Bergwerke — ich zählte mir das alles in der einen Nacht an den Fingern auf und kam zu dem Schluß, daß es selbst dort für mich besser wäre. Am Tag darauf flüchtete ich, ich kämmte die Haare glatt, zog einen Bauernrock an und ließ mir den Bart frei wachsen. Ich wollte mich, wie es bei russischen Flüchtlingen Brauch war, nach Odessa durchschlagen, und falls ich gefangen würde, gedachte ich zu behaupten, ich könne mich meiner Herkunft nicht erinnern. Ziel meiner Flucht war es, Soldat zu werden oder von eigener Hand zu sterben. Wenn ich mir vorstellte, ich sei Soldat, so blitzte ein Hoffnungsstrahl in mir auf, und Alexandrina erschien mir mit ihrem Lächeln. Zu Hause ließ ich einen Brief zurück, der besagte, ich hätte mich in die Wolga gestürzt. Entschlossenheit ist alles; ich entschloß mich, und mir wurde leichter.

Unstet und flüchtig war ich, wie Kain; dabei kannte ich nicht recht die Wege, hatte nicht die geringste Kunde von den Zufluchtsstätten, wo gastfreundliche Wirte den Kühnen des weiten

Russenlandes Obdach gewährten. Die herbstlich entblößte Erde diente mir oft als Bett und vertrocknetes Brot als Nahrung. Aber auf der untersten Stufe der Erniedrigung und des Elends, Auge in Auge mit dem Leben, dem das Schicksal alles Verlockende abgestreift hatte und das es mir unverschönt, in gemeiner Nacktheit zeigte, genoß ich doch Augenblicke des Triumphes.

Stellen Sie sich einen Menschen ohne Verwandtschaft, ohne Freunde, ohne Bekannte vor, kurzum, einen, der allein ist auf der Welt, mit nichts als der dunklen Erinnerung an eine Stimme, an eine Frau! Stellen Sie sich vor, daß dieser Mensch über die unermeßliche Steppe wandert, zu dem von Millionen Sternen übersäten Himmel hinaufblickt und singt — ich sang, was sie oft gesungen hatte.

Stellen Sie sich dann die Landgendarmerie vor, ein Kreisgericht, das muffige Gefängnis einer Kreisstadt... Stellen Sie sich gebrandmarkte Gesichter vor und Gesichter, denen es bestimmt ist, die geschaffen sind, gebrandmarkt zu werden: das waren meine Richter, das waren mein Obdach und meine Gefährten.

Man griff mich als einen Menschen ohne Paß auf und schleppte mich zum Kreisrichter. Vor dem Verhör packte er mich am Kragen und holte aus; aber Gott rettete uns beide. Der Wahrer von Recht und Ordnung hatte wohl bloß auf die gehörige Art beginnen und mich einschüchtern, aber nicht schlagen wollen; ich hatte im Geiste schon den Richter, den Unbestechlichen, in hohem Bogen an die Wand fliegen sehen, dem Gerichtsspiegel zu Füßen. ‚Ich erinnere mich an keine Verwandten, ich weiß nicht, wie ich heiße, ich weiß nicht die Namen der Städte, der Dörfer, durch die ich kam und wo ich nächtigte, ich kenne keinen und weiß von nichts' — das antwortete ich dem Richter im Kreisgericht, und ich gab mir Mühe, den Demütigen zu spielen und meine Stimme zu zähmen. Man saß über mich zu Gericht wegen Nichtwissens von Name und Herkunft, man saß lange zu Gericht. Endlich brach die Stunde meiner Erlösung an. Alles auf der Welt endet einmal, und so wurde auch mein Fall abgeschlossen. Ich wurde dazu verurteilt, Soldat zu werden, und kam in eine Sträflingsabteilung. Womit könnte ich das Entzücken, das mich damals erfaßte, vergleichen? ... Ein Vogel, den man zu Mariä Verkündigung aus dem Käfig in die Freiheit läßt, ein Verbrecher, der unter dem Beil des Henkers Begnadigung erfährt — sie könnten Ihnen einen Begriff von dem Gefühl geben, mit dem ich den grauen Mantel anzog ... Wohl keinem sonst hatte sich das Soldatenleben in so zauberhaften Farben dargestellt! Ich atmete frei, ich blickte kühn, mich schreckten nun keine Herrenlaunen mehr; ich hatte es erreicht, daß ich nicht mehr Menschendiener, sondern Diener des Todes war, und ich wußte, er würde sein Opfer nicht herausgeben. Damals begann gerade der persische Krieg. Es versteht sich, daß ich unter meinen Kameraden hervorstach — meine Stimme, die Musik flößten Teilnahme ein. Ich vertraute mein Geheimnis einem guten Vorgesetzten an und kam zur kämpfenden Truppe. So sah ich endlich eine Zukunft vor mir: das Feld, Bajonette! Nicht selten küßte ich die Soldatenuniform, tränkte sie mit Tränen ... Oh, meine Dankbarkeit ihr gegenüber wird wohl erst dann erkalten, wenn meinen Leib die kühle Erde deckt! Ermüdende Märsche, eine glühende Sonne, alle Mühsale des Soldatenlebens konnten dem Aufschwung meiner Seele nichts anhaben, konnten mir Lebensmut und Hoffnungen nicht rauben. Keine einzige Minute murrte ich wider mein neues Geschick, ich nahm es mit einer Freude auf, die bis zur Verzückung ging, es machte mich zum Menschen ... Wie ein Kind wiederholte ich mir: Du bist Soldat! Und mein Herz schlug fröhlich, und ich lächelte verwegen beim Gedanken an meinen Herrn. Mit welch poetischem Schauer erblickte ich zum erstenmal jenes Feld, wo die Menschen fallen — nicht nach Rang oder Wahl, sondern danach, wen es gerade trifft —, wo Todesverachtung alles Parteiische zu tilgen, alles Handeln im Ansehen der Person auszuschließen vermag, wo sie den Letzten zum Ersten machen kann! ... Mit welcher verzweifelten Entschlossenheit stürzte ich vorwärts, als ich zum erstenmal den wilden Ruf des Todes und des Sieges hörte: ‚Fällt die Bajonette, im Laufschritt marsch!' Ich mußte an jemandem alles Vergangene rächen. In jedem Perser sah ich meinen einstigen Herrn, sah ich eine Stufe,

die dort hinaufführte, wo mir Alexandrinas Hand verheißen wäre.

Nach einer Schlacht, in der wir unter dem Hagel feindlicher Kartätschen über eine Brücke hinweg zum Sturm antraten und dabei das Lied ‚Über die Brücke, die Brücke' sangen, erhielt ich meine erste Auszeichnung, das Georgskreuz für Soldaten. Es wurde mir verliehen, weil meine Kameraden sich dafür einsetzten."

Der Offizier erzählte nicht weiter; aber während er sich auf den Diwan niederließ, schloß er die Augen und sagte beinahe flüsternd: „Ob sie ihren Schwur gehalten hat?"

Es waren längst neue Talglichter aufgesteckt worden, die vierte Flasche Champagner war geleert, und die Pferde standen bereit. Ich gebe zu, es verdroß mich jetzt, daß ich mich so beeilt hatte, ihn einzuladen ... Er schien mir schrecklich, ich fühlte mich von ihm abgestoßen, hätte mir aber nicht erklären können, warum ... Doch es war nichts zu ändern. Unterwegs bemühte ich mich herauszubekommen, wer sein früherer Herr, wer Wladimir Semjonowitsch und wer Alexandrina gewesen sei. Ich redete ihm zu, sagte, vielleicht könne ich ihm über sie Auskunft geben, aber er wollte keine Namen nennen. Er erwiderte mir, Alexandrina könne ihn doch leicht vergessen haben, warum also den Ruf eines jungen Mädchens gefährden, das selbst nicht wußte, was es tat, das wahrscheinlich seinen guten Namen bewahrte, wenn es auch den Schwur brach.

So gesprächig er beim Wein gewesen war, so schweigsam zeigte er sich nachher; den ganzen Weg schlief er. Wir erreichten unser Ziel am späten Abend, am Abend vor dem Namenstag meiner Frau. Man sagte mir, sie sei krank und habe sich schon schlafen gelegt. Ich starb beinahe vor Ungeduld, sie nach so langer Trennung wiederzusehen, konnte mich aber nicht entschließen, sie zu wecken — da war kein Glück, das ich nicht hingegeben hätte für ihre Gesundheit, für einen einzigen Augenblick ihrer Ruhe.

Wie freute sie sich am Tage darauf über meine Ankunft! Über

ihr blasses Gesicht huschte frische Röte, in ihren müden Augen blitzte es heiter auf. Ich erklärte ihr, daß ich einen Gast mitgebracht hätte, aber empfangen konnte sie ihn nicht, sie konnte nicht einmal mit uns zu Mittag essen, aber sie versprach, sich nach dem Mahle sehen zu lassen, wenn es ihre Kräfte erlaubten. Viele Nachbarn hatten sich bei uns eingefunden, und sie blickten mit großer Achtung auf meinen Offizier. Wie stattlich sah er in der Uniform aus! Welch männliches Bild er bot! Welches Ebenmaß der Glieder! Welcher Ausdruck in den Zügen! Das prächtige Haar, die Wunden, die breite, ordensgeschmückte Brust — alles weckte Aufmerksamkeit, alles regte die Vorstellungskraft an. Freilich konnte man bemerken, daß er noch müde war von dem Abend im Rjasaner Gasthaus, denn er blieb anfangs höchst nachdenklich, in sich versunken. Unser Mittagessen verlief ziemlich geräuschvoll, obgleich meine Nachbarn in Gegenwart des prächtigen Offiziers nicht sehr aus sich herauszugehen wagten. Gegen Ende des Mahles beteiligte auch er sich an den Scherzen; das Fest wurde heiterer, und ich ließ meiner Frau sagen, daß wir auf ihre Gesundheit trinken würden. Als die Wogen des heiteren Schmausens gerade am höchsten gingen, tat sich die Tür auf, die zu ihren Zimmern führte, und sie erschien — noch matt, schwach. Alle erhoben sich. Ich trat zu ihr, um ihr den Offizier vorzustellen; aber als ich mich, die Hand ausstreckend, zu ihm umwandte und sagte: „Meine Frau . . .", da stand er wie versteinert, er rührte sich nicht von der Stelle, seine Augen starrten sie an.

Alle ringsum schrien: „Alexandra Dmitrijewna, wir haben die Ehre, Ihnen zum Tage Ihres Engels zu gratulieren!"

Sie tat ein paar Schritte auf den Offizier zu und brachte gerade noch die Worte hervor: „Ich freue mich über die Gelegenheit . . ." Da wurde sie auf einmal schrecklich blaß, trat noch etwas näher zu ihm, sprach aber nicht weiter; sie schwankte, stützte sich kraftlos auf meinen Arm und flüsterte: „Mein Freund, mir ist nicht gut." Der Offizier rührte sich nicht, er hielt den Mund halb geöffnet und starrte unverwandt auf meine Frau. Ich führte sie in ihr Zimmer. Sie fiel aufs Bett, und mit erlöschender Stimme versicherte sie ein paarmal: „Ich hätte nicht hinausgehen sollen, ich bin noch so schwach!“ Ich glaube, ich sah sie ziemlich bedeutsam an. Als ich ins Speisezimmer zurückkehrte, betäubten sie mich mit ihren Fragen: „Wie geht es Alexandra Dmitrijewna?“ — „Was ist mit ihr?“ — „Sie hätte vielleicht doch nicht herauskommen sollen.“ Mir war nicht nach Antworten zumute! Er, er stand noch immer da, unverändert, schrecklich, wie der Schatten in „Macbeth“! Er hatte noch nicht den starren Blick von der Tür gewandt, hinter der meine Frau verschwunden war.

Endlich rührte er sich; es war, als gäben seine Beine von selber nach. Er setzte sich, ließ das Glas los, das er in der Hand gehalten hatte, und biß sich auf die Lippen.

Das tödliche Schweigen währte bis zum Ende des Mahles ... Danach machte mir mein Reisegefährte eine stumme Verbeugung und verschwand.

Die, die ihm geschworen, die, die er geküßt hatte ...

An dieser Stelle konnte man in der Handschrift mehrere Wörter nicht entziffern; sie waren mit Tinte verschmiert, offenbar deswegen, weil der Schreiber die Feder aufs Papier geworfen hatte.

Einmal beobachtete ich, wie ... sie heimlich weinte ... mir ... zu eng mit ihm unter der einen Sonne ... wir begegneten einander ... beide stürzten wir nieder. Er stand nicht mehr auf, ich hinke.

Nikolai Pawlow

Die Auktion

Je me trouve dans la position de cette jeune fille à qui sa compagne demande la nomenclature exacte de ses amants. „Je me souviens très-bien d'Auguste, de Charles aux yeux bleus, d'Edmond, d'Alfred, du petit peintre et du grand médecin; mais après cela je m'embrouille ..." répond-elle.

Castil-Blaze

Im Bolschoi-Theater spielten sie eines jener zahllosen Stücke, auf die kein Mensch recht achtet; aber man hatte die Vorstellung durch ein Ballett ergänzt, und Ballette ziehen die Zuschauer an, weil viele Moskauer noch ganz die Gewohnheiten des achtzehnten Jahrhunderts beibehalten haben. Viele sprechen begeistert von Noverre, Vestris, Duport als von Berühmtheiten, die eine schnöde Nachwelt zu Unrecht vergaß; sie entzücken sich an den schönen Gruppen Didelots als an Schöpfungen, auf die der Strahl der Unsterblichkeit fallen müsse!

Wie kam es eigentlich, daß in Rußland das Ballett auftauchte, hier, wo die Schamhaftigkeit bis zu solcher Vollendung getrieben wurde, daß die Schönen des Landes in der Abgeschlossenheit hoher Turmzimmer geboren wurden, erblühten und welkten; wo noch nicht alle Bärte abrasiert sind; wo an die neun Monate kein frisches Lüftchen in die Behausungen dringt? ... Was sind eigentlich Ballette? Was bieten sie uns, unserem historischen, politischen, ökonomischen Jahrhundert? Vielleicht bringen sie es zustande, das kalte Blut eines Siebzigjährigen aufzuwärmen — nichts weiter! Was aber geben sie dem Geist und der Seele im Jahre 1834?

Doch darüber später ... Meine Worte wollen besagen, daß ich das Ballett nicht liebe und daß im Theater viele Leute waren; das heißt, die Galerie, die oberen Logenreihen und die Stühle waren leer, aber die Beletage, die Parkettlogen und fast alle Sesselreihen waren besetzt. Als Publikum hatten sich jene eingefunden, bei denen zum Mittagessen weißes Brot gereicht wird, der einzige Maßstab unserer Bildung. Der Frost hatte noch keinen in seine drückenden Kleider gezwungen, und auf die halbnackten Lilien der flatternden Flora blickte niemand aus einem Bärenpelz heraus. Lässig in ihre Sessel zurückgelehnt, schauten die Moskauer Dandys, Childe Harolds, Onegins müde durch die Lorgnetten in die Runde. Am Ende der zweiten Reihe saß ein junger Mann, der das Gesicht der nächstgelegenen Loge zugewandt hielt; aber nur das Auge einer Frau hätte erraten können, daß sich sein scheinbar achtlos durch den Raum wanderndes Theaterglas immer wieder und gar nicht zufällig auf das gleiche Ziel richtete. Der junge Mann, dessen Name mit dem Buchstaben T beginnt, wandte alle möglichen Listen an, damit keiner bemerke, wohin er blickte; das Glas aber verriet ihn. Im Dämmerlicht des riesigen Theaters, wo man kaum jemanden mit bloßem Auge erkennen konnte, war es das Mittel, das sagte: Ich blicke auf Sie. Dafür erlaubte es ganz und gar nicht, daß man sich etwa verstellte und eine Frau glauben machen wollte, man blicke nicht auf sie. T. rutschte ohne Unterlaß in seinem Sessel hin und her, Leib und Seele waren in heftige Unruhe versetzt, da ihm in zusammenhanglosen Bildern die Geschichte seiner Liebe, die Geschichte unerfüllter Hoffnungen ins Gedächtnis trat. All die Dinge, die eine entflammte Phantasie ihm damals eingegeben hatte, die lächerliche Rolle eines Verliebten, der nicht selbst verschmähte, sondern verschmäht wurde — solcherlei Gedanken riefen in seinem Kopf einen schrecklichen Wirrwarr hervor und bedrängten ihm das Herz. Sie schaut unverwandt zu mir herüber, dachte T., sie hat mich erkannt, sie hat sich erinnert! ... Wir rechnen noch ab — werden ja sehen, wer dann lächerlich dasteht ... Röte schoß ihm ins Gesicht, unterdessen aber, in der Pause, stand die genußsüchtige Jugend in dichten Gruppen beieinander und richtete die Lorgnetten auf dieselbe Loge. Einige Damen lehnten sich aus ihren oberen Logen heraus und fragten: „Sagen Sie, wo sitzt die polnische Gräfin?“ Der Reihe nach schien es jedem Stutzer, sie blicke gerade auf ihn, und darum stützten sie sich abwechselnd mit den Ellenbogen auf die Trennwand zum Orchesterraum, warfen den Kopf zurück, streichelten sich leicht den Backenbart und gaben sich so das Aussehen verwöhnter, sorglos glücklicher Menschen. Eine polnische Gräfin befand sich nicht im Theater, dafür aber die russische Fürstin ***. Nicht alle kannten sie. Sie war vor anderthalb Jahren aus Moskau verschwunden, damals noch verlobt, hatte dann geheiratet und war erst vor zwei Tagen in die Hauptstadt zurückgekehrt. Da wir nun eine günstige Meinung von schönen Polinnen haben und da der Mensch überhaupt eine neue Erscheinung nie gern auf natürliche Art zu erklären geneigt ist, vielmehr überall Wunder braucht, so verbreitete sich im Theater das Gerücht, eine polnische Gräfin sei angekommen — ihr Ehemann habe aus politischen Gründen ins Ausland fliehen wollen, sei aber bei der Flucht von einem polnischen Ulanen, der ihn für einen Russen hielt, verletzt worden und eine Woche später seinen Wunden erlegen.

Der grellrote Umhang, den die Fürstin lässig abgeworfen hatte, hing in malerischer Unordnung hinter ihr über dem Sessel; die linke Hand spielte auf bezaubernde Art mit der Lorgnette, ließ sie bald müde sinken oder führte sie so achtlos, so gleichgültig zu den wunderschönen Augen, als hätte Gott nichts geschaffen, was ihres aufmerksamen Hinschauens wert wäre; die rechte Hand, von einem französischen Handschuh umspannt, ruhte elegant auf dem verblichenen Samt der Loge; ein schwarzer Schal fiel, herabgeglitten von den üppigen Schultern, in schönen, wogenden Falten über die Ellenbeugen und über die Hüften; er zeigte eine Blumenkante — eine wertvolle Arbeit des Orients; die dunklen Haare hoben die voll erblühten Rosen der Wangen hervor und leuchteten schwarz unter dem Kopfputz aus weißem Crêpe, auf dem flaumige Marabufedern, den träumerischen Bewegungen des eigenwilligen Kopfes folgend, sanft schaukelten; die gotischen Armreife, das ständige Lächeln, der halbwache Blick, der über Bühne und Zuschauer glitt — alles rief sehnsüchtige Gedanken hervor, alles stahl sich ins Herz. Die Fürstin war

schön, sehr schön! ... Ich wandte mich von ihr ab: ich leide an Schlaflosigkeit.

Sie erkannte den jungen Mann, begriff, daß er auf sie blickte, und die erste Begegnung mit ihm nach langer Trennung, nach vielen Gelöbnissen ewiger Treue verwirrte sie anfangs; doch allmählich schwand die Verwirrung, sie gewann die Gleichgültigkeit zurück, die der Gesellschaftston verlangte, und ihre Augen begegneten nun öfter den Augen T.s als alten Bekannten. Während er freilich wähnte, einziger Gegenstand ihrer Aufmerksamkeit zu sein, widmete die Fürstin ihre Blicke auch anderen, besonders einem schlanken Adjutanten, der sich ohne alle Skrupel ganz ihrer Loge zuwandte.

Die Vorstellung ging zu Ende, und T. stieß im Foyer, natürlich ganz zufällig, auf die Fürstin; es wäre ungehörig gewesen, nicht zu grüßen; so machte er ihr eine stumme Verbeugung — der Unwille hatte ihn stumm gemacht, und auf ein Gespräch war er noch nicht vorbereitet. Die Fürstin wurde von einem breitschultrigen Mann mittlerer Größe begleitet; statt nach dem Gebot der Höflichkeit und des Schutzes, den der Starke dem Schwachen zu gewähren hat, voranzugehen und ihr den Weg frei zu machen, schritt dieser Mann ruhig hinter seiner Frau her und ließ ihr den Vorzug, sich als erste durch die unhöfliche Menge zu schieben.

Nach Hause zurückgekehrt, hieß T. den Diener, Tee zu bereiten, fuhr sich mit den Fingern der einen Hand durch das wellige Haar, mit der anderen griff er nach einem aufgeschlagenen Buch, dem damals eben erst erschienenen Roman „Notre-Dame de Paris". Die ersten Worte, die ihm in die Augen sprangen, waren: „C'était indéfinissable et charmant ..." Lange starrte er in das Buch, ohne die Seiten zu wenden; schließlich flog es auf den Diwan, und er sprang auf und begann mit großen Schritten im Zimmer umherzuwandern. Das Milchglas der Lampe, die auf dem Tisch stand, verbreitete ein düsteres Licht. Der Diener brachte den Tee — T. sah es nicht; der Diener wollte ihm den Schlafrock reichen — er beachtete es nicht; bald bewegte er die Lippen, als unterhielte er sich mit jemandem, bald biß er auf sie, als sei er über etwas wütend. In seinen Zügen spiegelte sich jene

Gemütsverfassung, die darin besteht, daß die unbeständigen, keinen Halt findenden Gedanken die Seele an einen einzigen Gegenstand fesseln; daß die lästigen Gedanken sich in den engen Rahmen eines einzigen Gefühls, einer einzigen Leidenschaft pressen ... oder, besser gesagt, daß das quälende Fieber der gekränkten Eigenliebe den geistigen Bestand des Menschen bedroht.

„Gib mir die Pfeife, heiz den Kamin an, trag die Lampe hinaus", sprach T.

Diese abgerissenen Anweisungen folgten einander jeweils nach langen Abständen des Schweigens und dienten zum Beweis dafür, daß uns die Gewohnheit auch im Fieberwahn nicht verläßt.

Das Feuer flammte auf, die Scheite im Kamin begannen zu knistern — ein Kamin hat immer etwas Träumerisches, Geheimnisvolles, er erinnert an den Herd eines Zauberers. T. zog den Überrock aus, wendete die Scheite, und aus seiner Pfeife umfing ihn eine dichte Rauchwolke.

Magische Strahlen stahlen sich, das Dunkel des Zimmers durchbohrend, zu den Bildern und Stichen, die an den Wänden hingen. Die Phantasiegebilde, denen der Pinsel Gestalt verliehen hatte und die bald von der Hölle, bald vom Himmel kündeten, traten plötzlich hell hervor und gingen ebenso plötzlich im Dunkel unter. Dort im Dämmer zeigte sich der „Schiffbruch" von Vernet; hier brannten im aufzuckenden Licht die Züge Byrons: Sturm der Natur und Sturm der Seele!

T. vertiefte sich in die Vergangenheit; er rief sich alle, auch die kleinsten Umstände der betrogenen Liebe noch einmal ins Gedächtnis, erinnerte sich, wie die Frau damals in sein Leben trat, mit kastanienbraunen Locken, mit südländisch schwarzen Augen, verführerisch durch ihre Jugend, liebkosend mit dem Blick, feurig mit dem Wort. Wie leidenschaftlich sie liebte, wieviel sie versprach!

Ein mutwilliges Kind, überlegte sich T., ins Kaminfeuer starrend. Sie hatte mich zum Spielzeug erkoren, spielte und ließ mich fallen; jetzt ist es an mir, jetzt möchte ich spielen — ich werde nicht vor Verzweiflung sterben! Habe ich vielleicht um

Liebe gebettelt? Habe ich geseufzt, habe ich sie mit der falschen Süße des Schmeichelns und der Bewunderung beschwatzt? Oh, wie habe ich sie doch geliebt!

T. begann wieder unruhig im Zimmer auf und ab zu wandern, über Mittel nachdenkend, wie er der gekränkten Liebe Genugtuung verschaffen, womit er die sich empörende Eigenliebe beruhigen könnte; aber schwer ist es, Rache an einer Frau zu nehmen. Sie ist geschützt durch Schwäche oder durch Leichtfertigkeit — in dem einen Falle bleibt sie unempfindlich, im anderen flößt sie Teilnahme ein.

Wie Schattenspiele, so lösten die Gedanken einander flink in der erhitzten Vorstellung ab, und kein einziger wollte dem jungen Märtyrer gefallen.

Ihre Briefe in Umlauf zu bringen, dachte er, das wäre gemein ... Und sogleich holte T. aus dem Schreibtisch einen Pakken Papier und warf ihn ins Feuer. Sie in Gegenwart aller zum Erröten zu bringen, sie allerorts mit spitzen, spöttischen Bemerkungen zu verfolgen, ihr keine Ruhe zu lassen — das wäre niedrig und kleinlich; denn es würde ganz den Eindruck erwecken, ich hätte den Verrat nicht gleichmütig hingenommen, ich litte daran, nicht ich, sondern sie hätte das Ende herbeigeführt! Oh, warum ist sie kein Mann! ... Wie leicht wäre es mir, das Joch der Kränkung abzuschütteln! Könnte ich in ihrem Herzen eine frische Wunde finden und in sie den Finger legen, damit sie aufstöhnte vor Schmerz, damit die Beleidigung sie zum Wahnsinn brächte! ... Ja, ja! ... Da blitzten seine Augen heller auf als das Feuer des Kamins. Es gibt eine Kränkung, die nicht beide Geschlechter begreifen und fühlen, sondern nur das eine, eine Kränkung, die für die Frau geschaffen ist.

An diesem Punkte angelangt, läutete T., fragte, wie spät es sei, befahl: „Anziehen! Die Schnürschuhe — ich fahre in der Kutsche weg!“ Und er setzte sich vor den Ankleidespiegel. Eine Pomade neuester Erfindung steifte das lockige Wogen des Haarschopfes, und der schwungvoll gebundene große Knoten der schwarzen Atlaskrawatte schmiegte sich an die gereckte Brust. Um zwölf Uhr war T. schon aus dem Hause.

„Wie nett! Wie gesprächig! Er ist liebenswürdiger geworden! Früher kam es vor, daß er immerzu schwieg, auf und ab ging und nicht tanzen mochte!"

So flüsterten überall, wo T. erschien, die gut beobachtenden Vertreterinnen des schönen Geschlechts.

In der Tat, er gab sich große Mühe, zu gefallen — er schäumte über vor Lebendigkeit, bemühte sich, zu zeigen, daß er von einem Taumel erfaßt, bis zum Irrsinn fröhlich und besinnungslos glücklich sei.

Im wirbelnden Leben der Salons blitzte die Fürstin auf, und für die glänzenden Sterne des Parketts kam eine Minute der Verfinsterung. Alle Blicke, alle Ausrufe galten ihr, alles war sie! Ihr Lächeln erinnerte an kindlichen Frieden, ihre Augen entrückten den, der sie sah, in die Welt der Leidenschaften. Freundliche Blicke schenkte sie diesem und jenem, doch manche vermuteten, besonders gefalle ihr der schon erwähnte Adjutant. Als sich T. auf einem Ball zum erstenmal ihr näherte und sie um einen Walzer bat, da reichte sie ihm etwas ängstlich die Hand und senkte den Blick. Mochte es sein, wie es wollte — immerhin ist es unangenehm, einem Menschen zu begegnen, dem man unrecht getan hat. Andere Empfindungen ersterben; das Gefühl von Recht und Unrecht lebt weiter.

„Gedenken Sie lange in Moskau zu bleiben, Fürstin?" fragte T.

„Ich weiß nicht", antwortete sie, „je nach den Wünschen meines Mannes." Das letzte Wort löste sich zitternd von ihrer Zunge.

„Sie haben Ihre Heimat nicht mehr lieb — früher gefiel sie Ihnen so gut!" fuhr T. fort.

„O nein, ich liebe sie immer noch; aber da sind Verpflichtungen ..." Die Fürstin konnte nicht zu Ende sprechen, denn der Adjutant kam herbeigeflogen und führte sie zum Tanze rasch davon.

T. erneuerte die Bekanntschaft, ohne die Fürstin fühlen zu lassen, daß sie schuldig sei; er plauderte mit ihr, unterhielt sie, scherzte ausgelassen. Ein höhnisches Lächeln hielt er für jeden bereit, der das Unglück hatte, ihre Aufmerksamkeit zu erregen. Schlimmer als den anderen erging es dem Adjutanten.

Sie hörte ihm zu, lachte; jedoch verachtete sie keinen von denen, die er verspottete, denn sie sprach sehr gern mit allen und liebte das Tanzen. Wenn T. mit der Fürstin tanzte, drückte er zuweilen ihre Hand; er entschuldigte sich mit poetischer Entrücktheit, und sie zürnte ihm nicht.

Eines Morgens hielt seine Kutsche, die kufenknirschend über den Schnee geglitten war, vor einem Haus mit abstoßend häßlicher Architektur, das dafür freilich frisch getüncht war; es lag an einer der Ausfallstraßen, die von der Stadt nach Kudrino, in die Nowinskoje-Gegend und zum Dewitschje Pole führen. Um dieselbe Zeit saß die Fürstin über einer Handarbeit, sie ließ die Nadel oft sinken, lehnte sich in die Samtkissen der Couchette zurück und schaute ungeduldig nach der Tür. Die Wintersonne, die sich durch die himbeerfarbenen Stores stahl, warf bald einen hellen Streifen auf das Seidenstrumpfmuster des berauschend schönen Fußes, bald zeichnete es huschende Kreise auf die blühende Wange. Die Spitzenfalten des Häubchens, das auf die glatt gekämmten Haare gesetzt war, dienten gleichsam als Rahmen für ein Miniaturporträt, bei dem der Maler gewissenlos der Frau geschmeichelt hatte. Die herabhängenden Bänder fielen über die weichen Rundungen der Schultern, oder sie wellten sich über dem Atlas der unbewegten Brust. Die Fürstin trug ein weißes Kleid und einen blauen Schal aus feiner Wolle. Als man ihr einen Gast meldete, rief sie: „Ich lasse bitten! Ist der Fürst weggefahren?“ Und wie schön sie auch war, sie lief dennoch zum Spiegel.

„Ich gehe gerade zur Auktion“, sagte unterdessen ihr Mann, als er im Vorzimmer T. begegnete.

T. trat ein, herausgeputzt wie eine Modepuppe, dabei mit verdrossener Miene. Seine Kleidung trug alle Attribute gesellschaftlicher Eitelkeit; sein Gesicht zeigte die Spuren finsteren Sinnens, wie es nur die Einsamkeit kennt. Ist es diese Liebe, die ich wollte? sprach er zu sich selber, und plötzlich hellten sich seine schwermütigen Züge auf — er stand vor der Fürstin. Sie machte nicht die geringste Bewegung, sie begrüßte den Gast nicht mit jenem Nicken des Kopfes, das so fest eingeübt ist, so alltäglich und so untadelig kalt, sondern mit einem anderen, einem Nicken der Augen, einem Nicken des Lächelns; sie beugte sich nicht vor, richtete sich nicht auf, und dennoch war es eine vollendete Begrüßung, wie sie nur eine hübsche Frau zustande bringt und sich außer ihr niemand erlauben darf.

Die Schönheit bewundern — darin ist nichts Erniedrigendes, nichts, was den Regeln verfeinerter Salons widerspräche; auch T. zollte ihr den gerechten Tribut der Bewunderung. Ehrfürchtig hielt er an der Schwelle inne, nicht wagend, sie zu überschreiten, nicht wagend, sich der morgendlichen Fürstin zu nähern — sie war morgens schöner als abends.

„Treten Sie näher, warum bleiben Sie stehen?" Auch diese munteren und zugleich weichen Töne machten dem jungen Mann eine vergangene Zeit, vergangene Minuten des Glücks gegenwärtig.

Ja, diese Stimme hörte ich einst . . ., dachte er und trat ein paar Schritte vor; er geriet in Feuer, und der Mund floß ihm über . . . doch kein Wort galt der Vergangenheit — er verschonte die Fürstin mit Andeutungen, er hatte früher nicht gelebt, nicht gefühlt, nichts gesehen, was ihr ähnlich gewesen wäre, und nur der Ausruf „Ach, warum sind Sie verheiratet!" entrang sich ihm, aufsteigend aus einem begrabenen Gefühl, als ehrlicher Aufschrei aus gefolterter Seele.

Die Fürstin erwiderte nichts, aber sie legte die Handflächen aneinander, wie es jemand tut, der um Verzeihung bittet, und den Kopf ein wenig zu der einen Schulter neigend, blickte sie so anmutig, daß ihr ein Vater Ungehorsam, ein Ehemann Untreue und eine Frau ihre Schönheit verziehen hätte. T. saß neben der Fürstin; die Röte spielte noch lebhafter auf ihren frischen Wangen; ihre halb geschlossenen Augen trübten sich von einer Träne quälenden Verlangens; sie hatte nicht die Kraft, die Hand zu heben, die sich wie von selbst auf den Hals des jungen Mannes gelegt hatte; schon fühlte er auf seinen Lippen den brennenden Hauch ihres halb geöffneten Mundes; schon fügte sich ihr bezaubernder Leib, wie eine in sanftem Wind sich beugende junge Palme, der verzehrenden Kraft der Leidenschaft; schon fiel die

Handarbeit auf den Boden; schon berührten die Bänder des Häubchens den Samt der Kissen ..., da plötzlich schob T. mit sicherem Griff die Hand der Fürstin beiseite und wich zurück; ein spöttisches Lächeln huschte wie ein Blitz über sein Gesicht, er nahm den Hut, strich die Haare zurecht und sprach in höflichstem Ton, mit mörderischer Kaltblütigkeit: „Fürstin, um des Himmels willen, entschuldigen Sie mich! Ich will von Ihnen nichts, Sie haben heilige Verpflichtungen, und mir ist es gleich, ob Sie es sind, ob eine andere ... Um des Himmels willen, entschuldigen Sie mich!"

Der Kopf der Fürstin zeigte, kraftlos auf das Kissen gesunken, keine Spur von Leben. T. sah hin, lächelte und ging.

„Ich komme von der Auktion", sagte der Fürst, als sie einander wieder im Vorraum begegneten.

Die Folter der Eitelkeit war vorbei. Am gleichen Tage fand ein Ball statt, auf dem sich beinahe ganz Moskau traf. Auch T. fand sich dort ein, aber schon ohne Ziel, einfach so, aus Gewohnheit, nicht mehr mit der Absicht, zu tanzen und den Hof zu machen. Er trat in den Saal; ein spöttisches Lächeln lag noch auf seinem Gesicht, und er stellte sich vor, alle würden seinen Triumph bemerken. Es tat ihm nur leid, daß die Fürstin sich nicht so bald fassen, daß es ihm nicht so bald gelingen würde, zu sehen, wie sie bei der Begegnung mit ihm erbleicht, errötet, erstarrt.

„Sie ist berückend, sie ist unfaßbar!" tönte es in der Menge, die sich um die französische Quadrille versammelt hatte, und alle Lorgnetten richteten sich auf einen Punkt.

Lässig und gemächlich trat T. näher und stieß auf den Fürsten, der ihm die Hand entgegenstreckte, und er fand hier die Fürstin, die ihm einen raschen Blick zuwarf, während sie mit dem Adjutanten zum anderen Ende der Quadrille entschwebte. Süße Rede floß von ihrer flinken Zunge, ein heiterer Blick umfaßte schmeichelnd den Kavalier. Sie war anmutiger als sonst, sie war am Abend schöner als am Morgen. Ich wandte mich von ihr ab: ich leide an Schlaflosigkeit ...

Nikolai Pawlow

Der Jatagan

„Il avoit à la main une espèce de vilain coutelas ..."
„Un ataghan?" dit Châteaufort qui aimoit la couleur locale.
„Un ataghan", reprit Darcy avec un sourire d'approbation.
La Double Méprise

I

Oh, wie gut stand ihm die Kavallerieuniform! Wie fröhlich, wie ausgelassen, wie kindlich drehte er sich vor dem Spiegel! Wie flink rückte er immer wieder seinen Helm zurecht, über dem schmiegsam weiche, makellos weiße Federbüsche zitterten, sich neigten, sich entfalteten! Bald beförderte er ihn schwungvoll in die linke Ellenbeuge, bald hielt er ihn gewichtig in der herabhängenden Hand über das rechte Knie, wobei er sich um gesetzte Haltung bemühte, die Augen zusammenkniff und das Schlaksige seiner Gestalt zu mildern trachtete.

Mit welch zärtlicher Sorgfalt legten sich seine Aristokratenfinger auf den schwarzen Miniaturschnurrbart, wo die jungen, eben erst sprießenden Haare in der Farbe brünierten Stahls glänzend schimmerten! Dieser Schnurrbart hatte keine Ähnlichkeit mit dem dichten, finsteren, wirren, hängenden Schnurrbart eines alten Haudegens; er war noch nicht geschwärzt vom Rauch der Schlachten, nicht durchweicht im verregneten Feldlager. Bei seinem Anblick würde kein Feind zittern, keine schutzlose Waise weinen, kein Kneipenwirt Hals über Kopf, wie von Sinnen, herbeistürzen und kein eifersüchtiger Ehemann kuschen. Das war ein Schnurrbart nicht fürs Biwak, nicht für Kanonen, sondern für den Salon, für Frauen, nur dafür, daß er die Röte der Lippen und die Weiße der Zähne hervorhebe, daß er dem Antlitz Kavaliersreiz verleihe, an eine Romanze erinnere, einen Zweikampf, eine flüchtige Liebe, nicht aber an einen Recken des Nordens. Welch schönes Bild boten die seidigen Wimpern des Jünglings, wenn er mit halb gesenkten Lidern zufrieden auf seine neuen Epauletten schaute! Gab es damals auch noch nicht die prächtigen, metallbeschlagenen Epauletten von heute, so waren doch auch jene Sternchen noch nicht eingeführt, die für die Eigenliebe eines nach dem Rittmeisterrang drängenden Kornetts so verderblich sind. Vielleicht geschah es darum, daß er mit besonderer Befriedigung seine Schultern betrachtete. Ein Uhrkettchen baumelte auf seiner schönen Brust, die Knöpfe blinkten, es schimmerte das Degenband, alles war — volkstümlich gesprochen — funkelnagelneu, und seine schlanken, geschmeidigen Glieder, seine Bewegungen atmeten ehrliche Freude. Er konnte schon bei Andrieux dinieren, in einer flotten Kalesche ausfahren, mit der Lorgnette im Theater erscheinen und auf dem Newski Prospekt glänzen. Er würde nicht mehr ängstlich Ausschau halten, ob da ein Oberst, ob da ein General komme, und sollten neben ihm muntere Augen aufblitzen, ein Lockenkopf, ein lässig umgelegter Schal auftauchen, würde ihn nicht mehr der bohrende Gedanke an jenes ewig beunruhigende: „Hände an die Hosennaht!" quälen. Oft schlug er mit den Hacken aneinander, seine Sporen gaben einen hellen Klang, und in seinen scharf blickenden Augen funkelte eine Begeisterung, als entzücke ihn schon im voraus der Gedanke, daß solcher Klang im Herzen der erwählten Schönen widerhallen würde, wenn sie, mit ihm einen reich geschmückten Saal im Tanz durchschwebend, an seinen wonnig erstarrenden Arm sich schmiegen würde; als ahne er, daß man an solchem Klang seine ungeduldigen Schritte erraten würde, als denke er — doch was denkt man nicht alles, wenn man in der Dienstanweisung gelesen hat, daß man kein Junker mehr ist, sondern Kornett! Wer verbindet mit diesem Rang nicht Erinnerungen an kindliches Entzücken, in dem soviel Hoffnung, Liebe, Freiheit und — als Allerbestes — soviel Jugend lag! Dieser einzigartige Rang, das jüngste, vierzehnte Glied einer riesigen Familie, doch geliebter als alle seine Brüder! Die anderen Ränge würden noch kommen! Zeit und Geduld teilen sie jedem zu als den nächsten in der Reihe, als Sold fürs Leben — alles würde noch kommen: Generalsrang und Sterne; nicht wiederkehren wird die Jugend des Kornetts! Geflochtene Epauletten werden auf den Schultern sitzen, aber da wird kein Mädchenblick mehr sein, sie zu umschmeicheln. Dann wird es anderes geben! Dann werden die Gedanken um die Macht kreisen. Um etwas Düsteres, Geheimnisvolles, Tückisches! Der Kornett, das ist die erste feste Stufe, von der aus nicht sichtbar ist, wohin die Leiter, die das Leben heißt, führt und wie unsicher sie steht; das erste Gefühl der Gleichheit mit allen anderen, die erste Erlaubnis, zu genießen wie andere! Ein Kornett, das ist etwas anderes als ein Kollegienregistrator, solch ein Wesen ganz aus Tinte, ein Arbeitstier schmutziger Gerichtssäle, beladen mit der stumpfsinnigen Mühsal peinlich genauer Kanzleien, langsam dahinwachsend über prosaischer Sinnlosigkeit in der stickigen Enge von vier Wänden! Ein Kornett ist etwas anderes als ein Student, der eben ein Zeugnis erhalten hat — der Student tanzt schon, obgleich er noch nicht zu Ende studiert hat, auf Bällen, bindet die Krawatte nach der letzten Mode, sitzt mit Kennermiene im Theater, spielt eine Rolle; der Student kann verbergen, daß er noch ein Lernender ist; und darum läßt sich das Gefühl eines Junkers, der die Offiziersuniform angezogen hat, mit nichts befriedigend vergleichen. In diesem Gefühl ist soviel Unbestimmtes! Gewichtigkeit mischt sich mit Kindlichkeit, da ist Eitelkeit, Ehrgeiz und die Gewißheit des Erfolgs; vielleicht gestillter Neid, vielleicht der dem Menschen angeborene Wunsch, möglichst wenige Vorgesetzte zu haben, kurzum, ich weiß nicht, was alles. Gewiß aber hätte ein jeder, wäre er in der Lage gewesen, meinen Kornett beim Anprobieren der Uniform zu beobachten, mit innerem Anteil oder mit spöttischem Lächeln auf ihn geschaut! Es war ein Augenblick, daß er sich voll Kühnheit aufs Pferd geschwungen hätte, wer weiß wohin übers Feld galoppiert wäre und sich besinnungslos in die erste verliebt hätte, die ihm schmeichelnd begegnet wäre, ein Augenblick der

Raschheit, des frisch pulsierenden Blutes, der Großzügigkeit, herrlicher Pläne, die seine Gedanken aufflattern ließen, daß sie bald über der Erde kreisten wie schneeweiße Tauben, bald emporschossen zum Himmel wie zischende Raketen. Das Entzücken des jungen Mannes wird uns natürlicher, verständlicher erscheinen, wenn ich die Zeit seiner Beförderung zum Kornett näher bezeichne.

Das geschah in jenen noch nicht lange zurückliegenden Jahren, da die Frauen die Taillen kürzer trugen und da die Militärs, abgesehen von den Infanterieoffizieren, auf allen Szenen triumphierten: vom Parkett des hohen Würdenträgers bis zur Hütte des Postmeisters. Bei jenem herrschte die Uniform unumschränkt auf den Bällen; bei diesem forderte sie ohne Verzug Pferde. Um der Uniform willen setzten Eltern den Sohn an die Mathematik und gaben sich große Mühe mit der Tochter; um der Uniform willen hegte und pflegte das Mädchen die ihr von Gott gegebene Schönheit; für die Uniform gedachte der Jüngling zu leben. War es die ewige Hoffnung, unter einem Kleid voller Glanz eine Seele voller Glanz zu finden, war es eine vorübergehende Leidenschaft für militärischen Ruhm — so wie für jeden anderen — oder die uns eingeborene Neigung zur Buntheit, eine Neigung, die manche Bewohner unseres Erdballs veranlaßt, ihren Körper zu bemalen — man weiß nicht, was den Ausschlag gab, jedenfalls wurde der ganze Vordergrund der lebenden Bilder, die die Gesellschaft darstellte, von stattlichen Gestalten eingenommen, deren Kleider in allen Farben schillerten; der einfarbige Frack hingegen stand abseits, sich im Dämmer der beschatteten Perspektive verlierend. Er schlich sich mit den zaghaften Schritten des ungebetenen Gastes durch die Salons, und keines Menschen Blick folgte ihm, keiner erkundigte sich nach ihm, keiner fragte, ob unter jenem Frack das heiße Herz eines Poeten schlage oder das bedächtige Blut eines Diplomaten fließe. Alles bewunderte ehrfürchtig die Uniform oder träumte fiebernd von ihr. Keiner sah das künftige Geschick des Fracks voraus, keiner ahnte, daß der Frack vorrücken, daß er Ansehen gewinnen würde durch das, was sich mit ihm verband: Geist, Aufklärung, Bildung, und man ahnte nicht, daß alle den Drang haben würden, etwas und für etwas zu lernen, Triebfedern zu sein, Fabriken zu gründen. Nur dann und wann fühlten sich gewisse Aristokraten, halb verfallene Denkmäler der Puderzeit, die über Jahrzehnte hin die Anhänglichkeit an ein vergangenes feineres, gleichsam parfümiertes Zeitalter bewahrten, gekränkt durch das Zackige der Bewegungen, die abgehackte Redeweise der neuen Zeit und erlaubten sich, die Stimme wider die allgemeine Meinung zu erheben und den Militärs vorzuwerfen, sie röchen überall nach Kaserne.

In dieser Zeit also wurde unser Junker zum Kornett befördert. Er gehörte zu der großen Zahl jener Kornetts, denen von den Vätern Geschichten über die Kinburner Festung, über die Eroberung von Ismail, über Potjomkin, über jene goldenen Jahre hinterlassen wurden; dazu ein Name, der auf dem Papier Jahrhunderte überdauerte, aber ein Name ohne Hintergrund, ohne Überlieferungen, ohne auch nur eine Heldentat, die jemand des Erinnerns für würdig befunden hätte; die Väter hatten eine unerschöpfliche Verwandtschaft hinterlassen, weit verstreut über das Antlitz Rußlands, in gottverlassenen Dörfern und im bunten Treiben Moskauer Salons, ein paar eingeschneite, schneeverwehte, qualmverrußte Seelen, und zu alledem: den Bankrott. Der verstorbene Vater des Kornetts hatte es sich wohl sein lassen, wie alle Väter des vergangenen Jahrhunderts, und die Trümmer des Vermögens hätten dem jungen Mann nicht die Mittel zur Befriedigung der wachsenden Bedürfnisse eines Lebens gewähren können, wie es ein vornehmer Mensch nun einmal führt, hätte nicht seine Mutter alle Tage, die ihr noch zu leben beschieden waren, darauf verwandt, ohne Unterlaß für die Zufriedenheit, für das Wohlergehen, für die Schmuckheit ihres Sohnes zu sorgen. Er war für sie das einzige Band zum Leben und Treiben einer Welt, der sie längst entsagt hatte, indem sie sich zu ewiger Verbannung aufs Land verurteilte, wo Jahre und Stunden sie in das gleiche Sinnen, in das gleiche liebende Sorgen vertieft fanden. Nach einer Jugend voll unbekümmerter Verschwendung vergrub sie sich in vorgerückten Jahren in die zahllosen, kleinlichen Mühen des Wirtschaftens, nur damit der Sohn nicht über die Ausgaben nachzudenken brauchte, die mit dem unumgänglichen Luxus verbunden waren, nur damit sein Pferd ebenso anmutig scharrte wie das Pferd des Reichsten. Ihre Lebensweise, ihre Gespräche, ihre Briefe stellten herzerwärmende Zeugnisse mütterlicher Liebe dar, die rein und fürsorglich ist und nicht vermischt mit anderen, eigennützigen Gefühlen, einer Liebe, die für den anderen kein Vorwurf der Gleichgültigkeit ist, die nichts von Rache für Undankbarkeit enthält, nicht täuscht und nicht drängt: Bleib bei mir, leb und stirb in meiner Nähe! Wenn solche Liebe oft, wie alles Schöne, einem Unwürdigen zuteil wird, so läßt sich wenigstens, scheint mir, diese häßliche Regel keinesfalls auf meinen Kornett anwenden, denn er ließ selten eine Gelegenheit, Post zu schikken, aus und griff ohne träges Warten zur Feder, wenn es nötig war, der Mutter zu schreiben. So regte sich denn auch gleich nach der Beförderung in ihm der Wunsch, um Urlaub einzukommen. Natürlich wollte er sie erfreuen, mit ihr sein Entzücken teilen; vielleicht fühlte er auch Verdruß, weil niemand in Petersburg mit ihm in Aufregung geriet, weil keiner bemerkte, daß es auf der lichten Welt einen Offizier mehr gab, und deshalb wollte er möglichst schnell dorthin, wo man ihn wahrscheinlich bewundernd anschauen, wo man allen Glanz der Gardeuniform mit inniger Freude wahrnehmen würde, wo es Freudentränen der Mutter gab und Nachbarinnen auf anderen Gutshöfen und wunderbare, nie geschaute Augen und eine Gouvernementsstadt. Bei jedem Aufrücken möchte man sich von jemandem bestaunen lassen, wer es auch sei, so wie man jeden Gedanken, der uns gefällt, dem mitteilen möchte, auf den er möglichst stark wirken würde.

Es dauerte nicht lange, da ließ sich der fröhliche Kornett auf der Tulaer Landstraße durchrütteln, schrie auf Postmeister ein und stritt ein bißchen mit Kutschern.

Spät am Abend fuhr er am alten Stammsitz seiner Ahnen vor. Der Mond warf ein paar Strahlen auf ein riesiges baufälliges Gebäude. Keiner rührte sich, einzig der Nachtwächter schlug ans Brett.

Zum erstenmal erblickte der Kornett dieses Haus, wo seine Vorväter gelebt hatten, wo seine Mutter wohnte, von wo zu ihm nach Petersburg soviel Liebe geflogen war. Innerlich aufgewühlt, sprang er eilig aus der Kalesche. „Mütterchen wird wohl ruhen", sagte er zum Kammerdiener, und in diesen Worten schwang eine wunderbare Regung des Herzens! Allmählich erhob sich Hasten und Lärmen, eilends wurden Leuchter hierhin und dahin getragen. Ein Raunen lief durchs Haus: „Der junge Herr ... der junge Herr ..." Plötzlich erschien im Schlafgewand, zitternd, eine alte Frau, schlug die Hände zusammen und taumelte mit dem Ruf: „Saschenka, mein Lieber!" weinend in die Arme des Sohnes.

In mancherlei Umarmungen, bei mancherlei Begegnungen pocht das Herz laut — da sind Freunde, Ehefrauen, Bräute ... es gibt heiße Küsse und Freudentränen, doch keine Träne ist reiner, kein Kuß ist aufrichtiger als die Träne und der Kuß der Mutter! Diese ganze eigennützige Welt der Freundschaften, Zuneigungen, Leidenschaften, des Schmeichelns, der Schwüre und der Entzückungen vermag nicht in die verborgensten Tiefen unseres Herzens einzudringen und es mit so fester Überzeugung, mit so strahlender Gewißheit zu erfüllen, wie sie der Sohn empfindet, wenn er sich an die Brust der Mutter wirft! Nicht nur Mühen und Sorgen widmet sie ihm, nicht nur alle äußeren Bequemlichkeiten und kleinen Freuden bringt sie ihm zum Opfer; nein, die beste Regung der Seele, die unausdrückbare Freude des Wiedersehens, ihre höchste Wonne — sie beeilt sich, all das für seine Ruhe hinzugeben. Sie verschwindet, still, als wäre sie nicht dagewesen.

„Saschenka ist müde vom Weg, Saschenka muß ruhen, richtet ihm schnell das Zimmer her, das neben dem Kabinett. Mein Lieber, schläfst du auf der Matratze, oder möchtest du ein Unterbett? Du bist ja ganz voll Staub! Und was geben wir denn Saschenka zum Abendessen?"

Es nützte nichts, daß er sagte: „Ich bin nicht müde, ich möchte nicht schlafen, lassen Sie mich noch mit Ihnen plaudern!" Sie glaubte es nicht; all ihr Trachten richtete sich darauf, daß Saschenka sich bald schlafen legen könne; dabei hatte sie ihn so viele Jahre nicht gesehen, dabei blickte sie so durstig auf ihn!

„Wahrhaftig, du bist abgemagert vom weiten Weg; mir kam

es gar nicht in den Sinn, dich zu erwarten — kein Wort hast du geschrieben. Morgen ist dein Geburtstag, mein Lieber, du hast es so eingerichtet. Zum Mittagessen wird der Fürst mit seiner Tochter hier sein; ich glaube, du erinnerst dich an ihn, du warst schon ziemlich groß. Sei gegrüßt, Pawel, sei gegrüßt!" Der Kammerdiener des Kornetts küßte der Herrin die Hand, und sie weinte vor Freude, da sie Pawel sah.

In den Türen des Salons, wo sich diese Szene abspielte, die schwer zu beschreiben ist, weil die Nuancen der mütterlichen Liebe ebenso fein und unfaßbar sind wie die Farben des heiteren Himmels — in den Türen also tauchten unterdessen halb zerzauste Haarschöpfe, verschlafene Gesichter auf und blickten mit schüchterner Neugier aus den schwach erleuchteten Nachbarzimmern herein. Schließlich hatte sich eine wirre, in ihrer Kleidung erstaunlich vielfältige Menge versammelt. Allen voran die alte Kinderfrau des Kornetts und die Amme, hinter ihnen ein großer Teil des einfachen Hofgesindes und einige von der höhergestellten Dienerschaft. Erst alle in zeremonieller Folge, dann aber stürzten sie abwechselnd vor, auf russische Art dem jungen Herrn die Hand zu küssen, die er auf deutsche Art nicht reichen wollte. Mit solchem Eifer, solcher Beharrlichkeit griffen sie nach seiner Hand, daß — wäre unter ihnen nicht die Kinderfrau und noch dieser und jener gewesen, der wenigstens dreimal so alt war wie der Kornett — ein nicht eingeweihter Mensch hätte sagen können: Es ist der Vater, es sind die Kinder! Nach den rührenden und erbaulichen Bildern, nach mancherlei Herzensergüssen, die von unterschiedlichen Regungen ihren Ursprung nahmen — bei dem einen geschah's aus Liebe, bei dem andern aus Gewohnheit —, nach all den Bemerkungen über die Schönheit, die Statur, die Uniform des Kornetts, Bemerkungen, die von der Mutter, der Kinderfrau und der Amme laut und allen vernehmlich gemacht wurden, von den anderen im stillen Winkel, nicht in Gegenwart der Herrschaften — mit einem Wort, nach dem Abendessen führte man den Ankömmling in sein Zimmer zum Ruhen. Er schlummerte schon lange, während die Mutter keinen Schlaf fand.

Morgen hat mein Sohn Geburtstag! dachte sie. Was soll ich ihm schenken? Er müßte, wenn er aufwacht, ein Geschenk vor sich sehen! Das ich nach Petersburg geschickt habe, hat ihn dort nicht mehr erreicht. Große Mühen und Sorgen!

Die Kinderfrau und die Amme wurden zur Herrin gerufen, damit sie ihren Rat gäben; jede äußerte ihre Meinung, aber wie das so oft mit Ratschlägen geschieht — sie waren alle nicht brauchbar. Man öffnete Schränke, durchwühlte Truhen. Das eine war häßlich, das andere paßte nicht, dies und jenes würde nicht gefallen; die Kammerfrau, die zugleich die Pflichten eines Sekretärs wahrnahm, das heißt, alles machte, die Sachen herausnahm, stapelte und herbeitrug, begann sich bereits um die Gesundheit ihrer Herrin zu sorgen: „Wahrhaftig, gnädige Frau, Sie werden noch krank. Schauen Sie nur, es wird schon wieder hell."

Die ganze Zeit über, da man unentschlossen war, da sich nichts zu eignen schien, da sich bei allen, sogar bei der Kinderfrau und der Amme, nur nicht bei der Mutter, der unbezwingliche Wunsch nach Schlaf einstellte, diese ganze Zeit über hatte sie einen bestimmten Gegenstand im Sinn, einen wunderschönen Gegenstand, der gut zu einem Soldaten paßte ... aber mit ihm verband sich ein Zauber, eine Vorhersage aus uralter Zeit! Man brachte den Gegenstand.

Alle lobten ihn, fügten jedoch hinzu: „Nur, gnädige Frau, so etwas schenkt man nicht." Und die alte Frau versank in Nachdenken.

Man schenkt es nicht! Aber das Geschenk würde dem Sohn gefallen!

Dieses Geschenk kam, als Erbheiligtum, nun auf das dritte oder vierte Glied; es rief die Erinnerung an einen Krieger wach, einen berühmten in der Ahnenreihe des Kornetts ... dieses Geschenk, gefertigt unter glühendem Himmel für eine starke Hand, mit Blut gehärtet, der Rache geweiht, Henkerwerkzeug für Christenhäupter, Modespielzeug für kriegerische Stutzer des Ostens, schönste Perle eines Asiatengürtels — dieses Geschenk war: ein Jatagan.

2

Viele Flüsse durchschneiden das unermeßliche Rußland. In den nährenden Adern des riesigen Körpers quillt es bald unmerklich — das sind die Haargefäße —, bald brodelt es von Leben — das ist die Herzarterie. Malerei der Natur, Streiflichter aus der Geschichte sind an ihren Ufern verstreut; kein einziger Fluß aber trägt soviel Poesie in seinem Namen wie der, der das Tulaer Gouvernement von Nordwesten nach Südosten durchfließt.

Die Erde mit einem unermüdlichen Springquell durchstoßend, tritt er im Bogorodizker Kreis ans Licht, bahnt sich seinen Weg durch die Gegend von Jefremow, und es ist zu sehen, mit welcher Gewalt er durch die Berge drängt, sich von Fels zu Fels wirft, um schließlich den Don zu erreichen. „Krassiwaja Metsch" — so nannte das Volk den Fluß, was sich als „Schönes Schwert" deuten läßt. Dort, wo der Fluß, gleich einem Horn, einen Bogen beschreibt, wo das Dorf Isrog liegt, hat sich bis heute die dunkle Überlieferung von einem Ereignis gehalten, das, wie es heißt, dem Fluß seinen poetischen Namen gegeben hat.

Das Volk erzählt, daß dort ein gewisser Jaroslaw in seinem Wagen den Fluß überquerte, daß die Brücke unter den Pferden durchbrach und daß Jaroslaw, um sein Lieblingspferd zu retten, das Schwert zog und den Strangriemen durchhauen wollte, es dabei aber ins Wasser fallen ließ.

Es gibt auch andere Überlieferungen, auch an anderen Orten zu beiden Seiten der Krassiwaja Metsch waltet die Poesie uralter Zeiten. In der Nähe des Flusses liegt der sogenannte Pferdestein, umgeben von abgesplitterten Brocken und anderem Gestein, das halb in der Erde steckt. Bei dem einen waren das ein Recke und gottloses Volk — der Recke war als Gast gekommen, und das Volk hatte sich erdreistet, ihm zu Ehren Spiele und Tänze zu veranstalten, obgleich es der Himmelfahrtstag war. Bei anderen war das ein fremdländischer Ritter, der über verwunschene Wiesen geritten war und sich nicht grüßend vor den schönen Mädchen und den jungen Burschen verbeugt hatte, weil er — wie er erklärte — sich vor keinem auf der Erde verbeuge. Der Blitz hatte ihn gestraft. Hier blinkt am Abend vor dem Johannistag ein geheimnisvolles Licht über den Berggipfeln, senken sich Kerzen und Kränze vom Himmel. „Die Kerze brennt", wird man Ihnen sagen und auf das Phosphorleuchten weisen. Gott weiß, wer dieses Lämpchen angezündet hat, aber es schimmert warm über einem vergrabenen Schatz oder über einem Russen, der für die Unabhängigkeit den Tod erlitt.

Der kalte, klare Fluß strömt ebenso schnell, bald hierhin, bald dorthin schießend, wie über ihm die Schwalbe fliegt, unbekümmert ob der nahenden Gewitterwolken. Hohes Schilf rauscht an seinen Buchten. Schroff und steil fallen seine Ufer ab. Wälder steigen an ihnen abwärts; hier und da ragen Hünengräber auf, Denkmäler für Unbekannte, und hier und da blitzen verschiedenfarbene Felswände: weißlich, graublau, gelb. Wild blickt hier die Natur, auch wenn der Herbst, die Bäume rupfend, über das Grün die Farbe des Todes breitet. Freude macht es hier, den Adler zu beobachten, wie er sich auf eine Felsspitze nahe am Wasser niederläßt und ruhig sitzt im Gefühl seiner königlichen Kraft. Ein schöner Fluß, ein malerischer Fluß, die bezaubernde Metsch! ... Es gibt Augenblicke, da hält man ihren Himmel für den Himmel der Schweiz! Weiter weg von den Ufern, hinter den Wäldern, hinter den Hünengräbern, öffnet sich ein endloser Horizont: Dörfer, Felder, lichte Haine. Das Bild wird spielerischer, bewegter. Hier regt sich, hier müht sich der Mensch, vergießt Schweiß, und damit dieses Leben, diese Mühen nicht bitter scheinen, sollte man sich an dem Bild nicht im Herbst erfreuen, sondern im strahlenden Sonnenschein des Sommers, am Sommermittag, am Sommermorgen!

Groß ist die Wonne des Schriftstellers, wenn er von einer Begebenheit zu berichten hat, die in einem unbekannten, für die Phantasie einigermaßen verführerischen Winkel geschah, von einer Begebenheit auf der Weite der Felder, nicht in der verschlafenen Stadt, wo es auf den Straßen keine Abenteuer, in den Salons keine Leidenschaften gibt, wo sich das Leben ohne Leben abnutzt und wo man ihm keinen einzigen erzählenswerten Gegenstand abbetteln kann.

Vor vielen Jahren hatte sich eines schönen Juniabends, in jenen süßen Stunden, da dem Jüngling ganz unbewußt die Träne des Verträumtseins ins Auge tritt, am Ufer der Krassiwaja Metsch eine kleine Gesellschaft um den Teetisch im dufterfüllten Garten, unter stillem ländlichem Himmel versammelt. Der enge Kreis bestand aus Menschen ein und desselben Stammes, ein und derselben Klassifikation; aber auf den ersten Blick konnte man feststellen, daß zwischen den einen und den anderen eine scharfe Grenzlinie verlief, markiert durch Unterschiede in den Begriffen, den Gewohnheiten, der Bildung. Es ist das alte Lied! Vom Teetisch bis zum reichen Diner, vom Familienkreis bis zum Ball, es ist immer das gleiche — sie sprechen dieselbe Sprache und verstehen einander nicht. Außer dieser Disharmonie hinsichtlich der Erziehung und der Denkweise lauerte hier ein weiterer Grund zu heiklen Meinungsverschiedenheiten. Alle Leidenschaften, Wünsche, Neigungen des Menschen finden sich leicht auf engstem Raum zusammen, und diese kleine Welt, ein Bruchstück der großen, barg in sich den Ursprung vieler, mannigfacher Herzensregungen. Für die einen gab es Anlaß zur Freude, zu Hoffnungen, für die anderen Anlaß zu Neid, zu bohrenden Gedanken, zu raschen, abschätzenden Blicken.

„Möchten Sie noch etwas Tee, Papachen?"

„Ich bitt dich, Werotschka, ich kann nicht einmal diesen austrinken. Meiner ist zu süß, während du ihn Andrej Stepanowitsch, glaube ich, ganz ohne Zucker eingegossen hast. Er hat von seiner Tasse noch nicht einmal genippt."

Nach diesen Worten ließ sich Werotschkas Vater in einem Sessel nieder und blies weiter sorglos leichte Rauchkringel in die Luft.

Werotschka beeilte sich, ihre Zerstreutheit wiedergutzumachen. Ihr Gesicht, eben noch heiter und lebhaft, nahm plötzlich den Ausdruck einer gewissen Sammlung und Würde an, wie es oft geschieht, wenn eine unverhoffte Anspielung, ein Blick, ein Laut, irgendeine Kleinigkeit eine Frau daran erinnert, sie habe sich ein wenig gehenlassen. Dieser Übergang aber von der Bewegung zur Ruhe, von der Freiheit zur Gezwungenheit kann kein Gefallen finden. Merklich blitzte Ungeduld in ihren schwarzen

Augen, als sie diese auf Andrej Stepanowitsch richtete, während ihm ihre zarte Hand mit gut anerzogener Lässigkeit eine andere Tasse reichte.

Er sprang auf, verbeugte sich, bat darum, daß Ihre Durchlaucht sich nicht beunruhigen mögen, und versicherte, sein Tee sei durchaus süß. Endlich ließ er sich wieder nieder, wieder auf die äußerste Kante des Stuhls, etwas seitlich, völlig seinem Nachbarn zugewandt, nur mit dem Unterschied, daß er nun fleißig von dem Tee zu trinken begann, der von all seiner Höflichkeit längst kalt geworden war. Andrej Stepanowitsch sprach viel und versäumte nicht, ständig einzuflechten: Eure Durchlaucht, von Eurer Durchlaucht, zu Eurer Durchlaucht ... Der Fürst, ein würdiger alter Mann von angenehmem Äußeren, war der einzige, der ihm zuhörte: bald kalt, bald mit Teilnahme; und aus dieser Teilnahme konnte man erraten, daß Andrej Stepanowitsch nicht nur als bester Jäger im Kreise galt, sondern auch einen sehr beachtlichen Platz in der Hierarchie des Reichtums einnahm. Zwischen ihnen entspann sich ein Gespräch ganz für sich. Keiner störte sie, und auch sie störten keinen. Nur von Zeit zu Zeit warf der Fürst, wenn er zufällig ein Wort aufgefangen hatte, das in der anderen Abteilung der Gesellschaft gesprochen wurde, eine jener zusammenhanglosen und oft kränkenden Bemerkungen hinüber, auf die ein Magnat keine Antwort erwartet und auf die es auch nichts zu antworten gibt. Mitunter geschah es, daß Andrej Stepanowitsch zum Gegenstand allgemeiner Aufmerksamkeit wurde. Für ein paar Sekunden verstummten dann alle. Der Kornett, der sich ganz unversehens aus Petersburg auf den Stuhl neben der Prinzessin versetzt sah, unterbrach das Gespräch mit ihr und schickte, die Augen zusammenkneifend, einen prüfenden Blick zu Andrej Stepanowitsch hinüber; seine alte Mutter, die ihr gegenüber saß, wandte für kurze Zeit den Blick vom Kornett ab; die Prinzessin erlaubte sich nicht die geringste Bewegung, doch es war zu sehen, daß sie ein Lächeln unterdrückte, das um ihren Mund aufleuchten wollte; ein Oberst, der inmitten des Kreises stand, den Jatagan in der Hand, reckte sich zur vollen Größe seiner soldatischen Gestalt, während ein etwa dreißigjähriger Mann in Adjutantenuniform, ein bißchen unhöflich im Sessel sich rekelnd, den Kopf hob und zum Himmel emporblickte, so als achte er nicht auf das alles. Oft sind Adjutanten, ebenso wie Beamte mit besonderen Aufträgen, recht hochmütig; denn sie haben als Trabanten eines großen Planeten das Recht, sich um ihn zu drehen.

Dies ging vor sich, als ein paar Minuten lang Andrej Stepanowitsch sich lauter vernehmen ließ, als seine Augen sich weiteten und in sein Gesicht lebhafte Röte stieg, als ihn die Beredsamkeit der Jagdleidenschaft gepackt hatte, als von der Begeisterung diktierte Worte unaufhaltsam aus seiner breiten Brust hervordrängten: „Das Rudel schäumte auf, und ein riesiger Wolf duckte sich auf offenem Feld zum Angriff." Aber der Funken der Aufmerksamkeit erlosch sogleich wieder, und vollkommener Gleichmut gegenüber der Person Andrej Stepanowitschs trat an die Stelle der elektrischen Wirkung. Der Kornett wandte sich wie vorher der Prinzessin zu, wie vorher richtete die alte Frau den Blick einzig auf ihn, umfing ihn noch zärtlicher mit den Augen, nahm sein Bild noch lebhafter in sich auf, als wollte sie die verlorenen Sekunden hinzugewinnen, den Funken des Anteils ausgleichen, den ein anderer, ein Fremder dem abspenstig gemacht hatte, dem ihre ganze unaussprechliche Liebe galt.

„Erlauben Sie zu bemerken: Dolche schenkt man nicht", sagte der Oberst, zu der alten Frau gewandt, dabei aber die Prinzessin bedeutsam anblickend und den Jatagan hin und her wendend, den man auf Bitten des Fürsten geholt hatte, damit man ihn den militärischen Gästen zeige.

Die mit verblichenem Samt bezogene Dolchscheide wurde an zwei Stellen von vergoldeten Beschlägen umfaßt. An dem von oben gespaltenen elfenbeinernen Griff, der mit ungeschickt geschliffenen Edelsteinen ausgelegt und mit Perlen eingefaßt war, fehlten ein paar Verzierungen — hier und da war ein Stein herausgefallen, hatte sich eine Perle verloren; dennoch war auf der wunderlichen Waffe das Siegel üppiger asiatischer Schönheit erhalten geblieben und zeugte beredt davon, daß die arabeskenverzierte Klinge, in einer Werkstatt von Damaskus geschmiedet, keinem Straßenräuber und nicht dem Drang nach einem Stück Brot gedient hatte.

„Oh, ich habe von ihm einen Groschen dafür genommen", antwortete dem Oberst die Mutter des Kornetts.

„Zuwenig, Natalja Stepanowna; außerdem steht es einem Gardeoffizier nicht an, mit Kupfermünzen zu bezahlen", wandte der Fürst ein, wobei er mit dem Daumen die Füllung in der Tabakspfeife festdrückte.

„Sie scherzen, Papachen; aber zum Geburtstag einen Dolch schenken — das ist schrecklich."

Hier schob die Prinzessin zerstreut eine schwarze Locke zurück, die ihr die klaren Strahlen aus einem ihrer wunderschönen Augen verdecken wollte, sie warf einen flüchtigen Blick auf den Oberst und den Adjutanten und wandte sich dem Kornett zu. Offenbar bemühte sie sich, das allgemeine Gespräch in Gang zu halten, soweit dies die Höflichkeitspflicht von der Dame des Hauses verlangte, und nicht selten geschah es, daß sich nichtssagende Wendungen, als bloßer, von der Pflicht gebotener Tribut an die Gemeinschaft, von ihren verführerischen Lippen lösten. Aber beinahe jedesmal nach solchen leeren Worten wandte sie sich ihrem Nachbarn zu, vergaß sie die anderen und lauschte ihm so lebhaft, daß sich Widerspruch oder Zustimmung, ja oder nein schon vorher in ihren ausdrucksvollen Zügen malten. Schon im voraus antwortete sie ihm bald mit einem edlen Lächeln, bald mit einer malerischen Neigung des Kopfes, bald mit der unerklärlichen Beredsamkeit des Blickes.

„Oh, ich fürchte keinen Zauber, keine Vorhersage", rief der junge Gardeoffizier, seine Worte zugleich an die ganze Gesellschaft richtend. „Und warum wollen Sie mir Angst machen, Prinzessin? War es nicht so, Mütterchen, daß mein Ururgroßvater ihn einem türkischen Kriegsminister oder einem Pascha ersten Ranges abnahm? Diese Überlieferungen entflammen die Nachkommen, ich fühle schon Lust, irgendeinem Pascha den Säbel abzunehmen. Ich werde ihn mit neuem Samt belegen lassen. Erlauben Sie mir anzunehmen, Prinzessin, daß mein Jatagan nicht schrecklich ist."

„Ein bemerkenswerter Dolch, man könnte sagen ein vortrefflicher, wenn es vortrefflich wäre, Menschen zu töten", sprach der Adjutant und zog den Kopf in das schwarze Halstuch. Er schwieg fast immer, und wenn er das Schweigen brach, galten seine Worte fast immer dem Oberst; indessen verfolgte er beharrlich mit höhnischer Miene alle Bewegungen des Kornetts, alle Blicke der Prinzessin und lauschte beunruhigt auf jedes ihrer Worte. Vergebens bemühte er sich, durch die lässige Körperhaltung den Eindruck der Gleichgültigkeit zu erwecken, vergebens nahm er Zuflucht zu allen Mitteln vorgetäuschter Kaltblütigkeit, die helfen könnte, ein aufbegehrendes Gefühl zu verstecken und mit einem Lächeln des Glücks, mit Äußerungen des Entzückens die Folter der Eigenliebe, die ohne Zeugen tief in der Seele nagt, zu erdulden. Nein, die gekränkte Eigenliebe brach sich Bahn, äußerte sich im Mienenspiel des galligen Gesichts, in der gekünstelten Nachdenklichkeit, in der nachdrücklichen Bevorzugung des Obersts vor der ganzen Gesellschaft. Neffe eines allmächtigen Onkels, Adjutant eines berühmten Generals, weilte er bei Verwandten auf Urlaub, und da er in Moskau die Bekanntschaft des Fürsten gemacht hatte, erschien er in seinem Hause als täglicher Gast. Obwohl er hier häufig auch den Oberst traf, der mit seinem Regiment gleichfalls in der Nachbarschaft lag, und obwohl dieser merklich weniger Interesse an der Mitgift der Prinzessin zeigte als Leidenschaft für ihre bestrickende Schönheit, verzagte der Adjutant keineswegs. Der weltmännische Schliff, die Sicherheit, die ihm seine Parketterfahrung verlieh, flößten ihm eine hohe Meinung von sich selbst und eine kränkend niedrige von seinem Nebenbuhler ein. Das ländliche Leben nährt auf erstaunliche Weise den Stolz. Auf dem Lande boten sich ihm auf Schritt und Tritt jene kleinen, aber süßen Befriedigungen der Eitelkeit, deren man in einer großen Stadt auf keine Art teilhaftig werden kann, weil es dort viele Adjutanten gibt. Auf dem Lande sah er sich als einzigen Vertreter der hauptstädtischen Gesellschaft, und vor der Prinzessin trat er mit einer gewissen heiteren Feierlichkeit, vielleicht auch Siegesgewißheit auf. Ausgestattet mit wohltönenden Phrasen und unerschöpflichen Erinnerungen an das Jahr 1812, ein wandelnder Kriegsbericht, selber Held aller seiner Geschichten, machte er sich im ganzen Kreise wichtig, um so mehr, als das Ehrgefühl, das in ihm bis zum äußersten entwikkelt war, die einfältigen Gutsbesitzer ehrfürchtig erstarren ließ. Es war eine empfindliche Ehre, eine unangreifbare Ehre, eine Ehre in allen Gelenken und Muskeln. Wenn einmal Andrej Stepanowitsch oder irgendein Stutzer in rosafarbener Krawatte auf einem ländlichen Fest unvorsichtigerweise mit dem Ellbogen an ihn stieß und dann eine Flut von Entschuldigungen stammelte, so geriet diese Ehre in einen krampfartigen Zustand: Der Adjutant verbeugte sich gewichtig zum Zeichen der Verzeihung, maß aber zugleich den Dreisten mit einem langen vernichtenden Blick vom Scheitel bis zur Sohle. „Glauben Sie's nicht", pflegte er zu sagen, „wenn einer behauptet, er habe in der Seele keine Furcht vor den Kugeln verspürt; aber Feiglinge sind sie nicht, feig sein in der Schlacht – das kommt nicht in Frage." Und von dieser Einleitung ausgehend, äußerte er sich über Tapferkeit als über eine ganz alltägliche Sache, wobei er seine eigenen Taten nur so nebenbei erwähnte, mehr aus soldatischer Offenheit als aus dem Wunsche, sich selbst ins Licht zu rücken. Indessen erhielten alle Gelegenheit, ausführlich zu erfahren, welche Abenteuer er auf dem Montmartre bestanden, in welchem Winkel Europas er sich von französischen Panzerreitern umstellt gesehen und auf welchem Zipfel des Schlachtfelds von Borodino er gegen Napoleon gekämpft hatte. Man bewunderte ihn, und da er gerade vom Montmartre sprach, fragte ihn die Prinzessin über Paris aus und über Talma.

In diese Minuten der Tapferkeit, der Gewandtheit, der Beredsamkeit, des Selbstvergessens hinein, die jeder gekostet hat, der Gelegenheit erhielt, in der ländlichen Weltabgeschiedenheit oder jenseits der Moskwa sich schön reden zu hören, dort, wo es keinen gibt, der einen unterbrechen, in den Schatten stellen oder einem widersprechen könnte, in diese Minuten hinein, die flüchtig sind wie alle Zeit, fiel vom Himmel der Kornett. Ein düsterer Schatten berührte den glänzenden Adjutanten, und die Prinzessin wurde so zerstreut, daß sie den langen Berichten über die kriegerischen Begebenheiten nicht mehr aufmerksam zu folgen vermochte. Schon am Teetisch verließ ihn die Fähigkeit, das Gespräch zu beherrschen, konnte er mit dem flinken Überspringen des Geplauders von einem Gegenstand zum andern nicht mehr Schritt halten, was ja immer schwerfällt, wenn gereizte Eitelkeit die Seele quält und eine einzige, ausschließliche Sorge die Sinne bedrückt. Schließlich blickte er nicht mehr auf die Prinzessin, nicht mehr auf den Kornett; er richtete seine Attacke gegen den Oberst und begann, den Jatagan zum Anlaß nehmend, laut zu erklären, unter welchen Umständen er bei Krasnoje zu einem Krummdolch gekommen sei, den ein französischer General aus Ägypten mitgebracht hatte; auf welche Weise die Türken den Jatagan in die Erde stoßen, den Gewehrlauf auf den Griff legen und im Liegen schießen — kurzum, die Aufmerksamkeit der Prinzessin schien ihm völlig gleichgültig geworden zu sein, seine Rede hatte nun den gleichen Sinn wie die goldbetreßte Uniform eines Kammerherrn, den man dem Heroldiedepartement zugeordnet hat.

Während der Adjutant die Rolle des Opfers spielte, das sein Unglück mit Würde trägt, hatte die lebhafte Dame des Hauses längst den Jatagan vergessen. Die Gegenstände des Gesprächs zwischen ihr und dem Kornett wechselten blitzschnell, entglitten der Aufmerksamkeit der anderen, sie wurden geboren und starben wie der Ruhm in unserer Zeit; ihr Gespräch eilte tänzelnd dahin, durchdrungen von Gemeinsamkeit in der Phantasie, Ähnlichkeit im Geschmack, von aller Leichtigkeit der Jugend, allem bunten Schillern von Bällen, prächtigen Kleidern, von Schönheit und Reichtum.

„Sie lachen, Prinzessin", sagte der Kornett unter anderem, „aber Tee, das ist kein ländlicher Genuß, der Tee verlangt die Stadt, verlangt Winter. Tee bei Tageslicht, schon das ist nicht das rechte, denn zum Teetrinken braucht es Kerzen. Nach dem Theater, so gegen elf Uhr abends, wenn man am Klavier sitzt und der Schnee die Fenster verweht, da weiß ich den Tee zu schätzen; das sind die wahrhaftig für den Tee geschaffenen Minuten!"

„Tee ist in frischer Luft am angenehmsten", bemerkte der

Oberst, der schon lange auf die Gelegenheit wartete, daß er sein Wort dazugeben und von der Verpflichtung ausruhen könne, sich die Theorie des Jatagans anzuhören, die er in der Schule der Schlachten gut genug gelernt hatte.

Zudem glaubte er wahrscheinlich, der Prinzessin gefällig zu sein.

Auch sie trat für die frische Luft ein, wandte sich gegen die späten Abende, gegen all die Gewohnheiten der Hauptstadt, sprach für das Dorf, aber so anmutig, so unaufrichtig, so wenig überzeugend! Ihr Mund verteidigte die Morgenröte und die einsamen Spaziergänge und den ganzen entzückenden Frieden des patriarchalischen Lebens; dabei stand ihr ins Gesicht geschrieben, daß sie nur zu gern teilhatte an ein paar unschuldigen eitlen Nichtigkeiten. Theater, Bälle, ein schneidiger Gardeoffizier gaukelten ihr vor Augen, sie versetzte sich in Gedanken in die Sonne des Parketts, doch sie stritt, wandte sich gegen das alles, weil man seine Herzensgeheimnisse nicht verraten durfte, weil die Lüge besser ist als die Wahrheit, weil die Frau immer das lobt, was sie nicht liebt, und das liebt, was sie nicht lobt.

Der Einwurf des Obersts ging verloren wie die Heldentat eines Soldaten, wie ein mit roter Tinte ausgestrichener Gedanke, wie glühendes Empfinden in den Augen eines schüchternen Jünglings, wenn er von ferne einer wunderschönen hohen Frau folgt, die niemals von seiner bescheidenen Existenz erfahren wird.

Die ganze Zeit über, die das Gespräch dauerte, stand der Oberst; bald blickte er sich unentschlossen um, offenbar nicht wissend, wohin mit dem Jatagan, bald betrachtete er ihn von neuem, dann wieder stützte er sich mit beiden Armen auf, beugte das linke Bein, klopfte mit den Sporen, oder er zupfte am Backenbart. Ordenskreuze und Medaillen, das amtliche Aushängeschild, das auf eine edle Seele, auf nützliches Tun und Unerschrockenheit hinweist, waren auf seiner Brust in mörderischer Zahl malerisch angeordnet ... Aber welch trauriger Gedanke! ... Dieses Gesicht, vom Pulver verbrannt, diese Brust, an der so viele Male ein feindliches Bajonett vorbeistrich, diese Orden und Ehrenzeichen, von denen vielleicht jedes eine Wunde verdeckte,

alles zählte nichts, alles schien nicht vorhanden zu sein! Unerreichbar blieb der Zugang zum Herzen der Frau! War sie es nicht, die ihm besondere Achtung dafür erwiesen hatte, daß er niemals das Gespräch auf den Krieg brachte, niemals auf die eigenen Verdienste anspielte, obgleich sie bemerkt hatte, daß er sich nur zu gern in gesellschaftlichem Glanz gezeigt hätte? War sie es nicht, die seiner schweigsamen Unerschrockenheit volle Gerechtigkeit widerfahren ließ, indem sie dies als oberste Tugend des Mannes anerkannte? Und bei alledem konnte dieser mit Blut geschriebene Lebenslauf nicht den ersten Platz am Teetisch einnehmen...

3

Am Landsitz des Fürsten führten sie abgesattelte Pferde vorbei, als seine Tochter im Reitkleid, einen Männerhut auf dem Kopf, die Reitpeitsche in der Hand, eilends auf die Glastür zuschritt, von der aus eine sanft abfallende Auffahrt, zu beiden Seiten mit lila und weißen Levkojen bepflanzt, in eine breite und lange, aristokratisch düstere und mit größter Sorgfalt gepflegte Allee aus hundertjährigen säulenförmig geschnittenen Bäumen mündete. Ganz an ihrem Ende, fast am Ausgang aus dem Park, standen der Kornett und der Adjutant; dieser schien die Absicht zu haben, sich nicht von der Stelle zu rühren, jener schien sich nicht recht entschließen zu können, ob er bleiben, ob er gehen solle. Die Prinzessin zog die Lorgnette aus dem Gürtel hervor und begann die beiden heimlich mit solcher Neugier zu beobachten, daß man hätte meinen können, sie wolle mit dem Gesichtssinn die Beschränktheit eines anderen Sinnes wettmachen und mit den Augen das ferne Gespräch belauschen. Jenes Gespräch wurde sichtlich lebhafter. Die von der Sitte geforderte Beherrschtheit der Haltung war bei den Offizieren in allen Punkten verlorengegangen — der eine zupfte an den Achselschnüren, preßte die Mütze in den Fingern, der andere zuckte mit den Schultern und fuchtelte mit den Armen; dennoch sah es aus, als würden sie gleich einigermaßen friedlich auseinandergehen. Der Kornett trat schon drei Schritte zurück, der Adjutant hatte sich fast vollkommen abgewandt, er warf nur noch einen Blick über die Schulter, nickte, und der Kornett erstarrte auf der Stelle; er wies auf das Haus, die Allee, setzte die Mütze auf. Der Adjutant trat auf ihn zu, und sie verschwanden gemeinsam aus dem Garten.

Die Lorgnette hing schaukelnd an der goldenen Kette herab, die Prinzessin schlug betroffen die Augen nieder. Sie wickelte die Peitschenschnur mit großer Sorgfalt um die Hand, riß zerstreut ein paar Blätter von einer prächtigen Hochstammrose und schritt zögernd auf das Klavier zu; sie blickte sich zur Allee um, blickte sich abermals um, strich nachdenklich mit den Fingern über die Tasten und warf sich dann mit der Lässigkeit eines Mannes auf den Diwan. Der Hut fiel herab, und sie nahm eine jener ungehörigen, verführerischen Stellungen ein, die keine Zeugen dulden und die unter der völligen Unschuld der Mädcheneinsamkeit lauern. Es war ein Ausruhen vom Zwang, ein Aufbegehren gegen die Gewohnheiten der Erziehung; es war vielleicht der Druck lästiger Gedanken oder italienische Lust am Nichtstun oder verlockendes Träumen. Woran dachte die Prinzessin? Woran denken Prinzessinnen, wenn sie allein sind? Die Stimme des Vaters traf sie in malerischer Versunkenheit, sie besann sich und verwandelte sich augenblicks aus einer reizvollen romantischen Frau wieder in eine reizvolle klassische Prinzessin.

„Was hat sich bei euch abgespielt?“ fragte der Fürst, sichtlich unzufrieden. „Der Oberst konnte mir die Gründe nicht erklären — er sagt, er wisse es nicht. Trotzdem habe ich ihn hingeschickt, die beiden unverzüglich zu versöhnen ... So etwas geschieht beinahe in meinem Haus; sie sind mit dir ausgeritten ...“

„Auch ich weiß es nicht“, antwortete die Prinzessin ein bißchen verträumt, „das Pferd des Adjutanten scheute, er fiel ...“

„Nun ja, er fiel, das habe ich schon gehört“, unterbrach sie der Fürst; er verschränkte die Hände auf dem Rücken und begann zornig im Zimmer auf und ab zu gehen.

„Und es sah etwas komisch aus, Papachen, wie er fiel; Natalja Stepanownas Sohn lächelte und sagte etwas — ich weiß nicht mehr, was — zu mir. Ich blickte auf den Adjutanten — es scheint, während er aufs Pferd sprang, bemerkte er, wie der andere lächelte ..."

„Auch dein Verhalten kann ich gar nicht gutheißen. Schon das ist für den Adjutanten ein Anlaß — versteht sich, jeder verliert die Geduld, wenn man ihn ausschließt, über ihn hinwegsieht."

Und nun begann der Fürst seine Tochter die schwere Wissenschaft von Welt und Menschen zu lehren, und da Predigten, Ratschläge und moralische Lehren aller Art sich in die Länge ziehen, wenn sie schwachen Menschen vorgehalten werden (Kürze erwächst aus Stärke!), so verbreitete er sich lange über diesen Gegenstand, warf dem Kornett seine Jugend vor, der Tochter Unüberlegtheit im Umgang und blieb auch sonst der Bestimmung aller Morallehrer und Richter treu, die wohl zu verurteilen verstehen, aber nicht, jemanden vor Schwäche oder Verbrechen zu bewahren. Zum Ende hin freilich begann er die Härte seiner Vorwürfe zu mildern, indem er öfter „Meine Liebe ..." einstreute; die Prinzessin nämlich zeigte sich tief bewegt. Nach dem Tode ihrer Mutter an uneingeschränktes Schmeicheln, an uneingeschränkte Erfüllung all ihrer Launen gewöhnt, brach sie nun in Tränen aus, während sie dem Vater zuhörte und die Peitsche bog und drehte. Schwer war es, zu entscheiden, ob der Verdruß ihr die Tränen in die Augen trieb oder ob sie sich in der Seele längst für ein anderes Gefühl gesammelt hatten und nun beim ersten geeigneten Anlaß auf ihren dichten Wimpern glänzten. Frauen weinen über alles, wenn nur irgend etwas da ist, worüber sie weinen möchten.

Kaum hatte der Fürst, von väterlicher Zärtlichkeit bewogen, das Ungestüm seiner diagonalen Zimmerwanderung gemäßigt und ein paar nachsichtigere Worte gesprochen, da regte sich die Tochter, die zu dem langen väterlichen Verweis anhaltend geschwiegen und nichts gegen ihn eingewandt hatte, und fragte lebhaft: „Wo ist denn der Oberst hingegangen? Wird er sie finden?"

Im gleichen Augenblick hörte man Sporen klirren. Die Prinzessin stürzte in ein anderes Zimmer, schloß hinter sich die Tür, doch nicht ganz, und legte das Ohr daran. Sie hatte nicht versäumt, daran zu denken, daß sie im Augenblick nicht vor den Oberst treten könne: unfrisiert, nicht umgezogen, erregt! ... Nach dem Oberst erschien mit fröhlichem Gesicht auch Natalja Stepanowna.

Er aber trat raschen Schrittes auf den Fürsten zu, und auf die Frage: „Nun, wie steht es dort?" antwortete er flüsternd: „Eine kleine Unannehmlichkeit, Eure Durchlaucht ..."

4

Sie erinnern sich vielleicht, wie eines Tages die Moskauer Gesellschaft sich erregte, ja, Sie erlauben mir, diesen Ausdruck zu gebrauchen, ganz entgegen den ungerechten, gereizten, harten Richtern, die behaupten, die Moskauer Gesellschaft errege sich nie, sie bleibe gleichgültig, kalt, diese Kokette habe leblose Augen und eine tote Seele. Vielleicht unterstützen Sie mich mit Ihrem Zeugnis vor jedem, der eine Wahrheit zu lesen liebt. Jawohl, in den Salons begegnete dem Fürsten und seiner Tochter, als sie zum Winter nach Moskau zurückkehrten, schreckliche Erregung. Es war eine flüsternde Erregung, von der die Gesichter nichts verrieten und die einem oberflächlichen Blick nicht auffiel.

Die Schönheit der Prinzessin hatte sich nicht verändert, aber kein Feuer belebte ihre Worte, und die Züge, die sonst beim geringsten Eindruck aufblitzenden Geist und aufschimmerndes Gefühl gezeigt, in denen alles ehrfürchtiges Bewundern oder Leidenschaft eingeflößt, in denen der Engel des Lichts und der Engel der Finsternis gewohnt hatten — diese Züge schienen nichts mehr zu spiegeln, nichts zu erwidern, sie hatten etwas Einförmiges, Starres angenommen, einen Ausdruck, wie er uns auf dem Antlitz einer Frau oft in Verzweiflung bringt und es gar nicht erst zuläßt, daß sich uns ein dreister Gedanke in den Sinn stiehlt. Die beste Saite des Herzens, die Saite der Sympathie, dazu bestimmt, bei allen Tönen mitzuschwingen — sie schwieg, als wäre sie auf einen einzigen Ton gestimmt. Niemals geschah es, daß oberflächliches Kokettieren, wie es den unteren Schichten der vornehmen Gesellschaft, den Provinzdamen der Salons, zuteil geworden ist, die Prinzessin vor den Männern erniedrigt hätte; niemals geschah es, daß Gezwungenheit der Bewegungen, der Worte, der Blicke, des Grüßens dem geschadet hätte, was ihre wahre Schönheit ausmachte. Da sie also nicht von dieser uralten Neigung ihres Geschlechts verleitet wurde, zeigte sie sich den Menschen in ihrer natürlichen Seelenverfassung und brachte es nicht fertig, zu verbergen, daß ihr immerzu etwas Bedrückendes vor Augen stand.

Die Leute kennen für Natürlichkeit kein Verzeihen, die Leute dulden keine Freiheit, die Leute fühlen sich gekränkt, wenn ein anderer gesammelt und in sich versunken ist; sie wollen, daß der andere allein ihnen gehöre, daß er seine Gedanken, sein Leben nur für sie, die Leute, aufwende, daß er seine Seele zerreiße und gleichmäßig auf alle aufteile. Vergraben Sie einen großen Gedanken tief, verbergen Sie sorgsam eine zärtliche Neigung, wenn der Gedanke oder die Neigung Sie hindern, nach dem Willen des ersten, der Ihnen begegnet, zu lächeln, zu lachen oder traurig zu sein. Die Leute fallen bissig über Sie her, und sie fielen bissig über die Prinzessin her.

„Wie, sie hat die Stirn, sich zu zeigen?" sprachen die Mütter, während sie die Töchter für die Abendgesellschaft putzten.

„Wenigstens dürfte sie sich nicht anmerken lassen, daß die Geschichte ihretwegen geschah", bemerkten beiläufig ehrenwerte Damen, während man feierlich auf die grünen Tische zuschritt.

„Beide waren auf der Stelle tot. Sie kannten doch ***, der Adjutant beim Grafen war? Was für ein lieber Mensch! Wahrhaftig, ich weinte bitterlich um ihn, als ich's hörte. Und wie schwer traf es seinen Onkel! Man schreibt mir aus Petersburg, es habe ihn völlig niedergeschmettert, er sei wie von Sinnen ..." So flüsterte auf einem Ball eine wichtige Person ihrer bejahrten Nachbarin ins Ohr, eine Person, die einem goldgerahmten Bildnis von der Hand eines Susdaler Malers glich.

„Mir blutet das Herz, wenn ich sie sehe", fuhr sie nach einer Weile fort, immer noch mit der Prinzessin beschäftigt, die gerade die Masurka beherrschte, und sie schaute sich nicht um, damit sie nicht ihre eigene Tochter sähe, die wie ins kalte Wasser getaucht dasaß.

Die bejahrte Nachbarin gab das Ihre hinzu: „Ewig wird sie diese Sünde nicht abbeten können!" sagte sie, an dem Gegenstand sich allmählich entzündend, denn ein Frauengericht verläuft stets im Crescendo. „Und es heißt, der andere wäre eben erst zum Offizier befördert worden! Noch blutjung! War das vielleicht recht, daß sie ihm den Kopf verdrehte? Er war gekommen, seine Mutter zu besuchen! Was für ein Unglück! Sie wird es gewiß nicht überleben ... Man hat Ihnen also über den Onkel des Adjutanten geschrieben? Oh, wenn das meine Tochter wäre, ich weiß nicht, was mit mir geschähe! Ich würde wahnsinnig!"

„Ich kann Ihnen versichern, getötet wurde nur einer", warf eine junge Dame ein.

Die Jugend indessen, die Jugend mit strahlenden Augen und heißem Herzen, blickte nicht so streng auf die Prinzessin; etwas Neid und viel Bewunderung umwogten sie. Verlockend ist es, Ursache eines Duells zu sein, angenehm ist es, andere zum Sterben oder zum Töten zu veranlassen — das paßt zur Frau, das ist nach ihrem Sinn.

„Sie ist ganz bestimmt verliebt", sagte ein Gardeoffizier, während er sich in einem vom Saal entfernten Zimmer aufs Sofa warf.

„Ich bemerke nichts davon", wandte mit gedehnter Stimme ein Kammerjunker ein, der vor dem Spiegel seine Krawatte zurechtrückte. Er hatte mit der Prinzessin die Masurka getanzt. „Ich erkenne sie nicht wieder."

„Warum wollen Sie das der Liebe zuschreiben — eine geringe Veränderung? Sie ist einfach bedrückt. Und der junge Mann, den die öffentliche Meinung jetzt mit der Prinzessin verbindet, weist wohl auch nicht solche Vorzüge und solchen Glanz auf, daß er sie damit gänzlich bezaubert hätte! Das Duell wiederum ..."

„Was ist mit dem Duell?" sagte der Gardeoffizier und saß plötzlich kerzengerade auf dem Sofa. „Freilich, er wollte ihm ausweichen, und der Adjutant freute sich, ja, er dachte, er wäre an einen Feigling geraten."

„Jawohl, an einen Feigling", warf ein anderer Offizier dazwischen, der eben mit knallenden Schritten ins Zimmer trat. „Die Hand zitterte, und auf fünfzehn Schritt Entfernung traf die Kugel nur gerade mitten in die Stirn."

„Oh, es liegt mir durchaus fern, ihn einen Feigling zu nennen. Schade, daß es mit einer Unannehmlichkeit enden kann — der Onkel des Verstorbenen wird die Sache nicht auf sich beruhen lassen —, sie haben sich ohne Sekundanten duelliert."

„Das stimmt nicht! Das stimmt nicht! Oh, diese Onkel!" erwiderte lebhaft der zuletzt eingetretene Offizier, und dabei drehte er sich flink zur Tür, wandte sich einer hübschen Mädchenschar zu, die das launische Spazieren durch die Räume des Hauses zufällig hierher geführt hatte, wo die Männer vom Licht des Saales, vom Glanz der Augen, von den Tänzen und den Masurkagesprächen ausruhten.

All diese Beschuldigungen, Verurteilungen und Vermutungen liefen von Mund zu Mund, blieben aber in achtungsvoller Entfernung von der Prinzessin; sie hielten keinen einzigen Verehrer von ihr fern und nahmen ihr nichts von der Königinrolle auf den prächtigen Brautschauen. So mancher Frau kann aller Beifall, alles Lob nicht helfen, aus der Menge hervorzutreten, die durch Natur oder Zufall im Schatten bleibt; alle Ablehnung, Verleumdung, all die beharrliche Bosheit der Leute brachten es nicht fertig, die lebendige Röte auf den Wangen der Prinzessin auszulöschen und ihr den Rang zu nehmen. Im bunten Strauß der Bälle blieb sie die beherrschende Blume, und wenn sie fehlte, verlor der Strauß den Reiz der feinen Regenbogentöne und den Duft der Mode. Im übrigen fuhr sie, ungeachtet der sich stapelnden Einladungen, seltener aus als früher, und wären nicht die Ermahnungen des Vaters und weiterer despotischer Druck der Umwelt gewesen, so hätte sie sich wohl gern in den vier Wänden eingeschlossen, den ganzen Winter über, den unendlich langen für jemanden, der den Frühling herbeisehnt und sich aufs Dorf wünscht. Wieviel gute, einleuchtende Gründe fand sie, zu Hause zu bleiben, wie oft hatte sie Kopfschmerzen, wie oft vergaß sie, ein Kleid zu bestellen, wie oft hatte sie zum Ausfahren nichts anzuziehen! ...

Kein einziges Mal aber vergaß sie, an welchem Tag die Post ins Tulaer Gouvernement abging. Immer am Tage vorher schrieb sie dann einen Brief; sie vertiefte sich ganz in dieses Tun, schrieb mit Sorgfalt und schüchterner Rührung; denn in ihr kämpften aufrichtige Trauer und vorgetäuschte Heiterkeit; es war, als wählte ihre Hand Worte, an deren Wahrheit ihr Herz zweifelte, als schwatzte der Mund Tröstungen, an die sie nicht glaubte. Diese Briefe waren stets an Natalja Stepanowna gerichtet. Von ihr empfing die Prinzessin gleichfalls mit jeder Post einen dicken Brief, der getränkt war mit den Tränen einer Mutter, und ratlos lief sie dann sogleich zum Vater, warf sich ihm an den Hals und fragte: „Haben Sie nach Petersburg geschrieben, Papachen?" — „Ja, meine Liebe", antwortete er jedesmal und setzte die Brille auf, um Natalja Stepanownas Brief zu lesen.

Dieser Briefwechsel, dieses unerläßliche Eingehen auf gesellschaftliche Verpflichtungen, dieses Anfragen und das Warten auf Antwort aus Petersburg machten das Leben der Prinzessin aus, und darüber kam endlich der Frühling. Sie sehnte sich ans Ufer der Krassiwaja Metsch, drängte ihren Vater zum Aufbruch; eines Tages aber, kurze Zeit vor der Abreise, wurde sie zu ihm gerufen.

„Arme Natalja Stepanowna!" sagte er und warf einen entsiegelten Brief auf den Tisch.

Die Prinzessin erbebte, ihre Wangen brannten, und das Herz pochte mit aller Macht ihrer Jugend, mit aller stürmischen Gewalt weiblichen Fühlens.

5

Die Mutter des Kornetts fanden sie schrecklich verändert. Die Lebensjahre hatten sie noch nicht über jene häßliche Grenze gebracht, hinter der es keine Veränderungen mehr gibt, noch nicht dorthin, wo die Seele unter den Ruinen des Körpers begraben wird, stumm, unfähig, die vergilbte Haut zu durchpulsen, die Züge immer neu zu prägen mit Nachdenklichkeit, Leid oder Freude, noch nicht dorthin, wo als Lebensmerkmal einzig noch diese oder jene Gewöhnung bleibt — die an einen Hund, an einen Sessel, an ein junges Mädchen, das als Zögling gehalten wird.

Es fehlten nun der Kornett und der Adjutant. Nur Andrej Stepanowitsch stellte sich beim Fürsten ein, um ihm wie früher seine Achtung zu bezeugen und über Offensiven gegen Hasen und Rotwild Bericht zu erstatten; und auch der Oberst widerstand dem Einfluß der Zeit. Unverändert wie Granit, war er seinem Posten treu geblieben, der Prinzessin treu geblieben, und er konnte eine geheime Befriedigung nicht unterdrücken, als er ihr wieder begegnete, denn er war es, der das Schlachtfeld nun behauptete. Nicht verändert hatte sich der Oberst, verändert aber hatte sich das Verhalten aller ihm gegenüber. Er stand jetzt im Mittelpunkt, war zum teuersten Gast geworden, von allen mit Freundlichkeiten und Schmeicheleien bedacht. Die Prinzessin, Natalja Stepanowna und, von ihrem Beispiel bewogen, auch der Fürst selbst schenkten ihm eine Aufmerksamkeit, wie sie der Schuldner dem Gläubiger, der arme Freund dem reichen Freund, der Schriftsteller dem Zensor widmet. Aber in ihrer Aufmerksamkeit lag auch eine große Bitte.

„Ich bin überzeugt" — so etwa äußerte sich von Zeit zu Zeit der Fürst —, „Sie, Oberst, werden ihm sein Los nicht erschweren. Man wird ihn zu Ihnen versetzen. Die Sorgen seiner Mutter haben mein Herz sehr gerührt; ich habe geschrieben, habe darum gebeten, daß er wenigstens in ihrer Nähe sein dürfe — sie würde sonst sterben ... Bitte, Oberst, ich hoffe auf Sie."

„Aber Eure Durchlaucht, ich bitte Sie, können Sie zweifeln? Ich werde ganz gewiß alles tun, was von mir abhängt."

Darauf drückte ihm der Fürst die Hand, und der Oberst blickte voll Stolz auf die Prinzessin — süß ist es, unter den Augen einer schönen Frau Schutz zu versprechen. Doch es gab auch schwere Minuten für den Oberst, Minuten, mit denen er nicht fertig wurde: In Tränen auszubrechen, das stand ihm nicht an, aber nicht in Tränen auszubrechen war beinahe ungehörig; mit einem Wort, er wußte nicht, was er tun sollte; er wurde hin und her gerissen zwischen menschlichem Mitfühlen und der marmornen Festigkeit des Soldaten, zwischen der augenblicklichen Lage und der Würde seines Ranges. In diese Verlegenheit sah sich der Oberst durch Natalja Stepanowna versetzt, wenn sie ihn an der Hand faßte und ihre Tränen als wahrer Sturzbach seine Uniformjacke netzten. Obgleich das Schluchzen sie daran hinderte, die Worte vernehmlich auszusprechen, begriff er doch, daß hier die Mutter für ihren Sohn bat. Die Prinzessin wandte sich dann rasch ab und lief aus dem Zimmer. Der Fürst wiederholte: „Aber nicht doch, Natalja Stepanowna, beruhigen Sie sich!“, während der Oberst sich in Tröstungen erging und schwor, er werde ganz bestimmt helfen: „Aber gnädige Frau, wie können Sie nur ... wir bemühen uns, alles in Ordnung zu bringen, schon um dieses Hauses willen werde ich ihm doch bestimmt keinerlei Erschwernisse bereiten ...“ und so weiter.

Einzig der Prinzessin entrang sich nie eine Bitte, nie eine Andeutung, aus welcher der Oberst hätte schließen können, welchen Anteil sie am Schicksal dessen nahm, für den man hier so rührig war, und wie gern sie die Grenze der Etikette überschritten und selbst weinend für den jungen Mann gebeten hätte. Weibliche Findigkeit lehrte sie, natürliche Klugheit flüsterte ihr zu: Nur nicht bitten, nicht den Teetisch erwähnen, nicht erwähnen, daß früher einmal der Kornett den Oberst ausstach! Er wird alles für dich tun – er wird eine Parade ansetzen, wird Musiker aufspielen, wird seine Soldaten feierlich aufmarschieren lassen, mit einem einzigen Regiment sich in den Kampf gegen alle Welt stürzen; aber wenn sich die Eitelkeit einmischt, wenn Eifersucht ihn stachelt ... Und die Prinzessin spielte mit unnachahmlicher Kunst die Rolle, die heißt: tugendhaft im Ziel und sündhaft in den Mitteln. So verwirren sich Sünde und Tugend auf der Erde, so werden Frauen für Verstellung verwünscht und für Offenheit entehrt.

Der Oberst gab sich als leidenschaftlichen Anhänger des Aufklärungsgedankens aus, als Liebhaber von Büchern und ganz besonders von verbotenen Gedichten, und die Prinzessin versorgte ihn mit Büchern, hörte ihm zu, wenn er in ihrer Gegenwart Verse zitierte, mit ihnen als zorniger Mann sich gebend, sich ereifernd, sich erhitzend, und sie bat ihn dann und wann, Verse in ihr Album zu schreiben. Der Oberst versicherte, er liebe leidenschaftlich die Musik, und sie saß abendelang am Klavier, gab ihm Gelegenheit, lebhaft sein Entzücken zu äußern und bei allem, was es an Heiligem gab, zu schwören, daß er nie etwas Schöneres gehört habe. Der Oberst aß gern beim Fürsten zu Mittag, und sie fragte ihn jedesmal: „Werden Sie morgen bei uns sein?" Und zuweilen vertiefte er sich, um dem Frauengeschmack entgegenzukommen, auf seine Art in die Erörterung zärtlichen Empfindens, feiner Tönungen des Gefühls, in die Anatomie der Herzenskümmernisse — die Prinzessin senkte die Augen, die schwarzen Wimpern verbargen einen schamhaften oder spöttischen Blick, und ein feines, doppelsinniges Lächeln umspielte ihre Lippen. Wenn sich dann der Tag neigte, wenn es dämmerte, wenn die Stunde anbrach, da die Zunge des Sprechens müde wird, der Geist erschlafft und in eine seltsame Leere taucht, wo nichts mehr ist, woran man sich festhalten, worauf man sich stützen könnte, schwieg er oft lange Zeit, blickte auf seine Gesprächspartnerin, auf die Decke, auf die Wände, durchs offene Fenster hinauf zum Himmel, wohl in der Erwartung, daß ihm ein Gedanke komme, das rechte Wort einfalle ... und die Prinzessin beeilte sich dann, das Wetter zu loben ... Wie aber soll man diese wohltuende Aufmerksamkeit wiedergeben, dieses edle Schmeicheln, diesen Reigen feiner, winziger, zahlloser Verlockungen, denen sie das schlichte Gemüt des Kriegers aussetzte, damit nicht die Kampfeslust in ihm aufschäume, sondern damit er den freundlich aufnehme, dem sie alle wahre Zärtlichkeit ihres Herzens bewahrte? Wie soll man diese hinreißende Fähigkeit der Frau beschreiben, im rechten Augenblick einen Handschuh auszuziehen, das Füßchen vorzusetzen, Sie fühlen zu lassen, daß man Sie schon von weitem sehe, Ihnen ganz schnell in Gegenwart anderer ein treffendes Wort zuzuflüstern, eine geheime Anspielung auf Ihren Lieblingsgedanken, auf Ihre Lieblingsschwäche, auf das gestrige Gespräch mit Ihnen? Was es an Verschlagenheit im Charakter der Frau, was es an Glanz im Geist der Frau, was es an Unerforschlichem in den Reizen der Frau gibt — all dieses schleichende Gift, das in ein Männerherz geträufelt wird, wenn es einer schönen Frau einfällt, ihn als Mittel für ihre Eitelkeit, für eine Rache, für eine tugendhafte Tat zu benutzen — all das Glück, von dem wir träumen, dieses Ziel, nach dem wir die Winkel der Welt durchsuchen — alles verschmolz zu einem bezaubernden Trugbild, etwas ganz Neuem für den Oberst, denn nie hatte er Ähnliches bei den glänzendsten Paraden, bei den ruhmreichsten Taten erlebt.

Nie hatte er mit solchem Vergnügen wie jetzt die Epauletten aufgesetzt und die Ordenskreuze angesteckt; nie war er mit so ungezwungenem Stolz vor sein Regiment getreten, und nie hatte bei den Befehlen „Stillgestanden!" oder „Rührt euch!" in seiner Stimme solche Begeisterung geschwungen. Das Regiment und die Ordenskreuze zeigten sich ihm in einem anderen Licht, wurden ihm aber noch teurer. Ein dunkles, vom Instinkt genährtes Gefühl, das gewöhnlich überdeckt wird, weil wir von Eigenschaften träumen, die wir nicht besitzen, verriet ihm wohl, daß der Georgsorden, den er trug, und die Macht, die er hatte, zweitausend Menschen zu kommandieren — daß ihm einzig dies ein Anrecht auf die Hand der Prinzessin gab. Er blätterte in Gedanken die Geschichte seiner Tapferkeit durch, jetzt natürlich nicht mehr darum, daß sie ihn jedesmal zwangsläufig zum Generalsrang emporführe — nein, jetzt endete diese Geschichte mit einer anderen Hoffnung; alle Erinnerungen, die in den Spalten der Dienstliste begraben lagen, führten einzig zu dem Gedanken: Man wird mich nicht abweisen. Und dieser Gedanke wurde zur Krönung eines dem Dienst gewidmeten Lebens. Aber nicht nur sein Ehrgeiz nahm eine neue Richtung, die Prinzessin bewirkte sogar eine Veränderung in seinen Umgangsformen. Man mußte den Oberst gesehen, mußte beobachtet haben, wie er allmählich gesprächiger, aufgeschlossener wurde. Die abgerissenen Worte fügten sich allmählich zu richtigen Sätzen, und die Sätze verbanden sich zu flüssiger Rede. Es geschah nicht mehr, daß er sich bei jedem Wort, das er sagte, umsah, damit er Zustimmung auf den Gesichtern der anderen erhasche und damit er, wenn möglich, den anderen sein Lachen, sein Lächeln mitteile, jenes Lächeln, mit dem der Salonneuling gewöhnlich seine empfindliche

Schüchternheit, seine ständigen Zweifel, sein gereiztes Mißtrauen gegenüber sich selbst zu verdecken trachtet. Seine Bewegungen ließen nicht mehr so sehr den Wunsch erkennen, zu stolzieren, mit jedem Schritt, mit jeder Kopf- oder Körperwendung zu paradieren. Man umgab den Oberst mit einem Kreis von Freiheit, ließ ihm Raum, ging auf ihn ein, und er wurde offenherziger, kühner, angenehmer. Er trat nicht mehr, wie früher, in den Salon mit der Überzeugung, daß man dort ein anderer sein müsse als der, der man ist; der Salon bedeutete für ihn nicht mehr ein strenges Gericht, wo man verwirrt vor der Ungerührtheit der Justiz steht, wo manchmal jemand seinen Blick über den Neuling gleiten läßt, ihn aber damit auch zwingt, eine bessere Haltung einzunehmen, wo manchmal jemand auf den Neuling hört, aber mit vorsichtiger oder zerstreuter Aufmerksamkeit, und wo sie alles, was man sich in sinnender Einsamkeit zurechtgelegt und womit man sich auszuzeichnen gehofft hat, mit Kälte umgeben und erstarren lassen. Kurzum, der Oberst erwarb jene glückliche Selbstsicherheit, welche wiederum die Kühnheit hervorbringt, die Worte frei den Gedanken folgen zu lassen, ohne Zurückhaltung, ohne das Gefühl, daß man es eigentlich besser machen müßte, und nicht selten belebte inneres Feuer seine schlichte, kunstlose Rede, und nicht selten beeilte sich die Prinzessin, da sie eine förmliche Erklärung fürchtete, einen Vorwand zur Unterbrechung des Gesprächs zu finden.

Übrigens ging seine Liebenswürdigkeit noch nicht bis zur unerträglichen Schwärmerei; wenn ihn die Prinzessin verließ und sich in ihrem Zimmer auf das Sofa warf, so entrang sich ihrer Brust ein schwerer Seufzer der Befreiung, während sich auf ihrem Antlitz Unruhe malte und die bange Frage, ob sie den Oberst nicht schon zu sehr verwöhnt habe. Früher war es ihr gar nicht in den Sinn gekommen, daß er von ihrer Hand träumen könne; jetzt schien das ganz in der Ordnung der Dinge zu liegen, und sie erbebte bei dem Gedanken, daß er sich zu einem förmlichen Antrag entschließen werde.

Dieser Antrag aber, diese Liebeserklärung, das waren die quälenden Furien des Obersts, das waren Gespenster, die ihn im Bett heimsuchten, morgens und abends, die in den Reihen der Soldaten standen, mit zu Übungen marschierten und ihn, gleich den Regimentsfahnen, nicht verließen. Wie bietet man seine Hand und sein Herz? Wie sagt man: Ich liebe Sie ...? Wie soll man das sagen? Wie kann man sich erkühnen, das zu sagen, und wem? Der Prinzessin! Sie ist so fein, steht so hoch, ist so schrecklich von allem Glanz der Vornehmheit umgeben! Vor ihr niederknien, dachte der Oberst — aber nein, das kommt wohl nicht in Frage, das paßt nicht zu meiner Erscheinung, zu meinen Jahren; es einfach so sagen, ohne auf die Knie zu sinken — das wirkt kalt, plump; ihr einen Brief schreiben — an Prinzessinnen schreibt man aber nicht russisch; sich dem Fürsten erklären — dann wird sie böse sein, daß ich nicht sie fragte ... Kurzum, was der Oberst auch ersinnen mochte, alles paßte nicht recht. Zuweilen, wenn er mit der Prinzessin im Garten spazierenging, überkam ihn der heiße Drang zu handeln, er spürte, die Woge des Mutes würde ihn zum Ziele tragen, und aus dem, was er zu sagen hatte, formte er schon in Gedanken nach den Regeln des guten Tones die Einleitung; er war nahe daran, feierlich anzuheben: „Eure Durchlaucht! ..." Doch plötzlich erstarrte er, plötzlich war da ein Blick, ein Wort der Prinzessin, das ihn wieder schüchtern, wieder unentschlossen machte oder durch das er sich aus der Gegenwart in die Vergangenheit versetzt sah, von der Liebe hin zu den Feldzügen, ans Ende der Welt, zur Leipziger Schlacht, zur Regimentskapelle oder zu einer gewaltigen Eiche, die wegen ihres grauen Alters auffiel, oder auch zu Natalja Stepanowna, die sich, in Sinnen versunken, nachdenklich in einer einsamen Allee erging ... Und der Oberst sagte sich sogleich, daß jetzt nicht der rechte Augenblick sei, daß es jetzt nicht passe — besser ein andermal. Diese Qualen endeten schließlich; er setzte die persönliche Erklärung ab, nicht so sehr deswegen, weil die Prinzessin fast nie mit ihm allein blieb, als deswegen, weil ein glücklicher Gedanke in ihm aufgeblitzt war. Wenn wir unablässig ein und denselben Gegenstand hin und her wälzen, können wir an ihm zuweilen eine für uns nützliche Seite entdecken. Der Oberst war entzückt von seiner Entdeckung, er atmete auf, beruhigte sich. Natalja Stepanowna würde für ihn mit der Prinzessin sprechen, und der Natalja Stepanowna darum bittet, das würde kein anderer sein als ihr Sohn.

So geschah es, daß der Oberst selbst ihn mit erstaunlicher Ungeduld erwartete.

6

Das Quartier des Obersts — in einem reichen Dorf gelegen — war, soweit wie möglich, auf die Stufe einer freundlichen Wohnung gehoben und den Bedürfnissen eines ständigen Aufenthalts angepaßt; die mannigfachen halb städtischen Verschönerungen vermochten ihr jedoch nicht das Soldatisch-Poetische zu nehmen. Die Wände waren mit Teppichen behängt, der Fußboden gleichfalls mit einem Teppich ausgelegt; eine spanische Wand trennte das Schlafzimmer, das heißt das Bett, von dem Arbeits- oder Empfangszimmer; und daß die kleinen Fenster mit neuen Rahmen und gänzlich unbeschädigten Scheiben ausgestattet waren, daß sich an ihnen kleine grüne Vorhänge — ähnlich Stores — bauschten, beweist, daß auf der Welt nichts unmöglich ist. Französische und türkische Pistolen, ein Tscherkessensäbel, zwei, drei Dolche und Muster von Tschakos, Tornistern, Patronentaschen hingen dort, wo man gewöhnlich Bilder aufhängt. In einer Ecke standen die Regimentsfahnen, in einer anderen ein Soldatengewehr; unter den Fahnen lag der Degen eines in Arrest befindlichen Offiziers. Schließlich waren da eine wirr durcheinanderliegende Sammlung von Tabakspfeifen, ein perlenbesetzter Tabaksbeutel, die „Militärdienstvorschrift“, die „Rekrutenausbildung“, die „Kurze Belehrung über das Gewehr des Soldaten“ und eine tabakrauchgeschwängerte Atmosphäre, und all das kleidete die große Stube eines wohlhabenden Bauern gleichsam nach militärischem Schnitt. Seit einiger Zeit freilich stahlen sich unter das, was vorübergehende Unterkunft, strengen Dienst und rauhe Biwakgewohnheiten kennzeichnete, gewisse Gegenstände des Luxus, die eher zu einem leichtfertigen Hauptstadtstutzer gepaßt hätten. So stand beispielsweise auf dem Tisch, wo die Regimentsnachrichten, das Regimentsjournal und andere Dienstpapiere lagen, ein Spiegel — beinahe ohne Übergang neben diesen Gegenständen —, neben dem Spiegel wiederum fanden sich ein übersetzter Roman, von der Prinzessin ausgeliehen, ein paar Scheren und Messerchen, Parfüme in Flakons, französische Pomade in Porzellantöpfchen und andere elegante Toilettenkleinigkeiten, wie sie für eine wahre Liebe im neunzehnten Jahrhundert unumgänglich sind. Warum auch nicht? ... Der Oberst ließ sich die Haare nicht mehr militärisch kurz schneiden, gab den Backenbart nicht mehr der Willkür von Wind und Staub preis, bemühte sich, die mehr auf weibliche Art wirkenden Reize der Zivilkleidung mit dem strengen Glanz der militärischen zu verbinden; er erlaubte sich, wenn er zum Fürsten ging, unter dem schwarzen Halstuch Stehkrägelchen zu tragen, die vor Sauberkeit blitzten; die Uniformjacke stand vorn offen, und seine weiße Weste war immer weiß, und die goldene Uhrkette paßte so gut dazu, daß sie zusammen mit den Orden den Eindruck des Ganzen noch erhöhte. Was die früher von ihm befolgte vernünftige Sparsamkeit im Tragen von Epauletten betraf, so strich der Oberst diesen Punkt gänzlich aus der Dienstanweisung über seine Garderobe.

Er trank, vor dem Spiegel sitzend, Tee und rauchte Pfeife, als eines Morgens der Regimentsadjutant bei ihm eintrat, ihm einen entsiegelten Brief übergab und dazu sagte: „Wegen Tötens im Duell vom Gericht zum Soldaten degradiert und aus der Garde hierher versetzt."

Der Oberst schnitt dem Adjutanten das Wort ab. „Ah, also doch!" rief er, sprang vom Stuhl auf und griff mit heiterer Miene nach dem Papier.

Seine Freude bürgte dafür, daß er den Unglücklichen freundlich empfangen würde; er würde ihn den unermeßlichen Abstand, der sie so schnell voneinander getrennt hatte, nicht fühlen lassen und würde ihm die wohltuende, freilich immer noch schwere Hand der Hilfe reichen ...

„Das ist der, von dem es voriges Jahr hieß, er würde die Prinzessin, also Ihre Bekannte, heiraten."

Der Vorgesetzte warf einen schrägen Blick auf den Untergebenen und las weiter.

„Jetzt ist von Heiraten wohl nicht mehr die Rede", fügte der vorlaute Adjutant hinzu und lächelte schlau, womit er einigermaßen treffend seine Verachtung gegenüber dem einen und die Schmeichelei gegenüber dem anderen ausdrückte.

„Wo ist er denn? Er soll sich mal zeigen."

Der Adjutant öffnete die Tür.

Ohne Halstuch, im Uniformrock ohne Epauletten, in aller Lässigkeit der Macht griff der Oberst nach der Tasse, blickte mit triumphierender Heiterkeit zur Tür, schob die Pfeife zwischen die Lippen, tat einen tiefen Zug und — setzte sich. Man hatte ihn daran erinnert, daß der Kornett eine Zeitlang als Verlobter der Prinzessin galt, hatte den Kornett im Zusammenhang mit der Prinzessin erwähnt; darum traten die Bitten des Fürsten, die Tränen der Mutter, der eigene Vorteil zurück hinter einem Aufwallen der Eigenliebe. Es war eine der Minuten, da der Starke sich dem Schwachen in der großartigen Ruhe einer antiken Statue oder in kränkendem beiläufigem Wohlwollen zeigen möchte, da er sich anschickt, ein paar Fragen zu stellen und dabei zur Seite zu blicken, eine der Minuten, da der Oberst den anderen duzen würde.

Der Soldat trat ein.

Vielleicht sollte man das Empfinden, mit dem er die Schwelle überschritt, mit nichts vergleichen, sondern für sich belassen, auf jener einsamen Höhe, auf die es der eingeborene Stolz des Menschen emporgehoben hatte. Es war nicht Verzweiflung, nicht Elend, nicht Eifersucht; es war unangenehmer als Elend und böser als Eifersucht; es war eine schrille Note, die mit keinem einzigen Leiden harmonierte.

Der Soldat reckte sich, marschierte ein paar Schritte vor und sprach: „Habe die Ehre, mich bei Euer Hochwohlgeboren zu melden!"

Seine Bewegungen aber waren schön und frei, und die Stimme war fest. Auf seinem Antlitz lag keine Bitte um Gnade, keine Furcht, keine Erniedrigung. Er war noch immer der Kornett vom vorigen Jahr. Es war noch die gleiche Frische der Jugend, die in einem bestimmten Lebensalter über alles Unglück hinweg weiter blüht. Einzig die Soldatenuniform fügte seiner Erscheinung einen träumerischen Reiz hinzu. Sie ließ an den denken, der schutzlos ist, an das unumgängliche und wortlose Opfer der Gesellschaft, an den, der überall, wohin das Auge blickt, dem Tod entgegengeht, nicht fragend, wo sein Vater sei, wo sein Weib, wo seine Kinder — bei ihm aber kam, diesen Gedanken verklärend, der Blick hinzu, der den gebildeten Menschen verriet.

Der Oberst ließ sich nicht verwirren, er bemerkte nicht, wie gefährlich, wie verführerisch sich dieser Blick mit dieser Uniform verband . . , er sah den militärischen Schritt, die militärische Haltung, und die plagende Erinnerung verschwand. Das Schicksal hatte den Kornett weit weg geschleudert von der Prinzessin, ein Soldat konnte nicht sein Nebenbuhler sein — die Vernunft siegte über das kleinliche Gefühl, und das Mitleid mit dem Nächsten, den wir nicht fürchten oder den wir brauchen, milderte die Strenge seiner Größe.

Der Oberst stand auf, und mit der großen Gebärde obrigkeitlicher Huld, mit dem offensichtlichen Wunsch, dem Soldaten etwas Gutes zu erweisen, legte er ihm die Hand auf die Schulter; der junge Mann errötete.

„Seien Sie gegrüßt! Ihre Mutter und ich, wir warten schon lange auf Sie. Es tut mir sehr leid, daß es mit Ihnen so gekommen ist; wir werden Sie nicht zwingen, an unserem üblichen Dienst teilzunehmen." Hier wandte sich der Oberst zum Adjutanten um: „Er kommt in den Stab!"

„Danke Ihnen für Ihre Nachsicht", sagte der Soldat.

„Wird sich alles einrichten, junger Mann; Sie können Ihre Mutter besuchen, wann immer Sie wollen, nur . . ."

Der Oberst blickte auf den Adjutanten, als sei es ihm unangenehm, für die folgenden Worte einen Zeugen zu haben.

„Nur", fuhr er fort, „ich rate Ihnen, sich nicht beim Fürsten sehen zu lassen; es wäre mir sonst gleich, aber bei ihm verkehren viele, wissen Sie, daß mir nichts geschieht, was . . . es ist besser für Sie."

Er sprach diese Worte in aller Einfalt mit Diplomatengeste aus. Eine Zeitlang noch zog sich das für beide beschwerliche Gespräch hin. Der Oberst brachte die Rede auf die Umstände des Duells, zuckte mit den Schultern, gab dem getöteten Adjutanten die Schuld, darauf bemerkte er scherzend, daß der Stoff der Soldatenuniform zu dünn sei, dann fragte er laut lachend, ob er denn noch „Ganze Abteilung kehrt!" machen könne, und da der junge Mann schon den rechten Fuß vorsetzte, rief der Oberst hastig: „Nicht doch, ohne Förmlichkeiten! Gehen Sie, wohin es Sie treibt."

Der Soldat (ich werde ihn, wie es bei Soldaten üblich ist, mit dem Nachnamen nennen: Bronin; eine Gewohnheit, mit der man beim Militär den Salons zuvorkam, wo es schon deshalb zuweilen unumgänglich ist, französisch zu sprechen, weil man Vor- und Vatersnamen einfach nicht behalten kann oder weil die Zeit, sie auszusprechen, fehlt — woraus folgt, daß man sich russisch am besten mit einem Fürsten, einem Grafen oder einem Baron unterhält), Bronin also zog Zivilkleider an und galoppierte zu seiner Mutter.

7

Es war der heiterste Morgen; ein leichter Wind kräuselte das Wasser der Krassiwaja Metsch, und Millionen goldener Pünktchen, von der Sonne über die Fläche des Flusses verstreut, strahlten, zitterten, sprangen aufblitzend von einer kleinen Welle auf die andere. Er traf Natalja Stepanowna nicht zu Hause an; sie war beim Fürsten. Das setzte Bronin der drückenden Schwere jenes Rates aus, der als Befehl aufzufassen war; er ahnte wohl, warum man ihn anwies, sich nicht beim Fürsten zu zeigen, doch die Ungeduld, die liebevolle Mutter zu erfreuen, überwog den Gehorsam. Gewiß würde ihn keiner dort beobachten, es ließ sich leicht vor dem Oberst verbergen. Und überdies, konnte er sich denn von den Schreckbildern der Vernunft einschüchtern und davon zurückhalten lassen, an diesem Morgen, zu dieser Stunde, in diesem Augenblick noch zu der zu eilen, die als erste mit einem Lächeln die neue Uniform des jungen Offiziers begrüßt und ihm all die feinen, bezaubernden Reize des Salons, all das Glück vornehmen Zeitvertreibs erschlossen hatte? Wie wird sie mich aufnehmen, da ich in Zivil erscheine, als einfacher Soldat? Nur dieser Gedanke quälte Bronin.

Der Fürst empfing ihn freundlich, mit größerer Aufmerksamkeit als früher, und machte ihm viel Hoffnung auf einen Gnadenerweis. Die Mutter umfaßte mit beiden Händen seinen Kopf und begann ihn zu küssen.

„Mütterchen, wahrhaftig, Sie beschämen mich, Sie küssen mich, als wäre ich ein kleines Kind", sagte er, und seine Augen füllten sich mit Tränen.

Die Prinzessin aber war nicht im Salon. Die Nachricht freilich flog blitzschnell in ihr Ankleidezimmer.

Prinzessin, so stecken Sie denn rasch die frischeste Rose an Ihren Gürtel, werfen Sie schnell den prüfendsten Blick in den Spiegel, schenken Sie recht bald dem Unglücklichen die flammenden, einzig durch Mitleid und Bescheidenheit gedämpften Strahlen des Entzückens. Leichtfüßig eilte sie zur Tür und hielt plötzlich so inne, daß man nicht erraten konnte, was sie eigentlich wollte: gehen oder bleiben. Die auffallende Unachtsamkeit in den Feinheiten der Toilette bezeugte, daß sie sich beeilt hatte, nun aber berührte ihre Hand ein paarmal die Klinke, ohne wirklich die Tür zu öffnen. Erst jetzt kam ihr in den Sinn, daß sie auseinandergegangen waren, so wie man eben auseinandergeht, nach ein paar berauschenden Plauderstunden, ohne einander etwas Entscheidendes gesagt zu haben. Wen würde sie erblicken? Hatte er unablässig an sie gedacht? Sie brauchte nicht mehr jene schönen, einschmeichelnden Worte, wie sie ein Mann zu Füßen einer schönen Frau spricht, sie ihr auf den Flügeln des Witzes, des Geistes, der Bewunderung darbringt; sie brauchte nicht mehr die bezaubernde Eleganz des Offiziers, für den vor einem Jahr ihr Gefühl erwacht war, dieses Gefühl, dem man nicht gebieten kann und das einem Regentropfen gleicht — er fällt vom Himmel und weiß selbst nicht, welche Blume er netzen wird. Jetzt gilt es, diesem Tropfen alle Bedeutung, alle heilige Tiefe der Liebe zu geben; jetzt, Bronin, lohnen Sie ihr die Tränen, das Gedenken, das Mühen um den Oberst, diese grenzenlose Zärtlichkeit der weiblichen Phantasie, die das Unglück in wunderlichen Formen malt, bald mit stolzem Blick, bald mit kindlich reiner Seele, und die den Soldaten in die nicht zu verwirklichende Welt der Gleichheit versetzt; lohnen Sie ihr diese Fähigkeit, sich ans Unglück zu binden, nicht an Ihre Verirrungen, an Ihre bösen Taten zu denken, sondern nur den Ausgang zu sehen, jene Fähigkeit, welche die Frau aus einem vornehmen, reichen Leben herausreißt, von Freunden und Verwandten trennt und dank der sie Ihnen folgen wird — nach Sibirien, ans Ende der Welt, überallhin, wo sie für Sie sterben kann; jene Fähigkeit, die besser ist als Frauengedichte, als Frauenprosa, besser als die Feder der Herzogin d'Abrantès, der Delphine Gay und der wunderlichen Mrs. Trollope! Der Fürst, der wohl beim Wiedersehen von Mutter und Sohn nicht stören wollte, ließ die beiden allein; wenig später ging auch die Mutter fort, um mancherlei Dinge zu tun und Anordnungen zu treffen, die darauf zielten, daß ihres Sohnes Quartier im Stab ordentlich ausgestattet, das heißt mit allem versehen würde, was nicht zu einem Soldaten paßt. So war Bronin schon allein, als die Prinzessin in liebreizender Unentschlossenheit ihre leichte Hand auf die bronzene Türklinke legte und sinnend innehielt und umkehrte, damit sie noch ein Tüchlein oder einen Handschuh hole. Er stand am Fenster und blickte durch die lange Zimmerflucht dorthin, wo die Prinzessin erscheinen mußte, und von Zeit zu Zeit warf er einen Blick auf den Weg, auf dem gewöhnlich der Oberst vorfuhr. Alles, was ihn umgab, hatte den heiteren Glanz des Luxus bewahrt und hätte ihn mit der Erinnerung an die munteren Offizierstage vom vergangenen Jahr trösten können. Auf der gewaltigen Etagere waren noch die gleichen chinesischen Figuren angeordnet: Chinesen sitzend, Chinesen stehend, gebückt, mit Sonnenschirmen und ohne Sonnenschirme! Ein Chinese mit abgebrochenem Spazierstock und eine Chinesin mit abgeschlagener Nase — die besonderen Lieblinge des Kornetts, wehrlose Opfer, gezeichnet durch die Laune eines Stärkeren — hoben sich mit ihrem anklagenden Äußeren aus allen anderen heraus und bewiesen mit unbezweifelbaren Indizien, wie gern er sie früher betrachtet, wie er über sie gelacht, wie er sich in der Hitze freudiger Erregtheit einmal unbedacht zur Prinzessin umgewandt und die Unglücklichen abgesetzt hatte, ohne darauf zu achten, wohin, ohne jede Ehrfurcht vor alter chinesischer Kunst und Schönheit. Jetzt würdigte er sie keines Blickes, und beinahe geschah es, daß er sich mit dem Rücken an die Etagere lehnte.

Der Kornett hätte wohl zwanzigmal diesen reich ausgestatteten Salon durchwandert, wäre zwanzigmal vor einem Bild, einer Vase, einer Büste stehengeblieben, hätte all die eleganten Nichtigkeiten der Reihe nach betrachtet und jeder eine Sekunde der abgleitenden, krampfhaften Aufmerksamkeit geschenkt, mit der man sich auf jede Kleinigkeit stürzt, wenn man, allein zwischen seelenlosem Prunk, auf etwas wartet, sein ungeduldiges Sehnen ablenken will und auf dem unermeßlichen Meer des Erwartens nach der Planke der Rettung späht ... Der Soldat aber stand still. Das Unglück fesselt den Körper und überträgt seine Raschheit, die Geschmeidigkeit, die Erregungen auf die Seele. Der Soldat hielt sich allen Dingen fern, weil er keine Epauletten mehr trug, weil die Fäden, die ihn einst mit dem Porzellan, der Bronze, dem Marmor verbanden, nun zerrissen waren. Nehmt einem Menschen den Glanz, nehmt ihm die Lust und die Möglichkeit, an den Vergnügen der großen Welt teilzuhaben, und er wird den launischen Erfindungen des Luxus gegenüber entweder Widerwillen, der bis zum Haß geht, fühlen, oder dieser äußerliche Schmuck des Lebens wird ihm nichtig erscheinen. Er wird diesem Schmuck mit der Frage gegenübertreten, was denn Neues, Freies in ihm verborgen liege, was denn die unendliche Vielfalt der Beziehungen und der bezaubernden Feinheiten des menschlichen Zusammenlebens zu den Dingen beigetragen habe. Wo jenes Unverwechselbare sei, das der Gegenstand bei seiner Erschaffung vom Schöpfer erhielt und das unter der Schminke der Vornehmheit nicht verblassen darf. Wo der Gedanke, das Gefühl, die Ausstrahlungen des Herzens seien, die die nackte und kalte Öde des Luxus zu erhellen vermöchten. Und schließlich, wo die Liebe sei, die dem Kornett, der auf dem Parkett glänzte, als Täuschung erschien, ihm aber zur Wahrheit wird, da man ihm die schwere Bürde des Soldatseins auferlegt.

Er wartete auf die Prinzessin, doch auf eine Prinzessin, die seinem Schicksal ähnlicher wäre. Wie gern würde er ihr den Titel nehmen, ihr das kostbare Armband abreißen, sie in das schlichte Gewand eines einfachen, stillen Dorfmädchens kleiden, nur daß sie ihm näherrücke; es drängte ihn, sie aus der verwickelten, blendenden Welt in die einfache und rauhe Welt des Soldaten zu versetzen, damit das Band aus Tüll oder die allzu malerisch gedrehten Locken die Vereinigung der Herzen nicht behinderten, nicht an Lichterglanz und Walzer erinnerten.

Darum also kehrte Bronin den chinesischen Figuren den Rükken zu, und darum fand ihn die Prinzessin in einer so unmodernen Seelenverfassung: aufbegehrend sogar gegen die Poesie des weiblichen Putzes, die Menschen, die Gegenstände und eine schöne Frau dem Maß seiner Uniform anpassend, vielleicht auch dem bröckeligen Vorurteil vertrauend, zum Glück bedürfe es nur einer Hütte und zweier Herzen! Die Prinzessin trat ihm als eine Frau gegenüber, die sich scheut, einen Mann durch Mitleid zu kränken, und die es nicht gern hat, wenn er des Mitleids bedarf. Während der Vater mit einem höchst liebenswürdigen Empfang und überströmender Höflichkeit sein gutes Ziel doch nicht ganz erreicht und den jungen Gast den Unterschied der beiden Uniformen doch etwas hatte fühlen lassen, ging die Tochter behutsamer vor. Sie erriet sein vom Verstand noch nicht entschlüsseltes Geheimnis. Ihr heiterer Blick, ihr gelassener Ton verschmolz den Kornett mit dem Soldaten, das Glück mit dem Unglück. Dennoch konnte er sich anfangs lange nicht von einer Befangenheit befreien, die kaum merklich war, die aber mit jedem Mißerfolg, mit jedem ungünstigen Ausgang selbst des edelsten Vorhabens einhergeht. Darum verlief das Gespräch zwischen ihnen zuerst auf den gewohnten Bahnen, und die Herzenspoesie ließ den despotischen Regeln der gesellschaftlichen Höflichkeit den Vorrang.

„Ich stehe hier auf Posten und lauere auf den Oberst", sagte Bronin lächelnd nach ein paar Sätzen und ein paar Pausen.

„Ich gebe Anweisung, daß man nach ihm Ausschau hält; man wird es melden, wenn er kommt."

Die Prinzessin läutete.

„Gewiß fühlt er sich bei Ihnen so wohl, daß er dieses Vergnügen mit keinem teilen möchte?"

„Mein Papa und Ihre Frau Mutter haben ihn verwöhnt."

Bronin trat näher zur Prinzessin, er setzte sich neben sie und versenkte sich in das Anschauen ihrer Hand, die mit der Klingel spielte.

„Er verbietet mir, Sie zu besuchen, und Mütterchen rät mir, das Verbot zu beachten. Und Sie, werden Sie mir dasselbe raten?"

„Papa sagt mir immer, ich sei unvernünftig, und tadelt mich deswegen", antwortete die Prinzessin. Die schwarzen Wimpern verhüllten den Ausdruck ihrer Augen; den Soldaten durchzuckte es heiß, und das Gespräch wurde darauf lebhafter.

„Oh, wenn Sie den Aufenthalt hier so in Erinnerung haben", sagte sie zu Bronin, seine begeisterten Äußerungen über die zurückliegende Zeit ihrer ersten Begegnung unterbrechend, „muß ich dann Ihre Worte nicht als Vorwurf auffassen, gegen den ich mich vor Ihnen nicht werde verteidigen können?"

„Als Vorwurf, Prinzessin?"

„Mein Papa sagte damals, ich sei die Ursache gewesen ..." Sie neigte ein wenig den Kopf, begann am Zipfel ihres Taschentuchs zu drehen und beharrlich darauf zu blicken. „Vielleicht dachten Sie unablässig daran, daß ohne die unglückselige Bekanntschaft mit uns, mit dem armen Adjutanten ... Ihr Mütterchen nicht so viele Tränen hätte vergießen müssen? Ach, um Gottes willen, erleichtern Sie mein Gewissen! Haben Sie uns beschuldigt?"

„Bitte, seien Sie beruhigt. Glauben Sie denn, im Leben gäbe es keine Minuten, die so süß sind, daß sie jegliches Unglück aufwiegen? Meinen Sie wirklich, es gäbe nicht Erinnerungen, so angenehm, daß sie dem gegenwärtigen Unglück alle Kraft nehmen? Gewiß dachte ich oft an meinen Aufenthalt hier, aber das bewirkte, daß ich alles andere vergaß; ich litt, aber nur darum, weil ich nicht hoffen durfte, dereinst wieder hier zu sein, in diesem Zimmer, bei Ihnen ..."

Bronin sah der Prinzessin ohne Zurückhaltung ins Gesicht; ohne den Kopf zu heben, ohne die geringste Bewegung, richtete sie ihren vollen, aufmerksamen Blick auf ihn, und der enthielt eine Frage, die noch mehr Versicherungen, noch mehr Klarheit verlangte, als unerläßliche Antwort auf die zahllosen, launischen, wetterwendischen Zweifel des Frauenherzens.

In diesem Augenblick tat sich die Tür auf, und ein Diener meldete eilig: „Der Oberst kommt."

Beide sprangen auf; Bronin aber, wahrscheinlich der ängstlichen Hast sich schämend, setzte sich plötzlich wieder in den Sessel; er tat dies so keck, so entschieden, als wollte er sich niemals mehr von ihm erheben.

„Um Gottes willen, gehen Sie!" sprach die Prinzessin beunruhigt; sie trat dicht vor ihn hin und blickte gleichzeitig auf ihn, auf die Tür und zum Fenster hinaus. Sie hatte augenblicks den ganzen Abgrund an Gefahr erfaßt, und jetzt bekannte sie vor sich selbst, daß sie im Umgang mit dem Oberst, ohne es zu wollen, die Grenze tugendhafter Berechnung überschritten und sich dem verzeihlichen Wunsch überlassen hatte, Vergnügen beim Anblick des Opfers ihrer Schönheit zu empfinden.

„Um Gottes willen, gehen Sie!" wiederholte sie mit rührender Unruhe.

„Dies, Prinzessin, ist die grausamste Minute", sagte Bronin finster und schon schwankend zwischen Stolz und Abhängigkeit. „Wie unangenehm, sich zu verstecken . . ."

8

„Man wird ihm Gnade erweisen", sagte der Fürst, als er nach dem Mittagessen seinen schweren Körper in den Voltairesessel sinken ließ.

„Aber ich bitte Sie: ihm Gnade erweisen! . . . Für so etwas gibt es keine Beispiele", widersprach der Oberst frei heraus und strich mit den Fingern über seine glänzenden Epauletten.

„Man wird ihm Gnade erweisen", flüsterte Natalja Stepanowna vor sich hin, als sie spät am Abend die Spangen des Gebetbuches schloß, und sie blickte auf die vom Licht des ewigen Lämpchens schwach erhellten Ikonen.

Man wird ihm Gnade erweisen — dachte die Prinzessin morgens vor dem Spiegel, in der Abenddämmerung am Klavier und, halb schon schlummernd, im Bett. Aber nicht zufrieden mit diesem einen Gedanken, knüpfte sie noch einen zweiten daran, um im voraus ein paar Augenblicke jenes vollkommenen Glücks zu erleben, das sich in der weiblichen Phantasie immer so schön und so gut fügt!

Papa wird einverstanden sein — setzte sie in Gedanken hinzu. Und darum sehnte sie diese Gnade so mächtig, so ungeduldig, mit so jugendlichem Ungestüm herbei, daß selbst das Gefühl der Mutter, das andächtiger, stiller war, die despotische Gefühlsgewalt der Prinzessin kaum übertreffen konnte. In seltsamer Verkehrung der Umstände aber schmückte sie den harten Stand Bronins mit allen Rosen der Phantasie, so daß es schließlich aussah, als würde ihm die Offiziersuniform nur einen Reiz nehmen, aber keinen hinzufügen. Liebt es der Mann, die Frau zu sich herabzuziehen, so erhebt ihn die Frau immer über sich, über alle Welt hinaus.

In ihm erblickte sie nicht unterm grauen Mantel einen groben Soldaten; für sie war er ein Soldat aus Romanzen, von der Bühne, ein Soldat, der im Mondlicht auf Wache steht und singt, im Liede seiner Heimat, seiner Liebsten gedenkt; oder er war ein Deserteur, jung, scheu und frei; hinreißend in der Schlichtheit seiner knapp sitzenden Theateruniform, mit der keck aufgestülpten Mütze, mit dem locker um den Hals geworfenen Tuch, war er für sie ein Mensch, der nicht nach dem üblichen Gang der Dinge degradiert worden ist, sondern ein Opfer von Neid, von Verfolgung, ein Mensch, gegen den sich das ganze Weltall verschworen hat, und die Prinzessin trat für ihn ein, und sie blickte so stolz, so zärtlich, als trage sie genügend Liebe in sich, ihn für den Haß der ganzen Welt zu entschädigen.

Kurzum, er hatte nur einen Fehler. Den aber vermochten weder ihr Herz noch ihre Phantasie zu berichtigen — dazu hätte es seiner früheren Uniform bedurft. Den inneren Frieden, eine glänzende Zukunft, allen Glanz und Ruhm, das Leben selbst würde sie für ihn hingeben; wie aber sollte sie ihm ihre Hand gewähren? Ein Soldat kann doch nicht in der Kutsche fahren! Man mag das der fehlerhaften Einrichtung der Gesellschaft zuschreiben, man mag die menschlichen Gewohnheiten verfluchen, aber man wird nicht leugnen können, daß es bestimmte, an sich belanglose Kleinigkeiten gibt, die doch gleichsam Gift enthalten, die man nicht anrührt, auf die keines Menschen Fuß tritt und an die man, ohne sich zu versündigen, in den himmlischsten Augenblicken auf der Erde denken kann. Übrigens gefiel ihr die Soldatenuniform so sehr, daß sie eines Tages Bronin fragte, warum er in Zivil komme. War es eine weibliche Laune, war es Zärtlichkeit, oder verlangte die Prinzessin von ihm das volle Bekenntnis, wie in Worten, so auch in der Kleidung, in allem, was gewohnlich als erniedrigend gilt und was einzig durch kühne Offenheit geadelt wird? Zu jeder anderen Zeit, von jeder anderen Frau hätte der Soldat eine solche Frage als Vorwurf aufgefaßt, daß er kleinmütig ausweiche; zwischen ihnen aber gab es keine Gefühle mehr, die sie trennten. Diese Frage vernahm er, allein mit der Prinzessin im Garten, als sie ihm schon erlaubte, dem ganzen unermeßlichen Glück, daß er mit ihr allein sein durfte, Worte zu verleihen.

Diese Spaziergänge im Garten wurden vor dem Oberst streng geheimgehalten. Der Fürst hatte zwar, als er das erstemal von der Anweisung hörte, die der Vorgesetzte dem Soldaten erteilt hatte, ausgerufen: „Unsinn, Unsinn, ich sag ihm das!“ Doch die Tochter hatte den Vater davon abgehalten, hatte ihn überzeugt, daß man dem Oberst nicht widersprechen solle, da er sonst recht gut sei und da es keinen besonderen Grund gebe, mit Mühe eine Erlaubnis zu erwirken, die man gar nicht brauchte. Die Zusammenkünfte mit Bronin, die sie vor dem einen verbarg, brachte sie freilich auch anderen nicht immer zur Kenntnis; so blieben denn die unschuldigen Spaziergänge zuweilen vor dem Fürsten selbst und vor allen anderen versteckt in der Stille der dämmrigen Alleen, beschirmt von den Reizen der Heimlichkeit, still erleuchtet von strahlenden Augen, von scheuem Erröten und einzig erregt von den unbeherrschten Aufwallungen des verliebten Mannes. Das waren Minuten jener Aufrichtigkeit, nach der sich das hochgestimmte Herz sehnte und für welche die Prinzessin teuer zahlen mußte; denn der Oberst stellte seine fast täglichen Besuche keineswegs ein, und da er sich als Wohltäter Bronins fühlte, wurde er noch eingebildeter. Er wußte nicht, was mit der Prinzessin geschah, wenn man ihr seine Ankunft meldete, auf welche Weise sie jedesmal ein „Was ist?" aussprach und den Diener die unvermeidliche und nur allzu vernehmliche Nachricht wiederholen ließ; der Oberst hätte Grund gehabt, sein Leben zu verfluchen, hätte er dieses „Was ist?" gehört und auf dem Antlitz der Prinzessin gesehen.

Es brach ein Morgen an, an dem der gefährliche Nebenbuhler des Soldaten ungewöhnlich früh erwachte und in der Bauernstube auf und ab zu gehen begann; außerordentlich lange wanderte er durch den Raum, und er machte so große Schritte, daß ihm jedesmal schon für den dritten Schritt nach dem Umkehren der Platz fehlte. Man rief Bronin zu ihm.

Als dieser erschien, trat der Oberst schnell auf ihn zu, faßte ihn am Arm, störte die vorschriftsmäßige Haltung des Soldaten und kommandierte halb im Scherz: „Rühren, rühren, nehmen Sie den Tschako ab!" Ein solcher Empfang hätte die Seele eines jeden Untergebenen verzaubern können, selbst dessen, der von seinem Vorgesetzten nicht durch einen gähnend leeren Abgrund getrennt gewesen wäre; an diesem Soldaten aber waren weder Bekundungen des Entzückens noch die Eile des Eifers zu bemerken. Ruhig setzte er den Tschako auf einen Stuhl.

„Ich muß mit Ihnen einmal freundschaftlich sprechen", sagte der Oberst, während er Bronin die Hand drückte, und er legte besonderen Nachdruck auf das Wort „freundschaftlich". „Sie haben die Prinzessin gesehen?"

„Bei meiner Mutter getroffen", antwortete Bronin darauf zögernd.

„Bei uns wird bald Truppeninspektion sein", fuhr der Oberst fort und stopfte sich dabei die Pfeife. „Ich werde Sie dem Divisionsgeneral vorstellen."

Bronin neigte den Kopf. Für eine Weile trat Schweigen ein. Der Oberst rauchte an, er tat ein paar Schritte, vom Soldaten weg, zur anderen Zimmerecke hin, und im Gehen, während er Bronin den Rücken zuwandte, sagte er: „Hören Sie, sprechen Sie für mich mit Ihrer Frau Mutter."

„Was darf ich ihr bestellen?" fragte der Soldat mit verdoppelter Aufmerksamkeit.

„Ich bin überzeugt, Sie werden mein Vertrauen zu schätzen wissen. Meinerseits bemühe ich mich, Ihnen nützlich zu sein; ich hoffe, Ihre Frau Mutter wird nicht abgeneigt sein, mir einen kleinen Dienst zu erweisen. Sie wissen, ich bin oft beim Fürsten zu Gast, und soweit ich bemerken konnte, sind meine Besuche der Prinzessin nicht zuwider."

Der Soldat zerrte an seinem Halstuch — auf einmal beengte ihn der dicht geschlossene Kragen.

„Ich gebe zu, ich hatte nie über mich eine allzu hohe Meinung; ihr freundliches Verhalten jedoch, ihre besondere Aufmerksamkeit mir gegenüber, dazu, immerhin, nun ja, ich bin Oberst, habe gedient. Junger Mann, Sie wissen nicht, was Dienst ist, Sie sind noch nicht imstande, zu begreifen, wie leidenschaftlich man den Dienst lieben kann; jetzt aber habe ich anderes im Sinn, ich bitte Ihre Frau Mutter, über mich mit der Prinzessin und dem Fürsten zu sprechen."

Röte schoß dem Oberst ins Gesicht, und er wendete sich wieder von dem Soldaten ab.

Der stand mit gesenktem Blick und verkrampften Händen. Einzig die Erregung, in der sich der Oberst befand, hinderte ihn daran, zu bemerken, wie schwer es ist, zu hören und zu schweigen, wenn ein anderer uns gegenüber anzudeuten wagt, daß er der Frau gefalle, die wir anbeten.

„Die Prinzessin kann überzeugt sein", sprach der Oberst weiter, wobei er die Tabakspfeife auf den Fußboden setzte und sich hingerissen mit beiden Händen auf das lange Pfeifenrohr stützte, was ihn malerischer machte, „daß sie keinen besseren Ehemann finden würde. Wenn sie wünscht, daß ich weiter diene, werde ich weiter dienen; wünscht sie, daß ich den Abschied nehme,

nehme ich den Abschied; gefällt es ihr, in der Hauptstadt zu leben oder auf dem Lande — bitte, wo es ihr beliebt; mit ihr wird für mich das Leben überall so freundlich und so heiter sein wie damals, als ich die erste Auszeichnung erhielt oder als man mir das Regiment gab und mein Blick es zum erstenmal auf dem Exerzierplatz umfaßte. Aber Sie werden ja viel beredter wiedergeben, was ich fühle. Ich habe mich wenig in der vornehmen Welt bewegt, meine Zunge ist an Kommandos gewöhnt, Sie sind jünger, verstehen mehr vom weiblichen Geschmack."

An dieser Stelle blickte der Oberst wißbegierig, forschend auf den Soldaten, als wolle er auf dessen Gesicht einen höflichen Widerspruch finden.

„Vielleicht irre ich mich, aber ich meine doch, ich habe keine Ablehnung zu befürchten. In jedem Falle hoffe ich, daß Ihre Frau Mutter sich bereitfinden wird, mein Vermittler zu sein. Mein Glück hängt jetzt von ihr ab."

Er trat auf den Soldaten zu, drückte ihm wieder mit lebhaftem Gefühl die Hand, und einen Augenblick später sagte er noch: „Es wäre nicht übel, nebenbei zu erwähnen, daß ich bald mit der Beförderung zum General zu rechnen habe. Für die Prinzessin hat das natürlich nichts zu bedeuten, aber der Fürst ... Sie wissen ja ... die Ränge tun noch ihre Wirkung."

„Sehr wohl, ich werde es meiner Mutter sagen", antwortete Bronin knapp.

Nach diesem Gespräch war noch keine Stunde vergangen, da befand er sich schon im Garten des Fürsten.

9

Die Prinzessin ging im Garten spazieren, sie kam auf ihn zu; doch als sie ihn bemerkt hatte, verhielt sie ein wenig den Schritt, ihre Augen aber verrieten Freude.

„Was ist mit Ihnen? Sie blicken so spöttisch?" fragte sie scherzend.

„Mein Oberst bietet Ihnen Hand und Herz. Er trug mir auf,

meine Mutter zu bitten, daß sie Ihnen seine Liebeserklärung übermittle. Er ist vor Freude, daß er Sie bezaubert hat, außer sich."

„Oh, mein Gott, jetzt wird er es erraten und an Ihnen Rache nehmen!" sagte die Prinzessin erbleichend.

„Ach, und wie verliebt er ist! Und ich habe mir seine Erklärung von Anfang bis Ende angehört, korrekt und schweigend. Tausendmal war ich nahe daran, ihn zu unterbrechen, ihn am Weitersprechen zu hindern, ihm zu sagen, daß es mir nicht anstehe, ihm zuzuhören, daß er einen Vertrauten gewählt habe, der den Auftrag nicht ehrenhaft ausführen könne — aber was tun? Der Aufruhr in meiner Seele wurde niedergehalten vom Druck dieser Uniform." Und er riß verärgert an dem roten Kragen. „Ach, Prinzessin, wie leid es mir in diesem Augenblick tut, meine Epauletten nicht mehr zu haben."

Schwer ist es, zu beschreiben, mit welcher Sorgsamkeit sie nun begann, die verschiedenen Mittel zu erörtern, die es ermöglichen könnten, die Sicherheit des Soldaten mit einer Absage an den Oberst zu verbinden. Bald wollte sie selbst mit ihm sprechen, sich dem Edelmut seines soldatischen Charakters anvertrauen und ihm mit fester Stimme erklären: „Verzeihen Sie mir, ich liebe Sie nicht, für einen anderen habe ich vor Ihnen die Edelsteine meiner Schönheit und meiner Bildung ausgebreitet." Bei diesem Gedanken strahlten ihre versonnenen Augen in vollem Glanze auf, freudig erfüllt von der Hoffnung auf Seelengröße, auf Selbstverleugnung. Dann wieder erlosch diese lichte Hoffnung in ihr wie einer jener flüchtigen Gedanken, deren Wahrheit einem das Herz dartut, die aber zu kühn sind für Frauengewohnheiten und zu verträumt für den Verstand. Die Prinzessin ging von den Wundern des Lebens zu den gewöhnlichen Erscheinungen über und meinte, daß ihr Vater — o ja, sie würde seinen Hals umschlingen, sich an seiner Brust ausweinen —, daß seine Beziehungen den Oberst in achtungsvolle Zurückhaltung weisen und ihn daran hindern würden, seinem Zorn und seiner Eifersucht freien Lauf zu lassen.

Vergebens bemühte sich Bronin, sie aus diesem Kreis von Sorgen und Teilnahme herauszureißen, einer Teilnahme, die bezaubernd war als Beweis der Liebe und zugleich etwas unangenehm — als Streben der Frau, den Mann zu beschützen. Er stellte sorglos sein Schicksal der unerforschlichen Zukunft anheim, er sprach beschwingt vom gegenwärtigen Augenblick; sie saßen nebeneinander. Die Sonnenstrahlen, die durch das dichte Gezweig der Bäume drangen, reihten spielerisch Lichtpunkte auf die Wand des Grüns vor ihnen. Die Prinzessin und der Soldat, dem Äußeren nach zwei Gegensätze, zwei Wesen von demselben Planeten, aber durch einen Gedanken auseinandergerückt, an seine entgegengesetzten Enden, und wiederum vereint vom Gefühl, das keine Ferne kennt, keinen Abstand fürchtet.

Lange hörte sie nicht auf ihn, lange suchte sie Zuflucht bei allen Kräften der Vorstellung, um sich selbst mit einer glücklichen Gewißheit zu beruhigen; dann wurde sie für eine Weile ganz still, schließlich blickte sie, wie ermüdet von ihrem Erschrecken, auf Bronin und sagte mit weicher Stimme: „Mein Gott, warum hat man Sie zu ihm ins Regiment versetzt?"

Er ergriff ihre Hand und preßte sie zum erstenmal fest an die Lippen; sie errötete, gab die Hand aber der Liebe preis, und der Wind legte sanft das Ende ihrer breiten Schärpe dem Soldaten aufs Knie.

Zur gleichen Zeit verließ der innerlich aufgewühlte Oberst sein Quartier.

Seinen vorauseilenden Gedanken wurde es zu eng im Hause, sein Gefühl brauchte die Kühle der Luft und die Weite des Himmels. Von der Straße geriet er auf einen schmalen Weg, von dem Weg auf einen Acker. Er ging schnell, als jagte er seinen Gedanken nach, die ihm doch immer entwischten. Er wanderte, ohne zu wissen, wohin, und befand sich auf einmal, müde, vor dem Hause des Fürsten. Sollte er hineingehen? Der Oberst würde nicht die nötige Ruhe zu bewahren verstehen. War es nicht besser, erst die Antwort abzuwarten? Andererseits gab es doch nichts Angenehmeres, als vor dem entscheidenden Augenblick für sich selbst die Antwort zu erspüren, aus den mannigfaltigen Kleinigkeiten des Salons eine Ahnung künftiger Seligkeit zu schöpfen!

Und zudem, womit sollte er die Leere der Zeit ausfüllen? Wohin fliehen vor den Zweifeln?

Er trat ein.

Der Fürst war auf der Jagd. Im Vorzimmer befand sich niemand. Respektvoll, leise auftretend, schritt der Oberst von Zimmer zu Zimmer und gelangte in eines, dessen Fenster zum Garten gingen. Keinem Menschen begegnete er. Da er es für unziemlich hielt, noch einen weiteren Teil des Hauses zu attackieren, ließ er sich auf einem Diwan nieder, der, wohlig federnd, mit gestreiftem Stoff bezogen und mit weichen Kissen belegt war, und auf einmal fühlte er sich froh und leicht!

Der Sturm des Krieges, Hunger und Kälte der Feldzüge, das Nomadenleben — wie seltsam, auf einmal erschien ihm das als eine Sache der Jugend, die zu schwer, ja einfach nicht mehr möglich sei für den Oberst, da er sich eingelullt sah von der zärtlichen Weiche des prächtigen Diwans. Die großartige Schönheit eines akkurat angetretenen Regiments, die Soldaten wie ein Block in vorzüglicher Haltung — um wieviel geringer schätzte er das jetzt als den Marmorkamin, das matte Schimmern der Lüster, den Malachit und die Bronze der Leuchter. Halb schlummernd blickte er auf die Brustbilder und die Miniaturporträts der fürstlichen Vorfahren, wahrscheinlich mit dem gleichen Gefühl, mit dem Napoleon an die Ahnentafel des österreichischen Kaisers dachte, als er um dessen Tochter warb. Der Oberst hatte gedient; jetzt war es Zeit, auszuruhen. Was liegt an dem Ruhm, der auf der nackten Erde schläft? Was ist Ehrenhaftes daran, daß ein Soldat „Stillgestanden!“ macht? Er spürte den Wunsch, den Stolz eines Herrn, die Gelüste des Reichtums kennenzulernen, sich verwöhnen zu lassen, sanft umfaßt von Vornehmheit und Schönheit! Warum sollte er diesen süßen Traum nicht träumen? Warum nicht auf das wohlverdiente Glück hoffen? Er hatte sich tapfer geschlagen, die Prinzessin war so hinreißend freundlich zu ihm, die Gutsbesitzer umringten ihn mit solcher Unterwürfigkeit, setzten ihn auf den Ehrenplatz, erwarteten ihn zum Mittagessen, und Andrej Stepanowitsch, felsenfest davon überzeugt, daß dem Oberst nichts unmöglich sei, sagte jedesmal ehrfürchtig zu ihm: „In Ihren Jahren, bei Ihrem Rang ..."

Diese großen und kleinen Erinnerungen, diese Vermessenheit, die ihm nicht durch Selbstüberschätzung, sondern durch die gesellschaftliche Lüge, durch einen bösen Fehler der anderen eingeflößt worden war, weil sie durch ein Vergrößerungsglas auf ihn sahen, und schließlich der unschuldige, in seiner Lage begreifliche Wunsch nach Luxus und Herz — das alles bewirkte, daß seine Hoffnungen feste Gestalt annahmen, wie in eine schöne Form gegossen; er erhob sich gemächlich vom Diwan, trat langsam zum Fenster, um mit dem Blick noch einen Teil seiner künftigen Besitzungen zu umfassen. Da aber nahm er in sich mehr Liebe als Hochmut wahr. Duftende, lichte, sorglose Liebe wehte ihm aus dem Garten entgegen. Eine Liebe, wie sie ihm im Kleid der Dorfmädchen, in der Schenke eines Juden, bei den kleinlichen Frauen in Deutschland nie begegnet war. Mit welch inniger Freude blickte er auf diese gepflegten Wege; hier würde er sich mit seiner bezaubernden Frau ergehen. Er schaute auf die Rosenbüsche, auf die Tulpen, und dort, in der Ferne, im verschwiegenen Dämmer ein Pavillon — der würde vielleicht manches eheliche Geheimnis bewahren ...

Auf einmal zuckte der Oberst zusammen, sein Gesicht versteinerte, es war ihm anzusehen, daß er seinen Blick aufs äußerste schärfte, als prüfte er die Distanz bei der Aufstellung seiner Kolonnen zum Angriff. Etwas blinkte zwischen den Zweigen, etwas wie eine Uniform und wie ein Frauenkleid. Er trat vom Fenster zurück, seine Hände umkrampften den Degenknauf, und ich meine fast, die Finger hinterließen Eindrücke in der Bronze! Es war die Prinzessin, es war Bronin.

Nein, Oberst, es ist ein Dämon, der alle Gestalten annimmt, um uns aus dem Reich des Glücks zu reißen und uns das Leben zu zeigen, wie es ohne die Verschönerungen ist, die ihm Kopf und Herz des Menschen angedeihen lassen, das Leben mit dem Grinsen der Treulosigkeit, mit dem Grinsen der Verzweiflung! Doch das weiße Kleid blitzte abermals auf, doch der vertraute Sonnenschirm schützte vertrautes schwarzes Haar vor der Sonne, doch der rote Kragen, doch das dunkelgrüne Tuch. Das alles ließ keinen Irrtum zu; dies war er, dies war sie.

Jawohl, Oberst, er ist es, der Soldat, der sich auf dein Wort hin nicht rühren darf beim Krachen des Donners, nicht zucken darf unterm Dröhnen der Kanonen; es ist der Soldat, für den du Vater und Mutter, Leben und Tod, Himmel und Hölle bist; du hast ihn als Gleichen behandelt, hast ihn geschont, hast ihm deine Seele enthüllt, und er hat dich betrogen, und um seinetwillen, um seinetwillen war die Prinzessin so liebenswürdig zu dir, jetzt aber lachen sie über deine peinliche Liebe. Welchen Wert hat nun dein Dienst? Welchen Sinn haben nun deine Ordenskreuze? Alle Wunden von Smolensk, Borodino und Leipzig brachen dem unglücklichen Oberst wieder auf!

Sieh hin, Oberst, er küßt ihr die Hand, diese Hand, die von der Sonne so schön erhellt wird, daß du von hier aus ihre Weiße, ihre Zartheit bemerken kannst! Sieh hin! Sie sind allein, keiner ist dort außer den beiden, sie sind schon lange beieinander, reiß ihn fort, damit die Prinzessin keine Spur mehr von dem Soldaten findet! Aber ist es nicht zu spät?

Der Oberst begriff nicht, daß es unschuldige Zärtlichkeiten, tugendhafte Einsamkeit zweier Menschen geben kann. Argwöhnisch musterten seine Augen das weiße Kleid, und nicht todesdrohende Blässe, sondern grobe Zornesröte zeigten seine vollen Wangen. Er machte kehrt, wandte sich den Gewohnheiten eines ganzen Lebens zu, seiner unwandelbar treuen Leidenschaft, der Welt des Krieges, der Disziplin und des anfeuernden Trommelwirbels! Eine Verirrung hatte ihn aus der Bahn geworfen und ihn fortgeschleudert, allein, weit weg von der Prinzessin! Es schien ihm, sie kämen auf das Haus zu; er stürzte aus dem Zimmer, hielt aber plötzlich inne, schrecklich, gewaltig, er wandte den Kopf und warf noch einen Blick dorthin — doch nicht auf die Prinzessin, nicht auf die Falten des weißen Kleides ...

Er blickte auf den Soldaten.

Wären Sie dem Oberst in sein Quartier nachgeeilt, so hätte sich Ihnen eine jener rätselhaften Erscheinungen geboten, mit denen die Seele die klare Ordnung unserer Gedanken verwirrt, indem sie von den alltäglichen, leicht faßlichen Eindrücken unvermittelt zu einem Eindruck der Leidenschaft enteilt und, die ganze Macht ihrer poetischen Wallungen enthüllend, den toten Gegenständen etwas Lebendiges verleiht, sie mit sich selbst zu einem geschlossenen Bild verschmelzen läßt. Hütte und Palast sind gleichermaßen Schauplatz dieser höchsten Seelenspannung. Dieser ihr Ausbruch hebt alles zu ihr empor, auf dieselbe Höhe, und Sie sehen ringsum entweder Glanz oder Trümmer.

Der Oberst rauchte, doch das war eine Gewitterwolke von Rauch! Der Rauch, der in dichten Schwaden aufstieg, ringelte sich, floß in die Breite, wallte zur Decke und breitete sich unter ihr zu einer dünnen, durchsichtigen Schicht aus. Dann stahl er sich zu den Wänden, rollte sich an ihnen gleichsam ab, darauf wich er zur Seite, dann strudelte er auf dem Fußboden und suchte weiter Raum. In dieser Hölle von Rauch blieb eine Ecke, von zwei, drei Sonnenstrahlen erhellt, seltsam tröstlich klar, als hätte hier die Menschenliebe Zuflucht vor dem Gewitter eines wütenden Herzens gesucht. Teppiche, Pistolen, Fahnen — alles war verschwunden, nur hier und da blitzte der Stahl der Dolche, und zwei unbewegliche Gestalten waren zu unterscheiden, zwei bläuliche, verrauchte Gesichter, und ihnen entgegen blitzten die Augen des Obersts und donnerte seine Vorgesetztenstimme.

Der Oberst wetterte gegen die Offiziere (es waren Offiziere!), weil sie den Soldaten vom Dienst freigestellt hatten. Sein Zorn entlud sich in vollem Umfange, wie es immer geschieht, wenn der andere nicht widersprechen darf, wenn der Kühnheit keine Schüchternheit und der Tapferkeit keine Feigheit beigemengt ist.

„Daß er sich keinen Schritt mehr wegrührt!" schrie er. „Und auf den Exerzierplatz mit ihm, und morgen zu mir als Ordonnanz!"

In diesen Lauten aber lag etwas Geheimnisvolles, etwas Wil-

des und Scheues, als gälten sie einem Gespenst, als suchte der Oberst neben den Offizieren noch einen anderen, als blickte er auf den und sagte ihm etwas anderes: Ich stelle mich zwischen dich und sie; durch mich hindurch wirst du nicht mehr ihre zarte Hand sehen, nicht den lichten Tag, keine Blumen, keine Röte der Wangen, kein strahlendes Lächeln. Ich werde dir nur zeigen, wie blaß ein Gesicht sein kann, wie eingefallen die Wangen und wie trüb die Augen; ich habe es nicht nötig, dich zu betrügen, zu überlisten, mich bei dir einzuschmeicheln, dir entzückt die Hand zu drücken; ich habe es auch nicht nötig, dir heimlich aufzulauern, dich zu verleumden, dich finster zu verfolgen, mich in tiefer Nacht zu dir zu schleichen — denn du bist mein im Licht der Sonne, unter den Augen von Tausenden ...

Das Exerzieren verlief schlecht. Der Oberst war derart unzufrieden, daß er seine Wut an dem Pferd ausließ — ganz schaumbedeckt, tänzelte das Tier wild und doch elegant unter ihm, nur den Kopf reckte es verzerrt, denn er riß unaufhörlich an den Zügeln. Seine gereizte Aufmerksamkeit galt besonders den Fehlern in jenem Zug, in dem mit halb spöttischem, halb verbittertem Lächeln, das Gewehr geschultert, Bronin stand. Dort ging alles verkehrt: Die Richtung stimmte nicht, die Front verlief im Zickzack, der Schritt war zu kurz, zu schlapp, die Augen blitzten nicht genug. Überall Mängel feststellend, mitleidlos das Pferd spornend, wandte der Oberst den Blick doch immer nach derselben Seite, und wohin er auch sprengte, die Richtung seiner feuersprühenden Augen änderte sich nicht.

„Stillstehn!" brüllte er, auf Bronin blickend. „In die Reihe bringen!"

Der Feldwebel schob sich durch das hintere Glied und stieß den Soldaten leicht mit dem Gewehrkolben an. Der erblaßte.

Es ist in der Tat schwer zu ertragen, wenn das Exerzieren schlecht verläuft; denn dazu gehört unbedingt Akkuratesse, Einklang als Merkmale der Geschlossenheit, der gemeinsamen, einmütigen Tapferkeit, die unerläßlich ist, wenn aus Tausenden einzelner Kräfte eine einzige, unüberwindliche Kraft werden soll.

Stellen Sie sich eine Folge schneller, genauer Bewegungen vor, stellen Sie sich sauber ausgerichtete, feste Reihen vor, die sich bald dicht und geschlossen zu lichten Blöcken von Bajonetten fügen, bald sich frei zu einer langen Reihe entfalten, die wie Granit steht oder wie ein blitzender Strahl sich bewegt! In dieser Haltung, die Brust gereckt, den Kopf stolz erhoben, nehmen sie es mit der ganzen Welt auf, die Füße werden fest aufgesetzt und entschlossen gehoben; stellen Sie sich den sauberen, einmütigen, korrekten Schritt vor, und Sie werden begreifen, daß ein Parademarsch den Menschen in Hitze und in Eiseskälte versetzen kann. Hier zeigen sich die Werkzeuge des Todes nicht wirr, nicht häßlich, hier ist der Tod schön gekleidet, und auch hier empfindet man Eleganz und Schönheit, dazu aber spürt man eine Kraft, die über das Maß des einzelnen Menschen weit hinausgeht. Stellen Sie sich jetzt vor, das Exerzieren verläuft nicht, wie es soll, es fehlt in ihm der Einklang, und Sie werden begreifen, warum der Oberst schließlich den letzten Rest Geduld verlor, in voller Karriere herbeisprengte und meisterhaft genau vor Bronin das Pferd zum Stehen brachte.

„Was ist das für eine Haltung? Schlappheit! Herr Zugführer, in Ordnung bringen; er drückt die Knie nicht durch. Schultern zurück, Brust raus!"

Die Worte des Vorgesetzten hatten eine vernichtende Wirkung auf den Soldaten. Seine Lippen zitterten, doch das war die einzige Lebensregung auf seinem Gesicht, denn alles ungestüme Feuer, alle Strahlen des Lebens sammelten sich in den Augen. In ihnen lag alles: Verachtung und Haß und Verwegenheit und jener Stolz, den eine wahnwitzige Liebe eingibt und der bewirkt, daß wir uns die ganze Welt als das Herz der Frau vorstellen, daß wir überall auf dem ersten Platz stehen und uns hoch emporheben wollen, über alle Beziehungen der Gesellschaft, alle Nebenbuhler und jeglichen Ruhm hinaus.

Das Kommando allein hätte Bronin natürlich nicht in eine solche Gereiztheit versetzen können; wahrscheinlich ahnte er, warum man ihn nach seiner Rückkehr in den Stab auf den Exerzierplatz schickte. Einen brennenden Blick richtete er auf den anderen, und seine Pflicht, seine Mutter, seine Prinzessin vergessend, preßte er mit letzter Kraft die Worte hervor: „Oberst, quälen Sie mich nicht, es kommt nichts Besseres für Sie heraus. Ich sage Ihnen, quälen Sie mich nicht!"

Das Bajonett auf seinem Gewehr geriet in Bewegung, doch das sah der Vorgesetzte nicht mehr. Das Pferd unter ihm bäumte sich auf und wich zurück, sei es, daß er es nicht mehr zu beherrschen vermochte, sei es, daß er dem Blick des Soldaten nicht standhielt und darum das Pferd zurückriß.

Daß die Disziplin verletzt wurde, auf die sich das allgemeine Wohlergehen gründet, und daß ihn, den Oberst, jenes Geheimnis quälte, dazu noch dieses „Es kommt nichts Besseres für Sie heraus" — es war genug: Er tobte auf dem Pferd, schrie wild, und ein böses, drohendes Wort flog durch die Reihen.

Sie rissen dem Soldaten das Gewehr aus der Hand und die Uniform vom Leib ...

„Genug, laßt ihn!" kommandierte der Oberst ein paar Sekunden später vom anderen Ende der Front her; dann sprengte er zum Kompanieführer, winkte den Regimentsadjutanten herbei und sprach schnell, mit merklicher Erregung: „Nicht mehr zum Exerzieren schicken, nicht als Ordonnanz beordern, soll tun, was er will; kann in Zivil gehen, kann sich aufhalten, wo es ihm paßt — in Ruhe lassen!"

Etwas wie eine Träne blitzte in seinen Augen; er wandte sich rasch um, drückte dem Pferd die Sporen in die Flanken und verschwand.

Auf der Rückkehr vom Exerzierplatz erörterten ein paar Soldaten untereinander die Vorzüge eines dicken Hemdes gegenüber einem dünnen und würzten ihre Worte mit einem jener klugen Aussprüche, in denen sich Erfahrung verkörpert: Einer, den das Leben geschlagen hat, ist mehr wert als zwei, die es nicht geschlagen hat.

11

Es dämmerte.

In einem der besten Bauernhäuser, in der Stube, die aufgeräumt war, wie nur mütterliche Sorgsamkeit aufzuräumen versteht, und in der es von jenen zauberhaften Nichtigkeiten, jenen Erinnerungsgaben blinkte, die einer sprießenden Liebe so teuer sind, konnte man kaum die Gegenstände unterscheiden; sie schienen zu zerfließen mit dem Mondlicht und dem trüben Schimmer der herabgebrannten Kerze, die im sogenannten Vorzimmer stand.

Auf dem Fußboden lagen verstreut die Teile einer Soldatenuniform, dazu ein Hemd, das — wahrscheinlich in einem Anfall von Wut und Verdruß — von oben bis unten durchgerissen war. Pawel, der alte Diener — ein Diener, wie es heute keine mehr gibt —, wagte nicht aufzuräumen, sondern blickte schüchtern von Zeit zu Zeit zur Tür herein und hatte sich schon zweimal mit dem Ärmel über die Augen gewischt.

Bronin lag auf dem türkischen Diwan, das Gesicht in ein Kissen vergraben, das die Prinzessin bestickt hatte. Hätte er nicht zuweilen den Kopf zum Fenster gewandt, als wolle er nach dem Grad der Dunkelheit die Zeit erraten, und hätte er außerdem nicht die Schultern so angezogen, als fühle er Schmerzen im Rükken, so hätte man wohl glauben können, er schlafe. Pawel, sein Kammerdiener und Wärter aus den Kinderjahren, kämpfte schon lange mit dem Entschluß, hineinzugehen; endlich überschritt er leise die Schwelle, trat auf den Zehen zum Diwan, schwieg eine Weile und sagte dann mit trauriger Stimme: „Ein Briefchen ist für Sie gekommen, Herr, als Sie auf ..." Er hielt inne und wechselte die Ausdrucksweise. „Vor einiger Zeit schon hat's die Prinzessin geschickt."

Bronin streckte die Hand aus, ohne den Kopf zu heben, nahm den Brief, preßte ihn zwischen den Fingern — las ihn aber nicht.

Bekümmert schlich sich Pawel zurück, eine Viertelstunde später aber stürzte er in größter Eile wieder herbei: „Die gnädige Frau ist angekommen, Herr, die gnädige Frau!"

Bronin sprang auf, rief: „Sag ihr nichts …" und erstarrte auf der Stelle.

Er schien tief erschrocken: mancher Menschen Tränen, mancher Menschen Schluchzen fürchten wir auf den Tod. Die Nachricht war wohl zu ihr gedrungen — sonst besuchte sie ihn nie so spät.

Pawel half ihm flink in die Uniform, die gerade zur Hand war, versteckte das Hemd, dann trug er die Kerze herein, und — das Geschenk der Mutter, das Geburtstagsgeschenk, der kostbare Jatagan, blitzte an der Wand auf. Seine Scheide war schon mit neuem grünem Samt bezogen, die goldenen Beschläge strahlend blank geputzt, die Perlen gereinigt, und anstelle der herausgefallenen Edelsteine blinkten andere. Pawel hob geschwind den Schirm vom Leuchter und stellte diesen in die Ecke, recht weit weg, damit für die Mutter kein einziger Lichtstrahl das Gesicht des Sohnes erleuchte.

„Saschenka, mein Lieber!" rief Natalja Stepanowna schon von der Schwelle her, und in ihrer Stimme schwang starke Erregung.

Bronin erbebte, und noch bevor er ihr entgegenging, entrang sich ihm ein tiefer Seufzer als Antwort auf diese Laute, so als verlöre die Seele, die schon ihren Teil auf Erden gelitten hatte, angesichts der neuen Leiden, die ihrer harrten, allen Mut. Pawel begleitete seine Herrin; er wagte nicht, den Blick zu heben.

„Saschenka, man hat dir Gnade erwiesen."

Sie sprach es und umschlang seinen Hals mit dem Ungestüm und der Heiterkeit der Jugend.

„Der Fürst hat eben einen Brief aus Petersburg erhalten: in den nächsten Tagen wird es in den Dienstnachrichten stehen!"

Freudentränen stürzten ihr nur so aus den Augen, Freudenküsse fielen nur so auf Bronins Wangen.

Vielleicht wäre er nicht standhaft geblieben gegen Schluchzen über seine Schmach, vielleicht wäre er dann niedergestürzt unter der Trauer seiner Mutter; die Freude aber, der Hohn des Schicksals fand ihn stumm. Ja, es gibt so einen Zustand der Seele, da sie keinerlei äußere Erregung in sich aufnimmt, einen Zustand, den man nicht zu benennen, nicht zu zergliedern vermag; mag sich dann der Himmel aufheitern, mag ein günstiger Wind wehen, mag das Segel sich freudig blähen — die schwere Fracht dieses Empfindens wird das Schiff des Menschen dennoch auf den Meeresgrund ziehen.

„Mach dich schnell fertig, mein Lieber; sie erwarten dich zum Abendessen; der gute Fürst lädt dich zum Champagner ein! Wie er sich freut, und wie sich die Prinzessin freut!" Hier lächelte Natalja Stepanowna in doppeldeutigem Entzücken. „Warum ist es denn bei dir so dunkel?"

„Es ist hell, Mütterchen", antwortete Bronin und ließ den Kopf auf ihre Hand sinken.

„Komm, schnell . . ."

„Es geht nicht; ich muß zum Oberst."

„Aber mein Lieber . . ."

„Ich muß zum Oberst, Mütterchen", sagte der Sohn, seine Stimme bezwingend und auf den Jatagan blickend.

„Er wird wohl nicht böse sein, wenn du nicht kommst. Der Oberst ist doch ein lieber Mensch! Wie gut er zu dir ist! Morgen werden wir zum Gottesdienst hier sein, und ich werde für ihn beten. Was ist denn mit dir, mein Lieber, du scheinst dich nicht zu freuen?"

„Ich freue mich, Mütterchen, freue mich sehr . . ."

„Oh!" schrie sie auf. „Wie du meine Hand preßt, Saschenka!" Und sie umarmte den Sohn fest und küßte ihn.

Lange brachte er seine Einwände vor. Endlich bemerkte Natalja Stepanowna seine Blässe, und mit einer Besorgtheit, die ohne Bitternis war, weil die Freude alle anderen Gefühle überdeckte, fragte sie: „Du bist krank, mein Lieber? Was ist mit dir?"

„Ich war heute viel unterwegs, ich bin müde; machen Sie sich keine Sorgen, Mütterchen — morgen ist alles vorbei."

Hier zeigte sich eine verblüffende Merkwürdigkeit des Menschenherzens: Es schreckte den Sohn, daß die Mutter sich über seinen Gesundheitszustand Sorgen machte, indessen aber trat der schlimme Plan allmählich aus der Seele auf sein Antlitz. Das trübe Licht, die Schwäche der alten Augen und dann die blinde Begeisterung, dazu die Ungeheuerlichkeit, die Unwahrscheinlichkeit des Unglücks, unter dem der Sohn litt — all das hinderte Natalja Stepanowna daran, in das Geheimnis einzudringen oder auch nur einen traurigen Verdacht zu hegen. Sie sah ein, daß er nicht mitkommen könne, daß er müde sei, sich ausruhen müsse und daß am Tag darauf alles vorüber sein werde.

„Warum läßt du denn der Prinzessin nichts bestellen?"

„Bestellen Sie ihr meine Empfehlung, und danken Sie ihr."

Wieder griff er nach der Hand der Mutter, führte sie zu den Lippen, und sie küßte ihn abermals.

„Bis morgen, mein Lieber, wir kommen alle zum Gottesdienst!"

„Bis morgen, Mütterchen!"

Die Kalesche rollte davon, und alles wurde still; nur hier und da kläffte ein Hund.

„Pawel, leg dich schlafen, ich zieh mich allein aus ..."

Es verging eine lange Stunde; er konnte hören, daß auch Pawel schlief.

Bronin wanderte in der Stube auf und ab; bald blickte er zum Fenster, bald auf die Wände, bald schaute er ins Leere. Plötzlich trat er zu dem Jatagan, stellte sich vor ihn in wilder Gebärde und saugte sich mit den Augen an ihm fest!

In dieser Minute war der Soldat in nichts, in gar nichts mehr dem jungen Kornett ähnlich, kein einziger Zug, den man wiedererkannt hätte. Nur das Haar, das noch nicht der Vorschrift nach geschnitten und das in unnachahmlicher Weise durcheinandergewirbelt war, hatte seinen früheren Glanz, seinen früheren Reiz bewahrt; und ungeachtet des erschreckenden Gesichtsausdruckes hätte eine schöne Frau noch mit Wohlgefallen auf dieses wellige, üppige, schimmernde Haar blicken, hätte sie versonnen ihre liebkosenden Finger in die dichten Locken tauchen, sie zärtlich emporheben, sie wollüstig zerwühlen und, an dem Anblick sich freuend, aufflammen und wonnig erstarren können. Es war noch das Haar des Kornetts.

Er nahm den Jatagan von der Wand.

Der Mond zog einen scharfen Trennungsstrich mitten auf der breiten Dorfstraße, teilte sie in eine helle und eine dunkle Hälfte. Auf der Grenze von Licht und Finsternis, auf dieser Linie, wo das Ende des Lebens mit dem Anfang des Todes verschmilzt, zeigte sich und verschwand ein paarmal der Schatten eines Soldaten!

Vor dem Quartier des Obersts aber ging ein Posten auf und ab; Furcht oder Selbstverachtung aber, irgend etwas aber hält den Menschen zurück, wenn er sich durch die Nacht schleicht.

12

Die Glocken läuteten zum Gottesdienst. Es war ein Feiertag im Dorf. Immer mehr Soldaten, Bauern und Bäuerinnen traten auf die Straße. Manch einer hatte sich ein Sträußchen gelber Blumen an den Hut gesteckt, manch eine ein Band in den Zopf geflochten. Einige trotteten träge und etwas schwankend in die Kirche, nicht ohne einen gefühlvollen Blick auf die geschlossene Schenke geworfen zu haben. Das Wetter war wundervoll. Es war einer jener unbeschreiblichen Augenblicke, da das Leben nicht Erinnern, Handeln oder Hoffen bedeutet, sondern einfach Atmen, Emporblicken zum Himmel, Hinschauen auf das Grün, auf die Blumen, eine Wonne, die weder durch Arbeit noch durch Geld erkauft wird! Still und hell floß die Krassiwaja Metsch. Ein feiner Regen netzte durch Sonnenstrahlen hindurch die Erde, und ein Regenbogen umspannte gleich einer Tüllschärpe fast die Hälfte des wunderbaren Himmels.

In einiger Entfernung rollte eilend eine sechsspännige Kalesche zur Kirche; ein hübscher Hut beugte sich vor, ein weißer Schleier flatterte aus ihr heraus, und einige Leute sagten: „Da kommt Seine Durchlaucht mit Tochter."

Auch der Oberst ließ sich sehen. Während er aus dem Hause

trat, wandte er sich noch einmal um und sagte düster: „Versöhnt mich mit ihm!“

Darauf wandte er sich zur Kirche, doch kaum hatte er ein paar Schritte getan, da tauchte neben ihm der Soldat auf, ohne Tschako, die Uniform flüchtig übergeworfen, das Gesicht verzerrt. Seine linke Hand fiel mit gigantischer Kraft auf die Schulter des Obersts.

Der Stahl des Jatagans blitzte in der Sonne und verschwand.

Man läutete zum Gottesdienst, doch niemand trat in die Kirche. Eine gewaltige Menge stand dicht und unbeweglich, mit starren Augen, mit sinnloser Neugier. Eine ängstliche, unhörbare Bewegung war nur an denen wahrzunehmen, die sich in den hinteren Reihen drängten und die Hälse reckten, um sich an dem nie geschauten Bild zu ergötzen. Einige Offiziere stützten den Kopf des armen Obersts, und ein Arzt suchte, blutbespritzt, die schreckliche Wunde zu nähen. Ein paar Soldaten überwältigten und fesselten den Mörder. Sein bleiches Gesicht belebte sich, es zuckte, so wie ein Leichnam unter galvanischer Entladung zuckt; Röte flammte auf seinen Wangen, Tränen stürzten ihm aus den Augen. Vor der Kirchentür bemühten sich die Leute um zwei ohnmächtig gewordene Frauen. Er blickte dorthin, und der kummervolle, herzzerreißende Ruf: „Mutter, Mutter!“ stieg in die Luft.

Noch ein, zwei Worte fügte er hinzu, doch weiter war nichts zu vernehmen, denn er würgte die Worte zusammen mit den Tränen hinunter.

Ein paar Tage später verkündete der dumpfe, abgerissene Schlag der mit schwarzem Tuch bespannten Trommeln, daß man den Oberst zu Grabe trug. Gewehre zur Totenehrung, Trauerflor an den Degen — Waffen, die den Soldaten sonst nicht zur Bekundung stiller Trauer in die Hand gegeben sind, jetzt aber ein Bild der Demut boten, dazu die stumme, feierliche Ehrfurcht vor der Majestät des Todes, die allein in dem disziplinierten Trauermarsch der Soldaten ihren vollen Ausdruck findet —, es war ein Anblick, der jeden an dem Leid um den Verstorbenen teilhaben ließ. Mit ausdrucksvollen militärischen Ehren senkte man seinen

Körper ins Grab, mit Ehren, auf die wir Lebenden oft mit einem bitteren, tiefen, dunklen Neid schauen. Es ist ein Tod mit Nachhall aus dem Leben, mit einer bleibenden Spur auf der Erde.

Wiederum einige Zeit später nahm dasselbe Bataillon, das dem Sarg des Obersts gefolgt war, Aufstellung zu anderem Tun. Vor der Front standen fünf Soldaten. Unter ihnen befand sich einer ohne Waffen, in einer Kleidung, die keiner Vorschrift mehr unterlag. Die Soldaten standen stramm. Der Bataillonsadjutant verlas ein Papier. Es ertönte das Kommando: „In zwei Reihen aufstellen, Gewehr bei Fuß . . ."

Rasch wurden frische Ruten verteilt. Manche Soldaten griffen behend nach ihnen und ließen sie malerisch durch die Luft pfeifen; ihren Kameraden verhöhnend, murmelten sie: „Jetzt heißt's durch die grüne Gasse spazieren."

Sie schlugen die Trommeln und — führten ihn in diese Gasse . . . Mehrere Offiziere wandten sich ab.

Am Ende der Reihen wanderte der Arzt hin und her, und in der Nähe wartete ein leichter Wagen.

Ich weiß nicht, was aus der Prinzessin wurde. Sie schwand mir aus den Augen, so wie uns die Zukunft im Dämmer des Himmels und des morgigen Tages schwindet. Sie verlor sich vielleicht in der Einsamkeit des Trauerns, vielleicht auch im blendenden Strudel der vornehmen Welt. Ich weiß nur, daß einst am Ufer der Krassiwaja Metsch eine Granitplatte lag, umfaßt von einem niedrigen Eisengitter, daß sie damals täglich dorthin kam, um zu weinen, und daß sie einmal entsetzt von dort flüchtete, weil zwei Lakaien zu ebendiesem Stein eine gebrechliche, hinfällige Frau mit dem Siegel schrecklicher Verheerung auf dem Antlitz und mit Blumen am Häubchen führten.

Diese Frau mit dem schon verfallenden Körper war früh erwacht, wenn man eine krankhafte Erstarrung der Glieder Schlaf nennen kann, war aus dem Bett gesprungen und hatte gerufen: „Heute ist Saschenkas Geburtstag! Gebt mir ein frisches Kleid, eine ordentliche Haube, Blumen; reicht mir den Jatagan, ich will ihn Saschenka schenken!"

Alexej Tolstoi

Die Familie des Wurdalak

Unveröffentlichtes Fragment aus den Erinnerungen eines Unbekannten

Das Jahr 1815 hatte in Wien alles zusammengeführt, was es an Berühmtheiten der gelehrten Kreise Europas, an glänzenden Geistern der Gesellschaft und an fähigen Köpfen der Diplomatie gab. Nun aber war der Kongreß beendet.

Die royalistischen Emigranten bereiteten sich vor, endgültig auf ihre Schlösser zurückzukehren, die russischen Krieger strebten zurück zum verlassenen heimischen Herd, und einige unzufriedene Polen gedachten in Krakau ein Obdach für ihre Freiheitsliebe unter der dreifachen Ägide einer zweifelhaften Unabhängigkeit zu finden, die ihnen der Fürst von Metternich, der Fürst von Hardenberg und der Graf von Nesselrode bereitet hatten.

Wie am Ende eines rauschenden Balles hatte sich die eben noch so geräuschvolle Runde auf einen kleinen Kreis von Menschen beschränkt, die, Vergnügen suchend und gefesselt von den Reizen der österreichischen Damen, noch zögerten, ihre Koffer zu packen, und ihre Abreise hinausschoben.

Diese fröhliche Gesellschaft, zu der ich gehörte, traf sich zweimal wöchentlich im Schloß der Frau Fürstin-Witwe von Schwarzenberg, ein paar Meilen außerhalb der Stadt, jenseits eines kleinen Fleckens, der Hietzing heißt. Die feine, vornehme Haltung der Hausherrin im Verein mit ihrer anmutigen Freundlichkeit, ihrem Witz und Scharfsinn machte den Aufenthalt bei ihr höchst angenehm.

Den Morgen widmeten wir alltäglich dem Promenieren; wir speisten gemeinsam zu Mittag, sei es im Schloß, sei es in der Umgebung, und am Abend fanden wir, um ein loderndes Kaminfeuer sitzend, unser Vergnügen darin, zu plaudern und Geschichten zu erzählen. Es war streng verboten, von Politik zu sprechen. Jedermann hatte genug davon, und die Gegenstände unserer Geschichten entliehen wir etwa den Überlieferungen unserer Heimatländer oder unseren eigenen Erinnerungen.

Eines Abends, als jeder etwas erzählt hatte und wir uns im Zustand jener geistigen Spannung befanden, die gewöhnlich noch von der Dunkelheit und der Stille erhöht wird, nutzte der Marquis d'Urfé, ein alter Emigrant, den wir alle wegen seiner ganz jugendlichen Heiterkeit und seiner witzigen Plaudereien über die Frauengunst, die er einst genossen, liebten, einen Augenblick der Stille und ergriff das Wort.

„Ihre Geschichten, meine Herren", sagte er, „sind zweifellos höchst erstaunlich, doch mich dünkt, es fehlt ihnen etwas Wesentliches, ich will sagen, die Echtheit; denn es sollte mich wundern, wenn einer von Ihnen mit eigenen Augen die so merkwürdigen Dinge gesehen hätte, von denen er eben berichtete, und ich glaube auch nicht, daß er sich für ihre Wahrheit mit seinem Wort als Edelmann verbürgen könnte."

Uns blieb nichts anderes, als dies zuzugeben, und der Greis fuhr, über sein Jabot streichend, fort: „Was mich betrifft, meine Herren, ich kenne ein einziges Abenteuer dieser Art, doch es ist so wunderlich und wiederum so schauderhaft und auch so wahr, daß es allein, für sich, genügen würde, die Einbildungskraft selbst der Ungläubigsten schrecklich zu erregen. Ich bin unglücklicherweise zugleich Zeuge und Akteur dieser Begebenheit gewesen, und wennschon ich es sonst gar nicht liebe, mich an sie zu erinnern, werde ich Ihnen diesmal gern von ihr berichten, vorausgesetzt freilich, daß die Damen dieses Kreises es gütigst erlauben."

Die Zustimmung kam einmütig. Zwar richteten sich ein paar

furchtsame Blicke auf die leuchtenden Figuren, die der Mond auf das Parkett zeichnete; aber bald rückte der kleine Zirkel eng zusammen, und alle schwiegen, um der Geschichte des Marquis zu lauschen. Herr d'Urfé nahm eine Prise Tabak, sog sie langsam ein und begann, indem er also sprach:

Vor allem, meine Damen, bitte ich Sie um Entschuldigung, wenn es sich beim Erzählen ergeben sollte, daß ich häufiger von meinen Herzensangelegenheiten spreche, als es einem Mann meines Alters zukäme. Ich werde sie aber erwähnen müssen, um meinen Bericht verständlich zu machen. Zudem dürfte es dem Alter erlaubt sein, Augenblicke des Selbstvergessens zu haben, und es wird gewiß Ihre Schuld sein, meine Damen, wenn ich, da ich Sie in Ihrer Schönheit vor mir sehe, noch immer versucht bin, mich jung zu glauben. So sage ich Ihnen denn ohne weitere Vorrede, daß ich im Jahre 1759 sterblich verliebt war in die hübsche Herzogin de Gramont. Diese Leidenschaft, von der ich damals meinte, sie sei tief und dauerhaft, ließ mir tags und nachts keine Ruhe, und die Herzogin fand, wie es schöne Frauen oft tun, Gefallen daran, mit ihrer Koketterie meine Qualen zu vergrößern. So kam es, daß ich in einem Augenblick des Verdrusses um eine diplomatische Mission bat und sie auch erhielt; man schickte mich zum Hospodar der Moldau, der damals mit dem Versailler Kabinett in Verhandlungen über Angelegenheiten stand, auf die hier einzugehen ebenso langweilig wie unnütz wäre. Am Tage vor meiner Abreise fand ich mich bei der Herzogin ein.

Sie empfing mich mit einer Miene, die weniger spöttisch als sonst war, und sagte mit einer Stimme, die eine gewisse Erregung verriet: „D'Urfé, Sie machen da eine große Dummheit. Doch ich kenne Sie, und ich weiß, daß Sie von einem einmal gefaßten Entschluß niemals abgehen würden. So bitte ich Sie denn nur um eines: Nehmen Sie dieses kleine Kreuz als Pfand meiner Freundschaft, und tragen Sie es bei sich bis zu Ihrer Rückkehr. Es ist eine Familienreliquie, der wir hohen Wert beimessen."

Mit einer in diesem Augenblick vielleicht unpassenden Galanterie küßte ich nicht die Reliquie, sondern die bezaubernde Hand, die mir das Kleinod reichte, und dann legte ich um meinen Hals das Kreuz, das Sie hier sehen und das ich seitdem nie mehr abgenommen habe.

Ich werde Sie, meine Damen, nicht mit den Einzelheiten meiner Reise ermüden, auch nicht mit den Beobachtungen, die ich über die Ungarn sammelte und über die Serben, dieses arme und unwissende, aber tapfere und ehrenwerte Volk, das, obgleich geknechtet von den Türken, weder seine Würde noch seine alte Unabhängigkeit vergessen hat. Ich begnüge mich, Ihnen zu sagen, daß ich, da ich bei einem Aufenthalt in Warschau ein wenig Polnisch gelernt hatte, bald auch mit dem Serbischen zurechtkam; denn diese beiden Idiome sind, ebenso wie das Russische und das Böhmische, wie Sie zweifellos wissen, nur Zweige ein und derselben Sprache, die man die slawische nennt.

Ich wußte also schon genug, um mich verständlich zu machen, als ich eines Tages in ein Dorf kam, dessen Namen Sie kaum interessieren wird. Ich fand die Bewohner des Hauses, in dem ich einkehrte, in einer Bedrücktheit, die mir um so merkwürdiger erschien, als es an einem Sonntag war, dem Tage, da sich das serbische Volk nach alter Sitte mancherlei Vergnügungen hingibt, so dem Tanz, dem Büchsenschießen, dem Kampfspiel. Ich erklärte mir das Verhalten meiner Wirtsleute damit, daß ein Unglück sie eben heimgesucht haben mochte, und wollte mich schon zurückziehen, als ein Mann von etwa dreißig Jahren, von hohem Wuchs und mit ausdrucksvollem Antlitz, zu mir trat und meine Hand ergriff.

„Tritt ein, tritt ein, Fremder“, sagte er, „laß dich nicht von unserem Kummer schrecken; du wirst ihn verstehen, wenn du seine Ursache erfährst.“

Darauf erzählte er mir, sein alter Vater, der Gortscha hieß, ein Mann von auffahrendem, unbeugsamem Wesen, sei eines Tages von seinem Lager aufgestanden und habe die lange türkische Büchse von der Wand genommen.

„Kinder“, hatte er zu seinen beiden Söhnen gesagt — der eine hieß Georg, der andere Peter —, „ich gehe auf der Stelle in die

Berge und schließe mich den tapfern Männern an, die dem Hund, dem Ali-Bek, eine Hetzjagd liefern." (Ali-Bek war der Name eines türkischen Räubers, der seit einiger Zeit das Land verheerte.) „Wartet auf mich zehn Tage lang, und wenn ich am zehnten Tag nicht zurückkehre, so laßt mir eine Seelenmesse lesen, denn das wird heißen, daß ich tot bin. Aber", hatte der alte Gortscha noch ernster und strenger hinzugefügt, „wenn ich — was Gott verhüten möge — zurückkehren sollte, nachdem mehr als zehn Tage vergangen sind, so laßt mich um eures Heiles willen nicht ins Haus. Ich befehle euch, dann zu vergessen, daß ich euer Vater war, und mich mit einem Hagedornpfahl zu durchbohren, ganz gleich, was ich sagen oder tun werde, denn dann würde ich nichts anderes sein als ein verfluchter *Wurdalak,* der käme, euer Blut zu saugen."

Nun sei Ihnen erklärt, meine Damen, daß der *Wurdalak*, der Vampir der slawischen Völker, in der Vorstellung der dort wohnenden Menschen nichts anderes ist als der Körper eines Toten, der aus dem Grab gestiegen ist, um den Lebenden das Blut auszusaugen. Soweit sind seine Gewohnheiten die aller Vampire; es kommt jedoch eine Eigenschaft hinzu, die ihn noch gefürchteter macht. Der *Wurdalak*, meine Damen, saugt vorzugsweise das Blut seiner nächsten Verwandten und seiner vertrautesten Freunde, die, wenn sie dann gestorben sind, ihrerseits Vampire werden, dergestalt, daß man behauptet, in Bosnien und Ungarn ganze Dörfer in *Wurdalaki* verwandelt gesehen zu haben. Der Abbé Augustin Calmet erwähnt dafür in seinem kuriosen Werk über Geistererscheinungen erschreckende Beispiele. Die deutschen Kaiser beriefen mehrere Male Kommissionen, die Fälle von Vampirismus zu klären hatten. Man setzte darüber Protokolle auf, grub Leichen aus, fand sie vollgesogen mit Blut und ließ sie auf öffentlichen Plätzen verbrennen, nachdem ihnen das Herz durchbohrt worden war. Beamte, die Zeugen dieser Exekutionen waren, versichern, gehört zu haben, wie die Leichen in dem Augenblick aufheulten, da ihnen der Scharfrichter einen Pfahl in die Brust stieß. Sie legten ihre Aussagen darüber schriftlich nieder und bekräftigten sie durch ihren Schwur und ihre Unterschrift.

Nach diesen Erläuterungen werden Sie, meine Damen, die Wirkung, welche die Worte des alten Gortscha auf seine Söhne ausgeübt hatten, leicht begreifen. Beide hatten sich zu seinen Füßen niedergeworfen, hatten ihn angefleht, sie statt seiner ziehen zu lassen, doch statt jeder Antwort hatte er ihnen den Rücken zugekehrt und war davongegangen, den Kehrreim einer alten Ballade vor sich hin brummend. Der Tag, an dem ich in dem Dorfe eintraf, war genau der, an dem die von Gortscha gesetzte Frist enden sollte, und ich hatte nun keine Mühe mehr, mir die Unruhe seiner Kinder zu erklären.

Es war eine gute und ehrbare Familie. Georg, der ältere der beiden Söhne, mit männlichen, scharf ausgeprägten Gesichtszügen, schien ein ernster und entschlossener Mann zu sein. Er war verheiratet und Vater zweier Kinder. Sein Bruder Peter, ein hübscher Bursche von achtzehn Jahren, verriet in seinen Mienen mehr Sanftmut als Kühnheit und schien der Liebling seiner jüngeren Schwester zu sein, die Zdenka hieß und die sehr wohl als Typ slawischer Schönheit gelten konnte. Neben dieser in jeder Beziehung unbestreitbaren Schönheit war es eine entfernte Ähnlichkeit mit der Herzogin de Gramont, die mich von Anfang an blendete. Da war vor allem eine charakteristische Linie auf der Stirn, die ich in meinem ganzen Leben nur bei den beiden Frauen fand. Diese Linie konnte im ersten Augenblick mißfallen, doch sie zog einen unwiderstehlich an, sobald man sie mehrere Male gesehen hatte.

Mochte es sein, weil ich damals sehr jung war, mochte es sein, daß diese Ähnlichkeit, gepaart mit einem eigenwilligen und unverbildeten Geist, in der Tat eine unwiderstehliche Wirkung ausübte — ich hatte mich kaum zwei Minuten mit Zdenka unterhalten, da fühlte ich schon für sie eine Neigung, die zu lebhaft war, als daß sie sich nicht in ein zärtlicheres Gefühl zu verwandeln gedroht hätte, falls ich meinen Aufenthalt in diesem Dorf verlängerte.

Wir saßen alle vor dem Haus um einen Tisch vereint, auf dem Käse und Schalen voll Milch standen. Zdenka spann Wolle; ihre Schwägerin bereitete den Kindern, die im Sand spielten, das

Abendessen; Peter pfiff mit gespielter Sorglosigkeit vor sich hin, während er einen *Jatagan* säuberte, ein langes türkisches Messer. Georg hatte die Ellbogen auf den Tisch gestützt, den Kopf zwischen die Handflächen gelegt und verschlang mit den Augen, die Stirn sorgenvoll gefurcht, die Landstraße; er sprach kein Wort.

Was mich betrifft, ich schaute, von der Trauer der anderen bezwungen, schwermütig zu den Abendwolken hinauf, die den Goldgrund des Himmels und die Silhouette eines von schwarzem Kiefernwald halb verdeckten Klosters umrahmten.

Dieses Kloster hatte, wie ich später erfuhr, einst große Berühmtheit genossen, weil es ein wundertätiges Bild der Jungfrau Maria besaß, das der Legende nach von Engeln gebracht und auf die Zweige einer Eiche gelegt worden war. Doch zu Beginn des vorigen Jahrhunderts waren die Türken in das Land eingefallen; sie hatten die Mönche umgebracht und das Kloster geplündert. Nichts blieb als die Mauern und eine Kapelle, in der eine Art Klausner den Kirchendienst versah. Dieser Mann machte auch, wenn Neugierige kamen, die Honneurs der Ruinen und gewährte Pilgern Unterkunft; die Pilger, zu Fuß unterwegs von einem frommen Ort zum andern, kehrten gern im Kloster der Jungfrau von der Eiche ein. Wie ich schon sagte, ich erfuhr das alles erst in der Folgezeit, denn an diesem Abend hatte ich ganz andere Dinge im Kopf als die Archäologie Serbiens. Wie es oft geschieht, wenn man seine Einbildung frei walten läßt, dachte ich an die Vergangenheit, an die schönen Tage meiner Kindheit, an mein schönes Frankreich, das ich verlassen hatte, um in ein fernes, wildes Land zu reisen.

Ich dachte an die Herzogin de Gramont, und ich dachte, warum soll ich es nicht gestehen, auch an einige andere Zeitgenossinnen Ihrer verehrten Großmütter, an Frauen, deren Bilder, ich weiß nicht wie, von dem der reizenden Herzogin gelockt und ihm folgend, sich in mein Herz gestohlen hatten.

Bald hatte ich sowohl meine Gastgeber als auch ihre Unruhe vergessen.

Mit einemmal brach Georg das Schweigen.

„Frau", sagte er, „um welche Stunde ist der *Alte* fortgegangen?"

„Um acht Uhr", antwortete die Frau, „ich hörte gerade die Glocke des Klosters läuten."

„Dann ist es gut", sprach Georg darauf. „Es kann nicht später als halb acht sein."

Er verstummte und heftete von neuem seine Augen auf die Landstraße, die sich im Wald verlor.

Ich vergaß, Ihnen zu sagen, meine Damen, daß die Serben, wenn sie jemanden des Vampirismus verdächtigen, darauf achten, ihn nicht bei seinem Namen oder sonst unmittelbar zu nennen; denn sie glauben, daß sie ihn damit aus dem Grabe hervorrufen würden. So gebrauchte denn Georg seit einiger Zeit, wenn er von seinem Vater sprach, nur das Wort „der Alte".

Es vergingen ein paar Augenblicke des Schweigens. Plötzlich zupfte eines der Kinder Zdenka an der Schürze und fragte: „Tante, wann wird denn Großvater nach Hause kommen?"

Als Antwort auf diese zur Unzeit gestellte Frage gab ihm Georg eine Ohrfeige.

Das Kind begann zu weinen, doch sein kleiner Bruder sprach mit einer Miene zugleich des Staunens und der Furcht: „Vater, warum dürfen wir denn nicht von Großvater sprechen?"

Eine weitere Ohrfeige schloß ihm den Mund. Die beiden Kinder fingen an zu brüllen, und die ganze Familie bekreuzigte sich.

Just in diesem Augenblick hörte ich die Glocke des Klosters gemächlich acht Uhr schlagen. Kaum hatte der erste Glockenschlag unser Ohr erreicht, da sahen wir, wie sich eine menschliche Gestalt aus dem Schatten des Waldes löste und auf uns zustrebte.

„Er ist es! Gott sei gelobt!" schrien Zdenka, Peter und seine Schwägerin zugleich.

„Herrgott, beschütz uns und erbarm dich unser!" sprach Georg feierlich. „Wie sollen wir wissen, ob die zehn Tage verflossen sind oder nicht?"

Alle blickten ihn entsetzt an. Die menschliche Gestalt kam indessen immer näher. Das war ein alter Mann von hoher Gestalt, mit silbergrauem Bart und einem strengen, blassen Antlitz; auf einen Stock gestützt, schleppte er sich mühsam vorwärts. Je näher der alte Mann kam, desto mehr verdüsterte sich Georgs Miene. Als jener dicht vor uns angelangt war, blieb er stehen und starrte der Reihe nach auf die Glieder seiner Familie, mit Augen, die nichts zu sehen schienen, so tief und trüb lagen sie in ihren Höhlen.

„Wie?“ sprach er mit hohler Stimme. „Keiner steht auf, mich zu empfangen? Was soll dieses Schweigen? Seht ihr nicht, daß ich verwundet bin?“

Da erst bemerkte ich, daß die linke Seite des alten Mannes ganz voll Blut war.

„Stütz doch deinen Vater!“ sagte ich zu Georg. „Und du, Zdenka, solltest ihm einen stärkenden Trunk reichen, er kann jeden Augenblick zusammenbrechen.“

„Mein Vater“, sprach Georg, während er sich Gortscha näherte, „zeig mir deine Wunde — ich kenne mich darin aus, ich werde sie verbinden.“

Er machte Miene, ihm das Obergewand zu öffnen, doch der alte Mann stieß ihn grob zurück und legte sich schützend beide Hände auf die linke Seite.

„Laß, du bist ungeschickt“, sagte er. „Du tust mir weh!“

„Aber du bist ja am Herzen verwundet!“ schrie Georg, ganz bleich. „Rasch, rasch, zieh dich aus, du mußt, du mußt, sag ich dir!“

Der alte Mann reckte sich drohend.

„Nimm du dich in acht“, sprach er mit dumpfer Stimme, „wenn du mich berührst, verfluche ich dich!“

Peter stellte sich zwischen Georg und seinen Vater.

„Laß ihn“, sagte er, „du siehst doch, daß er leidet!“

„Dräng ihn nicht“, fügte seine Frau hinzu, „du weißt, das konnte er niemals ausstehen!“

In diesem Augenblick sahen wir eine Schafherde von der Weide zurückkehren und in einer Wolke aufgewühlten Staubes dem Hause zustreben. Sei es, daß der Hund, der zur Herde gehörte, seinen alten Herrn nicht erkannte, sei es, daß ihn etwas anderes dazu trieb — er stemmte, sobald er auch nur aus der Ferne Gortscha erblickt hatte, die Füße ein, sein Fell sträubte sich, und er begann zu heulen, als sähe er etwas Übernatürliches.

„Was hat der Hund?" fragte der alte Mann mit einer Miene, die immer mehr Unzufriedenheit zeigte. „Was hat das alles zu bedeuten? Bin ich ein Fremder in meinem eigenen Haus geworden? Haben mich zehn Tage, die ich in den Bergen verbrachte, so sehr verändert, daß mich nicht einmal meine Hunde wiedererkennen?"

„Hörst du's?" sagte Georg zu seiner Frau.

„Was denn?"

„Er gibt zu, daß die zehn Tage um sind!"

„Aber nein, er ist doch gerade zur rechten Zeit zurückgekehrt!"

„Schon gut, ich weiß, was ich zu tun habe."

Da der Hund immer weiter heulte, schrie der alte Gortscha: „Ich will, daß er getötet wird! Wie denn, hört ihr nicht?"

Georg rührte sich nicht; doch Peter, mit Tränen in den Augen, erhob sich, ergriff die Büchse des Vaters, zielte auf den Hund, und das Tier wälzte sich im Staub.

„Dabei war es mein Lieblingshund", sagte er ganz leise, „ich weiß nicht, warum der Vater wollte, daß ich ihn töte."

„Weil er es verdient hat", bemerkte Gortscha. „Auf, es wird kalt, ich will hinein!"

Während dies draußen geschah, hatte Zdenka für den Alten einen Heiltrunk bereitet, der aus heißem Schnaps mit Birnen, Honig und Rosinen bestand, doch ihr Vater stieß ihn angeekelt zurück. Er bekundete die gleiche Abneigung für den Teller Hammelfleisch mit Reis, den ihm Georg reichen wollte; er ging in den Herdwinkel und setzte sich dort nieder, während er unverständliche Sätze vor sich hin murmelte.

Ein Kiefernholzfeuer knisterte im Herd und belebte mit seinem zuckenden Widerschein das Antlitz des alten Mannes, das so bleich und ausgezehrt war, daß man es ohne diese Beleuchtung für das eines Toten hätte halten können. Zdenka setzte sich zu ihm.

„Mein Vater", sprach sie, „du willst nichts zu dir nehmen,

willst auch nicht ruhen. Möchtest du uns nicht von deinen Erlebnissen in den Bergen erzählen?"

Das junge Mädchen wußte, daß sie mit solchen Worten seine empfindlichste Seite berührte, denn der Alte liebte es, von Kriegen und Kämpfen zu sprechen. So erschien denn auch die Ahnung eines Lächelns auf seinen blutlosen Lippen, ohne daß die Augen daran teilgehabt hätten, und er erwiderte, während er ihr über die schönen blonden Haare strich: „Ja, meine Tochter, ja, Zdenka, ich will dir erzählen, was mir in den Bergen widerfahren ist, aber ein andermal, denn heute bin ich müde. Soviel werde ich dir indessen sagen: Ali-Bek ist nicht mehr, und meine Hand war es, die ihn tötete. Wenn jemand daran zweifelt", fuhr der alte Mann fort, während er den Blick über seine Familie gleiten ließ, „hier ist der Beweis!"

Er löste eine Art Quersack, der ihm auf dem Rücken hing, und holte daraus einen blutigen Kopf hervor, dem freilich sein eigener an Blässe nicht nachstand. Wir wandten uns voll Entsetzen ab.

Gortscha jedoch sprach, während er Peter den Kopf hinhielt: „Nimm, steck ihn mir über der Tür auf, damit alle, die vorbeikommen, erfahren: Ali-Bek ist tot, und die Straßen sind frei von Räubern, jedenfalls wenn ich die Janitscharen des Sultans nicht mitzähle."

Peter gehorchte voller Ekel.

„Jetzt begreife ich alles", sagte er, „der arme Hund, den ich getötet habe, heulte nur, weil er das Fleisch des Toten witterte!"

„O ja, er witterte das Fleisch des Toten", bemerkte in diesem Augenblick mit finsterer Miene Georg, der hinausgegangen war, ohne daß wir es bemerkt hatten, und nun wieder hereinkam; er brachte einen Gegenstand mit, der ein Pfahl zu sein schien, und lehnte ihn in eine Ecke.

„Georg", sprach seine Frau leise zu ihm, „du willst doch nicht etwa ..."

„Bruder", bemerkte auch Zdenka, „was hast du vor? Nein, nein, das wirst du doch nicht ..."

„Laßt mich", erwiderte Georg, „ich weiß, was ich zu tun habe, und ich werde nichts tun, was nicht notwendig ist."

Über diesen Begebenheiten war die Nacht hereingebrochen, und die Familie begab sich zum Schlafen in einen Teil des Hauses, der von meinem Zimmer durch nichts als eine äußerst dünne Trennwand abgeteilt war. Ich gestehe, daß die Dinge, die ich im Laufe des Abends gesehen hatte, meine Vorstellung aufs lebhafteste beschäftigten. Meine Kerze war erloschen, der Mond strahlte groß und hell durch ein kleines, niedriges Fenster ganz dicht an meinem Bett und warf auf den Fußboden und die Wände ein fahles Licht, ungefähr so, meine Damen, wie er es gegenwärtig in dem Salon tut, in dem wir sitzen. Ich wollte schlafen und konnte es nicht. Für meine Schlaflosigkeit gab ich dem hellen Mondlicht die Schuld; ich suchte etwas, was mir als Vorhang hätte dienen können, fand aber nichts. Da ich alsbald verworrene Stimmen hinter der Trennwand hörte, begann ich zu lauschen.

„Leg dich schlafen, Frau", sagte Georg. „Auch du, Peter, und auch du, Zdenka. Sorgt euch um nichts, ich werde für euch wachen."

„Aber Georg", wandte seine Frau ein, „es wäre eher an mir, zu wachen. Du hast in der vergangenen Nacht gearbeitet, du bist ganz gewiß müde. Ohnedies muß ich nach unserem Älteren sehen. Du weißt, er ist seit gestern nicht recht gesund."

„Sei ruhig und leg dich schlafen", sagte Georg, „ich werde für uns beide wachen!"

„Aber Bruder", ließ sich darauf Zdenka mit ihrer sanftesten Stimme vernehmen, „ich glaube, es wäre unnütz, wach zu bleiben. Unser Vater ist schon eingeschlafen, und sieh nur, sein Gesicht ist ruhig und friedlich."

„Ihr Frauen versteht beide nichts davon", erklärte Georg in einem Ton, der keine Widerrede duldete. „Ich sage, ihr sollt euch schlafen legen und mich wachen lassen."

Darauf trat tiefe Stille ein. Bald fühlte ich, wie meine Lider schwerer wurden und der Schlaf sich meiner bemächtigte.

Ich vermeinte zu sehen, wie meine Tür sich langsam öffnete und der alte Gortscha auf der Schwelle erschien. Doch ich ver-

mutete seine Gestalt mehr, als daß ich sie sah, denn in dem Zimmer, aus dem er kam, war es sehr finster. Es schien mir, als suchten seine erloschenen Augen meine Gedanken zu ergründen und als folgten sie den Bewegungen meiner Brust beim Atmen. Er setzte erst einen Fuß vor, darauf den anderen. Dann, mit äußerster Vorsicht, ganz leise auftretend, schob er sich näher. Schließlich machte er einen Sprung und befand sich neben meinem Bett. Ich stand unbeschreibliche Ängste aus, doch eine Kraft, der ich mich nicht widersetzen konnte, lähmte meine Glieder. Der Alte neigte sich über mich und brachte sein fahles Gesicht so nahe an das meine, daß ich seinen Leichenhauch wahrzunehmen meinte. Da aber unternahm ich eine übernatürliche Anstrengung und wachte auf, in Schweiß gebadet. Es war niemand in meinem Zimmer, doch als ich einen Blick auf das Fenster warf, bemerkte ich dort ganz deutlich den alten Gortscha, wie er von draußen sein Gesicht gegen die Scheibe preßte und fürchterliche Augen auf mich heftete. Ich fand die Kraft, nicht zu schreien, und die Geistesgegenwart, so liegen zu bleiben, als ob ich nichts gesehen hätte. Der Alte schien indessen nur gekommen zu sein, um sich zu vergewissern, daß ich schliefe; denn er unternahm keinen Versuch hereinzukommen, sondern entfernte sich, nachdem er mich aufmerksam gemustert hatte, vom Fenster, und wenig später vernahm ich seine Schritte im Nachbarzimmer. Georg war eingeschlafen, er schnarchte, daß die Wände zitterten. In diesem Augenblick hustete das Kind, und ich vernahm Gortschas Stimme.

„Du schläfst nicht, Kleiner?“ fragte er.

„Nein, Großvater“, antwortete das Kind, „und ich möchte gern mit dir plaudern.“

„Ah, du möchtest mit mir plaudern, und worüber werden wir sprechen?“

„Ich möchte, daß du mir erzählst, wie du dich mit den Türken geschlagen hast; denn auch ich würde gern gegen die Türken kämpfen.“

„Ich habe daran gedacht, mein Kind, und dir einen kleinen Jatagan mitgebracht; den gebe ich dir morgen.“

„Ach, Großvater, gib ihn mir lieber gleich, wenn du doch nicht schläfst."

„Aber warum hast du gar nichts zu mir gesagt, Kleiner, als es noch hell war?"

„Weil mir's Papa verboten hat."

„Er ist klug, dein Papa. Du möchtest also gern deinen kleinen Jatagan haben?"

„O ja, ich möchte ihn gern, aber nur nicht hier, denn Papa könnte aufwachen."

„Wo möchtest du ihn denn?"

„Wir könnten hinausgehen, ich würde dir versprechen, ganz vorsichtig zu sein und überhaupt keinen Lärm zu machen."

Ich vermeinte ein leises höhnisches Lachen Gortschas zu vernehmen, und ich hörte, wie das Kind aufstand. Ich glaubte nicht an Vampire, doch hatte der Alptraum, den ich eben geträumt, auf meine Nerven gewirkt, und in dem Wunsch, mir später keine Vorwürfe machen zu müssen, stand ich auf und hieb mit der Faust an die Trennwand. Der Schlag hätte ausgereicht, die Siebenschläfer zu wecken, doch nichts deutete darauf hin, daß er von der Familie gehört worden sei. Ich stürzte zur Tür, fest entschlossen, das Kind zu retten, aber ich fand sie von außen verriegelt, und sie gab meinen Bemühungen nicht nach. Während ich versuchte, sie einzuschlagen, sah ich draußen, vor meinem Fenster, den alten Mann vorbeihuschen; er trug das Kind in den Armen.

„Steht auf, steht auf!" schrie ich, so laut ich nur konnte, und ich pochte, daß die Trennwand bebte. Erst jetzt erwachte Georg.

„Wo ist der Alte?" fragte er.

„Schnell hinaus", rief ich, „er hat euer Kind geholt!"

Mit einem Fußtritt sprengte Georg die Tür auf, die ebenso wie die meine von außen verriegelt worden war, und rannte in Richtung des Waldes davon. Es gelang mir endlich auch, Peter, seine Schwägerin und Zdenka zu wecken. Wir versammelten uns vor dem Hause, und nach einigen Minuten des Wartens sahen wir Georg mit seinem Sohn zurückkehren. Er hatte ihn ohnmächtig auf der Landstraße gefunden, doch bald war das Kind zu sich gekommen, und es schien nicht kränker, als es zuvor gewesen. Auf die Fragen, mit denen man ihm zusetzte, erwiderte es, sein Großvater habe ihm nichts Böses angetan; sie seien gemeinsam aus dem Haus gegangen, damit sie ungehindert plaudern könnten, aber draußen habe es gleich das Bewußtsein verloren; es erinnerte sich nicht, wie das geschah. Gortscha hingegen war verschwunden.

Der Rest der Nacht verging, wie man sich vorstellen kann, ohne Schlaf.

Den Tag darauf erfuhr ich, daß die Donau, welche die Landstraße eine Viertelmeile hinter dem Dorf abschnitt, Eisschollen zu führen begann, was in jener Gegend immer im späten Herbst und im zeitigen Frühjahr geschieht. Für ein paar Tage war es unmöglich, sie zu passieren; so konnte ich denn an die Weiterreise nicht denken. Zudem hätte mich, auch ohne dieses Hindernis, die Neugier, im Verein mit einem mächtigeren Reiz, zurückgehalten: Je häufiger ich Zdenka sah, desto deutlicher fühlte ich, daß ich sie lieben würde. Ich gehöre nicht zu denen, meine Damen, die an plötzliche und unwiderstehliche Leidenschaften glauben, wie man sie in Romanen beschrieben findet; aber ich meine, es gibt Fälle, da sich die Liebe schneller als gewöhnlich entfaltet. Zdenkas ursprüngliche Schönheit, diese einzigartige Ähnlichkeit mit der Herzogin de Gramont, die zu fliehen ich Paris verlassen hatte und die ich hier wiederfand, in malerischer Tracht, eine fremde und harmonische Sprache sprechend, diese charakteristische Linie im Gesicht, für die ich in Frankreich zwanzigmal zu sterben bereit gewesen wäre, dazu noch das Einzigartige meiner Lage und die Geheimnisse, die mich umgaben — all das mußte dazu beitragen, ein Gefühl in mir reifen zu lassen, das sich unter anderen Umständen vielleicht nur unbestimmt und flüchtig geäußert hätte.

Im Laufe des Tages hörte ich ein Gespräch zwischen Zdenka und ihrem jüngeren Bruder.

„Was hältst du von alledem?“ fragte sie. „Verdächtigst auch du unseren Vater?“

„Ich bringe es nicht fertig, ihn zu verdächtigen“, antwortete

Peter, „um so weniger, als das Kind sagt, er hätte ihm nichts zuleide getan. Und was sein Verschwinden angeht — du weißt, er hat uns seine Absichten nie wissen lassen."

„Ja, ich weiß", meinte Zdenka, „dann aber müssen wir ihn retten, du kennst doch Georg . . ."

„O ja, ich kenne ihn. Mit ihm zu sprechen hätte keinen Sinn, aber wir werden den Pfahl verstecken, und er wird keinen anderen holen können, weil es diesseits der Berge keinen einzigen Hagedorn gibt."

„Gut, verstecken wir den Pfahl, aber sagen wir den Kindern nichts davon, sie könnten es vor Georg ausplaudern!"

„Wir werden uns hüten", sagte Peter. Und sie gingen auseinander.

Die Nacht kam, ohne daß wir etwas über den alten Gortscha erfahren hätten. Ich lag wie am Tage vorher ausgestreckt auf meinem Bett, und der Mond strahlte hell in mein Zimmer. Als der Schlummer meine Gedanken zu verwirren begann, fühlte ich wie durch Instinkt die Nähe des Alten. Ich öffnete die Augen und sah sein bleiches Gesicht an mein Fenster gepreßt.

Diesmal wollte ich aufstehen, aber es war mir nicht möglich. Es kam mir vor, als wäre ich an allen Gliedern gelähmt. Nachdem der Alte mich aufmerksam betrachtet hatte, entfernte er sich. Ich hörte ihn ums Haus herumgehen und leise an das Fenster des Zimmers klopfen, in dem Georg und seine Frau schliefen. Das Kind warf sich im Bett hin und her und stöhnte im Traum. Es vergingen ein paar Minuten der Stille, dann hörte ich ihn wieder ans Fenster klopfen. Das Kind stöhnte darauf von neuem und wachte auf.

„Bist du's, Großvater?" fragte es.

„Ich bin's", antwortete eine dumpfe Stimme, „und ich bringe dir deinen kleinen Jatagan."

„Ich darf aber nicht hinaus, Papa hat mir's verboten!"

„Du brauchst nicht herauszukommen. Öffne mir nur das Fenster und gib mir einen Kuß!"

Das Kind stand auf, und ich hörte, wie es das Fenster öffnete. Darauf raffte ich alle meine Kräfte zusammen, ich sprang aus dem Bett, stürzte zu der Trennwand und pochte daran. Einen Augenblick später war Georg schon auf den Beinen. Ich hörte ihn ein zorniges Wort ausstoßen, seine Frau schrie laut auf; bald war das ganze Haus um das Kind versammelt, das leblos schien. Gortscha war verschwunden – wie in der Nacht vorher. Mit viel Sorgfalt gelang es uns, das Kind wieder zu Bewußtsein zu bringen, doch es war sehr schwach und atmete nur mit Mühe. Der arme Kleine wußte nicht, warum er ohnmächtig geworden war. Seine Mutter und Zdenka meinten, er sei gar zu sehr erschrokken, da man ihn überrascht hatte, wie er mit seinem Großvater sprach. Ich sagte nichts dazu. Da sich das Kind indessen beruhigt hatte, legten sich alle, außer Georg, wieder schlafen.

Als der Morgen dämmerte, hörte ich, wie Georg seine Frau weckte. Sie sprachen leise miteinander. Zdenka gesellte sich zu ihnen, und ich hörte sie schluchzen, ebenso ihre Schwägerin.

Das Kind war tot.

Die Verzweiflung der Familie übergehe ich mit Schweigen. Keiner jedoch gab dem alten Gortscha die Schuld. Wenigstens sprach man nicht offen davon.

Georg schwieg, aber sein Gesichtsausdruck war nun nicht mehr nur finster, sondern er hatte etwas Schreckliches. Zwei Tage lang ließ sich der Alte nicht blicken. In der Nacht, die dem dritten Tag folgte – dem Tag, an dem das Kind begraben worden war –, glaubte ich Schritte um das Haus zu hören und eine Greisenstimme, die den Bruder des Verstorbenen rief. Einen Augenblick lang schien es mir auch, als sähe ich Gortscha das Gesicht an mein Fenster pressen, aber später war ich mir nicht ganz sicher, ob das Wirklichkeit oder bloß Einbildung gewesen war; denn diese Nacht blieb der Mond verschleiert. Immerhin hielt ich es für meine Pflicht, Georg davon zu berichten. Er fragte das Kind aus, und das antwortete, es habe in der Tat gehört, wie es der Großvater beim Namen rief, und habe gesehen, wie er es durchs Fenster beobachtete. Georg schärfte seinem Sohn ein, ihn zu wekken, wenn sich der Alte abermals zeigen sollte.

All diese Umstände hinderten mich nicht, für Zdenka eine Zärtlichkeit zu empfinden, die sich immer mächtiger regte.

Im Laufe des Tages hatte ich sie nicht ohne Zeugen sprechen können. Als die Nacht hereinbrach, berührte der Gedanke an die bevorstehende Abreise mein Herz wie eine glühende Nadel. Zdenkas Zimmer war von dem meinen nur durch einen schmalen Gang getrennt, der auf der einen Seite zur Straße, auf der anderen zum Hof führte.

Die Familie meiner Gastgeber hatte sich schlafen gelegt, als es mir in den Sinn kam, ein wenig durch die Gegend zu wandern, damit ich Zerstreuung fände. Ich trat auf den Gang und bemerkte, daß Zdenkas Tür halb offenstand.

Unwillkürlich blieb ich stehen. Ein wohlvertrautes Kleiderrascheln ließ mein Herz lebhaft schlagen. Darauf vernahm ich halblaut gesungene Worte. Es waren Worte des Abschieds, die ein serbischer König, da er in den Krieg zieht, an seine Schöne richtet.

„Sprach der alte König: Du, mein Bäumchen,
Junge Pappel, da ich in den Krieg muß,
Wirst du mein vergessen.

Rank und schlank wohl sind die jungen Bäume
Am Gebirge; ranker noch und schlanker
Ist dein Leib, du Schöne!

Rote Früchte trägt die Eberesche,
Die der Wind sanft schaukelt; glühnder rot noch
Schimmern deine Lippen.

Aber ich bin wie ein alter Eichbaum
Ohne Blätter, und mein Bart ist weißer
Als der Schaum der Donau.

Du wirst mein vergessen, darum werd ich,
Sollt der Feind des alten Königs schonen,
Doch vor Kummer sterben.

Sprach die Schöne: Werd dein nie vergessen!
Dies zum Schwur, und sollt ich je ihn brechen
Und dir untreu werden,

Mögest du nach deinem Tod erscheinen,
Mögst erscheinen und aus meinem Herzen
Alles Blut mir saugen!

Sprach der alte König: Wohl, so sei es!
Er zog in den Krieg, die Schöne aber,
Ach, vergaß ihn balde ..."

Hier hielt Zdenka inne, als hätte sie Angst, die Ballade zu Ende zu singen. Ich beherrschte mich nicht länger. Diese Stimme, so sanft, so ausdrucksvoll, war die Stimme der Herzogin de Gramont ... Ohne noch etwas zu bedenken, stieß ich die Tür auf und trat ein. Zdenka hatte eben ein Jäckchen ausgezogen, wie es die Frauen ihres Landes gewöhnlich tragen. Ein mit Gold und roter Seide besticktes Hemd, an den Hüften eng umfaßt von einem schlichten karierten Rock — das war ihre ganze Kleidung. Ihre schönen blonden Zöpfe waren gelöst, und das Negligé erhöhte noch ihre Reize. Sie war nicht erzürnt über mein unvermutetes Eintreten, doch schien sie verwirrt, und sie errötete ein wenig.

„Oh", sagte sie, „warum bist du gekommen, und was würde man von mir denken, wenn man uns überraschte?"

„Zdenka, mein Herz", erwiderte ich, „sei ruhig, alles ringsum schläft; nur die Grille im Gras und der Falter in der Luft könnten hören, was ich dir zu sagen habe."

„Ach, mein Freund, geh fort von hier! Wenn mein Bruder uns überrascht, bin ich verloren!"

„Zdenka, ich werde erst dann gehen, wenn du mir versprochen hast, mich immer zu lieben, wie es in der Ballade die Schöne dem König versprochen hat. Ich reise bald ab, Zdenka; wer weiß, wann wir uns wiedersehen! Zdenka, ich liebe dich mehr als meine Seele, mehr als mein Heil ... mein Leben und mein Blut gehören dir ... möchtest du mir dafür nicht eine Stunde schenken?"

„Mancherlei kann in einer Stunde geschehen", erwiderte Zdenka mit nachdenklicher Miene; doch sie ließ ihre Hand in der meinen. „Du kennst nicht meinen Bruder", fuhr sie fort, und ein Beben lief durch ihren Körper. „Ich ahne, daß er kommen wird."

„Beruhige dich, meine Zdenka", sagte ich, „dein Bruder ist müde vom vielen Wachen in der Nacht; der Wind, der in den Bäumen spielt, hat ihm Schlummer gebracht. Tief und schwer ist sein Schlaf, lang, lang ist die Nacht, und ich wünsche mir von dir nur eine Stunde! Dann aber, leb wohl ... vielleicht für immer!"

„O nein, nein, nicht für immer!" stieß Zdenka erregt hervor. Dann wich sie zurück, wie erschrocken von ihrer eigenen Stimme.

„O Zdenka", rief ich, „ich sehe nur dich, ich höre nur dich, ich bin nicht mehr Herr meiner selbst, ich gehorche einer höheren Gewalt, verzeih mir, Zdenka!" Und wie ein Irrer preßte ich sie an mein Herz.

„Nein, du bist nicht mein Freund", sagte sie, löste sich aus meinen Armen und flüchtete in die Tiefe des Zimmers. Ich weiß nicht, was ich ihr erwiderte, denn ich war selbst verwirrt über meine Kühnheit; zwar hatte es mir bei ähnlichen Gelegenheiten zuweilen geholfen, kühn zu sein, hier aber konnte ich mich, trotz meiner Leidenschaft, eines ernsten Respekts für Zdenkas Unschuld nicht erwehren.

Ich hatte freilich anfangs auf gut Glück ein paar jener galanten Sätze gesprochen, die den Schönen unserer Zeit nicht mißfielen; doch bald schämte ich mich ihrer, und ich verzichtete auf weitere, da ich bemerkte, daß das junge Mädchen in seiner Einfalt nicht begriff, was Sie, meine Damen — ich sehe es an Ihrem Lächeln —, aufs halbe Wort verstanden haben.

So stand ich vor ihr, nicht wissend, was ich sagen sollte, als sie plötzlich erbebte und einen schreckerfüllten Blick auf das Fenster heftete. Ich folgte ihren Augen und erkannte deutlich das unbewegliche Gesicht Gortschas, das uns von draußen beobachtete.

Im gleichen Augenblick fühlte ich, wie sich eine schwere Hand auf meine Schulter legte. Ich wandte mich um. Es war Georg.

„Was tust du hier?" fragte er.

Aus der Fassung gebracht, da ich so unvermutet angesprochen

wurde, wies ich auf seinen Vater, der uns durch das Fenster ansah und der verschwand, sobald ihn Georg bemerkt hatte.

„Ich hatte den Alten gehört und war hergekommen, deine Schwester zu warnen", antwortete ich.

Georg musterte mich, als wollte er auf dem Grund meiner Seele lesen. Dann nahm er mich am Arm, führte mich in mein Zimmer und ging davon, ohne noch ein Wort zu sprechen.

Am Tag darauf saß die Familie vor der Haustür um einen Tisch vereint, auf dem mancherlei Milchspeisen standen.

„Wo ist das Kind?" fragte Georg.

„Auf dem Hof", antwortete die Mutter, „es spielt ganz allein sein Lieblingsspiel: gegen die Türken kämpfen."

Kaum hatte sie diese Worte gesprochen, da sahen wir zu unserem größten Erstaunen die hohe Gestalt Gortschas sich vom Hintergrund des Waldes lösen und langsam auf unsere Gruppe zukommen; schließlich setzte er sich an den Tisch, wie er es am Tag meiner Ankunft getan hatte.

„Mein Vater, sei willkommen", murmelte seine Schwiegertochter mit kaum wahrnehmbarer Stimme.

„Sei willkommen, mein Vater", wiederholten Zdenka und Peter ganz leise.

„Mein Vater", sagte Georg mit fester Stimme, indes sein Gesicht sich verfärbte, „wir warten auf dich, daß du das Gebet sprechen mögest."

Der Alte wandte sich stirnrunzelnd ab.

„Das Gebet! Sofort!" wiederholte Georg. „Und mach das Zeichen des Kreuzes, oder beim heiligen Georg . . ."

Zdenka und ihre Schwägerin wandten sich zu dem Alten und flehten ihn an, das Gebet zu sprechen.

„Nein, nein, nein", rief der alte Mann, „er hat nicht das Recht, mir zu befehlen, und wenn er dabei bleibt, verfluche ich ihn!"

Georg sprang auf und lief ins Haus. Bald danach kam er zurück, und seine Augen glühten vor Zorn.

„Wo ist der Pfahl?" schrie er. „Wo habt ihr den Pfahl versteckt?"

Zdenka und Peter tauschten einen Blick.

„Leichnam!“ sprach Georg darauf, zu dem Alten gewandt. „Was hast du mit meinem älteren Sohn getan? Warum hast du mein Kind getötet? Gib mir meinen Sohn wieder, Leichnam!“

Und während er so sprach, wurde er immer blasser, und seine Augen glühten immer wilder.

Der Alte betrachtete ihn mit einem bösen Blick und rührte sich nicht.

„Oh, der Pfahl, der Pfahl!“ rief Georg. „Den, der ihn versteckt hat, mag alles Unglück treffen, das über uns kommen wird!“

In diesem Augenblick hörten wir das kleinere Kind fröhlich auflachen; es tauchte, einen großen Pfahl reitend, vor uns auf; den Pfahl zog es hinter sich her, dabei hopste es nach links und rechts und stieß mit seiner dünnen Stimme das Kriegsgeschrei der Serben beim Angriff auf den Feind aus.

Bei diesem Anblick flammte es in Georgs Augen auf. Er entriß dem Kind den Pfahl und stürzte sich auf den Vater. Der ließ ein wildes Geheul hören und rannte davon, auf den Wald zu, und dies mit einer Schnelligkeit, die so wenig seinem Alter entsprach, daß sie übernatürlich schien.

Georg verfolgte ihn querfeldein, und bald verloren wir sie aus den Augen.

Die Sonne war untergegangen, als Georg nach Hause zurückkehrte — blaß wie der Tod, mit gesträubten Haaren. Er setzte sich am Feuer nieder, und ich vermeinte zu hören, wie ihm die Zähne klapperten. Keiner wagte ihm Fragen zu stellen. Etwa zu der Stunde, da die Familie gewöhnlich auseinanderging, schien er alle seine Tatkraft wiedererlangt zu haben; er nahm mich beiseite und sprach zu mir auf die natürlichste Art.

„Mein lieber Gast“, sagte er, „ich habe eben den Fluß gesehen. Er führt keine Eisschollen mehr, der Weg ist frei, nichts steht deiner Abreise im Wege. Es ist unnötig“, fügte er mit einem raschen Blick auf Zdenka hinzu, „von meiner Familie Abschied zu nehmen. Sie wünscht dir durch mich alles Glück, das man hienieden erstreben kann, und ich hoffe, daß auch du uns ein gutes Andenken bewahren wirst. Morgen, sobald der Tag graut, wirst du dein Pferd gesattelt und deinen Führer bereit finden, dir zu folgen. Leb wohl, erinnere dich manchmal deines Gastgebers und verzeih ihm, wenn dein Aufenthalt hier nicht so frei von Unannehmlichkeiten war, wie ich es gewünscht hätte."

Georgs harte Züge zeigten in diesem Augenblick einen beinahe herzlichen Ausdruck. Er führte mich in mein Zimmer und drückte mir ein letztesmal die Hand. Dann durchlief ihn ein Schauer, und seine Zähne schlugen aufeinander, als klapperten sie vor Kälte.

Allein geblieben, dachte ich — Sie werden es sich leicht vorstellen können — nicht daran, mich schlafen zu legen. Andere Gedanken beschäftigten mich. Mehrere Male in meinem Leben hatte ich geliebt. Ich hatte Aufwallungen der Zärtlichkeit, des Verdrusses, der Eifersucht gefühlt, aber niemals, auch nicht beim Abschied von der Herzogin de Gramont, hatte ich eine Trauer empfunden, wie sie mir in diesem Augenblick das Herz bedrängte. Ehe noch die Sonne aufging, zog ich meine Reisekleider an und wollte ein letztesmal versuchen, mit Zdenka zu sprechen. Doch Georg erwartete mich im Vorraum. Jede Möglichkeit, sie wiederzusehen, war mir genommen.

Ich sprang auf mein Pferd und gab ihm beide Sporen. Ich nahm mir fest vor, bei meiner Rückkehr aus Jaşi wieder in dem Dorf einzukehren, und diese Hoffnung, so fern sie auch sein mochte, verscheuchte allmählich meine Sorgen. Mit Wohlgefallen dachte ich schon an den Augenblick der Rückkehr, und die Einbildung gaukelte mir im voraus alle Einzelheiten vor; da warf mich eine jähe Bewegung des Pferdes beinahe aus dem Sattel. Es blieb mit einem Ruck stehen, stemmte sich mit den Vorderfüßen ein und ließ ein aufgeregtes Schnaufen hören, das bei diesen Tieren von drohender Gefahr ausgelöst wird. Ich schärfte meinen Blick und erspähte etwa hundert Schritt vor mir einen Wolf, der in der Erde wühlte. Ich schrie laut auf ihn ein, worauf er die Flucht ergriff; dann drückte ich meinem Pferd die Sporen so tief in die Flanken, daß es sich endlich von der Stelle rührte. An dem Ort, den der Wolf verlassen hatte, bemerkte ich nun ein ganz frisches Grab. Ich glaubte auch das Ende eines Pfahles zu erkennen, das ein paar Zoll über die vom Wolf aufgewühlte Erde herausragte. Freilich möchte ich das nicht behaupten, denn ich ritt ziemlich schnell an diesem Ort vorüber.

Hier verstummte der Marquis und nahm eine Prise Tabak.

„Ist die Geschichte zu Ende?“ fragten die Damen.

„Ach, keineswegs“, erwiderte Herr d'Urfé. „Was ich Ihnen noch zu berichten habe, bedeutet für mich eine viel quälendere Erinnerung, und ich gäbe viel darum, wäre ich von ihr befreit.“

Darauf fuhr er in seiner Geschichte fort:

Die Angelegenheiten, die mich nach Jaşi geführt hatten, hielten mich dort weit über Erwarten lange fest. Erst nach sechs Monaten hatte ich sie abgeschlossen. Was soll ich Ihnen sagen? Die Wahrheit, die ich Ihnen zu gestehen habe, ist traurig, doch es ist darum nicht minder eine Wahrheit, daß es wenige beständige Empfindungen hienieden gibt. Der Erfolg meiner Verhandlungen, die ermutigenden Äußerungen, die ich vom Versailler Kabinett erfuhr, mit einem Wort: die Politik, diese häßliche Politik, die uns in der letzten Zeit so sehr ermüdet hat — sie brachte es bald fertig, in meinem Geist die Erinnerung an Zdenka abzuschwächen. Zudem hatte mir die Gattin des Hospodars, eine sehr schöne Frau, die unsere Sprache vollkommen beherrschte, von den ersten Tagen meines Aufenthalts an die Ehre erwiesen, mich vor anderen in Jaşi weilenden jungen Ausländern auszuzeichnen. Da ich nach den Grundsätzen der französischen Galanterie erzogen war, hätte sich mein gallisches Blut gegen den Gedanken empört, die wohlwollende Aufmerksamkeit, die mir von der Schönheit bezeugt wurde, mit Undank zu vergelten. So ging ich denn auf die Avancen, die mir gemacht wurden, aufs artigste ein, und um mich in den Stand zu setzen, den Interessen und den Rechten Frankreichs Geltung zu verschaffen, begann ich alle Interessen und Rechte des Hospodars zu teilen.

Als man mich in mein Land zurückrief, wählte ich denselben Weg, auf dem ich nach Jaşi gereist war.

Ich dachte nicht mehr an Zdenka, nicht mehr an ihre Familie, als ich eines Abends, durch eine ländliche Gegend reitend, eine

Glocke acht Uhr schlagen hörte. Diese Laute schienen mir nicht unbekannt, und mein Führer sagte mir, es sei die Glocke eines unweit gelegenen Klosters. Ich fragte ihn nach dem Namen und erfuhr, es handle sich um das Kloster der Jungfrau von der Eiche. Ich trieb mein Pferd zur Eile, und bald klopften wir an die Klostertür. Der Einsiedler öffnete und führte uns in den Gästeraum. Den fand ich so mit Pilgern überfüllt, daß ich die Lust verlor, hier die Nacht zu verbringen; darum fragte ich, ob ich ein Obdach im Dorf finden könne.

„Sie werden mehr als eines finden“, erwiderte der Einsiedler und stieß einen tiefen Seufzer aus. „Dank Gortscha, dem Ungläubigen, mangelt es nicht an leeren Häusern!“

„Was soll das heißen?“ fragte ich. „Lebt denn der alte Gortscha noch?“

„O nein, der ist gut und schön begraben — mit einem Pfahl im Herzen. Aber er hatte dem Sohn Georgs das Blut ausgesaugt. Das Kind kehrte eines Nachts wieder, weinte an der Tür, sagte, ihm sei kalt und es wolle hinein. Seine Mutter, dieses dumme Weib, hatte es zwar selber begraben, aber jetzt fehlte ihr der Mut, es auf den Friedhof zurückzuschicken, und sie öffnete ihm. Das Kind warf sich auf sie und saugte sie zu Tode. Als sie ihrerseits begraben war, erschien sie, ihrem zweiten Sohn das Blut auszusaugen, dann ihrem Mann und schließlich ihrem Schwager. Alle sind sie dahingegangen.“

„Und Zdenka?“ fragte ich.

„Oh, sie, sie wurde irrsinnig vor Schmerz. Das arme Kind — besser nicht davon sprechen!“

Die Antwort des Einsiedlers sagte nichts Bestimmtes, und ich hatte nicht den Mut, meine Frage zu wiederholen.

„Der Vampirismus ist ansteckend“, fuhr der Einsiedler fort, und er machte dabei das Kreuzeszeichen. „Viele Familien im Dorf wurden davon ereilt, viele Familien sind tot bis aufs letzte Glied, und glauben Sie mir, es wäre das beste, Sie blieben diese Nacht im Kloster; denn wenn Sie schon im Dorf nicht von den *Wurdalaki* aufgezehrt würden, so blieben doch die Ängste, die sie Ihnen bereiteten und die Ihre Haare ergrauen ließen, noch bevor ich zum Morgengebet geläutet hätte. Ich bin nur ein armer Mönch", fuhr er fort, „doch die Großzügigkeit der Durchreisenden hat mich in den Stand gesetzt, ihnen zu bieten, wessen sie bedürfen. Ich habe vorzüglichen Käse, habe getrocknete Trauben, bei deren bloßem Anblick Ihnen schon das Wasser im Mund zusammenlaufen wird, und da sind noch ein paar Flaschen Tokaier — er steht dem, den man Seiner Heiligkeit, dem Patriarchen, reicht, in nichts nach!"

In diesem Augenblick schien mir aus dem Einsiedler eher ein beflissener Gastwirt zu sprechen. Ich meinte, er habe mir eigens darum Gruselgeschichten erzählt, daß er mir Gelegenheit gäbe, mich dem Himmel angenehm zu machen, indem ich mir an der Großzügigkeit jener Durchreisenden ein Beispiel nähme, *die den heiligen Mann in den Stand gesetzt hatten, ihnen zu bieten, wessen sie bedurften.*

Zudem hat das Wort *Angst* allezeit auf mich die gleiche Wirkung gehabt wie ein schmetterndes Horn auf ein Kavalleriepferd. Ich hätte mich vor mir selber geschämt, wenn ich nicht sofort aufgebrochen wäre. Mein Führer bat, am ganzen Leibe zitternd, um die Erlaubnis, im Kloster zu bleiben, und ich gewährte ihm das gern.

Ungefähr eine halbe Stunde brauchte ich, um ins Dorf zu gelangen. Ich fand es verödet. Kein einziges Licht schimmerte in den Fenstern, kein Lied war zu hören. In vollkommener Stille ritt ich an all den Häusern vorüber, die ich zumeist kannte, und so erreichte ich endlich auch das Georgs. War es gefühlvolle Erinnerung, war es jugendliche Verwegenheit — gerade hier beschloß ich die Nacht zu verbringen.

Ich saß ab und pochte ans Tor. Keiner gab Antwort. Ich stieß gegen das Holz, das Tor tat sich, in seinen Angeln kreischend, auf, und ich betrat den Hof.

Mein Pferd band ich, ohne es abzusatteln, unter einem Schutzdach an, wo ich einen Hafervorrat fand, der für eine Nacht genügte. Darauf lenkte ich meine Schritte entschlossen zum Haus.

Keine Tür war verriegelt, dennoch schienen alle Räume unbewohnt. Zdenkas Zimmer bot einen Anblick, als wäre es erst am

Tage vorher verlassen worden. Ein paar Kleidungsstücke lagen noch auf dem Bett. Schmuckstücke, die sie von mir hatte und unter denen ich ein kleines Emailkreuz wiedererkannte — ich hatte es auf der Durchreise in Pest gekauft — schimmerten auf einem Tisch im Mondenlicht. Ich konnte mich einer Beklommenheit des Herzens nicht erwehren, obgleich meine Liebe erloschen war. Indessen wickelte ich mich in meinen Mantel und streckte mich auf dem Bett aus. Bald überwältigte mich der Schlaf. Ich erinnere mich nicht der Einzelheiten dessen, was ich träumte, aber ich weiß, ich sah Zdenka wieder — schön, unbefangen und liebend, wie damals. Als ich sie erblickte, warf ich mir meinen Egoismus und meine Untreue vor. Wie konnte ich nur, fragte ich mich, dieses gute Kind verlassen, das mich so liebte, wie konnte ich sie vergessen? Bald verschmolz der Gedanke an sie mit dem Gedanken an die Herzogin de Gramont, und ich sah in den beiden Bildern nur noch ein und dieselbe Frau. Ich warf mich Zdenka zu Füßen und flehte sie an, mir zu verzeihen. Meine Seele, mein ganzes Sein ging auf in einem unaussprechlichen Gefühl der Schwermut und des Glücks.

Soweit hatte ich geträumt, als ich halb geweckt wurde durch einen Wohlklang, der dem Flüstern eines Kornfeldes unter einem leichten Windhauch glich. Ich meinte zu hören, wie die Ähren einander melodisch berührten und wie sich der Gesang der Vögel in das Plätschern fallenden Wassers und in das Murmeln der Bäume flocht. Dann schien es mir, all diese ineinanderfließenden Laute seien nichts als das Rascheln eines Frauenkleides, und bei diesem Gedanken blieb ich. Ich öffnete die Augen und erblickte Zdenka an meinem Bett. Der Mond strahlte in so lebhaftem Glanz, daß ich die winzigsten Einzelheiten in jenen bezaubernden Zügen wahrnehmen konnte, die mir einst so teuer gewesen waren und deren ganzen Liebreiz mich eben erst ein Traum hatte fühlen lassen. Ich fand Zdenka schöner und reifer. Sie war in demselben Negligé wie das letztemal, als ich sie allein gesehen hatte: ein schlichtes, mit Gold und Seide besticktes Hemd und ein Rock, der ihren Leib oberhalb der Hüften eng umschloß.

„Zdenka", rief ich und richtete mich auf meinem Lager auf, „bist du das wirklich, Zdenka?!"

„Ja, ich bin es", antwortete sie mir mit einer sanften und traurigen Stimme, „ich bin's, deine Zdenka, die du vergessen hattest. Oh, warum bist du nicht früher zurückgekehrt? Alles ist jetzt zu Ende, du mußt fort – ein Augenblick des Zögerns, und du bist verloren! Leb wohl, mein Freund, leb wohl für immer!"

„Zdenka", wandte ich ein, „dich hat viel Unglück betroffen – man sagte es mir. Komm, wir wollen ein wenig plaudern, das wird dich erleichtern!"

„Oh, mein Freund", sprach sie darauf, „man muß nicht alles glauben, was sie über uns reden. Aber fort mußt du, so schnell wie möglich fort, denn wenn du hierbleibst, ist dein Verderben gewiß."

„Aber Zdenka, was ist es denn für eine Gefahr, die mir droht? Kannst du mir nicht eine Stunde schenken, nichts als eine Stunde, mit dir zu plaudern?"

Zdenka erbebte, und eine seltsame Wandlung vollzog sich mit ihr.

„Ja", erwiderte sie, „eine Stunde, nicht wahr, so wie damals, als ich die Ballade vom alten König sang und du in dieses Zimmer tratst? Das ist es doch, was du sagen willst? Nun wohl, ich schenke dir eine Stunde! ... Doch nein, nein", sprach sie dann, sich besinnend, weiter, „geh fort, geh! Geh schnell, sag ich dir, fliehe von hier! ... So flieh doch, solang du noch kannst!"

Eine wilde Kraft belebte ihre Züge.

Ich konnte mir den Grund, der sie so sprechen hieß, nicht erklären; aber sie war so schön, daß ich beschloß, gegen ihren Willen zu bleiben. Sie gab schließlich meinem Drängen nach und setzte sich zu mir. Sie erzählte mir von der zurückliegenden Zeit und gestand mir errötend, daß sie mich seit dem Tage meiner Ankunft geliebt habe. Indessen bemerkte ich allmählich eine große Veränderung in Zdenka. Ihre Zurückhaltung von damals hatte einer seltsamen Ungezwungenheit Platz gemacht. Ihr Blick, einst so schüchtern, hatte jetzt etwas Herausforderndes. Und schließlich sah ich mit Verwunderung, daß sie in der Art ihres

Verhaltens zu mir kaum noch etwas von der Sittsamkeit verriet, die sie früher ausgezeichnet hatte.

Könnte es denn sein, fragte ich mich, daß Zdenka gar nicht jenes reine und unschuldige junge Mädchen war, als das sie mir damals erschien? Hätte sie sich nur aus Furcht vor ihrem Bruder den Anschein gegeben, es zu sein? Hätte sie mich so grob mit einer Scheintugend getäuscht? Warum aber drängte sie mich dann so sehr, wegzugehen? War das etwa ein ausgeklügelter Zug der Koketterie? Und ich, ich hatte sie zu kennen geglaubt! Doch gleichviel! War Zdenka auch keine Diana, wie ich gemeint hatte, so konnte ich sie wohl einer anderen, nicht weniger liebenswerten Gottheit vergleichen, und — bei meiner Seele — ich ziehe die Rolle des Adonis der des Aktäon vor.

Wenn Ihnen diese klassische Redeweise, in der ich zu mir selber sprach, unzeitgemäß scheint, meine Damen, so wollen Sie bitte bedenken, daß die Dinge, von denen Ihnen zu berichten ich die Ehre habe, im Jahr des Herrn 1759 geschahen. Die Mythologie war damals an der Tagesordnung, und ich hatte keineswegs den Ehrgeiz, meinem Jahrhundert vorauszueilen. Seitdem hat sich alles gewandelt, und es ist nicht sehr lange her, daß die Revolution die Hinterlassenschaft des Heidentums zugleich mit dem christlichen Glauben umstürzte und an ihren Platz die Göttin Vernunft setzte. Diese Göttin, meine Damen, ist nie meine Schutzherrin gewesen, wenn ich mich in Damengesellschaft befand, und zu der Zeit, von der ich spreche, war ich weniger denn je geneigt, ihr Opfer darzubringen. Ich überließ mich rückhaltlos dem Gefühl, das mich zu Zdenka zog, und ging mit Wonne auf ihr reizvolles Lockspiel ein. Schon war einige Zeit in süßer Vertraulichkeit hingegangen, da wollte ich Zdenka jenes kleine Emailkreuz, das ich auf dem Tisch gefunden hatte, um den Hals legen, so wie ich sie vorher im Scherz mit all ihren Schmuckstükken herausgeputzt hatte. Auf die Bewegung aber, die ich machte, wich Zdenka zurück und erzitterte.

„Genug der Kinderei, mein Freund", sagte sie, „laß dieses Brimborium, sprechen wir lieber von dir und deinen Vorhaben!"

Zdenkas Verwirrung machte mich stutzen. Ich musterte sie

aufmerksam und bemerkte, daß sie nicht mehr wie früher am Hals eine Menge Heiligenbildchen, kleine Reliquiarien und Weihrauchsäckchen hatte, wie die Serben sie gewöhnlich von Kindheit an tragen und bis zum Tode nicht ablegen.

„Zdenka", sagte ich, „wo sind denn die Heiligenbildchen, die du am Halse trugst?"

„Verloren", erwiderte sie mit einem Ausdruck der Ungeduld und begann sogleich von etwas anderem zu sprechen.

Eine unbestimmte Ahnung, der ich nicht weiter nachspürte, bemächtigte sich meiner. Ich wollte fort, doch Zdenka hielt mich zurück.

„Wie", sprach sie, „du hast mich um eine Stunde gebeten, und jetzt willst du nach wenigen Minuten gehen?"

„Zdenka", erwiderte ich, „du hattest recht, da du mir zu gehen rietest. Mir ist, als hörte ich Lärm; ich fürchte, man überrascht uns!"

„Sei ruhig, mein Freund, alles ringsum schläft, nur die Grille im Gras und der Falter in der Luft könnten hören, was ich dir zu sagen habe."

„Nein, nein, Zdenka, ich muß fort!"

„Bleib, bleib", sagte Zdenka, „ich liebe dich mehr als meine Seele, mehr als mein Heil, du sagtest mir, dein Leben und dein Blut gehörten mir!"

„Aber dein Bruder, dein Bruder, Zdenka, ich ahne es, er wird kommen!"

„Beruhige dich, mein Herz, meinem Bruder hat der Wind, der in den Bäumen spielt, Schlummer gebracht; tief und schwer ist sein Schlaf, lang, lang ist die Nacht, und ich wünsche mir von dir nur eine Stunde!"

Zdenka war so schön, als sie diese Worte sprach, daß jene unbestimmte Angst, die mich erfaßt hatte, mehr und mehr dem Wunsche wich, bei ihr zu bleiben. Ein nicht zu beschreibendes Nebeneinander von Furcht und Begehren erfüllte mein ganzes Wesen. Je mehr sich mein Widerstand schwächte, desto zärtlicher wurde Zdenka, so daß ich mich entschied nachzugeben, wobei ich mir freilich vornahm, auf der Hut zu bleiben. Indessen war ich, wie ich eben schon sagte, immer nur zur Hälfte klug, und als mir Zdenka, meine Zurückhaltung bemerkend, vorschlug, die Kühle der Nacht mit ein paar Glas edlen Weines zu vertreiben, von dem sie sagte, er stamme von dem guten Einsiedler, da nahm ich ihren Vorschlag mit einem Eifer an, der sie lächeln machte. Der Wein tat seine Wirkung. Schon nach dem zweiten Glas war der schlimme Eindruck, den die Sache mit dem Kreuz und den Heiligenbildern auf mich gemacht hatte, völlig ausgelöscht. Mit ihren schönen Haaren, die Zöpfe halb gelöst, die Kleidung ein wenig verschoben, mit ihren Schmuckstücken, die im Mondlicht blinkten, erschien mir Zdenka unwiderstehlich. Ich hielt nicht länger an mich und schloß sie fest in meine Arme.

Nun, meine Damen, geschah eine jener geheimnisvollen Offenbarungen, die ich niemals werde erklären können, an deren Existenz mich aber die Erfahrung zu glauben gelehrt hat, obgleich ich bis dahin wenig geneigt gewesen war, sie anzuerkennen.

Die Kraft, mit der ich meine Arme um Zdenka schloß, bewirkte, daß mir eine der Spitzen jenes Kreuzes, das Sie eben gesehen haben und das mir die Herzogin de Gramont vor meiner Abreise geschenkt hatte, in die Brust stach. Der scharfe Schmerz, den ich empfand, war für mich gleichsam ein Lichtstrahl, der mich ganz und gar durchfuhr. Ich betrachtete Zdenka und erkannte, daß ihre Gesichtszüge, obgleich immer noch schön, vom Tode verzerrt waren, daß ihre Augen nichts sahen und daß ihr Lächeln ein Krampf war, vom Todeskampf dem Gesicht eines Leichnams aufgeprägt. Zugleich nahm ich in dem Zimmer jenen ekelerregenden Geruch wahr, der gewöhnlich von schlecht verschlossenen Grabgewölben ausgeht. Die entsetzliche Wahrheit erstand vor mir in all ihrer Häßlichkeit, und ich erinnerte mich zu spät der Warnungen des Einsiedlers. Ich begriff, wie bedenklich meine Lage war, und fühlte, daß alles von meinem Mut und meiner Kaltblütigkeit abhing. Um Zdenka den Schrecken, den meine Züge ausdrücken mußten, zu verhehlen, wandte ich mich von ihr ab. Dabei fiel mein Blick auf das Fenster, und ich sah dort den abscheulichen Gortscha; er stützte sich auf einen blutigen Pfahl und heftete Hyänenaugen auf mich. Das andere Fenster wurde von dem bleichen Gesicht Georgs eingenommen, der in diesem Augenblick eine erschreckende Ähnlichkeit mit seinem Vater hatte. Beide schienen jede meiner Bewegungen zu verfolgen, und ich zweifelte nicht daran, daß sie sich beim geringsten Fluchtversuch auf mich werfen würden. So tat ich denn, als nähme ich sie gar nicht wahr, und mit einer gewaltigen Willensanspannung fuhr ich fort, jawohl, meine Damen, fuhr ich fort, Zdenka mit denselben Zärtlichkeiten zu überschütten, die ich ihr mit Wonne vor meiner schrecklichen Entdeckung erwiesen hatte. Unterdessen suchte ich fieberhaft in Gedanken nach einem Mittel, zu entkommen. Ich bemerkte, daß Gortscha und Georg mit Zdenka Blicke des Einvernehmens tauschten und daß sie ungeduldig zu werden begannen. Auch hörte ich draußen eine Frauenstimme und Kinderschreie, aber so schreckliche, daß man sie für die Klagelaute von Wildkatzen hätte halten können.

Es ist Zeit, die Zelte abzubrechen, sagte ich mir, und je früher, desto besser!

An Zdenka gewandt, sprach ich sodann mit lauter Stimme, damit es auch von ihren schrecklichen Verwandten gehört würde: „Ich bin recht müde, mein Kind, ich möchte mich hinlegen und ein paar Stunden schlafen; doch zuvor muß ich nachsehen, ob mein Pferd auch sein Futter verzehrt hat. Ich bitte dich, geh nicht fort, und warte auf mich!"

Darauf drückte ich meine Lippen auf ihren kalten und blutlosen Mund und ging hinaus. Ich fand mein Pferd schaumbedeckt und wild an dem Geschirr reißend, an dem es festgebunden war. Den Hafer hatte es nicht angerührt. Das Wiehern aber, das es ausstieß, als es mich kommen sah, jagte mir einen Schauer über den Rücken; denn ich fürchtete nun, es würde meine Absichten verraten. Die Vampire indessen, die wahrscheinlich mein Gespräch mit Zdenka gehört hatten, dachten keineswegs daran, sich aufstören zu lassen. Darauf vergewisserte ich mich, daß das Hoftor offenstand, schwang mich in den Sattel und stieß die Sporen in die Flanken meines Pferdes.

Während ich zum Tor hinausschoß, hatte ich Gelegenheit, zu

bemerken, daß die am Haus versammelte Truppe, die zumeist das Gesicht an die Scheiben gepreßt hatte, sehr zahlreich war. Ich glaube, mein jäher Aufbruch verblüffte sie zunächst, denn eine Zeitlang nahm ich in der Stille der Nacht nichts weiter wahr als den gleichförmigen Galopp meines Pferdes. Schon glaubte ich mich zu meiner List beglückwünschen zu können, da vernahm ich hinter mir einen Lärm, der einem plötzlich ausbrechenden Wirbelsturm im Gebirge vergleichbar gewesen wäre. Tausend verworrene Stimmen schrien, heulten und schienen sich zu streiten. Dann verstummten alle wie auf Verabredung, und ich hörte ein hastiges Stampfen, als ob sich ein Trupp von Fußsoldaten im Laufschritt näherte.

Ich hetzte mein Pferd, drückte ihm die Sporen tief in die Flanken. Fiebrige Glut floß durch meine Adern, und während ich meine letzten Kräfte zu unerhörter Anstrengung aufbot, um geistesgegenwärtig zu bleiben, vernahm ich hinter mir eine Stimme, die schrie: „Halt ein, halt ein, mein Freund! Ich liebe dich mehr als meine Seele, ich liebe dich mehr als mein Heil! Halt ein, halt ein, dein Blut gehört mir!"

Zugleich berührte ein eisiger Hauch mein Ohr, und ich spürte, wie Zdenka hinter mir aufs Pferd sprang.

„Mein Herz, meine Seele!" sprach sie zu mir. „Ich sehe nur dich, ich fühle nur dich, ich bin nicht Herrin meiner selbst, ich gehorche einer höheren Gewalt, verzeih mir, mein Freund, verzeih mir!"

Und mit den Armen mich umschlingend, versuchte sie, mich nach hinten zu beugen und mir in die Kehle zu beißen. Ein schrecklicher Kampf entbrannte zwischen uns. Lange Zeit konnte ich mich ihrer nur mit Mühe erwehren, doch schließlich gelang es mir, Zdenka mit einer Hand am Gürtel, mit der anderen an den Zöpfen zu fassen; ich richtete mich in den Steigbügeln auf und schleuderte sie zur Erde.

Sogleich verließen mich meine Kräfte, und Fieberwahn bemächtigte sich meiner. Tausend schreckliche, irre Truggesichte verfolgten mich und schnitten mir Fratzen. Zuerst jagten Georg und sein Bruder Peter am Straßenrand neben mir her und versuchten mir den Weg abzuschneiden. Es gelang ihnen nicht, und ich wollte mich schon dessen freuen, als ich beim Umblicken sah, wie der alte Gortscha mir nachsetzte, indem er mit Hilfe seines Pfahls riesige Sprünge machte, gleich den Tiroler Bergbewohnern, wenn sie über Abgründe setzen. Auch Gortscha blieb zurück. Darauf warf ihm seine Schwiegertochter, die ihre Kinder nach sich zog, eines zu, und er fing es mit der Spitze seines Pfahles auf. Den Pfahl als Wurfmaschine benutzend, schleuderte er mit aller Kraft das Kind hinter mir her. Ich wich dem Anprall aus, aber mit wahrem Bulldoggeninstinkt krallte sich der Lausejunge am Hals meines Pferdes fest, und ich hatte Mühe, ihn loszureißen. Das andere Kind wurde mir auf gleiche Weise nachgeschickt, doch es fiel vor dem Pferd auf den Weg und wurde von ihm zermalmt. Ich weiß nicht, was ich noch alles erblickte, doch als ich zu mir kam, war es heller Tag, und ich sah mich auf der Straße liegen, neben meinem Pferd, das sein Leben aushauchte.

So endete, meine Damen, ein kleines Liebesabenteuer, das mich für immer hätte heilen und mir die Lust hätte nehmen sollen, neue zu suchen. Einige Zeitgenossinnen Ihrer Großmütter könnten Ihnen darüber Aufschluß geben, ob ich mich später klüger verhielt.

Wie dem auch sei, ich zittre noch bei dem Gedanken, daß ich, wäre ich meinen Feinden unterlegen, meinerseits zu einem Vampir geworden wäre; aber der Himmel ließ nicht zu, daß es dahin käme, und weit davon entfernt, meine Damen, nach Ihrem Blut zu dürsten, wünsche ich mir, mag ich auch alt sein, nichts Besseres, als das meine in Ihrem Dienst zu vergießen!

Nachwort

Die Romantik hat zu Beginn des 19. Jahrhunderts das Profil der europäischen Nationalliteraturen entscheidend mitbestimmt. Entstanden als ein Gegengewicht gegen die normative Ästhetik und Dichtungspraxis des 17. und 18. Jahrhunderts, aber auch gegen das rationalistische Weltbild der Aufklärung, entwickelte die Romantik notwendige Voraussetzungen für den nachfolgenden kritischen Realismus. Nur aus dieser Übergangsposition läßt sich der vielschichtige und schillernde Charakter und die überaus dynamische Entwicklung romantischer Literatur begreifen. Feinfühlig wie kaum eine andere literarische Strömung reagierte die Romantik auf jede Veränderung im gesellschaftlichen und geistigen Leben der Nation und prägte in hohem Maße das Geschichtsbewußtsein der europäischen Völker. Daher liefert eine Nachzeichnung der Wechselbeziehungen zwischen historischer und literarischer Entwicklung am ehesten den Ariadnefaden durch das Labyrinth romantischer Poesie und Prosa.

Wie in Westeuropa gewinnt die Romantik auch in Rußland unter dem Eindruck bedeutsamer geschichtlicher Ereignisse ihre besondere Gestalt. Die gewaltigen Erschütterungen, denen die westeuropäischen Länder seit der Französischen Revolution von 1789 bis zum Ende der Napoleonischen Kriege im Jahre 1813 ausgesetzt waren, erfaßten Rußland direkt erst mit dem Einmarsch der französischen Truppen im Frühherbst 1812. So fehlt in Rußland vor allem die im Ergebnis der revolutionären Ereignisse begonnene Befreiung des Individuums aus den Fesseln der feudalistischen Klassenhierarchie und seine Einordnung in den kapitalistischen Produktionsprozeß, jene „Verbürgerlichung", wie sie Napoleon etwa in Deutschland einleitete. Der Pugatschow-Aufstand (1773–1775) hatte zwar die Brüchigkeit des absolutistischen Staatsgefüges sichtbar gemacht und auf die Möglichkeit einer allgemeinen gesellschaftsverändernden Volkserhebung hingewiesen; nach der Niederschlagung des Aufstandes verschärfte sich jedoch der reaktionäre Kurs in der zaristischen Politik. Wenn Katharina II., besorgt um die Erhaltung des Staates, in der berühmten „Schenkungsurkunde" aus dem Jahre 1785 dem Adel uneingeschränkte Rechte gegenüber den Leibeigenen einräumte und ihn gleichzeitig von Verpflichtungen im Staatsdienst befreite, die ihm unter Peter I. auferlegt worden waren, so vollzog sie damit nur eine Befreiung des Individuums innerhalb einer privilegierten Minderheit und zementierte den verhängnisvollen Dualismus zwischen Adel und Volk, den Rußland erst 1917 vollständig überwand.

Der Rückzug der russischen Truppen vom europäischen Kriegsschauplatz nach der Niederlage der Verbündeten bei Austerlitz (1805), Jena und Auerstädt (1806) und die von Napoleon erzwungene Blockade gegen England schufen in Rußland nach anfänglicher Resignation eine Atmosphäre patriotischer Begeisterung, die im Vaterländischen Krieg von 1812 ihren Höhepunkt erreichte. In diesem Krieg bestand das gesamte russische Volk eine Kraftprobe größten Ausmaßes, doch die berechtigten Hoffnungen auf soziale Reformen nach dem Sieg über Napoleon erfüllten sich nicht. Der Widerstand gegen die konservative Regierungspolitik Alexanders I. führte 1825 zu dem von Petersburger Gardeoffizieren getragenen Dezemberaufstand, der ohne die Unterstützung der breiten Volksmassen zum Scheitern verurteilt war. Nach 1825 führte der verschärfte Widerspruch zwischen der Kapitalisierung der Wirtschaft und dem feudal-absolutistischen Staatsgefüge zu einer weiteren Differenzierung der russischen

Gesellschaft. Das geistig-kulturelle Zentrum verlagerte sich von Petersburg nach Moskau, und in den privaten Studierzirkeln der Moskauer Universitätsjugend debattierten nicht nur Vertreter einer aristokratischen Intelligenz, sondern auch Söhne von Beamten, Popen und Kaufleuten über die Philosophie Schellings und Hegels und über das weitere Schicksal Rußlands.

Vor diesem historischen Hintergrund entwickelte sich die russische Romantik. Sie ist keine einheitliche Strömung, vielmehr lassen sich in ihr deutlich mehrere Phasen unterscheiden. Von einer passiv-lyrischen Selbstbesinnung, der Poetisierung zartester seelischer Empfindungen und der Flucht vor der gesellschaftlichen Wirklichkeit in eine irrationale, mystische, jenseitige Welt zu Beginn des Jahrhunderts reicht sie über das kämpferische und anklagende Pathos in der revolutionären Versepik nach 1820 bis zur Entdeckung des scheinbar unpoetischen Alltags einfacher Menschen in der Prosaerzählung der dreißiger Jahre. Die literarischen Gestalten und ihre Schöpfer verliehen ihrer Unzufriedenheit mit der zeitgenössischen Wirklichkeit Ausdruck, indem sie sich entweder in die Traumwelt des eigenen Ichs zurückzogen, in die mittelalterliche Vergangenheit entflohen, um auf der Suche nach der rätselhaften „blauen Blume" träumend das Ideal eines harmonischen Lebens zu schauen, oder ihrer Zeit vorauseilten, um im Namen einer hellen Zukunft, in der Freiheit und Gerechtigkeit triumphieren, als einsame Rebellen gegen die Gesellschaft aufzubegehren. In jeder Entwicklungsphase spiegelt die russische romantische Literatur nicht nur die Innenwelt des einzelnen, die Besonderheiten und das Fragwürdige seiner gesellschaftlichen und nationalgeschichtlichen Existenz auf eine immer neue und überraschende Weise, sondern sie entdeckt auf der Suche nach dem „Geist des Volkes" auch die unerschöpflichen Quellen der Volksdichtung für die Literatur. Es sei in diesem Zusammenhang nur an die Veröffentlichung des „Igorliedes" (1800) und die „Alten russischen Dichtungen" (1804) von Kirscha Danilow erinnert.

Literarhistorisch ist die russische Romantik durch die Erschließung neuer Stoffgebiete, die Gestaltung psychischer Prozesse und die nuancierte Ausbildung der russischen Literatursprache die erste „moderne“ Strömung.

In Deutschland entstand die Romantik im wesentlichen, nachdem der Höhepunkt der Klassik bereits überschritten war, und entwickelte sich bald zu einem Gegenpol dieser den humanistischen Idealen der Aufklärung verbundenen Literatur. In Rußland dagegen bildet eine Synthese aus Romantik und Realismus den Ausgangspunkt für das Entstehen einer „klassischen“ russischen Literatur. Nicht zufällig entdeckte Puschkin auf der Suche nach der „wahren Romantik“ für sich die Gestaltungsmittel des Realismus. Durch diese Synthese erhalten so typische Charakteristika der europäischen Romantik wie die kontrastreiche Gegenüberstellung von Ideal und Wirklichkeit, die Vermischung realer und phantastischer Vorgänge und die Verwendung von Motiven aus Legende und Volksmärchen in der russischen Literatur eine besondere Funktion, die sich am Einzelbeispiel immer wieder nachweisen läßt.

Erste Spuren einer romantischen Welt- und Literaturbetrachtung finden sich in Rußland an der Wende vom 18. zum 19. Jahrhundert, zu einer Zeit, als die deutsche Frühromantik in Schlegels „Athenäum“ ihr theoretisches Fundament erhielt. Am 12. Januar 1801 gründeten in Moskau zehn junge Literaten und Studenten, in der Mehrzahl Zöglinge des Adelspensionats der Universität, einen „Literarischen Freundeskreis“. Für eine fühlbare Einflußnahme auf die Literaturentwicklung fehlte es den Mitgliedern zwar an soliden Kenntnissen und der nötigen Lebenserfahrung; doch bleibt ihr Versuch bemerkenswert, die Poesie gegenüber Philosophie, Ethik und Religion aufzuwerten und die russische Literatur aus den Fesseln des Klassizismus zu befreien. Ästhetische Vergleichsmaßstäbe setzten ihnen dabei Shakespeares Dramen, die Gedichte und Balladen Schillers sowie Goethes „Werther“. Andrej Turgenjew, Sohn des Rektors der Moskauer Universität und begabtester Kritiker in diesem Kreis, entwarf mit seinen Freunden ein literarisches Programm, das die Entwicklung der russischen Romantik in den allgemeinsten Zügen vorwegnimmt. So forderte er eine von allen ausländischen

Einflüssen freie Nationalliteratur und rief die Dichter auf, in ihren Werken den Geist des Volkes wiederzugeben, der vorerst für ihn nur in Volksliedern und Märchen zum Ausdruck kam. In Anlehnung an den englischen Philosophen Shaftesbury und den deutschen „Sturm und Drang" betrachtete Turgenjew die Poesie als die höchste schöpferische Leistung des menschlichen Geistes und erhob den Dichter zum Propheten und Lehrmeister seiner Nation. Michail Kaissarow, ein anderes Mitglied der Vereinigung, sah in der Lyrik die Offenbarung eines empfindsamen Herzens und das Werk dichterischer Phantasie, die dem Künstler jenseits aller Axiome einer rationalistischen Philosophie und poetischer Regeln des Klassizismus das Wesen des menschlichen Daseins enträtselt.

Einen großen Eindruck hinterließen die Abende im „Literarischen Freundeskreis" in dem kaum achtzehnjährigen Dichter und Übersetzer Wassili Shukowski. Als Sohn eines russischen Gutsbesitzers und einer gefangenen Türkin mit dem Makel einer illegitimen Geburt behaftet, wurde Shukowski durch den frühen Tod seines Freundes Andrej Turgenjew und die unglückliche Liebe zu seiner Nichte Marija Protassowa in seiner elegischen und ichbezogenen Lebenshaltung bestärkt, die den dunklen und klagenden Grundton seiner Dichtung bestimmt. In seinen Elegien und Balladen verband er historische, religiöse und märchenhafte Motive mit den Stimmungen des eigenen Herzens. Vorlagen aus der deutschen Balladendichtung, die er meisterhaft ins Russische übertrug, boten ihm vor allem einen stofflichen Anreiz, die Regungen der eigenen Seele mitzuteilen und seinem mystisch-religiösen Weltbild poetischen Ausdruck zu verleihen. Düstere und geheimnisvolle Landschaftsbilder verstärken den melancholischen Eindruck seiner Poesie, in der sich Erinnerungen an die Vergangenheit, eine leichte Resignation gegenüber der Gegenwart und Wunschträume spiegeln, die in eine unbekannte oder gar jenseitige Zukunft weisen. In seiner musikalischen Sprache verliert das einzelne Wort an konkretem Gehalt zugunsten eines mehrdeutigen Zusammenhangs, der vom Leser oft nur intuitiv erfaßt werden kann. Seine 1808 veröffentlichte

Ballade „Ludmila“, zu der Shukowski den Stoff Bürgers „Lenore“ entnahm, gilt in der Literaturgeschichte als der eigentliche Beginn der russischen Romantik.

Die kriegerischen Ereignisse von 1812 ließen jedoch das Interesse an einer passiven, ganz auf das Subjekt und seine subtilsten Empfindungen gerichteten Lyrik erkalten. Das Zeitalter der Ballade ging seinem Ende entgegen. Als Puschkin 1820 das Poem „Ruslan und Ludmila“ veröffentlichte, sandte ihm Shukowski sein Porträt mit der Widmung: „Dem Schüler und Sieger von dem besiegten Lehrer.“ Puschkin entzauberte in dieser Märchendichtung die von Rittern, Feen und Hexenmeistern bewohnte Welt der Legende durch einen ironischen Erzähler, der die sentimental-romantische Verbindung zwischen Diesseits und Jenseits, zwischen den seelischen Empfindungen des Autors und dem tragisch-balladesken Schicksal seiner fiktiven Figuren aufhebt.

Die Veränderungen, die sich in der russischen Gesellschaft vollzogen, riefen zu Beginn der zwanziger Jahre eine neue, revolutionäre Dichtergeneration auf den Plan. Die Dichtung der Dekabristen stand im Zeichen des politischen Freiheitskampfes. Sie druckten ihre Poeme, Lieder und Erzählungen in dem von Kondrati Rylejew und Alexander Bestushew herausgegebenen „Polarstern“ (1823—1825). Ihre scharfe Kritik galt der auf Leibeigenschaft und Autokratie beruhenden zeitgenössischen Wirklichkeit. Legendäre und historische Gestalten aus der heroischen Vergangenheit Rußlands verkörpern in ihren Gedichten das Ideal des tugendhaften Patrioten, der berufen ist, die Gesellschaft grundlegend zu verändern. Diese romantisch-individualistische Geschichtsauffassung war nicht zuletzt der Grund ihres tragischen Scheiterns.

Puschkin war weitsichtiger als die Dekabristen. Er fühlte die tragische Ausweglosigkeit im Protest des romantischen Einzelgängers gegen die Gesellschaft. Ähnlich wie Byron entwickelte er diese Problematik an dem Gegensatz zwischen Natur und Zivilisation. Der Dichter desillusionierte in seinen „Südlichen Poemen“ die Gestalt des adligen Intellektuellen, der die Hoffnung hegt, sich in der exotischen Bergwelt des Kaukasus oder unter umherziehenden Zigeunern von den Folgen eines Lebens in der Zivilisation reinigen zu können. Puschkins Helden sind keine Leitbilder patriotischer Tugend und keine Rebellen um der Sache willen. Es sind Egoisten, von der Gesellschaft erzogen und unfähig, sich ihren Gesetzen zu entziehen. Mit dieser kritischen Auffassung ging er über Byron hinaus bis an die Grenzen der Romantik. Die realistische Fortsetzung seiner Versnovellen wurde der Roman „Eugen Onegin".

Bis zur Mitte der zwanziger Jahre war der Anteil der Prosa an der Entwicklung der romantischen Literatur in Rußland unbedeutend. Dem englischen Schauerroman und dem Roman der deutschen Romantik fehlt die russische Entsprechung. Das 18. Jahrhundert hatte dafür keinerlei Voraussetzungen geschaffen. Nur „Die arme Lisa" (1792), eine sentimentale Liebesgeschichte von Nikolai Karamsin, war zum Vorbild für eine Unzahl ähnlicher, literarisch aber bedeutungsloser Erzählungen geworden, die bis etwa 1820 in Zeitschriften und Almanachen erschienen. Shukowskis „Marienhain" enthält mit der elegischen Stimmung, der geheimnisvollen Beziehung zwischen dem menschlichen Dasein und einer Welt des Jenseits, mit dem Gespenstermotiv und der legendären Gestalt des Ritters Rogdai alle Grundmotive der romantischen Lyrik des Verfassers. Die Ursache des Konflikts, die psychologisch motivierte Fehlentscheidung Marijas, zeigt bereits die Vielschichtigkeit und Kompliziertheit der menschlichen Psyche, deren Reaktionen im Rahmen der religiös verbrämten Legende moralisch interpretiert werden. Shukowskis Erzählung, eine Mischung aus Ballade und Kunstmärchen, geschrieben in rhythmischer Prosa, ist neben seinem allegorischen Märchen „Drei Gürtel" eine Einzelleistung geblieben.

Die gattungsgeschichtliche Entwicklung der Prosaerzählung, die sich mit den frühen, literarisch aber noch unreifen Erzählungen von Alexander Bestushew im „Polarstern" schon andeutete, beginnt eigentlich erst gegen Ende der zwanziger Jahre. Man stößt bei der Untersuchung der Ursachen dafür auf die sozialen Veränderungen in der russischen Gesellschaft. Im ersten Viertel des 19. Jahrhunderts war das Lesepublikum ein kleiner Kreis adliger

Literaturliebhaber, die ihre Dichter meist persönlich kannten. Shukowski gab noch 1818 einem Gedichtband den bezeichnenden Titel „Für wenige“. Die geringe Anzahl der Exemplare eines literarischen Almanachs bezogen allenfalls gebildete Offiziere, Salondamen, Literaten und Kritiker. In dieser Gesellschaft unterhielt man sich französisch und las zur Unterhaltung französische Romane. Russisch dagegen sprach man vor allem in der Kanzlei und im Umgang mit Bauern und Gutsverwaltern. Literarische Anerkennung fand die Muttersprache nur im Wort des Dichters. Doch der Leserkreis wuchs an. Neue Zeitungen und Zeitschriften wandten sich nach 1825 immer mehr an die bunte Menge der Bürger, Kaufleute, lesekundigen Bauern, Beamten und Lakaien. Neben Kochrezepten, Reiseberichten und Abhandlungen über die Landwirtschaft wurden hier auch Dramen und Romane junger russischer Autoren abgedruckt. In diesem vielfältigen Programm erwies sich die Dichtung einer adligen Minderheit plötzlich als steril und fand keine Resonanz. Der unmittelbare Kontakt zwischen dem Dichter und seinem Publikum ging verloren. So schrieb Puschkin schon 1820 an den Kritiker Wjasemski: „Unsere Zeit ist nicht die Zeit der Dichter. Bald werden wir aus Mangel an Zuhörern gezwungen sein, uns gegenseitig unsere Gedichte vorzulesen.“ Wenig später bekannte Alexander Bestushew im „Polarstern“: „Das Jahr 1823 war der Herbst unserer Poesie.“ Verändert hatte sich auch das Weltbild in der russischen Literatur. Das einfache Volk und die adlige Gesellschaft verwandelten sich für den Dichter und Schriftsteller aus undifferenzierten Kollektiva, denen aus romantischer Position der einzelne gegenübergestellt wurde, immer mehr in eine Summe unterschiedlicher Einzelwesen aus allen Schichten der Bevölkerung, deren Alltag nun in das Blickfeld literarischer Darstellung rückte. Diese Demokratisierung der Literatur durch die Einbeziehung neuer Stoffgebiete drängte ebenfalls zur Prosaform.

Die außerordentlich große stoffliche und thematische Vielfalt, darüber hinaus aber auch die unterschiedliche Verknüpfung romantischer und realistischer Motive erschwert eine typologische Aufgliederung der romantischen Erzählliteratur, deren Spannweite — ausgenommen den historischen Roman — von der Charakternovelle bis zum Kunstmärchen reicht. Erst beim Vergleich der Einzelbeispiele ergeben sich Entwicklungslinien und Übereinstimmungen.

Im Jahre 1831 veröffentlichte Puschkin die „Erzählungen Belkins", fünf novellistisch meisterhaft komponierte Erzählungen, die er im Sommer 1830 auf seinem Landgut Boldino anscheinend ohne Mühe niedergeschrieben hatte. Im Vorwort tarnt sich der Verfasser als Herausgeber der Aufzeichnungen des Gutsbesitzers Iwan Petrowitsch Belkin. In einer Gesellschaft befragt, wer denn dieser Belkin sei, antwortete Puschkin, er kenne ihn nicht, glaube aber, daß die Form seiner Erzählungen mustergültig sei. In Puschkins novellistischem Schaffen, zu dem die „Erzählungen Belkins" den Auftakt bilden, geraten die subjektiven Lebensmaßstäbe des einzelnen mit seiner gesellschaftlichen Umwelt in Konflikt, deren Wesen er nicht zu durchschauen vermag. Die Beurteilung bestimmter Vorgänge als sonderbar und romantisch erfolgt daher meist aus dem Blickwinkel der Figuren. Der Autor hingegen zeigt seine Distanz zum Handlungsgeschehen durch eine ungewöhnlich sachliche und oft ironische Erzählweise. Er öffnet damit den Blick für das Exemplarische der Ausnahmesituation, in die seine Helden geraten. Eine besondere Bedeutung gewinnt dabei das romantische Motiv des Spiels an der Grenze von Sein und Nichtsein. In der Erzählung „Der Schuß" dient dieses Motiv der stufenweisen Enthüllung eines Charakters. Mit dem Symbol der Spielkarte in „Pique Dame" erfaßt Puschkin größere Zusammenhänge. Hermanns zynische Gewinnsucht und sein Scheitern sind nicht nur in moralischer oder psychologischer Ebene deutbar. Im Hintergrund steht offenbar das gesellschaftliche Phänomen der Macht des Kapitals. Ein Thema aus Balzacs „Menschlicher Komödie" findet in dieser Erzählung auf kleinstem Raum seine Gestaltung.

Das Spiel mit höchstem Einsatz ist auch in dem 1840 erschienenen Roman „Ein Held unserer Zeit" von Michail Lermontow ein zentrales Motiv. Die Erzählung „Der Fatalist" bildet den Schluß des genannten Romans. An ihrer Pointe wird wie im

Brennpunkt eines Hohlspiegels die Gesamtidee des Werkes sichtbar. Der Gardeoffizier Petschorin berichtet in seinem Tagebuch von einer Wette, bei der ein Pistolenschuß darüber entscheiden soll, ob ein wie auch immer geartetes Schicksal das Leben des einzelnen vorherbestimmt hat. Das unerwartete Nachspiel dieser Wette, der Tod des serbischen Hauptmanns Wulitsch, bestätigt zwar die romantische Vorahnung Petschorins; die Banalität dieses Todes aber — Wulitsch wird von einem betrunkenen Kosaken getötet, der zuvor mit einem Säbel ein Schwein erstochen hat — weist über die romantische Fragestellung hinaus auf ein gesellschaftliches Problem.

Nicht zufällig begegnet der Leser in den Erzählungen immer wieder der Gestalt des adligen Offiziers. Nach der Niederschlagung des Dekabristenaufstandes wurden die revolutionären Kräfte innerhalb des Offizierskorps ausgeschaltet, die Mitglieder der Geheimorganisationen hingerichtet oder verbannt. Nikolai I. benutzte die militärische Führungsschicht als ein bloßes Werkzeug der Unterdrückung. Der individuelle Protest gegen den geisttötenden Stumpfsinn, der nun das Leben der Petersburger Garde beherrschte, und gegen die Brutalität auf dem Kasernenhof erschöpfte sich in sinnlosen Zweikämpfen, tollkühnen Husarenstücken und leichtsinnigen Liebesabenteuern. Die vergebliche Suche einer um ihre Hoffnungen betrogenen Generation nach dem Sinn des Lebens wirkt daher zugleich tragisch und banal. Wie kein anderer hat Lermontow dem Gegensatz zwischen subjektivem Wollen und objektiver Möglichkeit literarische Gestalt verliehen. Seinem romantischen und abstrakten Freiheitsideal in den Poemen „Mzyri“ und „Dämon“ entsprechen in der Realität der dreißiger Jahre Romanhelden wie Petschorin und Wulitsch, die ihr Leben stets bereitwillig aufs Spiel setzen und in der zweifelhaften Auslegung von Begriffen wie Mut und Ehre den einzigen Wertmaßstab ihrer eigenen Persönlichkeit finden.

Zeigte sich am romantischen Motiv des Spiels an der Grenze von Leben und Tod die Problematik des einzelnen innerhalb der adligen Gesellschaft der dreißiger Jahre, so bedeutet die Verwendung von Motiven der Folklore eine Hinwendung zu jenem

„Geist des Volkes", den die russische Romantik schon in ihrer ersten Phase, in der elegischen und balladesken Dichtung Shukowskis, zu gestalten versuchte. Nur stehen diese Motive in der Prosaerzählung in einem neuen Zusammenhang.

Bestushew-Marlinskis „Unheimliche Wahrsagung" setzt zunächst die Reihe der Offizierserzählungen fort. Die dramatische Handlung, in deren Verlauf der Held zum Verführer und Mörder wird, erweist sich zum Schluß als ein Traum, der jedoch bewirkt, daß er auf die geliebte, aber verheiratete Frau verzichtet. Im Bereich dieser moralischen Pointe wirkt die Gesellschaftskritik der Erzählung versöhnlich. Geschickt verwendet Bestushew Motive des Brauchtums und des Aberglaubens in unterschiedlicher Funktion. Einmal werden Weihnachts- und Neujahrsbräuche bis zu ethnographischer Detailtreue beschrieben, zum anderen aber direkt als Spannungsmomente in die Handlung eingeführt. Die Gestalt des Unbekannten als die Verkörperung des Bösen schlechthin gewinnt nicht nur gehaltlich symbolische Dichte, sondern erfüllt bei der Motivierung des Traumes auch noch eine kompositorische Funktion. Aus der Sicht seines Helden verdeutlicht der Autor aber die Distanz zwischen dem adligen Offizier und den Dorfbewohnern und ihrer Welt des Aberglaubens.

Im „Seefahrer Nikitin" gibt Bestushew-Marlinski diese Distanz auf. Vor dem Hintergrund einer romantischen Meereslandschaft erleben wir einfache russische Händler und Seefahrer, die sich durch Kühnheit und Schläue eines englischen Kutters zu bemächtigen wissen, der ihr kleines Schiff gekapert hat. Der Verfasser idealisiert seine Helden in dieser volkstümlichen Erzählung und verleiht ihnen Züge der Recken aus den altrussischen Bylinen.

Echte Volkstümlichkeit im romantischen Sinne findet sich jedoch erst in den Erzählungen Gogols, die 1831/32 als Zyklus der „Abende auf dem Weiler bei Dikanka" erschienen. Gogol breitet darin vor dem Leser eine bunte Welt des Märchens und der Legende aus. Durch seine metaphorische, auf überraschende Komik abzielende Sprache reiht er unermüdlich Bilder von einer suggestiven Leuchtkraft aneinander. Seinen Erzählungen fehlt die strenge, novellistische Komposition, und ihm liegt nichts an einer psychologischen Analyse. Er baut eine Welt auf, die sich scheinbar außerhalb jeder geschichtlichen Zeit oder Wirklichkeit befindet. In ihr leben Bauern, Kosaken und Handwerker mit Hexen, Nixen und Teufelsgeistern in friedlicher Gemeinschaft, fern von den bedrückenden Fesseln der Leibeigenschaft und einer bürokratischen Staatsmaschinerie. Ihr Schicksal wird meist von einer dem Märchen entlehnten Kausalität zwischen Tugend und Glück bestimmt, und nur selten gewinnen die dämonischen Kräfte des Bösen das Übergewicht. Gogols Figuren tragen mitunter die grobgeschnitzten Köpfe des ukrainischen Puppentheaters. Doch so schöne und kraftvolle Gestalten wie Oxana, die Tochter des reichen Tschub, und der Schmied Wakula, der sogar den Teufel überlistet, verkörpern in ihrer Lebensechtheit sein Ideal vom freien russischen Menschen. Durch das Prisma einer volkstümlichen Erzählweise gebrochen, erscheint Gogols Sehnsucht nach Freiheit und Gerechtigkeit, nach einer ursprünglichen Eintracht zwischen Mensch und Natur als die Sehnsucht des ganzen Volkes.

In Pogorelskis „Mohnkuchenfrau von Lafertowo“ scheinen die phantastischen Begebenheiten der Motivwelt des deutschen Romantikers E. T. A. Hoffmann entlehnt. Daß der Verfasser Hoffmann gelesen hat, steht außer Zweifel. Sogar eine persönliche Bekanntschaft wäre denkbar, wenn darüber auch authentische Angaben fehlen. Während Hoffmann 1814, bedrückt durch Zahlungsschwierigkeiten und ständig auf Reisen zwischen Dresden und Leipzig, den ersten Teil der „Elixiere des Teufels“ beendete, hielt sich Pogorelski als Mitglied einer Kommission des russischen Generalgouverneurs in der sächsischen Metropole auf. Die Titelgestalt seiner Erzählung entspricht ganz dem Äpfelweib vom schwarzen Tor aus Hoffmanns „Goldnem Topf“. Auch die Geisterbeschwörung, die Verwandlung des Katers in einen Titularrat und der Großmutter in eine Hexe erinnern an diese Märchennovelle. Nur haben diese Motive in Pogorelskis Erzählung eine andere Funktion. Bei Hoffmann gewinnt die Zauberwelt des Salamanders einen Eigenwert als das „Leben in der Poesie, der sich der heilige Einklang aller Wesen als tiefstes Geheimnis der Natur offenbaret". Dorthin entflieht der Student Anselmus aus der beschränkten Atmosphäre eines kleinbürgerlichen Lebens. Pogorelski benutzt das phantastische Element vor allem als Kontrast zum Alltagsdasein seiner Figuren, die aufgefordert werden, mit der Reaktion auf die ungewöhnlichen Geschehnisse ihr Innerstes aufzuschließen. Puschkin schrieb über die „Mohnkuchenfrau" begeistert an seinen Bruder: „Mein Lieber! Wie reizend ist doch Großmütterchens Kater! Ich habe die ganze Erzählung zweimal in einem Atemzug gelesen und träume jetzt nur von Tr. Fal. Murlykin (in der vorliegenden Übersetzung A. Tatz. Schnurrkin — K. St.). Mein Gang wird geschmeidig, ich kneife die Augen zusammen, wiege den Kopf und krümme den Rücken. Pogorelski ist doch Perowski, nicht wahr?"

Während die Welt der Hexen und Gespenster in Pogorelskis Erzählung nur den Hintergrund zu einer sentimentalen Liebesgeschichte und der humorvollen Schilderung des Moskauer Beamtenmilieus abgibt, gewinnt das Prinzip der Hoffmannschen Doppelwelt in Odojewskis „Sylphide" einen tragischen Aspekt. Fürst Wladimir Odojewski, in den dreißiger Jahren bekannt als Philosoph, Literat und Musikkritiker, genoß unter seinen Freunden den Ruf eines „russischen Faust". Mit dem früh verstorbenen Dichter Wenewitinow stand er schon 1823 der Gesellschaft der „Weisheitsfreunde" vor, in deren Kreis man sich besonders mit der Philosophie Kants, Fichtes und Schellings, aber auch mit der Jenaer Romantik beschäftigte. Man versammelte sich dazu im Kabinett Odojewskis, das nach der Art von Fausts Studierzimmer mit mächtigen Folianten, Totenschädeln, Flaschen und Retorten angefüllt war. In den dreißiger Jahren traf man in seinem Salon Dichter, Journalisten, Verleger und Musiker, unter denen sich der Gastgeber als einer der gebildetsten Männer seiner Zeit hervorhob. Der Literatur widmete sich Odojewski nur zögernd. Seine romantischen Erzählungen variieren in der Mehrzahl das Motiv der Doppelwelt von Ideal und Wirklichkeit. Ihn beschäftigten die geheimnisvollen Bindungen des menschlichen Daseins an eine irreale Welt der Geister. Beide Motive, wohl verwandt, aber nicht identisch, führten ihn in die geistige Nähe von

E. T. A. Hoffmann, ohne daß Odojewski dabei seine Originalität verlor. In der Erzählung „Die Sylphide" bildet die poetische Idealwelt, in die sich der Briefschreiber nach der Lektüre kabbalistischer Bücher flüchtet, einen schroffen Gegensatz zu dem stumpfsinnigen Dasein eines provinziellen Gutsbesitzers, in das der Held am Schluß gewaltsam zurückgeführt wird. Die Beschreibung der Geisterwelt verrät nicht nur die weitreichende Phantasie des Autors und seine profunde Kenntnis kabbalistischer Weisheiten, sondern auch die Sehnsucht nach einem anderen, freieren Leben. Odojewski steht jedoch — und das unterscheidet ihn von Hoffmann — der Flucht seines Helden kritisch gegenüber. Aus der Sicht der übrigen Figuren wirkt die Zauberei letztlich als die geistige Fehlleistung eines Psychopathen, und der Leser schließt sich unwillkürlich dieser Meinung an. Der Verfasser steht mit dieser Erzählung an einem Wendepunkt in seinem Schaffen. Ideale und reale Welt halten sich die Waage.

Die weitaus später geschriebene Erzählung „Der Maler" basiert noch auf dem romantischen Kontrast zwischen dem Wollen des Künstlers und dem Zwang einer kleinbürgerlichen und kunstfeindlichen Umwelt, wie er bei Hoffmann zum Ausdruck kommt. Odojewski verdichtet diesen Kontrast an der Gegenüberstellung Madonnenbild — Ladenschild. Aus der Erzählung der „wohlhabenden Kleinbürgerin" erfährt der Leser aber nur wenig über das Innenleben des Malers Schumski. Die Darstellung konzentriert sich auf die Schilderung der Umwelt, und die Künstlerproblematik gerät damit schon in einen realistischen Kontext.

In den Rahmen der romantischen Gespenstergeschichten gehört Alexej Konstantinowitsch Tolstois „Familie des Wurdalak". Tolstoi, der auf dem Gut seines Onkels, des Schriftstellers Pogorelski, früh mit der Literatur der russischen und europäischen Romantik bekannt wurde, griff hier auf ein Motiv der frühromantischen Schauerliteratur zurück. Das Phänomen des Vampirismus entstammt vor allem der Folklore des Balkans, und der Verfasser verlagerte den Schauplatz der Handlung in ein Dorf nach Serbien, wo dieser Aberglaube besonders verbreitet war.

Nichtrussischen Ursprungs ist auch die Fabel zu Lermontows Märchen „Kerib der Spielmann", eine Bearbeitung von Motiven der aserbaidshanischen Folklore. Das Kunstmärchen ist im Gegensatz zur deutschen Literatur in der russischen romantischen Prosa eine seltene Erscheinung, wenn man von den Märchen Odojewskis einmal absieht. Der berühmte Wettstreit zwischen Shukowski und Puschkin um die Gestaltung von Märchenmotiven im Jahre 1831 fand im Bereich der Lyrik statt. Auch im Schaffen Lermontows ist dieses Prosamärchen, das ihm, wie man annimmt, von einem fahrenden Sänger aserbaidshanischer Herkunft erzählt wurde, eine Einzelleistung.

Mit der Hinwendung zu den sozialen Widersprüchen in der russischen Gesellschaft verliert die romantische Erzählung immer mehr jene zweite, ideale Ebene, die in märchenhafter oder phantastischer Form einen Gegensatz zur Realität bildete. Beim Übergang von der Romantik zum Realismus wählen die Autoren vorzugsweise krasse Grenzsituationen, um die Innenwelt ihrer Helden sichtbar zu machen, weniger aber zu dem Zweck, die objektiven gesellschaftlichen Hintergründe des Einzelschicksals auszuleuchten. Noch bedarf es zur Aufhellung der Widersprüche zwischen Individuum und Gesellschaft einer handfesten Fabel mit dramatischen Höhepunkten und einer kontrastreichen Gegenüberstellung der Figuren. Noch erscheint die Erlebniswelt des einzelnen herausgelöst aus dem gesellschaftlichen Entwicklungsprozeß, und sein Protest gegen eine ihn beschränkende Gesellschaftsordnung ist überwiegend abstrakt-moralischer Natur.

Eine eigenwillige Verknüpfung romantischer und realistischer Motive findet sich in der grotesken Erzählung. In ihr wird die Hierarchie bürokratischer Macht, ausgedrückt in künstlich geschaffenen Werten, wie Orden, Titeln, Rängen und Uniformen, in ihrer deformierenden Wirkung auf den einzelnen untersucht. Die Helden, meist niedere und mittlere Beamte, die an das automatische Funktionieren der bürokratischen Staatsmaschinerie gewöhnt sind, werden in groteske Lebenssituationen gestellt, in denen sie als Puppen oder Marionetten wirken und dabei das Dämonische wie Komische dieser Deformierung der menschlichen

Persönlichkeit sichtbar machen. Odojewski führt diesen Beamten in der Gestalt des Stadthauptmanns Sjornuschkin vor, der in seinem beschränkten und erstarrten Dasein von der fixen Idee gepackt wird, in seinem Kopf könne sich ein Frosch einnisten. In Alexander Weltmanns Erzählung „Der rasende Roland" genügt den Beamten eines Provinzstädtchens eine Phantasieuniform mit „drei Sternen", um den verrückten Schauspieler Sarezki für den Gouverneur zu halten. Hinter der Situationskomik steht bei Weltmann das romantische Motiv vom Gegensatz zwischen dem Künstler und seiner kunstfeindlichen Umwelt. Ihren Höhepunkt erreicht die groteske Erzählung in Gogols „Nase". Aus der Sicht Gogols wird der Mensch in einer Gesellschaft, die ihn nach Titeln und Orden einschätzt oder ihn als Leibeigenen neben alten Kutschwagen, Hunden und Hausrat zu verkaufen bereit ist, zum Gegenstand, zu einem Teil seines eigenen Ichs. Vor diesem Hintergrund erhält die Wanderschaft einer Nase in der Uniform eines Staatsbeamten, wie phantastisch dieses Faktum zunächst auch anmutet, exemplarische Bedeutung. In den Reaktionen des Majors Kowaljow, der durch den Verlust seiner Nase aus der Bahn seines normierten Lebens geworfen wird, und seiner Umwelt auf das groteske Ereignis offenbart sich die Anomalität der „Ordnung".

Aus romantischer Sicht erscheinen die gesellschaftlichen Kräfte, die den Menschen sich selbst entfremden und in einen seelenlosen und entgeistigten Mechanismus verwandeln, als eine unheimliche und magische Fiktion, die mit Mitteln der Komik ad absurdum geführt wird. Die realen gesellschaftlichen Widersprüche werden in der grotesken Erzählung als eine phantastische Verzerrung wahrer menschlicher Beziehungen wiedergegeben.

Zwischen Romantik und Realismus stehen auch die Erzählungen Somows, Pawlows und Pogodins. Der romantische Kontrast zwischen Natur und Zivilisation, ein Motiv, das in Puschkins „Südlichen Poemen" eine dramatische Gestaltung erfährt, bildet in Somows „Roman in zwei Briefen" den Hintergrund zu einer heiteren Liebesidylle. Durch die leichte Ironie des Erzählers wird der Gegensatz zwischen der Petersburger mondänen Gesellschaft und einem beschaulichen provinziellen Gutsbesitzerdasein aufgehoben.

Satirisch pointiert wirkt dagegen die Darstellung hohler gesellschaftlicher Konvention in Pawlows „Auktion". In wenigen markanten Szenen, deren größerer Zusammenhang dem Leser verborgen bleibt, enthüllt der Verfasser die Oberflächlichkeit und Unmoral der großstädtischen Adelsgesellschaft. Scharfe Zeitkritik enthalten auch die beiden übrigen Erzählungen Pawlows. Dabei wird das tragische Schicksal des jungen Offiziers im „Jatagan" und die Lebensgeschichte des leibeigenen Musikanten im „Namenstag" vom Verfasser vor allem moralisch interpretiert. Die blutige Rache Bronins, das Duell im „Namenstag" und der Mordversuch des Helden in Pogodins Erzählung „Der Bettler", die ebenfalls in diesen Rahmen gehört, sind romantische Motive, die den einzelnen in einer persönlichen, dramatisch zugespitzten Auseinandersetzung mit der Gesellschaft zeigen. Seine Verhaltensweisen interessieren den Autor in erster Linie von einem moralischen und psychologischen Standpunkt. Erst in den vierziger Jahren kehrten die Vertreter der „Natürlichen Schule", für deren ästhetisches Programm Gogols Roman „Die toten Seelen" und seine Novelle „Der Mantel" das Fundament lieferten, jenes romantische Konzept einer vom Subjekt und seiner psychisch-moralischen Beschaffenheit ausgehenden Darstellungsweise um und suchten die Erklärung für das Besondere des Einzelschicksals im sozialen Milieu, aus dem ihre Helden hervorgingen und in dem sie agierten. Mit dieser Umkehrung vollzog sich die endgültige Ablösung der Romantik als einer dominierenden literarischen Strömung durch den Realismus.

Dieser Versuch eines literaturgeschichtlichen Abrisses soll die Mannigfaltigkeit und die Originalität der russischen Romantik zeigen, die zu Beginn des 19. Jahrhunderts wie ein breiter Strom alle Schichten der literarischen Entwicklung erfaßte, in dessen Tiefen die Voraussetzungen für die gewaltigen Leistungen des kritischen Realismus in den Werken eines Turgenjew, Tolstoi oder Dostojewski geboren wurden.

Klaus Städtke

Biographische und bibliographische Angaben

Bestushew-Marlinski, Alexander Alexandrowitsch, (1797—1837) entstammte einem verarmten Adelsgeschlecht und wurde 1817 Offizier der Leibgarde. Seine literarischen Neigungen führten ihn 1820 in die Petersburger „Freie Gesellschaft der Liebhaber der russischen Literatur". Von 1823 bis 1825 gab er zusammen mit dem Dichter Kondrati Rylejew, der führenden Persönlichkeit im „Nordbund" der Dekabristen, den Almanach „Polarstern" heraus, in dem er seine Erzählungen, Reisebeschreibungen und literaturkritischen Aufsätze veröffentlichte.

Nach dem Ort Marli bei Petersburg, wo sein Regiment stationiert war, legte er sich das Pseudonym Marlinski bei. 1825 wurde er wegen seiner Teilnahme am Dekabristenaufstand verhaftet, 1827 nach Jakutsk verbannt und später als einfacher Soldat in den Kaukasus versetzt. 1837 fiel er am Kap Adler im Kampf gegen die Bergvölker.

Bestushew gehört zu den bedeutendsten romantischen Erzählern der zwanziger und dreißiger Jahre. Seine frühen Erzählungen, „Schloß Wenden", 1821, „Roman und Olga", 1823, „Schloß Neuhausen", 1824, „Das Revaler Turnier", 1825, „Schloß Eisen", 1825, „Der Verräter", 1825, behandeln Stoffe aus der Geschichte des russischen und baltischen Mittelalters, erzähltechnisch sind sie stark von Walter Scott beeinflußt. Nach 1825 wandte er sich der Gegenwart zu und übte in den Erzählungen „Die Bewährung", 1830, „Leutnant Belosor", 1831, und „Fregatte Hoffnung", 1832, scharfe Kritik an den Ehr- und Moralbegriffen der Petersburger Adelsgesellschaft. Als Ergebnis seiner ethnographischen und folkloristischen Studien im Kaukasus entstanden die Erzählungen „Ammalat-bek", 1832, und „Mulla Nur", 1836.

Die Übersetzung der Erzählungen „Der Seefahrer Nikitin" (Мореход Никитин, 1834) und „Die unheimliche Wahrsagung" (Страшное гадание, 1831) erfolgte nach der Ausgabe: А. А. Бестужев-Марлинский, Сочинения в 2-х томах, Moskau 1958, Band 1/2.

GOGOL, NIKOLAI WASSILJEWITSCH, (1809—1852) wurde als Sohn eines ukrainischen Gutsbesitzers im Gouvernement Poltawa geboren. Nach Beendigung des Gymnasiums in Neshin übersiedelte er 1828 nach Petersburg. Er war als Beamter und vorübergehend als Schauspieler tätig, bis er sich ab 1835 ganz der Literatur widmete. Nach der Aufführung seiner Komödie „Der Revisor" im Jahre 1836, die einen Streit zwischen der offiziellen und der fortschrittlichen Kritik um die Interpretation auslöste, fühlte sich Gogol mißverstanden. Er geriet als realistischer Künstler mit seiner religiös-moralisierenden Weltanschauung in einen Konflikt, der sich bis zu seinem Tode ständig vertiefte. Seit 1836 unternahm Gogol mehrere Reisen nach Italien, wo er seine geistige Krise zu überwinden hoffte. Er starb 1852 an den Folgen eines asketischen Lebenswandels, der einem Freitod gleichkam.

Nach dem mißglückten romantischen Poem „Hans Küchelgarten", 1827, errang Gogol seinen ersten literarischen Erfolg mit dem Zyklus „Abende auf dem Weiler bei Dikanka", 1831/32, romantischen Erzählungen aus dem Leben ukrainischer Bauern und Kosaken. 1835 erschien der Band „Mirgorod", der die Erzählungen „Gutsbesitzer aus alter Zeit", „Taras Bulba", „Der Wi" und „Die Geschichte des großen Krakeels zwischen Iwan Iwanowitsch und Iwan Nikiforowitsch" umfaßt, und der Band „Arabesken" mit den in Petersburg spielenden Erzählungen „Newski-Prospekt", „Aufzeichnungen eines Wahnsinnigen" und „Das Porträt". Ihnen folgten 1836 „Die Nase" und „Die Kalesche". Die Erzählung „Der Mantel", 1842, und der Roman „Die toten Seelen", 1842, wurden zum Ausgangspunkt für die Entstehung der „Natürlichen Schule", der ersten realistischen Richtung in der russischen Literatur. Sein dramatisches Schaffen setzte Gogol nach dem „Revisor" in den Komödien „Die Heirat", 1841, und „Die Spieler", 1842, fort.

Die deutsche Fassung der Erzählung „Die Nacht vor Weihnachten" (Ночь перед рождеством, 1831, in: Н. В. Гоголь, Собрание сочинений в 6-и томах, Moskau 1959, Band 1) entnahmen wir mit Genehmigung des Aufbau-Verlages Berlin und Weimar dem Band „Abende auf dem Weiler bei Dikanka", Gesammelte Werke in Einzelbänden, Berlin 1968, die deutsche Fassung der Erzählung „Die Nase" (Нос, 1836, in: Н. В. Гоголь, Собрание сочинений в 6-и томах, Moskau 1959, Band 3) dem Band „Der Mantel", Gesammelte Werke in Einzelbänden, Berlin 1969.

LERMONTOW, MICHAIL JURJEWITSCH, (1814—1841) wurde in Moskau als Sohn eines verarmten Offiziers geboren. Nach dem Tode der Mutter übernahm die begüterte und einflußreiche Großmutter seine Erziehung. 1828 kam er an das Moskauer Adelspensionat und 1830 an die Universität. 1832 trat er in die Petersburger Schule für Gardefähnriche ein, die er 1834 als Kornett des Leibgardehusarenregiments beendete. 1837 wurde er wegen eines Gedichts auf den Tod Puschkins, in dem er die Gesellschaft als schuldig anklagte, in den Kaukasus versetzt, wo die zaristischen Truppen mit den Bergvölkern kämpften. Wegen eines Duells verbannte man ihn 1840 ein zweites Mal in den Süden. In Pjatigorsk, wo er sich zu einem Genesungsurlaub aufhielt, wurde er am 27. Juli 1841 in einem Duell mit dem Major Martynow tödlich getroffen.

Im Schaffen Lermontows erreichte die russische Dichtung nach dem Tode Puschkins einen zweiten Höhepunkt. Neben einer Vielzahl von Gedichten schrieb er die romantischen Poeme „Mziri", 1839, und „Dämon", 1841, die Dramen „Menschen und Leidenschaften", 1830, und „Maskerade", 1835, und das „Lied vom Zaren Iwan Wassiljewitsch, seinem jungen Leibwächter und dem kühnen Kaufmann Kalaschnikow", 1837, ein episches Gedicht im Stil der altrussischen Bylinen. Sein Hauptwerk ist der Roman „Ein Held unserer Zeit", 1839/40, dessen Schlußepisode die Erzählung „Der Fatalist" bildet, die 1839 als selbständige Erzählung in den „Otetschestwennyje sapiski" (Vaterländische Annalen) erschien.

Die deutsche Fassung der Erzählung „Der Fatalist" (Фаталист, 1839, in: М. Ю. Лермонтов, Сочинения в 6-и томах, Moskau-Leningrad 1957, Band 6) entnahmen wir dem Band „Ein Held unserer Zeit", Berlin 1963. Die Übersetzung der Erzählung „Kerib der Spielmann" (Ашик-Кериб, 1837) erfolgte nach der Ausgabe М. Ю. Лермонтов, Сочинения в 6-и томах, Moskau-Leningrad 1957, Band 6.

Odojewski, Wladimir Fjodorowitsch, Fürst, (1803—1869) entstammte einem alten Adelsgeschlecht. Er erhielt eine gediegene Ausbildung am Moskauer Adelspensionat und war ab 1826 beim Petersburger Zensurkomitee tätig. 1846 wurde er stellvertretender Direktor der Öffentlichen Bibliothek und Leiter des Rumjanzew-Museums. 1862 übersiedelte er wieder nach Moskau, wo er sich bis zu seinem Tode aufhielt. In den zwanziger Jahren gründete Odojewski zusammen mit dem Dichter Wenewitinow die „Gesellschaft der Weisheitsfreunde", deren Präsident er wurde. Mit dem Dekabristen Küchelbecker gab er 1824/25 den literarischen Almanach „Mnemosina" heraus. In den dreißiger Jahren war Odojewski bekannt als Literat, Philosoph und Musikkritiker.

Die Kunstfeindlichkeit der bürgerlichen Gesellschaft gestaltete Odojewski in den Künstlernovellen „Johann Sebastian Bach", 1835, „Beethovens letztes Quartett", 1831, und „Der Maler", 1839. Unter dem Eindruck des Hoffmannschen Prinzips einer Doppelwelt entstanden die Erzählungen „Die Sylphide", 1837, „Kosmorama", 1840, und „Salamandra", 1841, während die gesellschaftskritischen Erzählungen „Prinzeß Mimi", 1834, „Prinzeß Sisi", 1839, und „Der schwarze Handschuh", 1838, moralisch-didaktischen Charakter tragen. Einige der genannten Erzählungen nahm Odojewski später in den Sammelband „Russische Nächte", 1844, auf.

Die Übersetzung der Erzählungen „Die Geschichte vom Hahn, der Katze und dem Frosch“ (История о петухе, кошке и лягушке, 1834), „Die Sylphide“ (Сильфида, 1837) und „Der Maler“ (Живописец, 1839) erfolgte nach der Ausgabe: В. Ф. Одоевский, Повести и рассказы, Moskau 1959.

Pawlow, Nikolai Filippowitsch, (1803—1864) wurde in Moskau als Sohn eines Leibeigenen geboren. Nach dem Besuch der Theaterschule, die er 1821 mit einem Zeugnis als Schauspieler verließ, studierte er bis 1825 Philologie und Naturwissenschaften an der Moskauer Universität. Er wurde Beamter am Hofgericht und widmete sich nebenbei seinen literarischen Studien. Im „Moskowski telegraf“ (Moskauer Telegraph) veröffentlichte er Gedichte, Anfang der dreißiger Jahre schrieb er Vaudevilles. 1837 heiratete er Karoline Janisch, die sich als Dichterin und Übersetzerin bereits einen Namen gemacht hatte, und das Haus der Pawlows wurde Anfang der vierziger Jahre zu einem Zentrum der Moskauer Literaten. In seiner publizistischen Tätigkeit blieb Pawlow bis zum Ende der fünfziger Jahre ein liberaler Gegner der Leibeigenschaft und des Nikolaïtischen Systems. Erst in der Zeitschrift „Nasche wremja“ (Unsere Zeit), die er von 1860 bis 1863 herausgab, nahm er eine konservative und versöhnlerische Haltung ein.

Literarischen Ruhm erlangte Pawlow durch die 1835 erschienenen „Drei Erzählungen“: „Der Namenstag“, „Die Auktion“ und „Der Jatagan“. Von den fortschrittlichen literarischen Kreisen begrüßt, fanden sie die Mißbilligung Nikolais I. und durften nicht wieder aufgelegt werden. Die 1838 veröffentlichten Erzählungen „Maskerade“, „Der Dämon“ und „Die Million“ besaßen weder den Ideengehalt, noch erreichten sie die künstlerische Reife der vorausgegangenen.

Die Übersetzung der Erzählungen „Der Namenstag“ (Именины, 1835), „Die Auktion“ (Аукцион, 1835) und „Der Jatagan“ (Ятаган, 1835) erfolgte nach der Ausgabe: Русские повести XIX века 20-х – 30-х годов, Moskau-Leningrad 1950, Band 1.

Pogodin, Michail Petrowitsch, (1800—1875) wurde in Moskau als Sohn eines Leibeigenen geboren. Er absolvierte 1821 die Moskauer Universität und wurde Geographielehrer am Adelspensionat, später hielt er Vorlesungen über Geschichte. Seine ersten Veröffentlichungen waren Aufsätze über die russische Literatur. Ab 1826 erschienen in dem von ihm herausgegebenen Almanach „Urania“, dann im „Moskowski westnik“ (Moskauer Bote) seine Erzählungen: „Der Bettler“, 1826, „Wie man in den Wald hineinruft, so schallt es heraus“, 1826, „Die Fallsucht“, 1829, und „Die Braut auf dem Jahrmarkt“, 1832, Sittenbilder aus dem Leben des einfachen Volkes und satirische Porträts von Kaufleuten und Provinzadligen. Seine Tragödien „Marfa Possadniza“ und „Peter I.“ fanden das Lob Puschkins. Anfang der vierziger Jahre gab Pogodin seine schriftstellerische Tätigkeit auf und widmete sich vor allem historischen Studien. Von 1841 bis 1856 gab er die konservative Zeitschrift „Moskwitjanin“ (Der Moskauer) heraus.

Die Übersetzung der Erzählung „Der Bettler“ (Нищий, 1826) erfolgte nach der Ausgabe: Русские повести XIX века 20-х – 30-х годов, Moskau-Leningrad 1950, Band 1.

Pogorelski, Antoni, eigentlich: Alexej Alexejewitsch Perowski, (1787–1836) war der illegitime Sohn des Grafen A. K. Rasumowski, eines der bedeutendsten Würdenträger am Hofe Katharinas II. Er studierte an der Moskauer Universität Philosophie und Literaturwissenschaft und erwarb 1807 die Doktorwürde. Ab 1808 arbeitete er als Kollegienassessor im Petersburger Senat. 1812 meldete er sich freiwillig zur Armee und nahm an den Feldzügen gegen Napoleon teil. Als Adjutant des russischen Generalgouverneurs für das Königreich Sachsen hielt er sich zwei Jahre in Dresden auf. Nach dem Krieg arbeitete er zunächst wieder als Beamter in Petersburg und wurde Mitglied der „Freien Gesellschaft der Liebhaber der russischen Literatur". Nach dem Tod seines Vaters (1822) nahm Pogorelski seinen Abschied und widmete sich auf seinem Gut Pogorelzy vor allem der Erziehung und Ausbildung seines Neffen Alexej Konstantinowitsch Tolstoi. 1825 wurde er Prokurator für die Lehranstalten im Bezirk Charkow, später Mitglied einer Kommission zur Einrichtung von Lehranstalten in Petersburg.

Die zweite Hälfte der zwanziger Jahre war die eigentliche literarische Schaffenszeit Pogorelskis. 1825 machte er mit der „Mohnkuchenfrau von Lafertowo" auf sich aufmerksam, 1828 erschien eine Sammlung von Erzählungen unter dem Titel „Der Doppelgänger oder Meine Abende in Kleinrußland". Die Erzählungen dieses Bandes ebenso wie „Das schwarze Huhn oder Die Bewohner der Unterwelt", 1829, zeigen den Einfluß E. T. A. Hoffmanns. Mit dem 1833 erschienenen Roman „Das Stiftsfräulein" vollzog Pogorelski den Übergang zum Realismus.

Die Übersetzung der Erzählung „Die Mohnkuchenfrau von Lafertowo" (Лафертовская Маковница, 1825) erfolgte nach der Ausgabe: Русские повести XIX века 20-х – 30-х годов, Moskau-Leningrad 1950, Band 2.

Puschkin, Alexander Sergejewitsch, (1799–1837) entstammte einem alten russischen Bojarengeschlecht. Von 1811 bis 1817 besuchte er das Lyzeum in Zarskoje Selo und trat anschließend in den Dienst des Kollegiums für Auswärtige Angelegenheiten. Wegen revolutionärer Gedichte und Epigramme wurde er 1820 in den Süden und 1824 auf das väterliche Gut Michailowskoje verbannt. 1826 gestattete ihm Nikolai I. die Rückkehr nach Petersburg, zensierte jedoch von nun an die Werke des Dichters persönlich. Die 1831 eingegangene Ehe mit Natalja Nikolajewna Gontscharowa zwang Puschkin aus finanziellen und gesellschaftlichen Rücksichten, seine Tätigkeit als Kollegiensekretär wieder aufzunehmen und ein Amt bei Hofe zu bekleiden. Höfische Intrigen führten zu dem Duell mit dem französischen Emigranten d'Anthès, in dem Puschkin am 27. Januar 1837 tödlich getroffen wurde.

Puschkin, der bedeutendste russische Dichter, schuf in allen literarischen Gattungen Meisterwerke und hat entscheidenden Anteil bei der Herausbildung einer einheitlichen russischen Literatursprache. Neben einer Vielzahl von Gedichten schrieb er die romantischen Poeme „Der Gefangene im Kaukasus", 1821, „Die Zigeuner", 1824, „Poltawa", 1828, und „Der eherne Reiter", 1833. Höhepunkt seiner epischen Dichtung ist der realistische Versroman „Eugen Onegin", 1833. Historische Themen gestaltete er in dem Drama „Boris Godunow", 1825, und dem Roman „Die Hauptmannstochter", 1836. Mit den „Erzählungen des verstorbenen Iwan Petrowitsch Belkin", 1831, und der Novelle „Pique Dame", 1833, legte er den Grundstein für die russische Novellistik.

Die deutsche Fassung der Erzählungen „Der Schuß" (Выстрел, 1831) und „Pique Dame" (Пиковая дама, 1833, in: А. С. Пушкин, Полное собрание сочинений в 10-и томах, Moskau 1964, Band 6) entnahmen wir mit Genehmigung des Aufbau-Verlages Berlin und Weimar dem Band „Romane und Novellen", Gesammelte Werke in sechs Bänden, Berlin 1964, Band 4.

Shukowski, Wassili Andrejewitsch, (1783—1852) war der illegitime Sohn eines Gutsbesitzers und einer gefangenen Türkin. Von 1797 bis 1801 besuchte er das Moskauer Adelspensionat und zog sich danach für mehrere Jahre auf das väterliche Gut Mischenskoje im Gouvernement Tula zurück, wo er sich seinem dichterischen Schaffen widmete. Aus Begeisterung für den Befreiungskrieg gegen Napoleon trat er 1812 in die Moskauer Landwehr ein. 1815 wurde er als Vorleser an den Zarenhof berufen und 1826 mit der Erziehung des Thronfolgers beauftragt, den er auf seinen Auslandsreisen begleitete. 1841 heiratete er die Tochter des deutschen Landschaftsmalers Reutern und ließ sich in Düsseldorf, später in Frankfurt am Main nieder. 1852 starb er in Baden-Baden.

Shukowski ist der Repräsentant der elegischen, passiven Richtung in der russischen Romantik zu Beginn des 19. Jahrhunderts und der erste echte lyrische Dichter in der russischen Literatur. In seinen Elegien „Der Dorffriedhof", 1802, „Der Abend", 1806, „Theon und Aischines", 1814, die „Slawin", 1815, und in den Balladen „Ludmila", 1808, „Swetlana", 1812, „Die Äolsharfe", 1814, verlieh er in einer geschmeidigen und musikalischen Sprache den innersten Regungen des menschlichen Herzens literarischen Ausdruck. Die Stoffe und Motive für seine Dichtung entnahm er der russischen Folklore, der Antike und der westeuropäischen Literatur. Mit großem Einfühlungsvermögen übertrug Shukowski Balladen und Gedichte von Goethe, Schiller, Fouqué, Uhland, Byron, Scott und Homers „Odyssee" (nach der Übersetzung von Johann Heinrich Voß) ins Russische.

Die Übersetzung der Erzählung „Der Marienhain" (Марийна роща, 1809) erfolgte nach der Ausgabe: В. А. Жуковский, Собрание сочинений в 4-х томах, Moskau-Leningrad 1960, Band 4.

Somow, Orest Michailowitsch, (1793—1833) wurde im Gouvernement Charkow geboren; nach Abschluß der Charkower Universität übersiedelte er 1818 nach Petersburg, wo er aktives Mitglied der von den Dekabristen geleiteten „Freien Gesellschaft der Liebhaber der russischen Literatur" wurde. In seinem

Aufsatz „Über die romantische Poesie", 1823, trat er für die Entwicklung einer freien und volkstümlichen russischen Nationalliteratur ein. Verdächtig durch seine geistige Verwandtschaft und seine persönlichen Verbindungen mit den Dekabristen, wurde er 1825 verhaftet, aus Mangel an Beweisen aber freigesprochen. Er schloß sich dem Kreis um Puschkin und Delwig an und war an der Herausgabe des Almanachs „Sewernyje zwety" (Nördliche Blumen) und der „Literaturnaja gaseta" (Literaturzeitung) beteiligt.

In seinen Erzählungen „Russalka", 1829, „Das Gespenst", 1829, „Der Hausgeist", 1830, „Märchen über Schätze", 1830, „Der Johannisabend", 1831, fand die ukrainische und russische Folklore literarische Gestaltung. Realistische Tendenzen, die in Somows Schaffen unter dem Einfluß Puschkins heranreiften, zeigen sich in den Erzählungen „Roman in zwei Briefen", 1832, und „Mutter und Sohn", 1833.

Die Übersetzung der Erzählung „Roman in zwei Briefen" (Роман в двух письмах, 1832) erfolgte nach der Ausgabe: Русские повести XIX века 20-х – 30-х годов, Moskau-Leningrad 1950, Band 1.

Tolstoi, Alexej Konstantinowitsch, (1817—1875) entstammte einem alten Adelsgeschlecht. Nach der Trennung der Eltern verbrachte er seine Jugend auf dem Gut seines Onkels, des Schriftstellers Pogorelski, und unternahm mehrere Reisen durch Italien und Deutschland. Ab 1834 arbeitete er im Moskauer Archiv des Ministeriums für Auswärtige Angelegenheiten. 1843 erhielt er den Rang eines Kammerjunkers und wurde 1857 Zeremonienmeister am Hofe des Thronfolgers. In den fünfziger Jahren lernte er in Kaluga Gogol kennen und näherte sich dem Kreis um Turgenjew und Nekrassow. In den sechziger Jahren widmete sich Tolstoi mit wenig Erfolg der Wiederherstellung seiner Güter. 1875 starb er auf seinem Besitz Krasny Rog.

Tolstoi begann seine literarische Laufbahn Ende der dreißiger, Anfang der vierziger Jahre mit den französisch geschriebenen Erzählungen „Die Familie des Wurdalak" und „Begegnung nach dreihundert Jahren", in denen er Motive des europäischen Schauerromans gestaltete. 1841 erschien die Erzählung „Der Vampir". Den Höhepunkt seines Schaffens bildet der Zyklus historischer Dramen „Der Tod Iwans des Schrecklichen", 1866, „Zar Fjodor Joannowitsch", 1868, und „Zar Boris", 1870. Einen historischen Stoff aus der Regierungszeit Iwans IV. wählte er auch für seinen Roman „Der silberne Fürst", 1862.

Die Übersetzung der Erzählung „Die Familie des Wurdalak" (La famille du Vourdalak, russisch erstmalig 1884 in der Zeitschrift „Russki westnik" unter dem Titel „Семья вурдалака" erschienen) erfolgte nach der Ausgabe: Revue des études slaves, Paris 1950, Band 26.

Weltmann, Alexander Fomitsch, (1800—1870) wurde in Petersburg als Sohn eines Offiziers geboren und erhielt seine Erziehung am Moskauer Adelspensionat. Ab 1816 diente er in der Armee und nahm als Militärtopograph 1828/29 in

Bessarabien am Krieg gegen die Türken teil. 1831 schied er aus dem Militärdienst und widmete sich der Literatur und der Archäologie. Von 1852 bis zu seinem Tode war er Direktor der Rüstkammer im Moskauer Kreml. 1854 wurde er für seine archäologischen und linguistischen Forschungsarbeiten zum Korrespondierenden Mitglied der Akademie der Wissenschaften ernannt.

Literarische Anerkennung erwarb sich Weltmann mit seinem Reiseroman „Der Wanderer", 1831/32, den historischen Romanen „Der unsterbliche Kastschej", 1833, „Der Mondsüchtige", 1836, und mit dem Sittenroman „Abenteuer aus dem Meer des Lebens", 1848—1864. 1836 und 1843 veröffentlichte er zwei Bände mit Erzählungen. Weltmann schrieb in einer archaischen, oft ironischen oder geschraubt-romantischen Sprache und vermischte phantastische und reale Vorgänge. Wie Sterne oder Jean Paul liebte er das sprachlich-literarische Experiment und war unerschöpflich an Witz und Phantasie.

Die Übersetzung der Erzählung „Der rasende Roland" (Неистовый Роланд, 1834) erfolgte nach der Ausgabe: Русские повести XIX века 20-х – 30-х годов, Moskau-Leningrad 1950, Band 1.

Anmerkungen

14 *Großfürst Wladimir* – Wladimir I. Swjatoslawitsch, der Heilige (gest. 1015), Großfürst von Kiew ab 980; führte 988 das griechisch-orthodoxe Christentum in Rußland ein. Der Fürstenhof Wladimirs in Kiew ist Schauplatz einer Reihe altrussischer Heldenepen.

Ilja, Tschurilo und Dobrynja – Ilja Muromez, Tschurilo Plenkowitsch und Dobrynja Nikititsch sind legendäre Recken der altrussischen Heldenepen (Bylinen).

36 *P. S. Lutkowski* – Pjotr Stepanowitsch Lutkowski (1800–1882), Seeoffizier; stand als Zögling des Marinekadettenkorps den Dekabristen nahe und war ein Freund der Brüder Bestushew.

57 *Walter Scott in den Anmerkungen zu „The Lady of the Lake"* – Die romantische, mit folkloristischen Motiven durchsetzte Verserzählung „The Lady of the Lake" („Die Jungfrau vom See") schrieb der englische Romancier Sir Walter Scott (1771–1832) im Jahre 1810.

84 *A sail, a sail – a promised price to hope! . . .* – (engl.) Ein Schiff! ein Schiff! Der Hoffnung naher Preis! / Von welchem Land und Volk? Was sagt das Fernrohr? / . . . Ha! tanzt es nicht gleich einem Ding, das lebet, / Und jedes Element zum Kampf zu fordern scheint? / Wer wird der Schlacht Gefahr, des Schiffbruchs denken, / Darf er als Herrscher solch ein Fahrzeug lenken! / – Dritte Strophe aus Lord Byrons Verserzählung „Der Korsar" in der Nachdichtung von Wilhelmine Pichler.

85 *Argonauten* – nach der griechischen Sage fünfzig Helden, die auf dem Schiff Argo nach der Kolchis am Schwarzen Meer fuhren und das Goldene Vlies nach Griechenland holten.

man of war – (engl.) Kriegsschiff; hier: Angehöriger der Kriegsmarine.

86 *Sitka* — Hafenstadt an der Westküste von Baranoff-Island in Alaska; war in der ersten Hälfte des 19. Jh. Zentrum der russischen Siedlungen in Alaska, kam 1867 in den Besitz der USA.

88 *Baron Brambeus* — Pseudonym des Orientalisten und Schriftstellers Ossip Iwanowitsch Senkowski (1800—1858), der konservative Ansichten über die Entwicklung der russischen Literatur und Gesellschaft vertrat.

89 *Nestorchronik* — altrussische Chronik, benannt nach dem Mönch des Kiewer Höhlenklosters Nestor, der um 1113 die bestehenden Chroniken redaktionell bearbeitete und zu einer Chronik zusammenfügte.

Baron Cuvier — Georges Baron de Cuvier (1769—1832), französischer Naturforscher; machte die vergleichende Anatomie zur Grundlage der Zoologie und begründete die moderne Paläontologie der Wirbeltiere.

warägisch — Waräger werden in altrussischen und byzantinischen Quellen die Wikinger genannt, die im 8. und 9. Jh. als Krieger und Händler auf ihren Fahrten von der Ostsee über einen Wasserweg bis ans Schwarze Meer gelangten. Sie hatten bedeutenden Anteil an der Gründung des ersten russischen Staates.

Kulikowo-Feld — russischer Name für das Schnepfenfeld am Don, wo 1380 eine entscheidende Schlacht zwischen den Russen unter dem Moskauer Großfürsten Dmitri Iwanowitsch und der Goldenen Horde unter Mamai stattfand. Der Sieg der Russen über die Tataren beschleunigte den Zusammenschluß der russischen Fürstentümer um das Großfürstentum Moskau.

99 *Alkyone* — hier: poetische Bezeichnung für Meeresvogel; nach der griechischen Mythologie Tochter des Äolos, die sich vor Kummer ins Meer stürzte, als ihr Gemahl Keyx ertrank. Beide lebten als Eisvögel fort.

Diësis — seit der Renaissance Name für Vierteltöne, in der Neuzeit Bezeichnung für musikalisches Erhöhungszeichen.

102 *Trelawny* — Edward John Trelawny (1792—1881), englischer Offizier und Schriftsteller; bekannt geworden durch einen autobiographischen Roman.

105 *Um Smirdins willen* — Alexander Filippowitsch Smirdin (1795—1857), Buchhändler und Verleger.

Johannot — Alfred Johannot (1800—1837), deutscher Maler und Kupferstecher.

Vidocq — Eugène-François Vidocq (1775—1857), französischer Geheimpolizist; trat der Pariser Geheimpolizei bei, nachdem er wegen Diebstahls zur Galeere verurteilt, geflohen und begnadigt worden war. Er veröffentlichte 1826 seine Memoiren, die auch ins Russische übersetzt wurden.

„Gil Blas" — „Geschichte des Gil Blas von Santillana" (1715/35), Schelmenroman des französischen Schriftstellers Alain-René Lesage.

112 *Buffon* — Georges-Louis Leclerc, Comte de Buffon (1707—1788), französischer Naturforscher und Philosoph.

114 *Jude Shylock* — Hauptheld aus dem Schauspiel „Der Kaufmann von Venedig" von William Shakespeare.

114 *König Popiel* — legendärer polnischer Fürst und Vorläufer der Piastendynastie; wurde nach der Version des polnischen Chronisten Gallus Anonymus aus der Hauptstadt Gniezno verjagt und später in einem Holzturm, wohin er sich geflüchtet hatte, von Mäusen aufgefressen.

Kassianstag — seit dem 5. Jh. der 13. 8.; Festtag zu Ehren des christlichen Märtyrers Kassian, der wahrscheinlich unter der Regierung des römischen Kaisers Diokletian (284—305) lebte.

goddams — Hier verallgemeinernd für: englische Flüche.

116 *Karronade* — leichtes kurzes Vorderladeschiffsgeschütz für den Nahkampf; zuerst hergestellt 1774 in Carron in Schottland.

lettre de marque — (franz.) Kaperbrief.

117 *Frieden von Tilsit* — Friedensschluß vom 9. 7. 1807; beendete den Krieg zwischen Frankreich und Preußen. Das zaristische Rußland erklärte sich nach dem Frieden von Tilsit bereit, die von Napoleon 1806 verhängte Kontinentalsperre anzuerkennen. Der von Napoleon erzwungene Abbruch der für Rußland günstigen Handelsbeziehungen mit England führte bald zu einer deutlichen Verschärfung der Spannungen zwischen Frankreich und Rußland.

Habeaskorpusakte — habeas corpus — (lat.) du habest den Körper; nach den Anfangsworten des mittelalterlichen Haftbefehls benanntes englisches Staatsgrundgesetz von 1679. Danach durfte kein Untertan ohne richterliche Anordnung verhaftet oder in Haft gehalten werden. Das Gesetz sollte die bürgerliche Ordnung gegen die Willkür der nach der bürgerlichen Revolution von 1649 restaurierten Dynastie der Stuarts schützen.

Georg III. — (1738—1820), seit 1760 König von England, zugleich Kurfürst (seit 1814 König) von Hannover; wurde 1811 wegen Geisteskrankheit unter Regentschaft gestellt.

118 *God damn your eyes!* — (engl.) Zum Teufel mit dir!

119 *watch boy, did I not?* — (engl.) gib acht, Junge, war es nicht so?

130 *Zar Alexander Pawlowitsch* — Alexander I. Pawlowitsch (1777—1825), russischer Zar von 1801 bis 1825.

131 *„Rule Britannia the waves!“* — (engl.) „Möge Britannien zur See regieren!“ — Kehrreim eines populären englischen Liedes.

die Taten Dolgorukis unter Peter — Jakow Fjodorowitsch Dolgoruki (1659—1720), Staatsmann, engster Vertrauter Peters I.; war Botschafter in Frankreich und Spanien, nahm an mehreren Feldzügen teil und geriet in der Schlacht bei Narwa (1700) in schwedische Gefangenschaft, konnte 1711 entfliehen; 1717 ernannte ihn Peter I. zum Vorsitzenden des Revisionskollegiums, dem die Kontrolle über staatliche Einnahmen und Ausgaben oblag.

183 *Baratynski* — Das Motto ist Jewgeni Baratynskis (1800—1844) Poem „Der Ball“ entnommen.

Abend im Biwak — Erzählung von Alexander Bestushew-Marlinski.

187 *bog . . . eine Karte zuviel um* — Der Spieler bog, wenn er den Gewinn auf einer Karte nicht einziehen wollte, zum Zeichen, daß er eine Forderung an die Bank hatte, eine Ecke der Karte um.

190 *bonnet de police* — (franz.) Militärmütze.

Burzow, den Denis Dawydow besungen hat — A. P. Burzow, ein als Tollkopf und großer Zecher bekannter Husarenoffizier, dem 1804 sein damaliger Regimentskamerad, der Dichter Denis Dawydow (1784—1839), drei Gedichte widmete.

196 *the honeymoon* — (engl.) die Flitterwochen.

198 *während des Aufstandes Alexander Ypsilantis* — Alexander Ypsilanti (1792—1828), griechischer Freiheitskämpfer; leitete 1821 einen Aufstand in den Donau-Fürstentümern gegen die türkische Fremdherrschaft.

Hetäristen — Mitglieder der griechischen nationalen revolutionären Organisation, der sogenannten Hetärie, die 1821 den Aufstand gegen die Türken in der Moldau und Walachei leitete.

Schlacht bei Sculeni — Bei Sculeni, einer Ortschaft am Pruth, wurden die Hetäristen 1821 von türkischen Truppen geschlagen.

201 *Mirandole spielen* — spielen, ohne den ursprünglichen Einsatz zu erhöhen.

202 *auf Route setzen* — seinen Einsatz fortschreitend verdoppeln.

Genieoffizier — Ingenieuroffizier.

Paroli biegen — den ursprünglichen Einsatz auf eine Karte verdoppeln.

pointieren — in einem Kartenglücksspiel gegen den Bankhalter spielen.

la Vénus moscovite — (franz.) die Moskauer Venus.

Richelieu — Armand, Duc de Richelieu (1696—1788), Großneffe des Kardinals Richelieu, glänzender Hofmann; bekannt wegen seines Esprits und seiner Liebesabenteuer.

Herzog von Orléans — Philippe Orléans (1674—1723); führte von 1715 bis 1723 die Regentschaft für den unmündigen Ludwig XV.

203 *Graf Saint-Germain* — Abenteurer, der in den fünfziger Jahren des 18. Jh. in der vornehmen Pariser Gesellschaft auftauchte. Er starb 1784.

204 *au jeu de la Reine* — (franz.) zum Kartenspiel bei der Königin.

Sonika — Karte, die auf Anhieb gewinnt.

Soritsch — Semjon Gawrilowitsch Soritsch, einer der Favoriten Katharinas II., ein leidenschaftlicher Kartenspieler.

205 *ein Paroli-pé biegen* — den ursprünglichen Einsatz auf eine Karte vervierfachen.

Il paraît que monsieur est décidément pour les suivantes . . . — (franz.) Der Herr haben anscheinend eine ausgesprochene Vorliebe für die Kammerzofen? — Was soll man machen, Madame? Die sind frischer.

207 *Vous m'écrivez . . .* — (franz.) Sie schreiben mir, mein Engel, vier Seiten lange Briefe schneller, als ich sie lesen kann.

220 *Madame Lebrun* — Elisabeth Louise Vigée-Lebrun (1755—1842), französische Porträtmalerin.

220 *Leroy* — Julien Leroy (1686—1759), berühmter französischer Uhrmacher. Nicht weniger bekannt als Meister des Uhrmacherhandwerks war sein Sohn Pierre Leroy (1717—1785).

221 *Ballon der Brüder Montgolfier* — ein von den Brüdern Montgolfier erfundener Heißluftballon, mit dem 1783 die ersten Aufstiege gelangen.

Mesmerscher Magnetismus — Der Arzt Franz Anton Mesmer (1734—1815) stellte eine „Theorie" (Mesmerismus) auf von der heilenden Wirkung des tierischen Magnetismus, eines angeblich dem Menschen innewohnenden Fluidums.

226 *Homme sans mœurs et sans religion!* — (franz.) Ein Mensch ohne Moral und ohne Glauben!

227 *oubli ou regret?* — (franz.) Vergessen oder Bedauern? — Mit dieser Frage wandten sich die Damen an einen Kavalier, wobei sie vorher bestimmt hatten, welches Wort welcher Dame gehört; hatte sich der Kavalier für ein Wort entschieden, so mußte er mit derjenigen Dame tanzen, der das gewählte Wort gehörte.

229 *à l'oiseau royal* — (franz.) in der Art des königlichen Vogels; eine Haartracht im 18. Jh.

230 *Swedenborg* — Emanuel Swedenborg (1688—1772), schwedischer Naturforscher und Philosoph; begründete eine phantastisch-rationale Geister- und Naturlehre. Er war durch angebliche Visionen berühmt. Gegen ihn ist Kants Schrift „Träume eines Geistersehers" (1766) gerichtet.

une affectation — (franz.) Verstellung.

mitternächtiger Bräutigam — allegorische Bezeichnung für Jesus Christus.

233 *Attendez!* — (franz.) Warten Sie! — Hier: Aufforderung an die Spieler, keine weiteren Karten zu besetzen.

234 *Whist* — Ein Kartenspiel, das im Gegensatz zum Pharao nicht zu den Glücksspielen gehört.

Taille — Abschnitt beim Pharaospiel, innerhalb dessen der Bankhalter der Reihe nach alle Karten seines Spieles abwechselnd nach beiden Seiten aufdeckt, wobei Gewinn oder Verlust davon abhängt, ob die vom Pointierenden gesetzte Karte links oder rechts liegt.

235 *simple* — (franz.) einfach; hier: der einfache Einsatz auf eine Karte.

248 *Tschichir* — kaukasischer Rotwein.

250 *Jessaul* — Offiziersrang im Kosakenheer; entspricht einem Rittmeister der Kavallerie oder einem Hauptmann der Infanterie.

257 *Oglan* — (türk., aserbaidsh.) Knabe. — Die von Lermontow wegen des Lokalkolorits eingefügten und von ihm selbst übersetzten Wörter der Originalsprache, in der ihm das Märchen erzählt wurde, sind türkischen oder aserbaidshanischen Ursprungs.

258 *Haderiliaz* — Zusammensetzung aus den Namen des mohammedanischen Propheten al-Kadhir und des biblischen Propheten Elias, die nach vielen Legenden einander sehr ähnlich oder sogar miteinander identisch gewesen

sind. Im Kaukasus und besonders in Georgien bezeichnet dieser zusammengesetzte Name den heiligen Georg.

316 *Potjomkin* — Grigori Alexandrowitsch Potjomkin (1739—1791), Staatsmann und Generalfeldmarschall, Günstling Katharinas II.

319 *Einer der Saporoger warf sich in Positur* ... — In der Rede des Saporoger Kosaken wird auf historische Ereignisse angespielt, die der Auflösung der Saporoger Setsch, einer autonomen Kosakensiedlung auf der Dneprinsel Chortiza nördlich der Krim, die vom 16. bis 18. Jh. bestand, vorangingen. Beispielsweise wird an die Teilnahme des Saporoger Kosakenheeres am siegreichen Feldzug der Russen gegen die Krimtataren (1768—1774) erinnert.

320 *abseits stehender Mann* — Gemeint ist der russische Dramatiker Denis Iwanowitsch Fonwisin (1744 oder 1745—1792), der Autor der satirischen Komödien „Der Brigadier" und „Der Landjunker".

349 *„Sewernaja ptschela"* — (russ.) „Nördliche Biene"; politische und literarische Zeitschrift, die von 1825 bis 1864 in Petersburg erschien. Als halboffizielles Organ der Regierung war sie konservativ und prinzipienlos und führte einen ständigen Kampf gegen die Werke Puschkins, Lermontows und Gogols.

362 *Chosrew-Mirsa* — persischer Prinz; kam 1829 nach Petersburg, um sich im Auftrag seiner Regierung für die Ermordung des russischen Gesandten Alexander Gribojedow (1795—1829) in Teheran zu entschuldigen.

367 *Dimitri W. Putjata* — Dimitri Wassiljewitsch Putjata (1806—1889), hoher Offizier und Beamter; war mit Odojewski befreundet und hatte den Erstdruck der Erzählung, der dem Autor verlorengegangen war, für ihn wiederentdeckt.

385 *Boerhaave* — Hermann Boerhaave (1668—1738), niederländischer Arzt, bedeutendster Kliniker seiner Zeit.

391 *Den Dichter kränzen wir mit Blumen* ... — ironischer Ausspruch aus dem „Staat", einer umfangreichen philosophischen und politischen Abhandlung des griechischen Philosophen Platon (427—347 v. u. Z.).

Barden des Nordens — ursprünglich keltische Dichtersänger, die zur Harfe, dem keltischen Nationalinstrument, ihre Lieder sangen; waren im Mittelalter als fahrende Sänger in Irland, Schottland und Wales bekannt oder hatten dort ihre feste Stellung an einem Fürstenhof.

395 *Iwan Fjodorowitsch Schponka* — Titelheld der Erzählung „Iwan Fjodorowitsch Schponka und sein Tantchen" aus „Abende auf dem Weiler bei Dikanka" von Nikolai Gogol.

399 *di tanti palpiti* — (ital.) in großer Erregung.

Paracelsus — eigentl. Theophrastus Bombastus von Hohenheim (1493—1541), Arzt, Naturforscher und Philosoph, Wegbereiter einer modernen Medizin. Sein naturwissenschaftliches Denken war mit mystischen Vorstellungen vermischt.

Graf Gabalis — Titelheld eines Buches über den Okkultismus des französischen Schriftstellers und Geistlichen Nicolas de Villars (1635—1673).

399 *Arnoldus Villanovanus* — (1235—1312), italienischer Alchimist und Mediziner, einer der bedeutendsten Ärzte des Mittelalters; entdeckte die Giftigkeit des Kohlendioxid-Gases und des verwesenden Fleisches; glaubte an den Stein der Weisen.

Raimundus Lullus — (1235—1315), katalanischer Mystiker und Dichter; wirkte als christlicher Missionar in Nordafrika und im Orient. Er gilt als der Begründer der katalanischen Literatur.

401 *Sapienti sat* — (lat.) Der Weise kann sich ein Bild machen.

421 *Facies hippocratica* — (lat.) Der Gesichtsausdruck eines Sterbenden.

426 *Teniers* — David Teniers (1610—1690), flämischer Maler, fruchtbarster Genremaler der südlichen Niederlande im 17. Jh.; malte Bauern- und Wirtshausszenen.

442 *oui, mon cher, j'ai fait crier au scandale!* — (franz.) ja, mein Lieber, ich trieb es bis zum Skandal!

445 *pâté d'anguilles* — (franz.) Aalpastete.

445 *à l'irlandaise* — (franz.) auf irische Manier.

Trischka in der Fabel — Gemeint ist der Titelheld der Fabel „Trischkas Rock" von Iwan Krylow.

une chose sujette à caution — (franz.) eine Angelegenheit, die der Bestätigung bedarf.

448 *Melmoth, qui faisait . . .* — (franz.) Melmoth, der während der Angelegenheit unnütz hin und her lief.

457 *Ein rasch entfliegend Wunderwesen . . .* — Verse aus Alexander Puschkins Gedicht „An ***" (1825), in der Nachdichtung von Karoline Jaenisch.

458 *Man zwängt sich durch den Korridor . . .* — Verse aus Alexander Puschkins „Eugen Onegin" in der Nachdichtung von Theodor Commichau.

459 *jolis riens* — (franz.) hübsche Nichtigkeiten.

460 *comme si je leur disais . . .* — (franz.) als hätte ich ihnen gesagt: Sie haben sich schön zum Narren halten lassen, meine Herren, und Sie werden bald verblüfft sein.

du temps du roi Dagobert — (franz.) aus der Zeit des Königs Dagobert. — Gemeint ist König Dagobert I. (gest. 638), ein fränkischer König aus dem Geschlecht der Merowinger, der in vielen Liedern und Legenden besungen wird.

par paranthèse — (franz.) nebenbei gesagt.

pas de chamois, pas de gazelle, pas de bédouin — (franz.) Schritt einer Gemse, Schritt einer Gazelle, Schritt eines Beduinen.

das berühmte Französlein aus Bordeaux — Tschazki aus Alexander Gribojedows Drama „Verstand schafft Leiden" erwähnt einen Franzosen aus Bordeaux, der sich in Rußland im Kreis der französisch sprechenden Damen der Gesellschaft sehr wohl fühlt.

463 *Auch ihr Gespräch von Wirtschaftsfragen . . .* — Verse aus Alexander Puschkins „Eugen Onegin" in der Nachdichtung von Theodor Commichau.

467 *Bogdan Chmelnizki* — Bogdan Chmelnizki (um 1595—1657), ukrainischer Hetman, Diplomat und Heerführer; stand von 1648 bis 1654 an der Spitze des Befreiungskampfes des ukrainischen Volkes gegen die Polen, die seit der zweiten Hälfte des 16. Jh. die Ukraine besetzt hielten.

478 *Kugl* — (jidd.) jüdisches Teiggebäck, verwandt mit dem deutschen Gugelhupf.

O Natur . . . — Zitat aus dem Drama „Der rasende Roland" von Julius Reichsgraf von Soden.

480 *hyrkanisch* — Hyrkanien hieß im Altertum eine Niederung am südöstlichen Teil des Kaspischen Meeres. Die Bewohner Hyrkaniens waren berüchtigt wegen ihrer Wildheit.

483 *Pawel Afanassjewitsch Famussow* — Gestalt aus Alexander Gribojedows Drama „Verstand schafft Leiden" (1833), Repräsentant der konservativen, bornierten Moskauer Adelsgesellschaft.

486 *communem consociationem colere, tueri, servare debemus* — (lat.) wir müssen die Gemeinschaft ehren, schützen und bewahren. — Zitat aus „Die Pflichten" des römischen Politikers und Schriftstellers Marcus Tullius Cicero (106—43 v. u. Z.).

498 *Gesetzbuch des Zaren Iwan Wassiljewitsch* — Iwan III. Wassiljewitsch (1440—1505), Großfürst von Moskau ab 1462. Unter Iwan III. wurde 1497 der Sudebnik, das erste Gesetzbuch des zentralisierten russischen Staates, zusammengestellt. Der Sudebnik stützte sich hauptsächlich auf die „Russkaja Prawda", den Rechtskodex der Kiewer Rus, dessen älteste Fassung im frühen 11. Jh. entstand.

525 *Juliet: „What's in a name?* . . ." — (engl.) Julia: „Was ist ein Name? Was uns Rose heißt, / Wie es auch hieße, würde lieblich duften." Romeo: „Mein eigner Name, teure Heil'ge wird, / . . . von mir selbst gehaßt." — Zitat aus William Shakespeares Drama „Romeo und Julia".

533 *Warum, warum habt ihr zerrissen* . . . — Verse aus Wassili Shukowskis Ballade „Alina und Alcime".

Erloschen sind des Tages Gluten . . . — Vers aus Alexander Puschkins gleichnamigem Gedicht in der Nachdichtung von Friedrich Fiedler.

542 *Kusnezki Most* — Name einer Geschäftsstraße im Zentrum Moskaus.

552 *Nein, kleiner Hirt, ich lieb dich nicht!* — Vers aus Alexander Puschkins berühmtem Poem „Ruslan und Ludmila" (1820) in der Nachdichtung von Martin Remané.

566 *Je me trouve* . . . — (franz.) Ich befinde mich in der Lage jener jungen Dame, die von ihrer Freundin nach einer genauen Aufzählung ihrer Liebhaber gefragt wird. „Ich erinnere mich gut an Auguste, an Charles mit den blauen Augen, an Edmond, an Alfred, an den kleinen Maler und an den großen Mediziner, aber danach gerate ich in Verwirrung", antwortet sie.

Castil-Blaze — François-Henri-Joseph Castil-Blaze (1784—1857), französischer Komponist und Literat.

566 *Noverre, Vestris, Duport* — Jean-Georges Noverre (1727—1810); Gaétan-Appoline-Balthazar Vestris (1729—1808); Louis Duport (1781—1853), französische Tänzer.

Didelot — Charles-Ludovic Didelot (1767—1837), französischer Ballettmeister; wurde berühmt während seiner Tätigkeit am Petersburger Operntheater von 1801 bis 1829.

571 *„Notre-Dame de Paris"* — Roman von Victor Hugo.

C'était indéfinissable et charmant . . . — (franz.) Es war unerklärlich und zauberhaft.

572 *Vernet* — Claude-Joseph Vernet (1714—1789), französischer Maler; malte vor allem Küstenlandschaften und Hafenansichten.

578 *„Il avoit à la main . . ."* — (franz.) „Er hatte etwas wie einen gefährlichen Kurzsäbel in der Hand . . ." — „Einen Jatagan? . . ." unterbrach Châteaufort, der das Lokalkolorit liebte. „Einen Jatagan", wiederholte Darcy und lächelte beifällig.

La Double Méprise — (franz.) „Der doppelte Fehler", Novelle von Prosper Merimée.

582 *Kinburner Festung* — Von den Türken im 15. Jh. an der Mündung des Dnepr erbaut, wurde sie 1771 von den Russen erobert und 1787 unter Suworow erfolgreich gegen einen türkischen Angriff verteidigt.

Eroberung von Ismail — Während des Russisch-Türkischen Krieges eroberten russische Truppen am 11. 12. 1790 die Stadt Ismail am nördlichen Mündungsarm der Donau.

594 *Talma* — François-Joseph Talma (1763—1826), französischer Schauspieler.

621 *Herzogin d'Abrantès* — Laure St.-Martin-Permon, Herzogin d'Abrantès (1784—1838), französische Schriftstellerin; schrieb Memoiren über die Zeit der Französischen Revolution.

Delphine Gay — (1804—1855), französische Schriftstellerin.

Mrs. Trollope — Frances Trollope (1780—1863), englische Schriftstellerin.

653 *Wurdalak* — aus vukodlak — (serbokr.) Werwolf, Vampir; Gestalt der südslawischen Folklore.

657 *Abbé Augustin Calmet* — (1672—1757), französischer Gelehrter; beschäftigte sich vor allem mit exegetischen und religionsgeschichtlichen Fragen.

687 *Adonis* — nach der griechischen Sage ein schöner Jüngling, den die Göttin Aphrodite liebte; wurde auf der Jagd von einem Eber getötet.

Aktäon — Jäger der griechischen Sage; überraschte die Göttin der Jagd und der Keuschheit Artemis im Bade und wurde dafür von ihr in einen Hirsch verwandelt. Seine eigenen Hunde zerrissen ihn, da sie ihn nicht erkannten.

INHALT

ISBN 3-352-00131-6

3. Auflage 1987

Einbandgestaltung G. K. Müller / Simone Uhlich
Typographie Simone Uhlich
Karl-Marx-Werk, Graphischer Großbetrieb, Pößneck V 15/30
Printed in the German Democratic Republic
Lizenznummer 220. 415/51/87
Bestellnummer 617 751 4
01140